MINGUO TONGSU XIAOSHUO
DIANCANG WENKU

北雁南飞

民国通俗小说典藏文库·张恨水卷

张恨水 ◎ 著

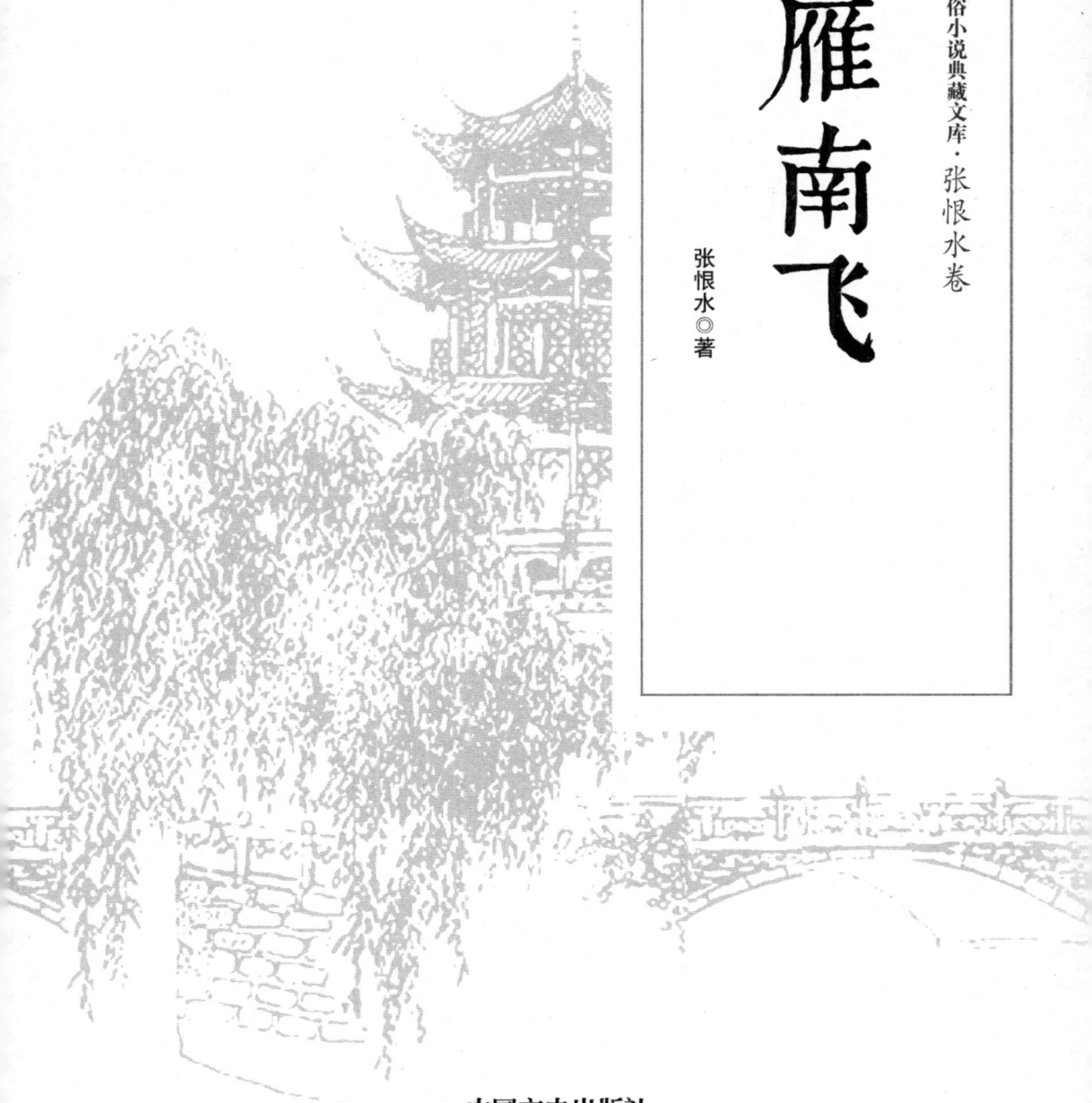

中国文史出版社

小说大家张恨水（代序）

张赣生

民国通俗小说家中最享盛名者就是张恨水。在抗日战争前后的二十多年间，他的名字真是家喻户晓、妇孺皆知，即使不识字、没读过他的作品的人，也大都知道有位张恨水，就像从来不看戏的人也知道有位梅兰芳一样。

张恨水（1895—1967），本名心远，安徽潜山人。他的祖、父两辈均为清代武官。其父光绪年间供职江西，张恨水便是诞生于江西广信。他七岁入塾读书，十一岁时随父由南昌赴新城，在船上发现了一本《残唐演义》，感到很有趣，由此开始读小说，同时又对《千家诗》十分喜爱，读得"莫名其妙的有味"。十三岁时在江西新淦，恰逢塾师赴省城考拔贡，临行给学生们出了十个论文题，张氏后来回忆起这件事时说："我用小铜炉焚好一炉香，就做起斗方小名士来。这个毒是《聊斋》和《红楼梦》给我的。《野叟曝言》也给了我一些影响。那时，我桌上就有一本残本《聊斋》，是套色木版精印的，批注很多。我在这批注上懂了许多典故，又懂了许多形容笔法。例如形容一个很健美的女子，我知道'荷粉露垂，杏花烟润'是绝好的笔法。我那书桌上，除了这部残本《聊斋》外，还有《唐诗别裁》《袁王纲鉴》《东莱博议》。上两部是我自选的，下两部是父亲要我看的。这几部书，看起来很简单，现在我仔细一想，简直就代表了我所取的文学路径。"

宣统年间，张恨水转入学堂，接受新式教育，并从上海出版的报纸上获得了一些新知识，开阔了眼界。随后又转入甲种农业学校，除了学习英文、数、理、化之外，他在假期又读了许多林琴南译的小说，懂得了不少描写手法，特别是西方小说的那种心理描写。民国元年，张氏的父亲患急症去世，家庭经济状况随之陷入困境，转年他在亲友资助下考入陈其美主持的蒙藏垦殖学校，到苏州就读。民国二年，讨袁失败，垦殖学校解散，张恨水又返回原籍。当时一般乡间人功利心重，对这样一个无所成就的青年很看不起，甚至当面嘲讽，这对他的自尊心是很大的刺激。因之，张氏在二十岁时又离家外出投奔亲友，先到南昌，不久又到汉口投奔一位搞文明戏的族兄，并开始为一个本家办的小报义务写些小稿，就在此时他取了"恨水"为笔名。过了几个月，经他的族兄介绍加入文明进化团。初始不会演戏，帮着写写说明书之类，后随剧团到各处巡回演出，日久自通，居然也能演小生，还演过《卖油郎独占花魁》的主角。剧团的工作不足以维持生活，脱离剧团后又经几度坎坷，经朋友介绍去芜湖担任《皖江报》总编辑。那年他二十四岁，正是雄心勃勃的年纪，一面自撰长篇《南国相思谱》在《皖江报》连载，一面又为上海的《民国日报》撰中篇章回小说《小说迷魂游地府记》，后为姚民哀收入《小说之霸王》。

1919 年，五四运动吸引了张恨水。他按捺不住"野马尘埃的心"，终于辞去《皖江报》的职务，变卖了行李，又借了十元钱，动身赴京。初到北京，帮一位驻京记者处理新闻稿，赚些钱维持生活，后又到《益世报》当助理编辑。待到 1923 年，局面渐渐打开，除担任"世界通讯社"总编辑外，还为上海的《申报》和《新闻报》写北京通讯。1924 年，张氏应成舍我之邀加入《世界晚报》，并撰写长篇连载小说《春明外史》。这部小说博得了读者的欢迎，张氏也由此成名。1926 年，张氏又发表了他的另一部更重要的作品《金粉世家》，从而进一步扩大了他的影响。但真正把张氏声望推至高峰的是《啼笑因缘》。1929 年，上海的新闻记者团到北京访问，经钱芥尘介绍，张恨水得与严独鹤相识，严即约张撰写长篇小说。后来张氏回忆这件事的过程时说："友人钱芥尘先生，介绍我认识《新闻报》的严独鹤先生，他并在独鹤先生面前极力推许我的小说。那时，《上海画报》（三日刊）曾转载了我的《天上人间》，独鹤先生若对我有认识，也就是这篇小说而已。他倒是没有什么考虑，就约我写一篇，而且愿意带一部分稿子走。……在那几年间，上海洋场章回小说走着两条路子，一条是肉感的，一条是武侠而神怪的。《啼笑因缘》完全和这两种不同。又除了新文艺外，那些长篇运用的对话并不是纯粹白话。而《啼笑因缘》是以国语姿态出现的，这也不同。在这小说发表起初的几天，有人看了很觉眼生，也有人觉得描写过于琐碎，但并没有人主张不向下看。载过两回之后，所有读《新闻报》的人都感到了兴趣。独鹤先生特意写信告诉我，请我加油。不过报社方面根据一贯的作风，怕我这里面没有豪侠人物，会对读者减少吸引力，再三请我写两位侠客。我对于技击这类事本来也有祖传的家话（我祖父和父亲，都有极高的技击能力），但我自己不懂，而且也觉得是当时的一种滥调，我只是勉强地将关寿峰、关秀姑两人写了一些近乎传说的武侠行动……对于该书的批评，有的认为还是章回旧套，还是加以否定。有的认为章回小说到这里有些变了，还可以注意。大致地说，主张文艺革新的人，对此还认为不值一笑。温和一点的人，对该书只是就文论文，褒贬都有。至于爱好章回小说的人，自是予以同情的多。但不管怎么样，这书惹起了文坛上很大的注意，那却是事实。并有人说，如果《啼笑因缘》可以存在，那是被扬弃了的章回小说又要返魂。我真没有料到这书会引起这样大的反应……不过这些批评无论好坏，全给该书做了义务广告。《啼笑因缘》的销数，直到现在，还超过我其他作品的销数。除了国内、南洋各处私人盗印翻版的不算，我所能估计的，该书前后已超过二十版。第一版是一万部，第二版是一万五千部。以后各版有四五千部的，也有两三千部的。因为书销得这样多，所以人家说起张恨水，就联想到《啼笑因缘》。"

不论张氏本人怎样看，《啼笑因缘》是他最有影响的作品，这一点毫无疑问，可以随便举出几件事来证明。《啼笑因缘》发表后，被上海明星公司拍成六集影片，由当时最著名的电影明星胡蝶主演，同时还被改编为戏剧和曲艺，在各地广泛流传；再有《啼笑因缘》被许多人续写，迫使张氏不得不改变初衷，于 1933 年又续写了十回，张氏在《我的写作生涯》中说："在我结束该书的时候，主角虽都没有大团圆，也没有完全告诉戏已终场，但在文字上是看得出来的。我写着每个人都让读者有点儿有余不尽之意，这正是一个处理适当的办法，我绝没有续写下去的意思。可是上海方面，出版商人讲生意经，已经有好几种《啼笑因缘》的尾巴出现，尤其是一种《反啼笑因缘》，自始至终，将我那故事整个地翻案。执笔的又全是南方人，根本没过过黄河。写出的北平社会真是也让人又啼又笑。许多朋友看不下去，而原来出版的书社，见大批后半截买卖被别人抢了去，也分外眼红。无论如何，非让我写一篇续集不可。"这种由别人代庖的续作，出书者至少有四种：惜红馆主《续啼笑因缘》、青萍室主《啼笑因缘三集》、康尊容《新啼笑因缘》和徐哲身《反啼笑因缘》。虽然远不如《红楼梦》续作之多，但在民国通俗小说中已经是首屈一指了。张氏在

《我的小说过程》一文中还说："我这次南来，上至党国名流，下至风尘少女，一见着面便问《啼笑因缘》。这不能不使我受宠若惊了。"

《啼笑因缘》使张氏名声大振，约他写稿的报刊和出版家蜂拥而至，有的小报甚至谣传张氏在十几分钟内收到几万元稿费，并用这笔钱在北平买下了一所王府，自备一部汽车。这自然不是事实，但张氏当时收到的稿酬也有六七千元，的确不能算少。这样，他就可以去搜集一些古旧木版小说，想要作一部《中国小说史》。就在此时，日寇侵华的"九一八事变"爆发，张氏的希望随之化为泡影。作为一位爱国的作家，在国难当头的状况下自不会沉默，张恨水在 1931 至 1937 的几年间，先后写了《热血之花》《弯弓集》《水浒别传》《东北四连长》《啼笑因缘续集》《风之夜》等涉及抗敌御侮内容的作品。

1934 年，张恨水到陕西和甘肃走了一遭，此行使他的思想发生了很大的变化。张氏在《我的写作生涯》中说："陕甘人的苦不是华南人所能想象，也不是华北、东北人所能想象。更切实一点地说，我所经过的那条路，可说大部分的同胞还不够人类起码的生活。……人总是有人性的，这一些事实，引着我的思想起了极大的变迁。文字是生活和思想的反映，所以在西北之行以后，我不讳言我的思想完全变了，文字自然也变了。"此后，他写了《燕归来》，以描写西北人民生活的惨状。

抗日战争全面爆发后，张恨水取道汉口，转赴重庆，于 1938 年初抵达，即应邀在《新民报》任职。抗战八年间，他除去写了一些战争题材的小说外，还有两种较重要的作品，即《八十一梦》和《魍魉世界》（原名《牛马走》），均先于《新民报》连载，后出单行本。抗战胜利，张氏重返北平，担任《新民报》经理，此后几年他写了《五子登科》等十来部小说，但均未产生重大影响。1948 年底，张氏辞去《新民报》职务。1949 年夏，他患脑溢血，经过几年调治，病情好转，张氏便又到江南和西北去旅行。1959 年，张氏病情转重，至 1967 年初于北京去世，终年七十三岁。

张恨水一生写了九十多部小说，印成单行本的也在五十种左右。说到张氏作品的总特色，一般常感到不易把握，因为他总在不断地变。其实，这"变"就正是张恨水作品最鲜明的总特色。

张恨水是一个不甘心墨守成规的人，他好动不好静，敢于否定自己，这正是作为开创者必须具备的素质。读一读张氏的《我的写作生涯》，就会发现他总是在讲自己的变，那变的频繁、动因的多样，在民国通俗小说作家中实属仅见。……待到《金粉世家》《啼笑因缘》相继问世，张恨水的名声已如日中天，他在思想上的求新仍未稍解，他说："我又不能光写而不加油，因之，登床以后，我又必拥被看一两点钟书。看的书很拉杂，文艺的、哲学的、社会科学的，我都翻翻。还有几本长期订的杂志，也都看看。我所以不被时代抛得太远，就是这点儿加油的工作不错。"

追求入时，可说是张恨水的一贯作风，不仅小说的内容、思想随时而变，在文字风格上也不断应时变化。仅就内容、思想方面的变化而言，在民国通俗小说作家中也很常见，说不上是张氏独具的特色，但在文字风格上也不断变化，就不同于一般了。张氏在《我的写作生涯》中经常提到这方面的事例，譬如他曾提及回目格式的变化，他说："《春明外史》除了材料为人所注意而外，另有一件事为人所喜于讨论的，就是小说回目的构制。因为我自小就是个弄辞章的人，对中国许多旧小说回目的随便安顿向来就不同意。即到了我自己写小说，我一定要把它写得美善工整些。所以每回的回目都很经一番研究。我自己削足适履地定了好几个原则。一、两个回目，要能包括本回小说的最高潮。二、尽量地求其辞藻华丽。三、取的字句和典故一定要是浑成的，如以'夕阳无限好'，对'高处不胜寒'之类。四、每回的回目，字数一样多，求其一律。五、下联必定以平声落韵。这样，每个回目的写出，到是能博得读者推敲的。可是我自己就太苦了……这完全是'包三寸金莲求好看'的念头，后来很不愿意向下做。不过创格在前，一时又收不回来。……在我放弃回目制以后，很多朋友反对，我解释我吃力不讨好的缘故，朋友也就笑而释之，谓不讨好云者，这种藻丽的回目，成为礼拜六派的口实。其实礼拜六派多是散体文言小说，堆砌的辞藻见于文内而不在回目内。礼拜六派也有作章回小说的，但他们的回目也很随便。"再譬如他在谈及《金粉世家》时说："以我的生活环境不同和我思想的变迁，加上笔路的修检，以后大概不会再写这样一部书。"诸如此类的变化不胜列举。

张氏的多变还体现在题材的多样化。他说："当年我写小说写得高兴的时候，哪一类的题材我都愿意试试。类似伶人反串的行为，我写过几篇侦探小说，在《世界日报》的旬刊上发表，我是一时兴到之作，现在是连题目都忘记了。其次是我写过两篇武侠小说，最先一篇叫《剑胆琴心》，在北平的《新晨报》上发表的，后来《南京晚报》转载，改名《世外群龙传》。最后上海《金刚钻小报》拿去出版，又叫《剑胆琴心》了。"第二篇叫《中原豪侠传》，是张氏自办《南京人报》时所作。此外，张氏还写过仿古的《水浒别传》和《水浒新传》，他说："《水浒别传》这书是我研究《水浒》后一时高兴之作，写的是打渔杀家那段故事。文字也学《水浒》口气。这原是试试的性质，终于这篇《水浒别传》有点儿成就，引着我在抗战期间写了一篇六七十万字的《水浒新传》。""《水浒新传》当时在上海很叫座。……书里写着水浒人物受了招安，跟随张叔夜和金人打仗。汴梁的陷落，他们一百零八人大多数是战死了。尤其是时迁这路小兄弟，我着力地去写。我的意思，是以愧士大夫阶级。汪精卫和日本人对此书都非常地不满，但说的是宋代故事，他们也无可奈何。这书里的官职地名，我都有相当的考据。文字我也极力模仿老《水浒》，以免看过《水浒》的人说是不像。"再有就是张氏还仿照《斩鬼传》写过一篇讽刺小说《新斩鬼传》。张恨水的一生都在不停地尝试，探寻着各色各样的内容及表达方式，他甚至也写过完全以实事为根据、类似报告文学的《虎贲万岁》，也写过全属虚幻的、抽象的或象征性的小说《秘密谷》，他的作风颇有些像那位既不愿重复前人也不愿重复自己的现代大画家毕加索。

张恨水写过一篇《我的小说过程》，的确，我们也只有称他的小说为"过程"才最名副其实。从一般意义上讲，任何人由始至终做的事都是一个过程，但有些始终一个模子印出来的过程是乏味的过程，而张氏的小说过程却是千变万化、丰富多彩的过程。有的评论者说张氏"鄙视自己的创作"，我认为这是误解了张氏的所为。张恨水对这一问题的态度，又和白羽、郑证因等人有所不同。张氏说："一面工作，一面也就是学习。世间什么事都是这样。"他对自己作品的批评，是为了写得越来越完善，而不是为了表示鄙视自己的创作道路。张氏对自己所从事的通俗小说创作是颇引以自豪的，并不认为自己低人一等。他说："众所周知，我一贯主张，写章回小说，向通俗路上走，绝不写人家看不懂的文字。"又说："中国的小说，还很难脱掉消闲的作用。对于此，作小说的人，如能有所领悟，他就利用这个机会，以尽他应尽的天职。"这段话不仅是对通俗小说而言，实际也是对新文艺作家们说的。读者看小说，本来就有一层消遣的意思，用一个更适当的说法，是或者要寻求审美愉悦，看通俗小说和看新文艺小说都一样。张氏的意思不是很明显吗？这便是他的态度！张氏是很清醒、很明智的，他一方面承认自己的作品有消闲作用，并不因此灰心，另一方面又不满足于仅供人消遣，而力求把消遣和更重大的社会使命统一起来，以尽其应尽的天职。他能以面对现实、实事求是的态度对待自己的工作，在局限中努力求施展，在必然中努力争自由，这正是他见识高人一筹之处，也正是最明智的选择。当然，我不是说除张氏之外别人都没有做到这一步，事实上民国最杰出的几位通俗小说名家大都能收到这样的效果，但他们往往不像张氏这样表现出鲜明的理论上的自觉。

张恨水在民国通俗小说史上是一位名副其实的大作家，他不仅留下了许多优秀的作品，他一生的探索也为后人留下了许多可贵的经验。

目　录

自　序

这部书的命意很是简单，读者可以一望而知。这不过是写过渡时代一种反封建的男女行为。虽然他们反封建并不彻底，在当时那已是难得的了。我若写他们反封建而成功，读者自然是痛快，但事实绝不会那样。

这书里，有些地方是着重儿女情爱的描写，但笔者自信无丝毫色情意味。相反的，那正是描写被压迫者的一种呼吁。现在大都市里婚姻是自由了，可是看看穷乡僻野，像《北雁南飞》这种情节的故事恐怕还很多。现在做父母的应该比以前的人开明些，这书当可作为人父母的一种参考。

此书写于民国二十四年，发表于上海《晨报》。这八年中，笔者在后方，平津方面有人窃版发行。最近笔者才收回交山城出版社出版，附志于此。

三十五年四月二十日
张恨水序于北平

第一回

北雁南飞题签惊绮语
春华秋实同砚动诗心

"临江府，清江县，三岁个伢子卖包面。"这是江西南昌城里一种歌谣。清江两字，也有改为新淦的。因为清江、新淦两县的人，在省城里挑担子卖馄饨的很多，差不多是包办了这种买卖。馄饨这东西，南昌人叫作清汤，清江、新淦人叫作包面。三岁个伢子，是说三岁的小孩子。总而言之，是形容清江、新淦馄饨业之发达。当然，这不无鄙笑的意思在内。其实这两县是鲺鱼稻饭之乡，文化也并不低落。尤其是新淦县属的三湖镇一带，风景幽绝，是令人留恋的一个所在。

三湖距樟树镇三十里，距新淦县也是三十里，交通倒也便利。这个镇市上，约莫有千户人家，却有二三十家牙行、四家钱庄，就普通市镇比例起来，却是畸形的发展。所以造成畸形发展的原因，却因为这里有一种甜美的出产，乃是橘子、柚子、柑子、橙子。由秋天到春初，外方的客商，都到此地来贩卖水果。所以产生了许多做橘柚掮客的牙行。又因为赣州出来的木料，编成浅筏，顺流而下，到了这里，赣江宽深了，浅筏不便行走，就在这镇边重新编扎。

木料是一种大生意买卖，国家在镇市上设了厘卡，抽收木税，于是乎官商两方不断地有银钱交涉，因之又有了四家钱庄，在里面做一个流通机关。据官场中人说，这个厘金局是二等缺，督办是要候补知府才可以做。因为督办资格大，手下的幕宾也就非有相当资格的不可。其中有两个是候补县，一个是县丞。其余的也就至少是佐杂之流。

单提这县丞是位查收木税的师爷，叫李秋圃，乃河南人。在江西听鼓多年，找不到一个实缺做，没有法子，只好将就。而且他有一种奇特的嗜好，喜欢种花。这赣江上游，出花很多，有那载运花木的船，由这里经过，必定要送厘局若干盆。厘局中人，除了督办而外，都是不带家眷的，寄居在局中坐船上，要花无用。李秋圃于是包揽了这件事，在河岸边租了

1

一所民房，用竹篱笆圈了两弓地做起小花园来。他的长公子小秋才十五岁，随着母亲在省城读书。因为酷有父风，听说父亲盖了花园，极力怂恿着母亲刘氏，带了一弟一妹，乘着放年假之便，也追到三湖来。秋圃以为在外做幕是个短局，家眷跟了来，未免累赘，很不以为然。后来听说儿子是慕花园之名而来，却是个同调，倒也笑着不追究了。

小秋的祖父就是一个大官，父亲的官虽不大，然而家中也不愁吃穿，他自绮罗丛里出来，也可以算是一个标准纨绔子弟。当然，在前清封建时代，这种子弟另外有他的一种兴趣和思想。他到了三湖的第二天，赶紧就面着花园，布置了一间书房，窗子外放了四盆蜡梅、两盆天竹，在窗户台上，放了一盆带山石的麦冬草，表示这是芸窗之意。面窗自然是一张书桌，左手一列三只书架，两架是书，一架却放了蒲草盆子、宣炉、胆瓶、茶具之类。右边放了一张琴桌把父亲此调不弹已久的一张古琴放在那里。靠壁放了一张红木卧榻，壁上挂了一轴《秋江放棹图》，旁边有一副对联，乃是"此夕只可谈风月，故乡无此好湖山"。足足忙了一天，布置妥帖。到了次日，拣了自己几部爱读的书，如《饮水词》《李义山集》之类，放在案头。还有《红楼梦》《花月痕》《西厢记》《牡丹亭》这些小说，却塞在书桌最下一层抽屉里，把暗锁锁上了。

日方正午，太阳斜照在窗户上，蜡梅开得正盛。用宜兴瓷壶泡了一壶好茶，斟在墨绿海杯里对窗坐下，看到篱笆外，银光闪闪，乃是赣江。江那边一带橘树林子，绿靠了天，十分有兴趣。一个人自言自语："无酒无诗，如此良辰何?"其实他是滴酒不沾，诗倒会胡诌几句。他的兴致既然发了，于是翻出了一张红树山庄的格子纸，磨墨蘸笔作起诗来。开头一行题目，就是《新居即事抒怀》，这分明是个"七律"题目，少不得平平仄仄研究起来。他不住地蘸着笔，出了一会儿神，口里又咿咿唔唔地哼着，第一、二句，倒不费什么思索，写出来也就认为可了。但是顺着这第一句的韵脚，先得了第四句，那第三句承上启下，还要和第四句作对工整的，写了好几句，都不大相称。于是放下了笔，走出大门来，沿着赣河的岸上，顺流走了去。以为开开眼界，可以即景生情，对出那句。

这河岸很宽，全栽的是橘子树。因为这里已在全国偏南的地方，气候很暖和。虽是严冬，那树叶子依然是绿油油的。树里面是一道长堤，有时在绿林的残缺所在，带着半黄的枯草，还透露出一段来。望河那边，约莫有二里之遥，也是看不尽头的一片绿树林子。两边绿树中间，夹着一道河水，并没有多大的波浪，两三挂帆的船，在水上慢慢地走着。加之那边绿林里伸出两根旗杆，有几座庙宇的飞檐，飘了出来。这边人行路尽头，有一座烧字纸的小白塔，真是互相映带着风景如画。小秋原来是寻诗料的，一味地赏玩风景，倒把找诗的事忘记了。因为天气很好，索性顺着河岸走了去。过了那字纸塔，便是一个义渡口，有一只渡船，由河心里泊向岸边，一群男女陆续地走上岸来。小秋看着乡下人，提筐携盒，却也有些意思，于是背了两手，站在一边看着。

其中有个十四五岁的女郎，面如满月，两只漆黑的眼珠，身上穿一件蓝底白菊花褂子，长平膝盖。前面梳着浓刘海发，长平眉上，后面垂了一条长辫，扎一大截红绒绳，根底下托了一大子儿绒线穗子。虽不免乡下打扮，干干净净的，另有一种天然风韵。她手上拿了一枝长的蜡梅，随着一位老太婆后面走去。她在远远地就向小秋看着，到了面前，却只管低头，可是走远了，又三番两次地回转头来。小秋心想，这位乡下姑娘倒看中了我，倒也有些意思，情不自禁地也遥遥地跟着走了几步。又看她斯斯文文的，绝非农家女，已叫人未免有情。正想再跟两步，那位老太婆回转头来，向他打量了一下。他又一转念，不要自讨没趣，也就转身回家来了。

到家以后，不觉已是夕阳西下，不曾进书房去，就在竹篱下徘徊着。他这种举动，恰是让他父亲秋圃看到了，心想：这孩子呆头呆脑，未免有些可疑，倒要看看他这书房布置了一些什么。于是并不惊动谁，悄悄地走到书房里来。进来之后，四周一看，却也不免点了两下头。再到桌子边看时，砚池未盖，羊毫也未插，一张稿纸上面倒写了几行字。拿起来看时，原来是一首未作成的诗呢。一个人自言自语地道："这孩子斗方名士的脾气，倒也十足。"看那诗时，只有一、二、四句，第三句却在一条墨杠之外，勾了七个三角来替代了。诗是：

新卜幽居赣水边，鸟群帆影落窗前。
△△△△△△△，橘柚连村绿到天。

便连连摇着头道："太幼稚，太幼稚。"再打开抽屉来一看，却是一本虎皮笺封面的手抄本，上面有三个字："南飞集"。他心想，"南飞集"这三个字，耳朵里却是很生疏，是谁著的书呢？于是翻开书皮来一看，上面有字注得清楚，乃是"中州雪花少年小秋氏著"。秋圃看到，不由得扑哧一声，摇着头笑道："这简直叫着笑话。"于是将这本子拿在手上，带进上房里去。当时他对于这件事，却也没置可否。

到了吃过晚饭以后，一家人坐在灯下闲话，秋圃带了淡笑向小秋道："你在省里念书，一个人自由自便的，全闹的是些什么？"小秋站起来答道："都是父亲所指定的几部书。"秋圃道："现在你也会填词了吗？我看你书桌上，倒摆有好几套诗集。"小秋偷看父亲的面孔，并不带着怒色，这就答道："对着谱填得来，放开了谱，记得起长短句子，也记不了平仄，所以也不大十分作这个东西了。"

秋圃哦了一声，然后在桌子抽屉里取出那本《南飞集》，放在桌子上，指着问小秋道："这里面也是你作的东西了？"小秋看父亲的颜色，虽不曾生气，也不曾带了什么欢喜的样子，便用很柔和的声音答道："是我把练习的诗词，都誊写在上面了。"秋圃道："你一个手抄本子，也不过窗课而已，自己有这样胆大，就写上一个'集'字吗？"小秋道："这原是自己写着好玩，并不给人看的。"秋圃道："这也罢了，我问你这'南飞'两个字，是哪里的出典？"

小秋听到父亲问起它的出典来，心中得意之极，便笑道："这是《西厢》上的词句，你老人家忘了吗？'碧云天，黄花地，西风起，北雁南飞'。"秋圃看到他那番得意的样子，就正了颜色喝道："我忘了，我是忘了，你卖弄《西厢记》很熟，俯拾即是。我问你，把一部《西厢记》念得滚瓜烂熟，又有什么用？现在是什么时候，还用得着这一副佳人才子的脑筋吗？我为了自己在外面混衣食，没有工夫管你的功课，你一个人就胡闹起来！若是根据你这条路走去，好呢，能作几句歪诗，能写几个怪字，做一个斗方名士罢了。不好呢，就是一个识字的无赖流氓！我看你这种样子，心里早就不能忍耐了，你得意忘形，倒在我面前夸嘴！"小秋倒不料这件事无功而反有过，只得垂手站立着，不敢作声。

李太太坐在一边，就在旁插嘴道："也怪不得你父亲生气，本来《西厢记》这种书糟蹋人家名门小姐，年纪轻轻的人，看这种轻薄书做什么？以后不要看这种书就是了，你父亲也犯不上为了这点小事和你生气。我要写一封信给你外祖母，你去取一张稿子来。"秋圃正色道，"太太，你又姑息儿子。我倒不一定和他生气，只是趁了这机会，我要和他谈一谈。"于是扭转脸来向小秋道，"我现在给你想定了两条出路，让你自己挑选。其一呢，我托督办写信，助你考进陆军小学去。（注：前清各省，皆有陆军小学，其课程则高于现实中学。）其二呢，省里有个农林学堂，办得也很不错，只是要小学的文凭才许考，这一层还得想法子。由这两个学堂出来，多少可以找一点实学，好去立身，你愿意走哪一条路？"

小秋见父亲很诚恳地说着，便答道："依我看，还是农林学堂好，一来是个中学，二来我的志趣，不想入军界。"秋圃点了两点头道："你这话呢，我倒是赞成。只是有一层，如今学堂里，是不考究汉文的，若不把汉文根底弄好，跨进学堂门去，以后永远得不到汉文通顺。好在两个学堂招生都在七八月里，有这半年工夫，就在这里再读一些汉文吧。这镇市进乡去五里路，有个姚家村，村上的姚廷栋先生，是个名秀才，虽然不曾中举，只是为着科举停了，依我看来，他至少是个进士人才。而且他很懂时务（彼时以有新学识为知时务），你跟他去念书，一定受益。他现时在村子里，设了一个半经半蒙的馆，有二十来个学生，在这一方很负盛名。"

小秋听到要坐经馆，做八股功夫去，立刻觉得头痛，但是父亲这样婉转地说着，一定是下了决心让自己前去的，倒不能违拗。可是在这个维新的年月，还要从八股先生去研究经史，也是自己所不愿意的事，因之默默地站在一边，没有作声。

秋圃道："听到念书，你就像害了病一样，翻过年来十六岁，已经成丁了，还是这个样子，你自己不觉得难为情吗？现在是年底了，过了元宵，我便送你去上学，从今日起，把你那西厢记东厢记、南飞集北飞集都收拾起来，正正经经把读过的书理上一理。你若是到姚先生那里去了，比不上此地一些土生土长的学生，我看你害臊不害臊？"

正说到这里，一个听差进来，向秋圃道："吴师爷派人来说，现时三差一，请李师爷就去。"秋圃站起来笑道："你去说，我就来。"李太太笑道："你是高蜡烛台，照不见自己的脚下黑。这样教训儿子一顿，自己听说打牌，就忘了一切。"秋圃笑道："这是在外面混差事的正当应酬，怎样可以不去？"他说着话，穿上马褂，也就走了。

李太太也就正色向小秋道："你父亲所说着你的话都是正理。你怎样把《西厢记》上的话，都写到作文本子上去？实在也不成话。"小秋笑道："哪里是呀？你老人家不知道。听说王实甫作《西厢记》，写到'碧云天，黄花地，西风起，北雁南飞'这几句，吐了几口血，实在是好。我们北方人到南方来，仿佛就是那雁一样。所以我用了那'南飞'两个字，把'北地人'三个字含在字里行间。"李太太道："你背了父亲，就有这些夸嘴，刚才怎么不对你父亲说呢？也怪不得你父亲没有好颜色给你。你总是这样淘气，以后不许再做这些风花雪月的闲文章了。"

小秋在慈母面前还有什么话说，自然是答应了。可是他回到房里以后，想起在渡口遇到拈花女子的那一番韵事，十分地感到回味，于是仿作无题诗体，作了几首"七绝"，把那时的情感和心里的感想表示了一番。在无事的时候，也就常把这几首诗拿出来自己吟哦着。

约莫过了一个月，已到了元宵时节。小秋心里痴想着，今天街上玩灯，那个姑娘若是在镇市前后的，必定要到街上来看灯，不免到街前街后也去转转，或者在街上碰到了她也未可知。果然，顺了他那一番痴心，在下午便到街上去转着。这个镇市上，横直只有五条街，他来回地总走过了十趟。人山人海，看花灯的确是不少，但是这些人里面，要是找那个穿花裤子的姑娘却是不易，至于她来不曾来，这更是不得而知了。小秋忙了一晚半天，大海捞针，算是白忙一阵，只好回家安歇。因为次日十六是个黄道吉日，父亲已经挑选好了，在这天送自己上学了。镜花水月，过眼皆空，这也不必再去想她。到了次日，换得衣冠齐整，带了两个听差，挑着书箱行李，随着父亲一同上学来。

这姚家村去三湖镇不过五里，顺着橘柚林子，慢慢地走来。经过了一带围墙，便有一幢高大的房屋，在广场外耸立着，顺着风，一阵读书之声，由那里传出来。走到那门口，横着的金字匾额，大书"姚氏宗祠"四个字。小秋心里想着，这四个字应当改一改，改作"第一监狱"。不过心里如此想，人还是朝前走。穿过了两进房子，一位四十以上的先生，长袍马褂的就迎了出来。

秋圃抢上前一步，拱手道："怎好让老夫子出迎，真是不敢当了。"小秋知道这就是先生姚廷栋，也就躬身一揖。姚廷栋见他穿了豆绿湖绉棉袍，外罩一字琵琶襟滚边花缎蓝马褂，头戴缎子瓜皮帽，上有小小的圆珊瑚顶儿，腰上系着淡青洒花腰带，在马褂右襟下飘出一截来。眉清目秀、十五六岁的哥儿，这样修饰着，在富贵之中，自带一番俊秀之气。只是自己向来教着布衣的子弟，现时来了这样一个花花公子，恐怕会带坏自己的学风，因之不免把脸色格外板起来。

这几进屋子的房间里，都住着姚先生的高足，头两天就听到说了，有一位少爷要来，所以这时少爷来了，大家也就少不得在窗户眼里、门帘子底下争着窥探。小秋一向在省城里富贵人家来往，多半是这样穿戴惯了，却不料到了这里来，是这样引着人家注意，情不自禁地把面就羞红了。

秋圃带着他到了正面大厅里，这里右边摆着一张八仙桌，夹住了两个书架，正面一把太师椅子，那自然是师座了。此外大大小小，沿四周的墙壁，都放了书桌，一直放到前进堂屋倒座里去。各位上都坐有十三四岁，以至十七八岁的学生，见着客到，都站起来。正面是个木头月亮门，里面有方丈之地，上设了至圣先师的座位。小秋周围一看，并无隙地可放书桌，除了进月亮门去陪孔夫子，就是和先生同席了，心里捏了一把汗，只说"糟了"。

　　这时，姚先生让着秋圃在师位旁边坐下，吩咐斋夫在圣位前点上了香烛。小秋是不用别人吩咐，拜罢了孔夫子，请先生居上，也拜了四拜，然后和各位同学都拱了一个揖。姚廷栋略问了小秋，读些什么书，笔下能作什么，就点点头，于是向秋圃道："兄弟这里有十八个学生，分作两批教。文理清顺些、自己已经会看书的，让他在房间里设位子。不能自己用功的，就在堂屋里设位子。令郎既是自己可以读书动笔了，这后进还有一间小厢房空着，就让他住到那里去吧。"小秋听了这话，真个如释重负，只怕父亲不答应。所幸秋圃很客气，说了完全听凭先生的便，也没有多谈，告辞走了。

　　这里学堂的斋夫将小秋引到后进厢房来布置一切，这厢房在圣座的后面，门朝后开，恰是避了先生的耳目。一个两开窗户，对着有石栏杆的大天井。天井里有一棵大樟树高入云霄，大树干子弯弯曲曲，像几十条黑龙盘舞，树叶密密地罩着全屋皆阴。树顶上有许多水老鸦，呱呱乱叫。天井石板块上青苔长有十个铜钱厚。厢房墙上，另有一个圆窗户，对了祠堂后的一片菜园子。靠窗户不远，有一丛芭蕉、一个小土台，上面一口井，井边两棵横斜的梨树，枝上长满了花蕊，有些早开的花，三星两点地，已经在树枝上缀着白雪。小秋两手一拍，大叫一声"妙"。

　　斋夫正搬了书箱进来，答道："少爷，这是姚家祠堂，不是庙。"小秋道："这外面是姚家的菜园？"斋夫道："是相公家里的菜园。"原来此地人称秀才作相公，称举人作老爷，这是先生家里的菜园了。小秋道："先生在家里睡吗？"斋夫将嘴向窗户外一努道："喏，他住在那一边。"小秋看时，天井那边也有间厢房。自己空欢喜一阵子，以为在后进住着，离开了先生权威之地，不料挑来挑去，却是和先生对门而居，也就不再叫妙了。

　　斋夫将这屋子收拾清楚了，姚廷栋便叫小秋到师位前去，随便地在书架上抽了一本《古文辞类纂》来。掀开第一页，乃是贾谊的《过秦论》。

姚廷栋道："我不知道你汉文的根底究竟如何。你可以把这篇文章，先念后讲一遍，我知道你的深浅了，再订定你的日课。"小秋回头一看，许多同学都向自己望着，心下这就想着，我应当把一些本领给人家看看，不要让大家小视了我，于是将那篇《过秦论》抑扬顿挫念了一遍。

姚廷栋听完了，点点头道："不用讲了，我已经明白你的根底。今天你初来，不必上什么新功课，可以自己随意理一理旧书，把心事安定了。明天我出一个题目你作，试试你的笔路。"小秋答应着"是"，退回自己屋子里来了，心里这就想着：这位先生果然不是《牡丹亭》里的陈最良，更不是《石头记》里的贾代儒，我原想着这里是第一监狱，或者不至于了。

正这样想着呢，一阵很清脆流利的书声送进耳朵来："投我以木桃，报之以琼瑶，非报也，永以为好也。"咦，这可奇怪了，这是女子的声音，难道这个学堂里面还有女学生吗？记得三年前，在外面附馆，有秀芳、秋凤两个女同学，那时只管和她们在一处玩，有时还闹着脾气，几天不说话。后来才知道青梅竹马之交，就是这么一回事，可惜那个时候，一点也不懂得，糊里糊涂地把机会失掉了，于今回想起来，还是羡慕得了不得。这可好了，现在又有了女砚友，不要像从前那样傻了。心里这样想着，早是隔了窗子，向那边厢房看去。这里一伸头，早见那边窗户里一张白脸一闪。

小秋一想，她准是也向这边张望，不要鲁莽，既是同学，迟早总可以看到的，于是又缩回来。但是坐下来只翻了两页书，那件事无论如何打发不开，索性把书桌移着贴近了窗户，也高声朗诵地读起书来，也不过读了七八页书，那窗户里的白脸，又是一闪。小秋是抬头慢了一点，竟不曾把那脸看得清楚。

小秋想着，把桌子贴近了窗户，那还是不妥，复又把桌子移到里面去。本来无事，自己倒着实庸人自扰了一阵。混到这天下午，由前进堂屋里吃饭回后，进来捧了一杯凉水，在院子里漱口，那边厢旁门开着，这位女同学悄悄地出来了。

他一见之后，不由得心里突突乱跳一阵，这正是在义渡口上遇到、手捧蜡梅花的那位姑娘。自己以为从此以后，彼此永无见面的机会了，不料更进一步，彼此做了同窗砚友。在这一刹那间，自己未便去正面相看人家，那位姑娘也就低头走了。

小秋出了一会子神，走回房去，将书页子里夹住的一张诗笺拿出，自念了一遍，心想：这一下子好了，有了作诗的题目了。但是这里同学有二十人之多，就没有人和她想亲近在先的吗？恐怕我来已是晚了。他到学堂的第一天，正处在他父亲所期望的反面，开始心绪烦乱起来。

一天又一天地过去，小秋在有意无意之间，把那位姑娘的底蕴打听出来了。她是先生的爱女，名叫春华，今年才十四岁。先生在学堂呢，她就在厢房后面的套房里念书习字；先生不在学堂里呢，她就回家去。她家就在祠堂后面，所以她进出都由后门，虽是男同学有许多，却很少接触的机会。小秋听了这些消息，心下暗喜。想道：春华秋实，是个现成的典故。我的名字已经有个"秋"字了，她却实实在在地叫作春华。这样看起来，我们竟是有点缘分的。要不然，为何那天在义渡口上就遇到了她呢？这个兆头太好，将来大有意思。于是颠头颠脑地又不住地在屋子里微步吟诗。可是这位春华姑娘年纪虽轻，举止却非常端重，有时彼此相遇，她不闪躲，却也不轻看人一眼，只是正了面孔，行所无事地走了过去。这和初次在义渡口相遇的情形绝对是两样。

小秋心里想着：是了，自从我到学堂里以来，在第二日，先生就对我说了，读书的人，以大布之衣、大帛之冠为佳。吓得自己立刻找了一件蓝布大褂，将绸棉袍子罩上。莫非这位师妹也是嫌我浮华的？以后我要尊重些，不可向她探头探脑了。在十日之后，小秋的态度也就变作老实了，只是心里头总不能完全老实。只要有机会，便向对面窗子偷看了去。这时，也探得春华的书底不错，念过《女儿经》《女四书》之后，又念完了一部《列女传》、一部《礼记》，现在正念着《诗经》呢。这并不是什么人告诉小秋的，是在春华的读书声里，就把她的书底一一地听了出来了。

这一天，中午的时候，姚先生因族中的人请他吃午饭，他不在学堂里了。前面许多同学趁着先生不在家，一窝蜂地跑了出去各找乐趣去了。虽有两个同学不曾出去，也睡了午觉。小秋一个人在屋子里坐着，只见那菜园里的梨花堆雪也似的开了一树。天上正飞着极细极细的雨丝，不用心看，几乎是看不出来，被风一吹，卷着一团一团的烟球，在半空里飞奔。菜园外有几棵柳树，枝条长长地向下垂着，带了金黄色。

小秋走到窗户边看时，那雨烟子被风吹着，直扑到脸上来，于是低低地吟道："欲黄昏，雨打梨花深闭门。"他这样吟着，实在是无意的。不料对过厢房，声音跟着也吟起诗来，诗也只有两句，却颠三倒四的只管吟着。起先，小秋听不出所以然，后来听明白了，乃是"知我者谓我心忧，不知我者谓我何求"，这两句诗和现在的环境映证起来，和"欲黄昏，雨打梨花深闭门"两句词联续起来，这就大有意思，耳朵听着，心里哪禁得住情思的冲动，于是扑通扑通地跟着跳了起来。

第二回

透一点真情人逢老圃
积十分幽怨事说《西厢》

　　李小秋在书房里那样诗心怦动的时候，那对过厢房里的诗声却也由高而细，以至于全不听见。小秋心想，那绝没有错，必定是因为我念的词把她逗引着了。我索性再念两句诗，看她怎样。于是由"昨夜星辰昨夜风"起，把那首七律《无题》，完全都念遍了。但是天井外那樟树上的积雨滴答滴答向下落着，越衬着这后面一进屋子静寂无声。小秋心想，她或者还不懂得这种诗句，我自吟咏了这一遍了，偷偷地向对过看看，她在做什么呢？于是装着看雨景的样子，两手反在后身，走到窗户边向天上望着。

　　他虽然头是昂起来望着天上的，然而他的目光，却正是望了对过的窗户。啊，了不得，竟是一排四扇窗户，完全关闭起来了，莫非她恼恨我这种诗句吗？她若是恼恨在心里，那还不要紧。假如她在先生面前略微透露一些口风，说我为人轻薄，先生打我一阵，骂我几句，那还罢了。若是先生告诉我父亲，说我这个人不屑教诲，让我退学，那我简直不能为人了。

　　他如此揣想着，心里固然是不安，就是脸上也像在炉子边烤火一般，一阵阵的热气，只管由里面烘发到外面来。本来是想在天井里多徘徊两个圈子的，他转念一想，可不要胡来了。我乱吟着诗句，已经怕人家说我轻薄了，再要在天井里转来转去，显见得我这个人不知进退，如何使得？

　　他忽然地小心起来，赶快向书房里一缩，先摊开书本。坐在书案前，恭恭整整地看起书来，但是心里烦恼过一阵之后，眼睛尽管看在书上，而书上说的是什么，却一点也不知道。他心里只是在那里揣想着，春华应当怎样对付我？我若是她，也不能对先生说，只是心里怀恨着，以后永远不理会我就是了。可是就算不理会我，我也面子难堪，心里难受。本来是我的不对，先生的女儿犹如我的姊妹一般，我若是应当敬重先生的话，就应当敬重师妹，怎能够存着非分之心呢？

　　他心里这样地一惭愧起来，就越发地不能够安心看书。但是不看书，或是出去散步，怕露形迹。或是到床上去躺下，又怕更要胡思乱想。万不得已，那么，坐下来写两张小楷吧。这倒是比较可靠的一件收束放心之策。于是自己先研了一阵子墨，然后找了一支好的羊毫，就着一张朱丝格纸，慢慢地写起字来。这个法子倒果然有效，心里虽不断地在那里揣想着今天所做的事，可是手上也不断地在写字。直写到黄昏时候，先生回了学堂，同学掌起清油灯来，开始读夜书，小秋的心事才定了。

到了次日，起床之后，打开窗户来，天气放了晴。一阵阳光，扑进屋来，那久雨之后的人，对了这种阳光，说不出所以然的，是十分痛快。小竹子短篱笆上，长长短短，突出了许多竹笋，不知名字的小鸟，在竹篱上叫着。那两棵梨花，被太阳一照，白得光华烂发，更是可爱。小秋过了一夜，又看了这样清新的晨景，把昨天所做的事，就完全忘记了。于是两手倚了窗栏，就朝菜园子里赏鉴起来。正当他这样赏鉴的时候，那芭蕉丛中，有个穿花衣服的女子，很快一闪，就不见了。略微听到一些脚步声，是由那里转向墙角边而去。小秋一点也不犹豫，猜定了这就是春华师妹，而且料着她也必是恼恨过深，所以看到我在这里就闪开了。千不该，万不该，不该昨天念那"无题"的诗。所幸她顾全面子，不曾对先生说。要不然，昨天晚上这件事就发作了。虽然，她还在气头上，总以小心为妙，万一她生了气，随时还是可以举发的。到了这时，小秋只是害怕，把玩风弄月的那些想头，完全消灭了。这天下午，先生叫去问书，恰好师妹也为了一个字去问先生。小秋站在桌子左边，她却大宽转地，由他身边绕到右边去。小秋两手扶了桌子，低了头只看自己的书，不敢正眼儿看人家，先生当面，更是不敢偷看。只听到先生道："这个字，你会不认得？《诗经》上有'投我以木桃，报之以琼瑶'，不是有这个'琼'字吗？"她也不曾作声，悄悄地去了。小秋心里，哪还敢惦记其他，讲完了书，自回书房去。自这以后，只念些《大学》《中庸》《公羊》《谷梁》，对于艳丽的辞章，并不敢提。

又过了一日，还是晴天，直到下午，太阳行将西下，一天的功课完毕，便同着两三位同学，到村子里去散步。这些老学生和村子里人都混熟了，随处遇着人就站住闲话。小秋搭不上腔，一个人还是继续地走，不知不觉地又远远地碰到两棵梨花树，于是顺着橘柚林外的小路，走向前去。到那里看时，不由自己哈哈一笑，原来这两棵梨花也就是自己卧室窗户外的两棵梨花，这已走到那菜园子里了。于是慢慢地向前去，走到梨花树底下来，那阳光由梨花缝里透射过来，虽是有些树荫，那树荫却也清淡如无，人站在树底下，真个飘飘欲仙。恰好有几阵清风从柳条子里梳过来，将那金黄色的柳条，也吹动得飘飘荡荡的。小秋觉得浑身爽快，仿佛记着有这样两句诗："梨花院落溶溶月，柳絮池塘淡淡风。"也就很想把这两句诗改一改，改得和现实情景正合。口里哼哼唧唧，也就不断地念着。因为他一副心情，完全在诗上，也就不计其他了。

在二十年前，少年不解现代所谓求恋、追逐这些手续，遇到了羡慕的女性，只有一味地去纳闷寻思，幻想中不是打算做一个跳墙的张君瑞，便是打算做一个讨胭脂吃的贾宝玉。然而这两种人，都是万难做到的。加之是世家子弟的青年，父兄都告诉他一番"弟子入则孝，出则悌""孝子不登高，不临深"的那些话头，在人面前，必定要斯斯文文的，才不失体统。小秋的环境，便是如此。他偏又不是个极端守规矩的孩子，背着人，只管偷看些《红楼梦》《西厢记》之类。整年整月地，只想得一个莺莺或黛玉。莺莺是不易得的人了，自己也没有这种胆量，出门去访佳人。只有林黛玉这一类的中表亲，人人都是有的。可是说起来也是缺憾，有两个姑母，生有表妹，都在河南原籍，无法见面。舅母倒生得不少，可是又全是肥头胖脑的表哥表弟，没有一个小姐。母亲原来有个大丫鬟，叫着贵莲，可是一脸大麻子，而且眼睛皮上，还有一个萝卜花，这绝不是袭人、晴雯一流。后来又添了一个小丫鬟叫春喜，倒也五官清秀，只是到现在还只九岁，什么也不懂。小秋有时在书房念书，叫她斟一杯茶来，要学一学宝玉支使四儿的味儿，她却在外面偷着踢毽子，老叫不进来。进来了，身上散着一阵汗味，蓬了一把黄头发。所以他无可奈何，只寄情风月，每是无病而呻，来排遣他的苦闷。现在他忽然遇到这样一个师妹，不但是可认为黛玉、宝钗而已，她恰是知书识字，且粗解吟咏，这去那鼓儿词上的佳人才子，为程不远。因之自遇到她以后，明知在严师督责之下，同学攻研之间，不是谈男女调情的时候，但是头里头无论如何，也不能将这件事排解开去。同时又怕春华不快活，只管远远地见着她就闪开。这时，他出来散步，也是万般无奈的一条计策，及至到了梨花树下，触景寻诗，许多思想，都凑杂在一处，哪里还寻得出诗来。

正凝想着呢，只听得芭蕉影里，娇滴滴地有人叫道："小德子，不要跑，仔细跌跤。"这两句话，把小秋惊悟。看时，乃是先生的小儿子，在菜地沟里跑着。那位师妹春华姑娘正在前面喊着呢。小秋心里头，尽管是想她，可是一见面之后，倒反而慌了手脚，脸上一阵绯红，望着人家说不出话来。然而春华却大方得多，手扶了芭蕉叶子，低低地叫了一声"师兄"。小秋因为人家都开口了，自己不便呆站在这里，于是也就笑着答应了一声。他虽是答应了一声，然而自己答应的是什么，也不知道，只是鼻子里仿佛曾哼着"请了"。

春华一只手，依然牵住了芭蕉叶子，一只手却将那芭蕉叶子一条一条地来撕着，只管低了头微笑。小秋不敢和春华说话，又舍不得马上走开，却携了小德子的一只手，问他几岁，又问他念书了吗？那小德子才有四岁多，怎能够念书？小秋也明知道他不曾念书，但是除了这个，更没有什么话可说了。小德子虽然淘气，恰是他最怕生人，经小秋一问，将一个食指，放在嘴里衔着，身子是扭得像扭股儿糖似的，睁了一双圆眼睛望着人，却死也不作声。

春华道："没有出息的东西，李师兄问你的话，你怎么不答应？快给你师兄作揖。"小秋摸着小德子的头道："不要紧的，小孩儿都是这样。师妹，你很用功。"这最后六个字，他虽是说了出来，声浪低微得震不动空气。难为春华耳力极好，竟是听见了，便笑答道："我哪里知道用功，用功也没有用处，还中得了女状元吗？我爹爹说，师兄学问很好，一堂同学，都赛不过你。"她口里说着话，手上已经把那片芭蕉叶子，撕下一大片来，于是两只手又一条一条地，更撕得像挂穗子一样。

小秋也知道她是很难为情的，若是只管和她说话，却怕她难堪。不过照现在的情形看起来，可以证明她绝不会为了前日念书的声音生气，心里自是十分欢喜。他不作声，她也不作声，两个人对立了一会儿，那小孩子却扯住了春华的衣襟道："姐姐我们回去吧，尽站在这里做什么？天黑了。"春华红了脸，牵着他的手生气道："回去回去，是你要来，来了又要走。"说时，回转头来向小秋点了一个头，也就走了。

小秋站在梨花树下，眼看她姗姗而去，心里头高兴极了。觉得宇宙虽大，都是为自己造的。便是这两棵梨花，不是在阴雨里面，那样凄凄惨惨地穿了一身缟素衣裳。照现在看起来，乃是琼花玉树，一个白璧无瑕的宝物，一高兴起来，身子犹如腾云一般，情不自禁地跳了两跳。直等着太阳西坠、人影昏昏的时候，才两手拉开了窗户，扒着窗户板子，向里一跳。他以为屋子里很低，随便地就跨了过来，猛然地向下落着，地板是咕咚地响了起来。那个斋夫听到书房里这种很大的响声，倒有些莫名其妙，立刻跑过来，推门向里望着。小秋跌在地板上，摔得两腿麻木生痛，扶着椅子站了起来，只管低头在膝盖上拍灰。

斋夫笑道："李少爷，你这是怎么了？"小秋怎好说是爬窗口进来摔倒的，便笑道："我站在方凳子上钉钉子呢。"斋夫笑道："我也没有看到少爷进来，少爷怎么样就在屋子里摔了一跤了？"小秋还说得出什么话来，只是傻笑。斋夫也不敢多问，自低着头走了。小秋定了定神，坐在椅子上只管想着。斋夫又进来了，两手捧了清油灯，放在书桌上，将油碟子里的挑灯杆儿，把灯芯剔得大大的，向小秋笑道："李少爷要什么东西吗？"小秋见他格外地献着殷勤，心里倒有些疑惑，莫不是这家伙看出了我的行为，故意来审问我的。于是正了颜色道："不要什么东西，你去吧。"那斋夫因为他是一个道地的少爷，所以随时特别殷勤。往日这李少爷受着奉承，总是笑脸相迎，不料他今日有了脾气了，去奉承他，倒反是受着他的钉子，不声不响地，也就退到厨房里去了。自己坐在灶头边，看了灶上蒸屉里出的水蒸气，只管出神，叹了一口气道："有钱的人，真是脾气大。"

这句话刚说出口，后面就有一个人答道："狗子，你一个人在这里骂哪个人，又是灌多了黄汤了吧？"狗子回头看时，却是大姑娘春华来了，连忙站起来笑道："半夜里杀出一个李逵，大姑娘怎么会到我们厨房里来了？"春华道："怎么样？厨房里不许我来吗？"狗子笑道："不是不许大姑娘来。因为大姑娘嫌这厨房里是烧煤的，经年也不来一次的，现在煤气正烧得这样厉害，你怎么倒来了？"春华道："米汤煮开了，赶快送回家去一盆。"狗子笑道："这件事还要大姑娘自己来说吗？"春华已不去分辩，看看盆里的菜又看看厨房里的米，还伸头向水缸里看看。狗子心想：怪呀，我们姑娘，今天到厨房里来查我的弊病来了。春华在厨房里打了几个转转，遂就笑道："金家少老板今天回学堂来了吗？"狗子道："昨天回家的，今天哪能够回学堂呢？"春华道："王家少老板，好久没有回家了，该走了吧？"狗子道："谁知道哇？"春华道："那位李家少爷为人很和气呀。"她说到这里，禁不住嘻嘻地笑了起来了。狗子心想：我们小姐是把话来颠倒着说吧？便随便答应了一个"是"字，春华道："他父亲是个知县呢，他祖父还是个大红顶子，做了好几代的官呢。"狗子心想，我们大姑娘，倒偏知道李少爷的家世，也就微笑了一笑。春华看到了狗子的态度不大正经，有话也就不敢跟着往下说。搭讪着向天井上面看了一看天色，也就走了。

姚廷栋是本村里一个相公，所以他的住宅，也就是四面土库墙的高大房屋。在东边墙下，有一所两明一暗的小屋子。堂屋门就是大门，这时大门未关，却是将夹层的两扇半截门带拢了。由这门口过，看到那堂屋里闪出一道昏黄的灯光来。灯光之下，咯吱咯吱，织布的木机声，响得很是热闹。春华昂着头向里面叫道："毛三婶，你太勤快了，晚饭也不吃，只管织布。"屋子里的机声，突然停止，那半截的门向外推开，毛三婶站在门口，笑道："大姑娘，刚下学啦，进来坐一会子吧？"春华也正有话向她说，就走进去了。

　　毛三婶将小火缸上的一把泥茶壶提了起来，四周张望着，就想寻茶杯倒茶给她喝。春华连连摇着手道："不要客气，我刚喝茶来的。"毛三婶放下茶杯，笑道："果然地，我也不必倒茶给你了。我们这茶倒会喝涩了你的嘴。"春华道："你吃过了晚饭了吗？"毛三婶叹了一口气道："我们这日子简直过得造孽，后天不是该赶集吗？我想把布明天下了机，后天拿到市上卖去。"她说着话端了一把小竹椅子，放到堂屋中间来，还掀着胸前的围襟揩抹了几下，笑着让座。春华道："你只管织布吧，我和你闲谈几句。"毛三婶笑道："我也有话和你谈呢。"于是拖了一条小板凳来，塞在屁股底下，在春华对面坐下了。春华道："毛三叔还没有回来吗？"毛三婶道："他要能早回家就好了。天天在街上喝酒，醉得烂泥一样才回来，你叫我说什么好。"春华用手摸摸自己的刘海发，又回手去摸过自己的辫子梢来，很不在意地问道："他不是打算到府里去做生意吗？"毛三婶扭转身嘛了嘴道："那是一句话罢了，做生意哪来的本钱？"春华道："府里有熟人，借一借也好。"毛三婶眉毛一扬，就笑起来道："他本来打算到管家去借的。但是大姑娘还没有过门呢，新亲新事，怎好开口？"春华将脸红着，装出一种生气的样子，咬着牙道："那是倒霉的人家。"毛三婶道："你不要信人说，姑爷并不是癫痫头。前几天，你毛三叔在街上碰到他呢，他也是身体太弱，所以今年下半年没有读书。"

　　春华肚子里，这时有许多话要问，但是话到舌尖，又吞了回去。两只脚尖在地上划着，只看了自己的脚尖，并没有作声。毛三婶看她那样子，也知道她是有话说，就静静地等着她。许久，她忽然鼻子里哼了一声，这才道："人要是得了痨病，很不容易好的，我将来恐怕会得这个病。我若有病，就不瞒人。"毛三婶笑道："大姑娘桃红画色，怎么会得那个病？管家小老板，我听说是有点病，你也不要信人说是那个病。把这个冬天过了，交了春，他的病或者也就好了。"春华听她这样子说，管家小老板真有病了，心里头那一把暗锁，却轻轻地透开了几层，就微微一笑道："不知道什么缘故，我总情愿死。"毛三婶道："年轻轻的，你怎么说这个话？你的荣华富贵还正在后头呢。"

正说到这里，外面有人嚷道："毛三哥在家吗？"说话时，一个穿破蓝布袄子的少年冲了进来。他没有戴帽子，露着一颗长满了梅花秃疮的头。他头上仿佛鸟粪堆里，露出稀稀的一些短草。大概在他新自搔痒之后，浓血由耳鬓边直流下来。春华见这位癞痢，联想到那一位癞痢头，早是面红过耳，心里难受已极。这个癞痢，他偏是不知进退，还向春华笑道："大姑娘吃了饭吧？"江西人有个奇特的风俗，熟人见面，不论时候，不论地点，第一句话，就是问"吃了饭吧？"譬如两个人半夜在厕所里遇到，也是问"吃了饭吧？"而答复的人，也总是刻板文章，两个字"吃了"。这个"吃"字读作恰好的"恰"，念起来，且很是重浊。当时春华答复这癞痢，却不是那刻板文章答道："我冒恰（没有吃），唔有什哩送把我恰吗（你有什么送给我吃吗）？"她这样反常的答复，让这癞痢碰一鼻子灰，自己还莫名其妙。但她是一村子里相公的女儿，谁敢得罪她？不作声，低头走了。

毛三婶也有些奇怪，大姑娘为什么突然生气，正望了春华发呆呢。春华依然是怒气勃勃未曾平和下去，将脚轻轻地在地上点了两点道："臭癞痢，这副死相。"毛三婶听她这种口吻，心里有些明白了，便不敢多说。春华咬着牙道："一个人生了什么病都好医治，唯有这臭癞痢，胡子白了，也没有好的日子。我见了这癞痢，就要做恶心。"毛三婶心想，你那位没有过门的丈夫，也是个癞痢呢，我看你怎么办。做恶心，你还得和他同床共枕呢。不过她心中如此说，口里却说别的，把这话扯开，因道："大姑娘，你在我这里吃了晚饭去吧。我喜欢听你说故事，你一肚子故事呢。说两样我听听吧？"春华心里，这时候是非常难过。但是难过到什么程度，也就说不出一个所以然来，毛三婶留着她吃饭，这倒很合她的意思。因为在这里谈谈话，可以排解胸中的积闷。便笑道："你要听故事，那也很容易。等我回去吃了晚饭，再来讲给你听。"毛三婶道："那又何必呢？我也不为你做什么菜，我一边做饭，你一边和我讲故事，这不很好吗？"于是她拿着煤油灯，到堂屋后倒座里去，放在墙上的支搁板上，自己引了一把木柴，坐在缸炉子边烧起火来。

春华坐在旁边一只矮凳上，看她烧水做饭。毛三婶道："大姑娘，你讲的《二度梅》，很是好听，你再讲一个比那好听些的故事给我听吧？"春华昂头想了一想，两手抱着膝盖，身子也前仰后合的，似乎她不曾说，已经想得很得意了。她原是偏着头，在那里出神的，这时忽然向着毛三婶望了道："你屋里，去年不是挂有四张画，说的是张生跳粉墙的故事吗？我说一段张生、莺莺的事你听。"毛三婶放下手上的火钳，两手一拍道："这就好极了！"春华微笑了一笑，然后接着道："张生，大家都知道他是一个状元，其实原来是个白面书生，遇着莺莺的。莺莺自小即许配了郑家，那郑家公子长得三分不像人，七分倒像鬼，请问莺莺那样的佳人，有沉鱼落雁之容，怎不伤心？后来她到庙里进香，遇见了张生一表人才，心里自然……"说着，她不加断语，笑了一笑，接着道，"那张生可就疯了。"

毛三婶对于这个故事，也是略知一二，于是正着视线向春华道："不吧，大姑娘，我听说他是生了相思病。"春华抿了嘴微笑道："何必说得那样肉麻死人呢？这莺莺小姐手下，有个聪敏丫头，叫作红娘，看着他可怜，又为他再三地哀求，才传书带信，但是人家一位宰相的小姐，哪里能理会呢？后来来了一支强盗兵，把他们住的那座庙围困了，要提小姐。老夫人就说，退得了强盗兵，就把女儿许配给他。后来张生请他盟兄白马将军把强盗打走了，可是老夫人翻了脸。嘻！"她叹的这一口气，却拖得非常之长。毛三婶笑道："大姑娘，你是认得字的人，怎么也是听评书掉泪，替古人担忧呢？"春华并不带笑容，淡淡地道："我这说的真话吗。张生和莺莺正是一对，而且张生又是救命恩人，为什么不把莺莺许配给他呢？"毛三婶道："我想老夫人也有难处，她一个女儿怎能许配两个郎呢？莺莺不是许给了郑公子吗？"

春华听了这话，又是一声长叹。毛三婶道："后来不是莺莺嫁了张生吗？说是郑公子气死了。"春华道："那是后人不服，捏造出来的话，其实莺莺后来就和张生不通音信了。"毛三婶道："她一定是嫁了郑公子了。"春华摇着头道："她绝不能嫁姓郑的。你看图画上画的郑桓，是个小丑的样子，倒像一个做贼的，莺莺那样绝世的美人，我们忍心说她会嫁他吗？"毛三婶所知道的，莺莺是嫁了张生了，郑桓也是一个公子，为什么大姑娘偏要反转过来说，这倒有些不解。只是她一定如此说了，也就不好去驳回了。春华看她脸上带了微笑望着自己，似乎有些不相信的样子，便笑道："古来许多真事，都让后来编鼓儿词的人，编得牛头不对马嘴。譬如梁山伯祝英台的事情，就和真事不对，那个时候，离孔夫子也不知几千百年，乡下人传说，那先生就是孔夫子了。"毛三婶抢着道："这话对了。祝英台也是有丈夫的……"春华也抢着道："若是照乡下人传说的，祝英台这人就该死。既然和梁山伯很好，为什么放学回家去，又许配了那马公子呢？像莺莺原先配了人，那是命里注定了哇。嗐，世界上这些悲欢离合的事，那是天和人作对，要不然，后世人哪有许多鼓儿词谈呢?"

毛三婶在乡下妇人中是有心计的人，她见春华今天说话，常有些愤愤不平的意思在里头，绝不是平常说鼓儿词的那一种态度，这很有些奇怪。今天自己失口说出来，她丈夫是个癫痫头，莫非她因这件事，引起了心中的牢骚？心里这样一转念头，也是越想越像，但是她没有张生，也没有梁山伯，何必这样子发急呢？不过她生气是真的，千万不能将话照着向下说了，于是赶紧切菜做饭，和春华说些别的，把这话引了开去。她不说，春华也不再向这上面提着，只是左一声，右一声，叹了好几回气。这一下子，让毛三婶越看出了形迹，匆匆地伺候她吃完了饭，就拿着灯送她到自己家门口去。有道是：旁观者清。这就给毛三婶留下一个很显明的影子，让她去追寻了。

第三回

带醉说闲情漫猜消息
借资掷孤注小起风波

俗语道得好：欲知心上事，但听口中言。春华在毛三婶面前所说的这一番话，未免大大地留着痕迹，她送春华去后，也不上机织布，也不下厨房烧火，两手抱了膝盖，斜着身子坐下了，望了墙壁上悬的一盏灯，只管发呆。过了约莫有一小时之久，外面的半截门扑通一声响了，接着就有人猪一般地哼着，毛三婶知道，这是她丈夫毛三叔回来了。

毛三叔究竟是怎样一个人呢？这里可以介绍一下子：他并不姓毛，也是姓姚。不单是他姓姚，这一个村子上的人，全数姓姚，不带别姓的。江西有多数地方，是带着这浓厚的封建色彩来组织乡村社会。一个村子里，只有同姓来居住，纵有别姓一两家住着，受着多数人的排挤，什么也感到不便，他也只好住到自己同宗的村子里去。因为如此，每个村子里，都有一个祠堂和一所村庙。祠是供祖先的，庙是供神佛的。而神佛也离不开土地、财神、文昌、关公几位。在这几位神佛上研究一下，可以知道乡下人的思想是怎样。这是治鬼神的，见得他们有组织，至于治人事的，当然更要进步。

大概地说，每个村子里，至少有两个统治者，一个是管人事的，由相公当之，资格是举人、副榜、秀才之流。万不得已，童生也可以。但是必定是读书作八股功夫的人；另一个是治族事的，由每个村子里年高辈长的人来担任。他们虽不必有什么选举的形式，然而对族外有了事，必定人人来请教相公。对族内有了事，人人必定来请教族长，也就等于公认了。但是一个族长和一个相公，决计不能担任全族三五百人或者二三千人许多杂事，如甲家丢了一只鸡，乙家欠人三个月利钱，这样的小事，都要出来处理，也不胜其烦。于是在统治者之下，在全族里总需要几个为人直爽、能说，或者能跑路、有闲工夫的人，来帮助一切，而毛三叔就是一个。

这种人在全族里虽没有什么地位，但是遇到相公族长许可了他处理事情时，在那一件事一个时间里，他和相公族长无二。所以在平时，村人也不妨给一点小便宜他得着。毛三叔为了常可以得小便宜，终年只管理他私产三十来棵橘子树，田里工作，如栽禾、耘草、车水，这一些上晒下蒸的苦事，完全不管。每日只是到三湖街上水酒馆里去吃酒闲坐。有钱就到财神庙赌摊上去押单双宝。每到夕阳西下，他喝得两张脸腮如关公一般，东歪西倒，走了回来，逐日如此。这行为太令人注意了，所以前后十里路，无人不知毛三叔。

为什么叫毛三叔呢？他小名叫三毛伢仔，一直到十八岁，才取了个大名叫天柱。但是人家叫他三毛伢仔，不叫他姚天柱。到了他娶了毛三婶了，有些人不便叫他小名，就顺了比他晚一辈的人叫，叫他毛三叔。好在他的辈分极大，这样叫，绝不上当。平辈或长一两辈的人很少很少，只好拗着口叫他天柱了。毛三叔虽是好酒又好赌，生平却不讲歪理，若是自己错了，老老实实，就认为自己错了。因为肯认错，大家对于他的感情，都不算坏。只有他的老婆毛三婶，每晚陪了这样一个醉鬼睡觉，心中大不舒服。而且他白天又多半是不在家。

这晚晌，毛三婶听了春华的话，觉得她那样的人，嫁个癫痫丈夫，实在是委屈了。然而自己这个丈夫，一张雷公脸，长满连鬓胡子，而且身上的衣服，总是敞着胸襟，不扣纽襻。外面板带一系，纽转在身上，非常难看。和这样的丈夫终日相伴，又有什么趣味？她想到这里时，丈夫就回来了。往日她听到门声，就上前来开着，免得毛三叔说啰唆。今天心里是特别不高兴，虽然听着了也不开门，只是两手抱了大腿，朝墙壁上的灯去望着。毛三叔在门外用脚连踢了几下门，叫道："死了吗？还不来开门，我把这两扇门打掉下来，看你在家里做什么！"毛三婶这才由屋子里答应了出来，一面走着，一面笑道："你要打这门，你就重重地打上几下吧，你不打这门，才显不出你是一个好汉呢。打破了门，怕不由那死王八蛋出钱来修理。"说着，两扇门向里拉开，毛三叔歪着身子，由外面跌了进去。毛三婶并不理会他，自关了门，回厨房来洗碗盏。

毛三叔见老婆不理会他，也有些难为情，自捏了一杆旱烟袋到厨房里找火种。当他点火的时候，看到两只饭碗两双筷子在洗碗盆里，便咦了一声道："你一个人怎么用两份碗筷？"毛三婶两手在盆里按着碗，偏了头望着道："两份碗筷，你怎么就看到了？"说毕，就淡淡地冷笑一声。毛三叔道："看你这样子，好像是生我的气，我难道问不得一声吗？妇人家讲个三从四德，你对了汉子，总是这一副样子，是你娘老子教导出来的吗？哼，你这泼妇！"他说着这话，手拿了一条板凳，重重地向厨房中间放着，然后坐下来。

毛三婶住在相公家庭隔壁，受了不少的孔孟熏陶，丈夫这两句话，她比在法堂上听着老爷的判词，还要感到严重，立刻把声音低了一低，勉强带了一些笑容道："我就实告诉你吧。相公家里的大姑娘到我们家里来了，我留着她吃了晚饭去，所以有两副碗筷。她是天天见面的人，我总不能撒谎吧。"毛三叔静静地抽了两袋旱烟，自然肚子里想了好几遍主意，这才笑道："这是想不到的事，大姑娘知书识字，心高气傲，总不会把平常妇女放在眼里的，怎么倒肯和你谈天？"毛三婶眉毛一扬道："我就是不认得字，论起肚子里面的货色，我也不差于她呀。"毛三叔咯咯地笑了两声，也就不说什么了，坐在旁边，静静地看毛三婶收拾厨房。她自个儿收拾着，也不去理会丈夫，许久，却叹了一口气。毛三叔横了一双醉眼道："你还叹什么气，难道你在家里做的事，还不许我问吗？我在外面晚回来一点，怎么你就可以盘问呢？"她道："这是笑话了，我又没有说你不该问，我是替大姑娘叹这一口气，你多什么心？"说着，她将厨房里东西，收拾完毕了，自提了墙壁上的灯，走回卧室去。

毛三叔不曾把话说完，如何肯休手，已跟着她到卧室里去。这时候毛三婶端了一盆洗脸水放在小桌上，将两只袖子高高卷起，对了墙上悬的一面小镜子先洗脸，后洗两只手臂，然后在抽屉里找出一柄拢梳来，左手摸一下头，右手将拢梳在头发上面，轻轻地梳上一下。毛三叔坐在旁边抽旱烟袋，两只眼像钉子钉定了一般，向老婆身上看着。毛三婶也明知丈夫在看她，只当是不知道，只斜着眼睛，微微地看了一眼，然后放下拢梳，捧起桌上的灯，就要向堂屋里去。毛三叔连忙起身，抢着在门口站定，两手横开，拦住了去路，笑道："这时候，你还提了灯到哪里去？"毛三婶道："我的布等着明天下机呢，趁了今晚还早，去赶两梭子，你看不好吗？"毛三叔顺手接过灯，送在桌上，笑道："我有话和你谈谈，今晚上不要织布吧。"

毛三婶被他将灯接了过去，倒也不来抵抗，就在靠门的一张破旧椅子上坐着用手托了头，半闭着眼睛。毛三叔手拿着旱烟袋坐在桌沿上，就笑道："哎，你不要装睡，你那句话还没有告诉我呢，你为什么替大姑娘叹上那一口气呢？"毛三婶突然昂起头来，答道："我是说一朵鲜花插在狗屎上。"毛三叔道："你这话我也明白了，你是说她许的这个姑爷，是个癫痫头。"毛三婶鼻子里哼了一声，微笑道："像她这样的婚姻，你说是不是鲜花插在狗屎上呢？"毛三叔道："姻缘都是前生定，那有什么法子？"毛三婶道："我不相信这话，既然姻缘是前生定的，和谁有缘，谁和谁就当配成夫妻了。何以张生和莺莺小姐，那样的千里有缘来相会，后来又怎样不成为夫妻哩？管婚姻的这位佛菩萨，也太颠三倒四了。"毛三叔道："呵呵，你倒搬起鼓儿词来。"毛三婶道："这是今晚大姑娘和我讲一大段《西厢》，所以我一说就想了起来的。"毛三叔道："她怎么会把《西厢》的故事和你谈起来了呢？"毛三婶叹了一口气道："人家也是借酒浇愁哟。"于是就把春华今晚说的话，从头至尾，学说了一遍。

毛三叔半闭着眼睛，口衔了烟袋，把老婆的话听完，两手一拍道："这一件事我明白了，我明白了，我大大地明白了。"说着，昂头哈哈大笑。毛三婶轻轻喝道："你叫什么？叫得隔壁相公家里人听到了，那是玩的吗？你说，你是怎样明白了？"毛三叔道："你有所不知，现在我们相公学堂里，来了一位少爷学生，穿戴不用说，自然是一位花花公子，就是论人，本也是一位白面书生。比原来的那一二十位学生，的确要高两个码子。昨天我和相公由街上带东西回来，大姑娘在祠堂外大路边上，就把我拦住了，她说我们学堂里，又多了一个学生，你知道吗？我不明白，她为什么问我这句话，我就实说老早知道了。她又说，你天天上街，还要走这学生家门口过呢。我说，我知道，他是李师爷的儿子。大姑娘借了这点根由，就盘问我起来，由李师爷门口过，他的房屋大不大，家里有些什么人？李师爷为人厉害不厉害？我也有知道的，也有不知道的，随便告诉了她几句。她问完了，又叮嘱我，这些话，她是问着好玩的，叫我不要和别人提起这件事，说完了，还是红了脸走了。我心里就疑心，她为什么只管问这些话，而且是鬼鬼祟祟的。后来我又一想呢，她还年轻呢，未必知道什么。可是今天我上街去的时候，在路上也遇到了那位李少爷，我因为大姑娘的话，少不得对他脸上多看了两眼，他倒笑着和我点个头，问我怎么称呼，好像在哪里见过我。我说我住在相公家里隔壁，天天上街的，从你公馆门口过呢。他就陪着我走了一里多路，当是散步，只管问相公家事，后来问那小师弟定亲没有。我说相公不愿儿女在小时候定亲的，他就笑了。看那样子，他好像还想问大姑娘许了人没有，又不敢出口，看看要走上村口大路了，才回学堂去。这样看起来，他岂不是也有意思？再把他们两个人言语对照一下子，哈，这里面……"说着他连连吸了两口旱烟。

　　大凡一个乡村妇女，不知天地高低，古今久暂，烦闷的人生，无可增长知识的，就喜欢打听人家不相干的家务，来做唯一的谈助。年轻些的，尤其喜欢探听别人风月新闻。毛三婶听了丈夫的话，觉得很有趣，便笑道："果然是这样，等哪天大姑娘来了，我少不得探探她一些口气。"毛三叔含着到肚子里去的酒气，渐渐要向上涌，放下旱烟袋，伸了一个懒腰笑道："睡吧。自己家里，快没有了下锅米，倒去打听别人家这种闲事呢。"毛三婶起身向外走道："不，我还要去赶两梭子。"毛三叔也不拦阻她，却一伸脖子，把桌上的灯吹熄了。

　　到了次日起来，毛三叔拿了一把长柄扫帚，在门前扫地，只见李小秋身子一晃由墙角边转了出来。毛三叔笑道："李少爷，你早啊！"小秋点头道："也不早，我刚出门，你倒已经出来做事了。你今天到街上去吗？"毛三叔道："去的，我一天不上街，心里就过不得。"小秋道："那么，我托你一点事，我有两件换洗衣服，请你给我带回家去。还请你和我家父说，带两三吊钱来用。我亲笔写一张条子回家去，我父亲自然会给你钱的。"毛三叔笑道："小事小事，一定可以办到。"正说着，毛三婶一头撞出来了。她来的势子虽是那样猛，然而及至看到了小秋以后，却又缩到门槛里去，手扶了半截门，半藏着身子，两只眼珠，滴溜溜地在小秋身上转着。毛三叔道："喏，这就是我说的李少爷。"三婶微笑着。毛三叔道："少爷，你有衣服换，何必拿回去？她是天天要洗衣服的，你就交给她洗就是了。"毛三婶道："是的，学堂里学生，去年也常交衣服给我洗的。因为下半年我赶着织布，就没有接衣服了。你有衣服，只管拿来。"小秋道："那就好极了，将来我自然照件数给钱。"毛三叔笑道："你少爷还会短少我们的钱吗？"

　　小秋笑着，转回学堂去。不多大一会儿工夫，就拿了一卷衣服和一张字条来。衣服是留下洗的，字条是让毛三叔回家取钱的。当他在门口交衣服的时候，恰好春华由自己家里走出来，手捧了书本去上学，斜看了一眼，并不打招呼，却低了头，挨着对面的短篱笆走了。小秋心中明白，也只当没有看见她过去。交了衣服，也就回身上学堂来。转过竹篱笆时，只见春华手扶了橘子树，站在那里呢，见小秋来了，却低头向地面上四处张望着。小秋迎上前道："师妹，你丢了什么东西了吗？"春华笑道："我走到这里丢了一枚针。"小秋道："我的眼睛好，来和你找找吧。"春华笑道：

"不用找了，真是针大的事还放不下来呢。师兄也认得毛三叔？"小秋道："是这一个村子里的人，还有什么不认得的。"春华道："昨天晚上，我还在他家里讲故事给毛三婶听呢。"小秋道："师妹倒会讲故事，将来也讲一两段我听听吧，讲的是什么故事呢？"春华倒没有答复，便笑了。她不作声，小秋未便默默相对，只好接着讲了下去。二人也不知道说了多久的话，因为身后脚步声，回头看时，是毛三叔来了，才不作声，各自走了。毛三叔看在眼里，也不作声。

今天是阴历二月初二，又是三湖街上赶集的日子，自己要赶快地上街去，低了头，径直地向前走着。他身上还揣有小秋写的字条呢，心里就这样想着，我还是先去替人家拿钱呢，还是先去到街上找一点临时买卖做？我身上有了钱，又会去赌博的。把人家的钱输了，那可没有脸面见人，还是先到街上去吧。不过到街上去，少不得喝几碗水酒，喝得酒气熏天的，再去到公馆里去要钱，倒怕误了大事，还是先去吧。我既然知道人家的钱，不能拿去赌，还会上赌博场不成？我这人也就未免太糊涂了。他如此想着，拿了那字条，就先到李家去投递。因为时间尚早，秋圃还不曾到厘局里去。他看到儿子这字条，料是没有错误，就拿了三张一吊钱的大票子，让听差交给了毛三叔。他和听差讨了一张纸，把三张票子包好，揣在怀里汗褂的小襟袋里。这意思便是谨慎而又加谨慎，自己也来防备着自己。于是先到茶铺子里，找了一副靠街的座位坐了，泡了一壶茶，要了一碟点心，慢慢地咀嚼着，静等三意的来到。

原来毛三叔每日上街，把这镇上做小生意的人，都混得极熟了。有些做小生意的，或者有特别开支，或者本钱周转不灵，也在这赶集的日子，和那放钱的人借钱或邀会，或写借字，或口约，其间少不得要做中的，这就要来找毛三叔这路人物了。他每逢说好一样交易，至少有一二百文的中资，一日茶酒饭钱都有了。设若有两笔买卖呢，那就可以带一二百文上宝摊上去赌一赌，输了就算没有挣到，赢了可是财喜加倍。他也有规矩的，总是坐在财神庙戏台左边，聚仙居茶馆门口第三张桌子边。这里就好像现代律师设的事务所一般。茶馆子里老板，为的他是一位常年主顾，不论如何高朋满座，必定将那个位子留着，因为如此，所以要来请教他的人，也是一碰就着，无须他各处去寻找生意的。

这日上午，他靠桌沿坐着，把一盖碗酽茶，都喝成淡水了，还不见有人来找他。这茶馆外面，便是戏台前一片空场，现在日交正午，满场子里大挑小担，人来人往，正是热闹。毛三叔心想，到了这般时候，还没有生意上门，大概也没有什么希望了。老在这里等着，把一天集期白过了。于是叫伙计将茶钱记了账，按上一旱烟斗烟丝，在空场子里兜了两个圈子，顺脚走来，不觉到了庙后。这庙后便是摆设着各种赌摊的所在，一阵骰子铜钱声音，接连地响入了耳鼓。心里想着，无聊也是无聊定了，到宝摊上去看看热闹也好。若是遇到熟人有赢了钱的，还可以抽几十文头钱喝水酒去。又顺脚走来，却到了一个摇四门宝的摊上，一副两丈长的木板桌面，三方是围满了人坐着。上面宝官坐的所在，正敞开了摇骰子的瓷缸子。宝官左右三四个人，正忙着数铜币和钱票子，向外赔钱呢。

他站在赌钱的人身后，背了两手只管看着。对面一个人，正赢了一大把钱票子呢，就昂了头向他道："老三，怎么不坐下来押两宝?"毛三叔笑着摇摇头道："不行，今天连吃水酒的钱都没有呢。"那人见他如此，也不再劝，那上面的宝官，将瓷缸盖住了三粒骰子哗啦啦啦摇了起来。这响声送进耳朵来，既清又脆，感觉得特别有趣。宝官将宝盆放下了，四周的人纷纷下注。毛三叔看时，注子都下在二三两门，一四上很少人下。心想，这是什么原因呢? 见身边有一个人，带了一张草纸，将一支切断半截带小座钢笔帽的笔，抽了出来，在纸上记着宝路。于是和那人一点头，借着单子看了一看。接着放下单子，摇了两摇头道："这宝怎好押二三门，一定是青龙（即四）。"那人点点头道："我也是这样想。我押二百文一四角吧。"

毛三叔也不作声，向下看去。及至宝开了，却是三个四点，正是一条火龙。那人道："嘿，我看中了是四，押孤丁就好了，不该押角。"毛三叔只是笑。及至第二宝，那人因他有先见之明，未下注之先倒和他商议商议。毛三叔道："照说呢，火龙红满盆，一定要初门。押三上好。"那人又依了他的话，押一百文二三角，押一百文三的孤丁。开了宝，正是三，那人欢喜得跳了起来，角上赢了一百文，孤丁上赢三百文，共是四百文，也不用毛三叔开口，就分了四十文给他喝茶。毛三叔虽是得了四十文，心里头却十分懊丧，心想，我看得这样准，刚才若是把身上的钱，都押了三的孤丁，就赢了九吊了。自己会赌，只管助人家发财，管他呢，这四十文总是我的，我就把这四十文试试吧。于是又看了两宝，猜得都差不多。到了第五宝上，无论如何忍不住了，就把四十文下了二四门，而且猜着二是有准。开了宝，果然是二，于是赢了四十文。但是，他更心里难过，这四十

26

文为什么不下二的孤丁呢？要不然，不是赢了一百二十文吗？现在身上有了八十文了，这一下子，未必再中，于是押了六十文二三角，二十文四的孤丁，以图补救。不料开了宝，偏偏是个一，吃了个干净。他心想，押许多宝，哪里能宝宝中。今天的看法，不怎样错，借这怀里的一吊钱试试吧。十有七八可赢，就是输了，再想法子还人家钱好了。

如此想着，恰好板凳上腾出两个空位，他一脚跨过了板凳，就坐下来。掏出了一张票子，换了一百枚铜币，就实行押起宝来。他押宝之后，虽也有一二宝中的，然而不中的时候居多，不到三四十分钟，就输得精光。他想，这是人家的钱，如何可以随便输掉呢？又掏出一张票子来翻本，但是不久又完了。最后，他气上来了，口里叫说："好歹就是这一下。赢了呢，填补亏空而外还可以有些富余；输了呢，无非是对不住人罢了。"他一个人叽咕着，将一张票押在二的孤丁上。宝开了，却是一个三。他连话也不说，站起来就跑。跑到墙角边无人的所在，抬起手来，自己在头上打了几个爆栗。口里骂道："你初次给人做事，就扯下这样大的亏空，以后有人要你做事吗？"说不得了，赶快回去，把机上的布割了下来，跑到街上来，还可以卖一吊多钱，再找几件衣服当当，也就差不多。

他如此计算着，一口气就跑了回家去。虽然是有五六里的路程，他竟不消半小时就到了。毛三婶恰也把机上的布织好了，正埋怨着丈夫出去得太早，这匹布又得留到下期赶集才能卖呢。这时毛三叔跑进门满脸发紫，满头出汗，看到之后，倒吓了一大跳，连问是怎了。毛三叔见机上的布已没有了，便四处张望着道："布呢？让我拿了去卖吧。你不必去了，我马上就可以拿钱回来。"毛三婶心知有异，便道："回回卖布，都是我同你一路去，就为的是不放心，怕你把钱输了。今天你这个样子回来，又是输苦了，打算拿我的布去翻本吗？那么不行。"说着，由堂房里跑进房去。找了一把大锁头，咔嗒一声，把橱门锁了，并把椅子撑了橱门，坐了下来。毛三叔走进房来，向她作揖道："你今天得救我一把。不然，我要丢人了。"毛三婶手还抱在胸前，偏了头道："那不行，你让人剥了衣服去，也是应该。"

毛三叔站着发了一阵呆，只得把事实说了一遍，因道："你想想看，我不还人家李少爷的钱，哪有验见人？那还罢了，这事让相公知道了，他怎肯放过我？"毛三婶依然两手环抱在胸前，偏了头道："我不管，我不管。"毛三叔道："有道是事急无君子，你真不管吗？我就要动手抢了。"

毛三婶道："你若是抢了我的东西去了，我就和你拼命。"毛三叔见她一些退让之意也没有，心中大怒，手扯了毛三婶一只袖子，拖了向后一摔。毛三婶哪里能抵抗他牛一般力气，早就身子向前一蹿，跌在地上。于是放声大哭，叫起撞天屈来。她这样叫着，自然把左右邻居都惊动了，待得二人纠缠了许久，毛三叔夹着布要出门时，已经有好几个人抢了进来，这自然是走不得，而且这场事情，也不好意思照直地对人说，只站在堂屋里发呆。

毛三婶看到有人到来，她的理由也就充足起来，一面哭，一面向人诉冤屈。大家听了这话，自然是说毛三叔的不是。有那嘴快的人，就悄悄地向学堂里去报告了李小秋。他听说，倒老大过意不去，立刻跑到毛三叔家里来。只见满堂屋全是人，毛三婶坐在卧室门的门槛上，眼泪鼻涕几道交流，头髻散披到后颈去。毛三叔靠了檐柱站着作声不得，一见小秋进来，立刻作了两个揖道："李少爷，我真没有脸见人。但是我只能输自己的钱，哪能输别人的钱，我回来要拿布去卖钱……"李小秋连连摇着手道："不用说，不用说，我全知道了。三吊钱是小事，只要你下次戒了赌，输了就输了吧，现时我也不要你还钱。免得为了这点小事，失了你夫妻的和气。"小秋如此说毕，在场的人异口同声地夸赞起来。毛三叔不由得笑起来了，又向小秋拱着手道："难得李少爷有这样的好意，但是我怎好意思花了你的钱不还呢?"就有人笑道："若是有这样的好主顾，以后你越发地要赌，横直输了是人家的钱啦。"小秋便道："我也不能说舍钱你去赌博，只要你手头活动的时候，再还我吧。你夫妻二人也不必闹了，免得先生知道。"他这样说着，就是在那里哭泣的毛三婶也就微微地破涕为笑了。

第四回

淡淡春怀读书营好梦
潺潺夜雨煮茗话闲愁

　　钱这样东西是可以破坏世上一切的，同时也可以建设世上一切的。毛三叔为了要卖老婆机上的布，于是夫妻二人翻了脸了，同时，李小秋答应不用毛三叔还钱，毛三叔也就不用去抢夺老婆的布了。立刻，一场风波平息下去，比什么人劝解的，都要有力量些。大家不声不响地坐着，便是那些来劝说的人，也都纷纷走了。

　　不过这一场风波虽是平息了，这一个故事就传遍了全村，便是姚春华姑娘也知道了。在太阳偏西，念过晚课几首唐诗的时候，她是首先下课由祠堂后门走出来，她脸上带着笑容，那是走得很快。及至到了毛三叔门口，见他家外面，那两扇半截门却是关闭的，于是将脚慢慢地移着，移着到了那半截门外，咳嗽了两声，就停止了。毛三婶今天闹了这一场风波，人也有些疲倦了，于是端了一把小椅子，放在天井里，静静地坐着，把一生的过去与未来，闲闲地想着。想到了最后，便觉得嫁了这样的丈夫。除了白天织布、晚间陪醉鬼睡觉而外，绝对没有其他的指望。想着想着，就垂下泪来。

　　正这样地想着心事呢，却听到了门外的咳嗽声。这虽不知道咳嗽的是哪一个，但是听得出来，这是一个女子的声音。立刻开了门向外看着。春华当她来看的时候，却又装成一个走路的样子，继续地向前走着。走了两步，故意回头一看。毛三婶笑道："大姑娘，下学了，不在我们家坐会子吗？"春华笑道："你又和毛三叔拌嘴来了吧？我又没有工夫来劝你。"毛三婶于是长长地叹了一口气道："不要提起。你请进来坐坐吧，我们谈谈。"春华倒不推辞，就跟着她走了进来了。毛三婶让着她到屋子里坐下，张罗了一阵茶水就问道："大姑娘，你怎么也知道了这件事呢？真是丢丑。"春华道："夫妻们拌嘴，家家都是有的，这也算不得什么。我是听到斋夫狗子说的，他说是李少爷来解的围，是吗？"说着，抿了嘴微微一笑。

毛三婶道："是的，难得李少爷那样好人，三吊钱白白地丢了，并不要我们拿钱还他。"春华笑道："他父亲是个老爷，家里银钱很流通，常常做好事，三两吊钱，他自然也看着不算什么。不像我们两三吊钱可以做好些事情。"毛三婶道："我不像你毛三叔，有酒盖了脸，什么大事不管。只是我领了人家这样大的人情，要怎样地去感谢人家呢？"春华笑道："我看他是不在乎，你真要不过意的话，常常接他几件衣服浆洗一下子，也就可以抵得了他的债了。"毛三婶道："今天早上，他就和我约好了，以后送衣服给我洗了。"春华听了这话，默然了许久，这才道："那么着，以后他少不得要常来的。"

毛三婶看她说这句话的时候，眼睛上的睫毛垂了下来，脸上泛起两圈红晕，似乎有些害臊。心里这就奇怪着，这是什么意思呢？这句话还值得害羞吗？便随话答话道："我们这穷人家，人家是个少爷，简直没有地方好让人家坐呀。"春华笑道："这个人很随便的，倒也不讲那些排场。"毛三婶心想，一个新学友罢了，你倒是这样地知道他。但是她口里也情不自禁地问道："大姑娘和他交过谈吗？"春华红着脸微微摇了两摇头。但是她立刻觉得不妥，又微突道："在一个学堂里读书，总少不得有交谈的时候。"毛三婶笑道："这倒是的，天天在一处读书，总少不得有交谈的时候，其实交谈也不要紧，那梁山伯、祝英台不是在一块儿读书的吗？"春华红了脸道："那怎样能比？"毛三婶不由得扑哧一声笑了起来道："我也是糊里糊涂，一时瞎说，那是什么时代，现在又是什么时代，哪能够把今人和古人相比呢？"说着，她的脸也就红了。

两个人说完，都觉这话说到这里，不好向下说去，默然地相对坐着。春华将两只手放在大腿上，慢慢地搓那膝盖以上的衣襟摆，只管慢慢地搓着，搓成了布卷子，眼睛皮低垂着，脸上好像在生气，又好像是发笑，只是不作声。还是毛三婶笑道："我倒想起一句话来，他们由省城里来的人，这洗过的衣服，是不是要浆上一把？"说时，眼睛已斜望了春华的脸色，看她很平常的并没有什么变动，这又接着向下道："李少爷是那样豆腐脑子的皮肉，若是穿那收过浆的衣服，真会擦破了皮。"春华笑道："既是那么着，你就多把胰皂洗洗，不用浆了。"她口里说着这话，却把鞋尖在地面上来涂画着字。但是她虽然很不好意思，并不表示要走，好像她对于毛三婶的谈话，倒有些恋恋不舍的神气。

毛三婶心里想着，这可有些奇怪，她往常不是这样喜欢和我谈话的，怎么到了今天，突然地亲热起来了呢？她或者有什么话要和我说吧？可是在她没有开口以前，自己又不便怎样问她。自己也低着头想了片刻。她是个聪明女人，终于是把话想出来了，便笑道："大姑娘，你讲的故事，真是好听得很，今天还是在我这里吃夜饭，再讲两段我听听吧。"春华笑道："你倒听故事听出瘾来了。今天晚上不行，我爹爹回家要问我的书呢。明天晚上，大概没有什么事，我吃了晚饭再来讲吧。我若是自己来，怕我母亲会说话，最好请毛三婶到我家里去，和我母亲说一声，我母亲一定答应的，你只管去。"

毛三婶见她脸上的颜色，比较地开展起来，仿佛这一针药针，已经打在关节上了，便笑道："好的。我今天晚上就去说。"春华连连摆着两下手道："今天晚上，你不必去说，你说了我母亲会疑心的。一来是我到这里来过了，分明是我叫你去说的。二来你今天和毛三叔吵了嘴，怎么有那闲心要听故事呢？"毛三婶咬了下嘴唇皮，连连点了两下头，微笑道："大姑娘遇事都想得很周到，不错不错。"春华笑道："这本并不算周到，我是因为家规太紧了，不能不处处留心。"她口里说着，人已站了起来。抽出胁下纽襻上掖的手绢，在身上拂了两拂，她分明是站起来打算要走的，不知如何，她又站住了。毛三婶道："你忙什么？吃晚饭还早呢，还在我这里坐一会子去。"春华向她先微笑着，然后接住道："你明天到我家去，不要说到李少爷的事情上去才好。"毛三婶笑着连连点头道："这个我明白的，何消大姑娘说得呢？"春华说了这番话，算是对自己要做的事，把第一步安顿好了，于是带了那欣喜的颜色，从容走回家去。

因为自己兴致甚好，吃过了晚饭，捧着一盏煤油灯，走回自己卧室，放在书桌子上。这书桌上揩抹得干干净净的，除了陈设着文具而外，还有一面自己所喜欢的圆镜子和一只白瓷花瓶，瓶子里斜插着两枝梨花，映照在镜子里面。春华映着灯光，看看自己镜子里影子，真个粉团玉琢一般。虽不知道书上说的美貌佳人，究竟是怎么一个样子，但是凭着自己这种面貌，在这个村子里，是找不着第二个了。而且自己肚子里，还有一肚子文学呢，难道就找不着一个相当的人物来配我吗？她如此想着，越是兴致勃然，于是先放下门帘子，其次关上了房门，将床垫褥底下放着的一本《牡丹亭》摊在灯下来看。顺手一翻，便翻着《惊梦》那一折，于是将抽屉里的一本《女四书》也展开了一半，放在手边。这才将坐的椅子，移了一移，摆得端正了，然后开始看起来。看到那柳梦梅和杜丽娘在梦中见面的时候，右手扶着额头，左手伸着一个食指到嘴里去咬着，心里只管荡漾起来。

民国纪元以前，没有现代许多恋爱学专书，旷夫怨女所拿来解决苦闷的文字，只有《西厢记》《牡丹亭》这些。那些辞藻华丽的文字，国文根底浅陋的，当然是看不懂。然而待看得懂了，在性欲上更起了一种诗意，这毒是越发中得深了。春华这姑娘，就是那个时候的一个代表。这晚晌她有了一种感触，读这《牡丹亭》，也仿佛格外有趣。

但是看不多页，却听到外面屋子里一种咳嗽声，那正是父亲回来了。立刻把那卷《女四书》向前面一扯，那《牡丹亭》卷成了纸卷，很快地向床褥底下稻草卷里塞了进去。自己赶快坐在灯下，把《女四书》低声慢读起来："阴阳殊性，男女异行。阳以刚为德，阴以柔为用。男以强为贵，女以弱为美。故鄙谚有云：生男如狼，犹恐其尪。生女如鼠，犹恐其虎……"她口里念着，心里也就体会着，女子要这个样子，才是对的吗？两手按着书，不觉地出了神。只在这时，姚廷栋先生却在隔壁屋子里叫道："春华，你把《女四书》拿来，替我回讲一遍。你有两三天不曾复讲了。"春华听了这话，立刻答应了个"哦"字，站起来牵牵衣襟，让衣服没有皱纹，然后手拿着书，开了房门出来。

姚先生这时坐在一张四仙桌子旁边，右腿架在左腿上，手捧了水烟袋，呼噜呼噜地抽着烟。看见春华来了，便用手上的纸煤儿，向她招了两招。春华两手捧了书本，放在桌面上，然后站在桌子犄角边，垂了两手，微低着头，面色沉着下去，不带一些笑容。因为这是姚先生常说到的，女子总要沉重，不苟言，不苟笑。加之她本来就怕父亲，一见面胆子就小了。所以到了现在，几乎是个木雕的人站在这里。姚廷栋将书拿过来翻了两页，然后指着书上道："把这一节给我讲讲。"春华将书扯到面前，低声念道："礼，夫有再娶之意，妇无二适之文。故曰：夫者，天也。天固不可违，夫固不可离也。"于是接上解释着道，"礼制上定得有：为夫的呢，死了妻子，可以再娶的。至于妻子呢，就没有再嫁这一种话。所以说，丈夫就是天，人是不能逆天行事的，丈夫也就不可离开的。"廷栋点了几点头道："解释倒也说得过去。古人所说达人知命，这个'命'字，并不是现在瞎子算命的那个命，乃是说各人的本分，一个人总要安守本分。妇女是房门里的人，更是寸步不可乱离，所以圣人说，'非礼勿视，非礼勿听，非礼勿言，非礼勿动'。"

他说到这种地方，两手捧了水烟袋，一点也不动，那烟袋下压的一根纸煤儿，烧着有两三寸长的纸灰。那脸色是更不必说，就是铁板铸的了。春华站在这里，更是五官四肢都死了过去。可是她外表如此，心里可就想着：父亲为何说这种话，这里面多少有些原因，大概是为着我到了毛三婶家里去了一趟吧？于是手扶了桌沿，许久许久，说不出话来。她母亲宋氏这时由外面走进来，看她那为难的样子，料着她是受了申斥，便道："书讲完了没有？到里面屋子里去吧。女儿不像儿子，有许多事情，父亲是不能管的。"姚先生便望了她道："你去吧。"说时，下巴颏一动，那纸煤儿上的两寸多灰，才滚了下来。春华慢慢地将书抽到怀里，然后半转着身慢慢地走了。

这天晚上，她凭空添了许多心事，觉得书上说的"夫有再娶之意，妇无二适之文"，这是天经地义。不但父亲教育是如此说，就是乡村里人，谁又不是这样地说着？一个做女子的，遇到好丈夫是这一生，不遇到好丈夫也是这一生，还有什么话说？父亲在今天晚上，突然地提出什么达人知命这几句话来，难道我的行为，他看出一些来了吗？若是真看出一些来了，那可不是好玩的，简直这条性命都可以葬送在我父亲手里呢。她回到书房去，将手压了书本，斜靠了桌沿，慢慢地想着。屋子里虽是没有第二个人，她的面孔就是一阵阵地红了起来。默想了许久，她心里的暗潮还是起落不定，她长长地叹了一口气，就溜进卧室，上床睡觉了。

人到极无聊的时候，总不免借着床来解决与安慰一切。但是睡到床上去了以后，心潮比坐着更要起伏不定，只是在床上翻来覆去。当她在床上辗转不安的时候，先是听到隔壁屋子里的祖母上床睡了，其次是对面屋子里的母亲睡了，以后全家都睡了。最近堂屋里的时钟轮摆声，最远别个村子里的犬吠声，都阵阵地送入耳鼓。桌上放的煤油灯、玻璃罩子，是由光亮以至于昏黄，以及大半边变成了焦黑，这不成问题，夜色是很深了。但是她睡在床上，心里构成了许多幻境，却是很忙。最先是凭空得了消息，便是自己所讨厌的那个癫痫，果然是为着痨病死了。于是经过了少数的日月，李家便托人来做媒，自然，母亲是答应的，父亲却有点考虑。但是因为自己绝没有抱灵牌成亲的那种意思，也就依允了。那个时候，自己不好意思在学堂读书了，同学们都在暗地里调笑。不久的时候，便做了新娘子了，在洞房花烛夜的时候，两个人是很文雅的，谈些《西厢记》《牡丹亭》的事情……

想到这里，突然地醒悟过来，这完全是胡想，天下哪有这种凑巧事情，不必想了。唯其是自己劝自己不必想了，这也就听到远远的邻村两声鸡叫。于是将头向被里一缩，紧紧地闭住了眼睛，心里自警戒着道：不想了，不想了，一个大姑娘，怎么想这些事，你看《女四书》上说的那些古人是多么贞烈。我父亲是个有面子的人，我既读圣贤书，就当遵守三从四德，不过三从四德，我也要值得，只是我为什么去守三从四德呢？若是为了李小秋死了也值得。她又想到李小秋了，把先两个更次所做的睡醒之梦又重新温起来。这样闹了一夜，到次日早上，人家要起床的时候，她倒是睡得很熟。先是祖母姚婆婆来叫了一次，后来母亲宋氏又叫了一次。春华这样年轻，是个需要睡眠充足的人，整宿未睡，如何叫得起来？只好在梦呓中说是头晕胡扯过去。这位姑娘，是合家最疼爱的一个人，既然是头晕，让她睡着，就不要她上学了。

春华不上学，本人罢了，可把学校里的李小秋，急得如热石上的蚂蚁一般。念念书，又向窗口望。望不着有人，便故意在天井里走路，脚步走得响响的。看那对过厢房里，既不曾露出那件花褂子，而且也听不到念《诗经》的声音，于是站在屋檐下，将头昂着，望了天上，自言自语地道："天气这样阴暗，今天恐怕要下雨吧？"他说这话的时候声音特别重，以为可以借此惊动屋子里面的人。然而那厢房的窗户，尽管是两面洞开，但是里面毫无动静，这就证明了这屋子里是真的没有人了。

原来自从小秋和春华交谈以后，也不知是何缘故，彼此之间，好像有一种什么痛痒相连的关系一样。过了一些时候，二人必得见上一面，心里才觉痛快。所以每日早上，春华来了之后，必定先读起书来。小秋听了这种书声，也就口里念着书走到窗户边来。有时他还不曾起床，春华的书声就出现了。他一面披衣服，一面就走到窗户口上来。二人隔离天井，在窗户里打个照面，有时是笑笑而已，有时还要点上一头。今天这样做作，她都不敢露面，这不用说，她是不曾来了。不知道她是有事出门去了，还是不曾出来，但愿不是病了才好呢。不过这个消息，是无法去探听的。既不敢到先生家里去，可也不能让先生好端端说出这个原因来，至于同学，他们比自己还隔膜，而且也不敢犯这个大嫌疑，去访问人家。无已，唯有找着斋夫狗子，在他口里还可以有意无意地得些口风。于是捧了一把茶壶，就走向厨房里去。

狗子正在洗米呢，便道："李少爷要开水吗？我刚和你泡的一壶茶，你就喝完了吗?"小秋道:"我把茶壶泼了,没有开水吗?是了,是大姑娘泡了茶喝了。"小秋这样说着,猜狗子必定要说,春华没有来。但是他不那样说,却笑道:"李少爷,你也叫她作大姑娘。"小秋笑道:"这样客气一点,她没有来吗?"他索性把这句话说出来了,搭讪着,把茶壶放在切菜桌上,将背对了狗子,避开他的视线。狗子答复着实更干脆了,他说:"谁知道哇?"小秋问的话,算是一点答案都没有得着,这就由灶洞上提起开水壶来,向茶壶里倾注了下去。狗子抢着过来,提到了手上,口里叫道:"我的少爷,你怎么自己来了?烫着了,我担不起这个担子呢。"小秋笑道:"你这话有点欠通,我看别的同学,自己要茶要水的也很多,怎么他们就能自己要茶要水的吗?"狗子笑道:"不是那样说,一来他们都是会做粗事的人,不在乎。二来我到你公馆里去,李师爷总对我说,叫我好好地伺候少爷,而且常常地给我钱。有道是得人钱财,与人消灾,我怎么能够不伺候你呢?"小秋笑道:"这样说起来,你还是要钱,要钱,那是好办。你把茶壶给我送到屋子里去,我还有事要和你商量。"狗子笑着真个提了壶,送到小秋屋子里。

小秋且不说别的,先在箱子里取了一张一吊钱的大票子,塞在狗子手上。狗子接了钱,两手抱着拳头,只管乱拱。因为在民国纪元年,一百枚铜板,在平常的工人收到,那已是惊人的数目了。小秋笑道:"你不用多谢,以后我有事,替我多尽一点力就是了。"狗子笑着满脸的饿纹打皱,拱手道:"你不见我的名字叫狗子?我就是李少爷名下一条狗,叫我怎样就怎样。"说着,把声音低了一低道,"你若是有什么要瞒着相公的,我决计不能露出一点口风来。我若是露一点口风,让五雷劈我天灵盖。"小秋微昂着头想了一想笑道:"将衣再说吧。"

狗子见小秋今天特别加惠起来,也莫名其妙,但是天下没有无缘无故送钱给人的道理,迟早他必定有话说出来的,自己也就只好寸步留心就是了。于是向小秋笑道:"李少爷,你只管说吧,有什么事要我做的,我若不把吃乳的力气都拿出来,我不算人。"说着,手连连拍了两下胸膛。小秋笑道:"我不能一给你钱,就要你做事呀,不过将来听话一点就是。"狗子讨不着小秋的口风,他竟是比主人翁还着急,一会子进来斟开水,一会子进来扫地,一会子又进来问,要不要添两样菜吃?他每次来的时候,小秋总和他说几句闲话。到了最后一次,快天黑了,小秋实在忍耐不住,就笑问道:"大姑娘没有叫你做事吗?"狗子道:"她没有来呢。"小秋道:

"哦，她没有来，这样大的姑娘，还会逃学吗？"狗子道："她倒是很用功，从来不逃学的。"小秋道："但不知她害了什么病？"

狗子听到这里，倒有些明白了，今天他好几次向我问话，都是那欲吐又吞的样子，莫非他给钱与我，就为的是要打听大姑娘的消息。他心里如此想着，眼睛也就不断地向小秋脸上去观看形色。只见小秋脸上泛着浅红，好像有些害臊的意思。他也并不将脸色对着狗子，只把手去整理桌上堆叠的书，扶扶笔筒子里乱插着的笔，又向桌面上连吹几口灰。只看他那手脚无所措的情形，便可知道他心里很是慌乱的。狗子虽然在这学堂里做个斋夫，可是他自己说过，就是让他去做当朝宰相，他也做得来。所以论他的才具，绝不应当说他是个斋夫而已。他看了小秋的神色，心里已是十分明了了，不过人家既然是不好意思，这话就更不许说明。于是默然站了一会儿，接着道："今天我还上街去呢，李少爷要带什么东西吗？"小秋笑着说不用，他也就走了。

但是这样一来，倒添了小秋一段心事。并不是因为春华不来，心里就不受用。只是默想着，自己的行为，可有什么失于检点之处，若是让狗子都看破了，这话传入先生耳朵里去，那可是一件可大可小的事情，自己还是慎重一点的好。他本来想到毛三叔家里送衣服洗，兼之打听春华的消息。走到了自己的后门口，向先生家门看看，自己心里一转，这又是个现形迹的事，只好手扶着门框，闲闲地看着就不动了。

这后门口，是一片橘子林，春交二月，常绿叶的颜色，也变得格外青葱。林子外面，是三湖镇到临江府一条大道，在大道边，盖着有个风雨亭子，亭子外，三四棵垂杨柳，拖着半黄半绿的长条，掩藏了半边亭子，像图画一样。小秋赏鉴着风景，早已走出了橘子林。抬头看时，天上阴云密布，不见半点阳光。回头看姚家庄上的烟囱冒出烟来，直伸入半空里去，和那阴云相接。在那茅屋檐下，偶然有两三棵杏花，很繁盛地开着，便更有些春天的趣味。那吹到人身上的风，并不觉得有什么凉气，可是由那柳条子中间梳了过去，便有一种清香，送到人鼻子眼里来。小秋看了景致，心想，无论如何，还是乡村比城市里好。尤其是这个地方，有这常年带绿色的橘子林，比别处更好。

他只管在大路上徘徊着，只见毛三婶由对过橘子林里踅了出来，蓝布褂子外面，罩了一条青布围襟，在发髻下，塞了一球菜花，胁下夹了一卷白布，迎面走着。小秋因她是个女人，一见之下，脸先红了，没有作声。

毛三婶笑道："李少爷，你还不回去，下雨了。"小秋哦了一声，才觉身上打湿了几个很大的雨点，立刻掉转身躯，向林子里面走。仿佛是听到毛三婶咯咯地笑着呢，以为是笑自己不会躲雨，也就算了。刚进到祠堂后门，忽然肩膀上重重地被人拍了一下，大吃一惊，回头看时，是年纪最大的一位同学屈玉坚，便笑道："你这样冒冒失失的，不怕吓掉人家魂？"玉坚笑道："你在林子外面同毛三婶说话吗？她虽是长得干净，快三十岁了，你倒留心她？"小秋红着脸道："你不要胡说。"玉坚笑道："这村子里不少好的，明天我带你去看看，你是个少爷，到哪里去也不会讨厌。先生出去了，你到我屋里去谈谈。"也不问小秋同意与否，拉了小秋就走。

原来这位屈少爷，父亲是个老举人，在乡下做大绅士，他用钱也较便利。学问虽不大好，喜欢弄些风月文字，因为小秋也是喜欢风月文字的，所以两个人比较说得投机。这时，玉坚将小秋拉到屋子里来，只见桌上摆了一碟去皮的花生仁，又是一壶茶，便笑道："你倒好像是预备了请客的。"玉坚在门帘子缝里向外张望了一下，才低声笑道："你不是外人，我不妨实告诉你，这花生仁是出十两银子，也买不到一碟的，是一个人亲手剥的。"小秋正笑着要问缘故，有两三个同学抢了进来，玉坚向他丢了一个眼色，赶快把花生仁送到书箱里去。小秋起先还以为他是胡调的，现在看了这样子，便是真情了。当时虽不便过问，可是心里牢牢地记下了。

吃过了晚饭，狗子送上油灯来，便在自己屋里看书。可是窗子外面唏沙唏沙，已经下起很密的雨来。屋子里凉凉的，仿佛这盏油灯的火焰，都有些向下沉。只看了两页书，两只眼睛就要合拢到一处。屋檐下放着的瓷缸瓦钵，被檐溜打着，更是叮当叮当作声。自己正奉了先生之命，温习《尚书·禹贡》这一篇，便是白天，看了这书也要头痛，何况在这雨夜。本待睡觉，听听别间屋子里，书声还是嗡嗡不断，心里这就想着：宁可借一点事情来消遣，也不要先睡。想起玉坚今天供茶吃花生仁的事情，那是艳而已，自己可以做得比他雅致些。于是叫狗子燃好一炉子木炭，送到屋子里来。却把床底下一把铜铫子取出，让狗子用水洗刷了，上了水放在炉子上。自己将一把御窑黄瓷茶壶、两只绿玉杯子，都擦抹好了，放在桌上。再将书箱顶上一只小紫铜宣炉取下，加上了一撮香末，在里面烧着，然后在书箱小抽屉里，取出二三十根檀香细条子，用铜碟盛了，在香灰里面插了两根，再放到一边。听听壶里的水，已经沸腾作响，这便亲自到玉坚屋子里去，把他请了过来。

玉坚一进门，看到这种布置，就拍了手笑道："雅极雅极，你不愧是个风流自赏的人物。"小秋笑道："风流自赏则吾岂敢，但是不俗而已。"玉坚伸头看着，见桌上放了一本大版唐诗，又将手拍了两下道："喂，你真风雅。"小秋道："你听，外面的雨，下得这样滴答滴答，令人闷得慌，我想长夜无聊，烧壶水，清淡半宿，把这雨夜忘了过去。"说着话时，打开了自己用的小藤箱子，在里面取出个瓷器瓶子，两手捧着摇了两摇，笑道："这是浙江人送的好雨前，我们自泡自喝，这岂不是好？"说着，泡上茶来，斟了两绿瓷杯子茶，二人分隔了桌子犄角坐下。玉坚慢慢地呷着茶，抖着腿吟道："小楼一夜听春雨，深巷明朝卖杏花哟。"说时，把那个"哟"字，拖得极长。小秋叹了一口气道："你倒兴致很好。"玉坚笑道："我不像你那样想做风流才子，遇到春雨，就要发愁。"小秋笑道："并不是我无病而呻，我有我一番的事。"玉坚笑道："你定了婚事没有？"小秋道："你吃花生仁的那段故事，还没有告诉我呢，我能告诉你吗？"

玉坚呷了一口茶，将手按着茶杯，凝了一凝神，才笑道："告诉你也不要紧，你只是不要对别人说。就是这村庄头上，有一家子是花生作坊，炒了花生，就到街上府里去赶集……"小秋皱了眉道："谁要听这些？你只说这个剥花生仁的就是了。"玉坚道："总要从这儿说起呀。这老板有两个姑娘，大的十九，小的十七，我认识是这个大的。"小秋笑道："倒为什么不爱小的呢？"玉坚笑道："小的就不肯剥花生仁送我吃了。原是我到她家去买花生仁，她父亲说没有，她就是这样知道了我爱吃花生仁，后来，每遇到了机会，就送一包花生仁来。"小秋道："你说得太简单了。"玉坚笑道："其余的，就不足和外人道及了。你再说你的。"小秋道："我不瞒你，我到现在没有订婚。虽然年年有人和我做媒，但是一提那种人才，就不太合我的意。"玉坚道："你要怎样的人才呢？"小秋道："我所想的人才吗？第一……那也无非是好看而已。"他口里如此说着，心里可就想着，玉坚这孩子，什么事都知道，可不能在他面前露了口风，所以他说过之后，把一个极普通的意思报告出来了。

玉坚又斟了一杯茶，两手捧着，慢慢地呷了起来，然后叹了口气道："可惜名花有主，不然，这倒是你一头好亲事。"小秋笑道："那个十七岁的，你都不要，倒举荐给我呢。"玉坚笑道："当然不是这种人。这个人许给你，不是很好吗？"说着，取过纸笔，写了两句《诗经》，"有女怀春""灼灼其华"。将笔放下，望了小秋的脸道："如何如何？"小秋心里扑扑乱跳，正了颜色道："你不要胡说。"玉坚笑道："我真不胡说。先生在你背后总说，设若科举不停，你必是个翰林公，只是欠厚重些，恐怕不能做大官。他有个远房侄女，打算和你做媒呢。你看，他有这个心事，设若这位还待字闺中，你岂不是中选的？"

小秋心里更跳得凶了，脸上如火烧一般，红到耳朵以后去，却故意笑道："这是你造的谣言。不过，这位春先生有了人家，我倒是知道的。"玉坚也不作声，提起笔来，又在纸上写道："骏马常驮痴汉走，巧妻偏伴拙夫眠。她的夫是个癞痢。"他写一个字，小秋看一个字，看他写完，用手拍了桌子道："岂有此理！"玉坚正了颜色道："你以为我是骂她的吗？我还是替她不平呢！"小秋笑道："你也误会了，我说的岂有此理，并不是说你，乃是说这件事太岂有此理了。唉，人间多少不平事，不会做天莫做天。唉，我们这班人都该死。"玉坚笑道："看你的牢骚发到这步田地，真是可以。但她是父母之命、媒妁之言办成的好婚姻，这与我们什么相干，我们怎都该死呢？"小秋道："你想呀，我们眼睁睁地看到这样的事，不能做个古押衙起来救她，我们岂不是该死？"说毕，又长长地叹了一口气，将手连连拍了桌子。

玉坚笑道："怎么样？我就说这个人可以和你配一对，要不然，你为什么这样吃醋呢？"小秋道："你这话不然，恻隐之心，人皆有之。"说毕，他无话可说了。玉坚也只是微笑。听了那屋瓦上的雨声，还是唏沙唏沙地一阵阵地过去。玉坚笑道："你本是闷得难过，找我来闲谈解闷的，这样一来，你就要闷得更厉害了。"小秋的脸兀自红着。玉坚笑道："你说你有一番心事，究竟是什么心事，谈了半天，还没有说出来呢。"小秋双目紧皱，摇着头道："不用提了，不用提了。"玉坚站起来，拍了他的肩膀道："吹皱一池春水，干卿底事。天气凉了，我还要回房去加件衣服穿呢。"说毕，他就走了。

小秋坐在椅子上，半晌移动不得，只对着桌上一盏青灯、两杯苦茶，呆呆地发闷。听那屋子外面，雨声在瓦上，雨声在树上，雨声在檐下，雨声在窗户上，各打着那不同的声响，无往不添着他的烦闷。这一夜的雨声，算是他生平第一次听着别有风趣的了。

第五回

读赋岂无由闻声下泪
看花原有意不语含羞

　　李小秋听了这一夜的春雨，就生一夜的烦恼。那檐溜下面一滴一滴的声音，打在一只花盆的花枝上，瑟瑟作响，好像那一滴一滴的雨声都打在心上，心里那种难过犹如刀割一样。因为坐到深夜，两只脚既是很凉，那盏灯里面的油，也烧熬干净了。他觉一人静坐到天亮，又能想出什么道理，不如睡了吧。唐人道得好，春眠不觉晓，正是人贪睡的日子。何况小秋熬到夜深睡去，这更是在枕上睁不开眼来。睡意蒙眬之中，仿佛听得有同学的书声，睁开眼来，人就突然地坐起。向窗外看时，两厢对菜圃的窗子，已经开着，那蒙蒙的细雨，虽然还是在半空里飞舞，但是天色却很明亮，想着时间已经不早了，披了衣服，就要下床。那斋夫狗子却已悄悄走进来了，远远地就向着他摇了几摇手，然后走近床边来，低声向他笑道："李少爷，你不用忙着起来，刚才相公问我，我已经撒了谎，说是你不大舒服。相公哼了一声，好像不大追问，你就睡吧。"小秋正也睡意很浓，于是伸着手打了两个呵欠，又懒着身体睡下去了。

　　当他这样贪睡的时候，春华却已冒雨前来上学。她心里也自念着，昨日一天，不曾来读书，小秋或者会惦记的，今天来了，应该老早地让他知道。因之，摊开书来，不住地高声朗读。往日自己的书声一起，对面窗户里人影子就露出来了。可是今天念过了几十页书，还不见对面窗户有什么动作。她心里想着：是了，他必然是因为我昨日没有来，现在生了气了。其实你这是错了，我昨天所以没有来的原因，也正就是为了你呀。心里只管打主意，口里念着书，自然也就慢慢消沉下去，结果是连着蚊子大的声音都不曾有。但是她的眼睛既不能射到书上，可也不肯不看别的，因之换了一个目的物，却改着注视那对面的窗户。

　　许久许久，那个窗户洞里，露出半截人身子来了。但不是小秋，乃是狗子。春华看到，这就有了主意了，当狗子提着开水壶由院子里经过的时候，春华便抬起手来向上举了两举，表示一种要开水的样子。狗子看到，就含着笑提着开水壶进来。春华道："我也没有听到李少爷念书，他在屋里吗？"狗子道："他不舒服，还没有起床呢。"春华很愕然的样子，睁了眼睛问道："什么？他不舒服？你怎么不对相公说一声？"狗子道："相公没有听到他念书，曾问过我的，我说是病了。"春华道："什么病，身上发烧吗？"狗子道："我也没有摸他身上，哪里知道他发烧不发烧？"他说着这话，身子扭了一扭，因为手也跟着身子晃起来，壶嘴里滴了几滴到脚上。他哟了一声，赶快将壶放在地上，笑道："哈哈，李少爷没有发烧，我这里先要烧起泡来了。"春华跳着脚道："死鬼，你叫什么？"狗子脚上穿了厚布袜子的，纵然滴了一滴开水在上面，却也不烫，用手摸了两下，就伸起腰来笑问道："大姑娘要开水冲在哪里？"春华道："冲在……"她口里如此说着，眼睛向桌上张望着，并没有茶壶、茶碗之类，遂就笑道："我不要了，你把开水壶提了走吧。"狗子心想这未免有点开玩笑，那样叮着我要开水，等我把开水提来了，又说不用了，也没有说什么，自提开水壶走开。

可是到了厨房那里，一面做事，一面心中暗想：这件事，却有些怪。昨天大姑娘没有来，李少爷急得像热石头上的蚂蚁一样，起坐不安。今天李少爷没有起来，大姑娘也是昏头颠脑。她那样小小年纪，莫非也有些什么意思？哼，没有这件事便罢，若有这件事，我在这里面，少不得揩些油水。他心里打了这样的算盘，过了一会子，又溜到小秋的屋子里去。小秋拿了一本书，正在枕上看着呢。狗子走到床面前低声笑道："李少爷，你还不打算起来吗？"小秋笑道："难得先生都知道我病了，我要借这个机会，安安稳稳地睡半天觉。你看，这样连阴雨的天，起来也是闷不过，倒不如在床上睡着还舒服些。"狗子回头看看，见门外并没有别人，这才低声笑道："大姑娘一早就来了，倒问了你好几回，我告诉她你病了。"小秋不由得脸上一红，猛然间无话可以答复出来，顿了一顿，坐起来正色道："她是个小姑娘，不知道避嫌疑，以为同学也像家里人一样。以后你少在她面前说我。不单是我，就是别个同学，也不能提。知道的，以为师兄妹相处得很好，彼此有同砚之情。可是那不知道的，少不得就要从中生出是非来了。你伺候先生多年，难道还不晓得先生的家规是很严的吗？"

狗子听说，心里可就想着，这倒好，我没有得赏，他还是猪八戒倒打一耙呢，便笑道："我也是这样说，师兄妹同砚之情总是有的。我也因为她热心，我和你说说。"小秋道："我也不睡了，起来吧。"他搭讪着起来穿衣服，就把这一番话头牵扯过去。他漱洗完了，也不念书，叫狗子泡了一壶茶，两手捧着，坐在书桌边，只看窗子外的雨景。

菜园子里那两株梨花，已是谢了七八停，满菜地里都飘着白点子。但是地下那些菜蔬，经雨一番洗濯，都青郁郁的。在篱笆外，天空里飘着半截垂杨，卷在细雨烟子里，摇摇摆摆。有几只燕子，放开身后的双剪，在树边飞来飞去。他想着两句诗："落花人独立，微雨燕双飞。"但是那个落花的落字，又仿佛是惜字，自己却解决不下来，要去问人。自己继续地又想着，设若能娶到春华这样人做老婆，那么，细雨阴天，闺中无事，把这种风雅事提出来谈谈，那是多么有趣，然而她有了个癫痫头了。我们先生真是有眼无珠，读书明理，所为何事？这样好的姑娘，会许配这样一个女婿？竟是这样糟蹋女儿，何必要她念书，糊里糊涂坑死她就完了。天下事总是这样不平，可恶可恶，可恨可恨。

他心里想着，那只右手就情不自禁地，咚地在桌面上捶了一下。这茶壶里的茶，可是泡满了的，碰得茶壶盖直跳起来，桌子面上溅了好些个水沫，便是面前放的一本《文选》，也湿了大半本。自己这才醒悟过来，找着干布将桌面擦抹干净了。这就听得春华在对面屋子里，放出书声来："试望平原，蔓草萦骨，拱木敛魂，人生到此，天道宁论？"这是江淹的《恨赋》呢。先生不是教她读些《礼记》《诗经》《女四书》之类的吗？这种六朝文章，怎么也念起来了？哦哦哦，《恨赋》，她是取瑟而歌。哼，不必了，你是名花有主的，我病了，你会真有恨吗？我不受你的骗，我不再受你的愚弄了。这种书声，我不要听了……

可是那书声，益发念得抑扬顿挫，一个字一个字地送进耳朵来，乃是"明妃去时，仰天叹息。紫台稍远，关山无极；摇风忽起，白日西匿；陇雁少飞，岱云寡色。望君王兮何期，终芜绝兮异域"。这说的是汉明妃的事情，像那样一个美人，嫁给了胡人，多么可怜。那么，红颜薄命，千古一律，这怎能怪她？嫁癫痫小子，那绝不是她的本意。一个女子，讲了三从四德、父母之命、媒妁之言，定好了的亲事。你叫她有什么法子可以躲开？逃跑，往哪里去？而且她这个女子，绝不肯干的；出家，太作孽了。那么，只有死。而且她这种苦处，还不许对人说，说了人家要骂不要脸的。只有借人家酒杯，浇自己块垒，念些古人伤感文字，来泄泄自己的不平。是了，唯其如此，所以她念《恨赋》，恐怕并不是先生教的，是她自己念的呢。这样说，她未必是要念给我听，我再听下去，听她再念什么？

这样一注意，"人生到此，天道宁论？"这八个字又送了过来。而且那"人生"两个字一顿，"天道"两字一扬，宁论之后，带一个啦音，拖得极长，分明有疑问的意味在内。虽然只是八个字，小秋听了不觉心里怦怦地动起来，觉得这里面有千言万语都说不尽的苦恼。最后听到她念出那"无不烟断火绝，闭骨泉里"，每个字都拖得极长极细，若断若续，好像要念不出来。自己也不知是何缘故，一阵伤心，两行眼泪，扑簌簌地直落下来。直等对过屋子里，书声完全都停止了，小秋两手按了膝盖，直着眼光，望了前面，那泪珠还滴溜溜地滚下来。在他这样出神的时候，那对过书房里的书声也寂焉无闻了。

小秋忽然醒悟过来，心想，她为什么不念书了呢？莫非也哭起来了吗？那是当然的，我听她念书，还是这样伤心，她自己念着哪里还有不伤心之理？可是这话又说回来了，她早也不伤心，晚也不伤心，何以单单是今天伤心起来了呢？大概就为的是今天她读书打我的招呼，我不曾理她，所以她为了这一点小事，引起她的终身大恨来了。不过她已经问过狗子，知道我病了，何以还会伤心呢？难道我有点小毛病，她就这样不自在吗？然而彼此相识还不久呢，照说是不会如此的呀。

小秋心里想着，那两只眼睛便转过来，由对菜圃的窗子，改了向朝天井的窗子望着了，但是他自己老早为避嫌疑起见，把书桌倚着，缩进来了两步，所以坐在书桌边，看得到天井里的樟树，却看不到对过的书房。但情不自禁地就走向窗户边来，这倒出于意外，春华并不是他理想中的情形，在那里哭。她半截身子都伏在窗沿上，一手托了头在那里出神，眼睛却望着天井屋角上一方蛛蛛网，那网上粘了不少的水点子，好像在屋角上穿着一个珍珠八卦网子一样。小秋见她的头发，翻了新花样，乃是将发束了小辫，在左边挽了一个小圆髻，右边却是一条辫子由后边横了过来，乌膏似的头发，在顶心里，挖了一道弯曲的齐缝，前面的刘海发，今天已剪得稀而且短，越显出这粉团团的面孔来。在那圆髻之下，垂着两挂短小的红穗子，她偏了头，那穗子直垂着，配上她身穿的白底印蓝竹叶的花布褂子，这一个姿势，小秋认为几乎是在画图里了。

在学堂里，处处是要防备旁人注意的，当然，不便直接向春华打招呼。但是不打招呼就闪开去，那么，她不会知道自己病好了，一定还要发呆的，还是站着等一会儿，让她看了过来吧。他这样想着，也就悄悄地走过来，伏在窗子上。他的原意是不想去惊动的，不料嗓子眼里痒痒，突然地咳嗽起来，接连的几声咳嗽，把春华惊觉过来。她猛一回头，不由脸上红起两块圆晕，失声咦了一下，身子猛然地向后缩着。但是她立刻感觉到是不应该回避的，所以又迎上前来，扬着眉毛，微微地张了嘴，那意思是问病好了吗？小秋微笑着，点了十几下头。

春华正想再问什么时，无奈有阵风来，将天井上的樟树，吹得沙沙作响，她以为是有人来了，吓得心里乱跳，赶快缩回身子去。小秋倒明知道风吹树响，并无别故，但是看到春华躲避得这样惊慌，自己也是大吃一惊，转身就向书桌上扑去。不料过于慌张，把桌子撞歪过去，桌上一把茶壶打翻过去，泼了满桌的茶水，那本《文选》算是二次遭殃，索性浸透过去了。小秋当桌子歪倒的时候，抢着伸过手去，算是把桌子抓住了，不曾倒下。然而桌上那些活动的东西，却因此全落在地上，哗啦啦一阵响。

这响声大概是不小，把狗子也惊动得来了。他见笔筒滚到床腿边，一砚台墨，全盖在几十张纸上。地板上几十片花红栗绿的瓷，浸在水印里，大概打碎两个茶杯了。书本字帖之类，散了四处，两个桌子抽屉，都反过底来，撑了桌子腿。便连问："这是怎么了？"小秋喘着气笑道："我碰了桌子一下，把桌子打翻了。"狗子望了他的脸笑道："什么？李少爷有这大的力量，你高兴了，在屋子里练武把子吧？"小秋哪里说得出所以然，只笑着叫他把东西完全收拾起来了。狗子自然是照样捡起来，打扫干净，向厨房里走去。

然而就在这个时候，春华姑娘已经在这里等着了。狗子道："你又要开水吗，大姑娘？"春华道："你回去给我取雨伞来吧，我要回去吃饭。"狗子道："不下雨了，你就回去吧，何必要我跑一趟。我也快开饭了，分不开身来。"春华道："刚才是哪里扑通一下响？你打破了什么东西吗？"狗子道："是李少爷把桌子打翻了。"春华道："碰到他哪里没有？"狗子笑道："他也不是纸糊的，何至于一碰就有毛病？"春华红着脸瞪了眼道："狗子，你一早起来，就吃了水酒吗？怎么说起话来，不分好歹，就拿话顶人。回头我告诉爹爹，看你又是怎样说话？"说毕，她头一扭就走了。

狗子心想：这是什么邪气，她自己问的言语本来不像话，倒说我顶撞她。小姑娘，你不用撒娇，你们的事，我都看在眼里，多给我几个钱花，大家无事，若是叫我太不顺心了，我要你的好看。狗子心里怀恨着，又觉得是个讹钱的机会，对于小秋和春华的行动，更是注意得厉害。自然，日子久了，更要给他许多侦探的线索。

这天气下了三四天雨，把人都烦腻得可以，到了第五天，天气放晴了，大家谁都不做什么事，也觉心里痛快一阵。姚廷栋也因为积雨多天，未曾上街，到下半天，乡下石板路已干，也起身上街去了。大学生出了一个《快晴记》的文题，小学生只出了两个五言对联，并没有多限功课。先生的意思自然也是想到读书人怕闷，这样好的春天，让大家功课完得早些，也好出去散步散步。

小秋和春华都是该作文题的，这样的文题，并不用发挥什么议论，即景生情，就可以写上几百字，因之不到两小时，连写带做，都做完了。小秋将文稿誊清了，叠折着，压在书页里，伸头向窗子外张望。却见春华也在对面窗子里一闪，小秋望着，对她笑了一笑。她却拿出两张朱丝格纸，高高举着，扬了两扬。小秋远远看着，上面都写满了字，自然，她也做完了，于是向她点了两点头，而且笑着伸出大拇指来。春华摇了两摇头，好像说是不敢当。小秋对天上看看，用手指指樟树上绿油油的叶子，再望了她，看她如何答复。她也看看树上，只有些老鸦，便皱了眉向小秋凝视着，好像是不曾了解他的用意。小秋于是将李白的《春夜宴桃李园序》从从容容地念起来，念到那古人秉烛夜游，良有以也。却念得十分沉着，春华这就懂得他的意思了，扑哧一笑，就不见了。她对于这句话，算是不曾加以答复，究竟是否赞成，还是不得而知。若说她是反对呢？她可笑了。若说她是赞成呢？然而她可藏避了。

小秋站在窗户边，一时还不肯离开，只管等着。果然，春华手扶了窗扇露出来半边脸，在那里张望了。虽是半边脸，也可以看出她是正在笑着的，小秋心想：不管那些，假使她是同意的，便走到天井里来，望着天井上道："好天气，到村子后面看桃花去。由那风雨亭子外面，就可以绕到村后去吧？"说毕，慢吞吞地走到后门口来。小秋走到祠堂后门外，心里想着，我说的话，她必然是听见了。但是要她绕了这样的路，到村子后面去，恐怕她不肯干，我还是等她出来，看她怎样说吧。于是将身一闪，闪在祠堂北屋里一堵矮土墙后。他也是刚刚躲好，春华就出来了。她出来之后，在橘子林里，只管东张西望，分明是在寻自己。小秋本想多逗引她一会子，可又怕碰到人，于是就老远地绕出土墙来了。走到离春华不远，她才看见了，便笑道："师兄出来了，到哪里去？"小秋笑道："我想看桃花去，哪里有桃花？"春华道："我们这村子里，桃花多着呢。你叫狗子引路，他会带你去。"说着，她就顺了小路，向家里走。小秋跟在后面道："师妹哪里去？不看看桃花吗？"春华摇摇头道："不看桃花，我有那工夫，还多看几页书呢。"小秋道："师妹，你有什么小说书，借两本我看看，行不行？"她这时走得很快，回转头来，向他笑道："喂，不要跟着，有人来了。"说毕，噔噔噔的，两只脚跑着土地直响。小秋看她这种样子，好像是不愿离开，又好像不愿人跟着，自己倒不知所可，只是站着发呆。

她跑回那篱笆转弯的地方，突然站住脚，回转头来看看。见他并没有走呢，又悄悄地走了回来，向他笑道："你怎么还不看桃花去？"小秋脸上表示着很失望的样子，微微地叹了一口气道："我不想去看了，看了也没有什么兴致。"春华将眼睛向他溜着，笑道："塘边有好桃花，塘就在关帝庙前面。"这回把话说毕，她可真是一低头，身子向前钻着跑了。小秋站在这橘子林外，将春华的言语玩味了一阵，仔细想着，她特意跑了回来，告诉我大塘边有好桃花，自然是望我到那里去，莫非她也要去吗？若是不然的话，她何必特地地跑回来说，管他呢，她纵然是骗我的，我也不过多走几步路，那有什么要紧？

这个庄子北头有座关帝庙，小秋是知道的，于是顺了村子围墙外的路慢慢地向那里走去。看时，一条人行的石板路外果然有口塘，那塘是椭圆形，有七八亩地大，有条活水沟直通到这塘里，所以这口塘里的水却是碧清的。东南风在水面上吹过，起着那鱼鳞浪纹，翻出小白花来。在塘的四周，一面是关帝庙前戏台，正向水里倒下影子去。那三面远处是橘子林，近处却是种油菜、豌豆的平田，在田埂上只有两棵很矮小的桃树。小秋心想，她说，这里桃花很好，就是这两棵树吗？这两棵树便是开遍了桃花，也不见得怎样的好看吧。

小秋如此想着时，背了两只手，就在田垄上闲步，眼睛自也四处张望着，忽然身边咚的一声，却听到一声水响，回头看时，水面上起了一个很大的水纹圈圈，由水面上，才看到对过塘岸下，洗衣石上，有个人刚蹲下身子去呢。小秋只在那件花衣服上，就可以看出来那是春华了，于是向她笑着抬起手来招了两招。远远地看到春华抬起头来，含着微笑，似乎很欢喜呢。小秋毫不踌躇，立刻绕了个圈子，走到这边塘岸上来。春华将筐子提了几件衣服，跪在洗衣石上洗着。她不等小秋开口，先就笑道："我不想也到这里来了，巧啦。我回家的时候，母亲叫我洗衣服，我就到这里来了。"小秋笑道："你骗我了，你说这里桃花好，就是那两棵矮树吗？"春华笑道："你才骗我哩。你到这里来，为的是看桃花吗？"小秋慢慢地走近洗衣石边，向春华笑道："你说吧，我不是来看桃花，是来做什么的？"春华笑道："我猜你呀……"她说到这里，不向下说了，掉转身去，拿着棒槌，高高地举着，扑通扑通，打得衣服作响。小秋道："你把我约了来，为什么不和我说话？"春华只是捶着衣服，并不回过头来。小秋道："说话呀，怎么不理会我呢？"春华并不曾听到，只是捶那衣服。

小秋见她老不作声，又没有法子去拉扯她，只好捡了一块石头，在洗衣石边使劲地砸了一下，砸得水花飞溅，溅了春华满身的水点。春华这才停止棒槌，回转头来向他笑道："你这么大人，还是这样淘气。"小秋道："我问你一句话……"春华不等他说完，又掉转身去，捶起衣服来。小秋呆呆地站在塘岸上，不由得长叹一口气道："我也晓得是很难的。"说着，背转身来，就有个要走的样子，春华放了衣服不洗，站起来问道："什么？你晓得是很难的？"小秋回身向她点了几点头道："你不说，我也明白了。今天早上，你念那篇江淹的《恨赋》，不是很有意思的吗？其实人生都是那样，每个人都有可恨的事。"

春华低了头，没有作声，只是水面上的风吹过，拂动她的衣襟。小秋也是呆立着，忽然笑道："这是我的不对了，我们约好了出来看花，怎么把话引着你伤心。"春华也就跟着笑了，想了一想道："你出来没有什么人知道吗？"小秋笑道："除非是你知道。"春华红了脸道："你回去吧，若叫人碰到了，那真不好办。也只可以这一回，第二回不能这样了。"小秋道："但是我没有听到你和我说一句心上的话，在这里看到你，和在学堂里看到你，那不是一样吗？"春华又低了头不作声了。小秋道："我问你一句话，第二句也不问，你能不能答应我说实话。"春华越发是不能抬头了，只将手去摸胁下的纽扣。小秋道："我敢乱问你的话吗？我只问你今天叫我到这里来看花，你是骗我好玩呢，还是引我到这里来会面的呢？"春华低了头道："谁骗你？"小秋道："你既然不是骗我的，我到这里来了，你应当和我说些什么，才不虚此行啦。而且你还说了不许有第二次。"春华想了一想，摇摇头道："没有话说。你还是去看桃花吧。仔细人来了。"说着，她又蹲下身子洗衣服去了。春华洗了一会儿衣服，见他还呆立在塘岸上，连连挥着手道："你回云吧，真有人来了。快走吧，以后有事再说吧。"小秋心里怕人来，也不亚于春华，听到说有人来了，如何敢多耽误，扭转身躯，也就走了。

他只走了四五步路，便见前面村子的围墙脚下，有个人猛可地一闪。小秋想着，这村子里来来往往的人，自然不少，这也犯不上去小心。但是自己虽这样地宽解着，然而一颗心却怦怦乱跳。同时面皮红了起来，阵阵的热汗，只管由脊梁上向外面直冒。跟着他转起念头来，这条路是由关帝庙直通学堂的，我若是径直地向学堂里去，人家必会疑惑着，我何以到这种地方来呢？那么，我还是绕着圈圈，由村子后面走了回去吧。他于是不走石板路，却绕了关帝庙，踏着田埂，穿入橘子林，再由橘子林走到这姚家村的后方。果然地，这村子后面，开了不少的桃花。到了这时，已是心无二用了，就反背了两手，一树一树地看去，而且他心里想着，万一人家还不相信我是出来看桃花的呢，我也应当有些做作，于是折了一枝桃花在手上，直走上那风雨亭边。几乎把这个姚家村包围地走了一个圈圈，方始走到姚氏宗祠大门外来。

自己也为着要大家都看到自己是看桃花回来，因之两手捧了这枝桃花，却故意地由大门而入，穿着大厅进去。偏是同学们出去玩去了，还没有什么人回来，虽有一两个人看到他折了花回来，却并不过问一声。小秋心里这倒安慰些，好在同学们都出去玩去，就是我一个人出去了，多绕了两里路的圈子，这也未见得有什么可疑，于是自己把书架子上面那个瓷花瓶取下来，自己亲自到厨房里灌上一瓶子水，将带回来的一大枝桃花，折了两小枝，插在瓶子里，还有那插不完的，却到处送给同学看，还笑道："这是在村子后面折来的，那里几棵桃花，可比全村子里的都要格外加大呢。"他故意表明了这是由村子后面折来的，同学虽是不曾怎样理会，却也不见有疑心之处，小秋心里这就想着，这件事情，或许他们未必知道吧。自己放了心，把花瓶供在书案上，自己对了这一瓶桃花正襟危坐，只管出神，回想着东塘岸上和春华说话的那些光景。

一会子，狗子提了开水壶进来泡茶来了，就向着花道："哎哟，李少爷为了这花，今天可跑的路不少。"小秋道："可不是？我还是到村子后面人家菜圃子里折来的呢。"狗子笑道："什么？不是在关帝庙塘边下找来的吗？"他这样笑嘻嘻地说了一句，吓得小秋心里又如小鹿相撞一般，不知如何是好了。

第六回

竖子散流言非分是冀
书生推小恙有托而逃

　　小秋和春华在水塘边说话，至多也不过十五分钟，在小秋慎之又慎，以为是没有人知道的。虽然在庙前远远地看到有个人，总想着那是偶然的事，不见得是学堂里的人。这时他听了狗子的话，心里很是奇怪，难道那个人竟就是他吗？当时被他将事情点破了，还有什么言语可以回复的，只是红了脸，勉强地一笑。狗子却也只说了那一句，并没有再说什么。小秋既不便追着问他所以然，看看他态度不怎样犹疑，也就随便处之了。

　　到了次日，依然是个晴天，狗子要上街去买一点菜，动身之先，却来向小秋问道："李少爷，我要上街去，你不带点什么东西吗？"小秋未加留意，就随口答道："我也打算今天下午回家去了，不带东西了。"狗子笑道："不和李少爷带东西，上街去就捞不着水酒吃了。"这时，小秋正伏在桌上，做那早起临帖的功夫，心无二用，就不曾理会到狗子说话还含有什么意思。狗子因他老不开口，站在房门口，呆了一呆。偏是小秋低了头又不抬起来，好像不理会他这着棋似的，这也感到太无趣味。只好走到厨房里去，将菜篮子穿在手臂上，向肩后用力一抛，自言自语地道："不用忙，总有那一天，哼！"他满脸带着怒容向外面走，恰巧姚廷栋看见了，便叫道："今天带两把春笋回来。"狗子昂了脖子，只是走。姚廷栋喝道："狗子，你这东西，怎么这样不懂礼？我和你说话，你睬也不睬。"狗子回转脸来道："不就是带两把春笋吗？相公，我已经知道了。"廷栋瞪着眼道："就不算我是你的主人，论起同姓一个姚字起来，我也还是你的叔叔呢。我和你说话，你能够不答应吗？再说你不答应，我知道你听清楚没有听清楚呢？"

　　狗子挨了几句骂，也不敢分辩。只管低着头走出祠堂门有几十丈远，这才回转头来，恶狠狠地向祠堂大门瞪了两眼，然后走着路，口里叽咕着道："相公？不要丢脸了。什么相公，大浑蛋一个！天天讲什么礼义廉耻，同人家排解起事情来，就看了大龙洋说话。佗子老五家里打官司，他是你叔叔呢，你怎么也用他三十块钱，才肯向衙门里写封信，这是礼义廉耻吗？叫人家不吃水酒，自己倒抽鸦片烟，水酒同鸦片烟相比，是哪样要不得呢？自己诗云子曰，天天叫人家这样那样，自己养的女儿，那一点小年纪，就要偷人了。好，往后看吧。"狗子口里哩哩啰啰地一路骂着走上大街去。

狗子每次上街，是有规矩的，将菜采办好了，就提了菜篮子到水酒店里去坐着。原来江西境内，盛行一种吃水酒的风气。这酒是将蒸过的糯米用缸浸得发酵了，并不再去酿酒，只将凉水和合着，整缸整瓮地盛起来。喝的时候，用那水桶似的大壶，在火上煨热了，然后用饭碗斟着喝。因为人民都需要这种酒喝，于是市面上也就到处都开着水酒店，店里自然也预备些下酒的，以便多卖酒。但是也有专卖酒的，那就为着像狗子这般劳动阶级的人来暂时消遣时光的了。这天狗子憋住了一肚子烦闷，走进水酒店来，两手按住了桌子坐下，两手连连地拍着道："给我打两碗酒来。"伙计打得酒来了，狗子等不及他放在桌上，接过碗来，仰着脖子，咕嘟就是两口。伙计笑道："大司务今天是真渴了，端起来就喝了半碗。"狗子鼻子里哼了一声道："渴是不渴，我心里头有事。"

伙计看他未曾喝酒之先，脸上就有一些红，也许他在别处已经喝有八成醉再来的了。因之并不敢招惹他，将两包盐炒豆子和三块酱油豆腐干悄悄地送到他面前。狗子倒是来者不拒，撅了半边豆干，向嘴里塞进去，咀嚼着道："豆腐干下酒，也是好的。哪个叫我狗子生在穷人家呢。""狗子你喝醉了吗？一个人在这里骂人。"他抬头看时，毛三叔带着笑容进来了。原来这家酒店，是姚家村人上街必到之所，所以很容易地在这里会着了。毛三叔也不用人招呼，自向狗子这张桌子上坐下来。狗子将三个手指头，勾着碗沿向嘴里送去，眼睛向毛三叔望着。毛三叔笑道："你在哪里先喝了几碗？"狗子放下碗来，横了眼睛，冷笑一声道："我喝了什么酒？我是气醉了。就算我醉了吧，也是那一句俗语，酒醉心里明，句句骂的是仇人。"伙计已经提了一把小锡壶和一只粗碗放在毛三叔面前。因为他的酒量大，而且也不惜费，所以伙计给他多预备着。

毛三叔提起酒壶来，先向狗子碗里斟上。狗子两手捧着碗，口里连道："多谢多谢，我怎么好喝你的酒呢？"毛三叔便道："一笔难写两个姚字，喝两口酒，这又算得了什么？"狗子叹了一口气道："三叔，你是一个打赤脚穿草鞋的人，你还知道一笔难写两个姚字。你想我们相公，和人家讲理的人，到了自己头上，可就糊涂了。"毛三叔听了这话，不由得向他翻着两眼。因为相公是一族之长，而且又是狗子的主人，今天何以这样忽然毁谤起来。狗子喝了一口酒，放下碗来，向他微笑道："你不用出神，我这话是大大有原因的。"说时，向酒座四周看了一遍，然后道，"有道是家丑不可外传，今天在酒店里，我也不多说，将来有了机会，我们再谈吧。"

毛三叔听他如此说，越发是疑心了。他说家丑不可外传，什么事不可外传，难道相公还做了什么不体面的事吗？他如此想着，索性劝了狗子两碗酒，自己将酒钱会过了。狗子真有些醉，红着两块颧骨，眯着眼睛向他道："毛三叔，我真喝你的酒？哪一天我要回请你。"毛三叔道："你这人也太客气了，二三十文酒钱，还值得回礼？走吧，不要误了你回去做饭。"狗子将菜篮在肩上背着，倒退两步，让毛三叔向前，笑道："你是叔叔啦，得在前面走。"毛三叔心想：这小子喝了两口酒，连礼节也都懂得了，长辈也分得出了。于是笑着在前面走着，还点了两点头。狗子在后面跟着道："怎么样？毛三叔这早就回去吗？"毛三叔道："这几天赌运太坏，在街上就不免上赌场去送钱。自己回家去，可以把赌博的事躲开了。"狗子道："是的，毛三叔一年也弄钱不少，都在赌上送掉了。说起来，也是可惜。"

毛三叔没有作声，笼住了两只袖子，低了头，一步一步，只管在前面走。不知不觉，已经走上橘林外那一道长堤了。沙沙的，走着长堤上的沙子响。约莫走了三五十步路，毛三叔叹口气道："我实在该死，这样大的岁数，还闹得两手空空。最近几乎栽了一个大跟头。这件事，你也应该知道，就是和李少爷带钱，给人家输光了。"狗子不由咯咯地笑起来。他道："这话也是，我就犯过这个毛病，到了事后，没有脸子见人，只好看着人胡乱笑上一阵。人家当面要了钱不算，还要教训我一顿。那几句言语也还罢了，就是那种颜色难看，像杀过他的娘老子一般，谁叫我们做下亏理的事呢，那也只好忍受着了。"毛三叔本来是低着头走路的，这时忽然将头昂了起来，很沉重地道："所以这位李家少爷，我就感激得不得了。那天他听了这个消息跑了来，只说那钱不忙着还，连第二句话也没有说。"狗子在他身后笑起来道："有钱的人容易做好人。其实……唉，天下哪有什么好人？"毛三叔回转头来向他望着道："什么？你以为李少爷这个人，并不是好学生吗？"狗子没有答复，将肩膀扛着耸了几耸。于是两个人都没有作声，下了堤，在一条石板路上走着。

毛三叔终于忍不住了，猛可地问道："狗子，你怎么今天总是说人的坏话？这里没有第三个人，我来问你，你说相公家里有坏事，你说给我听听。有了机会，我也可以劝劝他。"狗子笑道："劝不得，一劝就坏了。"毛三叔道："这我倒有些不懂，怎么要劝人倒会劝坏了呢？"狗子只是咯咯地笑，并不告诉他所以然。毛三叔停住了脚，望了他脸，正着颜色道："狗子，我和你说正经话，你怎么也是这种样子？你若是随口胡诌的，拿不出凭据来，那倒罢了，以后少胡说一点就是了。若是有凭有据，你为什么不告诉我，让我好去劝劝相公？难道我们姚家村里，还能找出第二个姚廷栋来吗？他若是歹人，也是我们全族人脸上不好看。"

狗子见他这样说着，索性把肩膀上的篮子放了下来，站在路边，手扶一棵橘子树，带着笑道："不是我不肯说，因为这话说出来了，就是一条人命。"毛三叔向路两边看看，问道："你这话是什么意思？"狗子低声道："你做梦也想不到，我们春华姑娘，那样讲三从四德的女孩子，她暗地里会同李少爷两个人调情，这不是怪事吗？"毛三叔一听他这话，心里便不能说他是胡诌，但是还不肯就附他的话，正了颜色道："这可不是闹着玩的，你不能胡说。"狗子道："我怎么胡说呢？除了他们眉来眼去，那些事情都看在我眼里以外，就是昨日下午，他们约会着在关帝庙大塘边说话，我也跟着后边去了。现在还不要紧，将来日子久了，只管闹下去，恐怕就要出毛病。"于是又把这几日双方的态度，都向毛三叔说了。

毛三叔沉吟了一会子，点点头道："或者他们年轻，不晓得利害，只当交朋友，亲热一些罢了。但是这一种事，总以完全没有的好。有了机会，我用言语来点破李少爷，看他以后怎么样。他是个聪明孩子，看到情形不好，大概也就不往下胡调了。"狗子笑着把眼睛成了一条缝，将手不住地摸着下巴，歪了脖子，只管看着毛三叔，却不作声。毛三叔笑道："你的话不用说，我明白了，你犯的洋钱病，一时不愿把这事弄散，好借了这个机会，弄李少爷几个钱，你说是也不是？"狗子笑道："倒不是那样说，俗言道：'千里姻缘一线引。'我们总犯不上拆散人家的婚姻。"毛三叔摇着头道："你不用鬼扯。你有那样好的心事，也就不说这些废话了。"狗子伸着秃手指头搔着头发笑道："毛三叔说得我就是那样一钱不值。"说着，将篮子背在身上，向他点了两点头道，"我们走吧。"毛三叔却也认为他要走，也只刚迈开腿来。狗子又把篮子放下来了，将头一伸，笑道："三叔，你想，这件事我知道了，只要嘴松一点，他们就祸事不小。像李少爷那样有钱的人，给我花几个，又打什么紧呢？"毛三叔也就跟着他笑道："你实在也太苦了，遇到这种事，弄两个钱买碗酒喝，倒算是不过分，但是你千万不能露一点风声。若是像今天在街上那样乱说，那就连你也要拉下黄泥坑的。"说着，伸手拍了狗子的肩膀道，"你听我的话准保你发个小财。"狗子笑道："真的吗？有了钱我一定请你吃水酒。可是要你帮忙的时候，你不要推辞呀。"毛三叔道："有事你只管和我来商量，我为人你还有什么不明白的吗？"

狗子将篮子背好，和毛三叔并排走着，皱了眉笑道："要说这些寻钱的路子，我都可以找得出来。就是到了开口的时候，我就不行。三叔，你是常和别人做中做保的人，这些法子，你自然都明白，可不可以告诉我一点。这话我说得有些露马脚了。"说着，他将舌头一伸。毛三叔笑道："君子爱财，取之有道。可以要的钱，为什么不要呢？不过怎样开口要钱，这不是刻板文章，总要看事说话。大概总以讨人家喜欢为是。我说了，你不必发愁，有事随时来和我商量就是了。我不出面，我也不分你一个钱。"狗子将脖子一缩道："毛三叔是码头上的朋友，怎会分我们的钱呢？"二人一路说着话，向村子走来，直到学堂门口，方始分手。

毛三叔回到家里，见妇人在天井里洗衣服，自己向她招招手，然后走进卧室去。毛三婶道："今天是太阳星高照，照到屋子里来了，你会在这个时候回家来。"毛三叔在屋子里道："喂，你来我有话和你说。"毛三婶道："青天白日，为什么这样鬼鬼祟祟的？"毛三叔道："你来呀，这样青天白日，我还能把你拖进来吃了吗？"毛三婶道："你就在天井里说说也可以。为什么要我进屋子去说话呢？"毛三叔道："你进来呀。我要你进来，自然有要你进来的原因。你不必多心，我实在是正经话。"毛三婶听到他在屋子里跌了两跌脚，料着这必定有些缘故，不是胡说的，只好进来了。

毛三叔真是加倍仔细，伸着头向外看了一看，这才把狗子所说的话对她说了。毛三婶道："狗子这就不该，人家李少爷是个好人，为什么要那种样子对待人家？"毛三叔望了她道："你也说李少爷是好人了。"毛三婶红了脸道："你不要胡扯了。你莫看我是个乡下妇人，手臂子上能跑马，脊背上能行船，三条大路走中间，一点不含糊。"她说着话，嗓子更高，眼睛也向着他瞪了起来。毛三叔抱着拳头，向她连拱了几下笑道："我的娘，不要为别人的豆子，我们炸破了锅。"毛三婶这才收了怒容道："你今天特意回来，就为的是把这话告诉我吗?"毛三叔道："我因为狗子在街上乱说相公不好，所以我跟着他走回村子，把这事问了出来。大姑娘是和你很好的，我又受了李少爷好处，不能报答人家。现在总算是一个机会，暗地里点破大姑娘，让她遇事谨慎一点就是了。"毛三婶笑道："你这是什么话? 这样的事，还能对人家大姑娘说明白吗?"毛三叔道："你都是傻瓜，叫你去点破人家，自然有个点破的话头，难道还能够这样直筒子说出来吗? 你帮我一个忙，有意无意地劝劝大姑娘，假使能把这事消灭掉了，那也是我们一件阴功德行。"毛三婶笑道："倒不谈什么阴功德行，回头我又要说一句了，李少爷为人实在是好，我总共不过和他洗了四五件衣服，他就给了我五百钱，说是先存在我这里，将来再算。"毛三叔笑道："这样说来，你还是看着钱说话。"毛三婶笑道："你不是看钱说话吗? 不是你用了李少爷三吊钱，他不曾要你还，你就为了这一点，少爷长，恩人短吗?"毛三叔道："你哪里知道，江湖上花得得当，三百二百不算少，花得不得当，十万八万不算多。我并不是说他能花钱，我是喜欢他年纪轻有义气。但是你哪里会知道。唉，四海朋友，也只为义气压死人。"

　　毛三婶不懂什么江湖义气，心里却另有一番打算，觉得像春华这样好的姑娘，若是传出什么丑事来，扫了她的面子，这是一件多么扫兴的事情。乡村妇人家心里，是不容易隐忍一件事下去的。所以毛三婶听了毛三叔这话，把洗衣服的盆，索性搬到大门口来，她有她的主意，假如春华由这里下学回去，就可以把她拦住了。

　　果然地，她不曾将衣服洗完，春华就由她门口经过，要回家去吃午饭了。毛三婶看到，远远地要站起来向她笑道："大姑娘下学啦，到我家里坐坐。"春华道："家里饭快好了，不坐了。"毛三婶道："坐一会子，又要什么紧呢?"春华见她已经站到路头上来，将去路拦着，若是不去，恐怕她会拉扯的。也许这里面有什么缘故，只得随了她走进去。毛三叔看得她们进来了，想着，若是真谈起什么来了，自己也在这里，对她们怕有些不便当，所以口里衔着旱烟袋搭讪着就走出去了。

　　毛三婶在大门口居然把春华接进来了，总算是计已成功的。然而把人接了进来，绝不能开口就把狗子要敲诈她的话道了出来。因之始而端着椅子让春华坐了，又将瓦茶壶里的温热茶，倒了一杯，递给她手上。自己带了笑容，也在对面椅子上坐下。春华看到她那般勉强相留，总以为她有什么事要商量，现在看到毛三婶很平常地说话，倒不知道为什么要把人拦着让进来。毛三婶见春华手上捧着一杯温热的茶，向着自己微笑，这分明是在那里等着自己说话啦。但是自己可没有那种口才，凭空就谈到本题上去。她用手摸摸自己的头，又牵牵衣服，接着还咳嗽了两声。

到底春华年纪轻，心里忍耐不住，就问道："毛三婶，你有什么话说吗？"毛三婶一时不敢把心里的话说出来，只道："我倒没有什么话说，不过你上次说，叫我请你来说故事的那个话，我已经和师母、老师母提了，她们都答应了。"春华笑道："你已经告诉过我了，我知道了，这两天我不得闲，过两天我再来。我要回去吃饭了，再谈吧。"她放下了茶碗，就向外走，毛三婶由后面跟到门外来，眼见春华要回去了，因之急出一句话来，便道："狗子那东西也和你三叔一样，好酒糊涂，这种小人，也得罪不得。"这几句话，春华听是听到了，但是绝不想到这话里有话。可是毛三婶逼出这句话来的时候，已经流了一身冷汗了。

毛三叔虽是避开了，却也没有走远，见春华一会儿就已走去，料着当说的话不曾说出来。这就想学堂里去走走，当他经过小秋房门口时，见他正靠了窗户向天上望着出神，于是向他拱拱手道："李少爷没有回家去吗？"他这样说着，不过是一句应酬话，小秋却老老实实地答复了他道："明天上午，我想回家去一趟。"毛三叔想起今天和狗子在路上说话一段事情，便问道："你什么时候去呢？我们或者可以同路。"小秋也正想在他口里，讨些关于春华的消息，便笑道："很好，我的时候可以随便，你来邀我吧。"毛三叔回头看看，低声道："我不愿狗子那家伙知道，李少爷若是能去邀我，那也很好的。"小秋想了一想，便答应了。

在次日早上，绿色的橘林上，涌出了一轮朱漆盘子似的太阳，在橘林子中间，一道石板路上，两个人的鞋底，沿路踏碎了石缝里草上的露水珠子，这便是小秋与毛三叔一同上街去。自然，经过了这样长的路程，两个人便也说了不少的话。说话的结果，小秋对于毛三叔很是感激，自己可就恐慌起来了。但想着这些情形，既是让狗子看见了，而且还要在外面乱说，万一传扬开去，这可要发生不测，只有立刻稳重起来，面子上绝对不要和春华有些来往。不但在面子上，便是自己心里，以后也永远不必想到这个人了。她是有丈夫的，我只管顺着这条路向前去，结果会弄得怎么样呢？绝不能有什么好事。但是现在和春华眉目传情惯了，若是突然地和她表示疏远，又怕她心里难堪。

他心里头三弯九转之后，到底是想出了一个法子，就对母亲说，头痛得厉害，要在家里睡一天。小秋自从读书以来，是不曾逃过学的，他说是头痛，家里并没有人疑心他是假，听他在家里睡下了。只是小秋要疏远春华，一天的工夫，是没有什么效力的。因之到了第二天，故意睡得很晚很晚起来。起来之后，还用两张太阳膏药，在额角上贴着。这时，秋圃已经办公去了，小秋却未见母亲，要带换洗的衣服到学堂里去。走起路来懒洋洋的，好像是走不动的神气，李太太看到，便先道："看你这样子，一定是头痛还没有好，你忙什么呢？不会在家里再休息一天？"小秋皱着眉，带了笑容道："只是……"李太太道："那不要紧，你父亲回来了，我代替你说一声就是了。"小秋道："以现在而论，倒还勉强可以看书，就怕到了学堂里去，回头又痛起来。"李太太道："你抢什么？现在也没有了科举，状元也轮不到你身上呀。"小秋听到母亲责备了，心中暗喜，懒洋洋地道："那我就只好不去的了。"他靠了那两张太阳膏药，在家又睡了一天的觉。

到了次日，那膏药也不曾揭下，闷到下午，实在难闷了，便溜到父亲布置的小花园里去散步。恰好这竹篱笆左边，邻着别人家的院子，人家墙角里一树山桃花关闭不住，直伸到这边来看人。小秋对了桃花，立刻就想到和春华的约会。现时和她不告而别，她一定心里很焦急的。可是自己既要避嫌疑，不但是要疏远她，最好是以后不理会她。这个日子，就替她难受，将来她更不好受，自己又怎么样呢？

正如此对着花出神呢，篱笆外却有个人影子来回不停地踅过来又踅过去。小秋偶然回过头来看到，却听到篱笆外有人轻轻叫了声"李少爷"。小秋走出来看时，却是毛三叔，因笑问说："你有什么事情吗？好像在这里等我。"毛三叔笑道："是的，我来问一声，李少爷今天回不回学堂去呢？哦，你头痛，还贴有头痛药膏呢。"小秋道："头痛已经好了。"毛三叔道："现在不回学堂去吗？"小秋道："家里有点事，今天还不去。你为什么问我这话？"毛三叔道："我由这门口过顺便问一声。昨晚大姑娘在我们家讲故事呢。"小秋这就明白了，必是春华让他来问的，便笑道："多谢你的好意。大概我明后天也就回到学堂去了。有人问我，你就是这样说好了。"毛三叔听了这话，也就无须再问，自然明白，笑着去了。可是这样一来，给予了小秋一个很大的难题，是早早回学堂去呢，还是再迟缓几天呢？照说，不能再去亲近春华了，万一出了祸事，先生不能和我罢休，须连累我父亲。可是自己只有两天不去，她就托人来问我。我回到学堂里去了，若是和她绝交，良心何忍。他心里很忙，人却很自在，就在阶沿边石头上坐了，两手托了头只管向隔壁一树桃花看着。

太阳慢慢地偏西，沉到赣河的上游去了，发出那金黄色的阳光，照在桃花上，将那鲜红的花色，衬托着好像有些凄惶可怜。他连想着，一个十四五岁的女郎，遇着那不幸的婚缘，不像这桃花一样，只是孤零零地在这墙角上吗？"小秋，你这是干什么？"突然一句话，由旁边送了来，小秋倒吃了一惊，抬头看时，乃是父亲站在屋的阶檐下，很注意地望着自己呢。便笑道："我不怎么样。"李秋圃道："我看你好像有要哭的样子呢。"小秋道："大概是头痛得我皱了眉毛。"秋圃道："既然如此，头就很痛的了。为什么不到床上去躺着？"小秋笑道："我怕会躺出病来。"秋圃觉他这话也有理，不再问他，自行走了。

小秋站在这里想着，我真有要哭的样子吗？可是我自己都不知道。这样看起来，我的态度或者有些失常，更是不安了。心里如此犹疑，人又缓缓地坐下来，两手撑在腿上，向上托了下巴颏，微偏了头向墙角上桃花望着。那墙角上的桃花，由凄惶的颜色，变成了模糊的影子，小秋还是那样坐着。天上鸡子黄似的太阳、金黄色的晚霞，都没有了，只有零落的几颗疏星，配着一弯月亮。那细细的一弯月亮，却也能放出一些光来，照着这园子里的夜色，幽静而又寂寞。"小秋，你怎么还在这里？"秋圃喊着，又走了出来。小秋站起来了，可回答不出所以然来。秋圃道："这两天我看你昏昏沉沉的，神情有些失常，不是要有什么毛病吧？"小秋没有作声，呆了一呆，这时顺着风将河岸草地里的青蛙声呱呱地送了过来，便笑着答道："我是在这里听蛙声呢。"他忽然触机说着，以为这话答得很得体，然而引得秋圃可就哈哈地失声笑了。

第七回

抱布而来观场初上市
夺门竟去入阱又冲围

　　旧家庭的父子，虽然在礼教上有一重很严的阶级，但是越是这样讲究礼教的人，他们也越重天伦之乐，比如过年节必须骨肉团聚，要重礼节，绝不能单独办理，这可见理智方面怎样做作，总不能抛开情感。李秋圃是由那种封建意味极浓厚的世家产生出来的，到了中年，不免带些名士气。这虽是自己觉着与家规有些违背的，然而他感到唯有如此，精神上才能得安慰，所以他无论对小秋是怎样的严厉，但是到了高兴的时候，就和对待平常的人一样，有说有笑的了。这时，小秋说到这里来听蛙声的，秋圃就哈哈大笑。小秋看了这样子，心中倒是一怔，这个谎，撒得是有些不圆，大概父亲也看出情形来了，所以哈哈大笑，于是呆站在星光下，却不敢作声。

　　秋圃笑道："你这孩子，就是这样没有出息。我曾告诉过你多少，年纪轻的人，不必弄这些风月文章，就是性之所好，也须等到年老的时候，借了这个来消遣。可是你越学越走上魔道，简直把人家说的青州池塘独听蛙，信以为真，你倒真坐在院子里听蛙来了。你这个书呆子。"小秋听了父亲的笑声，又听到父亲所责备的不过如此，这便是古人所抖的文言，其词若有憾焉，其实乃深喜之。这就用不了再事解辩，父亲也不会见怪的，因道："我好像心里很烦闷，坐到屋子里去，就更觉得不安，所以我愿意多在这里坐一会儿，也好透透新鲜空气。"秋圃笑道："这或者倒是你一句实话。但是你好好儿在学堂里读书，怎么会带着这一种烦恼的样子回来？回来了之后，也看不出你有什么毛病，整天就是这愁眉苦脸的样子，莫非你不愿意念书？"小秋道："那可是笑话了，这样大的人，还逃学不成？今天上午，我还要到学堂里去的，无奈母亲将我留着。"秋圃道："我倒知道你不会逃学，只是怕你不肯念旧书。这一节你也不用发愁，你好好地念过这几个月汉文，到了下个学期，一定将你送到省城学堂里去。"

小秋觉得他父亲的话，全搔不着痒处，自己心里的话，又是不能向父亲说的，只得不作声，就算是对父亲的话，加以默认了。秋圃以为猜中他的心事了，便道："我这样说着，你总可以放心了，进去吧。不要为了解闷，伤起风来，真的害了病了，进去吧。"他说到最后三个字，格外地把语调提高起来，就在这高的语调里，自有一种命令的意味。小秋不敢再违抗他父亲了，悄悄地就跟了他父亲到屋子里面去。然而青年人受到这初恋的滋味，心里自然地会起着变态，这种变态，甚至比发狂还要厉害。这时候，小秋正也是陷在这境遇之中，父亲随便地命令他一下，他如何能收心，所以在当晚勉勉强强地睡了觉，次日天色刚亮，听到大门外不断地有那行路人说话声，他忽然地触及想到，今天又是赶集的日子，所以四乡做买卖的人，都起早赶集来了。在床上也是睡不着，不如下床来在大门口望望，也可以看看做生意买卖人的行动，借此解解闷。他如此想着，也不惊动人，悄悄地下了床，就打开了大门，向外走来。

这时，东方的天脚已经泛出了许多金黄色的云彩，那云彩倒影在赣河里，确是如有如无的。那轮已经初吐而被云彩拦住了的太阳，终于透出一些金黄色圈圈来，在水里也就摇荡着金光。最妙的是这宽到两里的水面上却不知何处来的，浮出许多轻烟。小秋本来是要看赶早市的人，到了这时，却把原来的题目丢开，直走到岸边上，赏鉴河面上的烟水汽。那轮太阳，由红黄白相间的云彩里上升，现出一个笸箩大的鸡子黄出来。在那水烟之上，有一片黑雾沉沉的橘子林，在这黑雾沉沉的橘林上，又现出这轮红日，这种景致简直没有法子可以形容。小秋心里想着，一个人是应当早起，这早起的风景，是多么可以使人留恋。他心里如此想着，人就站在河岸上，怔怔地向河里呆望。

正在这时，却听得有人在身后咳嗽了几声。始而他是不大注意，依然向河里望着。后来他觉得那咳嗽声老是在背后，这不见得是无缘由的，便回过头来看看。这一看，不由他不猛吃一惊，原来发出这咳嗽声音的，那是毛三婶。她胁下夹了一大卷布，在自家大门口一块台阶石上坐下了。便哎哟了一声道："这样早，毛三婶就走了几里路了，你起来得有多么早呢？"毛三婶这就站起来笑道："这是李少爷公馆里吗？"小秋道："是我家，你怎么会访到了？"毛三婶笑道："鼻子底下就是路，只要肯问人家的话，没有打听不出的地方。"

小秋听她的话音是打听着来的，那有事相求无疑。她有什么事会来相求呢？那又必是受了春华之托无疑。这样看起来，春华真是时刻都不会忘记我，叫我怎能就这样地永远抛开了她呢？只在心里一动之余，已是转着好几个念头。毛三婶老远地就转着她那双长睫毛乌大眼珠，向他笑道："我来到这里，看了这大门楼子，就知道不错。再看到李少爷站在这里的背影，这就算我一来，就打听着了。可是我胆小，没有看到脸，总怕不是的，没有敢叫出来。所以我咳嗽了几声，我想不到李少爷起来得这样早，我不过先在门口看看，打算卖完了布，到这里来等着呢，现在先看到了你，这就好极了。"

有了她这一篇话，她之所以到此的意思，小秋完全明白了。只是春华未免小孩子脾气，这样的事，怎样好让事外的许多人知道，便笑道："你有事找我吗？"毛三婶瞅了他一眼，笑着一撇嘴道："李少爷，我为什么来的，你还不知道？"小秋听她的话这样单刀直入，脸上两道红晕直红到耳朵后面去，勉强地笑道："我真不知道。"毛三婶垂了她的上眼皮，上面的门牙，微歪着咬了下嘴唇，然后点了两点头道："我也不便怎样地细说出来，请你快快地上学去就是了，你的同学望你去呢。"小秋依然红着脸，勉强说了"我不信"三个字。毛三婶道："这样子说，今天你还不打算上学去吗？你是什么意思，有人得罪了你吗？"小秋笑道："我读我的书，和别人又没有什么关系，有谁得罪了我？"毛三婶道："那么，你为什么不上学呢？"小秋道："我身体不大舒服。"他刚说完了这句话，觉得有些不大妥当，这话传到春华耳朵里去了，春华一定是更要着急，便抢了接着道："我不过是头疼的小病，早已好了，不过家里有点事，我还走不开，再过一两天，我也就要上学去了。"毛三婶笑道："再过两三天，那就是五天了。你到底哪一天去呢？"小秋将两手背在身后，低头走了两步笑道："大概明天，我也就上学了。多谢你惦记，请到我们家里喝碗茶去。"毛三婶笑道："我要去卖布，不必了，明天见吧。"她如此说着，觉得今天见义勇为的这一举，总算没有白费力，笑嘻嘻地夹了那卷布，就向着街上卖去了。

这三湖镇也有一个一定的卖布的地方，是在后街一个空场上。乡下那些织布的女人，把布织好了，便是自己的私产，唯恐转到了丈夫手上去了，卖了钱要作为家用。所以由她们织了，还由她们自己拿到街上来卖，纵然自己不能来，也要转托那靠得住的人，带到街上来。毛三婶前两年家境还好，用不着自己织布卖，到了现在，毛三叔好喝酒，好赌钱，又好交

60

朋友，简直没有什么零钱让老婆去做私房钱。毛三婶看到同村子里的小脚嫂子，以前也是很穷。后来她织了布带到街上卖，总卖得上好价钱，因为她自己一个月也织不了一匹布，这样挣钱的机会，未免太少。于是她就想起了一个变通办法，在同村子里别个人手上将布贩买了来，她带到街上去卖掉，只这样一转手之间，她也可以挣不少的钱。毛三婶旁观着有好几个月了，觉得小脚嫂子每逢赶集，就跑上街去，卖了布，吃的用的，总买些回来，分明她贩布是一个很好的生财之道，总可以挣些钱。会到她的时候，有意无意之间，也曾问过她，怎么她的布，总可以多卖些钱呢？她说是卖给外路人。又问她，何以单有外路人来买她的布呢？她就笑着说，这话不能告诉人，告诉人，就会把这好生意抢去了。毛三婶一想，这话也有道理，就不便追问。但是这外路人总不是到家里来买布的，只要是在集上来买布，小脚嫂子碰得着，别人总也可以碰得着。机会总是人找出来的，小脚嫂子那种聪明，我也有，何不也去碰碰外路人看？毛三婶存了这种心，恰好第一天晚上，和春华谈了许多话，征得毛三叔的同意，借了赶集卖布为名，来访过了李小秋。这时，太阳也不过初吐一二丈高，时间还很早。毛三婶心想，还有一天工夫，布总可以卖得了。不像别人，离家二三十里，要赶着回家，自己回家只四五里的，还急什么？这样想着，于是就慢慢地向后街走来。

这是一条大路，赶集的早上，自然人多，她也没有计较其他。走过一条河岸，绕到万寿宫后面，这是去后街的捷径，自己正在心里计划着，假如卖得了钱的话，应当买些什么东西回去。忽然后面有人叫道："大嫂子，这布是卖的吗？"这是庙后平堤上，并无来往行人，突然有了这种声音传来，却令人大吃一惊。回头看时，是个二十来岁的小伙子，身穿棉袍，外罩淡蓝竹布长衫，头上戴着金线滚边的黄毡帽，雪白的面皮。在毛三婶的眼里看来，这已是上上的人物了。但是看到他脸上带上一种轻薄的浅笑，在这无人来往的所在，显然不是好意。红着脸，不敢答话，扭转头就只管向前快走。那人在后面跟着道："你这布，带到后街去是卖，在这里说好了价钱，也是卖，难道我还会抢你的布不成？为什么不睬我们呢？"他这几句话说得自是有理，不过毛三婶总不敢当他是好意的，急急忙忙地下了这一段平堤，就走上大街去了。

这里来往人不少，她才敢回转头来。看那人时，已不见了。这时她才想起，刚才那人说话并不是本地口音，分明是个外路人。我的布，若是卖

61

给他的话，一定可以多卖几个钱，可惜自己胆子太小，把这机会错过了。她心里懊悔着走到了后街。这里有一所龙王庙，大门广阔，是有七八层石头台阶的。在这石头台阶上，一层层地坐着乡村里来的女人，有的挽着一筐子鸡蛋，有的抱住两三只鸡，有的挽着两筐子炒蚕豆落花生，而卖布的女人，却占了这群女人中的大多数。有的抱着两个布卷，有的抱着一个布卷，有的还用篮子带了针线，坐在石块上打鞋底。

毛三婶知道小脚嫂子，每逢集期，必定要来的，因之站在许多人面前，就不住地四周打量。说也奇怪，她今天却偏偏不在内。她是没有来呢，或是到别处去了，这都不知道，自己原来打算看她怎样卖给外路人的这一个计划，有些不能成功了。不过经过刚才一件事有些经验了，外路人除了口音不对而外，他们还穿了那漂亮的衣服，有这两层，不愁认不得外路人了。她如此想着，也就挑了石块上一块干净些的所在来坐下。果然地，这个地方有买布的寻了来。来的有男人，也有女人，但是所穿的衣服，干净的都很少，更谈不上"漂亮"两个字。他们站在石台阶下，先向各人抱着的布审视了一下，然后问说："布怎样卖?"这时，卖布的女人，断定他是要布，不是要花生或鸡蛋的。于是这些人不容分说就围上前去，同时像倒了鸭子笼一般，大家抢着说话，各人两手捧了布，都向那人手上塞。这样强迫的手腕，毛三婶却是闹不惯，加之那买主出的价钱，也不满毛三婶的希望，一匹家织白布，照例四丈五尺，便是四十文一尺，也要卖大钱一千八百文，然而买主所出的价钱，总不过一千五六百文。毛三婶心里很奇怪。价钱这样低，卖的人还抢着把布向人家手上塞，何以卖了布回去的人，都说是赚钱的呢? 这事自然是有些不解，也无法问人，到了这个场合，看下去再说。当时，这生意也没有成交的。

过了一会子，有两个穿长衣服的人来，说话却是外路上的口音。他们还不曾开口呢，女人之中，有个穿蓝布褂子的，两耳垂了两只龙头凤尾挂八宝的银环子，梳了一个圆饼髻，中间扎了一大截红绳根。她不过三十岁上下，在这一群女人中最是活泼。她不等那买布的开口，首先就道："喂，你买我的吧。我认得你，你是木排上的。"毛三婶也听到说过，驾木排的人，他们要把木料放到南京去卖，就可发大财。所以木排上的人，那就是有钱的人。心里这样地想着，不觉就向那两个人看了一眼。其中的一个，眼光正也向毛三婶看着，于是对照了一下，吓得她立刻低了头。那人笑道："喂，大嫂子，你的布，漂亮，卖不卖?"毛三婶分明听得他把话顿了几顿说出来，"卖不卖"那三个字，很有公然调戏的意味，就不敢答言，只是低了头。那个穿蓝褂子的女人，站起来，将布送到他们面前，笑道："上次你们是两吊四百钱，还照那价钱卖给你就是了。"那人道："你认错了人吧？我们排，今天才到，上次就买了你的布吗？幸而是买布的，你可以错认，若是……"

那妇人一手夹了布，一手在那人青布棉袍子背心上，轻轻地拍了一下，笑骂道："短命鬼，你要讨老娘的便宜。"那人将一张南瓜脸，张开了扁嘴哈哈大笑。又一个人道："真的打是疼，骂是爱，你这人真是贱骨头，她打了你，你倒哈哈大笑。"那人只斜了眼睛，向一群女人望着。那妇人将布塞在他胁下，让他夹住，伸了手道："布卖给你了，快给钱。"那人道："我又没有说买你的布，为什么要给钱？"妇人道："都是一样的，你为什么不买我的呢？"又一个人笑道："对了，都是一样的，为什么……"那妇人抢上前一步，将那人手臂连捶了两下，笑骂道："砍头的。我是说布，你占我老娘的便宜。"那人被打了，笑得更厉害。那妇人将布卖定给他们了，而且非要两吊四百文不可。这两个人也就答应给两吊钱，另外请她到茶馆门口，去吃两碟点心，三个人这才笑着纠缠着去了。毛三婶这才明白了，卖布不光是靠卖出布去，就可以挣钱的，另外还要加上一段手腕。看刚才没有认定人的主顾，大家就抢了上前。等到主顾认定了人，就是一个卖主前去说话，这里面的原因，也大可想见。这样的生意，自己如何做得来？只有带了布回去，托别人来卖的为是。若是卖给小脚嫂子，准可以卖一吊八九百钱，比街上的市价还要高呢。这样想着，她便有要回去的意思，随后倒是来了三两个规规矩矩买布的，但是价钱出得都不大。

毛三婶越发看到没有指望了，夹着布就向回家的路上走。还不曾走二三十步路，后面却有个妇人声音道："那位大嫂子，你的布卖出去了吗？"毛三婶回转头来看时，果然是位年在五十以上的老妇人。她虽是尖脸无肉，现出一种狠恶的样子来，然而穿了干干净净的蓝布褂裤，外罩一件青洋缎背心，头上梳了一个牛角髻，倒插了一根包金的通气管。两只手上，串上了两只银绞丝镯子，看去指头粗细，总在四两重以上，自然，这是个有钱的老太太。莫不是她要买布？这倒落得和她搭腔，就笑着道："没有卖掉呢，老人家，你要吗？"老妇人道："我家里有人要，你讨什么价钱？"毛三婶也没了主意，随口答道："就是两吊四百钱吧。"说出了口之后，自己倒有些后悔，这是先那个妇人向男子汉卖风流时候说的价钱。和一个老太太要价，怎么好开这样大的口呢？那老妇人接过布去，掀起一只角来看看，又用手揉了两揉，点头道："你这布，梭子紧，身份也好，讨这个价钱，倒是不贵。"毛三婶听说，却是喜出望外，这个样子说，二吊四百文的价钱，算是卖成了，便笑道："老人家你家在哪里，路远吗？"老妇人笑道："不远不远，转弯就是，你跟着我来吧。"她说着，就在前边引路。毛三婶绝不想到这里面还有什么问题，于是也就跟了她走。

她走的也是小路，由后街走到了万寿宫后面，再经过平堤，到了橘子林里。走下了堤，毛三婶不由停了脚道："老人家，你不住在街上吗？"她指着橘子林里露出来的一只屋角道："那就是我家，这不很近吗？"毛三婶想着，这街上有些财主，为了屋子要宽展起见，却也多半是离开街上一些子路来住的，看她是个有钱人家的老太婆，这也就更觉得这买卖是可以成功的了。于是紧紧地跟随了这老妇人，走进橘林子里去。钻进二三百棵树里，便有一带竹篱笆，掩上了两扇门。老妇人走到门边，重重地拍了几下，说是"我回来了"。出来个三十来岁的妇人，将门开了，她那双眼睛，已是死命地在毛三婶身上盯着。毛三婶进来，门依然关上。进来之后，毛三婶才有些奇怪，这里并不是有钱人家的住所，上面两明一暗，只三间小小的瓦房而已。老妇人先走进屋去，不住地向毛三婶点着头道："你来你来。"

毛三婶夹了布进去，她却一直把毛三婶让到自己卧室里去坐着。这又让她奇怪的，屋子虽不见得怎样高明，但是屋子里的桌椅橱床，样样都是红漆的，床上的被褥也都是印花布和红呢子的。心里想着，这样大岁数的人，倒是这样爱热闹。那老妇人见她四周打量着，就笑道："你看这屋子干净吗？"毛三婶笑道："干净的，你老人家家里哪位要布呢？"老妇人想了一想，笑道："不忙，我叫马家婆，许多乡下来的卖布嫂子都认得我的。你坐着，我先倒杯茶你润润口。"说时，那中年妇人就送进新泡的一盖碗茶进来。马家婆让她在红椅子上坐下，笑道："大嫂子一清早就上街来，饿了吧？"说着打开那红漆橱子，在一只瓷器坛子里拿了几个芝麻饼给她吃。毛三婶见人家这样殷勤招待，心里很是不过意，口里只管道谢。

马家婆等她喝茶，吃着饼，自己就捧了一管水烟袋，在一旁相陪，淡淡地吸了两筒烟，等着问道："你们当家的是做庄稼的吗？你贵姓？"毛三婶道："婆家姓姚，我自己姓洪。"马家婆笑道："这冯字我认得的，马字加两点，冯马本来是一家。"毛三婶道："不，我姓洪。"马家婆道："姓什么洪，都不要紧，说得投机，就是一家。贵姓姚，是三里庄姚家吗？你当家的，大概也常上街来吧？他多大年纪呢？"毛三婶道："嗐，不要提起。我就是三里庄姚家。他名是一个做庄稼的，整日地在外面鬼混，又吃酒，又赌钱。不然，何至于我自己上街来卖布？"马家婆道："我们都是一样，嫁了丈夫，苦了上半世。这些年月，都是我自扒自奔，没有了老鬼，舒服得多。像你大嫂子这样年轻，哪里不是花花世界，自己出来找些路子，那是对的。你们当家的年岁不小吧？"毛三婶道："虽是不大，也给酒灌成了个鬼样子了。这生算了，等来生吧。"马家婆道："为什么等来生？你还年轻哩。以后我们可以常来常往，我必定能帮你的忙。有布卖不了的时候，你送了来，我可以和你卖出去。"毛三婶听她说了这样的话，无异吃了一颗定心丸，感激之至。于是二人越说越投机了。说了许久，马家婆看着窗外的日影子，笑道："时候不早了，你的布该脱手了回去，我去把买布的人找了来吧。"毛三婶见她热心异常，只管道谢。她让着那中年妇人陪着，就自己出门去了。

不多大一会儿工夫，她就回来了，在外面一路就笑着道："黄副爷为人很慷慨的，这生意一定妥当了。你们在外吃衙门饭的人钱是大水淌来的，多花个一吊八百，哪里在乎。"一路说着不断，已经走进屋子来。她后面跟着一个男子，戴了金边毡帽，竹布罩衫，正是早上所遇见的那个人。毛三婶看到了，不由她不猛然一怔，心里头，只管扑通扑通乱跳起来，立刻红了脸向后倒退了几步。那人笑道："就是这位大嫂卖布，早上我碰到的，请她将布卖给我。她价钱也不说，只管走。"马家婆道："你在哪里遇到她？"那汉子道："在万寿宫后面。"马家婆道："这就难怪了。你想呀，那个所在，早上多清冷，她这样漂亮，你又这样年轻，两个人亲亲热热地说起话来，人家知道是怎么一回事。就算我们这位姚家嫂子并不讨厌你，她也不能在那种地方和你说话呀。你想这事对不对？"毛三婶听了总是不作声，只管低了头。马家婆将那卷布接过双手递给那汉子道："你看怎么样？这布身份好，颜色也干净，她可要得价钱不多，只要两吊四百钱。"那人道："不多不多，就是两吊四百钱吧。"马家婆道："姚家嫂子，你听见了吗？人家并没有还价，出了两吊四百钱了，真慷慨呀。他是在这税卡上当二爷，每月要挣三四十吊钱呢，听说他还没成家啦。"

毛三婶一听这些啰啰唆唆的话，觉得有些不大雅驯，心里慌乱得更厉害。这就向马家婆道："请你交钱给我吧，我要回家了。"马家婆笑道：

"生意已经交易成功了，你还怕什么？你吃了东西，人家还没喝一口茶呢，我去和你们泡一壶茶来吧。"毛三婶见那黄副爷将那卷布放在桌上，只管抱了拳头作揖，笑道："大嫂子，你忙什么？布总算是我买了。稍微等一等，我就拿钱给你。"毛三婶看那情形，恐怕是不能轻易放人出去，这可不是闹着玩的，趁那人不提防，猛可地将布抢了过来，夹在胁下，起身便走。那个男子汉眼望了她，自然是不便去拉住她。这位马家婆呢，她正在对面屋子里张罗吃喝去了，直等到毛三婶跑到篱笆外面去了，她才知道了，赶快追出来时，毛三婶已走出橘子林了。她大声道："这位嫂子，也不知道犯了什么毛病。我费了这样大的力量，给她找个主顾来，她又不卖，不卖也就算了，为什么要跑走呢？"毛三婶一直走出去，头也不回。她走到了那长堤之上，回头看橘子林里的屋顶，她的心房才跳荡得好了一点，就这时私心忖度，那也真是虎口余生了。

第八回

委屈做贤妻入林谢罪
缠绵语知己指日为盟

旧式妇女对于"贞操"两个字，那是比生命看得还要重些的。纵然对她的丈夫，有若干的不满意，可是她那片面的贞操，她依然认为是很应当的事。毛三婶虽是很不喜欢毛三叔，可是她在另一方面所受到的社会教育，便是做女子的，以生平不二色为金科玉律，所以在她丈夫以外，她是不愿有第二个男子来接近她的。今天突然地被这马家婆引诱到家里去，和一个男子见面，她真的认为是一件奇耻大辱，而且是性命所关的事情。好容易逃出了虎口，心里只管怦怦乱跳，低头寻思着，慢慢走回家去。心里可就想着，要不要和丈夫说呢？为了表白自己心胸坦白起见，那是应当对丈夫说的。不过他不信我的话，反而疑心起来，我就未免要上当。何况他的脾气很大的，设若他听了这种话，打到人家家里去，那也是一件老大的笑话。与其说明白了，有许多的困难，却是不如以不说为妙，因此她悄悄地走回家去，任何人也不曾惊动，依然照常做事。

到了这日晚上，毛三叔又是喝得醉醺醺地走了回来。见毛三婶也不曾做事，手撑了头坐在矮椅子上，这就眯了一双醉眼，向她笑道："哼，今天你有钱了，能借一吊钱我厑吗？"毛三婶依然将手撑了头，默然不作一声。毛三叔道："你为什么不作声？我也只想和你借一吊钱罢了，这有什么为难之处吗？"毛三婶道："有什么为难？你真说得那样轻巧，我会变钱出来吗？"毛三叔道："你说你不会变钱，你今天拿布上街卖来的钱呢？"毛三婶道："你问的这卖布的钱吗？"毛三叔又眯着眼睛笑起来了，因道："我意你现在总也不等着用，你借一吊钱给我吧。半个月之内，我准还你。"毛三婶道："我的布没有卖掉，我把什么钱来借给你？"毛三叔道："怎么会没有卖掉呢？"毛三婶道："人家出的价钱，顶多也不过一吊六百钱，我怎么能卖？"毛三叔道："这就怪了，别人拿了布到街上去卖，都可以卖两三吊钱，怎么到了你手里，就卖钱卖得这样少呢？"毛三婶两手抱了大腿，噘着嘴道："这个不能比，我没有那种本领。"毛三叔道："你这是什么屁话？同一样地拿了布去卖钱，怎么到了你这里，就要少卖一些钱呢？你的布，也不比别人要缺少一块。"毛三婶道："你追问这些废话做什么？我有布人家不要，我有什么法子？"毛三叔道："哪里是人家不要？分明是你卖了钱不肯给我。我今天要定了钱了，你不给我不行。"说着，身子晃荡了两下，走到了毛三婶的面前来，那一阵酒味，又带了他身上那股汗臭，早就钻进了毛三婶的鼻子，让毛三婶不能不做两番恶心。

这样的气味，惹起了她那不良的印象，于是也就随着怒从心起，便睁了双眼向他道："你走过来做什么？这个样子，还想打我不成？"毛三叔横睁了两眼道："我便打你，也算不得犯法。"毛三婶挺着胸大声喝道："你不配！"这三个字在酒醉的毛三叔听着，却是过于言重了，顷刻之间，也不容他考量什么，伸出手来，照定了毛三婶的脸上，便是一掌，打得三婶脸上犹如火烤一样。她哭起来道："好哇，你真动手打我，我要你的命。"说时，两只手同时举起，向毛三叔脸上一阵乱抓，毛三叔是有力气的人，她如何抓得着？而且毛三叔的酒气更向上汹涌起来了，却不问毛三婶是否经受得起，伸出手去，一把将她的领子抓住，向怀里一拖，然后用劲一捺，毛三婶两脚站立不住，早被他摔在地上。他看到这样子，更是一不做二不休，便两手将她按住，骑在了她身上，两只拳头犹如擂鼓一般，向她身上打去。到了这时，她不能再事抗争了，只得叫起来道："打死人了，都来救命呀！"

她那声音，叫得既高昂，而且又惨厉，早把四邻都已惊动。便有几个人抢了进来，将毛三婶救起。毛三婶被骑在地上，本来只有哭的份儿，现在看到有人进来了，胆子就大了，哪里肯起来？坐在地上，只管指手画脚地哭着骂着，口里只说"我不活了，我不活了"。毛三叔见她头发披到肩上，满身都是土渣，那满脸的眼泪鼻涕，简直变成了一张鬼脸。心里便也思忖着，这一顿饱打，大概是不轻，为了什么原因，要这样地动手呢？等着自己要来追究自己的原因时，酒也就醒了一大半。可是他也不肯立时屈服，还指着毛三婶骂道："请各位看看她这样泼辣，还是什么好女人？"毛三婶也指着他骂道："毛三伢仔，我不能这样放了你，我们生死有一劫，你等着吧！"毛三叔听了这话，又跳起来，指着毛三婶骂道："我非打死你这贱人不可！"毛三婶两只手在地下乱拍着，口里叫道："你只管来，我怕你不是人。"毛三叔再要扑上前去动手时，已经有几个人死拉活扯地拖出门去了。毛三叔走后，毛三婶也无非是哭着骂着闹上一阵。经大家再三地劝说，才将她引着进房去睡觉。当她在吵闹的时候，那还不见得怎样受累，只是在床上躺下来以后，周身的筋骨酸痛，心里慌乱着，不住地喘气，简直说不出话来。有那些向来和她要好的妇女们，就陪着她歇息，毛三叔被人拉出去了，也就不曾回来。

到了次日，毛三婶虽然勉强起来做事，然而或坐或起，都觉得骨节处处作痛。她心里这就想着：做女人的，真是可怜，遇到了好丈夫，是这一辈子，遇到了坏丈夫，也是这一辈子。凭我这种姿色，在这姚家村里，不算第一也算第二，我就嫁这样一个肮脏得要死的醉鬼？这样大的人，被丈夫这一顿饱打，未免太无用了，哪里还有脸去见村子里的人哩？如此想着，缩在家里，就不好意思出来。可是毛三叔呢，也让村子里人取笑了，说他无缘无故，打了毛三婶一顿，这是亏理的事情，必定要回家去赔礼。要不然，毛三婶是位聪明伶俐的妇人，绝不能够轻易放过了他。毛三叔自负是个好汉，最忌人家说他怕老婆。事情既是做错了，那就错到底吧，因此白天到街上去，晚上只在学堂里狗子铺上搭睡。毛三婶是个女子，丈夫不回家，绝没有自己跑了出去找丈夫之理，也就只好不问。

这样僵持着，不觉有了三天之久，到了第四天上午，却出了意外，毛三叔受了感冒，忽然地病了。狗子看了他夫妻二人这相持的情形谁也不肯转圜，自己容留着毛三叔在这里住，倒好像有从中鼓动的嫌疑，于是就把这些话去告诉了姚廷栋。他把毛三叔叫到面前，问了一个详细，分明是毛三叔无理的成分居多，这就正了颜色向他道："你男子汉大丈夫，怎么和妇人一般见识？你把她丢在家里不闻不问，叫她一个人，倚靠什么人做主？你病在我学堂里，这成什么话？赶快回去。"毛三叔听了他的话，也没有怎么答复，只是站在当面哼着。等姚廷栋说完了，他就悄悄地由后面走出去，在橘子林下，找了一块石头，靠着树干坐下了。狗子知道了，又把这事向姚廷栋说了。他听了这话，心里忖思了一遍，也就恍然了，便告诉狗子道："你就对毛三哥道，不要胡跑，就在那里等着吧，我自有个了断。"于是自己也就起身回家去，见了母亲姚老太太，笑着把毛三叔夫妻生气的事说了一遍。姚老太太笑道："这是三嫂子的不对，把她叫了来，我和她说一说。"这时春华也在家里，就吩咐春华将毛三婶去请了来。

春华答应着，走向毛三婶家来。她捧了一盏茶，靠住屋檐下的柱子，正昂了头向天上望着，柱子上钉着的天香小架子，上面插了有三炷香，约莫点过了一半。春华向毛三婶笑道："三婶，吃了饭吗？"毛三婶笑道："没有吃呢。但是，我像害了一身重病一样，哪里吃得下去？"说毕，昂着头叹了一口气。春华笑道："说起来，都是我的不是。那天，我若是不托你上街去一趟，三叔也不至于说你卖了布和你要钱。"毛三婶道："我若不为你的事，也要上街去的，怎么能够怪你呢？"春华红着脸，向她微微地笑道："可是这一件事，你……"毛三婶笑道："我的小妹妹，你怎么把我看得那样傻？这样的事，性命攸关，我也能乱说吗？小妹妹，我想着，人生一世，草生一春，为什么自己不趁早打算？你的心事，那是对了的。"这样几句不着边际的话，好像没有说着春华什么。可是春华听了，心里跳个不住，立刻脸上通红一阵，直红到鬓发后面去。毛三婶道："大姑娘，你回去吧，我明白就是了。你只管在这里，也是会引起人家疑心的。"春华被她越说着越害臊，匆匆忙忙地就走回家去了。

到了家里，姚老太太问道："毛三嫂子怎样没有来？"春华这才醒悟过来，自己去叫毛三婶来的，怎么一个字也不曾提到呢？于是笑道："哟，她还没有来吗？我再去催她。"说毕，掉转身再向毛三婶家走来。毛三婶见她慌里慌张二次又跑了来，睁着眼望了她道："大姑娘，怎么了？"春华回了头望着，看到并没有人，这才悄悄地笑道："刚才是我祖母叫我来请你去的。我只顾和你说话，我就把为了什么来的这一件事忘了。你就跟了我一块儿去吧。"毛三婶道："是老师母叫我吗？"说着，就微笑着点了点头道，"这少不得又要教训我一顿了。让我那醉鬼无缘无故地打了我一顿，难道还是我的错处吗？"春华道："不会的，我祖母也不过劝劝你罢了。我对祖母说，原来和你说好了，这回是来催你的，你若是不去，我分明是撒谎，我倒真要受教训了。"毛三婶笑道："这倒怪了，你为了叫我来的，怎么倒把这件事忘了呢？你真也是心不在焉了，你的心都放在什么事情上去了？"春华红了脸，只管低头笑着，可说不出什么来。毛三婶随着她身后，跟着到姚廷栋家来。

姚老太太和儿子儿媳妇，都在堂屋里坐着。看见了毛三婶，姚廷栋正了面孔，只微笑着点了一点头，姚老太太却起身笑道："三嫂子，我记挂你好几天了，怎么要我们请你才肯来呢？"姚师母却笑着斟了一盏茶，递了过来，笑说请坐。姚老太太笑问道："大概毛三哥还没有回来吧？"毛三婶偷眼看看姚廷栋面孔，却是铁板也似的，便微笑道："你看，他把我打了一顿，倒反是发了气不回来，这话从哪里说起？"姚老太太道："夫妻打架，总是女人吃亏，本来女人就没有男人的力大，哪有不吃亏的。俗言道'君为臣纲，夫为妻纲'，你就是让他打了几下，那也不算羞耻。"毛三婶听了这话，心中有些不服。但是姚老太太的儿子是本族的相公，她养得出秀才的儿子，便是懂理的人，自己如何敢和她辩理，只答应了一个"是"字。姚老太太道："他这几天，都在学堂里同狗子睡，大概着了凉了，今天病了呢，还在橘子林里坐着。"毛三婶道："我又没有关上大门不让他回来，他愿意这样子，我有什么法子呢？"

姚老太太带着笑容，正想驳她这句话呢，姚廷栋就先说了，他板了面孔道："三嫂子，你是一位贤德的人，难道还愿意让你丈夫在橘子林里躺下吗？"姚老太太道："是呀，夫妻无隔夜之仇，你还能够记他一辈子的恨不成？毛三哥究竟是个丈夫，你屈就他一点，那不要紧。就是有人说毛三婶怕丈夫，也是你贤惠。若是要他屈你，这话可不好听。难道真要和那俗话，不怕老婆不发财吗？"说着，老太太跟上了一笑。姚师母笑道："我婆婆是个大仁大义的老人家，她说的话，都有见地的，你就依了她老人家的话，到橘林子去，对毛三哥赔服两句，把他接回家来，也就完了。我想决没有什么人来笑你，这也很算不了一回什么事。三从四德里面，不是说明了出嫁从夫吗？"

毛三婶本来是坐着的，到了这时就站将起来。先向在座的人看看，然后便低下头去，看那样子像有万分的委屈，只是不好说了出来。姚廷栋对他母亲道："话说多了，也没有什么意思，我要教书去了。"他向母亲说话的时候，脸色是很和平的，及至回过脸来，便把脸色向下沉着，将衣袖放下来，向后一摆，开着大步子走了出去。毛三婶受了这全村崇拜相公的影响，她觉得是不能够得罪的。现在相公生着气走了，恐怕不依他们的话去办，就成了一个不贤德的女人，不贤德的女人那是什么人都看不起的。这便向姚老太太道："倒不是我不听你老人家的话，我怕越跟他赔服，他越是长脾气，回来喝醉了酒，又打我一顿呢。"姚老太太道："要是那样，我也不能够依他。三婶子，你是讲三从四德的人，有什么想不开，你还要我多说吗？"毛三婶这种妇女最喜欢人家说她聪明伶俐，同时又喜欢人家说她一声三从四德，今天廷栋家里人左一声三从四德，右一声三从四德，只管向她勉励着，闹得她不能不跟了他们的话转，只好将心一横，厚着脸皮向橘子林里走了去。

前后找了许久，才看到毛三叔靠了树干坐在石头上，远远地看到，心里就有了气，一张雷公脸，又黄又黑，配上了那满脸的兜腮胡子，哪里还有什么人样？凭我这样伶俐，哪一点配他不过？倒要挨他的打，我就不服这口气，倒要跟他去赔罪？因之闪在一棵橘子树后，站了一站。以为自己走来将就他了，他或者要起身相迎。那毛三叔倒并不是不知道她来了，抬头看了一看，依然将头低了下去。毛三婶咬着牙顿了一顿，鼻子里又哼了一声。结果，还是自己屈服了，就低了头，正了面孔，缓缓地向前走去。同时自己又劝告着自己，既是和人家赔罪来了，索性死心塌地，自认是个脓包，只图他喜欢了，从此回心转意，也就完了。胸中那一腔怒火，本来经自己一番抑压，落下去了不少，现在再加上一倍的压制，脸上只管在不能笑的程度中，极力地显出温和的样子来，走到了毛三叔面前，弯了腰向他低声道："我听到说你病了。"毛三叔道："可不是吗，就是让你气的。"毛三婶将袖子掀得高高的，露出整条雪白胳臂来，噘了嘴道："你看，打得我这个样子。"毛三叔虽然生着气，然而他的心也不是铁打的，看到娇妻这种样子，实在也就不忍和人家为难了，于是也就扑哧一声笑了起来。当他在笑的时候，在橘林子外面，也有一个人跟着在嘻嘻地一笑。

原来李小秋自那天得了毛三婶的消息以后，就回到学堂来了，虽然和春华见面，东张西望的，不敢大胆接近了，但是两个人心里，可就格外亲爱。小秋在屋子里念书至多念到三页，必要伸着头向外看看，若是不念书呢，那就只要是当春华在学堂里的时候，绝不离开了那窗户。若有人经过，他就是昂着头看天色，没有人经过，就是呆站在那里，等候春华把脸露了出来。可是春华的态度，却变到了他的反面，她已经知道这件事，不是一两个人晓得。再要不收敛一点子，让父亲知道了挨打挨骂，那都是小事，就怕传得满村子里全知道了，自己却没有脸子去见人。因之心里头只管时刻都念着李小秋，但是在形迹上，总是躲闪着。

然而躲闪多了，又怕小秋会生出误会来，所以在两三小时之中，两手高高地捧着书，挡了面孔念着，走到她的窗户边来看看，然后慢慢地将书向下移挪着，移挪得到了鼻子尖上，眼睛由书头上向小秋这边看来，猛然地将书放下，却露出一笑，接着也就扭身走了。这也许是她的小孩子脾气，闹着好玩的。然而小秋看到，却为这个态度，最富于诗味，更是看到眼里，心痒痒的。有时春华有经过这边窗户口上来，来了必定轻轻咳嗽两声，等小秋伸出头来，她便将一个字纸团子抛了进去。这字纸团子，并不是写给小秋的书柬，不过是春华平常练习小楷的格子纸，写着半页，或几行字。小秋初看到，有些莫名其妙，但是转念一想，她不能毫无意味地扔了这个纸团给我，这里面必然另有文章，不要忽略过了。因之倒到床上，放下帐子，展开那字纸，慢曼地研究。好在不过一二百个字，横直倒顺，看了无数遍，到了最后，他居然看出来了，便是这稿子里的字，写得格外清瘦些的，那便是通信的字句。连缀起来，就可以成为一句话或两三句话。小秋既然是把这个办法发明了，因之他也就如法炮制，向春华回了信去。

这日上午，春华由家中吃了早饭出来，就向小秋窗子里抛进一个纸团来，字中间夹了几个字，写着"毛三婶向毛三叔赔礼，快到树林里去看"。小秋看到，这也不过春华小孩子脾气，要多这一回事。但是她既写了字来通知了，就应当前去看看，要不然，不信她的话，未免就开罪于她了。因之也不管事实如何，立刻就跑到了树林子里去，远远地张望着。他看到毛三叔这种人也敌不过妇女们那攻心为上的战法，于是也就跟着他们，一块儿笑起来了。正当他这样笑的时候，却有一只手落在背上，轻轻地拍了一下，回头看时，正是春华眯着一双秀眼，对了他，只管微笑。小秋正想张口说什么，春华拉了他的衣服，就让他走开，而且还向他眨了一眨眼睛。小秋看了这样子，只好带着笑容，走开来了。

由这橘子林穿过去，上了人行大道，更越过人行大道，直向风雨亭子后面走去。先是春华在前面走，后来变作小秋在前面，两人相隔着，约莫有四五丈路。到了风雨亭子后面，春华站住了脚，老远地连连招了几下手道："喂，你要跑到哪里去?"小秋这才笑着回转身道："我走过的，穿了这树林子直走过去，就是河边。"春华笑道："你要带我去投河吗?"小秋笑道："对了，你可舍得死?"春华道："哼，有那么一天吧。"小秋知道引起她一番牢骚来了，便笑道："说正经话。我因为第一次是在渡口上遇到了你，我每次遇那渡口，总要站着，想想那回的事情，觉得很是有味，仿佛你就穿了那件花衣服，手上拿蜡梅花走了过来。"春华道："你这不是活见鬼吗?我现时正在你当面站着呢，你倒去捉摸那个鬼影子。"小秋道："你为什么老说这样丧气的话?"春华靠了一棵树干，将鞋尖去拨动脚边的长草，低了头道："我为什么这样，你应该知道嘛。"小秋道："你小小年纪，为什么总是这样发愁? 将来的日子还长着呢。"春华道："假如我一天看得到你，我一天就不死。"

她口里说着话，抬起手来，扯了一枝树丫枝到面前，将鼻尖去闻那树

73

叶子的气味。小秋也靠了一棵树站定，向她望着，正色道："你这一番好意，我是感激的，可是你生的这个地方不好，老早地就把婚姻定了。我若是不理会你，心里不过意。我若是理你，将来人家知道了，对你飞短流长，怕是你受不了。"春华将手一松，那丫枝向空中一跳，沉着脸道："以后你不用理我就是了。"小秋道："你看，我的话没有说完，你就着急了。你想，府上是个诗礼的人家，毛三婶让丈夫打了一顿，先生还劝着她去赔礼，在这里，你可以知道，府上是劝人要怎样守妇道。你是黄花闺女，恐怕还要加倍地严禁吧？"春华这却无法可说了，只是低了头。许久才答道："这实在叫毛三婶难过。她有什么事对那醉鬼不住？打了一顿，还要人家赔礼。我若是毛三婶，就不赔礼，这总不犯七出之条，就是犯了七出之条，也心甘情愿，比这样委屈死了，总好受些。"小秋道："那她就不怕世人笑骂于她吗？哪个不会这样想，总也不过是怕人议论罢了。"春华低了头，不住地用脚来拨动长草，然后慢慢地叹了一口气道："这就叫没有法子。"

小秋道："这就是我所说的那句话了，世人要是对你飞短流长起来，你怎样受得了？"春华道："所以我也就说，有一天看不到你了，我受罪的日子也就到了。若是像毛三婶这种日子，我是一天也过不了，你不用替我发愁，到了那个日子，我便有个了断。"小秋明知她这话的用意，却故意问道："有个了断吗？你有个什么了断呢？"春华道："士为知己者死，这句话，我早就放在心里头了。"小秋觉得她这话是有些言之过重，却又故意打岔道："底下一句呢？"春华道："就是女为悦己者容了，这里也没有第三个人，我有什么不敢说的。"她原是板了脸说这几句话的，说到这里，眼珠转着，也就不由得扑哧一声，笑了出来。小秋皱了眉道："我料想不到在这地方念书会碰到了你。我现在是又要躲你，又要想你。"春华听了他说上一个"想"字，脸又红了，抿了嘴笑着，向他看上一眼。小秋道："你觉得我这话有些言之过分吗？"春华道："倒并不过……"说着，她又笑了。

小秋看了她那月圆如玉的面孔，再加上这一道羞晕，只觉十分的妩媚，就慢慢地走着靠近了她。她靠了树干，将头不住地低了下去，眼睛看着小秋的脚走近了。小秋一伸手握住了她的手，慢慢地抬了起来，刚要再拿那只手，去再握她另一只手时，她猛可地缩着，人向树后一闪。红着脸道："你不要这样吧，我……我……我怎么能够胡来呢？我是一个清白身体。"小秋在握她手的时候，只觉周身热血沸腾，心跳到口里。及至她这样一躲闪，热血不沸腾了，心房也不跳了，自然脸也是红的，这就向春华低声道："对不住对不住，我鲁莽了一点，但是……"春华正色道："这也没有什么鲁莽，倘若我不是父母做主了，我就把这个身子给你，只是要那样，就死得更快。你若是我的知己，你就当原谅我。"说着，她忽然地喉咙哽着，两行眼泪水直滚下来。

小秋指着太阳道："太阳高照在头顶上，我就是今天这一次，以后我决计规规矩矩的，我若不规矩再来冒犯你，我就不得好死。"春华连连摇着头道："你何必发誓呢？我是不得已。你这人有些口不应心，刚才还说要不理我呢，一会子工夫，就不老实起来。"说着一笑。小秋道："我知道你是不得已。我若不发誓，怕你疑心我，以后就不理我了，所以我也可以说是不得已。至于口不应心，我也不知道是什么缘故。"春华回头看着，掀起衣襟来，揉擦着眼睛，又笑向小秋说道："这里不是谈话的地方，我也不应当同了你来。不过有了今天这些话，你知道我的心事了，我的心是你的了。我说这句话，我也可指着太阳起誓。"说时，也就抬起手来。小秋正是一个多情少年，听了这种话，他那静止了的热血又沸腾着了。

第九回

冷眼看娇儿何忧何喜
热衷做说客频去频来

人类的道德，老实说一句，完全是勉强制造出来的，一到了人的感情冲动，要做出一种反道德的事出来时，这种勉强制造出来的道德，就不能够去拘束这种真情的流露。所以当春华把心坎里的话，向小秋说了以后，小秋实在忍耐不住了，再也不管春华是不是用正经的面孔来抗拒的，猛可地向前一抱，两手伸着，将春华的肩背抱住。春华来不及抗拒，将头缩到小秋的怀里去。天上飞起了一片白云，将太阳遮住，将这风雨亭子后面，展开了一片薄阴，似乎太阳对于他们这种行为，看了也有些害羞，所以藏躲了起来。于是这周围的橘子树，它们也静止，连一片叶子都不肯摇动。那向橘子林里穿梭觅食的燕子，本来掠地而飞，可是飞到了这风雨亭后，它们也就折转了回去，不肯来侵扰小秋。总而言之，似乎这宇宙为了他们都停止了五分钟的活动。

然而在这五分钟的静止时间里，春华的恐惧心却一分钟胜过一分钟，她口里连连说着"人来了，人来了"，终于两手撑开了小秋，身子向后一缩，缩着离开了小秋三四尺远。她一面用手理着鬓发，一面顿了眼皮向小秋微笑道："说着说着，你怎么又不老实起来？下次你不许这个样子，你若再是这个样子，我就要不理你了。"小秋向她脸上望着，做了很诚恳的样子道："你待我太好了。"春华道："这就是你的不对。你既然知道我待你很好，为什么对于我还是这种样子？"说着，又微微地笑了。小秋道："我也不知道什么缘故，对于你就没有法子说那'发乎情止乎礼'的那句话了。"春华向身后看了两看，对他道："你必定……"这就听到风雨亭外面有了咳嗽声。春华红了脸，走了出来，看时，却是两个挑担子的过往行人。她不敢抬头，匆匆地走进对过树林，就回到学堂里去了。

她到书房里，心里还是不住地跳着。虽然对了桌子上所摊开的书来望着，但是眼睛看到书上，书上究竟是些什么字，自己却毫无知道。她抬起一只手撑住了自己的头，于是就沉沉地想了起来。后来听到对过屋子里，有了小秋的咳嗽声，她才醒悟过来。这件事，自己应当极力来遮盖住，为什么还这样心猿意马，只管露出破绽来给人看呢？自己鼓励了自己一番，立刻挺起胸襟来坐着，还将衣襟扯扯，头发摸摸，表示着自己振作的样子。但是无论如何，今天这书念不下去了，只要自己静止一分钟，那风雨亭子后面的事情，就继续地在脑筋里反映起来。试验了许久，这书总是读不下去。这就不必读了，将书一推，又将手撑起头来想心事。只听得父亲在外面连喊了两声，声音很是严厉，口里答应着"来了"，却又摸着脸，理着头发，各处都检点了之后，方始走到父亲面前来。姚廷栋正了眼光望着她，问道："你今天怎么了？"只这六个字，春华已是失了知觉，手上捧的一本书，噗地落到地上。但是她不知道去拾起，依然正了眼望了父亲。姚廷栋向她周身上下看看，又向地上那本书看看，心里也就想着，这孩子什么缘故？因又问道："你到底是怎么样了？你看看，书落在地上，自己都不知道捡了起来？"春华这才一低头，看到自己的书却是扑在地上，于是弯腰捡起书来，连连地向书页上吹了两口灰。

姚廷栋将桌子上的镇尺、笔架之类，都各移动了一下，将面前放着的书本，用手也按按，然后两手肘向里抄着，架在桌沿，皱了眉望着春华道："你今天出了什么事故吗？"春华这才明白了，父亲并不知道自己什么事，于是苦笑着摇了两摇头道："没有哇。"廷栋道："我看你神色不定，好像犯了什么事。"春华心里，极力地镇静着，向书上看看，低了头道："好像又是害病。"廷栋在停了科举以后，为着防患未然起见，适用儒变医的老例，也就看了不少的医书，关于男女老幼大小方脉，却也知道不少。他看到春华这样神色不定，心里若有所悟，这必然是女孩子的一种秘密病，讲理学的父亲，如何可以问得？于是变着温和的态度向她道："既然是身上有病，对你娘说明了，就可以不必来，为什么还不作声呢？"春华手上捧了书本望着，向后倒退了两步，没有作声。廷栋道："我本是叫你来，出一个题目你做做，你既然有病，这题目就不必出了，你回去吧。"春华真不料这样一个重大难关，便便宜宜地就过去了。低声答应着"是"，又倒退了两步，这就向自己书房里面去。

到了书房里刚伸头向窗外看看，便见小秋在对过窗户里，张着大口，对了这边望着，仿佛是在那里说，先生叫了去，有没有什么问题？春华用个食指指了自己的鼻子尖，小秋看到，就点点头。春华带了微笑，向他摇摇手，那意思就是说，这并不要紧的。小秋见她如此，料着没有关系，就把舌头伸了一伸，表示着危险，于是缩进屋子去了。春华靠了窗户站着，用手撑了头，就不住地发出微笑来。正好姚廷栋也要由这里回家去，见她会伏在这里发笑，这却是一件很奇妙的事情，就站住了脚向她望着道："什么？你不是生病的人吗？怎么一个人在这里笑起来了。"春华真料不到这个时候，父亲会由这里经过的，立刻正了颜色道："我哪里是发笑，因为肚子痛，没有办法，就伏在窗架上来搁着，搁着也止不住痛，所以我就笑了。"廷栋道："你这真的是叫作孩子话了。肚子痛是内病，你在外面搁着有什么用？快别这样，那是笑话了。"春华听了父亲的话，果然就不做那小孩子样的事，而且肚子也跟着不痛了。廷栋道："这样大的姑娘，还是只管淘气，跟我一块儿回去吧。"春华也不再说话，跟着父亲后面，一路走回家去。

刚刚进门，这就让春华受了个不大不小的打击。原来是管家的一位伙计，坐在堂屋里椅子上，看到廷栋来了，老远地站起来，就向他作了个弯腰大揖。春华心里想起婆婆家的人来了，没有什么好事，不是来讨日子，就是要什么东西的。立刻将脸沉了下来，急急忙忙地走回房去。在这要路上，有一只碗放在地上。春华不但是不捡起来，而且用脚一踢，踢得那只碗呛啷作响，连在地面上滚了几滚。她的母亲宋氏，究竟是个妇人，对于女儿和管家这一头亲事，知道是二十四分不愿意的。无如生米已经煮成了熟饭，退缩不得的，所以心里明知女儿是委屈极了，没法子安慰她。只有谈到了这个问题时，便将话扯了开去，减少女儿一时的痛苦。今天管家差了一个伙计来，心里就在那里计算着，假使这件事让姑娘知道了，也许息息率率又要哭了起来。因之连忙赶了出来，打算三言两语地把那位伙计打发走了也就完了。不想自己走了出去，刚好是女儿走了进来。不必说别的，只看在女儿用脚来踢那只碗的分上，便知道这气头子已经是来得不小的了，这也就不能再去撩拨她，只当是不知道也就完了。因之侧了身子，让她过去，自向堂屋里和那伙计去谈话。

春华一心怒气，真个要由头发梢上，向半空里直冒上去。一口气跑到屋子里去，向床上倒下，什么话也不说，先叹了一口气。睁着两眼向床顶上望着，许久，忽然坐了起来，手按了床板，偏头沉思了一会儿。她觉得这样地沉思，好像不是办法，立刻又起来，向堂屋后面那倒座的板壁下站定。在这里却是很清楚地可以听到堂屋里人说话。只听到那伙计做个叹气的样子道："若不是到了十分要紧的时候，敝东家也就不会派兄弟到府上来了。若是姚相公不能去，我想请姚师母去一趟也好。"只听得廷栋答道："这更是不妥了。请想我们是没有过门的亲戚，便是兄弟自己前去，还觉得有许多不便的地方，内人对于管府上，一个人也不认得，突然去了，处处都会觉得不便。而且又是孩子病重的时候，贵东家自己，还要操心料理病人，哪里还受得……亲戚吵闹。"又听到那个伙友道："这就叫兄弟不容易回去复命了。据敝东家太太的意思，最好就是把喜事办了，冲一冲喜。"

春华听到了这句话，才知道管家派伙计来的用意，自己几乎是气昏过去。但是听消息要紧，手扶住了板壁，自己勉强支持住，还向下听着。又听到那伙友道："既是姚相公觉得冲喜不大妥当，府上又没有一个人肯去，似乎……"他说到了这里，不肯把话说完，好像是听凭廷栋去猜度。这就听到廷栋答道："我的孩子既然许配了管家，迟早便是管家的人，就算马上过去，这也无话可说。只是孩子年岁太小，她自己还不免要人照料，怎样能去顶一房儿媳妇做？再说到婚姻是人生一件大礼，若没有万不得已的原因，总要循规蹈矩，好好地办起来。冲喜这件事，乃是那些无知无识的人所干的，我们书香人家，哪里可以学他们的样？"伙计没有说什么，只听到连连地答应了几个"是"字，继续又听到宋氏问道："既然是孩子病得很久了，早就该送一个消息来给我们，怎么等到现在，什么都不行了，再来说冲喜的话呢？"那伙计道："我们东家奶奶的意思，说是向府上来报信了，也是让相公和师母挂心，若是少东家的病，就这样好了，何必叫亲戚不安？"宋氏道："这话不是那样说。我们两家既是亲戚了，当然祸福相同。你那边告诉得我早了，多少也可以和你们出一点主意。现在，大概有十分沉重了，今天才让我们知道，这叫我们也慌了手脚。本来像我们姑爷这种痨病，也不是一天害起来的，不是我说你们贵东家，事前也未免太大意了。"廷栋道："事已至此，埋怨也是无益，我们的女婿，还是人家的儿子呢，人家还有不比我们留心的吗？你也不必说了，可以到屋里去，找一点东西让这位兄弟带去。"春华听到这里，分明是母亲要进来拿东西，可别让她看到了。于是放开大步，轻轻地走回屋子里去。

宋氏走进屋来，却看到她伏在桌子上用笔在一张白纸上涂画。这姚师母受了姚先生的熏陶，也就认得几个字，分明听得刚才堂屋板壁响，是姑娘偷听消息了。这在自己做过来人一点上着想，姑娘偷听婆婆家消息，也是一定的事。若说丈夫病得要死了，做姑娘的人，这也应当想到自己命薄。现在看看姑娘涂字，那就是把心事自己表白出来了，她又要写些什么东西呢？心里想着，于是就伸了头在春华身后抢着看了一看。所幸她的眼光很快，只把眼珠一睖，就看到酒杯口那样大的四个字：谢天谢地。宋氏自走过去，打开厨门，取了一包东西过来，再看时，写字的那一方面，已经折叠到下面去，在面上却是画着两个圆圆的人脸，分明是和合二神仙了。一个人心里不快活，那是不会画着和合二神仙的，一个人得着丈夫这样险恶的消息，还能够这样地快活，那简直是有些反常了。照着自己姑娘平常为人说起来，那是很忠厚的，纵然心里头不喜欢她的丈夫，从前也只是红红脸，说着自己命薄罢了，倒不像今天这样高兴。心里想着，眼睛便不住地向春华脸上偷看了去。果然地，她脸上不但是没有什么愁容，而且看了画的那和合面孔，还带了三分笑容呢。宋氏也来不及和她计较这件事，自提了厨子里纸包向外面走了去了。

春华见母亲走了，料着还要去和管家的人说话，于是悄悄地跑了出来，又在板壁下站立住听着。外面人说来说去，都说的是管家的孩子怎样的病势危险，最后就听到宋氏说，事情现在大家都知道了，不必相瞒。若是有什么事情，请你们随时给我们信。那伙计口里连连答应着"是"，忙着走出去了。春华心里这种想着，母亲连这样的话都说出来了，想必病人是没有了多大的指望，我心里总是这样想，我和这位冤家的账，几时是个了局呢？如今看起来，了局就在面前了。一个人，除非不死心想那件事，要是死心想那件事，总可以成功的。心里想着，手扶了木板壁，只管出神。

宋氏送了客回来，匆匆地向屋子里面走，她心里也自在想着，果然管家的孩子，就是这样完了，这倒也给了我孩子一条活路。可是这孩子读了书，知道一些三从四德，设若她照着古人办要学个望门守节，不是更陷害了我这姑娘一辈子吗？她心里如此想着，当然不知道抬头来看，糊里糊涂地向前走着。恰好春华听到脚声，猛然地醒悟，自己一抬头，和宋氏撞了一个满怀。宋氏手拍了胸道："你这孩子，真把我吓得可以，你这是怎么一回事？"春华笑道："撞到了哪里吗？这是我的错，你老人家饶恕了我吧。"宋氏看她那笑容满面的样子，实在也没有理由可以饶恕她的，只得又补说了一声道："你这个孩子！"春华也来不及管母亲要说些什么，扭转身来就向外面跑了。她不只是跑出了屋子，而且由这里一直跑到学堂里去。

她的书房是有地板的，将门一推，两脚先后踏进屋去，早是有三四下响声。进屋之后，别的事又不做，立刻坐在桌子边，提起笔来，就在纸上写道："侬今有一喜信。"只写了这六个字，就听到身后有人叫了一声"春华"，回头看时父亲端正了一张严厉的面孔瞪了眼望着道："你今天为什么这样飞扬浮躁？"春华不敢作声，站了起来，一手就抓住了那张纸，慢慢地捏成了纸团握在手掌心里。廷栋所注意的，正也是那张纸，便抢步上前，将那纸团夺了过来，且不说话，首先把那字纸展开来看着，看到"侬今有一喜信"，好像这是向人报告的一句话，不然，这个"侬"字，却是对谁而发呢？心里有些疑惑，不免将这张纸两面翻动着看。然而究竟是一张白纸，并没有一个字，便板住了面孔道："你这是什么意思？"

春华手撑了桌子，人低了头，却是没有答复。廷栋道："我教你读了这几年书，所为何事，看你今天这样举动，那可是大大的不对。"春华低声道："我并没有做错什么事，怎么会不对呢？"廷栋道："你这还用得我明说吗？我和你回去的时候，你发着愁，说是什么肚子痛。回到家里，无缘无故地，你就欢天喜地地笑了起来，你这种行为，那是对的吗？乡党之间，古人还讲个疾病相扶持，何况……"他说到这里，那个更进一步的说法却是说不下去了，只是瞪了眼望人。但是他便不说，春华也知道了他是什么话在下面，因之顿了眼皮，只看在地上。

廷栋教训女儿，总望她继承自己的道统做一个贤妻良母。若是今天这个样子，简直和贤妻良母相反。自己气得捏了纸团的那只手只管抖颤，许久才挣扎出来了一句话道："这个书，我看你不必念了，不如回家去织麻纺线，还可以省掉我一番心血。像你这样，可以说是不肖。"春华从来未曾受过父亲这样重的言语，女孩儿家最是要面子的，受了这样重的话，哪里还站得住脚，把一张粉团面孔气得由红而紫，由紫又变成了苍白，呆了一会儿，似乎有一种什么感觉，掉转身，就向屋外走着，脚步噔噔响着，就向家里去了。到了家里，今日也不同往常，关住了房门，倒在床上呜呜地就哭起来了。宋氏和姚老太太听到了这种哭声，心里都各自想着，这孩子总算识大体的。虽然没有出阁，听到丈夫病得沉重，她也知道一个人躲起来哭。不过心里这样地赞许她，口里可无法去劝她。一来是怕姑娘难为情，二来说起来透着伤心，怕姑娘格外地要哭，所以也就默然不加干涉。

到了晚上，姚廷栋回家来，不见春华，便问她在哪里。宋氏就低声道："随她去吧，她一个人躲在屋里头哭呢。"姚老太太道："这也难怪，孩子知书达理的，听到了这个消息，心里没有不难过的。"姚老太太坐在一张靠背椅上，两手抱了一根拐杖，不住地在地面上打着，表示她这话说得很沉着的样子。廷栋看看母亲，回头再见宋氏两手放在怀里，低了头，沉郁着颜色，好像对女儿表示无限的同情。廷栋昂着头，叹了一口气道："你们哪知这究竟，将来不辱门风，幸矣，尚敢他望乎？"姚先生一肚子难说的话，又不能不说，只好抖出两句文来，把这牢骚发泄一番。然而宋氏也总是他升堂入室的弟子，早就把他这种深意猜出了十分之八九，假使要跟着问下去，就不定还要发生什么意外。于是只当着自己不懂，呆呆地坐在一边，并不作声，倒是姚老太太不大明了这句话的用意，做一个笼统的话，带问带说道："这孩子倒是很好的。"廷栋默然了一会儿，然后苦笑道："你老人家哪里知道？这孩子从今日起，不必上学堂念书，就让她在家里帮着做一点杂事吧。"关于孙姑娘读书这件事，老太太根本上就认为可有可无，现在儿子自己说出来，不必念了，这或者有些意思在内，自己更是赞成，便点点头道："孩子一年比一年大了，不念书也罢。管家好几回托人来说过，读书呢，能写本草纸账也就完了。倒是洗衣做饭、挑花绣朵，这些粗细女工都应该练习练习。"廷栋听到母亲说到了管家，又不由得跟着叹了一口气。这个问题，始终不曾听到廷栋说出来，他家里哪个又敢再问？便是这样糊里糊涂将话掩了过去。春华呢，也就这样糊里糊涂地关在家里，从此不上学了。

春华被幽闭在家，为了什么，她自己心里很是明白的。只有在学堂里的小秋一连好几天不见春华的踪影，心里头很是奇怪，莫非是在风雨亭子后面的那件事现在发作了。果然如此，便是先生不说什么，自己也有些难堪。但是那一天在亭子后面，拢共说不到二三十句话，时间很短的，在那个时候，并没有碰到什么人，何以就会露出马脚？这或者是自己过虑了。但是在那天以后，她就藏得无踪影了，若说与风雨亭子后面那件事无关，何以这样巧？可是话又说回来了，就算自己所猜是不错的，又有什么法子，可以躲开先生见怪？这都不管了，只要先生不来说破，我也就乐得装糊涂。只是春华被幽禁在家里，现在是如何一副情形，却是不得而知，总要想个法子，去探听一些消息出来才好。

当他想着心事的时候，背了两只手在身后，只管不住地在屋子里打旋。转转得久了，仿佛想得了一件什么心事，立刻晃荡着出屋向学堂后门而去。门外有一条大路，是向毛三叔家里去的，往常小秋送衣服去洗，或者取洗好了衣服回来，自己并不怎样考虑，就是凭着意思，随便来去。可是到了今天，有些奇怪，自己走到这条路上，心里便有些害怕，好像自己偷着来的。这一番心事，已经就让人家知道了，这倒不能不小心一点，免得在事情上火上加油，所以自己虽是凭了一股子高兴出来的，可是出了门不到六七步，心里扑通扑通作跳，只管把持不住，提起来向前的脚，却不知不觉依然在原地方落下，而且跟着这站着不进的形势，向原路退回来了。退到学堂后门口，手扶着门框，站着想了一会儿，若是我不到毛三婶家里去的话，试问有什么法子，可以得到春华的消息呢？若是得不着春华的消息，那就读书不安，闲坐不安，吃饭睡眠，也是不安。现在且不问别人留心与否，自己总须到毛三叔家里去一趟。好在到毛三叔家里去，也不是今天这一次，往常去没有人管，难道这次是有意去的，立刻就会有人知道吗？这完全是自己心理作用，没有关系，还是去吧。于是鼓励了自己的意志，再向毛三叔家走去。但是想到毛三婶家里，并没有自己存放在那里的衣服，突然走了去，若是人家问着，为了什么事来的，把什么话去答复人家呢？想着想着，他那提着向前移动的脚，又不知不觉地停止住了。昂着头向天上看看，又向周围树林子里看看，并没有什么人望了他，不知是何缘故，面孔上红着，脊梁向外冒出热汗来。

　　自己摇了两摇头，正待扭转身躯，却听得后面有人叫道："李少爷，你是送衣服来洗吗？怎么不过去？"小秋道："我本是要送衣来给你洗的，但是我走得匆忙，忘记带着衣服来了。"毛三婶眼珠一转，心里就十分明白了，因笑道："洗衣服忙什么，今日不行，还有明日，明日不行，还有后天呢。现在请你到我家里去坐坐，我还有话同你说。"小秋犹豫着道："不吧，毛三叔在家吗？"毛三婶红了脸笑道："天天见面的人，有什么要紧？你不去，倒显着有点……"说毕，又向小秋微微一笑。到了这个时候，小秋可不能不跟着人家走了，于是笑道："那么，我就去吧，我还要……"说着，抬起手来，搔了几搔头发。毛三婶也不再说什么，只在前面引路。小秋似乎做了什么亏心事似的，低了头跟在后面走着。

　　到了毛三婶家堂屋里，她也不让小秋坐下，手扶了门就向他笑道："你不是要打听大姑娘的消息吗？"小秋站在小天井里，红着脸道："不是的，不是的……她、她怎么样了？"毛三婶笑道："既然不是的，你又何必问她怎么样了呢？"小秋道："因为她三四天没有上学，你既然提到了，我就顺便问上一声。"毛三婶道："你问我这话，我也是不知道，不过我不知道，那是有法子打听的。要不然，让我和你去探探信息，好吗？"小秋望了她只管是笑，毛三婶道："有话你只管说，我和大姑娘是一条心，你告诉了我，我自有法子想。你想托重我，又苦苦地要瞒着我，那不是一件笑话吗？"这个反问，倒让小秋呆了面孔无从答复。毛三婶瞅了他笑道："有话你只管说，不要紧的。"小秋笑道："我自己还莫名其妙呢，叫我说什么？"毛三婶深深地咬了下嘴唇皮，顿着眼皮沉思了一会儿，笑道："这样吧，好在我心里明白，不必要你为难了。现在我就到隔壁去看看，你不要走，在我家坐着，等我的回信好了。"小秋笑着，说不出话来。

毛三婶也不再等他的同意，径自向廷栋家里来了。到了堂屋里，故意问道："我们大姑娘呢，我有好几天不见了。"宋氏正将一只针线簸箕放在腿上，自己坐在矮凳上低了头做针线活呢，听到毛三婶问春华的话，就把嘴向里面屋子一努，而且还用手掌向里挥了两下，意思是让毛三婶会意，就向屋子里面走去。她进得屋子来时，却不看见有人，正待回身走去，却见床上堆了一堆被，被外露出两只脚来，分明是春华睡了。于是伸手将她推了两推道："大姑娘睡着了吗？"春华没有作声，也没有展动，毛三婶将被一掀，却见春华两只手双双地掩住了脸，不肯望着人。毛三婶更知道她是不曾睡着的了，于是伏在床上，扯开她的手来伸着头笑道："哟！"春华虽是闭着眼睛的，也就笑着坐起来了，于是一手理了鬓发，一手指着毛三婶道："人家在这里睡得好好的，你来打搅做什么？"毛三婶伏在她肩头，对她耳朵里唧哝了几句，春华叹了一口气道："算了吧！"毛三婶又低声问道："究竟为了什么事呢？"春华摇摇头道："并不是为了他。"毛三婶走到外面去看看又转了回来，笑道："外面没有人，你有什么心事，只管说出来。"春华笑道："我没有什么心事，也没有什么话说。"毛三婶道："你这就是孩子话了，你不想想我多么热心，这样跑了来吗？你怎好不给人家一点信息呢？"春华道："实在的，我没有什么话。"毛三婶握住了她的手，对她脸上望了好久，笑道："那么，你写一张字让我带去，行不行呢？"春华这就无话可说了，只是笑。毛三婶将桌子上的笔墨一齐安排好了，然后将她拖到桌子边，把笔塞到她手上，不由得她不写，春华扭了身子，不肯坐下来。毛三婶道："你不写，有人来了，就不好写了。"春华好像是迫于不得已的样子半坐半站，提笔在纸上写了几个字，放下笔来道："我实在不能写。"毛三婶将纸拿在手上，横竖看了两遍，见已有两行字，便笑道："就是这个吧，我拿去了。"春华不答应也不拒绝，毛三婶心里明白了，笑着拿了那张字纸条走去。

宋氏仍在堂屋里做针活，便笑道："三嫂子，你不多坐一会子去。"毛三婶道："家里没有人照应门户，我不坐了。"宋氏以为她是真话，却也不理会，不多大一会儿工夫，毛三婶在天井里就笑起来道："你看我实在是心事乱得很，在这里坐了一会子工夫，就丢了一管针在这里了。"宋氏道："我叫你多坐一会儿，你偏偏急于要走。"毛三婶也来不及答复，已经走到屋子里面去了。这一根针好像是很难寻找，毛三婶进去了好久，还不曾出来。而且说话的声音也非常之细，好像这里面的事，有些不能对人说，这就不由她不注意了。约莫有两小时之久，毛三婶带了笑容，低着头走去了。宋氏看在眼里，却也不去管她。

这一天下午，当那太阳下山的时候，毛三婶衣服穿得整整齐齐的，在门口来去打了好几个转身，一伸头，看到宋氏在天井里收浆洗了的衣服，便笑道："师母，吃了饭吗？"口里带寒暄着，又走了进来。宋氏呢，当了不知道，依然和她谈论着。于是毛三婶问道："大姑娘还没有出来，我看看去。"她又走进春华的屋子了。

第十回

谓我何求伤心来看月
干卿底事素手为调羹

任何一个聪明人，到了心绪不宁的时候，在行动上总会露出一些形迹来的。这个时候，若有第二者用冷静的眼光去观察，那就什么行为都可以看得出来。毛三婶今天和春华接触的次数未免太多了，说是不过是来看看她的这句话，却是很遮掩不过去。因之宋氏找了一些活计，坐在堂屋里做着，连咳嗽也不咳嗽一声，静等毛三婶出来，要盘问她一下。过了一会子，只听到毛三婶轻轻地在屋子里道："就是这样办，我一定和你帮忙的。"又听到春华轻轻地答道："我怕碰到了人，我不送你了。各事都望你谨慎，一个字也不要对人说。记着记着。"宋氏听了这些话，不由得心里扑通扑通乱跳，觉得每一个字都在扎着自己的心尖。自然，自己的脸上，也就跟着热烘烘地红了起来。不等毛三婶走出，自己已经站起来拦门站住。等她出来了，一手就拖住她衣襟，向她丢了一个眼色，而且还把头偏着一摆。这不用说，一定是宋氏要她一路去说话。毛三婶现在变了五分钟以前的宋氏，心里也跳得很厉害了。但是她心里立刻也就警戒了自己，这件事要极端地秘密，一点不许透露痕迹的。因之悄悄地跟着宋氏走路时，肚子里已经不住地在那里打主意，要怎样把这件事遮盖过去。

宋氏拉了她的衣襟，一直拖到自己屋子来，然后向她微笑点了头道："三嫂子，你坐下来，我有几句话和你说。"毛三婶坐下来笑道："师母，你不说，我也就明白了。不就为的是我今天到府上来了几回，你老觉得有些奇怪吗？"宋氏不曾开口，却让她先把这个哑谜猜破，自己倒顿了一顿，不便爽直地说出。于是低头想了一想，笑道："倒并不是我多心，你知道，相公的脾气很是古怪，事情若不让他先明白，恐怕他要不高兴。"毛三婶笑道："其实并没有什么了不得的事。大姑娘对我说，以后不读书了，关在家里，也是闷得很。说是我们那一位，天天是要上街去的，有什么鼓儿词托我替她买些回来。这件事还是不许我对人说，怕师母不让她看呢。我

86

今天来了好几趟，就为的是这件事，你老人家相信不相信呢？"

宋氏望着她的脸色，见她还不脱调皮的样子，腮上是带了笑容，眼珠只管转着，两只手有时牵牵衣襟，有时摸摸头发，看她倒有些满不在乎的意味，便道："三嫂子，你这话是真的吗？"毛三婶笑道："哟，那是什么话，我还敢把话来欺瞒师母，不怕雷打吗？"宋氏正着脸色道："三嫂子，你也是房门里的人，有什么不知道？做娘的人养姑娘，关起来是无价宝，放出来是惹祸精。我本来就不让孩子去读书。可是你们相公说什么上古女子都念书，外国女子也念书，所以都好。我想自己女婿是有些不行，他们那样大的家产，怎么是好？姑娘学些书底子到肚子里，将来过门去了，也免得受人欺侮。现在姑娘一年大一年了，心事也就一年比一年多。我看还是在家里做做事，不出去的好。至于看鼓儿词，虽是不相干的事，但是有什么人看鼓儿词看出什么好处来？我听说我们女婿也正在闹着重病，我心里满腔都是心事。唉，我也不知道怎么好。养女难，养女难啰。"

毛三婶听她说了一大套话，却是摸不着头脑，想着她一定是不好直说，便笑道："师母，你放心，我只有替你老分忧解愁的，还能做出什么不好的事来吗？再说，大姑娘装了一肚子书，眈眈眼睛，也把我这样的一个笨货哄了过去，我还能教她做出什么坏事来吗？你老人家若是那样不放心的话，从今以后，没有你老的吩咐，我就不进门，你老看好不好？"说着，向宋氏一笑。宋氏本来想盘问毛三婶，和自己女儿究竟说了一些什么，不想自己未曾盘问，毛三婶连自己心眼里想要说而又不敢说的话，她也说出来了。这叫自己还去对人家说些什么？就向毛三婶笑道："你这话太言重了。但是我为人，你总应该晓得，不是那种不分皂白的人。"毛三婶听她的口音，已是不会追究的了，索性放着胆子说了一遍，说自己若是有心教春华做坏事，也不会在师母面前走来走去。一个人就是笨也不能笨到这样。宋氏想着，自己或者有些错误，倒反是安慰了毛三婶许多话，她这才带着笑容走了。

她刚进了自家的屋门，偶然回头，就看到一个人影子一闪。心想或者是宋氏不放心，还在暗地里查访呢，也没有理会。走进房去，用凉手巾抹了两下脸，转身出来，见门口那人影子又是一闪。毛三婶眼快，看得清楚，那正是李小秋。自己也来不及说话，跟了他的后影，一直就追了出来，见他背了两手，正在篱笆边踱来踱去呢。于是先向姚廷栋大门口看了一看，然后轻轻地喂了几声。小秋回过头来看到毛三婶。毛三婶就接二连三地向他招了几下手。小秋会意，跟着她走进了屋子来。毛三婶站在天井里便轻轻地顿了脚，皱着眉道："我的少爷，你这是怎么了，只管在这大门口走来走去呢？"小秋拱拱手笑道："诸事偏劳，有回信吗？"毛三婶道："你怎么这样急？我问你，还是愿意好好地把这件事办妥了呢，还是愿意把这件事闹坏了，把我两口子都拖下水去呢？"小秋连连摇着手道："不敢不敢！"毛三婶脸上现出了一种发狠的样子，微微地咬了牙，又向小秋点了两下头，鼻子里哼着道："事情可险得很啰，师母在房门口把我拦住，打算要审问我呢。幸得我花言巧语，把这个漏洞遮过去了。以后我也不能常去，免得受累。"小秋拱手道："将来我重重地谢谢毛三叔和毛三婶。"她正色道："他呢，我不知道，可是李少爷要明白，我是和大姑娘要好，都为了她和你们传书带信，并不是图谋你什么东西。"

小秋被毛三婶拉进屋子来一说，本来就无话可说，现在她又说到事情要败露，负有很大的责任呢，自己若是谢绝了人家，以后的事情就不好进行。若是不谢绝人家，就让人家永远受累不成？因之口里吸了两下气，只管红着脸，说不出所以然来。毛三婶看到他那种为难的样子，又有些不忍。于是扑哧一笑道："我看有用的，是你们读书的人，无用的，也是你们读书的人。这话怎么说呢？因为古往今来中状元做八府巡按，是你们读书人才有份。可是一点芝麻大的事办不了，还少不得请我们房门里人帮忙，这也是你们读书的人。"小秋听了，只好笑着，没有说什么。但是虽没有说什么，可也不肯就走，只是在屋檐边上站着。毛三婶自咬了嘴唇皮，撩起眼皮向他瞅了一眼，然后微笑道："你真是不成，喏，在这儿，你拿了去吧。"说时，她就在衣袋里摸索了一阵，掏出了一封信来，向小秋怀里一抛。小秋抢着把那封信抱住，看也不用看，抱着那信，立刻向毛三婶作了几个揖，口里连道谢谢。

毛三婶只把眼睛来斜瞅了他，却也没有更说别的。不过看了他的后影，微笑着却点了几下头。那意思自然是有些许可的情形，不过等小秋走远了，她回头看看自己的房屋，却又深深地连叹了几口气。她也不进房，她也不在堂屋那张凳椅上坐。只是坐在自己卧室的门槛上，两只手抱了自己的腿，将背靠住了门枢纽的直梁上，昂着头望了屋檐外的天，口里就情不自禁地唱起土歌来："白面书生青头郎（青头为未结婚之称），冒（冒，赣方言没有也）米过夜心也凉。"她颠来倒去地将这两句歌词唱了十几遍，最后还是叹了一口长气。

就是在这个时候，毛三叔一溜歪斜，跌着走进来了，他到了天井里，先就瞪了眼道："什么样子？那里不能坐，坐在门槛上。"说时，掀起一片蓝布褂子的衣襟，去擦抹额头上的黄油汗珠。毛三婶抱了膝盖坐在门槛上，依然用眼睛斜瞅了丈夫一眼，并不起身，也不说什么，正正端端地坐在门槛上。毛三叔回家来，有时也看到老婆这样做作的，那不过是女人撒娇的故态，倒也不必怎样去注意，所以他看到这种样子，不但是不闪开来，而且伸着手在毛三婶脸上拧了一把，笑道："我就说了这样一句话，也值不得生这样大的气。"毛三婶被他用手一拧，气可就大了，将胳臂一挥，身子一扭，喝道："滚了过去。"毛三叔出其不意，退后了两步，将眼睛瞪着望了她。毛三婶一口气可上，顺手就是这样一挥。后来想着，也是自己太激烈一点，未免给丈夫一种难堪。但是自己已经做出来了，绝不能够在丈夫面前示弱，因之一扭身站了起来，走进房去了。毛三叔若在往日，看到女人这种样子，一定要生气的。不过今天毛三婶身上穿的蓝竹布褂子格外干净平贴，头发也梳得光溜溜的。因为头发梳光了显得毛三婶这个鹅蛋脸子，也是白而且嫩。他心想，我毛三伢子，得着这样好的一个老婆，还有什么话说？她要发点小脾气，也就只好由她了。毛三婶对于丈夫是否饶恕了她这一点，却并不考量，竟在床上倒下睡了。毛三叔走到房门口，伸着头看了一看，见她已经睡下，自己不敢惊扰，自向厨房里做饭吃去。

　　这天下午，毛三婶心里委实难过极了，觉得自己也太多事。自己的亲事就是这样窝心一辈子，倒有这些闲工夫去管别人的风流韵事，把他们的事安排好了，于我有什么好处？再并说这件事往前也很难的，就算管家那孩子，会得痨病死的，但是照了我们相公的脾气，说不定还要他的女儿守望门寡呢。女人是聪明也罢，糊涂也罢，好看也罢，丑陋也罢，就是靠了命去碰，碰得好，是这一生，碰得不好，也是这一生。男人没有好老婆，可以讨小，可以去嫖，女人嫁不到好丈夫，那就不许掉样的。

　　毛三婶受了春华姑娘的挑拨，她忽然大悟了。想到了这里，很是生气。因为生气，所以饭也不要吃，只管想着。毛三叔做好了饭，倒是小小心心走进来问道："饭做好了，你不起来吃一点吗？"毛三婶横卧在床上，原不肯理他。后来见他静悄悄地站在门角落里，只是等候，并不走开，心想，老不作声，他老会在这里等着的，那又何必，不如打发他走吧，便道："我身上有些不舒服，你请便吧。"毛三叔听她后面所说，有些客气得不自然，却不料自己说了她一句，她就生这样久的气。本待和她争吵几句，怕是更惹得她要生气，于是也不再说什么，扭转身子，就跑出去了。毛三婶虽然明知道他受了一点委屈，可是她心里就想着，你要我做你的女人，你就应当受我这番委屈。要不然，我们就撒开。今天下午，似乎毛三叔是看透了他女人的心事了，也并不和毛三婶怎样计较，吃完了饭，自去洗刷锅碗，一个人在堂屋里坐着抽了几袋旱烟，方才进房来睡。毛三婶总是和他互相执拗着的。当他口里衔了烟袋走将进来，她是早已坐了起来，靠住床栏杆出神。毛三叔向她笑道："到了睡觉的时候，你又不想睡了。"毛三婶将头一偏道："我睡觉的事也要你来管，我偏不睡。"只这一句，大鹰追麻雀似的，站起来三脚两步，她就走到堂屋里去了。这样一来，自然增加毛三叔许多不好意思。但是若要说她几句，恐怕她更加不能忍受，半夜三更，夫妻吵闹起来，不免引起邻居笑话，今天已经把这事忍了半天，那就索性把这事忍了吧。于是他放下了旱烟袋，完全做个不抵抗者，就上床先睡了。

　　毛三婶走到堂屋里来，便见一轮银盘似的月亮，在天空悬着，照着天井的格子，放了一块长方形的月光，印到堂屋地上，仿佛这地面上，涂了一块银漆，在这种月色之下，最容易发生人的幽情。像毛三婶那样满怀夙怨的人，这就更容易发生一种感触。她正这样望着呢，临风呜哩呜哩，却有一阵洞箫声，由隔壁院子里送了来。隔壁院子里，能吹洞箫的，只有春华姑娘一个人，由这上面去推想，知道这洞箫必是春华吹的。只听这调子吹得声音慢悠悠的，那可以知道她心里很是难过。其实何必如此呢，她有那样一个白面书生李小秋暗地里你恩我爱呢，就是我，为了你们的事，一天也是跑了无数次，你们总还不至于一点出头的法子没有。至于我呢，那简直是老鼠钻牛角了，我还高兴为你们跑呢。说到我为他们跑，又要担惊受怕，这真是一件笑话。他们两人心里难受，于我什么相干？我把他们拉拢到一处，于我又有什么好处？像这两位冤家，郎才女貌，真是一对儿。若是能配成夫妻，这一生可以说是没有白来。就算是不能配成夫妻，两个人到底也交好了一场，在这世界上，总算有了知心的人，无论如何，比做梦要好些吧。若说到我，就是梦也不会有，叫我去梦谁呢？我也真是无聊，自己没有了想头，只管去替别人拉皮条，自己在旁边看热闹，试问我从中能得着什么？不过那李少爷倒知道好歹，每次到我这里来，总是作揖打拱，而且说了将来还要重重地谢我。看他那意思，好像说是我是为了银钱来和他跑路的，这不是完全错了吗？钱我是喜欢的，看钱是怎样来的呢。上次我到街上去卖布，在那马家老婆子家里遇到那个后生，不就是打算用钱来买弄我吗？论到那个人，比我们这一位，那真要好到天上去，但是我们妇道，讲个三贞九烈，不贪人家的人才，不贪人家的钱财，就这样逃跑出来了。凭我的良心说，我很对得住丈夫的。只是我为他守三贞九烈，他哪里会知道？看看他那副样子，真叫人哭也不是笑也不是。就为了这一些，和他守三贞九烈吗？若是有那个后生那副人才，就是叫我给他去提尿壶，我心里也是愿意的。

想到了这里，不免脸红耳热，跟着心也就跳了起来。她继续地又想着，听说我小的时候，有我爹做主，本打算许配给一位书生的，后来爹死了，就落到这醉鬼手上来了。听说婚姻大事，都是由天上的月下老人做主的。这月老菩萨，为什么这样不公心，不把好的配好的，偏要把丑的配好的呢？月老，你真是不公心。她心里如此想着，抬了头就呆呆地向月亮望着。她呆望着的时候，慢慢地涌起了几片浮云，那浮云飘浮在半空，好像不曾动，只有那月亮像梭子一般，在云里乱钻。但是看去月亮钻得很快，其实它依然在原地方呆定着，慢慢地，那些云片都离开它已很远了。毛三婶想着，月亮里头，一定有神仙，没有神仙，何以缺了又圆，圆了又缺，而且会跑。有神仙的话，它是管人间婚姻的，那也不会假。但是到了我这儿，我就有些疑心，我并没有做什么坏事，何以就罚我嫁这个醉鬼？俗言说：月里嫦娥爱少年。既是神仙也爱少年，为什么罚我来嫁醉鬼呢？

她心里想着，脸上就望了月亮，好像暗地里问着月亮一样。月亮也像是被她问着了，又飞起了两片白云，将脸遮住了。毛三婶看了许久的月亮，身上仿佛有些凉浸浸的，这才醒悟过来，在这里已经是坐得过久了。这时，隔壁的洞箫声已经是停止了，跟着这声音高低不定的，却是毛三叔睡在床上的打鼾声。毛三婶回转头来，对着房门口望了许久，倒不由得失笑了。她为了这伤心而又有趣的一笑，迟到深夜两点钟，方才上床睡觉。因为她睡得晚，自然次日也就起得晚，蒙眬中听得有人笑道："家里没有人，怎么会打开房门的。把床上铺盖偷去了，还不会有人知道呢？"毛三婶躺在床上，身子很倦，半晌还醒不过来。因之耳朵里已经听到了，嘴里还懒于立刻答复出来。继而又听到那人道："怎么，真没有人在家吗？"在说这话的时候，听到脚步声，缓缓地靠近了窗户，而且也就分辨明白了这个人就是那可爱的少年李小秋。他走到窗户边，必是向屋子里张望，且不理会他，看他张望些什么。

　　果然地，听到窗户纸上，有些拨动着的窸窣声。又一会子，听得那脚步悄悄地走了开去，好像有要走出大门去的样子。她就在床上问道："是什么人进来了？"小秋答道："是我呀，毛三叔不在家吗？"毛三婶口里叫着李少爷，人也就起了床，跟着走出来了。她一手叉住那变成了灰色的红门帘子，一手理着披到脸腮上的头发，扶到耳朵后面去，蒙眬着两眼，向小秋看了去，见他穿了蓝宁绸的夹袍子，外套黑海绒背心，黑缎子似的头发，配上那雪白的脸子，斯斯文文的，实在可爱。怪不得春华姑娘那小小的年纪，见了他也就迷着了。她心里如此想着，那一只手理着头发，就不住地向耳朵后扶了去。却也并不说什么话，只是向小秋微笑。小秋站在这里是不好，走开也不好，呆站着倒有些不好意思。

　　毛三婶笑着出了一会儿神，才眯了眼睛道："你小小的年纪，倒有些不老实。"小秋红了脸道："我……我……"毛三婶笑道："倒是不要紧，我问你，为什么在窗户眼里偷着看我？"小秋道："我因为叫了几声，也没有人答应，不知道家里头实在有人没有，所以我在窗户外面听听，并没有看。"毛三婶也红了脸笑道："过去的事就算了，管你看了没有。不过你这样早来，总有点事。"小秋道："我以为趁早来，毛三叔总在家，打算请他。"毛三婶道："你和他客气些什么？他一点人情世故也不懂。"小秋笑道："毛三叔很好的，又帮了我许多忙，我怎好不请请他？"毛三婶笑道："我帮你们的忙更多了，怎不请请我呢？"小秋怎好说是不便请，只得笑道："我自然是应当请的，不过不晓得怎样的请法。"

　　毛三婶且不和他说话，先抬头看了一看太阳影子，然后又偏了头侧耳听听，然后问道："时候也不早了，怎样听不到学堂里念书的声音？"小秋道："先生一早上街去了，恐怕晚上才能回来，同学吵闹得很，所以我出来遛遛。"毛三婶将一个指头点着他道："你现在说了真心话了，并不是特意到我们这里来的，顺便踏了进来的罢了。"小秋笑道："本来也应当来看看毛三叔。"毛三婶道："你何必看他，不过要来探我的消息，因为我是个妇道，不好直说罢了。其实那要什么紧，我这样一大把年纪。"说到这里，顿了一顿，她又忽然一笑道："大也不算大。李少爷，你猜我现在多大年纪？"她说着话，不叉住门帘子了，靠了门框斜站着。

　　小秋知道毛三婶在这村子里有名的，是个调皮的女人，现在她这一番态度，不知由何而发，可是自己正求着她呢，也不能不敷衍她，便笑道：

"你比毛三叔年纪小得多吗?"毛三婶吹了一口气道:"唉,我比那醉鬼正小十岁,他今年三十五了。我比你大八岁。"于是瞅了他一笑,又道,"我是个老嫂子,你这小兄弟到我这里来坐坐,有什么要紧?"小秋笑着,却不好说什么。毛三婶道:"你吃过早饭了吗?"小秋道:"饭,他们同学是吃过了。我早起不愿吃那邦邦硬的蒸饭,没有吃。"毛三婶道:"饿到正午吃饭,你受得了吗?"

小秋道:"惯了,不要紧,我还在街上买有点心收着,饿了可以吃点。"毛三婶道:"你要吃软和的东西,我这里有,我做一碗芋头羹你吃好吗?还是去年秋天留下来的芋头。风一吹,又粉又甜,做起糊来,很好吃。你愿意吃咸的,还是愿意吃甜的?你不要看我刚起来,我向来很干净,你看我这两只手。"说着,又将两只雪白的手伸给他看,接着笑道:"我先梳头洗脸,身上干净了,再和你去做吃的,好不好?"小秋一个字不曾答复出来,毛三婶却说了这样一大串,这叫他真不好再说什么,只抢着说了几句不客气,也就走了。

他在路上想着,毛三婶为了我和春华的事,她是很热心的,一向暗地里感谢她。只是今天看她这副情形,很有点不正经,她不要弄错了。现在春华关在家里,不能出来,虽说是为了管家孩子害病,她脸上不曾带得忧容的那一点原因。至少也是先生和师母觉得姑娘大了,要避一些嫌疑了。在这个情形之下,自己遇事都应当检点些,怎好又去招惹着毛三婶呢?他自己想了一个透彻,回到房去,就横躺在床上,静静地去敛神。同学在窗子外经过,不断地说笑,却也不去理会。

狗子提了一壶开水,悄悄地进来,见他带了愁病的样子,在床上横躺着,心里倒有几分明白,不觉微微一笑。小秋隔了一角帐子,却是看到了他的脸色了,因问道:"狗子,你笑什么?"狗子倒不料他是醒的,便道:"我笑李少爷像小姐一样,先生走了,也不出去玩玩。李少爷,你还没有吃饭呢,给你煮两个鸡蛋吃吗?"小秋对于他这种无味的殷勤,更觉讨厌,随便答了声不用。狗子不再说话,自提了开水壶回厨房去。搬了一大筐子菜,放在台阶石上,将一条板凳打倒,坐在板凳上来清理菜叶、菜根。口里唱着:"蔡明凤,坐店房,自叹自想……"

正有点得那闲中趣,忽听得有人在身后叫道:"狗子哥,没上街去呀?"狗子回头看时,是毛三婶站在厨房门口。她一手扶了厨房门,一手捧了一只碗,碗上将一只菜碟子盖了。狗子笑道:"三嫂子打算要些酱油吗？"他口里说着，眼睛早是在她身上估量两三回。毛三婶笑道："难道我来了就是打抽风的吗？"狗子笑道："自家人说话，哪里留得许多神，我是狗口里长不出象牙来，你不要见怪。"毛三婶道："哪个有闲工夫怪你。我这里有碗芋头羹，请你送给李少爷去吃。请你告诉李少爷，只管吃，我是洗干净了手来做的。"狗子看她手时，可不雪白干净嘛，于是接过碗来笑道："你怎么忽然做一碗芋头羹来给他吃。"毛三婶道："也是闲中说起来，李少爷早上送衣服给我去洗，他说早上总是不吃饭，因为饭太硬了。"狗子望着，口里哦了一声，可是心里想着：姓李的早上不吃饭，与你什么相干？毛三婶道："你不要发呆，就送了去吧，还是热的，让人家趁热的吃。"狗子在筷子筒里抽了一双筷子，就将这碗芋头羹送到小秋屋子里去，口里叫道："李少爷快起来吃，快起来吃，这是毛三婶洗干净了手做的芋头羹。"

小秋想不到毛三婶真会送芋头羹来，便坐起来道："真是不敢当，只为毛三叔用过我两吊钱，他们总是这样多礼。"狗子道："我也是这样想，她送东西来，一定有缘故的。毛三婶说，因为李少爷嫌饭硬，早上没有吃饭，所以她送的芋头羹你来吃。你不吃饭，干他们什么事，何必要她多礼？"李小秋很觉得这小子说的话有些不入耳，再说他两句，又怕他借事张扬起来，只得坐起来吃，叫狗子向毛三婶去道谢，自己并没有出来。

那毛三婶靠在厨房门边等着，见狗子出来，就问道："李少爷已经吃了吗？"狗子笑道："嫂子这种恭敬，他哪还有不吃之理。嫂子，你说，是想替三哥求差事呢，还是想借钱呢，或是有别的事呢？你告诉我，我一定给你去办。"毛三婶道："你这话说得也有些不通，我不过是送一碗芋头羹人家吃，谈得上求人家这样，求人家那样吗？我不过是感一感人家的情罢了。"狗子碰了一个钉子，自然心里有些不服气，不过看到毛三婶今天格外收拾得漂亮，不忍和她争吵，笑嘻嘻地说："好好好，我错了，我错了。"毛三婶盯了他一眼，红着脸回家去。可是狗子心里却依然不服，他不住地在那里盘算，干你甚事，人家没有吃饭要你送了羹来？而且还是洗干净了手做来的呢。

第十一回

数语启疑团挥拳割爱
七旬撑泪眼苦节流芳

在这天下午，太阳落在橘子林上，在一条白石板的小路上，见有一个背着那阳光走来的人，一路都是七颠八倒。那不用怎样去疑心，这必是毛三叔在三湖街上吃醉了酒回家来了。狗子正在清水塘里洗菜回来，恰好在路上遇到，于是站在路边上等他过来。毛三叔看到了他，老早地就卷了舌头问道："狗子，你今天没有在街上吃酒吗？你毛三叔今天弄了几文，可惜你没有遇见，要不，倒也可以请你吃两碗。"狗子斜了眼向他笑道："毛三叔，不是我说你糊涂，家里有那样一枝花的毛三婶，你何必天天吃得这样颠三倒四，烂泥扶不上壁？"毛三叔停住了脚晃了两晃，本是伸出一只手来扶狗子肩膀的，不想手要向前，人要向后，那手在空中捞了几下，人又晃了两晃，这才笑道："你这东西说话不通脾。一个人有了好老婆，就应该不分日夜，在家里看守着不成？"狗子依然斜了眼睛望着他道："现在你喝醉了酒，我不和你说。"毛三叔猛然向前一扑，伸手抓住了他的领口，瞪了那双红眼睛，喝道："狗子，你说不说？你若是不说，我一拳打死了你。你说说看，我不守着你三婶，你三婶闹了什么漏洞吗？"狗子笑着道："我的爷，你脾气好大，同你说一句笑话也说不得，实在也没有什么了不得的事。"毛三叔道："你说没有什么了不得的事，那一定就有些事。你说不说？你不怕毛三叔的厉害吗？"他说话时，扭住了狗子的领口，抖上了几抖。

狗子见他两只红眼睛，格外睁得大，心里想着，若是再不和他说明白，他发的牛性，真会打起来的。于是手托住了毛三叔抓领的手，笑道："其实不相干。"毛三叔道："不要说这些鬼话，你说，到底她在家里有了什么事？"狗子笑道："毛三叔，你不用生气，我也是一番好意。因为今天早上，李少爷没有吃饭，三嫂子做了一碗芋头糊送到学堂里给李少爷吃。我想，李少爷也不是小孩子，待他太敬重了，也是不大好，就是这一点子，我要和你说一说。"毛三叔放了手道："放你娘的狗屁，李少爷是我的好朋友。我老婆送点东西给他吃，有什么要紧？要你大惊小怪，拦路告诉。老婆是一枝花，就该大门不出，二门不进，连朋友也要一齐断绝，你说是不是？"狗子见他垂下来的那只手，还紧紧地捏住了拳头。心里想着，好汉不吃眼前亏，且先让他一下。于是向后退了两步，满脸堆下笑来道："毛三叔和我们闹着玩，什么话都可以说。我说这样一句笑话，毛三叔就要生气。"毛三叔摇荡着身体道："我酒醉心里明呢。你拦住了我，特意要找我说话，是说笑话吗？"狗子不敢多辩，只管向后退了去。毛三叔瞪了他一眼，醉后口渴得很，急于要回家去讨茶喝，也自走了。狗子见他去远，心里就想着，这个死王八，太不懂事。我好意把话告诉他，免得他戴绿帽子，他倒说我多事。我一定想法子，出一出这口气。

他站着出了一会儿神，点点头回学堂去了。到了次日，进房去和小秋打洗脸水。见毛三婶送芋头糊来的那只碗，依然放在书桌上，便向小秋道："这只碗，也应该给人送了回去，难道还要人家来自取吗？"小秋道："你就替我送了去吧。你就说我多谢她了。"狗子笑道："空碗送了去，也怪不好意思的，你随便送一点东西，不行吗？"小秋道："一时我哪有现成送女人的东西？"狗子道："香水花露水这些东西，都是这里女人很爱的，你那藤箱子里，不都有吗？"小秋道："那都是用残了的，怎好送人？"狗子笑道："要是自己用的，那才见得珍贵，你就把那香胰子送她好了。"小秋听说，打开箱子来看时，一瓶花露水，还用不到三分之一。有两块合并的一块香胰子，只用了一块，其余一块未动。小秋也觉得总应该送人家一点东西。不曾考量，就把香胰子和花露水交给了狗子，让他带了去。狗子带了这东西，就不住地微笑。一刻也不停留，就向毛三叔家里走来。

毛三叔虽然逐日上街去，这餐早饭，多半是在家里吃的。狗子也是看准了这一点，于是拿了空碗和这两样礼品，就向毛三叔家来。进门时，不见毛三叔在堂屋里，料是昨天伤了酒，今天还不曾起床。毛三婶将一只枣木的梳头盒子，放在板凳头上，自己对了那梳头盒子，抬起两只白胖的手臂，正在挽头上的圆髻。因为这种工作，是不能半中间停止的，只抬了眼皮向他笑道："多谢你送了碗来。"狗子将碗放在窗台上，很快地向窗子眼里看了一下，见毛三叔横躺在床上，将脚抬起来，架在木床的横梁上。于是身子向后一躺，对毛三婶低声笑道："毛三叔在家吗？"毛三婶道："有话好好地说，为什么这样鬼鬼祟祟的。"狗子听了她这话，也不辩论，笑嘻嘻地依然低声道："这是李少爷叫我送给你的，你收起来吧。"说着，将那块香胰子和那瓶花露水，都塞在她怀里来。她已经是把头梳理好了，这就向窗子里看了看，也用了不大高的声调问道："他还说了什么没有？"狗子道："没有说什么。你应当去谢谢人家了。我走了。"说毕，他走出门去了。

毛三婶将香胰子同花露水，都揣在怀里，然后端了梳头盒子，向屋里走来。毛三叔一个翻身，由床上跳了下来，问道："呔，狗子带了什么东西给你？"毛三婶猜不到小秋送她这两样东西，究竟是什么用意，所以她也很不愿意公开出来，便道："狗子几时送过什么东西给我？这是我丢了一只空碗在学堂里，他送回来了。"毛三叔走近一步，瞪了眼道："你怎么会丢了一只碗在学堂里？"毛三婶道："我记不起来。"毛三叔冷笑道："怪不得人家说我的闲话了。你记不得，我倒记得。你不是做了一碗芋头糊给李少爷吃吗？"毛三婶道："不错，是我做了一碗芋头糊给他吃，这也犯了什么家规吗？"毛三叔道："这并不犯什么家规，但是你为什么说不记得，不肯告诉我。"毛三婶无理由可以答复了，便将脖子一歪，板了脸道："因为你问得讨厌，我不愿告诉你。"毛三叔道："狗子替姓李的带了什么东西送你？"毛三婶想是他听见了，如何可以完全否认得？于是答道："人家吃了我的芋头糊，送一点东西，回我的礼，这是理之应当，你管什么？"毛三叔伸着手道："你给我看看，他送了你多少钱？"

毛三婶听他这话，简直有了侮辱的意思，于是在怀里掏出香胰子和花露水，重重地往桌上放下，然后两手牵了衣襟，乱抖一阵，叫道："你搜吧，你搜吧，看看有什么呢？"毛三叔见她做错了事，还有些不服人说，不免也激起气来了，顺手捞起花露水瓶子向地下一砸，砸得香水四溅，口里骂道："不要脸的东西，要人家小伙子私下送东西，我打死你这贱货。"毛三婶也是忍不住，伸出两手，先就向丈夫抓来。毛三叔大喝一声道："好贱货，你倒先动手！"喝时，早是捉住了她两手向外一推，毛三婶站立不住，咕咚一下，向后倒了下来，毛三叔打得兴起，趁势将她按住，跨腿就骑在她身上，竖起两只拳头，擂鼓也似向下打着。毛三婶身上虽在挨打，心里头却很明白。她想着，自己若是大哭大喊起来，惊动了四邻，人家问着，为了什么缘由，一旦夫妻打架，很不容易说了出来。而且牵扯到了李小秋那更是不妥。因之只管躺在地上乱挣乱跌，却不哭喊。毛三叔也是想到这件事有些难为情，只是打，却不叫骂，打了一二十拳，才放了毛三婶。一只脚踏在椅子上，左手掀了衣襟扇汗，右手指着她道："你动不动凶起来，叫你知道我的厉害。你说，为什么你送芋头糊给他吃？"

毛三婶靠了壁坐在地上，满脸都是眼泪鼻涕，新梳的髻也散了，披了满肩的头发，张大了嘴，只管哽咽着。许久，才指着毛三叔道："短命鬼，你打人打忘了形吗？李少爷又不和我沾什么亲，带什么故，是你把他引了来的。你自己口口声声，说人家是好朋友，要报答人家的好处。我做碗芋头糊给他吃，也是给你做面子，你为什么打我？你不要胡思乱想，人家青春少年，贵重得了不得，绝不会打你醉鬼老婆主意的。"这句话算是把毛三叔提醒了。是呀，李少爷那样漂亮的公子哥儿，也不会和这二三十岁的乡下女人有什么来往。他想到这里，火气就有点往下，不瞪着眼睛了。眼光向下时，顺便就看到了砸碎的那瓶花露水，更看到桌上放的那块香胰子，不由他心里又转了一个念头，便是一个做少爷的人，应该送人家女人这些东西的吗？便又瞪了眼道："不是我说你，村子里人，也有看得不顺眼的了。别的不说，李少爷为什么偷偷地送你香水、香胰子？这是相好的送表记的意思，我不知道吗？从今以后，你给我放乖一些吧。如若不然，我是白刀子进去，红刀子出来。我毛三叔说得到做得到，如果不信，你就试试看。"

毛三婶正也知丈夫那种牛脾气，倒不是用话吓人。再看看他黄油脸、大红眼睛，这火气是还没有压下去，万一和他口角起来，恐怕他会乱动手的。自己虽和李小秋并没有做什么不规矩的事，只是自己这颗心，为了给春华姑娘穿针引线，实在有些胡思乱想。有道是旁观者清，想是丈夫看出一些情形来了。那么，还是自己退让一些为妙吧。毛三婶这样想了以后，她就转而对她丈夫说："你不信，我也不说了，你以后访访吧。我今天收拾收拾东西，就回娘家去，让你一个人在家里，仔细地访上一访。你访出了我同什么人不干净，你就拿把刀来把我杀了。你若是访不出来，我也就不回来的，你想我能白白地让你打上一顿吗？"

毛三婶一面说着，一面就站起身来，自己端了脸盆到厨房里去打水来洗脸，重新梳头换衣。不过她的脸上，总是板得紧紧的，一点笑容也没有。毛三叔虽然觉得自己过了一点，但是绝不能够在女人面前示弱，只管瞪了眼睛，在一边望着。毛三婶忙忙碌碌，收拾了半个时辰，诸事妥帖，又打开橱子来，将自己几件衣服，同那匹未曾卖去的白布，做了一个大包袱，手里提着试了一试，那便是有要走的神气了。毛三叔觉得再要不说什么，也是白白地让她走了，就用手捏住了拳头，连连摇撼了几下道："你以为我舍不得你吧？你要走，只管走。但是你若这样走了，以后就不必回来。"毛三婶道："不回来就不回来，我上庵堂当尼姑去，也不要再受你这一口气。"她口里说着，手里提了那个大包袱横了身子，匆匆地就跑了出去。毛三叔叫道："好吧，你走吧，永远也不要回来了。"毛三婶僵硬了脖颈子，挺了胸脯子就向前面跑了去。

毛三叔站在房门口，呆了一阵子，然后跑了几步，跑到大门外来，向毛三婶去的大路遥遥地望着。然而他既不能叫出口来，叫她不要走，她也不回转头来，向毛三叔看上一看，于是乎她就在这种夫妻相持之下，一直地离开了家庭了。这时，毛三叔开始要感到枯寂了。同时，小秋、春华二人之间，也感到消息不通了。因为他二人不能见面以后，完全靠了毛三婶来往互通消息。小秋在这日下午借了送衣服为名，走到毛三叔家门，见大门关着，外面门环上，倒插了一把锁。他站在门口，踌躇了一会儿，觉得有些奇怪。毛三婶若是要走开的话，照着她近来热心的情形来说，她一定要先通知一声的。莫不是早上那两样礼物送坏了？但是，天下绝无是理。也不过适逢其会罢了。于是在门外呆了一阵子，也就回学堂里去。到了次日早上，再向毛三叔家来时，顶头就遇到他，他见小秋手上拿着衣服，便笑道："李少爷，你送衣服来洗吗？昨天她和我打了一架，回娘家去了。"小秋道："你两口子，过日子很是舒服的，为什么老是打架？"毛三叔道："嗐，起因很小，就为了李少爷送她两样东西，我问了她两句，她说不该问，所以我们两个人就吵起来了。"小秋听说，便道："这个你也太喜欢吵了。"然而他只说了这句，脸飞红着，说不出第二句来。毛三叔一见小秋这翩翩公子的样子，就想到他和春华乃是一对，哪会牵涉到自己老婆。她替他们跑来跑去，自然有些功绩，这又何必去疑心，他自然该送一点人情的了。毛三叔心里有了这样一番考虑，就向小秋连连拱了两下手笑道："对不住，对不住。"小秋笑道："你们夫妻吵嘴，有什么对我不住，这话也就奇怪之极了。"说毕，扭转身子就走了。毛三叔一想，这话又错了，这是心里的事，怎好由口里说了出来。不过已给说出来了，便也吞不回去，怅怅地在路上站了一阵。

毛三叔为人，虽然有时脾气很暴，但是他究竟是个在社会上混事的人，差不多的人情世故，他都参与过了。他看了小秋到门口来徘徊的情形，知道他是断了春华的消息，所以着急，由此，更可以想到他送礼给自己女人，那是求她送消息，并没有别的作用。更想他是这样着急，想必春华在家里头，也是急得不得了的，自己很可以到相公家里走走，探探春华是怎样的情形。

他一脚踏进门，就看到春华靠住了廊檐下的柱子，昂了头向天上望着。她回转头看到毛三叔，先就问道："两天不看到毛三婶，她忙些什么？"毛三叔道："唉，她和我打一架，回娘家去了。"春华道："她很贤惠的，你为什么要常打她？她什么时候回来呢？"毛三叔道："她是发了脾气走的，谁知道她什么时候回来？我想，她要什么时候脾气下去了，什么时候才会回来的吧。"春华听了这话，脸上立刻就有了不高兴的样子，望了毛三叔道："你这个人，什么时候才不好酒糊涂呢？哼！"毛三叔见她这样子，心里也就有些明白，微微地笑着，悄悄地闪开了。但是这个消息，让春华心里不高兴，那是比毛三叔心里要难过十二分。心想一个人遇到了不如意的事，那总是重重叠叠跟着来的，情不自禁地叹了两口气。

当她叹气的时候，恰好她母亲由屋子里走了出来。心里自然明白所以然，却并没有怎样地作声，直到后进屋子里去，才高声叫道："春华，你不到后面来带你小弟弟来玩一会子吗？也免得你奶奶受累呀。"宋氏这样很大的声音叫着，春华在前面屋子里，却一点也不答应。姚老太太道："这个孩子，我看她整天愁眉苦恼的，别是有什么病吧？"宋氏道："她哪有什么病，不过因为这几天没有出去，闷得那个样子。"姚老太太道："一向把她放松惯了，怎能够说关就关起来呢？明天二婆婆挂匾，村子里太热闹，也让她去看看吧。"

当这老婆媳两个在议论这件事的时候，正好春华悄悄地向后进走来，隔了那层屏门，正听得清楚。心里这就想着，明天村子里这样热闹，我想小秋一定会去的。在人多乱挤的时候，总可以碰到他说两句话。不过自己有一肚子苦水，也不是几句话可以说完的。她如此想着，不到后进屋子里来了，她遛到自己的内书房去，就行书带草地写了一页稿纸。写好了，折叠成了一小块放在贴肉的小衣口袋里。这事办好了，本来已是解除了胸中一层疙瘩。但是她在表面上，倒越发紧皱了双眉。母亲问她怎么样，她只说是心里头烦闷，不说有病，也不说是发愁。宋氏听到，更觉婆婆言之不错。

到了次日，这已是姚老太太所说，到了二婆婆挂匾的日子了。村子里的红男绿女，都涌向她家去。春华先还装着懒得走动，后来经母亲再三催促，才换了一件新衣服，偕着小弟弟向二婆婆家来。一出门就遇到了隔壁五嫂子，带了两位女客，也向那里去。在路上，那位女客对于二婆婆的历史，有些不大了然，于是五嫂子走着路，就替二婆婆宣传起来。她说："二婆婆原来是个望门寡妇。她在十五岁的时候，这边的二公公就死了。二公公自己，也只有十七岁，原定再过一年，就把二婆婆娶过来的。二公公一死，他老子三太公是个秀才，也是明理的人。就派人到二婆婆家去说，女孩子太年轻了，又是没有过门的媳妇，怎能勉强她守节，这婚姻退了吧。年庚八字帖，也送了回去。那边的亲家公也是个秀才，更明理。他说，姚老亲家是读书进学的人，一女哪有匹二郎之理？何况两家都是有面子的人，姚家愿意有媳妇出门，他们家还不愿有姑娘重婚呢。把去说话的人，重重地教训了一顿，那人只好又把庚帖再取回来。三太公听说，高兴得了不得，就说只要女孩子肯上门守寡，这是娘婆二家大有面子的事情，哪有不愿意的道理？就在七七未满里面，把二婆婆接过来了。听说，这件事把县太爷都轰动了，亲自来贺喜。新娘子进门那一天，整万的人看，我们这姚家庄，比唱戏赛会，还要热闹十倍。新娘子先穿红绫袄，后着白麻裙。先喝交杯酒，后哭丈夫天。怎样喝交杯酒呢？就是由二公公一个十三岁的妹子，抱了灵牌子拜堂，那交杯酒就奠在地上了。二婆婆入门守节以后，那真是没有半个人说不字，三太公欢喜得了不得，对她说，有她这样一个儿媳妇，那是替全族增光。全家挨饿，也要剩下来让她吃饱饭。后来大公公生下来第一个儿子，就过继在二婆婆名下。不过三公公去世以后，大公公在中年的时候也死了，大婆婆丢下了一姑娘，改嫁了。二婆婆就是这样守清寡，带了一个过继儿子度命，她守到四十岁，过继儿子，也就有十八岁。她嫌了人丁少，赶紧就娶了儿媳妇。这位二婆婆好像还有些福气，儿媳妇过门一年，就添了个孙子。不想孙子有了，儿子没了，这位过继的叔爷，二十一岁就死了。两代两个寡妇，就守住这个小孩。女人家，一不会种田，二不会种树，有几亩田地，都给人家去种，连吃喝都不够。

"这两代寡妇，绩麻纺线，带喝稀饭，才把我们一个单传的兄弟养大。这里头有十五六年，她们家里，没有一个男人的脚印，同族的人，说是寡妇门前是非多，有事都是叫女人去，万不得已，也就站在大门口说。要说守节，这两代人真守得干净。说吃苦呢，也就比什么也苦。到了这十几年，二婆婆是六十岁的人，家里没有吃，才出来向人告帮一点。我们这两代看住了的兄弟，现在正三十岁，身体不好，只是种种地，又挣不了钱，前年才娶下亲。今了是二婆婆七十岁，又添了个重孙子，总算头发白了，熬出了头。同族的人，在北京皇帝那里，请下了御旨，给她两代立下了苦节牌坊。名声是有了，整整熬了五十五年，苦也就够苦的。"春华在五嫂子后面跟着走，听了这一篇话，才知道举族尊敬的这位二婆婆，原来吃了这样大的苦。幸而她总算活到七十岁，若是活到六十九岁死，也看不到族人同她竖牌坊了。

春华低了头想着，不知不觉也就到了二婆婆家。她在这五十五年里，眼见所住的房屋，只管倒坍，无钱修理，越久越破烂，她现时只住在三间连接牛棚的矮屋里，如何能招待宾客？也是同族的人，把这位老婆婆当了全族的一页光荣史，就在倒坍的瓦砾场上，连接了门外空地，搭了几十丈宽大的席棚。席棚四周，都悬了红绿彩绸子。棚柱子上，长长短短，挂了许多对联。正中一张大桌子，系了红桌围，摆下锡制的五供。尤其是那对满堂红的烛台，插上一对高过两尺的大红烛，吐出来四五寸长的火焰，好不喜气洋洋。桌上再架了一张小条桌，也是系了红桌围。桌子上供了关帝庙搬来的万岁牌，上书"当今皇帝万岁万万岁"。那桌上有个黄缎子包的东西，据说就是由北京请来的圣旨。那桌子下面铺了一丈见方的红毡子，乃是老百姓向圣旨磕头的地方。在这席棚中间，设了几副披椅靠系桌围的座位，只有二三十位戴红缨帽子的人，在那里坐着，其余来看热闹的人，就不能进那棚。棚外一张桌面，围了一群人，乃是一班吹鼓手。这里吹鼓不响，便是看四周悬的匾额，如流芳百世、贞节千秋那些名词，也就火杂杂的了。因为这女子和全族争来的光荣，这个热闹场合，特别许女子参加，但也只能到棚中心为止，再进去，圣旨所在，怕犯了威严，不许过去了。春华遥遥看见父亲春风满面的，也在许多红缨帽子队里周旋，就远远地挤在妇女队里，不敢过去。

这时，有两个族里人，满头是汗，跑了进来，口里喊道："大老爷到了，大老爷到了。"只这一声，那些戴红缨帽子的人，全起身了，看热闹的人，如潮涌一般，向大路上逃了去。在乱哄哄的当中，吹起了喇叭，打起了锣鼓，村子外还放了三声号炮。像毛三叔这一类管事的人，只见他像穿梭的鲤鱼，忽而跑进，忽而跑出。所有看热闹的人，一齐轰出了棚子外，春华身体矮小，被人挡住，一点也看不见。手上牵着一个小弟弟，又不能乱挤，真是急得很。停了许久，索性不看了，走到大樟树下在石碾上坐着。

那里正有两个同学，站着谈话呢，一个道："我算了一算到场的，有两个举人、一个副榜、五个廪生、十二个秀才，要说热闹，真算热闹了。一个女人不应当这样吗？"又一个道："这知县听说是个进士出身呢，他很讲名节的，所以自己来了。"春华道："师兄，你们怎么在这里？"一个道："师妹来了。先生叫我们在外面招呼客呢，我们偷懒在这里站一会子。女客里面很松的，师妹怎不去看热闹？"春华皱了眉道："我带着小弟弟，哪里挤得上前。"一个道："我们跟你带着小师弟吧，你去看看，这个机会是难得的，不要错过了。"春华笑着将小兄弟交给了两个同学，自己就转身走了。可是在临走的时候，同学又说了一句："李小秋也在棚子里呢。"不管同学是不是有意讽刺的，然而她听到这几句话之后，心里就立刻跳了一跳。但是要注意了这句话的时候，那更是露出了马脚，只当没有知道，匆匆地钻往人堆子里去了。

这时，那位进士出身的县官，穿了补服，戴了翎顶，半弯了腰站在桌案旁边。其余的举人秀才，分两班站着让出一条大道来。姚廷栋和同姓的一位廪生，各穿了外褂，戴了红缨帽，搀住了二婆婆由屋子里走到棚中间。二婆婆那头发，自然是白得像银丝一般，那张尖瘦的脸，堆叠了无数道的深浅皱纹，仿佛一道道的皱纹，这里都记着她的痛苦程度。她虽然穿了蓝绸的夹袄、大红裙子，这犹之乎在那人体标本上，加上一些装饰品，越发表现出不调和来。她颤巍巍地在两个本家相公中间走着，举起那双瘦小的老眼，向四围看去。她那双眼睛自十五岁哭起，流出来的眼泪，恐怕一缸装不下了。所以她那眼睛虽有今天这样大的盛典来兴奋一下，但是依然力量不够，她极力挣扎着，便觉那些到场的人，都有些乱动。所以她虽然穿了那套红裙大袄，依然在袖子笼里揣了一条毛巾，不时地拿了出来，向眼睛角上揉擦一下，拭去挤出来的眼泪。不过今天来看热闹的人，只有欣羡她的意味，并没有可怜她的意味。虽然，她不住地在那里揉擦眼睛，然而并没有哪一个人知道她这种痛苦。同时，棚子外面的喇叭、鼓、小锣，都吹打起来了，庆祝这位七十岁的处女，得了最后的胜利。皇帝给她的圣旨，高供在桌子上。她慢慢地走到那红毡子上，就有人喊着"乐止，谢恩，跪，叩首"。这位七十岁的老处女，抖颤了两腿，向万岁牌子跪着，磕起头来。

磕完了头，那位县太爷，表示他尊敬烈女的致意，就向前走了一步，拱拱手向姚廷栋道："请这位老太太升到大手边。"姚廷栋道："父台大人太客气了，不敢当，不敢当。"他口里说着"不敢当"，那两只手抱了拳头，在额顶上碰了无数下。但是这位县太爷，对了这位鸡皮鹤发的老姑娘受着莫大的冲动，连道："应当的，应当的。"这些看热闹的人，见县官都要和二婆婆行礼，这个面子太大了，因之眉飞色舞地，都睁了眼睛望着。便是姚廷栋本人，也认为是一件无限荣耀的事情，就搀住这位老太太站在大手边。于是这位由两榜进士出身的县太爷，朝着万岁牌，毕恭毕敬，向上作了三个深揖。二婆婆虽然也战战兢兢地回了三个万福，然而眼光昏花，这位县太爷究竟是在作揖，是在磕头，也看不清楚呢。县太爷一作揖不要紧，观礼的老百姓，便是哄然一声，表示着他们也受宠若惊了。

春华虽然读了几年书，但是她的思想，和这些老百姓的思想，并无二样。她觉着做女子的人，果然要看重贞节两个字。只看二婆婆今天这番景象，连县太爷都要和她行礼，这面子就十分大了。她呆呆地想着，身不由主，被人一挤，就挤出了人群。她想再挤进去，已是不可能。于是就在空场子里站着，回想着二婆婆穿红裙大袄受礼的滋味。一个人实在应当学好，落个流芳百世。她想久了，非常兴奋，偶然一抬头，却看到李小秋在前面人群里来往。若论机会，这是一个绝对的机会了，不过她这时想到的是女子应当三贞九烈，做个清白人，若像自己这样和李小秋来往，那是下流女人偷人养汉的勾当，未免看贱了自己。从今以后要拿二婆婆做榜样，绝不再理小秋了。

第十二回

作态为何相逢如未见
收心不得举措总无凭

在这个场合里，小秋来的意思和她并没有两样，正是借了这个男女开放的机会，彼此好谈谈。他远远地曾看到春华在人丛里挤着，只是春华没有看到他。后来春华挤出人丛来了，他心里暗喜。为着把事情装得很偶然起见，自己故意向远远的地方走了去。但是相距得虽远，却是拦住了春华的去路，春华果然要回家，非走到小秋面前去不可的。所以春华虽然没有作声，他已知道是会由后面慢慢跟了来的。不想他走了很远的路，却不听到后面有什么响动。回头看时，哪里有人？心想，怪呀，她今天修饰得整整齐齐的，不是来会晤我，难道还是来凑热闹不成？也许她不曾看到我，所以放过机会了。说不得了，我再走了回去，纵然惹一点嫌疑，那也不去管他。他如此想着，便迎定了春华走去。这时，春华手上已经牵着她的弟弟，微侧了身子，看橘子林的云彩，看那样子，似乎是悠闲的。若是由小秋揣测起来，那必是在那里相候呢。于是自己也装着闲踱的样子有一步没一步地向前走着，直走到离春华不远了。不想他的态度，恰是可疑，在不经意之间，偶然回转头来，算是打了个照面了。不想她低了头拍着小兄弟的肩膀道："我们再去看看吧，不要吵了。"说毕，掉转身去，牵了那小孩儿又向热闹地方走去。而且走的时候，很是匆促，不像是得了小孩儿的同意。这很奇怪了，难道她还要躲避我不成？于是站在草地上向天空里看了看太阳，又向树梢上看看白云，好像要在天空里发现一个行星，一时寻找不着它的位置。其实他心里好像在拨弄四五位算盘子，这个数目上来，那个数目下去，半时也弄不出个准数。

正发愣呢，后面有人喊道："老李，站在这里做什么？"回头看时，就是同学里彼此风流自赏的好友屈玉坚。便笑道："你这话问得奇，你来做什么，也就是我来做什么。"三坚四周看看，并没有人，走近前来，拍着他的肩膀低声笑道："你是一心以为有鸿鹄之将至，她来了没有？"小秋道："你又是这样鬼头鬼脑，谁来了没有？"玉坚连连在他肩上拍了几下，笑道："你真会装傻。我实告诉你，我们这些同学，都是混世虫，先生走了，大家三三两两，在村子前后乱转，见了清秀些的姑娘，眼睛像做贼的一样，狠命地盯上人家几眼，回来就五通神附了体，信口胡诌，哪做得了什么事。只有你我二人，说一句《关雎》乐而不淫吧。"小秋连连摇着手笑道："你又倒起酸墨水来了。"玉坚正色道："小李，你实说，在同学里面只有我能看出你的性情不是？这几天她没有来，先生出的论文题，三篇你才作一篇，而且全是胡扯。在房里书不念，字也不写，老是背了两只手在屋中间打转转。若说你没有心事，鬼也不相信。"小秋道："你放了书不读，偏有闲工夫来专门打量我。"玉坚笑道："这也没有什么稀奇，因为你放了书不去读，才惹起了我的留心。唉，闲话也不必说了，现在你打算怎么样？我多少可以帮你一点忙吗？"小秋到了这时，还有什么话说，只是向他微笑了一笑。

玉坚道："我告诉你一个好消息，管家那癞痢头听说要死了，这个新寡的文君……"小秋凑个冷子，伸出巴掌来，将他的嘴捂住。玉坚将头偏着，把手躲开了。第二句只说了"你难道不想做司马……"小秋又抢着将他的嘴捂住。这一下子捂得很久，老不松开。玉坚同时伸出两只手来，将小秋的手剥了下来，这才退后两步，向他笑道："难道我还没有你的力量大，打不过你？有道是，人心都是肉长的。我看你这几天之间，心绪很是不好，我不忍心打你。你在这儿等一会儿，我去引了她来。"说着，转身便走。小秋站在后面，只管跳脚，连连将手招着，低声叫道："喂，喂，可别那样胡闹！"玉坚不理，依然是走。小秋只好追了上前，扭住他的衣襟，低声笑道："你只把小师弟牵来玩玩就是了。"玉坚咬了嘴唇，向他笑笑，这才走了。

小秋心想，照说呢，玉坚是自己人，倒也不必避开他。不过这种事关系师妹的名节，总以不说明为妙。不过心里如此想着，对于玉坚去约春华前来这个好机会，又不肯完全失掉。因之在几条田岸上，只管来去徘徊，不能中止。过了一会儿，玉坚脸上带了不高兴的样子走了过来，不像他往常一样，老远地就说出话来。小秋明知道这件事是失败了，但也没有什么表示，只是静等他走到面前再说。玉坚真也是能忍，直走到小秋面前，向他脸上打量了一番，然后问道："你有什么事情得罪了她吗？"小秋道："没有呀。她对你说了些什么？"玉坚道："我挤到她身边，故意对小师弟说：'我带你去玩玩吧？李师兄也在棚子外面呢。'你猜她怎样，板着脸将小孩子衣服，连连拉了几下，口里说：'不去不去。'说完，她就带着孩子走了。看那样子，她好像是要躲开你。"小秋道："你是瞎说的。"玉坚瞪了眼道："哪个混账王八蛋才瞎说哩。"小秋道："这就怪了。我自问没有什么事得罪她。不过小姑娘总是容易发脾气的，过几天也许就好了。"玉坚望着他，用手指头连连点了几下，笑道："这是你不打自招吧？你说你对她没有意思，刚才这几句话，说得就有许多漏缝，你本来心里没有什么疙瘩的，何以你就不相信她会躲开你？而且说自己并没有得罪她。哈哈，我可拿到了把柄了。"

小秋无法，只好连连给玉坚作了几个揖，口里连道："老兄老兄，何必呢？"玉坚这才放低了声音道："你若是不瞒我老大哥，我一定给你帮忙。我虽然知道这件事，决不能和第三个人说，我若是和第三个人说，就不怕先生的板子临到我头上来吗？我看那样子，她必定是有些怪你。至于为了什么事怪你，除了你自己，别人哪里晓得？"小秋到了这时，却也不来否认什么，伸起手来连连搔了几下头发。玉坚道："她虽然带了孩子走了，不会离开这棚子的，你再去上前碰碰她，看她说些什么。你去不去，我也不管，我先回学堂去了。"说毕，他真的很快地跑回学堂去，他那意思，就是不愿在这里监视着小秋的态度。小秋呆站了一会子，心想，春华这位姑娘，很是调皮的，她必然是不愿在玉坚面前露出形迹，故意这样子的，等他走开了，她再来和我见面，我总也不要辜负了她这番意思。要不然，凭自己和春华以往的交情，无论如何，她不会翻脸的。这一个转念，自己觉得是很对的，于是又在苇棚外面绕了个大圈子，绕到棚子后面，去拦着春华的去路。

不到五分钟，果然，春华很从容地牵着那小师弟走了出来。那小师弟两手牵着姐姐的一只手，身子向地下蹲着，口里喊道："我还要看，我还要看。"春华道："都是村子里人，你没有看过吗？我站累了，我不能看了。"她如此说着，偶然一抬头，却看到了小秋远远地站住。于是她轻轻地在小弟弟肩上拍了一下，骂道："小大王，我不奈何你，我陪你去吧。"她就像不曾看到小秋似的，带着孩子，依旧回棚子里去了。这一下子，可以给小秋一个莫大的证明，她简直不肯相认了。这为了什么？小秋实在不能知道。于是垂直了两手，在草地里站着，很久很久，作声不得。这是棚子后面，一条人行大道，来来去去的人，确是不少。这些人看到他站在这里发呆，来来往往的人，都不免向他看上一眼。小秋对于这些都不曾理会，依然还是在那里呆站着。最后来了两个同学，看到他站着发呆，就拉了他的手道："挤不上前，算了，有什么看的？"小秋不说话，也不抵抗，随了这两个同学就跟着回学堂来。到了书房里，闷得无可发泄，便向床上倒了下来。

这是全村子里最忙的一天，同学们虽然有看了热闹回来的，但是一看到全学堂无人，在书房里打一个转身，又各自跑了出去。小秋躺在床上发闷，这并没有谁知道。一个终日吟哦的地方，现在忽然声息全无，加倍地显着寂寞。这里原是姚家的宗祠，宗祠的屋子当然是很大的，所以人走空了，便格外显得静悄悄的。那天井里，偶然送进两三阵清风，吹落几片樟树叶子，打在窗户上扑扑作响。门帘子里两扇门，咿咿呀呀，被风推动着，也响起来。小秋心里一动，必是春华知道学堂里无人，趁着这个时候跑了来了，那么，彼此可以很放心地谈上两句。他想着，果然就以为春华来了，跳了起来，就迎到房门口来。然而房门外面，只是太阳照着樟树的影子，在满地上晃动，哪里有什么人？小秋手扶了门框，又望着树影，发起呆来。他想，这种情形，简直是春华变了心。至于春华为了什么变心，实在是想不出这一个理由来，莫不是她父母有些知道了。但是早两天她还瞒着写信给我，分明是严密的。就算是她父母知道了，她只有见了我赶快告诉消息，哪有躲开之理？若是为了毛三婶的事，但是这不是我得罪了她，也不能因为我得罪了她，我们来翻脸。是了，必然是为了我送毛三婶两样礼物吧？但是我送毛三婶的礼物，也正是为了彼此要传消息，怎能为了这件事来吃醋呢？而且她曾叮嘱过我，对毛三婶应当多多送人情，自己这一种揣测，又是不会对的。于是自己呆望了天井外的树影，没个做道理处。

在屋子里已是坐不住，不由得背了两手缓缓地踱出了后门，走到橘子林里来。这个地方，向来是两个人出学堂门，偷着说情话的所在，如今到了这里，什么看不到，只有几只找虫吃的燕子，在树棵子里掠地飞着，这越显得这环境是如何的寂寞了。小秋手扶了一根弯的树枝，斜了身子站定，心里就想着，人心不能捉摸，正也像这燕子一样，忽而东南，忽而西北，春华这个人会对我这样白眼相加，这是我做梦想不到的事。手扶了树枝不算，于是连身子也靠着树干，只管出神。这树下面恰是长有一大片蓬松的青草，于是缓缓地蹲下身子去，坐在青草上，看定了那绿树空当中露

108

出来的白云，时而变作狮子，时而变作山头，时而又变作美女，却也很有趣。不过今天东跑西找，跑了半天，很是吃力，这时又看这样无聊的云彩，渐渐地觉得眼睛有些苦涩。既是哭涩了，当然闭着眼养一养神，所以他靠了那树干，昏昏沉沉的，人就睡了过去。

究竟屈玉坚是留心他的人，在热闹场所暗地里打探了他许久，并无他的踪迹。春华却在女人堆里，不时挤进挤出，似乎看得很起劲，这分明是两个人不曾得着机会说话，还是各干各的。于是回到学堂里来，一直冲入小秋屋子里去，只见他床上的叠被，睡了一个窟窿下去，这必是小秋曾在这里躺着的，那么，现在又到哪里去了呢？他也真肯费那番心血，就在学堂里前前后后都寻找一遍，结果是连厨房后堆煤炭的所在都看了一看，依然不见一些什么。玉坚心里，这就纳闷儿了。假使他和春华有约会的话，春华并没有分身之术，在那彩棚子里看得他清清楚楚的，她并没有走开，怎能够和小秋有约会？这一层断断乎不是。那么，小秋生着气，跑回家去了吗？他果然要跑回家去的话，衣服书籍也应当收拾收拾，然而现在屋子里乱得很，又不像是回了家去的样子。年轻人总有点好奇心，非找出他来不可，于是由祠堂里又跑出来。在他转过两三个圈子以后，究竟让他发现了小秋的所在，原来他靠了树干子坐定，人早是睡得不知所云了。玉坚猛然在几丈外看见，倒吃了一惊，他为什么这样子。莫不是要寻死了。这话可又说回来了，春华也没有说是和他永断葛藤，就是要死，也还没有到死的日子呢。因为疑惑小秋是死了，所以他很害怕，只站住看了一看，立刻向祠堂里跑了去。

这时，看热闹的同学，已经回来一大半，见玉坚慌里慌张跑进来，大家都有些吃惊，连问着什么事。玉坚站在院子里，只管喘着气，许久才道："这……是怎么好？李小秋死……死在树林子里了。"这句话说出，同学们早是哄然一声，尽管这话未必可信，但是这总是一个可惊的消息，于是一拥而上，将玉坚围住，问这事的所以然。玉坚道："我看见他倒在一棵橘子树下，眼睛上翻，口里吐着白沫，那形象真是怕人。狗子呢？叫狗子去看看吧。"狗子老远地站着，扛了两下肩膀，淡淡地道："扛死人的事，我可不愿干。"说半，抽身就走了。其实学生们要他同到树林子里去，并不是要他扛死尸，不过因为他是个壮汉，好借了他的力量壮壮胆子。他现在说了不去，学生青年好事。也等待不得，早有几个胆大些的，扬着膀子就在前面跑了起来。其余的人，见有人向前，自然也就在后面跟着跑。

及至到了树林子里，却见小秋扶了树枝在那里站着，何曾死了呢？玉坚也在众人里面，却是一呆，早有几个同学回转身来，指着他骂道："你什么也可以骗人，怎么说他死在这里呢？"玉坚道："我真不骗人，刚才他实在是倒在树底下的。"小秋当玉坚跑了回去的时候，自己已经惊醒了，这时，同学大家跑了来，便知道自己闹了个大笑话。若是说在树底下睡着了，为什么会睡在这里呢？于是他放出那没有精神的样子，将头偏着歪在肩膀上，然后有气无力地向大家道："不怪玉坚，我是病了。"说着，慢慢地移着脚，向学堂里走去。他这样做，算是给玉坚圆了谎。然而他害病在树林子里的消息，便宣传了出去，不久的工夫，也就传到春华的耳朵里去了。

那时，她回到家里很久，同家里人坐在堂屋里闲话。姚老太太道："饭做好了，就吃吧。廷栋那样忙，自然是要等客散干净才回来。"宋氏道："二婆婆苦了一辈子，总算是皇天不负苦心人。今天连县太爷都来给她贺喜。春华爹常说什么守节是大事，吃饭是小事，真不错。"春华笑道："妈说错了，原来是饿死事小，失节事大。这个节字，不专是对女人说的，是包括忠臣不事二主、烈女不嫁二夫说的。这还不能包得尽，就是人总要做个干净人，饿死了也是一件小事。"姚老太太右手拄了拐杖坐着呢，她那白发苍苍的头连点了几点，又把拐杖在地上戳了两下，表示她沉着之意，笑道："春华这孩子，可惜是个姑娘，要不然，准可以踏她爹的脚迹。她爹的话，她真解答得一些不错。孩子，"说着脸向了旁边矮凳子上坐的春华，继续着道，"一个做女人的，总要有志气，留下好名好姓，让后代人传说下去。"春华道："二婆婆吃了一生的苦，到了今天，总算出了头。连姓姚的合户，都有了面子了。"姚老太太道："怎么说是姚家合户？全县的人，哪个不知道？她这一生的事，连皇帝都知道了，那还了得？"姚老太太说着，脸上带了那很得意的样子，便是她的老眼，也合着笑成了一条缝。宋氏道："像二婆婆总算是给娘婆两家增光不少。做父母的，有了这种儿女，埋在土里也是笑的。"春华道："在我们读了书的人来讲，一个做女人的，本应当这样。"

正说到这里，村子里的放牛小孩五伢仔，跑了进来，东张西望，问道："相公还没有回来吗？"姚老太太道："你这个顽皮的孩子，又惹了什么祸，要来找相公？"五伢仔道："我哪里惹了祸，你们学堂里出了事了，那个李小秋倒在树林子里，差一点死了，现在扶到学堂里去了。"春华情不自禁地站了起来，睁了两眼望着他道："什么？他……"只说了一个他字，她看到还有祖母、母亲在座，这话如何可以说得，于是只望了来报信的人，并不说话。姚老太太却忍不住了，因问道："好好的，怎么会倒在树林子里，你不要瞎说。"五牙仔道："我骗你我不是人。"姚老太太拄了拐杖，战战兢兢站起来道："这个孩子很好的，我去看看。"宋氏道："天色黑了，外头看不到走路，你不用去吧。"姚老太太扶了拐杖，依然是战战兢兢，没有答应下来。春华皱了两道眉毛在旁边站着，望望祖母，又望母亲。对于宋氏这话既不赞成，也不敢驳回。姚老太太道："不知这孩子究竟是什么毛病。廷栋不在学堂里，全是一班小孩子，会懂得什么？总要有个人去看看才好。我看最好是……"宋氏道："那么，我就去一趟。"春华插嘴道："定啊（新淦土语，对极了之意）！"宋氏见她把话说得这样肯定，就回转头来向她看着。春华红着脸，只好低了眼皮。宋氏倒也来不及和她计较，出门自向学堂里去了。

春华真不料忽然会得到这样一个消息，恨不得立刻跑到学堂里去看看。漫说现在是受了拘禁了，不许到学堂里去的。就是以前在学堂里读书，在得了这个消息之后，也不能猛然就到学堂里去，露出痕迹来。所以自己只好皱了眉头，坐在矮椅子上，也不知道心里什么事难过，无端叹出两口气来。姚老太太道："春华，你这是怎么了？"春华这才醒悟着，用手捶了额角几下，低声道："我有些头昏。"姚老太太道："这话也差不多，你今天在外面跑了大半天，准是受了累了，到床上去躺一下子吧。"这句话倒正中她心怀，于是慢慢地站了起来，慢慢地移动了脚，才进屋子里去。

她坐在椅子上，两只手扶撑住了桌子，两掌托住了头，脸朝了玻璃窗户外面望着。心灵却已由窗户眼里，飞到学堂里去。许久许久，她就想着，小秋为什么突然会病？这必定为了我今天看到他没有睬他吧？我今天看二婆婆家上匾，这样大热闹，我想到做女人的，真应该像她那样。我和小秋这样来来往往，自己看起来，说是《西厢记》《牡丹亭》风流韵事，不知道的就会说我偷人。女人有了偷人这个名声，那还有什么话说，那就是寻了死拉倒。我一个读书知礼的女孩子，怎能做这种事，替父母丢脸？漫说我已经有了人家，就是没有人家，我就是爱慕他，也要父母之命、媒妁之言，才可以和他谈上了婚姻。所以今天我对他淡淡的，并不是讨厌他，把二婆婆守节这件事一看，不能不让我正经起来了。不过在他自身，他绝不会晓得我这番心事的，所以就糊里糊涂急得病倒了。其实他不像我，他还没有定亲呢，哪里找不到一个姑娘，何必为了我这样寻死寻活？不过有了他这番情形，也必就见得他待我那实实在在是一副真心。心里就变成了一个念头，人家用这样热血一样地真心待我，我把冷水来浇他，这未免太不对。只要我保住了这条干净身子，和他做个知己，又有何不可？

她转念到这里，二婆婆的守节牌坊，在她脑子里就有些摇动，不是以前那样牢不可拔了。撑了头的手现在不撑头，两手放在桌沿上，互相抚摸着她的那十个手指甲，似乎那白里透红的指甲里面，有无数的答案，可以答复她这困难的问题，所以她一再抚摸之不已，非找出一个办法不可。久而久之，她居然找着一个办法了。先把房门闩起，然后将床上的枕头拿过来，拆开了枕头布的线缝，在里面取出一沓信纸来，然后在里面抽出两张，在微亮的窗户纸下，将背对了房门，静静地看着。其余的纸条，却把来放在贴身衣袋里。纸条上说：

> 今午闻卿读"桃之夭夭，灼灼其华"句，忽然有感。觉古人虽至圣贤，不讳言儿女私情。不然，《诗》三百篇，不属于此者几何？仲尼删诗，留而不去，且谆谆然告其弟子，小子何莫学乎诗？是可知也。吾读《西厢》，最爱读圣叹外书，力言《西厢》不是淫书，觉其人独具只眼，非三家村里人谈文者可比。因此，得惆怅诗四绝。本欲录以相示，又恐蹈覆辙，须看卿三日不快之色，故秘之。然而在王实甫口中，亦是诗料，所谓宜嗔宜喜春风面也。一笑！

他们两人来往的书札，都是这些。小秋的信，只是在字里行间，借东指西，说两句情话。春华的回信，十有八九，却是自叹命薄，对于别的，不肯露痕迹，在旧式的男女爱情中，他们非到了不能再发展的程度，很少说露骨话的。而且到了能写情书的女子，她们受旧礼教的洗礼很久，虽是在笔头上说话，却也不敢放肆。所以在这信里"灼灼其华""宜嗔宜喜春风面"那种字眼，在春华看来，就很有挑拨的意味，她将牙咬住了信纸头，低了脖子，静静地想着：是啊，《诗经》上那些诗句，有多少不是言情的。我们做人，总也不能比孔夫子再好。孔夫子还要编出一部《诗经》给后人读。《诗经》上说了许多男女的事，像"毋踰我墙"那些话都不说了。就像开宗明义的第一章，说起来就是"求之不得，寤寐思复"。要是这章书是赞美文王的舌，文王就也害过相思病。

她口里只管咬住了信纸这样沉思，不觉扑哧一声笑了。门外忽然有人问道："这痴丫头，怎么一个人在屋里笑起来了？"春华听到是母亲的声音，连忙把字条折叠着，向衣袋里揣了进去，急忙摸摸纽扣，扯扯衣襟。宋氏道："灯也没有点，关了门在屋子里干什么？"春华胡乱答道："我身上不大舒服呢。"宋氏道："今天都是去看热闹，累得这个样子的。"这一句话，令春华联想了小秋，不知道他病体如何，便问道："妈你就回来了吗？"宋氏道："李小秋那孩子，我想也是累了，既不发烧又不发冷，就是这样睡在床上，他说有些头痛。依我的意思，叫他回家去休养休养，但是他又不肯回去，那也只好算了。"春华倒想不到母亲肯这样地详详细细告诉，情不自禁地道："那倒也罢了。"刚刚是说出这五个字来，便觉太露痕迹，赶紧手一推椅子，将一把椅子推倒。屋子里轰咚咚一阵响，口里哎哟两声，说椅子砸了脚。宋氏在门外边，又不能进来，只捶着门问怎么样了。春华暗中好笑，口里道："不要紧，我揉揉脚背就好了。"宋氏道："也快吃饭了，你出来吧。"

春华等母亲走了，这才坐下来暗想，原来他并不发烧发冷，何以会倒在树林子里呢？是了，这就是人家所说的害了相思病了。她只一开始沉思起来就继续地向下想，身外一切什么都不知道了。宋氏在外面又捶着门板道："孩子，你这是怎么了？还不出来吃饭吗？"春华这才醒悟了，答应了一个"喂"字，跟着就打开门来，向堂屋里走去。这时堂屋里桌上明晃晃地点着油灯，家人围着桌子坐下。春华由屋子里走出来的时候，她心里正默念着小秋的那封信，又不能去看他。记得那"身无彩凤双飞翼，心有灵犀一点通"的两句诗，手里扶着凳子，口里不觉念了出来。因为她忘了吃饭，把这里当作书桌子了。所幸这桌子边坐的，都是些亮眼瞎子，谁也不知道她念的是什么。宋氏道："你在学堂里的时候，读书就像好玩一样。现在到了家里来，反是连吃饭都当作念书了。"春华这才明白过来，不由红着脸，在灯影子里坐下。她自己也感到无聊，没有扶起筷子，先就打算拿起勺子来，到豆腐汤碗里去舀一勺汤喝。不想还没有喝汤，自己又转了一个念头，还是吃饭，因之那瓷勺子不向汤碗里去，却向饭碗里插了进去。宋氏又看到了，笑道："你也是太淘气，这样大人，还用瓷勺吃饭呢。"春华自己一看，却也没有话来解答，也只好报之一笑罢了。

第十三回

密信枕中藏扑灯解困
佳音门外断掷笔添愁

这个时候，宋氏对于自己姑娘的态度有些发觉了。这个发觉，也是由吃饭问题上发生出来的。当临江有人送了消息来，说管家孩子病重的时候，她很高兴，吃饭不但和平常一样，而且脸上更带了笑容，自己关了门在屋子里，轻轻地唱曲子。当时心里很奇怪，而且还微微地点破了她，做姑娘的人，不应该这样子，后来稍微好了一点。不想今天说到李小秋病，她就立刻发起愁来，虽是勉强来吃饭，也是神魂颠倒。这不是这小丫头不知道利害，闹出什么笑话来了吧？若是那样，我们这位孔夫子要知道了一点消息，那简直是人命关天的事，这怎么办？宋氏一面想着，一面把脸色就沉下来，而且是不住地向春华脸上望着。春华已是换了勺子，拿了筷子在手里，她也正在想她的心事呢。她以为手上所拿的还是勺子，不问好歹，就向一碗水豆腐汤里伸了下去。江西人将水豆腐汤完全当汤喝的，而且是一种极普通的家常菜，三岁的孩子，也知道不是用筷子来吃的东西。

宋氏正在注意着她的举动，却又见她还是这样颠倒，心里便有了气了，于是伸出自己的筷子，将春华伸到水豆腐里的筷子挑了起来，瞪了眼道："春华，你是怎么了？有了疯病了吗？"春华正是满肚皮委屈，没有法子可以发泄。现在母亲这样说了，倒正合了要借故发泄的机会，于是放下了筷子，两只嘴角一撇，眼眶里两行眼泪，无论如何，忍耐不住，由脸上直垂下来。姚老太太坐在她对面呢，停了筷子，也望着她的脸道："你这孩子，也是太娇，凭了你妈这样一句话，就哭了起来。"春华更不搭话，突然立起身来，将椅子向旁边一移，扭转身向屋子里去了。她自己并不晓得为了什么缘故，只觉得心里十分烦恼，有非哭不可之势。因之进门之后，又用了那个老套，向木床上斜倒下去，伏在枕上，只管呜呜咽咽哭了起来。

宋氏婆媳依然在外面堂屋里吃饭，并没有怎样去理会她。后来吃完了饭，要进房去，却才知道又是房门紧闭，屋子里呜呜咽咽，只管放出十分凄惨的哭声来。宋氏因为自己只说了一句话，女儿就这个样子闹脾气，实在也惯得不像样子了，便望了门叫起来道："像你这个样子，那还了得，我简直不能管你了。你这么样子大的姑娘，遇事你自己要明白些。我是有许多事都搁在心里，不肯对你爹说。若是都对你爹说了，我想他不能够便便宜宜，就放过你去的。话是说了，信不信由你。若是有一天你爹爹知道你是这种情形，哼，他会放过你吗？"宋氏这样说着，她以为若是猜中春华心事的话，她应该知道利害关系，立刻缩手。假如说，并没有猜中她的心事，那也可以含混着说，是为了她不该哭，也是有效力的。果然，这两句话很有力量，那里面屋子就慢慢地止住了哭声。而且她不像往常，总要分辩两句，她现在毫不分辩，一切都默受了。宋氏因为她不作声，更认为她是心中有愧，嘴里益发地哆嗦起来。

春华伏在枕上却听到她妈自言自语地道："做女人的人，总要讲个身份，论起骨头来，应当比金子还重。性命都算不了什么，身份可丢不得，丢了身份那是骂名千载的事。"这些话，那是与吃饭拿错了筷子、挨骂流眼泪都是不相干的事。妈左一句身份，右一句身份，那是有些疑女儿的身份了。自己本来想装作不知道，和母亲顶撞两句。可是妈妈是暗地里说的，并没有指明怎样，若是一定说出来，自己面子太难看，自己有话就不好说了。照着妈妈的口音听来，她一定有些知道，绝不是乱说的。想到这里，心里就有些乱跳，摸枕头，便想到枕头里还有许多来往的信件，这个信要给妈知道了，只要有半张纸片送到爹眼里去，那就会拿毒药将我毒死。死倒是不怕，那真是骂名千载的事。妈是不认得字的人，也晓得"骂名千载"这一句话，也可见得这件事要紧。这信还是由枕头里抽了出来，烧掉算完了吧。可是我得小秋这些信，也是费尽了心血才得来的，轻轻悄悄，就把这些信件烧了，未免可惜。若是不烧，依然放在枕头里，老实说，自己不能再放那个心了。一刻儿发生了一种奇异的感触，自己倒给自己为难起来，还是把这东西保留起来呢，还是把它烧掉了干净呢？两手抱了个枕头在怀里，半天没有个做道理处。

宋氏在外面，老听得没有人作声，心里也有些害怕，以为会出什么意外的，就捶着门道："你开门呀，关着门坐在里面，那是什么意思？"说着，又咚咚地将门捶上了一阵。春华心想，若是不开门的话，那更会引着母亲生气，开了门让她进来吧。于是也不作声，将门开了，依然坐在床上。宋氏捧了一盏灯，将手掩着光，就侧脸看了进来。见春华坐在床沿上，一个大布枕头也横在床沿上。心中一时倒未解这有什么意味，将灯放在桌上之后，两手就来提这枕头，打算放在原处。春华原是坐在床沿上，扬了脸发呆。现在看到母亲来动枕头，倒以为是母亲看破了秘密。立刻伸手将枕头由母亲怀里夺了过来，向床里一塞，自己倒下去就睡在枕头上。

　　她不这样做，宋氏并没有什么感觉，以至她睡着伏在枕头上，将两手来按住了，宋氏倒有些疑心，便瞪了眼望着她道："为什么把枕头抢了去，这里有宝贝吗？"春华也不说什么，闭了眼，只管伏着睡在枕头上。而且她的两只手，正按住枕头的两端。宋氏看到，心里便想着，她为什么把这枕头抱得死死的，难道这里面还有什么东西藏着吗？于是叫道："你起来，我要拿那枕头细看。"春华听说，心里可急了，里面的信件发泄了出来，自己和小秋都不得了，这要用什么法子来应付呢？心里立刻想不出主意来，人就只管伏在枕上，也不睁眼，也不说话。宋氏见她闭了眼的，就轻轻地移了脚，走到床边，弯了身子猛地向前一扑，两手抓住了枕头，就向怀里拖了过来。春华本来力气很小，事情又出于不在意，这个枕头未曾按得住，却被宋氏夺了去了。她情紧了，顾不得上下，也伸手到宋氏怀里去扯枕头，身子向后倒，红着脸道："里面什么东西也没有，但是，我偏不让你看。"宋氏见姑娘大反常态，也是气极了，伸出手来，狠命一掌，向她脸上扑去。春华哪里经受过这个，脸上木麻着，眼睛昏花了过去。这个侮辱太大了，悲从中来，哇的一声就哭了。

　　宋氏并不去管她拿着枕头在手，颠倒看了几回，立刻发现了，枕头布的头缝上，绌了许多新线。这分明是拆开来重缝的，更猜准了，这枕头里面是藏着东西的了。春华让母亲打了之后，她心里一横，拆开来看，就让她拆开来看吧，免得这一生都受罪。她有了这一番决心，所以对于宋氏的举动，也就不去管了。宋氏一手抱着枕头，一手乱抓线缝，刚刚是把枕头布拆了开来，要伸手到枕头里去摸索，姚老太太在外面，就战战兢兢叫了进来："怎么了？怎么了？"宋氏只好将枕头抛到床上，向前去挽着姚老太太，她一手让宋氏挽着，一手撑了拐杖，颤巍巍地道："年纪轻的人，总是有脾气的，你管她做什么？随她去哭一阵子也就完了。"宋氏看了春华一眼，才道："这丫头越惯越不成样子了，随便地说了她两句，她就哭得不休不了，我索性打她两下，看她又怎么样？还能端了梯子去告天吗？"姚老太太见春华伏在床上呜呜咽咽地哭，身边放了一个枕头。于是将枕头

116

一推，坐在床沿上，侧了身子微笑道："你这孩子也该打，太闹脾气了。"

春华见奶奶来了，以为得了个保镖人。不料奶奶来了以后，第一句话，竟是年纪轻的人，脾气总是有的。末了下的断语，又说这孩子也该打。这对于她所希望的安慰，相差得太远了，一阵委屈，又哭了起来。姚老太太伸手摸了她的头发道："谁叫你过得不耐烦，这个样子淘气呢？走吧，到我房里去。"春华不作声，只是窸窸窣窣地哭。姚老太太拍着她的头道："不用哭了，到我屋子里去坐坐吧。你妈打了你，那算什么，谁不是父母管大的，难道你妈打了你，你还能打你妈两下转来吗？"春华总不作声，还是哭，姚老太太就向宋氏道："我看你不必和她计较了，你就走开吧。"宋氏道："我暂时也不和她说什么，将来慢慢地和她算账。"她本是靠了桌子沿站定的。说着，她要向床沿走来，再拿枕头去。也是她转身转得太快一点，将桌子角碰动，桌子连连撼了几下，那桌子虽不曾倒下，然而那桌子上所放的那盏煤油灯，站立不定，早是啪喳一声，落到地上。立刻屋里漆黑。姚老太太道："喏，喏，你看，天作有变，人作（作，赣谚，谓不安于常态也）有祸。"宋氏是位相公娘子，受了秀才的熏陶，是不宜让老人不快的。老人对于墙上一根锈钉断了脚，还要爱惜一番，打破一盏高脚玻璃罩煤油灯，这损失更大了，如何不可惜？宋氏料着婆婆心里不愿意，不敢作声，慢慢地摸索着出门去。

春华始而只是知道哭，对于灯灭了这件事，不大注意。后来因油灯熄了许久不曾亮，心里忽然想到，这是一个极好的机会，自己怎好错过了？于是在黑暗中摸着了枕头，伸手插进枕头瓢子里面去，这枕头瓢子，是荞麦做的，有一层粗布袋装着。在这层粗布袋外，另外蒙着一层蓝色花布，那就是枕头面子。春华将小秋给她的那些信，都放在这上下两层之间，一摸就着。因之趁了这工夫，彻底地由口上摸到袋底，摸索了好几回，觉得里面实在没有什么了，这才停止不摸，把所有的信件，完全揣到怀里小衣口袋里去。把这几番手续都办完，还等了许久，宋氏才捧了一盏灯到屋子里来。姚老太太因春华久已不哭了，便道："你还在屋子里躺着做什么，有意和你娘抵眼棍吗？走吧，到我那屋里去吧。"春华因所有的信件已经拿到手上来了，这枕头落得放一个大方，让母亲去查。因之站了起来，噘了嘴道："我并没有犯好大的法，到哪里我也敢去。老人家，我扶着你吧。"说时，就将两只手来搀住了姚老太太一只手臂。姚老太太望了她，将拐杖连连地在地上拐了几下，笑骂道："你看这小家伙，她有这样大的

117

胆，居然敢到我头上来出气呢？"不过她口里面虽如此说着，人已是扶了拐杖站起来，春华噘了嘴低了头，两只手搀了姚老太太一只手臂，就这样慢慢地出去了。

宋氏眼见她走了，立刻把床上那只拆开了线缝的枕头，抱到了怀里，也把外面这层枕头布剥去干净。可是枕头布剥了下来，也就是枕头布剥下来了，并无其他的东西发现。这样的结果，宋氏当然认为不对。于是索性把里面这个枕瓢的粗布袋也拆开了，伸着手到了麦皮里搅乱了一阵。结果，哪里有什么东西是可疑的？宋氏一想，这可怪了，若是这里面并没有什么东西，为什么她死命地看守住那枕头，不让我看呢？现在大大方方地走了，放开手来让我搜查，前后两个样子，那分明是刚才灭灯的这一会子，把枕头里面那些不让看的东西给我偷走了。果然是这样子，这女孩子就调皮到了极点了。她瞒着父母，做了一些什么坏事，正是猜不定。慢着，今天这一关，算是让她偷过去了，从明天起，我必定要寸步留心，来捉她的错处。要不，让她调皮下去，我怎样对得住她的父亲。宋氏手上拿了一块枕头衣子，站在房里，只管是发呆。后来索性把那个没有新缝线的枕头，也拆开来看看。虽是并没有看到什么东西，不过宋氏越想越疑心，她猜定了春华是做得有弊的了。

当天晚上，自然是不便追问，然而她睡在床上，翻来覆去，却想了一夜的心事。至于春华呢，也是这样，她回得房来看见两个枕头，都让母亲拆开了，分明是她不能放心，从明日起，更要加倍地小心，不得让她调查出一点漏洞来。虽然小秋害着病，得不了消息，会更急的，那也只好由他了。现在只有望毛三婶早早地回家来，有了她跑来跑去，总可以得些消息的。同时，她心里起了反应，记得在那本书上，看到了那两句话，就是"人生行乐耳，须富贵何为？"父母管得我这样厉害，讲什么三从四德，我跟着李小秋偷跑了吧。我只要和他配一日夫妻，我死了也是情愿的。有了这么心事，在她脑子里打转转，她于是整夜睡不着。

到了次日早上，她又是用她那着老棋，只说是头晕，又不肯起来。宋氏也明知道她并不是病，更不睬她。睡到了上午，宋氏提了一筐子衣服，到村子围墙外大塘里洗刷去了。春华躺在床上，仰头看屋顶上那玻璃明瓦漏进来的一方阳光，那光线拉长着一条，由屋顶通到地面。在光线里面，看到无千无万数的灰尘，飞腾上下。心里就跟了想着，若不是这太阳光射进屋里，哪里知道四周有许多灰尘，真是说眼不见为净，古人说，不愧屋漏，大概就是指了这一些阳光说的。天啦，果然是这阳光里，你可以看到我，你就凭心断一断吧。像我这样一个齐齐整整的姑娘，嫁一个癞痢头，肮脏一生了事，能叫我心服吗？听说那个人还是死笨，读了六七年书，连一部《四书》还没有读完。我读了一肚子诗书，将来不是对牛弹琴吗？天啦，我若是造了孽，应该受罪的话，你就把我收去了吧，我情愿死，也不愿受那肮脏罪。

她想到了这种地方，一阵心酸，两行眼泪早是直涌了出来。女人的眼泪，本来就容易，而女人流泪的时候，同时又极好想心事。论到春华的心事，却是比别种怀春女子更复杂，她知道照书上讲，女子是不应该偷情的。但是不偷情，自己这一生就完了。她知道和小秋谈恋爱，那是很险的，但是自己心里头，总不能把他丢开。还是进呢，还是退呢，还是受委屈做好人呢，还是失身份求快活呢？她这小小年纪的姑娘，简直没有法子来决断。她想到这实没有法子来维持自己，结果还是用了那个老法子，呜呜咽咽哭上一阵子。她虽然啼哭的声音很小，但是时间哭得很长，久而久之，姚老太太隔了两三间屋子也听见了。就拄了拐杖，一路走了来，一路颤着声浪道："春华，这是你娘不在家，我要说你几句了。"说时，见春华蓬了一把辫发，红着眼眶子，侧了身体，睡在床上，便接续着道，"你是个读书懂礼的姑娘，怎么弄成这个样子？快起来梳头洗脸，吃点东西，可以到后面菜园子里去看看。"这句话倒打动了春华的心事。她想着，假使在后面菜园里得着机会，也许可以得点小秋的消息，比睡在床上总要好些。于是将衣袖揉擦着眼睛，慢慢坐了起来，照着奶奶的话，梳头洗脸之后，就向菜园子里去。

她家后面的菜园，和祠堂里的菜园相接，遥遥地可以看到短篱外面粉墙上，有几个窗户，其中一个，就是小秋的卧室了。若在往日，自己走到那窗子边下去，也毫不介意。但是今日只看到那窗户，自己就好像已经犯着嫌疑。虽然是母亲不在家，但是她有心为难，说不定她不洗完衣服，就会回来的。她不曾来，心里已是这样害怕，所以她走来走去，只是在短篱笆以内自家菜园子里走走，不敢向祠堂的菜园子里走去。小秋书房那两扇窗户，平常总是开着的日子多。偏是今日不同，关得一点缝也不透。春华看看园子外面无人，就放大了声音，咳嗽两三声，然而那窗子寂寂关着，一点形迹不露。春华皱了眉向那窗子看了，自己也是绝无良法。许久，她忽然将心一横，捡起一块石头，向窗子上直砸了去。不想那窗子虽不过七八丈远，无奈自己的力小，砸了十几块石头，不是打不着，就是打偏了。她心想，假如小秋在屋子里的话，这石头，就是打不中那窗户，便是这石头打在墙上，他也可以听到声音的。这不用留恋了，他准是到外面去了。很不容易地得着这个机会，就罢了不成？有了，我回去写一张字条，由这窗户眼里塞了进去就是了。这字条上只写个记号，就是别人捡去了，也不会知道是说些什么。有了，就是这样办。

春华忽然地兴奋，就跑回家里去。到了屋子里，先把房门关上，由屋子里找出一条在学堂里誊窗课的稿纸，在上面写了十四个字：东风不与周郎便，铜雀春深锁二乔。将这字条写完，正待要走，忽然又想到，这只说了我现在的情形，他并不会知道我的心事怎样，还加上两句吧。于是坐下来，重新展开笔墨，要来向下写，不过一时文思枯塞，却想不出来要用什么句子来代表自己的心事。前面两句是唐诗，必定要再写两句唐诗才好。她手上拿着笔，不住地在砚池里蘸着，继续想心事。约莫有五分钟之久，到底让她把这种成句找出来了，依然是十四个字：嫦娥应悔偷灵药，碧海青天夜夜心。这十四个字太好了，比先前那十四个字还要恰当。自己一头高兴，将两句诗写好了，就打算开房门走出去。却听到宋氏在外面说话，由堂屋里走进房里来，这绝出去不得，她看见我到菜园子里去，必会在后面跟着的。于是将刚才写的这张字条，撕成了十几块，依然伏到枕头上去睡觉。她这个机会，实在失得很可惜了。

当她用石块子向小秋窗户去砸打的时候，小秋在屋子里闷极无聊，睡在床上，也就昏昏的不懂人事了。但是蒙眬之间，仿佛听到墙上啪啪作响，惊醒过来，首先看到窗子是闭的，忽然醒悟过来，莫不是有人在菜园子外面，和我打招呼？因之跳了起来，赶快就去打开窗户来，看时，远远地看到短篱笆外有个女子的影子，很快地走到门里边去了。他看那衣服的颜色，是蓝底子白花，在这一点上，证明了那必定是春华。当然，刚才打得卧房外的墙壁作响，必定也是她。她这种举动，自然是来惊动我的。但是把我惊动了以后，何以她又跑回家去了呢？他伏在窗户上，呆呆地向了菜园子望着，简直忘了身子所在。许久的时间，见了那短篱笆外那丛小竹子，有些摇动，立刻心里一阵狂喜，他想着，必是春华偷着由那里走出来了。两只眼珠对了那丛竹子，一动也不动。后来竹子闪开，由竹子缝里钻出一个花影子来，然而并不是人，乃是一条狗。小秋心里十分懊丧之下，倒不觉扑哧一笑。

就在这时，身后有人问道："小李，你一个怎么会笑起来？你的病好些了吗？"屈玉坚轻手轻脚地笑着走了进来，向他做个鬼脸，伸了两伸舌头。小秋并不以为他这个样子而发笑，昂着头却叹了一口长气。玉坚笑道："傻子，你可别真害了相思病。你只一天的工夫，脸黄得多了。"小秋道："我凡事都看得破，只有遇到了什么事情，要说不出这点原因来的时候，我心里就要十分难过。"玉坚道："你因为她和你翻了脸，你不明白这缘故，就难过吗？"小秋也不作声，自伏在窗户上再向下看。玉坚却也不打他的招呼，悄悄地又走了，但是他所去的时候，也不过五六分钟，他又二次进房来了。这次说话，声音比以前大得多了。他道："小秋，我和先生说了，你心里烦闷得很，让我陪你出去散散步。"说到这里，声音又低下来，微笑道，"我陪你到祠堂后走走，你就是看不到她，也可以叫她知道，你病得不怎么厉害，省得她着急。昨天晚上师母亲自来看你的病，一定是她怂恿了来的。因为我在这里读了两年书，从来没看到有过这样的事。"小秋道："她有那样好的心事，不……"玉坚猛然伸出手来，将他的嘴掩住，轻轻地喝道："你叫些什么？"同时，另一只手挽住了小秋的手臂，拖了他向外走。小秋虽不赞同他这个办法，但是心里实在闷得发慌，出去走走也好，于是被玉坚拉着了由后门出去，依了玉坚，径直就要向先生家门口走了去。小秋抽开他的手，突然向后缩了两步，也轻轻喝着道："你这不是笑话？哪有这样单刀直入的。"玉坚笑道："那也好，做曲笔文章吧。"

于是二人索性绕了先生的屋子，在橘子林里转了大弯走来。走到斜墙角外，玉坚用手一指，墙的高头，屋脊下面，开了两个古钱式的透气眼，笑道："我晓得，这下面就是她住。"小秋道："哪个来问了你。"他这句话，未免说得重些，早有个人影子，在林子外面，霍地钻了出来。玉坚认得她这是在先生家隔壁住的五嫂子，心想真是不巧，说这话，刚被她听见了。挽了小秋的手，就转身走着。五嫂子在后面笑道："人家只有女人怕见男人，你们是男人怕见女人了。跑什么？你们身上也没有唐僧肉。"她这样说着，两人只好站住了。玉坚笑道："五嫂子是熟人，我们怕什么？你在这里做什么呢？"五嫂子叹了口气道："家里豢了两口小猪，又没有粮食喂它们，天天出来掏野菜。你们有衣服缝缝洗洗，都不交给我，只挑长得漂亮的做来往，家门口有许多少爷，我们也挣不到一个钱的光。这位李少爷的事，不都是交给毛三婶子做吗？现在毛三婶子走了，哪个替李少爷做呢？"玉坚暗地里砸了小秋两下，然后笑道："没有找着人呢？就托了你吧。"五嫂子挤了眼笑道："那就好极了，回头我就到你们学堂里去接衣服。"

玉坚站着沉吟了一会儿，微笑道："我有一件事情托你，办好了，我奉送你一双鞋面子。"小秋怕他瞎说，只管拉他衣服角。玉坚并不理会，因道："昨天晚上，师母到我们学堂里，去了一趟，看着很有些生气的样子。不知道是为了家事呢，还是为了我们学生不好？我们愿意先知道了情形，好在先生面前撒谎。"五嫂子道："这很容易，下午我就有回信。"玉坚道："可是有一件，你不能露出来是我要你去的。"五嫂子道："你说得我有那样笨。不是夸下海口，"说着指了自己的鼻尖子道，"我五嫂是不走运罢了，说到做这些事，那不见得不如人。"说毕又挤了眼睛笑着。

小秋和玉坚，莫逆于心，带着笑走了。但是他们依然照着预定的计划，绕了先生的屋子，直到大门口去。这样走着，只图得那偶然的好运音，自然是不容易。当走过先生家门口时，见里面并没有人，于是很不经意的样子，又走了回来。可是那门里头寂然，还是看不到人影。小秋叹了口气道："回去吧，我们用不着这样乱跑了。"他说着话，竟是先在前面走。玉坚也只好跟了去，到了书房里，小秋长叹了一声，向床上倒了下去。玉坚笑道："治相思病无药饵。"小秋不说话，闭了眼只是睡。玉坚道："小李，你这样子发愁，真会生出病来，何必呢？起来，起来，我们找点事情来解闷，联句好不好？"小秋道："我没有兴致。"玉坚道："我说个字谜你猜。"小秋道："我是外行。"玉坚道："无论如何，我出个对子你对，你非对不可。'小病不妨书当药'。"小秋道："我对个'多情总是恨如山'。"玉坚道："不好，不要说这一套。而且恨字是虚字，也对不了书字。我说个'海阔天空愿闻君子量'。"小秋站起来笑着，拍手道："这好对了，'鱼沉雁渺不见玉人来'。"玉坚道："心中一尘莫染。"小秋道："门前十日未来。"玉坚道："不好不好，既不浑成，音调也不铿锵，你再对一联，'红英落尽青梅小'。"小秋道："我心里烦得要命，哪有心思对对。"玉坚将桌子上的笔，塞在他手上，笑道："说不出来，写出来就会好的。"小秋倒也不辞，就站着在铺桌子的白纸上，写了个"丹凤城南信息稀"。玉坚笑道："这更是笑话了，下面五个字全不对。"小秋将笔向桌子上一抛道："你叫我说什么，我现在心里，就是这些话。"玉坚站定了，对他脸上呆望着，因道："我有是还有个办法，不过现在不便说出来。"小秋

122

道："你有办法，就说吧。"玉坚笑道："这是你愿意了，还不知我愿意不愿意呢。"小秋道："你既不愿意，那还说什么？"玉坚昂了头微笑着，也说不出所以然来。

二人正在无聊地开玩笑呢，狗子进来道："屈少爷，那个五嫂子在后门口等你，说是你有衣服……"小秋不等玉坚答应，先走了出来，玉坚笑着随后也来了。五嫂子靠了门站定，昂着头向里面看呢，一见便挤了眼笑道："我不敢耽搁一刻，马上就去了。"于是低一低声音道，"我看那样子，师母并不是生你们的气。我假说是和他们借点盐，和师母扯了几句闲话，因为不见大姑娘，便问到哪里去了，她说：'死了也罢，现在装病睡在房里呢。'我要去看看，她又说：'你不必去看她，她关了门不开的，我也不愿人去看她。'"李屈二人听说，对看了一看。玉坚找了一件大褂，交给五嫂子拿去洗，便同小秋悄悄地回屋子来。小秋倒在椅子上，将头靠了椅背，闭了眼睡。玉坚站着向他呆看了一会儿，然后在铜尺下，抽出一张纸条，站着写了两行字道："此事若再让一位姑娘知道，当略可通信息。"写完，塞在小秋手里。小秋展开来看了，取过笔，在后面加上两行字：人言可畏，不足为外人道也。写毕，将笔又是一丢，叹气道："我要像孔子绝笔了。"他写字时，玉坚是看见的，所以他也不再叫玉坚看，拿起字条三把两把撕了粉碎，于是这事在小秋方面也是弄成了个僵局。

第十四回

谣诼散情侪弄巧成拙
痴心盼侠士如愿以偿

在民国纪元前，乡村里面有所谓经馆，这种经馆，是专门容留那读书作八股议论策预备中秀才中举人的学生。这种学生，都是十分顽皮的，在哪个乡村里，哪个乡村就要被骚扰。他们的骚扰并不是抢劫，却也离不了奸盗两个字。就是附近菜园子里有新鲜菜，他们要偷。人家养了肥鸡鸭，他们要偷。人家园子里有果木，他们要偷。这还罢了，有那年轻的姑娘、俊秀的少妇，他们也设法去引诱。所以村子里有了经馆，住户都要下点戒心。而且这些子弟，出身农家的很少，不是绅士的儿子，便是财主的后代，便犯了事，乡下人也奈何他们不得。论到姚廷栋这个馆，还是半经半蒙，而姚先生又以道学自居，所以这馆里的学生，在本村子里，还骚扰得不十分厉害。但是屈玉坚这个学生，顽皮却有点小小的名气，他要是在村子里多转了几个圈子，人家就有点注意的。今天他陪了小秋在橘子林钻来钻去，便是有人看到了。后来他对小秋说，还有个办法，可以想法子。小秋仔细想想，春华关闭在卧室里，根本不见天日，哪还有什么法子？所以只随便地听了他这句话，并没有怎样听着。玉坚看了他站在屋子里发呆的神气，心里老大不忍，立刻回房去找了一些零钱揣在身上，仍悄悄地趸到后门口来。

这是他自己的事，那是很觉得方便的，于是出了后门，顺着先生门口的大道，沿着一列人家，从从容容地走了去。在这人家的尽头，有一排半圆式的竹篱笆，在中间开了两扇柴门，只看那篱笆上伸出一丛杨柳树枝来，掩藏了半边屋角，好像这个人家就有点诗意。果然地，这里面有不少诗的材料，尤其是两位姑娘，一位十五六岁，一位十八九岁。在每个月里，屈玉坚几乎是有三十首诗赞美形容她们的。她们自然也是姓姚，大的叫大妹，小的叫二妹，她们家里有父母在堂，还带了个十岁的小弟弟。平常只是炒了一些花生薯片，送到街上去卖。这日在连天阴雨之后得了一个灿烂的晴天，她们家恰是摊了两大筐子花生在门口太阳地里晒。大妹手上拿了一只白布女袜子，坐在篱笆外柳荫下石块上，低了头缝联着，她身边可就倒着放了一杆长柄扫帚，那是预备赶麻雀的。

玉坚在远远的橘子林里，就看到了她，觉得她那种悠闲的样子，简直是一轴图画，这种姿势，得慢慢地赏鉴，不要惊动了她。所以玉坚在看到了大妹之后，他并不急于走了过去，只扶了树枝向她身上看着。直待大妹偶然抬起头来，将他看到了，他这才远远地点着头，向前走了过去。大妹就是将眼睛睃了他一下，依然低头做事。你看她穿了一件深蓝布夹袄，周身滚了红条子边，下面穿了白花蓝布裤子，也滚了红条子边在裤脚管上。乡下姑娘，何尝不爱美？她是年岁大些的姑娘了，是溜光地绾了个圆髻，前面长长的刘海几乎可以覆到眉毛上来。所以她低了头，就只看到她半截白脸，她是害臊呢，或者是不理呢？这都不得而知。

玉坚自负是此中老手，胆子很大，就慢慢地向她身边走来。走到了那边，就轻轻地喂了一声。这一声，算是送到她耳朵里去了。她抬起头来看了一眼，将嘴向屋子里一努，轻轻地道："老的在家里。"玉坚笑道："开饭店的还怕大肚子汉吗？我是来买花生的。二伯不卖花生给我吗？"大妹道："买花生你就请进吧，在这里和我说什么？"玉坚笑道："你看你说话，就是这样给人钉子碰。喂，我有一件事托重你，行不行？"大妹顿了脚道："我说了有人在家里，你还是这样大的声音说话。"玉坚伸着手搔了几下头发，伸着头向门里看了一看，所幸还不曾有人看到，便笑向大妹道："我请你到我先生家里去看看我那师妹，关在家里怎么样了。"大妹鼻子里哼了一声，冷笑道："你那师妹，叫得真是亲。"屈玉坚闪在她对面一丛木槿花底下，向她连连作了两个揖，笑道："我随口这样一句话，你不要疑心，我说错了。我也告诉过你，李小秋迷着春华了不得。春华有好多天不上学了，听说在家里受气，一点消息不通。小秋急得病了，请你去看看她……"大妹不等他说完，脖子一扭道："哪个管你们这种下作事？我几时在你面前做过这样无聊的事吗？你倒会来寻我。"她说着这话，脸子是板得铁紧，一丝笑容也没有。玉坚又碰了她这样一个钉子，倒呆了一呆。大妹扭转脸来看他，却又笑了，低声道："这又与你什么相干？要你来找我。"

玉坚看她这种样子，分明刚才拒绝是闹着玩的。这就向她不分好歹，乱作了一顿揖，接着笑道："那个地方，不能积德。"大妹一噘嘴道："积这样的德，谢谢吧。"玉坚哪里肯放松，只管向她作揖。大妹道："你叫我糊里糊涂去探望些什么？你总也要告诉我几句话。"玉坚道："你到那里去，就说小秋有了病，只管发愁，春华自然有话对你说。"大妹道："姓李的生了病，又发愁，我怎么会知道呢？"玉坚笑道："你就说是我告诉你的得了。"大妹笑道："她问我，怎样认得你呢？你把我当个痴丫头，让我自己去献丑吗？"玉坚道："你是个聪明人，见了什么人，自然会说什么话，何必还要我多说什么，我就是这些意思，应当怎么样，你去斟酌吧。"说着，就向大妹又拱了几下手。大妹也是得意忘形，站起来笑道："这一点小事，交给我就是了。不过为了人家的事，你又何必去费这样的闲心？"

只说到这里，那篱笆里却有人插言了，她道："大妹，你一个人和谁说话？"大妹听到是母亲的声音，向着玉坚伸了两伸舌头，又将肩膀抬了几下。这时，大妹的母亲刘氏就走到门口来了。玉坚抢着道："我有一个朋友，让疯狗咬了，要一点万年青的叶子搽搽。听说府上有那东西，所以来要一点。"说着，就在身上摸出一把铜币，塞到刘氏手上。刘氏接着钱笑道："这东西，菜园里长了就不少，值不得什么，你何必还要给钱？你等一等，我去给你拿些来。"说着扭身去了。大妹用个食指点着他道："你倒是鬼。"玉坚道："若不是你爷那个老古板，你家里我是天天都可以来的。"

玉坚这句话，自觉是不会那样巧，再被她父亲姚二伯听去了。可是天下事偏有那样巧，恰好是被姚二伯听着去了，不过姚二伯虽然性情古板，但是同时他又很柔懦，他并没有那种勇气，敢走出来和玉坚理论，装着小便，便踅到篱笆角落里去了。外面玉坚继续着道："回头我在关帝庙外头去散步，你可以到那里去回我的信。"大妹道："是了，你不要这样子大声音叫出来了。"姚二伯听了这些话，只气得身上打抖颤。心想，我早就知道我这个大女孩子有些靠不住，如今是青天白日，她就约了少年去私会，这更不成话了。当时，他也不作声，自向屋里去剥花生仁。不多大一会儿，大妹到里面来，笑道："爹，我到相公家里去看看大姑娘。"二伯瞪了眼道："放了事不做，白日黄黄的去走人家。"刘氏在一边道："你管孩子，管得也没有道理，相公家里，多去一次，就可以多学一次乖，这个地方不去应该到哪里去？大妹，你只管去，我答应的，要什么紧？"大妹有了这句话，自然是放着胆子走了。

姚二伯虽是强不过他的老女人，但是也不肯就这样地放了手。在墙钉子上取下那杆尺八长的旱烟袋，故意转了身子，在屋子四周望着，做个要找火种的样子，结果便左右两边望，慢慢地走出去了。他出了大门，可不会再有犹豫的态度，远远地还看到大妹在前面走着，自己也就把两眼盯定了她的后影，一直跟到姚廷冻大门外来。果然地，她是走进相公家去了。这和她约着在关帝庙前面的那句话，又有什么相干呢？但是他虽疑惑着，却不走开，依然继续地在树外大路上徘徊。不到一餐饭时，大妹又出来了。二伯闪在人家篱笆里，让她过去，然后在后面紧紧地跟着，一直跟到关帝庙前，见屈玉坚老早地在那里昂了头望。二伯由橘子林里，绕了很大的圈子，绕到庙后，闪在一座石碑后面，伸了头出来望着，远远地看到大妹和玉坚站得很近，他心里跳着，身上又有些肌肉抖颤了。只好用二十四分的忍心，把自己态度镇定着，继续地向下听。大妹道："我看那样子，就是为了李少爷的事，才把春华关起来的。相公大概还不晓得，师母对我说还是在家里做一做粗细活好，读书有什么用？现在男人也考不到状元，何况是女人呢？不过我到他家去，师母倒好像是不讨厌，以后我跟你们常通一些消息吧。"

姚二伯听了这话，真是蚕豆大的汗珠子，由额上滚了下来。心里想着，这两位冤家，胆子也太大了，居然敢到相公家里去勾引黄花闺女，这件事若让相公知道了，我是吃不了兜着走，那还了得。他倒不去拦阻大妹，一头跑回家去，瞪了眼向刘氏道："你养的好女儿，要我去坐牢吗？"刘氏突然听了这话，倒有些愕然，连问什么事，无缘无故发脾气。二伯喘着气道："姓屈的这个孩子，三天两天，我总碰到他，我就知道他不是个东西。他爹是个举人老爷，那又怎么样？能欺侮我这穷人吗？"刘氏一听他这口音，就知道是什么缘故了。本来大妹和玉坚那番情形，自己也是看得出来，不过自己贪图着玉坚肯花小钱，若是不让他来，自己是一桩很大的损失。而且大妹整日不离眼前，也做不出什么坏事来，任便她去，也没有什么要紧。现在丈夫喊出来了，也许今天他们约会着出去，有什么不正当的事了。因此脸上红一阵，白一阵，说不出话来。

大妹正在和玉坚报告消息的时候，听到一阵脚步声，也是吓了一跳，回头就看到父亲跑着走了，跳着脚道："了不得，他回家找家伙去了，你赶快离开吧。"大妹说毕，也就向家里跑，意思是要看看父亲态度怎么样，好将他拦住了。因之站在大门外半藏掩了身体，还不敢进去。只听了母亲低声央告了道："到底是怎样了？你把话告诉我呀，你只管瞎叫些什么，你不顾面子了吗?"这才听二伯颤着声音,低声道:"这丫头偷人养汉,顶多我不要她也就完了,你猜她做出什么事来?"说到这里,那声音越发是低,大妹也听不出来他说些什么了。但是这件事自己爹妈完全知道,那已是很可无疑的了。于是自己索性不进去,就在篱笆边原来那块石头上坐着,只听到里面咕咕了许久,父亲突然喊起来道:"我打死你也不为多。"只这一声,砰砰乱响,罐子木盆,由门里头抛了出来,接着母亲也在屋里放声大哭。大妹看着,这事非张扬开来不可,可是事情闹大了,又不敢进去劝架,正在为难时,早是把左邻右居惊动了,一窝蜂地拥了进去劝和。大家问起根底来,老两口子含糊着也不肯直说,丈夫说女人惯女儿,女人说丈夫不该在她头上出气。邻居们看到屈玉坚来过的,大妹又是这尴尬情形,这件事就大家无不明白。

从这日下午起,满村子里人,就沸沸扬扬地传说起来。大妹觉得是冤枉,细想可又不是冤枉,于是悄悄地溜进屋子里去,关着房门,呜呜咽咽哭了起来。刘氏以为女孩儿家,哪里受得惯这样的羞辱,总怕她会寻短见,请了隔壁的小狗子婆婆来,推开了门,陪她坐着,由这位小狗子婆婆传说出去。她原来说,不是她来陪伴着,大妹就上了吊。传到第二个人六嫂子,说大妹关上房门,绳子都套好了。传到第三个人小牛子娘,索性说,大妹已经上了吊,是小狗子婆婆救下来的。自然,这种消息,姚廷栋也会听到了。

到了下午,讲过午课以后,他的脸色就板了下来,不带一点笑容。学生们都捏着一把汗,不知道先生有了什么事这样生气。到了晚上,大家都点着灯,回房读夜书了,廷栋就提高了嗓子,在外面叫道:"玉坚呢?"玉坚答应了一声喂,就走到廷栋屋子里去。只见廷栋架了腿,一手捧了水烟袋,垂了眼皮,沉着脸色在那里抽烟。纸煤儿尾端,压在水烟袋底下,他另一只手,由上向下,将纸煤儿抢着。玉坚看得出来,这是先生在沉思着,有一大片大教训要说出来呢。于是垂了手站定,没作声,过了一会儿,廷栋道:"令尊和我,是至好的朋友,才用了古人那易子而教的办法,在我这里念书。我不把你的书盘好,怎么对得住你父亲?但是读书的人,不光是在书本子上用功夫就算了的。必须正心修身,然后才可以谈到齐家治国平天下。最近我看你的样子,一天比一天浮华,你已经是成人的人了,我还能打你的板子不成?这样子,我有点教训你不下来,而且我,本村子里多少有点公正的名声,我决不能为了自己的学生,得罪族下人。现在读书，非进学堂，是没有出身的。令尊也对我说过，下半年要把你送到省城里进学堂。我看，你提早一点走吧，明天，你就回家去，过两天，再来挑书箱行李。"说着，吹了纸煤儿，又吸了一袋烟，复道，"我另外有信给令尊，你是我的学生，你的行为不检，就是我的错，我也不能在信上说什么。但愿你从此以后，改过自新，好好地做人，没有什么可说的了，你去吧。"

玉坚听了先生的话，分明是知道了大妹这件事，革退自己。先生的脾气是很奇怪的，既然说出了，那就不会改变，无须多说话了。答应了一声"是"，退了出来，就到李小秋屋子里去，向他告辞。小秋放了一本《李义山集》在灯下，正一手撑了头，很无聊地在那里哼着。玉坚向他惨笑道："你还念这些风花雪月的东西？我为你受累了。"小秋手按着书，站起来问道："有什么事会连累了你？"玉坚悄悄地把大妹家那场风波和刚才先生说的话都告诉了，因问道："你看，这不是为了你受了累了吗？"小秋道："这可叫我心里过不去。我这个人真成了祸水了。先是闹得毛三叔夫妻两个拆散了。如今又来连累着你。"玉坚道："我倒没有什么要紧，好歹下半年我是要到省里去的。不过这样一来，你要格外谨慎。"拿起桌上的笔，在纸上写了"日久恐怕事发，那人有性命之忧"。小秋皱着眉点了头，低声道："我死了这条心了。下半年，我们可以同考一个学堂。不过这几个月，我总要在这里熬过去。"玉坚道："不是那样说，你这几天，还只托病，少念书，少写字，看看先生的情形怎么样。万一不妥，就借和我结伴为名，一路下省去，你看不好吗？"小秋听到他被先生斥退了，心里头便是懊悔到万分。自觉玉坚说得也对，只是叹气。

到了次日，玉坚是不声不响地走了，小秋没有了可以说话的人，心里更是难过。虽然病是没有，心里烦闷的人，一样地也是爱睡觉，所以终日里只是睡着。他对于春华的消息，虽是隔绝的，但是春华对于外面的消息，却还继续地可以听到。她在父亲口中，知道玉坚是辞学了。在许多女人口中，知道大妹吊过颈了。这只有她自己心里明白，老实说，他们两个人都是为了自己的事，受了连累的。虽然是很侥幸，不会连累到自己，但是这也只可逃过这回子，以后若有这样的事，恐怕也就会发作的。再说母亲这几日对自己的样子，也着实不好，一看到就板了脸，这个日子，过得也实在没有什么意思。心里既要发愁，又要害怕，而且坐在里面书房里，只有一扇纸窗子，对了三方都是白粉墙的小天井，那天井真像口井，上面只有斗大一块的天。天井里是什么东西也没有，就是石板上湿黏黏的，长了一些青苔。春华伏在窗里桌子上，抬头是看着白粉墙，低头却是看到石板上那些青苔。无可奈何，关上了房门，还是找些书来消遣。

一个人到了无聊，绝不肯拿了理智的书来看，必定是拿了情感文字来看。她所认为可以消遣的，原来就是《西厢记》《牡丹亭》这些书。最近小秋买了《红楼梦》《花月痕》，以及林琴南译的《红礁画桨录》，这些中西言情的小说，偷偷地，一部一部送了给她。春华看了之后，觉得这些书上写的儿女私情，比那些传奇，还要更进一步，仿佛自己也就身入其境，耳闻目见一般。光是一部《红楼梦》，在两个月之内，就从头至尾看了三遍。先是爱看林黛玉初入大观园、贾宝玉品茗拢翠庵那些故事，如今却改变了方针了，只爱看林黛玉焚稿、贾宝玉发疯这一类悲惨的故事。今天听到玉坚退学、大妹寻自尽的这两段事情，心里非常难过，三从四德，这时脑筋里是不留一点影子。记得在唐代丛书上看到，有那些侠客能够飞檐走壁，专帮着有情的人团圆起来，说不定现在也有那种人呢。果然有那种人的话，必定是由天井上跳了进来，从今天起，我可别关上窗户，让侠客好进来。若是有人在半夜里跳进窗户来，我可别大惊小怪，让他把我背去得了。然后我和小秋两个人，同到北京天子脚下去。过了几年，小秋做了一番大事体，少年得志，同回家来。我，自然是李夫人，坐了轿子，前呼后拥回家省亲，我想我有那种身份，父亲也就不会追究我已往的事情了。至于管家呢，他们也就不会那样子，只管尽等了我，必定是已经另娶别人家的姑娘，我尽管回来，那什么纠葛都没有了。

她想到了这里，仿佛已经是做了夫人回家来一样，那心里郁积了这多日子的烦闷，就一扫而空。但是，在这个时候，母亲捶着房门要进来，打破了她甜蜜的幻想。一面将桌上放的那本《红楼梦》向帐子顶上一抛，一面就来开门，口里抱怨着道："躲在房里，也是不得自在。"宋氏进来道："我不过进来拿一点茶叶，立刻出去，也不打你的岔。"春华这是知道的，非是来了上等客人，母亲是不会到这里来拿好茶叶泡茶的。等母亲走了，也就悄悄地跟了出来，在堂屋隔壁的屋子里，伏在椅子背上，向外偷听着。只听到来人道："管府上也是怕府上不放心，所以派我来报信。前几天有人荐了一位老医生，来给我们少东家看了一看，他说，这病不要紧，他可以救得好。写了个方子，接连吃了三剂药，这病也就好多了。大概再过半个月，就会全好的，这是姚管两府上的福星高照。"春华听了这话，也就明白了，分明是管家那要死的孩子现在不会死了。这天真是可恶，他不会死，让他害这样的重病做什么，倒让人家空欢喜了一阵。

她呆呆地向下想着，已经忘记了她身子何在，伏在椅子背上，只管用力地在椅子背上靠着。也是她倚靠得太着力了，连人带椅子，扑通一声，向前扑了下去。椅子翻了过来，架住了她的大腿，她整个浑身向前一栽，人跌晕了，简直爬不起来。宋氏本来是在外面陪客的，只因为来的人，是亲戚家里的伙友，而又是来报告姑爷消息的，所以勉强坐到堂屋里来陪客，其实也很窘的。现在听到屋子里这样响亮，倒是解了她的围困，立刻抽身向屋子里走来，将她扶起，问道："你这是怎么了？你这是怎么了？"春华道："我不怎么样，还不要我摔跤吗？只是可惜没有把我摔死，我这样当死的人，偏是不死。"她说到末了这几句话，声音非常重的，当然堂屋里坐的客人，也就听到了。春华是不问这些，扭转身躯向屋子里就走。这样一来，倒让宋氏加倍为难，是出去见客呢，还是不出去呢？客人就是不问，分明是姑娘话里有话，让他把这段消息传到管家人耳朵里去了，就要让人家说家教不严了，因之坐在屋里椅子上倒是呆了一呆。春华听到她在隔壁正屋里咳嗽，分明是没有出去。所以没有出去的原因，那又必是为了自己那句话说得太重了，自己受了母亲好几天的压迫，今天总算报了仇，自己虽是得着的消息不大好，但是有了这件痛快的事，这一跤，算没有白摔。于是掩了房门，又在床上躺下了。

在她这十几天以来，心里都抱了无穷的希望，以为管家的孩子，病到那样沉重，纵然目前不死，也不会再过多少时候的。只要脱了这一套枷锁，以后是个没拘束的身子，要怎样逃出来，总还不难。照现在的情形看起来，那个人不但不死，而且还有各项杂病完全都好的指望，不知他们家在哪里找来了这样一个老医生，这个人实在可恶。不过他的病已经是快治好了，发愁又有什么用？现在只有再涌起刚才做的幻想，等待侠客来搭救我吧。这个念头，跟着恢复起来。她觉着在这百事绝望，关在闺房里的时候，只有望了侠客前来是一条生路的了。在《红绢无双传》上，只说到侠客，究竟侠客是什么样子，那书上可没有形容得出来。若是他到这里来了，看到他是红眉毛绿胡子，像台上大花脸一样，可别害怕。他必是提起我来，放在胁下夹着，轻轻一跳，就跳出了墙去。那么，我现在要把心镇定了，千万别到那时张皇起来，把好事给弄僵了。她睡在床上，越想越逼真。因为想得逼真，也就十分地感到有兴趣。

宋氏因为她今天太胡闹，而且客人没走，怕理了她更会引起笑话来，所以也没有叫她吃晚饭。而她呢，也不要吃饭，觉得这样幻想，比吃饭还要痛快得多呢。也不知睡到了什么时候，只听到窗子上微微的扑通一下响，分明是有人由墙上跳了下来，这莫不是侠客来了？睁开眼睛看时，果然，屋子中间，站着一个彪形大汉。那人穿了一件古画上的衣冠，脸子上一大圈子卷毛红胡子，腰上束了一根宽板带，在带子下，挂了一柄宝剑，气昂昂地，向她道："你是春华吗？"春华心里明白，这是昆仑奴古押衙这一类的人，完全是出于好意，来搭救自己的。只是说也奇怪，无论如何，自己急着说不出一个字来。那侠客却也不逼她说话，又对她道："李小秋现在已经在船上等你，你赶快同我上船去，和李小秋会面，我可以把你们两个人送到北京去。不用犹疑，赶快收拾东西，好同我一路走。"春华听了这话，这份喜欢几乎是可以凭空跳了起来。但是自己也喜欢得过分了，简直没有话可以答复。那侠客道："时间已经到了，不能再等，快走吧。"说着，将自己的衣摆提了起来，向板带里一塞，近前一步，就要来搀扶春华。春华究竟是个姑娘，不能随随便便就跟一个生人走。因之她将身子扭了一扭，低声道："我不去。"那侠客道："你心里念了一天，只想我来搭救你，怎么我现在真来救你了，你倒不去呢？我家住在峨眉山，到这里来是不容易的，怎能够空手回去呢？事到于今，这就由不得你了，走吧。"说着，他伸手将春华提着就向胁下一夹。春华本就不想抵抗，到了这时，也不容她抵抗，不知不觉地，靠在那侠客的胁窝里。却也奇怪，虽然是在侠客的胁窝里，犹如坐在椅子上一般。只觉那侠客向上一跳，就跳出了高墙。耳朵里只听到呼呼作响。半天云里的天风，拂面吹过，脸上身上，都有些凉飕飕的。心里想着，原来腾云驾雾是这样的情形。世界上真有这样的好人，专搭救这些可怜的女子。我见了小秋，必定和他向这侠客多多地磕上几个头。心里想着，顺便睁眼一看，哦啊，自己也不知腾空有这样的高，向下看时，村庄小得像蜂子窠，河流小成了一道沟，这要是这位侠客手松点将人落了下去，那可不得了。然而天风拂着脸，还是继续地向前进呢。

第十五回

拜佛见情人再冲礼教
下乡寻少妇重入疑城

这个时候，春华的情形成了那句俗语：乃是又惊又喜。心里想着，我要是老有这个人携带着，将来真会成仙了。她一个高兴，两手不曾紧紧地抓住那侠客，手势一松，直落将下来。这又合了那句俗语：乃是一跤跌在云端里了。她心里也曾念着，这时落了下去，绝难活命，可是自己由半空里落下来以后，并不曾有什么东西碰着身体，还是软绵绵的，这一跤落在云端里的滋味，却是很有趣。自己睁眼看时，这可成了笑话，原来是一场梦。在屋子角落里小桌子上，睡着一只老猫，不知它是什么时候进屋来的，大概那先前听到扑通一声响，有侠客跳进了屋，当然就是这位猫先生了。自己坐了起来，对窗子外望着，出了一会子神。自己忽然一笑，心想，我这是入了魔了，把那书上看了来的鬼话，倒当着人生的真事，从前看《红楼梦》，看到妙玉尼姑走火入魔就有些不解，怎么会走火中魔的呢？现在明白了，就是心里很想那一件事，偏偏那件事是绝对想不到的，这就会变成像我一样，真事成了梦，梦又有些像真事了。可是虽然是梦，梦得有这样好，就是梦，也是痛快的。可惜我梦里也太不谨慎，好好的松了手，就摔下来了。若是不摔下来，让那侠客将我挟着，直等他引着我和小秋见了面，把生平绝对想不到的事，也尝上一尝，岂不是好？这梦，并不是它突然地自己来的，是我拼命地傻想，把梦想了来的，既然是第一次可以把梦想了来，自然是第二次、第三次，也可以把梦想了来。我不妨睡了下去，再把这事想想，若是能接着梦下去，岂不大大有味？

她觉着这件事并没有绝望，于是在床上躺了下去，侧着身子紧闭了眼睛，将希望侠客来搭救的思想，继续地想着。可是自己只管想，却并睡不着。既是睡不着，这梦怎能清畽白醒地飞了来呢。于是翻转身来，再向窗子外看看，只有这桌上的煤油灯光映了一截白粉墙，哪里还有别的什么呢？不过再掉转视线，向屋子角落里看去，却看到两颗亮晶晶的小东西，向人射了来，那正是老猫的两只眼睛。不知它何以也在这个时候醒来，对人望着。莫不是家里的老猫，另在别处，这一只乃是梦中所见的侠客变的？这没有准，剑侠也就像神仙一样，能够变化的。那《聂隐娘传》不是说她会变得藏到了人身上去吗？是了，这猫必不是家里那只老猫，要不然，何以不迟不早，它就在这个时候到我屋子里来呢？她想着，这必定对了，立刻坐了起来，呆呆地向猫望着，自己做出诚恳的样子来，低声向它道："你不用骗我，你是侠客变的。你既然是侠客变的，你就搭救搭救我吧。"那猫见人将两只眼睛定住望了它，它也知道，人是向它注意了，咪的一声，向桌子下一跳。地面上也不知道遗落了些什么在那里，这猫将鼻子嗅嗅之后，于是拖了尾巴，偏了头乱摆，口里咀嚼得咯咯作响。这是家里那只老猫的常态，哪里是什么侠客变的呢？她心里如此想着，两只脚由床上放了下来，正要探索着鞋子好穿起来，可是就在这个时候，那老猫又是故态复萌，伸着小舌头，来舐春华的脚尖，唐代丛书上说的侠客，决计不会使出这么一招，因之她投其所好地就轻轻地给了这猫一脚尖，猫在地上打了两个滚，咪的一声，可就跑了。跑的时候，腰一拱，前两腿向下蹲着，然后向上一耸，真个声息全无，就这样走了。

春华心想，这是我疑心的侠客，可是只要我一脚尖就踢跑了，我这人真也太没有出息了。想着，也就扑哧一声笑了起来了。她笑过之后，也就倒在枕上，沉沉地想着，就是在梦里，也没有和小秋见面的机会了，这一辈子，也就是这个样子算了。乡下女子，每到了没有办法的时候，就喊叫救苦救难的观世音菩萨，假如要救我这次苦难的话，大概除了观世音，也没有其他的人可以替代了。她想到这里忽然连续着起了一个念头，二月十九，是观音的生日，这是个莫大的机会。于是静静地想着，倒有了七八分主意，不必求侠客，不必求菩萨，还是求求自己，总可以想出一点法子的。主意想定了，心里倒是安然睡去。

到了次日，春华故意久久不起床，而且还偶然哼上一两声。宋氏总猜着她是闹脾气，不去理会她。姚老太太可就忍耐不住，扶了拐棍，战战兢兢地走到床面前来问道："孩子，你怎么常是害病，这又怎么样了？"春华在枕上睁着眼道："嘻，我是昨晚上吓着了。"姚老太太道："让什么东西吓着了？准是老鼠在屋梁上打架吧。"春华笑道："奶奶也说得我这个人胆子太小了，我是在梦里吓着的。"姚老太太道："准是你没有关窗子睡觉，冲犯了星光了。你说吧，梦见了什么，我可以跟你收吓。"春华道："我说了，你又会疑神疑鬼的。"姚老太太道："你说吧，到底梦见了什么？"春华看老人家的样子，已经是十分相信，这就不必再做曲折了，便道："我梦见一个女人，穿了一身白衣服，对我点了两点头。"姚老太太两手抱了那根拐棍，立刻全身抖颤起来，望了春华道："哎呀，了不得，那是大士显圣啦，她是赤脚的吗？"春华道："我不大记得了。"姚老太太道："一定是赤脚，她身边霞光万道吧？"春华心里要笑，脸上却装作愁苦的样子，皱了眉道："我头上昏沉沉的，你倒只是问我。"姚老太太自己点着头道："那一定是观音大士，白衣观音大士。孩子，我说你是太聪明了，有些来历。如今看起来，恐怕你是大士面前童女转身了。这一程子，你总是病沉沉的，既不寒冷，又不烧热，我倒是奇怪着。那大士在梦里没有和你说什么吗？"

春华心里是要笑，几乎要扑哧一下，发出声音来。但是只要一笑，那就全局皆输了。因之将满口牙齿，紧紧地对咬着，而且还哼了一声，来遮盖着，这才继续地道："仿佛听见她说，我为什么不去看看她呢。"姚老太太将一个食指，战兢兢地点着她道："喏，喏，喏，你总是不信菩萨，现在应该明白了。今天十八，明天十九，是她老人家的生日，你去烧烧香吧。"春华噘了嘴道："我不去，跟在我妈后头，走一步都不得自由自主，还不够挨骂的呢，请她替我去吧。"姚老太太道："菩萨托梦给你，怎好让你娘去？你不愿意你娘同去，你一个人又没有出过门，让五嫂子同你去倒是好的。只是你的脾气古怪，你向来又瞧人家不起。"春华真不料祖母的嘴，和自己的嘴一样，自己所要说的话，祖母完全都代为说了。若再要撒娇，就怕这事会弄决裂，就噘了嘴道："好吧，就那样说吧。我再要不答应，又说我不听老人家的话了。"姚老太太见她已经答应去烧香了，且不理会她，可是两手抱了拐棍，昂头望了窗子外的天，用极低的声音向空中道："南无阿弥陀佛，救苦救难观世音菩萨，我让这孩子多买香烛，诚心诚意，明天到庙里去给你老人家拜寿。她年幼无知，一切过犯，都恕过她，阿弥陀佛。"祷告完毕，这才掉转身来，用手轻轻地在她额角上摸着道，"好了，过一会子你就会好的。"说着，口里念念有词，又出去了。

春华见妙计已就，心里头这一份痛快，自然是不用说。不多久的时候，就听到五嫂子在外面说话，只是怕她不会进房来，又怕她进房来，祖母会跟着，急得在屋子里坐一会儿，站一会儿，向房门口走两步，又退回来两步，闹个六神无主。所幸这五嫂子那份聪明，不在毛三婶以下，高着

135

声音道："我们这位大姑娘，多灾多病，我早就劝她到庙里去烧个香许个愿的了。"她一面说着，一面走了进来，恰是没有旁人。春华站起来笑着相迎，还不曾开口呢，五嫂子就拉住了她的手，低声道："我的大姑娘，你怎么也信起菩萨来了？"春华笑道："我奶奶叫我去烧香，我怎好不去？"她口里说着，脸上已是眉飞色舞，接着就迎上前一步，低声道："我闷得要死，也无非借了这个机会，出去遛遛。"五嫂子向她脸上看看，见两片脸腮上，印着两片苹果色的红晕，这不消猜得，她心里这是高兴或者含羞的时候，绝不会是疑神疑鬼害怕的时候。于是拉住春华的手，同在床上坐着，笑道："你的心事，我是晓得。从前我们当女孩子的时候，也是家里管得太严，总不让出去，只是等着庙里烧香的机会，才能够出去散一散闷。有些不容易见面的人，也就在这个时候来见面了。"

说到这里，五嫂子就向春华睃了一眼。春华正要偷看她呢，两个人四目相射，春华就不由得微微一笑，把头低了下来。五嫂子心里，很知道所以然，不过，她是个黄花闺女，而且又是相公的女儿，在她面前，话是不能随便乱说的，这就向她低声叹了一口气道："不瞒你说，我小时候，也是眼睛长在头顶上，看不见比我矮的人，满心满意，哪不想嫁个白面书生呢？我那表兄，就是个书生，他有时到我家来，我们也不敢怎么样说话。唉，我的父母硬做主，许配了你五哥了，心里那份难受，那还用提？其实我到你们姚家来，还是干干净净一条身子，不过在那个时候，我总觉得对我表兄不起。后来就是九月九，在九皇宫烧香，和他见了一面，我可一点坏心没有，姑娘，你信不信？"春华听她说时，自己总是低了头听着，这时她问起来，立刻就答道："当然。九皇会是庙里最热闹的时候，人山人海，哪里会起什么坏心呢？"

五嫂子点点头，笑了，因道："你明天去烧香，那李少爷晓得吗？"这句话，春华虽是希望她问出来的，但是当她问出来之后，又不知是何缘故，立刻热潮上涌，将脸烧得通红。同时，她的眼睛皮也有睁不开，只管向下垂着。她坐着，胸面前的衣襟，可打了皱纹呢，她就用手去牵扯，让衣襟平直。五嫂子见她并不见怪，索性就跟着向下说，因道："这几天，我倒是给他常浆洗衣服，我和你通知一个信儿吧。我们几时去烧香？"春华脸上的红晕，始终没有退下去，勉强地道："烧香总是越早越好。"五嫂子道："好，我都晓得了。"春华几回听得她说，晓得自己心事，好像说自己偷情的事，乃是很明显的事情似的。本待向她申诉两句，可是这话要说出来的，有许多层婉转的意思，非慢慢交代不可。然而自己心里想要说出来，口里却是说不出，胸襟微挺了两挺，那话音只到嗓子眼里，却又收回去了。

五嫂子将手按住她的臂膊，轻轻地拍了两下道："你不用说，我全晓得就是了。"她又说了一句晓得，这倒叫春华无可如何。她道："我去了，明日不到天亮，我就起来梳头，大姑娘预备好了，打发人去叫我一声，我就来了。"她说着，匆匆地向外走。春华赶着追到房门口来，连声道："五嫂子，五嫂子。"她又回转身来，低声问道："还有什么话吗？"春华伸手控住了她的衣袖，用牙咬了嘴唇，眼睛向她一溜微笑道："不吧，不要对那个说吧，这多难为情，有人知道了，那还得了吗？"五嫂子低声道："你放心，我能够胡来吗？"说完了这话，轻轻拍了春华两下肩膀，也就走了。

春华站在房门口，倒不免发了呆。老实说：今年长到十五岁多，这样地不害臊，把私人的秘密公开给别人知道，这还是第一次。料着五嫂子对于这样重大的事，是不会告诉第三个人的，不过日子久了，总怕她嘴里不留神，会说了出来。可是这话又说回来了，既是破了面子，愿去和小秋见见，根本就谈不到什么体面了。现在只有两条路，要顾全体面，就不用再想小秋；要想小秋，就不用再顾体面。她站在房门口，发呆了半晌，最后就是一跺脚，到底是决定烧香会情人。因为明天要早起，这晚上睡得不安适，较之昨日，自然是有过之无不及焉。

到了鸡叫二遍的时候，春华就已起来，今天是什么大姑娘的脾气都没有，自己点灯梳头，烧水洗脸，房里房外，跑个不停。这才把姚老太太婆媳吵起，帮着她料理一切。不多会儿，五嫂子径自拍门来相邀，于是吃喝了点东西，五嫂子代提了香纸篮子，二人就在三五颗残星的天色下，出了庄子。五嫂子抬头向天上看看，笑道："这时候去，正好，他说了，天不亮就在大殿上等着我们。昨天晚上，他就请假回家去了。"春华跟在五嫂子后面走，也没有作声。五嫂子觉着也不可以让她太为难了，既把消息告诉了她，彼此心里明白就是了。

二人说着闲话，慢慢地向前走，到了三湖街上时，天色还是蒙蒙亮。她们进香是在正觉寺，在镇的南头，顺着河岸由北而南地走去，正要经过李小秋的家门首，五嫂子看到那竹篱笆外的木门，已经是半掩的，心里就有数了。到了正觉寺门口，早是打了灯笼拿着香把的人，纷纷地往来着。春华一双眼睛，早是向这些人身上飞了去，一个也不愿意失掉。五嫂子回头看着，心里早就明白了，回转身来，将她的袖子轻轻地拉了两下，低声连说走走。春华不知不觉，随着她经过了几重庙门，踏了石阶走，自己兀自东张西望呢。五嫂子道："你就在这里站一站吧，你看大殿上那些人，你挤不上前的，我去和你点好香烛，你就在大殿门外磕头好了。我不离开大殿门的门，回头你去找我吧。"她说着话走了。

春华不曾理会她的意思，正要追上前去呢，自己的衣服却被人牵了一牵，回头看时，正是小秋站在身后。不用梦里腾云驾雾的侠客，也就见面了。当时春华猛然看到他，不由得咦了一声。小秋低声道："你看，这里来来往往的人太多，站在路头上说话，很是不方便。庙外河岸下，有两棵杨柳树，树下有两截石栏杆，我们到那里去看东方发白，太阳出山，你说好不好？"春华道："不必吧，我怕碰到人。"小秋道："大家来烧香，碰到人又有什么要紧？去吧。"他口里说着，两个指头捏了春华的袖子，就向怀里拉。说也奇怪，他虽是只用两个指头来捏春华的袖子，春华也没有那力量来抵抗，随着他走出庙门去了。

这时，天色已经鱼肚白了，五嫂子在香烟缭绕的大殿里向外边看着，还可以分辨清楚。他们走了，自己也就在大殿的门槛上坐下，眼见殿角上，显出金黄色的日光，自己是很坐了一会子了。却见春华一步一回头，由前殿进来。她在许多人当中，步上这正殿的台阶时，还不时地抬着手去理鬓边的垂发，向耳朵后扶了去。五嫂子也不作声，自在门槛上坐着。直等她走到身边，才叫道："大姑娘，我们回去吧？"春华由殿下上来，远远地看到殿上的观音大士像，半掩了佛幔，佛幔外又烟雾腾腾的，想起自己在庙外和小秋谈话的情形，也许没有人知道，然而瞒不了佛菩萨。她大概是《西厢记》上那话，把个慈悲脸儿蒙着。自己这样出着神呢，五嫂子猛然地一喊，她回头看到，这就把两张脸腮，红得像胭脂染过无二，连两只眼睛皮，都有些抬不起来。

五嫂子左手挽了香纸篮，右手便来携着她的手，低声笑道："不要紧的。"春华真感到没有什么话可说，因道："我还没有烧香磕头呢。"五嫂子道："菩萨是比什么人都聪明，只要心到就行了。烧香磕头，我早都给你代做了。"春华笑道："多谢你了。"说着，在衣裳袋里摸出两块钱来向五嫂子手里塞去，笑道："你去做两件衣服穿吧。"五嫂子手心里捏着钱，身子微微一蹲，望了她道："我的天，这是两个机头上的布钱了，我忙半年……"春华见有一群烧香的人正拥了过来，就拖着五嫂子道："走吧，我还想到庙门口去买点油饼吃呢。"五嫂子抖抖擞擞同春华出了庙门，低声道："我的天爷，这是你的呢，还是……我怎样报答你们才好？"她口里说着，早见李小秋闪在空场中一只石狮子面前，抬起一只手来摸脸，连连地摆了几摆。五嫂子这就很明白，悄悄地牵了春华就走了。

原来小秋在石狮子前面，这狮子后面，还藏着一个人，就是屈玉坚。本来玉坚对于他二人的事，是十分明了的。小秋怕春华看到他，会有些难为情，所以先请她们走了。玉坚等她们走远了，这才转身出来，笑道："看不出你们面子上很无用，骨子里倒真有办法。毛三婶走了，你们又换了个五嫂子。可是我同你说，五嫂子这东西，老奸巨猾，你们将把柄落在她手里，她会讹你的。"小秋笑道："我也不认得她，原是你引的，怎么你到事后，说这样的风凉话。"三坚道："以先让她传个信儿，看个动静，那是不要紧，现在真的把人带出来，和你见面，这可不是闹着玩的。我那一位，也同我说了，遇事要找毛三婶。"小秋笑道："我想，古人说人同此心这句话，那是一点不错。怎么你们那一位，也想到了《佛堂相会》这一出戏？你们站在那里说话，我想，总大大地亲热了一阵子吧？"玉坚道："我们是老朋友了，不在乎这一会子亲热。实在话，她叫我去找毛三婶，大家想个长久之策。"小秋道："毛三婶你知道在哪里？我也正要找她呢。我听到家里人说，有个先生村子里的女人，常到门口打听我的消息，我想，那一定是她了。倒不知道她为什么要打听我的消息。"玉坚道："顺着这长堤往南走，只五里多路，第二个村子，就是她家。"小秋道："那村子当然人不少，我们能够逢人就问，去打听一个年轻堂客的下落吗？"玉坚搔着头皮道："这，这，这可是个难题。再说我去寻她，尤其不便。因为她们村子里，有不少的人认得我。只有一个笨主意，你装作下乡下去玩的样子，无意中若是碰到了她，那就很好。"小秋道："天下哪有这样巧的事，而且一个人下乡去玩，究竟也是不大妥当。"玉坚背着两手，绕着石狮子走了两个圈子，笑道："有了。我家里有个打斑鸠的笼子，你可以带了那笼子，到她村子里去打斑鸠。"小秋道："我不会弄那玩意儿。"玉坚笑道："这本来就是醉翁之意不在酒，你就光提了这笼子，在那村子里转圈子好了。"小秋也因为毛三婶跑回娘家去，多少为了自己一些缘由，最好还是能把她劝了回去才好。而且她又来寻找了两回，究竟不知为了什么，也当问问。于是依了他的话，回家去吃过早饭，向玉坚家里，取来了打斑鸠的笼子，一人顺了长堤向南而去。

这种打斑鸠的笼子，乃是内外两层，里层原来关了一只驯斑鸠，用铁丝拦住了。外面一层，可是敞的，上面撑着有铁丝拴着的网，笼子四周，都用树叶子遮了。到了乡下，听到哪里有斑鸠叫时，就把打笼挂在树上。斑鸠这东西，好同类相残，笼子里的斑鸠，听到外面有同种叫，它也在笼子里叫，向外挑衅，哪个斑鸠若是要跑来打架，一碰到机钮，就罩在网子里头了。斑鸠的肉，非常鲜嫩，打着三个四个，就可以炒上一大锅子。小秋觉得人类这种手段，未免过于阴险，所以他虽然提了笼子在手上，却不曾拿到树上去挂起来。提了那只鸟笼子，只是顺着村子里大路，慢慢地走去。

　　这里村庄构造的情形，多半是一例的，就是村子外一条石板路，所有的人家，都和这条路连成一平行线来排列着。大门呢，就是对了这条路，所以顺了路走，由这一端到村子的那一端，不啻沿家考察了一番。而且这里村屋的构造，只有人家并排而居，却没有人家对面而居。若是沿了大路走，也没有顾此失彼的忧虑。小秋提了那笼子，故意装着探寻斑鸠所在的样子，东张西望。看他昂着头，好像是去找各人家后面的树梢，其实他的眼光，可是射到人家大门里面去。当第一次走过去的时候，村子里人倒也不去注意，因为这前后树林子里，斑鸠很多，街上人常常有提了笼子来打斑鸠的。只是小秋将全村子走遍了，他不曾一挂打笼，事后呢，他依然由原道走了回来。他手上提了那个打笼，依然还是东张西望，并不曾做一个要在哪里挂起来的样子。这也并不是没有斑鸠的叫声，让他无从下手，前后好几处，有咕咕咕的声音叫出来，看他那意思，并不曾把这个放在心上，好像他是个聋子，这些声音都没有听见呢。路边有两个庄稼人，正坐在田岸上抽旱烟歇息，看了他拿着那打笼晃里晃荡地向前走，便彼此讨论着："这个漂亮的小伙子是干什么的？只管在我们村子里走来走去。"

　　小秋并不知道有人在身后议论，很不愿无所得地走了，走一步，眼睛就四周地打量一周。究竟一个人，不像一根针那样难寻找，他将打笼，挂在路旁一棵很矮的柳树上了，两手叉住了腰，正想做个休息的样子。就在这时，对面黑竹篱笆门里，走出来个少妇，手上拿了个小提桶，在提桶口上涌出来两个湿的衣服卷和一截棒槌柄。她穿了一件浅蓝大布褂子，青布裤子，横腰系了一方青布围裙，用很宽的花辫带挂在颈上。小秋心想，这村子里倒有这样漂亮的乡下女人，正纳闷呢，那少妇走近前来，抬头打个照面，正是毛三婶。小秋不曾作声，她先笑了，因道："李少爷，你怎么走到我们这村子里来了，不到我家去坐坐吗？"小秋脸嫩，又不知道毛三婶娘家有些什么人，如何敢冒昧地进去，这就向她微笑道："我是到乡下来打斑鸠的，碰巧遇见了你。你怎么还不回姚家去呢？"毛三婶向他勾了一眼，微笑道："你是特意来寻我的吧？"

这句话猜中了小秋的心事，倒弄得他承认不是，否认又不是，因之对了毛三婶只微笑了一笑。毛三婶道："并不是我不愿回姚家去，但是你同我想想，那样一个破家，回去有什么意思？不过你若是有事要我做的话，为了你的缘故，我可以回去一趟。只是我发了那样大的脾气，一个人跑出来，现在又是一个人走了回去，我有些不好意思。最好请您对那醉鬼说一声，叫他来接我一趟，我借了这个遮遮面子，也就好回去了。"小秋听说，不由哈哈大笑两声，这声音很大，自然，在那远远的两个庄稼人也就听到了。小秋对于这件事，始终是不曾留意，依然站在大路边，和毛三婶谈谈笑笑。毛三婶放了提桶在石板上，也只管和他把话谈了下去。那篱笆门里面就伸出一个脑袋来，乱发苍苍的，自然是个老太婆。她喊道："翠英，你提了一桶衣服不去洗，尽管站在大路上做什么？那人是谁？"毛三婶道："哟，你怎么不知道？这是卡子上的李少爷。"

大概那位婆婆，因女儿多日的宣传，也就早已闻名的了。这就手扶了门，战战兢兢地走了出来，向小秋点着头道："李少爷，不赏光到我们家里去坐坐吗？乡下人没有什么敬客的，炒一碟南瓜子，煮两个鸡蛋，这个总还可以做得到。"小秋怎好一面不相识地跑到人家里去吃喝，而且还有男女之别呢。这就向那老婆婆点点头道："多谢了，下次再来打搅吧。"口里说着，手上就把树上挂的鸟笼取下来，做个要走的样子。毛三婶笑道："李少爷你是贵人不踏贱地，我们这穷人家，屋子板凳都有虱子会咬人吧？"小秋听了这话，自然是不好意思，他又心里想着，将来求毛三婶的事还多着呢，太得罪了她呢，那也不大好，于是向毛三婶笑道："我就进去拜访吧，可是有一层，你不必太张罗。我要是过意不去那就不能多坐，只好得罪你了。"毛三婶也不容他再说，就将那打笼接了过来，一手提了鸟笼，一手提了小提桶，就向屋子里走。小秋到了这时，绝没有再推诿之理，自然也就随在身后进去了。

这两个在田岸上歇伙的庄稼人冷眼看见了，都有些奇怪。若说是到她们家去的人，到了村子里，径直地去就是了。又何必在村子里由东到西来回遛上几趟。若说不是到她家云，是无意在路上碰着的，这倒是件怪事，何以那样凑巧呢？两个人都这样奇怪着，四只眼睛就紧紧地盯住了毛三婶家。甲低声说："喂，翠英这东西，年纪总算还不十分大，你看她在家里都穿得这样漂亮，这里头就有些奇怪。今天来了这样一位不尴不尬的小伙子，娘儿两个硬拉了进去，不知道是什么玩意儿？"乙口里衔了旱烟袋，向毛三婶家里歪歪嘴，因道："我看那小伙子，年纪很轻，怎么追到乡下来找一个二三十岁的人呢？我们且不要走，在这里等着，看这小伙子，到底什么时候出来？"两个人各存了这种心事，果然还坐在田岸上闲谈，不肯走开。

小秋到这里来，是自问于心无愧，绝没有想到后头有人在那里注意着。至于毛三婶母女，在一个穷人家，迎接一个大少爷，到家里来尽点人事，这也是情理上应该有的事，倒也不怕什么人来注意。因之将小秋请到堂屋里，让他坐在正中地方桌边，由上朝下的那面，在板门上坐了。毛三婶端了一把矮竹椅子，靠了进堂屋的门框坐下。她母亲冯婆婆在年轻的时候，也是一位能说会做的女人，眼睛是看事的，她见小秋穿了淡青竹布大褂，外罩蓝宁绸琵琶襟的小坎肩，雪白粉团的面孔，梳了一把拖水辫子，分明是个爱好的小雏儿。爱好的人，没有舍不得花小钱的，这就非殷勤招待不可。所以她让毛三婶在堂屋里陪着他，自己赶紧到厨房里去，烧水、炒瓜子、煮鸡蛋，口里所许小秋的愿，现在一一地都来办到，这其间所占的时间，不用提，自然也是占得很久的了。

第十六回

恨良人难舍身图报复
逞匹夫勇破釜种冤仇

李小秋在毛三婶娘家坐着，本来也是觉得很拘束，不过坐下来之后也就慢慢地安之若素。加之毛三婶母亲送茶送瓜子，跟着又送来米粉条、煮鸡蛋，在人家家里又吃又喝，就这样一抹嘴走了，似乎不大妥当。因之先陪着毛三婶说了许多话，直等她母亲也出来了，大家谈了些闲话，才道谢告辞。冯婆婆年纪大了，就不曾送客，毛三婶笑嘻嘻地送到大门外来，直见小秋走了一大截路了，还跟着在后面大声喊道："你放心好了，我一定会照你那个话办。"小秋向她矣着一个表示谢意的样子，回头向她弯了两弯腰。自然，那脸上是带着充分的笑容，笑脸看笑脸，恰好是一对儿了。

李小秋去后，毛三婶自己懒洋洋地走回家去，将衣服后摆向上一掀，猛然地坐了下去，将那矮竹椅子，坐得吱嘎一声响，叹了一口气道："娘，你看看，这李少爷，不过因为我给他做了两件事，人家还特意地这样远来看我。那短命鬼明知道我回了娘家，他并不来一回。"冯婆婆道："李少爷去对他说了，他就会来接你的。但是你爹和你兄弟都出门去了，要是有一个人在家，我也早送你回去了。夫妻无隔夜之仇，打架吵嘴，那都算不了什么。没有见你这两口子，吵了一回嘴，仇就种得这个样子深。"毛三婶道："你还说呢，都是你这两位老人家千拣万拣，拣了一个瘪灯盏，凭我冯翠英这种人才，哪里就嫁不出去。偏是嫁了这样一个三分不像人，七分倒像鬼，好赌、好酒的肮脏鬼。"毛三婶说到肮脏两个字，就一弯腰，呸的一声，向地面上吐了一口唾沫。冯婆婆在屋后面倒座子里做事，听了这种声调，就不敢说话了。

毛三婶今天修饰得干干净净，本来想到村庄口上大塘里去洗衣服的。因为那个地方，有家茶铺，常是有些乡下的闲人在那里喝茶。可是自从李小秋来过之后，添了她无限的心事，她就不想再出门了。侧了身子坐在椅子上，一只手搭住竹椅子背，只管撑了自己的头，微闭了眼睛，放出那要睡不睡的样子来。冯婆婆听到堂屋里许久没有声音，也曾伸探出半张面孔，向堂屋里看看，见女儿已是在椅子上打瞌睡，自己就瞪了眼，咬着牙，点了那苍白的头，用右手那个伸不大直的食指，向毛三婶连连指点了一番。这一种动作，是姑息呢，是恨呢，还是无可奈何呢？这个只有那老太婆自己知道。可是毛三婶倒不理会，就这样懒了一下午。

到了次日，毛三婶依然还是穿得那样整齐，而且在脸腮上扑了许多干粉。她那意思，算定了丈夫会来，故意做出这个样子来，馋他一馋。等他看见了，故意装出不在乎的样子，不肯回去，他少不得要说许多好话，那个时候，自己端足了架子，才同他回去。她有了这样一个妙计在心里，不想直等到太阳偏西，毛三叔也不曾来。她虽然很是失望，不过心里也转念着，小秋昨天也许没有回学堂去。若是今天他才回学堂去，那醉鬼起早就上了街，两个人是见不着的。必得到了晚上他回去了，李少爷才可以见着他的，那么，这醉鬼要到明天才能来了。毛三婶自己这样解释了一番，也就把这事暂时搁下。

到了次日，依然是安排香饵钓鳌鱼，继续梳妆打扮。但是这日又到了太阳西下，毛三叔还不见来。到了这天晚上，毛三婶就有些无名火起了。她想着，李少爷是个有情有义的人，在我面前说得明明白白，去叫醉鬼接我回去，他不至于不去的。他去了，醉鬼不来，分明是醉鬼瞧不起我。我才不稀罕你这醉鬼来接我呢。毛三婶在床上想了一夜，也睡不着。想到后来，她又转了一个念头，那醉鬼绝没有那种志气，不来接我。必是李少爷留在街上没有回学堂去，所以把这件事搁下了。明天我不妨再到街上去看看，是哪个的错，那就显然了。想着，一掐手指头，明天正是三湖街上赶集的日子，于是趁天不亮起来，就梳了一把头。梳洗换衣完毕，方才天亮。冯婆婆醒了，毛三婶对她说："回来这样久，一个零钱没有了，必得上街去，把这匹带回来的布给卖了。"冯婆婆早就主张她把布卖了，多少可以分一点钱用。披衣起床，走到三婶屋子来道："卖了好，到了夏天，布是要跌价的。你若是脱了手，千万给我带一斤盐回来，我想吃五香豆腐干，有钱可以带个十块八块的。"毛三婶将那匹布夹在胁下，一手还摸着刚梳的头发呢，可就走出大门来，口里叽咕着道："一匹布能值多少，带这样又要带那样，我知道，早就看中我这匹布了。我偏不称你们的心，一个钱东西也想不着我的。"她口里这样叽咕了一阵，走上大路去了。冯婆婆跟着在后面来关大门，听了一个有头有尾，对于那匹布，也就不做什么指望了。

　　毛三婶由村子上大路，走上了长堤，看到那些赶集的乡下人肩挑手提，正也纷纷地向街上走。有个老头子挑了两罐子糯米酒糟，慢慢地走，二人正是不前不后。他说："这位嫂子，你走错路了。卖布的地方，在上街头，你顺了堤走，要到万春宫下堤，那是下街头了。"毛三婶道："老人家，多谢你了。万寿宫那里下堤，不是到厘金局子去的那个地方吗？"老人道："正是那里，你若碰机会，碰到卡子上有人买布，那就是你的运气，他们都是挣大钱的人，多花几个钱，毫不在乎。"毛三婶道："不过卡子上那些人，都不大老实，我是不敢和他们做生意。"说着话，慢慢走到下堤的所在。她因为鞋带子松了，就坐在青草上，来系鞋带子，那老头子挑了两罐酒糟赶着走了几步，下堤去了。

　　毛三婶走了七八里路，也有些疲倦，坐在草上，休息着就舍不得起来。心里也就默想着，要是到李老爷家里去打听李少爷的消息，怕是人家疑心，这回要想个什么法子措辞才好。她正这样出神呢，只见一个二十来岁的后生，穿了一身青洋缎的夹袄夹裤，漂白竹布袜子，青缎子鲇鱼头鞋，头上打了一把京式松辫子，白净的面皮，一根胡茬子也没有。毛三婶一见，心里早就怦怦乱跳。这正是上次在马婆婆家里不怀好意的那个人，不想在这地方又遇到他了。不过这人虽是居心不善，但是他的相貌，却不怎样讨厌。于是就向那人睃了一眼，依然低了头去系自己的鞋带子。在这时，看到那人一双脚，已是慢慢地移了过来，本来自己想闪开的，忽然又转了个念头，在这大路头上，来来往往的人很多，也不怕他会把我吃了。因之把左脚的鞋带子系好，又把右脚并不曾散的鞋带子，解了开来，重新系上。可是所看到漂白布袜子青缎子鞋的那双脚，已经走到面前了。

　　这时，就有一种很和缓的声音，送到耳朵里来，他道："这位大嫂子，你抱的这卷布，是上次那一卷呢，还是现在新织起来的呢？"毛三婶也不敢抬头，也不敢答应。那人道："不要紧的，做生意买卖，总要说说价钱。"毛三婶还是不作声，不过她已经扶了高坡，站了起来，手上拿了那匹布，在胁下夹着呢。那人却还是笑嘻嘻的，一点没有怒色，接着道："布在嫂子手上，卖与不卖，这都在你，我也不能抢了过来，为什么不理我呢？"毛三婶红了脸，向他看了一眼，低着头径自走下堤去。那人在后面跟随着，低声道："买卖不成仁义在，为什么这个样子？这卷布若是肯卖给我，我就出五吊钱。这不算买布，不过表表我一点心意。大嫂子若是不睬我，我就当了大嫂子的面，一把火把五吊票子烧了。"五吊钱在毛三婶耳朵里听着，这实在是个可惊的数目了。若是不卖布给他，他就把五吊票子烧了，这人真也算是慷慨，是个识货的。我毛三婶是不肯胡来，若是肯胡来，漫说五吊钱，就是五十吊钱，也有人肯花。凭我这副姿色，我才不稀罕那醉鬼呢。毛三婶在极端害羞之下，听了人家恭维的话儿，倒很有得色了。

那人见毛三婶悄悄地走着，而且走在路边上，步子开得很慢，并没有抵抗的意思，便道："好吧，你上街去卖吧，卖不到五吊钱，你不要脱手，不到半上午，我一定到财神庙前后来找你。过了下午，你再出卖就是了，我这都是好话，你仔细想想。人生一世，草生一春，哪里不交朋友，何必那样古板板的。若说到伺候女人，我们这样的人，倒不如乡巴佬哇？黄泥包腿的朋友，懂得什么？给他争那口穷气，真也是不值。"他絮絮叨叨，说上这些无聊的话，好像是难听，不过毛三婶在恼恨毛三叔的时候，就觉得人家这些话，个个字都落在心坎上。因之走了几步，却回转头来看了他一眼。也不知是何缘故，看到他白净的面皮，竟是情不自禁，扑哧一声笑了出来。这一笑，她已经冲破了那旧道德的藩篱，也就下了动员令开始来报复毛三叔的压迫之仇了。那人在后面道："你去吧，一会儿我就来。"毛三婶听说，心里又咚咚乱跳着，听到后面的脚步，向别条路上走去，想是他走了，这才回头看了看，果然他是走上了别条路，大概是回卡子上去了。

毛三婶慢慢地走着，心里慢慢地想着，若说一匹布可以卖五吊钱，这除了卖给这位卡局子里的大爷，可就找不出第二个主顾。只要我不失掉这个身子，就和这个男人来往来往，又要什么紧？春华大姑娘知书达理，还和李少爷攀相好呢，我是什么也比不上春华大姑娘的，我还去谈个什么三贞九烈不成？她越想越是觉得自己所做的有理，于是挟了那匹布，向财神庙大街上去卖，不再到厘局里来找李小秋去了。毛三婶也想明白了，既是要把这布卖好价钱，就不要混到那些卖布的女人一块儿去，免得和那些人来抢买卖。于是离着那些人远远的地方，在人家一处阶沿下坐着，将布匹放在怀里，并不举到手上来招主顾。因为她不曾将布举了出来，街上来来往往的人，并不怎样去注意。所以她在人家屋檐下坐了一个时辰之久，也没有人来问她的布价钱。她也正觉得有点为难呢，远远就见到那少年在街两边逡巡着，直走到自己面前来。

毛三婶心想，真和他搭起腔来，倒好像我们这妇道没有一点身份。而且在上次，他那样调戏过我，现在要和他说话，也就是把上次他调戏我的事都忘了，这可就像不怕人家调戏似的，倒有点怪难为情。因是等那后生走到身边的时候，就把头低了下去。及至自己抬起头来时，那后生却已看不见了。这时，她倒很有点后悔，当了街上这样多人，和他说几句话，要什么紧？若是卖布给别一个男人，不也要先说话，才能够交成买卖吗？刚才只要忍一点羞，五吊钱就到手了。不过他既是找到街上买了，绝不能就这样空手回去，等一等，他或者再来，也说不定。因为这样，她在原地方就没有走，不过原是坐在阶沿石上，现在可就靠了人家的墙壁站住了。她以为这样站起来，必可以容易让人看到，这就好引着那后生再来了。自己觉得是站了好久，并没有看到那后生的影子。先是靠了墙向两边张望，后来也就少不得走到街中心来向两头看着。

正在这时，忽然觉得身后面有人连连扯了两下衣服，回头看时，正是那马家婆。只看她那尖削的脸，稀微带上四五道皱纹，在她那要笑不笑的情形之下，眼角上掀起一道浅浅的鱼尾纹，在她居心慈善的脸上，还带有不少的阴险意味在内。毛三婶看到，就情不自禁地轻轻地哎哟了一声。马家婆笑道："你这一大清早就上街来，大概肚皮还是饿的吧？"毛三婶道："不饿，不饿。"说着，夹紧了那布，就做一个要走的样子。马家婆笑道："你这人是怎么啦？我和你一样，也是个女人，你怕些什么？你上次到我家去，我款待得不周，现在我请你去吃一顿包面（即馄饨），补你一个情吧。喏，这对面就是包面铺，只两步路，还不能走吗？"毛三婶道："谢谢你了，可是我还要去卖布呢。"马家婆道："这样的晴天，街上赶集的人，像蚂蚁样多，还怕一匹布卖不了吗？"毛三婶道："卖是卖得了，随便地卖，卖不上价钱。"马家婆用手拍了两下胸道："你的布要卖多少钱，不能要十吊吧？若是十吊以下，你肯卖了它，我总可以和你找出买主来。你还有什么话说呢？"

她口里说着，手上牵了毛三婶走。不解是何缘故，毛三婶竟是一点抗拒的力量也没有，就随着她进了包面店。马家婆对于她，真是特别加敬，和她要了一碗包面，里面还加上两个荷包蛋。既然进了店，东西又要来了，毛三婶怎好不吃，所以也只有多谢两声，不再说客气话了。马家婆陪着她吃完了一碗包面，代会了账，就向她道："姚家大嫂子，我们现在很熟了，你觉得我不是一个坏人吧？九九八十一归，你这匹布还是交给我去卖掉吧。你在这包面店里等我，好不好？"毛三婶还不曾答复她这句话呢，马家婆自己又笑了起来了，她道："我和你的交情，还很浅呢，我把你的布拿走了，你怎样能够放心呢？还是你跟着我去，你同那买布的，一手交货，一手交钱，你看好不好？"毛三婶道："我还要到你家里去吗？我在街上等着，你把那个买布的人带了来就是了。"马家婆听了这话，倒也不置可否，却望着毛三婶的脸，沉静了许久，才道："你这位嫂子说话，可有点要受人家的褒贬了。你想，我不过看到你初到街上赶集，什么事也不大在行，我是一番好意，给你引引路子，你为什么倒疑心我？我这样一大把年纪，你要我跑来跑去，那也心里过不去。"这几句话，倒闹得毛三婶有口难辩，只好说不是这意思。马家婆也不多说话，将她放在桌子上的布卷，拿起来夹在胁下，提脚便走，向她点点头道："跟我来吧。"毛三婶吃了人家的东西，自是不便在人家手上把布夺了下来。若是让她拿去，并不跟随，又怕那匹布会落空。没有法子，只好在这马家婆后面，一路走去。

走出了大街，马家婆就和她谈话了，便道："姚家大嫂子，不是我现在夸奖你一句，你这样的人才，应当嫁一个街上人才对，你怎么嫁在乡下，也是落得赶集卖布呢？你们老板，大概对你不大好吧？"毛三婶听提到了丈夫，就不由怒从心起。只是对生人，说不了许多委屈，就深深地叹了一口气。马家婆道："男人懂得好歹的很少，像你这样花枝样的大娘，要你赶集卖布，他倒好坐在家里分你的钱。不过好的男人也有，你是没有遇到过。你也不要自己太作践了，自己可以去找自己的快活。"毛三婶也不作声，只跟了马家婆向前走，不知不觉，走到她家里，进了那篱笆，又走到堂屋里去。

这是半中午，天气渐热，怕热的人，就要把身上的衣服减少。在这堂屋里板壁钉子上，挂着一件青洋缎的对襟短夹袄。毛三婶忽然心里一动，马家婆家里并无男人，哪有男子的衣服挂在这里。这件短夹袄，倒好像是厘金局里那后生穿的。她手扶了堂屋门边一把椅子站定，正望着犹豫呢，马家婆一手夹了布，一手挽了她的手臂，笑道："到我屋里来吧，买主等着你讲价钱呢。"说着，于是把三婶挽进房里去了。她们进房以后，约莫有半小时，马家婆先退出来了。她掩上了房门，放下了门帘，自己可就端了一把椅子，拦住堂屋门坐着。约莫有一个半小时，毛三婶才开了房门出来，一手抚摸着鬓发，一手扯着衣襟，可是她那面孔上直由肌肉里面透射出红色来。她见了马家婆虽然勉强还带了笑容，可是要让她哭，她立刻也可以哭得出来的。马家婆倒是很能体谅她的心事，走上前一步，迎着握住了她的手道："这要什么紧？年纪轻的人谁不是这样的，不过没有人知道罢了。"毛三婶低声道："这事千万求你不要对人说。"马家婆摇撼了她几下手道："这个你放心，我也担着千斤重的担子呢。钱你收好了吗？"毛三婶点了两点头。马家婆道："下回赶集，你再来就是了，你回去吧。"毛三婶低了头走出马家，好像自己失落了一件什么东西一样。就是眼睛所看的景致，都好像不像平常，但是也说不出来是怎样的不像平常。这也不去管他了，匆匆地跑到街上去，买了一斤盐和十块五香豆腐干，这是母亲所叮嘱的。那还不算，又买了一斤夹肥夹瘦的肉，带回去给老娘煨汤喝。自己呢，也买了些鞋面布和鞋带子，又买了五根油条，带回去和老娘同吃。统共买了一只小篾篮子提了回去。

　　到了家里，一样样地捡了出来，冯家婆连念了两声佛，问道："一匹布卖多少钱，花得不少吧？"毛三婶突然走回家门的时候，见了母亲，脸上可有点红，而且脸上的皮肤，似乎也有点收缩。现在母亲开口说话，似乎平常的态度一样，于是自己就安定了许多，因笑道："今日也望卖布，明日也望卖布，现在真把布卖掉了，总应该买一点东西尝尝。"冯家婆且不问这些，先把东西一样样地送到厨房竹橱子里去，把橱门子关妥了，右手是抓过油条来，便将五个指头，轮流地送到嘴里去吮，这才很高兴地走到堂屋里来。见毛三婶坐在矮椅子上，两只手绷了几围鞋带子，伸出来，绷成个长圈圈，两手一紧一松，头可昂起来，望了门外的天，只管出神。看那样子不过想什么心事，倒并不是生气。这就向毛三婶笑道："你一回来，乱忙一阵，我倒把正经事忘了告诉你了。你去了不多久的时候，你丈夫来了，说是来接你回去。直等到吃午饭，见你没有回来，等得有些不高兴，自己到街上找你去了。"毛三婶道："是吗？怎么我没有碰到他呢？"冯家婆道："大概他是由小路去的，今天他遇不着你，少不得明天还要来的。他今天来说的话，倒也不错，他说，并没有怎样地得罪你，你一生气就跑了，叫他也没有法子。"毛三婶鼻子里哼了一声，冷笑道："他倒乖巧不过呢，现在要我回去了，所以说这些好话。我不能受他的骗，我不回去。"冯家婆道："啰，你就是这样脾气不好，心里没有什么，总是口头上得罪人。明天他来了，你可不能这样说话。"毛三婶道："他在当面，我是这样说，背后我也是这样说，我是不能回去的。"冯家婆道："这可奇怪了，这两天，你时时刻刻都望他来接你，怎么他真来接你了，你倒不愿意去呢?"毛三婶两手抱了胸,皱了眉道:"啰里啰唆,只管说这些话做什么?我不爱听。"冯家婆向自己女儿呆望了,倒猜不出女儿这种态度是什么原因,莫非她嫌丈夫接她来晚了一点。她在娘家住了这些日子呢,迟一天走,早一天走,那有什么要紧?不过偷看女儿的样子,她实在是生气了,这也就不敢跟着向下说什么。

过了一天,似乎昨日的事应该都忘了,不料毛三婶一早起床,就出门去了。冯家婆明知道她是躲开丈夫去了,在毛三叔未来之先,也不能先将她先行留在屋子里来等着,所以也只好让她走了。冯家婆所猜的,那是对了,太阳约莫有两三丈高的时候,毛三叔一头高兴,脚板一路响了进来,在老远地就喊着姆妈。冯家婆听了这声音,心里就先喊了一声惭愧,明明知道姑爷要回来,却让姑娘避了开去。虽然做丈母娘的,对于姑爷并没有坏意,但是不管闲事的嫌疑,那可免不了。于是迎到堂屋门口来,向毛三叔笑道:"你何必起这样大早地来,吃了饭来也不晚啦。这个时候,大概是肚皮饿了,我先煮一碗米粉你吃吧。"毛三叔走进门来时,眼睛先向各处张望了一遍,并不看到毛三婶,心想,怪不得这家伙愿意住在娘家,到了这个时候,她还睡着没有起来呢。于是向着毛三婶住房的对过,扶着一把椅子坐下了,用手摸摸脸,又理了两下辫子,向冯家婆望了,只管笑着。好像他有话要说,却又不敢说出来,于是再摸摸脸,又再理理辫子。冯家婆心里,今日也感到特别不安,想要到厨房里烧茶,可又把姑爷一个人丢在这里。陪着姑爷在这里坐吧,人家一早上跑了一二十里路,连口茶也弄不着喝。因之她坐在板凳上,掀起衣襟摆来揩揩手,却又扯扯衣襟,向姑爷淡笑了两下。

毛三叔究竟是老于世故的人,他看到丈母娘那样全身不得劲的样子,再看到许久的时候毛三婶还没有出来,这里面不能没有原因,于是问她道:"姆妈,你这早上,还有许多事要做吧?我又不是外人,你在这里坐着陪我做什么?"冯家婆道:"好,我去烧茶你喝,你可以到门口去望望,今年我们这里庄稼不坏。"说到这里,毛三叔有个问话的机会了,便道:"烧茶,让她去烧吧。怎么不看见她,难道到了这个时候,她还没有起来吗?"冯家婆只是自己不好开口,既是姑爷问起来了,她也无隐瞒之必要,因道:"你要发财了,我姑娘现在十分勤快,每日天不亮就起来了。今天不知道是到本村子里哪一家牵纱上机去了。我又不知道是哪一家,要知道,我就去替你把她找了回来。"毛三叔听了这个消息,心里立刻高高地跳了一下。他想，这几句话，分明有些颠倒，丈母娘既然知道她是和人家牵纱上机去了，怎么又不知道是哪一家呢？便笑道："我也晓得。一定是昨天上街卖布，有了钱了，回家来，晚上到别人家打纸牌去了，大概打了一个通宵的牌，这个时候，还没有回家呢。"冯家婆两只手同时摇了起来，摆着头道："不是不是，她的确是今天一早出去的。在你家里，她赌个十天八晚，我也管不了，那是你的事。到了我这里来，我就要替你管她，她要到外面去熬夜打牌，那怎样能够？"毛三叔道："你老人家能替我管管她，那就更好。她现在比我凶得多，我是没奈何她了。"冯家婆道："你男子汉大丈夫为什么说这样无出息的话？她比你年纪小些，有不到的地方，你应当照顾照顾她，指点指点她，动不动，两个人就大闹一场，东跑西荡，那总不是个了局呀。我年轻的时候……"毛三叔这就有些不高兴了，向她摇摇手道："我说的昨夜的事，又不是提到以前的事，你老人家何必又从你年纪轻的时候来说起呢？我不喝茶，多谢你。你去把她找了来，让我带她回家去吧。"他说到这里，就不由得把面孔板了起来。

冯家婆因为姑爷把她的话头子拦了，先就不高兴。现在姑爷瞪着两只带红丝的眼睛，又皱起两道浓眉毛，未免令人难堪，自己也就有几分不高兴，也道："姑爷，为什么说着说着，你就急起来。"毛三叔大声道："这话就凭你冯府上有面子的人来讨一讲吧，我老婆在娘家躲开了我，整夜不回家来，我还不该急吗？我是个小人，你不要惹我小人生气，把我的老婆交给我，我带回去。"说着将巴掌伸了出来，颠了几下。冯家婆将头一偏道："你不要血口喷人，怎么是整夜不回来？"毛三叔道："我来得这样早，她就不在家，那一定是昨夜里就出去了的。"冯家婆指着毛三叔道："你这畜生，跑到我家里来，就说这些个冤枉话，在你家里，不知道你怎样地欺侮她了，怪不得她要逃回娘家来。"毛三叔两脚同时一顿，人直跳了起来，叫道："你说这冤枉话，将来到阴间里去，要拔舌头的。老实对你说，我昨天到街上去打听，你女儿就没有到卖布的地方去，你说她昨天上街去卖布的，我很有些疑心。今天这样早跑了来，她又不在家，能说这里头没有一点缘故吗？"冯家婆两手扶了椅子靠，浑身抖颤着，骂道："天杀的，说这样灭良心的话。好，我去把她找了来，回你一个实实在在的话。你不要走。"她口里说着，人已战战兢兢地走出大门去。

毛三叔坐在椅子上眼看她走了，一动也不动。心想，她回家来了，我倒要问她一个仔仔细细，这样一清早就不在家，我看她把什么话回答我。

毛三叔如此想着，就掉转身来向毛三婶屋子里去看看。只见床上被窝乱翻着，未曾叠齐，倒像是床上昨晚曾有人睡过，随手将枕头挪了一挪，却在枕头下面发现了一方抽纱的花纹手绢，拿起来闻闻，有很浓的花露水气味。这种东西，不但毛三婶不会用，就是乡下普通妇女也不见有什么人用过。拿了那手绢捏在手心里出了一会儿神，这就向床面前冷笑了一声，自言自语地道："我就知道靠不住。"于是将那条手绢揣在身上，复跑到堂屋里来拦门坐着。他心里想，只要毛三婶进门，迎头就给她一个乌脸盖，乘她不备，猛可地一诈，就可以把她的话诈出来的。

他心里闷住了这一个哑谜，满等了毛三婶回来发难。不想这毛三婶比他的态度还要强硬，冯家婆高一脚低一脚走了进来，指着毛三叔道："谁叫你发脾气？我把话告诉她了，她怕和你见了面，你会打她的，她不肯回去。"毛三叔跳起来道："她在哪里？叫她当面来和我说。"冯家婆因为自己女儿不肯前来，显着自己理短，也不便再和姑爷较量，就软化下来，柔声道："你不要急，谁都有个脾气。我做点东西你吃，你今天先回去，明后天你再来接她就是了。"说着就向厨房里走，毛三叔跟着后面走了进来，叫道："不吃不吃，我要人，你交人给我就是了。"冯家婆道："人在这村子里，又没有人把她吃了。"毛三叔手扶着门，叫道："既然在村子里，为什么不来见我？不见我就能了事吗？"他说着话，用力将门向前一推。那门枢纽恰是多年被烟火熏得有些焦枯，当着毛三叔这样大力一推，枢纽破裂，门就向前倒了下来。像冯家婆这样小户人家，当然不用土灶煮饭，是江西特制的一种缸灶，下面仿佛是口小缸，挖了一个灶口，上面嵌着锅。这锅和灶，都是外表膨胀、里面空虚的，被这很猛的压力一打，当然砸个粉碎。

锅灶被人砸碎，这是老太婆最忌讳的事，这就指了毛三叔跳了脚叫骂道："砍头的短命鬼，老娘有什么错处让你捉到了吗？你为什么打我的锅？你家倒绝八代！"毛三叔猛然看到砸了锅，倒也是一怔。及至丈母娘乱骂乱叫，可也引起怒火来，便道："我这是无心的，你把这件事赖我，就可以把女儿藏了起来吗？"冯家婆年纪虽老，一发脾气，还是很有劲，听了这话，拿起一把饭勺子，向毛三叔砸了去。这一下子没砸在毛三叔头上，却直砸在碗架子里去，哗啦一下砸碎了好几个碗。冯家婆心痛上加着心痛，向地下一赖，盘腿坐着，两手乱打着地，叫着老天爷，哭将起来。这一来，把四邻都吵来了，几十位男女，拥到她家里来。他们这种聚族而居的村庄，家族观念极深。若是有人和他们同族的人闹，他们并不管你们所闹得对不对，他们绝对是帮同族的人。冯家婆在厨房地下哭着闹着，哪里有毛三叔分辩的机会。只听到有个人喊道："好畜生，追到丈母娘家来，打破丈母娘的锅，还有王法吗？太瞧不起我们冯家村子了！一个毛杂种敢打到我们村子里来？打！打！打死了这杂种！"立刻人声潮涌起来，于是乎惨剧就在这里开始。

第十七回

受侮堪怜作书荐醉汉
伤怀莫释减膳动严亲

在冯家婆的篱笆里面，已是喧嚷着一片，先是由篱笆上面抛出一顶草帽子来，跟着由门里跳出一只鞋子来，最后由门槛上叉出两条腿，结果，是毛三叔让冯姓的人打着滚出门来了。他由地面上找着了自己的鞋子穿上，冯家人已是插竹子也似的，站在大门口，大家都大声叱喝着。毛三叔不是个傻子，凭了他两只空手，如何能对付这一群恶霸？于是一面跑，一面将手指着这些人道："你们倚仗人多，站在家门口，欺侮我远路来的人，好，我们再见。你不能永远是这一大群人，总有单身走路的时候，到了那个时候，不要撞着我！"他一面说，一面跑，冯家人站得远，也有听见的，也有听不见的，料着他不过骂骂街，遮遮自己的面子，大家不但不把这话放在心上，反而是哈哈一阵大笑。毛三叔被他们饱打一顿，痛骂一阵，这都不是怎么介怀。唯有他们这一阵讥笑，他觉得万分可恶，比砍了他两刀，还要痛心一点。

跑出了冯家庄约有半里路，这里有棵大樟树，足盖了一亩地那样大的阴影子。在树荫下，有个小桌面大的五显庙。回头看看，冯家人并不曾追来，就在地面伸出来的大树根上坐着。草帽子是丢了，满头满身的汗，也找不着一样东西来扇，于是就掀起一片衣襟在脸上擦擦，而且还当着胸扇扇汗。他不过是休息休息，倒没有别的意思。就在这时，由庙后小路上，走来两个庄稼人，老远地就向毛三叔微笑着。一望而知，那是表示着善意的。于是毛三叔也就向他两人微微地点着头。有个年纪轻些的，先笑道："你贵姓姚吗？"毛三叔站立起来，手上先在暗中捏了石子。那人笑道："我们两个人都不姓冯，你不要多心。"毛三叔道："贵姓是？"那人道："我叫聂狗子，这位叫江老五。我们都在本村子里相公家打长工。今天我们看到他们冯家人打你一个人，我们真不服这口气，本来想上前打抱不平，但是我们吃着相公的饭，就不敢在他家多事。"

毛三叔抱着拳道："多谢多谢，也罢，这也是道路不平旁人铲了。你二位替我想想，我老远地跑来接女人回家，他们把我女人藏起来了，不让我见面，这无论是怎样脾气好的人，是要翻毛吧？我现在也不要脸了，这女人我不要了，我就是不戴绿帽子。"江老五笑道："姑娘回娘家住个周年半载的，那也多得很，这也算不了什么。"毛三叔道："嘻，你哪里知道？我听到人说，她在家里，每日打扮得像个花蝴蝶似的。自然这也就不算她犯罪，你二位看看这个。"说着，他在衣裳里将毛三婶那条花边抽纱手绢取出来，抖了两抖，发着狠道："规规矩矩的女人，会用这种东西吗？"江老五向聂狗子看看，也没有作声。聂狗子也坐在树根上，拔了一根草，揉搓着道："我看你们大嫂子顶贤惠的，不会有什么闲话。不过你丈人和大舅子都不在家，亲戚朋友少来往一点，也就是了。"他说着这话时，可是眼睛望了地面的。说毕，看到有几只蚂蚁，由脚边下走过去，他就吐了一口唾沫，将这几只蚂蚁淹浸起来，倒并没有去看着毛三叔是怎么个样子。毛三叔这就插言道："她家里没有什么了不得的亲戚呀。哦，临江府她们倒有几家远亲，难道现在都向她们家里来吗？"聂狗子道："是前两天吧？我和江老五在田里拔草，看到她们家去了一位客，穿得很漂亮，你说是府里来的，那大概是对了。"

他这样隐隐约约地说着，江老五觉得不大妙，立刻向他丢了一个眼色。毛三叔乍听此话，自然也不免抽口凉气，跟着问道："穿得很漂亮吗？穿的是什么衣服呢？"聂狗子看到江老五的眼色，心里也立刻觉悟起来，便笑道："我们在田里做事呢，远得很，也没有看得十分清楚。"他不说看到衣服是什么颜色，这倒显着里面更有文章。毛三叔便道："你二位就是不说，我也明白，现在我也不去追究，迟早总会晓得的。"江老五道："姚家大哥，我们可不敢生是非，不过今天看到他们将你饱打一顿，我们实在也不服气。依着我的意思，你回去对你府上问事的人说说，在街上茶铺里吃一堂茶，（注：此"吃茶"二字，有特别解法，即邀集同族绅士，仲裁此案也，与上海之吃讲茶略异。此种吃茶，有解决事件能力，决裂非兴讼即械斗矣。）同冯家人论论长短，我们两个人可以做证。"毛三叔笑道："吃茶有什么用，再说吧。"江老五见他脸上青一阵白一阵，深悔此来多事，倒着实劝了毛三叔一顿，说是这件事总以讲和为妙。毛三叔道谢了一阵，闷住了一口气，到街上吃了几碗水酒，红涨了面皮七颠八倒地，就这样撞回姚家庄去。

155

他心里横搁着一个疑问，就是不知道小秋劝毛三婶回婆家，是怎样劝法的。于是直撞到学堂里，走到小秋书房里来。小秋正伏在桌子上看书呢，猛然一抬头，看到毛三叔脸上红中带紫，两只眼睛像血染了，便大大地吓了一跳。毛三叔道："不要紧，相公回家吃饭去了，我同你说几句私话。"小秋料着就是毛三婶的事，在这里说出来，被同学听着，多少有些不便，因笑道："这是书房里，不许会客，先生撞着了，会挨骂的。我同你到橘子林里去散散步吧。这几天橘子花开得正好，带你走着，闻了花香，也可以醒醒酒气。"说着，自己先站起身来，就免得他在这里啰唆。

　　毛三叔倒是比他性急，却抢了在他前面走。到了大门口，回头看看没人便道："李少爷，你和我家里的，是怎么说的？她可恶得很啦。"李小秋不敢答复，很快地走过了门口一块空场，到了橘子林里去。毛三叔道："这里没有人了，请你告诉我。"小秋站住道："怎么样？她没有回来吗？"毛三叔道："不回来我也不生气，她躲起来不见我，倒让她娘家人狠命地打了我一顿。"小秋道："不能吧？"毛三叔道："我要撒半句谎，就是你嫡嫡亲亲的儿子。"说着，就卷起了袖子，露出手臂来给小秋看。又把衣襟前后两次掀着，都露出肉来。果然所看到的皮肉，有好几处青紫的斑痕。小秋道："这就是他们的不对了。但是我见着毛三婶的时候，说得很好，她说只要你到她家去一趟，她立刻就会回来的呀。怎么会变了卦呢？"毛三叔又在身上掏出那条花边手绢给小秋看，抖了两抖道："不用说别的，就是这条手绢，也就够人疑心的了。"小秋笑道："你也太多心了，年轻的女人，不都是用这些东西的吗？难道这东西，应该你用不成？"毛三叔道："我就疑心是哪里来的呢，这都罢了。你还没有听到呢，人家都说，她家里有阔亲戚来往。"小秋道："闲话哪里信得？"毛三叔道："怎么是闲话，告诉我的人，前两天亲眼看到一个后生到她家里去。"小秋笑道："毛三叔，你不要疑心，是我占你的便宜，恐怕那人看到的是我吧？"毛三叔道："不会不会，他们明明说了是临江府的人。你的口音，和临江府那差多少呢？"

　　小秋犹豫了一会子，问道："你叫了我来，有什么话问我？"毛三叔道："那天你去见着她的时候，她什么闲话都没有说吗？"小秋道："闲话当然也有，不过经我劝过了她一顿，她就什么话都没说，只要你去接她一趟，她就回来的。"毛三叔道："怎么我接她两趟，她也不回来呢？"小秋道："这个我哪里知道？也许是你有什么言语得罪她们了。"毛三叔道：

"李少爷，你年纪轻，不懂得妇道的心事，你和我一样，都上了她的当。这也不打紧，我有法子教训她，我现在不接她了，往后瞧吧。"小秋听说他挨了一顿打，心里很替他难过。心里想着，假使不是自己想毛三婶回来，替自己穿针引线，就不会惹下许多是非，便笑道："这也是我太喜欢多事了，若不是我见着毛三婶劝她回来，也没有这场是非了。"毛三叔把他那只酒醉脑袋扭了两扭，斜着醉眼，瞅了小秋道："这个倒不怪你，你是一番好意。可是因为你们郎才女貌，谈着那些恩恩爱爱的事情，全有她晓得。"说着，伸起手来，打了自己一个巴掌，因道，"我这样的鬼相，两下里一比，她就花了心了。我毛三叔就是好喝两碗水酒，有什么不晓得？"

小秋听说，却不由心里跳了两下，红着脸道："毛三叔，这话可不是乱说得的，性命关联呢。"毛三叔笑着，拍了他的肩膀道："你不要害怕，我真的能那样乱说吗？就是她和你们传书带信，那也是我愿意的。"小秋道："以前的事，那是我错了。从今以后，我不……"毛三叔连连摇着手道："我倒并不管你那些闲账，再说你们的情形不同。她是个姑娘，你是个少爷……"小秋急得没有法子，四处看看无人，连连向毛三叔作了几个揖，因道："你饶了我吧，这一类的话，你还提它做什么？毛三叔，我和你说句实心话，假使你还要交我这个朋友，这件事你就不必提，我自己也很知道错处了。若是你一定要跟着向下提，我也没有法子，我不读书了，立刻搬书箱回家去。你想呀，你们夫妻失和这是关乎一家好坏的事，你把这担子交给我挑，我挑不动。"说时，把脸色也就板了下来。毛三叔心里，总有这样一个观念，觉得李小秋是个少爷，一个穷人到了没有办法的时候，总可以找少爷去想点法子。现在是小秋板着面孔，很容易得罪他的了。于是赔着笑容道："我不过是闹着玩，我也不能那样糊涂，把这件事怪罪到李少爷头上。"小秋又正色道："真的，这话从此为止，你不必再说了。"毛三叔见他那样正正经经的样子，不敢再多说话了，拱拱手自走开了。

这一来，凭空添了小秋无限的心事。他想着，毛三叔说，他女人是为着我的事看花了心。这话虽不见得全对，但是我若不要毛三婶替我做什么事，就不疑这番心。现在算算毛三婶几次和丈夫吵架，都恰是有了自己做个火线引子，又哪里能够完全撇个干净。自己这样想着，就背了两手，在橘子林里打旋转。越想呢，也就越觉得自己不对的地方很多，就自管在橘子林里踱着，原是在祠堂前角着外走，顺了墙走到后边，不知不觉地顺了小路走，把村子走了一半了。只听得身后竹篱笆里咚咚脚步响，有人追了出来的神气。于是停住了脚，回转身来看时，正是新任的穿针引线人五嫂子来了。小秋一见她，心里就想着，给我帮忙的人，没有一个不受累的，就不知道这五嫂子会落个什么结果。不过这话又说回来了，她来帮忙，不是我找的，是春华找的，有什么责任这应该放到春华头上去，是与我无干的。

他望了五嫂子，五嫂子已经走到面前来了。五嫂子低声笑道："只管在村子里转，有什么事吗？她自从烧香回来以后，心里就痛快得多。"说着，眼睛暎了一暎。她这篇话，自以为合了小秋的口味，小秋却感到全不是那回事。不过虽觉得五嫂子的话完全不对，但是自己并没有那种力量，坦白地和人家说明了。所以只是微笑着，向五嫂子点了两点头。五嫂子又走了几寸路，笑着用那软而低的声音道："你有什么书信吗？"小秋道："从今以后……"五嫂子道："从今以后怎么样？不用我了呢，还是不通消息了呢，还是要多多通些消息呢？"小秋那句要由肚子里说出来的话，只好完全取消，因道："我倒没有什么话说，你可是问了一大堆。不过以后说我们谨慎点。"五嫂子回转头，四面看了看，因道："这是你特意来找我要说的一句话吗？"小秋听说，倒是窘了，微微地笑道："这话我是早就想说，不过没有机会。你现在问到了我，我就直说了。"五嫂子咬了下嘴唇皮，向他周身上下很快地看了一眼，微笑道："我简直猜不到你今天是什么意思？"小秋笑道："不用猜了，以后有事呢，我就会来找五嫂子。没事，不敢相烦。五嫂子也不必到学堂后面去听消息，那斋夫狗子，顶不是个东西。"五嫂子听了他这种口音，那就很明白，点点头道："好吧，你放心，我的嘴，那总是很紧的。"小秋再要说什么时，看到前面有两个庄稼人走来，只好走开。

回路经过毛三叔家门口的时候，见那大门倒扣着，插了一把锁。门口撒了许多草屑子和零碎的落叶子，也并没有人去收拾。靠了他们家对门一棵柳树站定向他们家望望，只觉那里面冷清清的，几只麻雀，站在屋檐上喳喳乱叫，瓦缝里拖出很长的零碎黄草来。情不自禁地这就摇了两摇头道："作孽，太作孽了。"他说毕了，立刻跑回学堂去上床去睡觉。睁开眼睛想想，闭着眼睛想想，只觉这件事太对不住毛三叔。让人家青春少妇从中来做穿针引线的事，纵然不会引坏人家，可是至少是不把人家当好人了。若说图补救这件事，自己不是没有努力，曾亲自到毛三婶家里去，请

158

她回家。至于说送他们一点钱呢，却也是一件很简便的事。可是让毛三婶在男女之间来往说合着，已经有些玷污他们了，再又送他们的钱，那更是把玷污他们的手法，闹得很清楚，这断断乎使不得。但是就这样置之不理会，很是不过意的。

他躺在床上，只管是这样一个劲地纳闷想着，除钱之外，可还有什么能够帮助他的呢？有了，他曾求我在厘局里给他谋一个差事，原来以为他是庄稼人，本有正当职业，何必去跳墙呢？现在不管了，可以到父亲面前去做硬保，保他在局子里当份小差，他有了差事，妇女们的眼皮子是浅的，料想这"局子里二爷"五个字的虚名，一定可以把毛三婶勾引了回来。就是毛三婶不回来，毛三叔虽丢了老婆，倒弄份差事当当，将来也可以说，以前贫寒真是老婆的八字不好，受了她的忌克，总算找一把扇子遮遮脸。小秋竟是越想越对，立刻跳下床来，就写了一封很切实的信，到了晚上，等着毛三叔回家，就亲自去找着他，将信拿在手上，叮嘱了一番，叫他明日去投。毛三叔做梦想不到有这样天上掉下元宝来的事。两手抱了拳头，连连向小秋作了二三十个揖，笑道："李少爷，你待我太好了。就是我的亲爹，他照顾我，也不能照顾得这样完全。"小秋觉得拟于不伦，也不愿和他多说，叮嘱他身上穿干净些，见人说话要利落些，自回学堂去了。

毛三叔掌着小秋写的那封信，掉过来，翻过去，手拍着头自言自语地道："我一世的指望，今日想得了，这样的好事，不能不去告诉相公。"于是手上捏了那封信，毫不考量，就直跑到姚廷栋家来。这时，他们一家人，正围了桌子，在书屋里灯下吃晚饭，毛三叔手上高举了那封信，口中喊着"相公相公"。他只用眼睛在上面看着，却管不到脚底下。忘了神跨门槛，被门槛绊了脚，身子向前一栽，几乎直栽到桌子边春华的脚后跟上去。幸而他两手撑得稳，抓住了板凳腿。姚廷栋正坐在右手方吃饭，立刻放下了筷子碗，执着那"伤人乎？不问马"的态度，问道："摔着哪里没有？"毛三叔这一摔，把手上的信，直飞到桌子底下去。虽然两只膝盖，已经碰得很痛，却不去管它，赶快爬到桌子下面，把那封信捡了起来。所幸这地面是干燥的，却是不曾把信污秽了。

姚家一家人，这时都让他这奇异的态度惊异着站起来了，都向他脸上呆望着。毛三叔并不奇怪，向廷栋道："相公，你说，人要倒起霉来，坐在屋里，祸会从天上飞了来。可是人要走了运，也就是门槛挡不住。李少爷他可怜我没有家了，荐我到卡子上去当一份差事。"廷栋瞪了眼哼了一声道："看你这样子，简直是狗头上顶不了四两渣。事情还没有到手，就是这样经受不住。我听到说，你到冯家去，让人饱打了一顿，是有这事吗？"毛三叔立刻垂下头来，噘了嘴道："这是替姚家丢脸的事，我没有敢对相公说。本来呢，我要找机会来出这口气的。现在有了得差事的机会，那就放下了再说。有道是君子报仇，十年不晚。"他在说的时候，春华早是在肚子里盘算了两三个来回。她心里想着，这事恰是有些怪。小秋何以突然地和他荐起事来，莫非还要大大地买动他一下吗？这个人虽不精明，比村子里那些庄稼人，是要懂事得多。要想他做一点私事呢，倒也是可以做得。只是他喝醉了酒，什么话都肯说，自己正担心事情，有些让他知道了呢，小秋倒偏要重用他。

春华这样想着，眼睛早在毛三叔身上逡巡了一遍。毛三叔却向廷栋道："李少爷荐我到卡子上去，也就是为了我女人的事。"春华听了这话，真不由得身上出了一阵汗。眼睛只管望了毛三叔，却又拦阻不得。毛三叔继续着道："不瞒你老人家说，我今天上午，由冯家村回来，眼睛都红了。照着我的意思，我不管族人的意思怎么样，我就要带了一把刀子去杀几个人。李少爷真是个仁慈的人，他劝了我许多话。他说，出气的法子很多，何必要动刀，后来就出了这个主意，让我到卡子上去就个事。相公，你看看这封信。"说着，将信递给廷栋去看。

廷栋将信看完了，先且不做什么表示，向着毛三叔脸上注视了一会子。见他那张雷公脸上，酒色还没消下去，脑后的辫子，在脖领子后面，弯曲着做了几叠，一双蛇鳞纹的手，还沾了不少的黄泥。廷栋连连摇了两摇头道："难难难难！"毛三叔却摸不着头脑如何有这样难。可是相公说的话，又不是胡乱问得的，于是垂下两只袖子，连连地抚摸了几下大腿。廷栋道："我看你这样子实在不行，设若到卡子上去，李老爷给了你事情，你胜任得过去吗？第一，你这副嘴脸，人家一见了之后，就不会高兴。我怕你到了卡子上去，上司会容你，同事的也不能容你。"毛三叔伸起一只大巴掌，将脸腮连连擦了几下，勉强地笑了一笑，因道："我想出去当差事，总不像讨老婆要脸子好看。你老人家是教人家子弟的人。"廷栋听他这话，很有些顶撞的意味，脸色变着红地就瞪起眼来。毛三叔退了两步，笑着不敢说什么。姚老太太看见，倒有些不过意，便道："廷栋，你不要为难他了。他高高兴兴地拿了这封信来，总指点指点他，你倒说他一顿。

他虽然是比你小几岁年纪，在外面人情世故，也混得很熟的。"廷栋向毛三叔脸上看了一会儿，就把信递给他道："去吧，明天到卡子上去见李老爷的时候，把酒醒醒，不要再替姚家人丢脸。"毛三叔答应了几个是，拿着信走了。

廷栋一家人继续地吃饭。姚老太太道："毛三哥也是出场面问事的人，廷栋这顿教训，实在够他受的。何必呢？"廷栋道："平常我倒也不说他，只要不喝酒呢，他多少倒可以办一点事。但是今天我听到他让冯家人饱打了一顿回来，可把我气得要死。"姚老太太道："论到三嫂子呢，平常也很够贤惠的，对什么人都说得龙来，不知什么缘故，和她丈夫总是不大相投。我想毛三哥有了事，戒了酒，戒了赌，或者三嫂子也就回心转意了。"廷栋道："古人说郎才女貌四个字的滥调，也未可全非，譬如刚才这一位，若是品貌稍微好一点，我想他们家里，或者不会闹到这一步田地。俗言说：一朵鲜花插在牛粪上，究竟不是好事。"春华听到，不由得向父亲看了两眼。心里想着，他也知道一朵鲜花插在牛粪上这句话呢。宋氏道："那话不是这样说法。古人说：娶妻娶德，娶妾娶色。男人娶妻，就不应当注重面貌，女人嫁丈夫，讲什么面貌？古来做大事的人，面貌不好的，那就多得很。"宋氏说这话的时候，脸色就板得铁紧。姚老太太可就笑道："话虽有理，究竟武大郎那样的人，看见了也是不顺眼。"宋氏道："什么事都是命里注定了的，真要是命里注定了是个武大郎的丈夫，我想那也只好认命的了。"她说时，向春华看了一眼。

春华听了父亲的话，本来就勾动了一腔心事，再经母亲如此说着，有什么不明白？分明就是替自己解说，嫁那个癫痫头丈夫，是命里注定的，不用得埋怨了。这样看起来，祖母和父亲，都有些心软，能说公道话，只有母亲是心狠的。想到了这里，吃下去的饭立刻就平了嗓子眼，将筷子放下，站了起来。姚老太太道："怎么你一碗饭也不吃完，就要走开？"春华见父亲也望了自己，可不敢多说气话，十分忍耐着，低声道："我忽然有点胸口痛。"宋氏看了她一眼，没有把话向下说，廷栋也放下了碗筷，站起来，向她脸上看定了，因皱了眉道："你怎么一身都是毛病呢？什么时候，又添上了心口痛了？"姚老太太赶紧握住了她一只手，望着她战战兢兢地道："孩子呀，你怎么身上总是不好呢？"春华对于祖母这句话，哪有法子可以答复，皱了眉道："只怪我身体太弱，你让我回房去躺躺吧。"勉强叫祖母放了手转身就回到房里去，果然在床上躺着。

廷栋对于这位女公子，本来很喜欢。只是格于男女有别的界限之下，这样成人的姑娘，有些地方，不能不回避一点。所以在春华退学以后，虽然知道她有些闷闷不乐，可是转念到这孩子喜欢读书，把她的书禁止了，她心里不愿意，也许是有的。至于她害病，那自然是另一件事，与读书不相干。这次在吃饭桌上，看到女儿突然称病的情形，倒有些疑惑，原来吃得好好的，经了毛三叔这一打岔，三言两语的，她那颜色就变了。但是看她脸上的情形，只是一种怨恨的样子，并不是身上不舒服的样子，她说是心口痛，不大相像。尤其可怪的，夫人当女儿说病的时候，并不抬头看她，只抬了眼睛皮向她瞪了一眼，脸上还是绷得很紧的，似乎对于女儿这举动，不以为意。再推想到这一阵子宋氏对春华好像管束得格外厉害，不十分地疼爱她了，莫非她母女之间，有什么事情吗？

廷栋越想越疑。正好姚老太太当春华去后拿起桌边拐杖，起身待走。宋氏便拦住道："随她去吧，成天只听到她说病，也管不了许多。"廷栋听着，这太不像做母亲的话，便道："孩子不能无故不吃饭，总有什么原因吧？"姚老太太撑着拐杖向里走，一面哆嗦着道："是啊，怎么好好儿的不吃饭呢？"宋氏就在这个当儿，叹了一口气。廷栋看这情形，更是增加了疑惑。

吃完了饭，待到宋氏进卧室去了，自己也捧了一管水烟袋，慢慢地踱了进来。闲闲地做个并不怎样介意的神气，却喷着烟向宋氏道："孩子心口痛，你去看看怎么样了。若是痛得厉害，家里还有沉香末，找点出来，给她冲酒喝下去。"宋氏将床上放着一大堆洗晒过的衣服，自去一件件地折叠好了，放到衣橱子里去，对于廷栋的话，许久才答应了四个字："不要紧的。"廷栋道："胸口痛这个病，很厉害的，一阵痛来，可以把人痛死，你怎么说是不要紧的？"宋氏正有一口气想叹出来，看了廷栋一眼，又忍回去了。于是有气无力地答道："你去看看就知道。"

廷栋一想，这话里有话，就捧了水烟袋向春华卧室走来。走的时候，在路上已是连连咳嗽了三四声。走到卧室外面的时候，站住了脚，又咳嗽了两声。这才问道："春华，胸口痛好一点了吗？"春华伏在床上睡着，姚老太太扶了拐杖，坐在床沿上，一点声音都没有。还是姚老太太道："她睡了，大概不怎样要紧吧？"廷栋这才慢慢地走进来，见春华和衣伏在床上，两手扶了大枕头，用被角盖了脊背，倒是像个害心口痛的样子，看不出所以然来。倒和老太太说了几句闲话，然后走了。不过他听了宋氏的话，总想到其中另有缘故，当日晚上，因正是讲书出课题的时候，也不能在家里多耽搁，抽了两袋水烟，也就走开了。

到了次日，将上午的功课料理已毕，记挂着这个娇娃，便又赶了回来吃午饭。当饭菜都摆上了，却不看到春华出来。便道："春华还是心口痛吗？怎么不出来吃饭？"姚老太太道："你今天才知道啦，这孩子常是不吃饭的。不必叫她了，大概又睡下了。"廷栋的小儿子，两手抓住了桌子档，正向凳子上爬，便道："姐姐没有睡，在看书呢。书上画了好多菩萨、好多妖精，姐姐不给我看。"廷栋听到，不觉心里一动，这是什么书？莫不是新出的肖像小说？老实说，这种书若让姑娘看到了，那只会坏事，不会好的，便对他儿子道："把你姐叫来了，才许上桌吃饭。去。"

那孩子看看父亲的脸色是板着的，哪敢耽搁，跳下凳子来，噔噔噔，跑了一阵响，跑了进房去，就把春华拖了来。春华手扶了板壁，望了桌上皱着眉道："我吃不下饭去，弟弟硬要把我拉了来做什么？"大家都坐上桌子了，廷栋扶了筷子碗，向春华望着道："你为什么又不吃饭？"春华偷看父亲的颜色，并不怎样和悦，便低了眼皮，不敢向父亲看着，低声答道："我胸口痛还没有好，吃下饭去会更难过的。而且我心里就不想吃饭。"廷栋道："你既是胸口痛，你就好好地在床上躺着，为什么还要看书？"春华道："没有看书。"那小孩子却用两只手拍了桌子道："她看书的，她看书的，书上还有妖精呢。"说到这里，他嗷了嘴道，"你不给我看啥，我会给你告状。"春华听着，不由红了脸，廷栋道："你病得饭都不能吃，还看什么书呢？你看的是什么书？"说着，只管向春华周身上下瞧着，她如何答复，这倒是可注意的了。

第十八回

智母重闺防闲侦娇女
酒徒肆醉舌巧触莽夫

春华偷看小说的这一件事，为时不久，向来守着秘密，没有人知道。自己也觉得处处提防，不会走漏消息的。现在父亲突然地问起这件事来，事先不曾预备，倒不好怎样答复。廷栋正了面孔问道："你弄了什么书来看？"春华低声道："我没有看什么新书呀，在家里的，还不是那些读的书。"廷栋道："你弟弟说：书上画着有人，那是什么书呢？"春华道："除非是那部幼学，上面有些图画，此外哪里有画图的书呢？"廷栋虽然依旧不放心，可也问不出个所以然来，只得转了话锋道："我今天才知道你常是不吃饭。年轻的人，正在发育，常是不吃饭，那成什么话？你勉强也得搭几口，坐下来吃。"说着，用筷子尖指了下方的凳子，那意思就是要她坐下来。春华并没有病，勉强吃几口饭，总是可以的，现在看到父亲有点发怒的神气，不敢十分违抗，就盛了半碗饭，坐在下方吃。

这餐饭不曾完毕，只见毛三叔又是笑嘻嘻撞跌了进来，在天井里就叫道："相公，我的事情成了，特意来跟你老报个信，明天我就搬到卡子上去住了。"他口里说着，身子径直地向前走，又忘了过门槛，扑通一声右脚绊着。这次他多少有一点提防，当身子向前一倾的时候，他赶紧抓住了门，总算没有栽了下去。廷栋尽管是不想笑，不由得不笑，只好将笑容一变，变成了冷笑的样子，接着就叹了一口气道："只凭你这副冒失样子，就不应该混到饭吃，倒是李老爷有容人之量，居然用你。李老爷派了你什么事呢？"毛三叔道："李老爷说：座船上还少一个打杂的，叫我在座船上打杂（内河厘局，局所在岸上，查禁偷漏，或有不便。河边泊船一只，居一部分查税之员役于其中，名曰座船），一个月薪水六吊钱，伙食还是局子里的。"廷栋道："事情你或者做得下来。但是李小秋为什么给你荐这个事，必定是你找得他没奈何吧？"毛三叔道："我刚才进来，看到他还在门口散步，你不信，可以把他叫进来问。"廷栋点着头道："问问也好，若是他在门口，你就把他叫了进来。"

毛三叔现在被小秋抬举是做了船上打杂的，直觉得小秋是尊活佛，立刻跑到外面来直奔到小秋面前去，向他笑道："相公请你去说话呢。"小秋远远地站在一堵篱笆边，正对了先生家一只屋角出神。因为听到屈玉坚说过师妹正是住在那屋角下面一间屋子里呢。毛三叔突然跑来，说是先生要见，立刻张口结舌地道："什……什……什么事？"同时心房乱撞乱跳。毛三叔笑道："相公叫你去说几句话。不相干。"小秋料是躲不了，只好硬着头皮跟了他去。

廷栋家已是吃完了饭，大家散坐在堂屋里。春华听说叫小秋去了，更是不走，在父亲对面一张椅子上坐着。小秋走到天井里，心里连叫不好。先生有话不在学堂说，春华也在这里，莫非有什么事要对质的？脸上阵阵地红着，脊梁上只管出汗，一步挪不了三寸，走到堂屋里来。廷栋正了面色捧了水烟袋，老远地就把眼睛瞪着，不由得小秋心里不加紧地跳了起来。廷栋等他走到面前，才道："我也没有什么要紧的事。不过你一番好意把毛三哥荐到卡子上去，你不怕他闹出事来，连累了你吗？"小秋微笑道："我想不至于吧？只要不喝酒，毛三叔为人也很精明的。"廷栋道："他找了你不少时候，要你来荐事吧？"小秋道："没有，没有，是我自己和他想法子的。因为我看到他不做庄稼，又没有别的事可做，怪可惜的。"

这几句话，最合于那慈悲老太太的口味。姚老太太扶了拐杖，坐在廷栋后面，不住地点头，表示十分赞成的意思，就向春华道："师兄来了，端把椅子给师兄坐，你还念书呢，一点礼节也不懂。"春华真是做梦想不到，奶奶会下这样一道御旨，立刻脸上泛起了笑容，端了一把椅子，送将过去，口里还叫道："李师兄请坐。"小秋连忙弯腰笑道："师妹还同我客气。"春华也没有跟着说什么，退后了一步。姚老太太道："喏，这孩子有一无二，倒一杯茶给师兄喝啊。"春华也不知道祖母如何大发仁慈，只管叫着侍候师兄。心里加倍欢喜之下，跑到卧室里去，将自己用的茶杯，就满满地斟上一杯，两手捧着送到小秋面前来。小秋站起来接茶时，对她那双白如雪的手看了两眼，春华如何不懂得，低了眼睛皮微抿了嘴，在他面前站着，略停了一停。小秋是不敢多看，立刻掉转身来，在先生面前坐着。廷栋道："我倒没有什么话说，你去念书吧。"小秋站起来答应"是"，将茶杯放在桌上，响声都没有一丝丝，叫着太师母、师母，这才掉过身去，从从容容地去了。

姚老太太道："到底是做官的人家出来的儿女，总是很有礼貌的。可惜，我只有一个孙女儿，我若是有两个孙女儿，一定许配一个给他。"廷栋道："这孩子聪明是聪明的，只是才华外露一点。若是现在科举没有停，秀才举人，这孩子没有什么难，再上去，就得放稳重些才成。"姚老太太笑道："你向来不夸奖学生好的，有这样好的学生，何不把你三房的小琴姑娘许配了他？"春华在一边听着，不免向她祖母狠命地盯了一眼。廷栋笑道："他父亲来往里头，有的是千金小姐，让他家去慢慢挑选，他为什么要跑到我们新淦乡下来对亲？"毛三叔在一边，忍不住了，就插嘴道："可惜我们大姑娘是有了人家了，如其不然……"宋氏就拦住道："毛三哥，你又喝了酒吗？别胡说了。"毛三叔向着大家伸了两伸舌头尖，可不敢再跟着向下说去了。若在往日，谁要在许多人面前，提到婚姻大事，春华一定是红了脸，要道论人家几句的，但是今天的情形，却很特别，只是怔怔地坐在一边听着。现在大家都不说了，她这才拿了这只杯子，带着很高兴的样子，走进房去了。

别人罢了，宋氏自让春华退学以来，就寸步留心她的举动。心里固然疑惑着，她必定有些别的意思。可是这一番意思，是生长在谁人身上，却还不能知道。现在看了春华对小秋这番情形，就明白了有九分九。怪不得自从学堂里来了这位李少爷以后，姑娘就不像以前那样听话，常是和上人顶嘴顶舌的。当时，宋氏板了脸子坐在一边，只是心里盘算一阵，却没有声张出来，向毛三叔道："你什么时候到卡子上去呢？"毛三叔道："我回家，就是来搬行李的。"宋氏道："一家就是两口人，现在两口人都在外面，你家里这些事，交给谁来管呢？"毛三叔笑道："家里有一口箱子，我想存在师母这里，被褥帐子，我自己要带了走，再也就没有什么东西了。就是有什么东西。我可以交给把门的铁将军去办。"宋氏想了一想，点点头道："你可不要胡来，你可引我到你家里去看看，多少我也可以和你安排一点。"毛三叔笑道："哎哟，那怎么可以？"宋氏既是说出来了，更不待他多说推辞的话，已经站起身来。毛三叔无话，只好陪着她走回家去。

宋氏到了他家里，倒也东张西望，做个看察的样子，后来就在堂屋里椅子上坐下，点点头道："倒没有什么了不得的东西。"毛三叔斜伸出一只脚，站在堂屋中间，做出很踌躇的样子，因笑道："师母来了，我是茶也来不及泡碗喝的。"宋氏对他脸上望了一会子，因道："茶我是不要喝，我倒有两句话问你。"毛三叔这才明白了，原来师母特意到这里来，是有话要问的。不过她问的是什么舌，只看她这来头，就有点不善，自己总要小心答复为妙。他笑道："我是什么也不懂的人，恐怕你老人家，问不出所以然来吧？"

宋氏又望着，顿了一顿，勉强地笑道："问来问去，还问的是你身上的事，你告诉我，李少爷荐你到卡子上去，是你求他的呢，还是他求你的呢？"毛三叔心想，和人家荐事，哪里有反去求人来受荐的，这分明是师母疑心着李少爷荐我做事，乃是收买我的了。于是笑道："你老，这还用问吗？当然是我去求他，他怎么还来求我？"宋氏沉默了一会子，因道："你刚才说，若是春华没有许配人家，倒是一件好事，你这是什么意思呢？"毛三叔抱了拳头，连连作了几个揖道："师母，你就别追究了，这就算是我说错了还不成吗？"宋氏笑道："我并不是说你说错了，好像我吧，也不是有这一点意思吗？我问你一句话，你千万不要对别人说，你看那李少爷，也有这种意思吗？"毛三叔脸上虽不曾表示什么态度，可是他心里，已经乱跳了一阵，勉强地笑道："人家是读书知礼的人，哪里会这样乱想。方才那两句话，我也是因话答话，你不要放在心上。"

宋氏说话的时候，只管云看毛三叔的脸色，他虽是带了那勉强的笑容，可没有一点惊慌的模样。只管问下去，把他问惊了，以后再要打听这件事就不好办。于是收了笑容，叹口气道："养儿容易养女难。家里有个姑娘，做父母的人，总怕会失了婚姻，有一个相当的人家，就定下了。但是定早了，也不好，遇到有真好的，就有是机会也只眼睁睁地好到别家的了。"说着，站起身来走回家去。走到门口，又回转头来，向毛三叔道："我们刚才说的话，说过去就算了，以后不必再提了。"毛三叔道："我自然晓得。"口里说着，心里可就想定，今天这位师母的情形有点反常，我倒不能不提防一二。于是直把宋氏送到她自己门口去，慢吞吞地跟随着，好像还有什么不曾了结的事情一样。宋氏回头看到，笑道："这倒好，我送你，你又送我，我们这样送来送去，送到什么时候为止呢？"毛三叔笑着向后一缩，可就不敢走了。宋氏本来在一种疑神疑鬼的状态之下，看了这副情形，那只有更加可疑的。她想着在吃饭以前，女儿说是病了，吃饭以后，女儿就没有了病，这也是可怪的事情之一，现在倒是要去看看她的态度怎么样。于是放轻了手脚，向春华屋子里走来。

她果然脸上不带一些病容，两只手臂伏在桌子上，手上把刚才倒茶的那只茶杯，紧紧地捧着，脸望了窗子外的天色，不时地发着微笑，也不知道那茶杯子里有茶无茶，不过她出神一会儿，就得向这杯子沿上抿一口，仿佛是这茶非常之有味。宋氏觉得这件事，很有些奇怪，就这样老远站着，看她到底怎么样。过了许久的时候，这就听到春华突然叹了一口气，接着又像是说话，又像是读书。说了一大串，却不大懂得。接着她又自言自语地道："不说也罢，说也是枉然。"在她说这句话的时候，放下茶杯，举着两手伸个懒腰，又叹一口气。宋氏以为她要起身，待转身走了，好躲开她的视线。不想转身转得快一点，将门碰了一下响，这倒不由把春华吓了一跳。回头看来，原来是母亲，想必刚才所说的那些话，都让她听见的了。立刻那两张粉腮上，就如搽抹了胭脂，红到耳朵根下，手扶了桌子，低着头，说不上话来。宋氏道："这么大姑娘，遇事倒都要我操心，你就是这样成日疯疯癫癫，这是怎么回事，难道你吃了疯药吗？"

当宋氏猛然在身后发现的时候，春华本来有些吃惊，可是她定了一定神之后，她就想到，怕什么，我一个人在这里想心事，是在我肚皮里头转弯，娘又不曾钻到我肚皮里面去，知道我在想什么。至于我口里说的，是《牡丹亭》上的词句，她如何会知道？我露出惊慌的颜色来，那她就更要胡猜了。于是正了一正脸色，微笑道："我一个人坐在房里背书，怎么说是疯了呢？"宋氏抓不着她的错处，可也不好说什么，便道："你总会强辩，我看你怎么好哟！"说完了这句话，可也就转身离开了。可是她虽不能指定春华的罪，从此以后，她可加紧了对春华的注意。尤其是毛三叔的行动，她认为是很可以注意的。

毛三叔本身呢，他也有些感觉，不敢到廷栋家来，怕言前语后，会露出了马脚。就在这天他向卡子座船上到差以后，倒有五六天不曾回姚家庄来。不过他心里还有一个疙瘩驱除不了的，就是他的老婆毛三婶，始终不曾回家来。他心里想着，我得了差事的消息，假如要传到冯家庄上去了，她就不念什么夫妻之情，想到可以弄我的钱了，也应该回来。是了，自己就差来得急促，便是本村子里人，也不见得完全知道，何况冯家庄是相隔十几里的所在，这个消息，如何就能传了过去？因之在他就事的第七天，他就告了半下午的假，回到姚家庄来。又因为是第一次回来，不能忘了小秋荐举的恩惠，所以未曾回家，首先就到学堂里来探访小秋。小秋在每日午饭以后，他必定到外面散步一会子，毛三叔在学堂里看不见他，也就随着寻到外面树林子里来。一见面，也不过几句平常道谢的话，倒是小秋怕他对于女人放心不下，却着实地安慰了一番。

毛三叔和他谈话，却想起了自己的家都托付了师母了，第二处便是到廷栋家来。小秋和他一同出了树林子，自回学堂去。毛三叔很高兴地向前走来。忽听得有人叫道："毛三哥回家来了？"抬头看时，正是宋氏站在门口。这便拱手笑道："我特意来看看师母。"宋氏红着脸道："我看到你和李家孩子，一路由树林子里出来的。你要来看我，怎么不先来？我告诉你，以后少在我面前鬼鬼祟祟的。"毛三叔笑道："你老人家毋疑心了。我还敢伙同外姓人，糊弄自己人不成？"宋氏道："那不一定，你来有什么话说？"毛三叔道："没什么话，不过来看你老。"宋氏在脸上放出淡笑的样子来，答道："好了，多谢你。家里没人，不用进去了。"毛三叔一想，师母虽然尊严，也不该对我说这种话，家里没人，不要我进去，难道把我当贼人看待吗？脸上一红，气冲了他，也不再说什么，自走到别家去了。

　　他心里憋住了这口气，在这村子里不愿久停，复又回到街上来。刚要下河边座船上去，只见同事刘厨子背了一只长柄篮子，篮子里斜插了一支秤杆在外边，他笑道："你不是请半下午的假吗？怎么回来得这样早？"毛三叔道："回家去没有事，我想与其在家里闲坐，不如到这里来闲坐了。"刘厨子道："今天局子里请客，晚上有酒席，我还要到街去买些菜，同去吃两碗水酒，好不好？"毛三叔自到这里就事以后，就没有闻过酒味。现在听到有人说去吃两碗，口里早就是馋涎欲滴，便笑道："我已经戒了酒了。"刘厨子道："不要废话了。酒又不是鸦片烟，有什么瘾，何必戒？就算戒了，吃一回两回破了戒，事后永久就要吃吗？那也不见得吧？走吧。"他说这话时，就伸了一只手，来挽毛三叔的手臂。到了这时，毛三叔也就不得不跟了他一块儿走去。

　　到了酒店里，刘厨子还不曾坐下，先饿叫道："打一壶老酒来。"原来江西的水酒铺，酒也分着两种：一种甜酒，那是平常的人都可以喝的；一种是老酒，那酒味的程度，就和烧酒相差不远。毛三叔不由得伸手搔着头道："倒是喝这样厉害的酒吗？"他口里虽然谦逊着，那店伙已经把酒壶送到桌上来。同时，那下酒的碟子，也摆了四五样在桌上。到了这时，毛三叔只有对了桌上傻笑，哪还说得出别的话来。刘厨子提过酒壶，早是向大碗里斟上了一大碗，笑道："喝吧。"那酒壶提得高高的，酒向下斟着，自然有股香气，反映着冲到鼻子里来。于是向刘厨子笑道："既是酒都斟到了，那我也就只得叨扰你几杯了。"他坐下来，先就端着酒碗抿了一口。许多日子不曾喝酒，现在忽然喝上一口，真是甜美非常。眉开眼笑地向刘厨子道："既然是开了戒，说不得我总得陪大司务多喝两碗。"于是两个人一面喝酒一面谈话，就这样继续地喝了下去。

酒碗边交朋友，那是最容易成为知己的，刘厨子道："老姚，我们虽然共事没有几天，我倒觉得你这个人很是不错。将来有要我帮忙的地方，只管说，我是尽力而行。"毛三叔笑道："那还少得了要大司务携带呀。你要是有找我帮忙的地方，也只管说。别的事我不敢说，要说是要我跑路，我这两条腿，倒是很便利的，说走就走。"说着，倒是真的，将自己的腿拍了两下。刘厨子也斜着眼睛，向他微笑道："我将来或者有事会拜托你的。其实，现在说出来，也没有什么要紧。"说着，端起酒碗来，喝了一口，又拿了一块臭豆腐干，在手里撅了吃。毛三叔道："你有话只管说，能帮忙的，我一定帮忙的。若是像你这样郑重着不说，倒显得我不算是好朋友了。"

刘厨子笑着，又端起碗来，喝了一口，想了一下，笑道："实不相瞒，我想弄一个女人。"毛三叔道："怎么着？大司务还没有成家吗？你是要姑娘，还是要二来子（即寡妇）？我都可以同你访访。"刘厨子笑道："并不是要那样大干，我只是想弄个女人走走。"说着，又斜了醉眼笑起来。毛三叔道："我虽然在这三湖街上，无所不为，可是有一层，这条路子，我就不认得一根鬼毛。街上有的是卖货，你不会去找吗？"刘厨子笑道："若肯要这路人，我还同你说什么呢？我们座船上的陈德全，就为了走这条路，弄下一身的杨梅疮，我可不敢试。"毛三叔道："除了这样的人，那我就不晓得怎样去找了。"刘厨子手按了酒碗道："亏你是本地人，连这些事都不知道。我就晓得这大堤后面那马家婆家里，是个吊人的地方。"毛三叔道："怎么叫吊人的地方呢？"刘厨子笑道："我倒不相信，你这样一个本地人连这一点都不懂。好比说，逢到赶集的日子，在街上看到那乡下来的女人，或者是卖鸡蛋的，或者是卖草鞋的，或者是卖布的，你觉得那个人不错，就对马家婆通知一声，她就可以引你和那女人在她家里成其好事了。"说着，张了嘴笑。毛三叔道："这话不太靠得住吧，难道乡下女人上街来做买卖，都是这路货？"刘厨子道："自然有不是的。可是你要晓得来做买卖的女人，无非为了几个钱，有钱去勾引，加上马家婆那张嘴又会说，不怕你是穷人不上钩。"

毛三叔听到这话，不免就引起了他一腔心事，接连喝了两口闷酒，没有作声。刘厨子笑道："我知道这后街小巷子里还有一家，只是没有人引见，我不敢撞了去。"毛三叔道："这马家婆家里，大司务认得吗？"刘厨子笑道："认是认得，我不敢去。因为我们卡子上有好几个人都是走这一条路。我们当厨房的人，哪里敢同这些副爷们比？他们阔起来，花三吊五吊，全不在乎，我就不肯那样花钱。"毛三叔道："哦，原来这街上还有这样一条路，你看我这个土生土长的人，简直一点也不晓得。卡子上哪位副爷走这条路？"刘厨子道："笫一就要算那个划丁黄顺了。你认得了没有？就是那个穿得漂亮的一个。他现在交了一个姓冯的女人，打得火热，三天两头见面。"毛三叔那一颗心几乎由口腔子里直跳出来，手紧紧地抓住了桌子档，瞪了眼望着刘厨子。他倒是一愣，望了毛三叔道："老姚，你为什么发急？"毛三叔笑道："并不是急，我倒有些奇怪。"说着，就端起酒碗来喝了一口。刘厨子道："我看你这样子，倒好像有些发急呢？"

毛三叔放下了酒碗，用筷子头接连地夹了十几粒咸豆子放到嘴里去，自然，他也就有些主意了，就笑答道："因为我听到人说，这街上有个女人叫冯状元，我怕是她呢？"刘厨子摇头道："不，这女人不是街上的，是冯家村的。"毛三叔又如当胸被人打了一锤，说不来的那一份难受。但是他依然勉强镇定着，却笑道："大司务见过她吗？怎么知道是冯家村的呢？"刘厨子道："黄顺当是一个宝贝呢，只怕人抢了去，哪里会让人看到？"毛三叔不再问了，他只觉得心里有火烧一般。这火既不能平息，只好端了酒，大口地喝了下去。刘厨子笑道："我就不服他那信口胡吹。他说不弄女人就算了，要弄就弄一个好的。我若有机会，一定要找着姓冯的女人看看，究竟好成了什么样子，反正不能比观世音还要好看吧。"毛三叔鼻子里哼了一声，将壶提起斟了一碗酒，先喝了一口，微笑道："在外面做坏事的女人，哪里肯说真名实姓，你说是冯家村里姓冯的，恐怕靠不住。"刘厨子道："真姓什么，我可不知道，不过黄顺连那女人的小名都说出来了，说是叫翠英。"毛三叔突然站了起来，问道："她叫翠英？"刘厨子道："她是这街上的女状元吗？"毛三叔呆了一呆，笑着摇摇头道："不是的。"但是他不能再坐下了，手上端起了酒碗，喝了个碗见底，才放了下来，便沉重着脸色道："大司务，天色不早了，你也应该去买菜了。"刘厨子抬头向对过墙上的太阳影子看了一看，笑道："其实再喝两碗，也不要紧。"毛三叔道："无论如何，我是不喝的了。我想起了一件事，非立刻去办不可。"

他说着自向店外面走，刘厨子在他身后说了些什么，他全没有听到。

他心想，我毛三叔充了一生的好汉，我女人会在暗下去当娼，我睡在坟地里的祖宗，也要号啕大哭。虽然刘厨子的话，未必就十分是真的，但是我女人的名字，除了娘婆两家的亲人，并没有人知道，那怎么会传到他耳朵里去了？只凭这一点，这里面必定有些不干净。不用忙，姓黄的这杂种，好在总在我眼睛里的，我只要尽夜守住了他，总可以看出他的痕迹。俗言道，捉奸捉双，捉不到双，我暂时忍耐了；假使我要捉到了双，哼，那就对不住，我非把他两个人头一刀砍下来不可。他喝下去的酒，这时已把神经兴奋了起来，渐渐地有点超出了常态。当他想到一刀砍下两个人头来的时候，左手伸了出去，做个捏着东西的样子，向怀里一带。右手横了巴掌，斜斜地砍了下去，而且鼻子里还同时哼了一声。刘厨子连问了两声"怎么样了"，他都没有答应。最后就跑上前来，扳住他的肩膀道："老姚，你这是怎么样了？"毛三叔横了眼睛道："你问我做什么，我要杀人。"刘厨子笑道："你真不行，喝这两碗酒，就胡来了。"毛三叔道："胡来吗？过两天我杀人你看看，我毛三叔不是好惹的呀。"刘厨子在大街之上，听他口口声声要杀人，软了半截，不敢向下问。毛三叔却昂着头大笑一声，向卡子上直奔了去，好像真个要杀人一样，这情形就更紧张了。

第十九回

黑夜动杀机狂徒遁迹
朱笺画供状严父观诗

刘厨子看到毛三叔向局子里狂奔了去，口喊着杀人，他心里想着，不惹出事来就算了，若是惹出了事来，追究缘由，全是我多说话惹出来的是非。可是我说的是此地的乡下妇人，这与他有什么相干？就算我说了这地方的人，他心里不服，话是我说的，应该和我为难，为什么要跑到局子里去，他要杀谁呢？刘厨子站在街上，呆了一阵，越想越不是味儿。说不定他要到老爷面前去告我一状，我不但是要打碎饭碗，恐怕上司怪我言语不合，要办我的罪呢。如此一转念，菜也不要采办了，丢下了篮子，紧紧地随在后面，跑回局子里来。走到河岸上，却见毛三叔在座船的跳板头上站住了，正正端端的，像平常一样。刘厨子却也是奇怪，怎么顷刻之间，变成了两个人。定睛看时，原来有一位王师爷，正靠在船窗户上，向岸上望着。不论一个人酒醉到什么程度，钱总是认得的，认得钱就应当认得上司。所以毛三叔虽起了很大的势子，要跑来杀人，然而他看到了本局子里的师爷，身体就软了一半，倒也并不是说，怕得罪了师爷，饭碗就保不住。只是不明什么缘故，上司身上仿佛有慑人毛，见了他之后，不由人不规矩起来。

恰好那王师爷已经看到他脸上有些神色不定，就问道："你不是新到船上来打杂的吗？怎么一点规矩也不懂，站在跳板头上挡住了别人来往的路。"说时，也正好刘厨子所说的那个黄顺，由舱里走了出来，向他喝道："听到了没有？王师爷叫你站开一点去呢。"毛三叔向他看时，见他新剃了头，辫子梳得光溜溜的，身上那身衣服，自然不用说，既漂亮，又整齐。在外面混差事的人，打扮成了这样一副情形，就不是个好东西。不过他根据了王师爷的话，叫自己站了开去，在他是对的，没有法子可以驳他，这便在鼻子里哼了一声，站了开去。刘厨子老远地在岸上看着，大概不会有什么问题了，于是再回身上街买菜去，可是照了这样情形看来，他身上可没有少出汗呢。

等他买了菜回来，天色快晚了，走进船上的火舱，只见毛三叔坐在一张矮凳上，两只手撑住了两只膝盖，向上托住了自己的头，皱着眉，微睁了眼睛，直着视线，只管向桌上的砧板发呆，砧板上可放了一把菜刀呢。刘厨子道："喂，老姚，你这是怎么了？还在出神啦。帮着洗菜吧，我要动手做饭了。"毛三叔没有作声，还是那样呆呆地坐着。刘厨子道："我告诉你，你可不要胡思乱想，以后要喝酒，得称称自己的量，不要胡乱地喝。当这一份小差事，原也算不得什么，不过你要知道，你的荐主是李少爷，他在他父亲面前，就担着一份干系呢。你若是事情做得不好，可连累了李少爷也没有面子的。毛三叔听了，就不由得长叹一口气，站起身来。看那样子，他是赞同刘厨子所说的那几句话了。

自这时起，毛三叔照常做事，也没有什么不稳的情形。刘厨子忙着要办他的酒席，他也更不会把这件事放在心上了。正做菜的时候，黄顺和另一个划丁叫丁福的，在厨房里帮着取杯筷，送菜碗。黄顺笑道："今天晚上，总办和老爷师爷们都有事纠缠住了身子，不会留心到我们身上来了。老丁，你带我到街上去看看你的贵相知吧？"丁福笑道："啊，你装什么傻？你一颗心，都在冯家村，别处的女人，你还看得上眼吗？"黄顺笑道："那不是胡吹，黄副爷不嫖就不嫖，若是要嫖的话，总要找一个有情有义的人。"毛三叔坐在灶前一张矮凳子上，只管拿了面前破篓子里柴棍子，不住地向灶口里塞了去。刘厨子叫起来道："好大的烟，姚伙计，你拼命地向灶口里添火做什么？"

毛三叔虽是坐在灶口，他两只眼睛，却没有看到灶口里有火，直待刘厨子叫出来，才看到灶里的柴片子，塞得是满满的。自己手上还拿了两块柴片，正待向灶口里塞了去呢。他也不愿意多说什么，将火钳把烧着了的柴块子夹了出来，放到水盆里去浸熄了。黄顺笑道："这不叫多一道手脚吗？这柴打湿了，明天还得重新晒一晒呢。少烧两块好不好？"毛三叔将火钳向舱板上一放，咔嚓一下响，横了眼道："这是厨房里的事，你管得着吗？"黄顺红了脸道："你看这东西，吃了生番粪，开口就伤人。"毛三叔跳起来道："姓黄的小子啊，老爷拼了这一份差事不当，要和你拼一拼，你敢上岸去和我较量吗？要不，水里也行。小子你愿意走哪条路回外婆家去，都听你的便。我毛三叔见过事，我手上就见过两回打大阵（械斗也）。你到三湖街上打听打听去，毛三叔是好朋友，什么威风全不在乎。"这毛三叔三个字，送到黄顺耳朵里去，不由得他全身的筋肉不觉抖颤一下，眼光很快地在毛三叔周身看了一下，他心里好像在那里说着原来是你。刘厨子在一边做菜，听了毛三叔这一片狂言，心里不免替他捏了一把汗。

这位黄副爷，年少好胜，绝不能够无故受人家这样一顿申斥，就会算了的，这热闹可就有得看了。殊不料黄顺的情形，今天大变，只是看了毛三叔两眼，掉转身子就走，直待出了这火舱门，他才自言自语地道："我和你这种下作人说话，失了我的身份。"毛三叔对于这话，似乎听到，似乎不听到，就在灶口边冷笑了一声。刘厨子望了他道："你这人是怎么了？到现在酒还没有醒吗？"毛三叔瞪了两只白眼道："哪个混账王八蛋才喝醉了酒呢。大司务，你不要看我在这里打杂，我一样地可以做出那轰轰烈烈的事情来。"刘厨子听了他今天这些话，早就气得肝火上升，红了两眼，现在听到他又说了这些不通的话，就跟着笑道："你这话对了，薛仁贵跨海征东，官封到平辽王，不就是火头军出身吗？"毛三叔道："做出轰轰烈烈的事来，也不一定要出将入相吧？譬如说，石秀杀嫂，武松杀嫂，哪个不是轰轰烈烈干过的。武松是个当捕快的，石秀是个当屠夫的，他们并没有出将入相呢。"刘厨子笑道："哈哈，原来你要做武松石秀这一类的人，你有嫂嫂吗？"毛三叔道："我虽没有嫂嫂，我有老婆。"刘厨子笑道："说来说去，你说得露出狐狸尾巴来了。石秀杀嫂，为的是他嫂嫂不规矩。你说要杀老婆，你自己成了什么人了。"毛三叔道："哼，那也不假，我老婆规矩，那就罢了，若是不规矩，我就得把她杀了。杀一个不算，我就得杀两个。"

正说到这里，只听到舱外面咕咚咚一下水响，是有人落下水去了。刘厨子道："了不得，有人落水了。"只在这时，好些个人拥了出来。只听得船下面有人答道："不要紧，我失脚落下来了。"船上这些人，有的捧着灯火，有的放下竹竿，七手八脚，将那人扯了起来，正是刚才和毛三叔顶嘴的黄顺。大家都笑道："你这么大个子，好好地走路，怎么会落下水去？"黄顺道："这也没有什么奇怪，什么人走路，都有个失脚的时候。"在灯光下像水淋小鸡似的，身上打着冷战，勉强地笑道："倒霉倒霉，我要赶快去换一换衣服，迟一步，我要中寒了。"说着，他拖了一身的水衣服自进舱去了。刘厨子笑道："怪不得今天受了人家一顿话，乖孙子一样，嘴也不敢回，原来是水鬼早拉住了他的腿子。"毛三叔自从喝了水酒回船以后，脸上的颜色，便是煞白了，哪里有半丝笑容。这时见刘厨子说着进来，便笑道："没有淹死这家伙，总算便宜了他。不过他逃得了今晚，九九八十一难，以后的劫数还正多呢。"刘厨子笑道："你不过和他顶两句嘴，很算不了什么，你这样恨他，不过分吗？"毛三叔在灶口里添了几块柴，默默的有许久不曾作声，最后才笑道："我和他倒没有什么私仇，不过我看不惯那种样子罢了。"刘厨子笑道："这更叫扯淡。"他也只这样随便地批评了一句，却也没有向下说。酒席做得有九成好了，他自要忙着开酒席去。

毛三叔经过了几度兴奋，主意也就想得很准确了。帮着开过了酒席，将剩下残酒余肴，同刘厨子又饱啖了一顿。当吃酒的时候，刘厨子也曾顾虑到他会发酒疯，不喝酒了。不过当毛三叔将酒杯、酒壶，完全同搬在小桌子上以后，他就笑道："老姚，我们喝是可以喝，少喝一点，以两杯为限，你看如何？"毛三叔笑道："不要紧的，我喝醉一次，再不会喝醉第二次的。"刘厨子自己要喝，也就顾不了许多，及至喝了一杯之后，他倒摇摇酒壶，说是里面不多，把它喝完了事。毛三叔微笑道："即使醉了，也不要紧，至多是闯出杀人的祸来。"说毕，哈哈大笑。刘厨子瞪了眼道："你怎么老是说杀人，不怕惹是非吗？"毛三叔端起一大杯酒来，咕嘟一声，一饮而尽，站起来笑道："也怕，也不怕。"刘厨子虽不免天天杀鸡杀鸭，可是杀人这句话，他可有些不爱听，认为老姚这个人是不能捧的，越捧越醉，也就不向他再说什么了。这时，毛三叔变了一个态度了，对人总是笑嘻嘻。喝酒的人发脾气，那算什么，犹之一阵飓风吹来了一样，无论来得多么厉害，吹过去也就完了。刘厨子自己，总也算是个过来人，所以他对于这一点，却不甚介意，坦然地放头睡觉去了。

可是毛三叔和他不同，整晚地都不曾睡得安稳，只在打三鼓的时候，他就穿衣起床了。原来这座船上，有个更棚，里面有面鼓，有个人坐在里面，顺着更次打鼓，警告船只在黑夜里不得偷渡。毛三叔所怀恨的那个黄顺，每五天也轮着打更一次。今天晚上，正是该黄顺打更，不过他失脚落水以后，他便对同事丁福说，身上有些发冷，恐怕不能熬夜，请丁福代打更了。毛三叔暗中打听明白了，今天该黄顺打更，至于黄顺临时告假，改由丁福代替，他哪里知道。他起来之后，悄悄地穿了衣服，拔了鞋子，顺手摸着厨房里一把大菜刀，顺了船舷，慢慢地向前舱更棚找了来。他走到更棚门口，手按了舱门，听听里面的消息如何。只听到里面很粗嗓音地咳嗽了几声，这并不是黄顺的声音，倒有些奇怪，将身子很急地转着，踢了舱板一下响。丁福问道："谁呀？三更多天了。"毛三叔伸进头来问道：

"今天怎么是丁福爷守夜呢？"丁福道："老黄身子有点不舒服呢，今天我先替了他，过几天他再替我。"

毛三叔身子虽伸到舱里来了，可是他那右手捏了一把刀，反背在身后，可不让人看到。丁福见他脸上慌里慌张，那身子又斜着不肯正过来，倒有点疑惑，站起来问道："老姚，半夜三更，你跑到这里来做什么？"毛三叔张开嘴来，苦笑着道："我不过是半夜里起来方便方便，没有什么。"说到这里，不便多说了，掉转身子就走，背后那把刀，呛啷一响，在舱门上碰着。丁福这可大吃一惊，追到舱门外来问道："老姚，你拿一把刀做什么？这、这、这是什么意思？"毛三叔道："不要胡说了，我拿刀做什么，我是碰了铁链子了。"这还敢说什么，悄悄地回到火舱里去了。在这一小时以后，天色还不曾亮，一钩银剪似的月亮，斜挂在树梢上。有几个大星星，在月亮左右配着。那昏昏的月色，却好照着船边的水浪，闪闪发光。在这上下闪光的当中，一个人背着小包袱连影子也没有，上岸去了。打更鼓的丁福，拿了鼓槌子，左一下，右一下，打响一声，闷一声，在那里警告河边的船只，不可走偷。可是本船上有人偷走，他可不知道呢。毛三叔睡在火舱里，哪里睡得着？在这更鼓声里，他想到丁福在替黄顺打更，黄顺必是高高的枕头睡着，心里一点痕迹没有。今晚这个机会，总算他逃过去了，九九八十一劫，哼，留着将来再说吧。他心绪忙碌了一晚，到这时无须再想，于是也放落了心灵，安然地睡着。

一觉醒来，水映着日光，已经是由篷缝倒射了进来。耳边上听得人说，黄顺不天亮就走了，准是上岸趁热被窝去了，怪不得昨夜连更都不打呢。毛三叔心里想着，这东西有豹子胆吗？我这样地说了要杀他，他还敢偷嘴不成？我想他就睡在更棚隔壁屋子里，丁福所说的那些话，也必定是听见了。他怕我拿刀在暗里杀他，所以先躲开了。不对不对，他做梦也不会想到我就是冯家的女婿，那么，我何至于杀他？那东西一副贼骨，色胆包天，绝不会先害怕的。自己心里如此转念了，急急溜溜地下了床，假装着到前面舱里去收隔夜的饭碗，顺便走进黄顺住的舱里。见他床铺上被褥还是叠得好好的，箱子提篮，也一概没动，若说他是逃走了，那不像。既不是逃走，半夜上岸，还有什么好事？后堤马家婆家里，自己虽是不曾去过，可是那橘子林里有个单独的人家，那倒是真的，莫非就在那里？趁着刘厨子买菜没回来，且跑到那里去看看。

于是将一柄砍柴的斧子，斜插在腰带里，口里自言自语地道："斧子柄又活动起来了，真是讨厌得很，这回上街去，一定安个结结实实的柄。"口里说着，人就上了岸，不用踌躇，一直就跑到后堤上来。下了堤，穿过橘子林，果然篱笆门里，闪出一户人家。见有两个挑柴草的，和一个老妇人在屋外称柴草。太阳照着墙上，洞开着左右两边的窗户。毛三叔本想一口气就闯进篱笆门里去的。现在看到人家那样大大方方地开门启户，绝不像是有什么秘密，倒是莽撞不得，因之远远地站着，向那里看去。不料那老妇人不但不怕人，反是迎出大门以外来，向毛三叔遥遥地打量一遍，问道："你这位大哥，是来找哪一家的，我们姓马。"毛三叔倒不便给她不好的颜色，因笑道："我在堤上拦上街的柴草。眼见两担柴挑到府上来了，我想打听打听价钱。"老妇笑道："那好办，你大哥若是等着要烧，可以叫这两个人挑了去。我说好了价钱，二百钱一担。"毛三叔拱拱手道："不必了，柴有的是，我不过来打听打听价钱。"老妇道："这位大哥，也不到家里抽袋烟喝口茶去。"毛三叔见她只往家里让，更显着没有什么秘密，将那袖子掩住了腰间插的斧子头，向人家笑着，点点头，自转身上堤去了。他心里也有点疑惑，若说到牵马拉皮条的人，必然是一脸阴险下流的样子，可是现在看这位马家婆，一脸的和气，就是个慈善老人家。天下的事，耳闻是假，眼见是真，必得打听清楚了，方才可以和人家较量。刚才我若是糊里糊涂地就跑到人家屋子里去，那可算怎么一回事？这样说，自己还是忍耐两天为妙，不要弄错了，轰轰烈烈干不成，倒惹人家笑话。自己这样沉思着，就低了头，将腿要抬不抬地向堤下面走了去。

正走着呢，身后有人问道："毛三叔你腰里插了一把斧头做什么？"毛三叔回头看看，却是李小秋，便问道："李少爷今天这早就回家了。"小秋道："我特意回来要问你两句话。"毛三叔手按了斧柄，叹口气道："李少爷，我劝你两句话，姻缘都是前生定。有道是，命里有时终是有，命里无时莫强求。那个人儿，既是有了人家的，你就费尽了心机，也绝不能到手。依着我说，你就死了心吧。现在师母有些疑心了，只追到我家里来问，问你为什么和我荐事。"小秋红了脸道："我也知道我是不对的。不过……嗐，现在你叫我怎么办？我一回家来，有三天不上学，她就害病。"毛三叔道："这也真是怪事。不过我说句老实话，我们相公待我很不错，我瞒了他做这些事，很是不对。不过李少爷待我很好，我们那姑娘，也很可怜，我也不知道怎么样好。"小秋正色道："毛三叔，这话你也错了，难道我为了要你和我通消息，才荐你到局子来不成？"毛三叔道："那倒不是。

不过蒙你的好意，这里的差事，我有些无福享受，我要告退了。"小秋望了他道："怎么着？有人欺侮你吗？"毛三叔顿了一顿，强笑道："那倒不是，你事后自知。"李小秋道："那么，你一定要避嫌疑，不肯干了？"毛三叔道："若是我有那个意思，那倒更不妥了。这些话你都不用问，你就说你有什么话要问我吧。"小秋道："我要问的话，你已经说了，我就问的是师母对我情形怎样。"毛三叔笑道："你师母在外面看来，是个十分老实的人。可是骨子里头，她精细极了，什么事也不能瞒过她的。"小秋道："怪不得那天当了许多人的面，把我周身上下看个透熟。好吧，以后我知道仔细就是了。"毛三叔道："我话直些，李少爷不要见怪。"小秋笑道："我也是个念书的人，难道这一点事情都不知道？以后我自己知道谨慎就是了。"

毛三叔正有些心事，哪有闲细工夫和小秋闲谈。小秋既是把话说得结束了，他也不多说什么，转身自回座船去。小秋一想毛三叔今天这番话，虽是对的，何不早说？再看他今日的面色，却也不同平常，他说是局子里这事情不要干了，更可疑惑。看他得事的日子那一番欢喜，那是很高兴的，绝不像干个几天的情形。若说局子里有人欺侮他，那也不至于。因为他来的路子很硬，人家都是知道的。这样看来，必是师母知道大家的行为，要从中来拆散，由不许春华读书，再到不许毛三叔在局子里就事，那绝非偶然的。再走第三步的话，恐怕就要临到自己身上来了。俗言说是先下手为强，后下手遭殃，得抢师母一个先着，才不会有什么变故落到我头上来，但是她做母亲的人，管理她自己的女儿，我们事外之人有什么法子可以去抢她的先呢？现在只有一条路，抛弃了她，退学不念书。可是这样一来，第一是难免父亲疑心。第二，在春华那里就是生离死别，永远不许有见面的机会了。以自己的性情而论，可又做不到这样的决绝。他本是想过了整天整夜的心事，还没有得着一个了断，这才跑回来找毛三叔的。

现在一席谈话之后，只觉得更增加了无限的困难，因之在这河岸上看看船只，又在浅草地里，用鞋子去扫拨，要撩拨那些蚱蜢小虫子飞跳起来。这样都感着无聊，可又背了手在自己大门口人行路上走来走去。这因为小秋的家门，正对了厘局的垒船，小秋只管在河岸上来来去去。他家里的人和座船上的人，都可以看到。今天早上，小秋无事回家，他父亲秋圃正想追问所以然，因为公事很忙，来不及先问。及至小秋在河岸上徘徊了很久，李秋圃在座船上偶然回头向岸上望去，却是看见了。第一次见着，还不为怪，后来继续地看到，他始终是在河岸上徘徊，好像有很重的心事。秋圃这就深加注意了，倒要看他个究竟。有时，见小秋昂了头向天上望着，好像是大大地叹了口气。有时，背了两手在身后，只管低着头走，却重重顿下脚，才停住了不走。有时，手扶了河岸上的柳树，向那东流的赣江，呆呆地望着。有时又点点头，好像安慰自己一般。

秋圃想着，这真怪，他有什么毛病吗？秋圃也是个舐犊情深的人，将公事办完了，回家吃午饭的时候，就叫女仆把小秋叫来问话。女仆说："少爷回家来了，在书房里写了好久的字，刚刚出去。"秋圃道："先前，我看到他在大门外走来走去，好像是精神不定，他倒有心写字吗？"李太太也说："他果然写了好久的字。我也奇怪，这孩子今天回来，有些呆头呆脑。"秋圃沉吟着道："他又写些什么呢？我倒要去看看。"于是望了桌上开上来的饭菜不吃，走到书房里去。看那书桌上时，一支羊毫搁在砚台边上，还未筒起来。砚台里的墨汁，兀自未干呢。两个铜镇纸斜搁在桌沿上，分明是他匆匆地走了。不过桌上却没有片纸只字，写的东西，好像是带走了。伸手扯扯抽屉，却暗锁着了。这几个抽屉，逐日也不知要开多少次，何以突然锁起来了呢？这倒可疑。开这抽屉的钥匙，秋圃另收起来一把，放在书架上笔筒里，这一点没有困难，将抽屉打开了。果然，在抽屉浮面，有一张朱丝格纸，便是小秋写的字。第一行是，得诗三律，录示玉坚同砚。秋圃心想，这小书呆子早上那样坐立不安，原来是想诗句，看他胡诌些什么，于是关上抽屉，就坐在书桌边看下去。那诗是：

疏棂久息读书声，花影模糊画不成。入座春风何所忆？在山泉水本来清。

秋圃不由自言自语地道："咦，这小子竟是作无题诗，他说谁？"又看到下面去，那诗是：

玉颜暗损情尤重，银汉能飞命也轻。凄绝昨宵留断梦，隔楼灯火正三更。

秋圃看到这里，不由得将桌子一拍，骂道："叫这畜生去读书，他却在村子里做不规矩的事。看这诗意，分明是学堂隔壁的人家。姚廷栋老夫子手下，怎容留得这样的学生？这非给我丢脸不可。"不过秋圃虽骂着，他也是个斗方人物，对于这种诗，少不得再念一遍，研究研究。他一念之下，脸上倒带一点微笑。

李太太正伸进头来，叫他去吃饭，见他拍桌骂儿子，始而吓了一跳，后来见他两手捧着纸条，将头微摆着，口里哼哼起来，料着他无大怒，便问道："小秋写了些什么？"秋圃这才抬头道："他作了几首无题诗。"李太太笑道："你是上梁不正下梁歪。你自己就喜欢写这些风花雪月的文章，怎样管得了儿子？"秋圃道："我虽作诗，不过是消遣罢了。这孩子的诗，是有所指的。好像是说着学堂附近的一个女孩子。本来经馆里的大学生，偷鸡摸狗，无所不为，我就怕把孩子引坏了。不过廷栋老夫子，是个极持重的人，我以为他的学风总不错，不想这孩子会作出这样的诗来。"李太太道："诗坏得很吗？"秋圃捧着诗稿道："就诗而论呢，竟是难为了这畜生。上四句虽然浅率些，这玉颜银汉一联，活对得很工整。这一收……"说着，他摇起头来念道："凄绝昨宵留断梦，隔楼灯火正三更。"接着点头道，"这很有些意境，不下一番功夫，竟是作不出来，小秋这东西，倒作出来了。不过留断梦这个留字不妥。"说着，昂起头来，沉吟了一会子。李太太笑道："你就算了吧。你骂孩子作风流诗，自己倒想给他改了。"秋圃笑道："这事应当分两层说，诗是不应当作。若论诗的本身呢，他又没跟谁学过，作出来，并不十分胡扯，也有可取。你不要打岔，等我看完了，他到底干了什么。"于是索性捧了书稿，放出念诗的调子，低声念道：

不堪剪烛忆从前，问字频来一并肩。为我推窗掀翠袖，背人寄柬掷朱笺。歌声珠串如莺啭，羞颊桃娇比月圆。今日画廊消息断，帘波花影两凄然。

暗濯青衫去泪痕……

秋圃忽然点了两点头道："好句，化腐朽为神奇，沉痛之极。"他猛然地赞叹起来。李太太站在身边，却不由得吓得身子一哆嗦，问道："怎么了，你？"秋圃望了她，眉毛一扬，笑道："太太不瞒你说，这句子我都作不出来，你儿子不错。"说着，他又念诗：

天涯咫尺阻昆仑。化为蝴蝶难寻梦，落尽梨花尚闭门。剩有诗心盟白水，已无灯市约黄昏。月中一笛临风起，垂柳墙高总断魂。

秋圃念完了，点点头道："虽然用了许多现成的字眼，他太年轻，肚子里材料少，怪不得他。然而……"李太太摇着他的肩膀道："别然而了，他到底闹的是些什么？"秋圃道："看这三首诗，好像有个女孩子圆圆的脸，还认得字，和我们这位冤家很熟，常是向她请教。现在那女孩子关起来了，好像家庭还管得很严，所以他用了那暴雨梨花的典。现在消息不通了，托人也探听不到什么。这女孩家有道高墙，看不见她，她吹笛子，夜里还可以听得见。"李太太道："这村子里，哪有这样好的姑娘？真有，我就和他聘了来，也没有什么不可以。我问你，他那学堂里有女学生吗？"秋圃将桌子又一拍道："吾得之矣，听说廷栋有个女孩子，书念得不错，这诗一定说的是她。这冤家有些胡闹，廷栋把他当个得意门生，他不应该去调戏师妹。廷栋将来和我理论起来，我把什么脸面去见朋友？"说着，背了两手在屋子里来去地走着。这时女仆在门外探头探脑好几次了。问道："太太、老爷，还不吃饭吗？菜都凉了。少爷在堂屋里等呢。"秋圃道："好，他回来了吗？我要向他问话。"说着，将诗稿依然放到抽屉里，用钥匙锁上了，沉了脸，走了出来。李太太疼爱这个儿子，却在秋圃之上。而今看到儿子犯下了风流罪过，而且有背师道尊严，说不定要吃一顿板子。这种事，做娘的也庇护不得，替小秋捏了一把汗，很快地跟随出来。天有不测风云，且看他们父子之间这一幕喜剧如何地变化吧。

第二十回

不尽欲言慈帏询爱子
无穷之恨古渡忆佳人

　　李秋圃始而看到他儿子作了许多艳体诗，本来已是怒由心起，后来将诗看过一遍，觉得很有几分诗味，舍短取长，也有可以嘉许的地方。他现在听到小秋回家来了，心里念着，这倒要问个所以然，本来想在未吃饭之前就要先问小秋几句话。及至走到堂屋里来，只见小秋带了两个小兄弟，垂手站立，只等父母来吃饭。他心里又念着，这小子总算知礼，看他那衣服穿得整整齐齐的，手脸洗得干干净净的，可不是个英俊少年吗？心里有点喜欢了，只是对儿子们注视了两次，就想到有什么话，回头再说吧，何必在饭前说了，惹得孩子们害怕，又不敢吃饭，于是他忍住了气，悄悄地坐下来吃饭。李太太虽然很觉奇怪，可是心里也就想着，但愿他暂时不发作，等他气平一点，那么，孩子受的责罚，也就要轻些。于是他十分沉住了气，静静地吃饭。这餐饭，大家不说话，倒是筷子碗相碰的响声，清脆入耳。刚是饭要吃完，座船上来了个划子，垂手站立着道："吴师爷请。"秋圃对公事是很认真的人，这就立刻放了碗，向女仆要了一把手巾擦着脸，将漱口水含在嘴里，一面咕嘟着，一面就向前走。

　　李太太眼看着秋圃出了屏风门，这才回过脸来，正色向小秋道："你在学堂里怎样不规规矩矩念书？"李太太突然地问出了这句话来，小秋倒有些莫名其妙，放下了筷子碗，向母亲望着。李太太道："难道你不明白我说的话吗？你自己在学堂里干了些什么，你自己心里总应该知道。"李太太说了这句话，比较地是露了一点痕迹，小秋两腮上立刻红透着，红到耳朵后面去。站到椅子外面去，没有敢作声。李太太也吃完了饭，站起来了，因道："你作的那几首诗，你老子已经看到了，他很生气，本来你回家来了，他就要问你的所以然，因为我极力阻拦着，说是不知道你究竟干了什么，等没有人的时候再问。现在，你说。"李太太说着，又回转头四处张望了一下。小秋垂了头，低声答道："我并没有干什么不好的事。"李太太道："那么，你那几首诗为什么作的？"小秋顿了一顿，才道："那是和一个姓屈的同学，闹着玩的。"李太太喝道："胡说，你这些话能够骗我，还能骗你的老子吗？我是看你这样人长人大，停会儿挨了你父亲的板子，倒是怪难为情的，所以我就先要问出一个根底来，好替你遮盖一二。不想你在我面前就先要撒谎，回头你父亲来问你的话，你也是说和朋友闹着玩的吗？"小秋不敢辩论了，只是呆呆地站着。李太太道："你自己去想想吧，是说出来好呢，还是不说出来好呢？我可没有许多工夫和你生闲气。"说着，她自己进房洗脸去了。

小秋又呆站了一会儿，觉得母亲一番话，倒完全是庇护自己的意思，似乎要体谅慈母这番心事，把话来告诉她。那么，真个父亲要来责罚自己的时候，也许母亲可以替自己解释。只是这样的事，怎好向母亲开口去说呢？自己站在堂屋里踌躇了一会子，这就踱到书房里去。看那书桌上时，并没有什么稿件，拉拉抽屉，依然是锁着。心想，抽屉并没有打开，如何那诗稿会让父亲看到了呢？在身上掏出钥匙，将抽屉开了，这才相信诗稿是让父亲看到了，因为那是两张朱丝格子，自己折叠得好好的，放在上面，现在散开了，而且将一本书压着。扶住抽屉，呆想了一阵，父亲何以还是很当心地收下来了呢？是了，他必是怕这稿子会落到别人的眼睛里去。由这一件小事上看到，父亲是不愿张扬的，也许就为了在这不愿张扬上，可以免办我的罪。那么，绝对不能瞒着母亲，说了实话，也好让她庇护的时候，有理可说。这样想着，那是对了，于是洗过了手脸，牵牵衣襟踱向母亲屋子里来。

李太太正捧了水烟袋，在坐着抽烟，虽看到他进了门，也不怎样理会，自去吸她的烟。在母亲未曾问话以前，小秋又不好意思先开口说什么，所以他也只好是默默地垂手站立着。李太太抽过了三四袋水烟，才抬起头来望着他，因道："你进来做什么？别让我看了你更是生气。"小秋道："妈不是要问我的话吗？"李太太道："我问过你，你只同我撒谎，我还问什么？"小秋呆呆地站了一会儿，才低声道："我在书房里仔细想了一想，妈说得很是。但是我也没有做什么坏事，不过……"他说话的声音，低细极了，到了这个时候，就低细得让人什么话也听不出来。李太太冷笑一声道："哼，你也知道难为情，有话说不出来呀。我问你那个女孩子是不是你师妹呢？"小秋低了头答应一个"是"字。李太太哼了一声，将水烟袋放在桌上，扑去了身上的纸煤儿灰，问道："她不是和你在一块儿读

184

书的吗?"小秋道:"现在不读书了。"李太太道:"哦,现在不读书了,就为的这个,你作那臭诗。你不知道先生很看得起你吗?为什么你和师妹认识?"小秋道:"在一处读书,同学都认识的。"李太太喝道:"你装什么麻糊?畜生,你们同学,我怎么不知道你们会认识?可是你认识她,那显然和别个同学不同,她在学堂里读书读得好好的,为什么你去了,她就不读书了?显然你这东西轻薄。"小秋等母亲骂过了,才道:"我本来不和她说话,她先捧了书来问我的字。后来熟了,我知道她的书也念得很好,也就不过是这样。"李太太又捧起水烟袋来,接连吸了几袋烟,因道:"我不相信,你就没有和她在别的地方说过话吗?"小秋道:"她们家里,也是家教很严的,春华除了上学,是不到别的地方去的。"李太太道:"她叫春华吗?那倒好,一春一秋,你们就闹出这种笑话来,大概送了不少东西给她吧?我要在家里检查检查,看短了什么东西没有?"小秋连道:"没有没有,不过替她买了几部书。"李太太道:"什么书?"小秋很后悔说出送书来这件事,只是已经说出来了,如何可以否认?便道:"也不过是《千家诗》《唐诗合解》几部书。"李太太道:"你胡说,她父亲是教馆的,家里会少了《千家诗》这一类的书?你不说我也明白了,必然是送了人家什么《西厢记》《红楼梦》这一类的书,人家知书识礼的黄花闺女,你拿这样的书给人家看,那不是糟蹋人家吗?"

小秋站在一边,哪里还敢说什么,只有靠了墙壁发呆。李太太道:"这我就明白了,必是这女孩子看这种不正经的书,让她父亲知道了,所以把她关在家里,再也不要她念书了。但是这位姚先生也糊涂,怎么不追究这书是哪里来的呢?"小秋道:"先生原不知道。"李太太道:"先生不知道,怎么不让她念书了呢?"小秋道:"大概那是师娘的意思。"李太太捧着水烟袋,呼噜呼噜,将一袋烟吸过了很长的时间,这才问道:"她多大岁数?"小秋道:"比我小两岁。"李太太道:"自然是个乡间孩子的样子了。"小秋抢着道:"不,她……"李太太瞪了眼道:"你这个孽障,你做出这样对不住人的事,你还敢在我面前,这样不那样是呢,滚出去吧。"小秋看看母亲是很有怒色,也许是自己说话,过于大意。看母亲的本意,大概还不坏,不要再得罪了她,免得父亲打起来了,没有人说情。于是倒退了两步,退到房门口去,方才转身走了。

刚走到堂屋里,却听到母亲叫道:"转来!"小秋虽不知道母亲还有什么话要问,可是不能不抽身转去。于是慢吞吞地,举脚向里面走了来。进房来时，看母亲的脸色倒不是那样严厉，她依然是捧了水烟袋在手上，不过现在没有吸烟，只在烟袋托子下压住了一根长纸煤儿，却将另一只手，由纸煤儿下面，慢慢地抢到这一端来，好像她也是有难言之隐哩。许久许久的时间，她才问了一句道："那孩子有了人家没有？"说这话时，她一面在烟袋的烟盒子里，撮出了一小撮烟丝，按在烟袋嘴上。她一副慈祥的面孔，向烟袋上望了，并不看了儿子。小秋做梦想不到母亲会问出这一句话来，但是也不敢撒谎，便淡淡地道："听到说，已经有了人家了。"李太太道："什么？有了人家了？有了人家的姑娘，你……"说时，这可就看到小秋的脸上来，因道，"唉，你这孽障，去吧，我没有什么话问你了。"小秋答应了是，自向屋子外走去。走到堂屋里，停了一停，却听到李太太在屋子里头，又长长地叹了一口气。虽不知这一声长叹是善意还是恶意的，可是在她问春华有了人家没有这件事上面看起来，那是很有意思的。假使春华还没有人家，岂不是一件好事，至少是母亲愿意提议这一头亲事的了。

一个人沉沉地想着，就走到了书房里去。自己斜靠了书桌子坐定，手撑了头向窗子外望着，只管出神。他心里转着念头，这件事若是出在省城里，那也就有了办法。我那表姐，不是也定亲在乡下，自己决计不嫁，就退了婚的吗？倘若春华有这个决心，我想管家也不能到姚村子里来，硬把她抢了去。有道是天定胜人，人定亦可胜天。他心里想着，口里也就随了这个意思叫将出来，说了六个字："人定亦可胜天。"身后忽然有人喝道："你这孽障，要成疯病了！怎么一个人在这里说话，什么人定亦可胜天？"小秋看时，正是母亲站在房门口向里面看着说。小秋涨红了脸，立刻站了起来。李太太板了脸道："这样看来，你同我说的话，那是不完全的。你到底做了一些什么不安分的事？我有点猜不透。原来的意思，我是想在你父亲面前，给你说情，现在我不能管你这闲账了。让你父亲，重重地打你一顿。"小秋道："你老人家有所不知……"李太太喝道："我有所不知吗？果然地，我有所不知，我倒要问你，什么叫人定也可胜天，你能够把人家拐带了逃走吗？"小秋正还要说明自己的意思，李太太又接着道："什么话你都不用说了，你就在家里住着，等候你父亲发作。你父亲没有说出话来以前，你不要到学堂里去。"小秋道："但是我在先生面前，只请了半天的假。"李太太道："你果然是那样怕先生吗？你要是那样怕先生，也做不出什么坏事来了。说了不许走就不许走，至多也不过是搬书箱回家，那要什么紧?"小秋听到母亲说了这样决断的话，就不敢跟着再向下说。只是在屋子里待定了。可是李太太也只说了这句话，不再有什么赘言，自己回屋子里去了。

小秋他想着，母亲的颜色怎么又变得厉害起来了? 那必是母亲怕我恼羞成怒，会做拐逃的事情，我要是那样做，不但对不起父母，而且更对不起先生。既是母亲有了这番疑心，那就不能走，免得一离开了，父母都不放心。父亲看到那几首诗，当然不满意，但是那几首诗上面，也并没有什么淫荡的句子，不见得父亲就会治我怎样重的罪。事情已经说破了，迟早必有个结局，索性就在家里等他这个结局吧。因之自己只是在书房里发闷，并不敢离开书房。

到了太阳偏西的时候，秋圃由座船上回来，小秋的心里就扑通扑通地乱跳一阵，料着父亲就要叫去问话的了，在屋子里踱了一会子闲步，便又站在房门口，贴了墙，侧了耳朵听着。但是只听到父亲用很平和的声音和母亲说着闲话，却没有听到有一句严重的声音提到了自己的。这或者是母亲尚在卫护一边，立刻还不肯将话说了出来，要候着机会，才肯说呢。越是这样，倒叫自己心里越是难受，便躺在一张睡椅上，曲了身体，侧了脸，紧紧地闭了眼睛。但是始终不曾睡着，也不见父亲来叫去问话。自己又一转念，那必是援了白天的例子，要吃过晚饭再说，那就再忍耐一些时吧。殊不料到了吃晚饭的时候，父亲的脸色虽是难堪，可是他并不曾说一个字。自己战战兢兢的，只吃了大半碗饭就溜到书房里来。自己心里自是想着，父亲对于自己有罪不发作，却不知道要重办到什么程度去。拿了一本书，耐性在灯下展开来看。直听到座船上转过二鼓，依然没有什么消息。李秋圃是个早起早睡的人，平常，这个时候，已经是安息了。小秋悄悄地打开了房门，向外张望着，却见父亲卧室里已是熄了灯亮。在今天晚上，这可断言，是不会审问的了，父亲何以能把这件大事可以按捺下来。他犹疑了一晚，自然也不得好睡。

次日天亮，他就下床了，悄悄地开了门，伸出头来向门外看着，恰好正是秋圃由门前经过，立刻停住了脚向他望着。小秋当了父亲的面，是不敢不庄重的，索性将房门大开，自己站定了。秋圃冷笑了一声道:"你起来得早，我想你昨晚一宿都没睡好吧?"小秋不敢作声静静地站着，垂了手，微低了头。秋圃道:"母亲很担心，怕我要怎样处罚你。你已是成人的人了，而且念了这些年的书。你果然知道事情做得不对的话，用不着处罚你，自己应该羞死。你若是想不到，以为是对的，只这一件事，我就看透了你，以后不用念书，回河南乡下去种地吧。别白糟蹋我的钱。"小秋不敢作声，只是垂手立着。秋圃道："你应当知道，你先生是怎样看重你，他还在我面前说，你怎样有指望。可是到了现在，你就做出这样轻薄事来，对于旁人，也就觉得你的品行有亏，何况是对你这文章道德都好的先生呢？教书教出你这种学生来，不叫人太伤心吗？我昨天并不说你，就是看看你自己良心上惭愧不惭愧，既然你一晚都没有睡好，大概你良心上也有些过不去。现在，你自己说吧，应该怎办？"小秋紫了面皮，垂下眼帘，不敢作声。秋圃喝道："你这寡廉鲜耻的畜生，也无可说了。你有脸见人，我还没有脸见人呢。从今天起，不必到姚家村读书去了。现在你先可以写信给先生，告三天病假，三天病假之后再说。"小秋在线装书上所得的教训，早已就感到天下无不是的父母。而现在父亲所说的话，又是这样入情入理，这叫他还有什么敢违抗的，用尽了丹田里的气力，半晌哼出一个"是"字来。秋圃道："我什么话也不必说了，只是对不住姚老夫子而已。"说毕，昂着头叹了一口气，走出去了。

小秋在那房门口，望了父亲的去路，整站有一餐饭时。他想着父亲的话是对的。可是就这样离开姚家村，就这样和春华断绝消息，无论如何，心里头是拴着一个疙瘩在这里的。因为春华用情很痴，就是不自尽，恐怕她发愁也会愁死了。想了许久，心里还是兜转不过来，这就慢慢地踱出门去，在河岸上徘徊着。他是无心的，却被他有心的父亲看到了。过了一会子，只见毛三叔由河岸下走了上来，老远地向他道："李少爷，老爷问你信写了没有。"小秋乍听此话，倒是愕然。毛三叔道："老爷打发我回家去给你送一趟信，我是不得不去。其实你猜我心里怎么样？漫说回家，皇帝也不要做。"说时，向小秋做个苦笑的脸子。小秋满腹难受，也没有留心到他是话里有话，因问道："叫我立刻就写吗？"毛三叔道："我等着就要送了走呢。这是你父子两个人的事，我才有这一份耐烦，给你们送去。若是别人的事，这时候出我五十吊钱送一送，我也不管了。"小秋待要和他说什么，回头却看到父亲在座船窗里向岸上张望，不敢在岸上徘徊了。

回到书房来，打开砚池，一面坐下来磨墨，一面想心事，心里那份酸楚，也不知道是哪里来的，那伏在桌沿，环抱在怀里的一只手，似乎微热了一阵，又有些痒丝丝的，低头看时，却是些水渍，摸摸脸上，倒有好几条泪痕呢。自己呆了一呆，为什么哭起来了？这就听到李太太在外面叫道："你父亲叫你写的那封信，你还不快写吗？送信的人，可在门口等着呢。"小秋听了这话，却怕母亲这时候会撞了进来，口里答应着"在写呢"，可就抬起手来，将袖子揩着眼泪，匆匆忙忙地，找了一张八行，就写了一封信。回头看时，毛三叔站在房门口，只急得搔耳挠腮，忙个不了。小秋将信交给他道："这封信交给先生的，你说我病了。设若你有工夫……"说到这里，回头向上房里看看，却见母亲已是捧了水烟袋出来。下面所要说的话，已经没有法子可以说了，便只好说了半截就把这话停住。毛三叔道："你放心，无论我怎样地忙，我这封信也会给你送到，你还有什么事吗？"小秋又回头看了看，母亲依然站在天井旦，便道："我也没有什么要紧的话，不过同学要问起我来的时候，你就说……"李太太又不等他说完，就拦着道："他送了信去，马上就要回来做他应分的事，对那些同学有什么话说？老姚，你赶快送信走吧。"毛三叔见有太太在这里吩咐，还敢说什么？答应一个"是"字，拿着信就走了。

小秋默然，站在书房门口望了毛三叔走去。李太太这就走了过来，向他瞪了眼道："到了现在，你还不死心吗？什么同学问起来？同学那样愿意关照你，你一天没去，就要打听你的下落？"小秋还不曾开口，就被母亲猜破了他的心事，又只得低了头站着。李太太道："你不用三心二意的了，这两天，你就好好地在书房里坐着。就是这街上什么姓屈的朋友、姓直的朋友，你都不要来往。你要知道，这回你父亲待你，那是一百二十四分客气了，你再要不知进退，那就会闹出意外的。"

小秋被了父亲逼，再又让母亲来逼，满肚子委屈，一个字也说不得，这就只好缩回书房里犬在桌上来看书。然而自己爱看的书，都带到学堂里去了，家里所放的书，都是父亲用的。如《资治通鉴》《皇朝经世文编》之类，拿在手上，也有些头痛，不用说看了。因之勉强地找两本书看看，也只翻得几页，就不知所云。好在书房隔壁一间屋子，就是两个弟弟的卧室，回家来了，也和弟弟睡在一起，白天呢，两个弟弟到街上蒙馆里念书去了，自己无聊之极，就躺在床上。这样地躺了两天，分明是假病，倒逼着变成了真病。整日皱起两道眉毛，长叹一声，短嗟两声。除了吃饭的时候，却不敢和父母见面。

这样过了三天，在太阳偏西的时候，秋圃自己换了短衣，用木勺子舀着瓦缸里浸的黄豆水，只管向新买的几十盆茉莉花里面加肥料，在院子里跑来跑去，满头是汗。小秋隔了书房的玻璃窗户，在里面望着，倒老大不过意。觉得父亲受着累，自己可太安逸了，于是走出来要替父亲代理这浇花的工作。他身上穿了一件淡青竹布长衫，已是有五六成旧，辫子未梳，有一绺头发披在脸上。他那雪白的圆脸子，现在尖出一个下颏来了，两只大眼睛，落下两个深坑去。太阳西斜了，光都是金黄色，照在小秋身上，更显得他是那样单怯怯的。

秋圃偶然回过头来，倒是一怔，拿了一木勺子臭豆子水，不免向他望着呆了。那木勺子里的水，斜着流了出来，倒溅了他满裤脚。于是将木勺子掷在瓦缸里，走向前来问道："你难道真有病了吗？为什么这样地憔悴？"小秋垂着手笑道："大概是睡着刚起来的缘故吧？"秋圃道："你整天地在书房里看书睡觉，那也是不对。这个时候，夕阳将下，你就在这河边下散步散步，过了几天，再做计较。"小秋笑道："我看爸爸浇花，浇出一身的汗来，我想来替代一下。"秋圃摇头道："这个你不用管。你不要看我浇出一身汗来，我的乐趣也就在其中。行孝不在这一点上说，你去吧。"说着，用手向外面一挥。小秋的心里本来也极是难受，既是父亲有话，让到外面去走走，可也不能辜负了他老人家的盛意。于是用手摸摸头发，走出篱笆门来。

几天不见天日，突然走到外面来，眼界太宽，只看那西边的太阳，在红色和金黄色的云彩上斜照着。那赣江里一江清水，斜倒着一道金黄色的影子，由粗而细，仿佛是一座活动的黄金塔，在水里晃动着。江的两边，一望不尽的橘柚林，在开了花之后，那树叶子由嫩绿而变到苍绿，就格外是绿油油的了。江水和斜阳上下衬托着，在远远的地方，水面上飘出三片白布船帆，非常好看。顺了江岸慢慢地向下游走去。这里是沿江的一条大路，平坦好走，在屋子里闷久了的人，倒觉得出来走走，还要舒服些。约莫走了有百十来步路，忽然看到一样东西，倒不由得他不愕然一下。就是在橘子林里面，伸出一个小小的宝塔尖顶来。这个宝塔，其实不是建筑在树林子里，因为江岸到了这里，恰好转个弯，大路由树林这边，经过岸角，转到树林那边去。那宝塔原是在江岸上的，隔了树林看着，仿佛塔尖是由树里伸出来了。这塔下就是到永泰镇去的渡船码头，小秋初次游历，是在这里遇到春华的。他每次看到这塔，心里就想着初次遇到春华的时候，想不到那样匆匆一面，以后就牢牢地记在心里。记在心里也不算奇，居然有了一段因缘在内了。这可见得人生的遇合，实在难说的。所以这个塔尖，对他的印象那是非常之好，他还想到有一天能够和春华同到这里来，必得把这话说破。可是今天看到这塔尖情形大变了，觉得那天要不遇到她，以后到学堂里去和她同学，就不会怎样地留心，只要那个时候不留心，两个人或者就不会有什么纠葛的了。

这样地想着，走到那林子外岸边上背了手向河里望着。在河边上恰是到了一只渡船，船上的人提筐携担，大叫小唤，纷纷地向岸上走，仿佛又是当日初遇春华的那番情景。直待全船的人都走光了，撑渡船的人，索性将渡船上的锚，向沙滩上抛下去，铁链子哗啦啦一番响。太阳已没有了力量，倒在地上的人影子渐渐地模糊。两个撑渡的人，一个年壮的上了岸，向到街的大路上走去。一个年老的人，展开了笠篷，人缩到篷底下去。立刻全渡口静悄悄的，什么声音都没有了。只是那微微的江风，吹着水打在有芦苇的岸线上，啪啪作响。小秋的心里，本来不大受用，看到这幽凄的景致，心里那番凄凉的意味，简直是不能用言语来形容。先对江里望望，然后又走到大堤上向往姚家村去的那条大路上也望望。心里想着，那封信送到先生那里去，已经有三天之久了，先生纵然不会回家去说这话，可是春华不得我一点消息，必定托五嫂子辗转到学堂里来打听。在姚狗子口里，自然会知道我是害了病，三天没有到学堂里去。她那关在屋子里，整天不出房门一步的人，大概比我的心事，还要多上几倍。由我这几天烦闷得快要生病的情形看起来，恐怕她，早是病得不能起床了。心里想着，向西北角望去，在极远极远的绿树影丛子里面，有一道直的青烟，冲到了半空，在形势上估量着，那个出烟的地方，大概就是姚家村。更进一步，说不定那青烟就是春华家里烧出来的呢。我在这里，向她家里远远地看望着，不晓得她这时是如何的情景呢？小秋只管向西北角上看去，渐渐地以至于看不见。回转头来，却有一星亮光在河岸底下出现，正是那停泊的渡船上，已经点上灯了。

这是阴历月初，太阳光没有了，立刻江水面上的青天，发现了半钩月亮和两三颗亮星，在那混沌的月光里面，照着水面上飘了一道轻烟，隔着烟望那对岸，也有几星灯光。当当几声，在那有灯火的所在，送了水边普照寺的钟声过来。小秋步下长堤在水边上站定，自己简直不知道这个身子，是在什么所在了。心里可就转念到，做和尚也是一件人生乐事，不必说什么经典了。他住的地方、他穿的衣服、他做出来的事，似乎都另有一种意味，就像刚才打的钟声，不早不晚，正在人家点灯的时候，让人听着，只觉得心里空洞洞的。人生在世，真是一场空。譬如我和春华这一份缠绵意思，当时就像天长地久，两个人永远是不会离散的。可是到现在有多少日子，以前那些工夫，都要算是瞎忙了。这倒不如初次见她，拿了一枝蜡梅花，由我面前经过，我一看之下，永远地记着，心里知道是不能想到的人，也就不会再想。这可合了佛那句话，空即是色。只要在心里头留住那个人影子，也就心满意足了。如今呢，两下里由同学变成了知己，只苦于没有在一处的机会。若是有那机会，我无论叫她做什么，都可以办到的。但是因为太相亲近了，她被爹娘关住在先，我被爹娘关住在后，什么都要变成泡影，这又是色即是空了。人生什么不都是这样吗？到末了终归是一无所有的，想破了不如去出家。他想到这里，望着一条赣江，黑沉沉的，便是很远的地方，两三点灯光，摇摇不定，也是时隐时现，只有那微微的风浪声，在耳边下吹过，更觉得这条水边上的大路分外的寂寞。好像人生便是这样。想一会子，又在那里赏玩一会子风景，他自己也不知道是到了夜间。只觉这渡口值得人留恋，索性走到那小塔的石头台子上坐了下来。江风拂面吹来，将他那件淡青竹布长衫的衣襟不时卷起，他也不曾感觉着什么。可是在他这极清寂的态度中，别一方面，可正为了他纷扰起来啦。

第二十一回

调粉起深宵欲除桎梏
追踪破密计突赴清流

　　李小秋在那古渡口上，很沉寂地，做那缥缈幻想的时候，在另一方面可现实地热闹起来。这便是他母亲，眼见他在斜阳影里，顺着江岸走去，到天色这般昏黑，还不见回来，莫不是这孩子想傻了，使出什么短见来？因之立刻质问秋圃，叫孩子到哪里去了。秋圃道："我没有叫他到什么地方去呀。我看他脸上全是愁苦的样子，叫他出去散散闷，那绝没有什么坏意呀。"李太太道："散散步，这个时候也该回来的，莫不是到学堂里去了？"秋圃道："他不会去的。他请了三天假，明天才满呢。我叫他不要去，你也叫他不要去，他不会偏偏去的。不过……也许去。"说时，在堂屋里走着，打了几个转转。李太太道："那么，找找他吧，这孩子傻头傻脑……"李太太说着，人就向大门外走。秋圃道："外面漆黑，你向哪里去？我打发人找他去就是了。"他口里如此说着，心想到小秋的诗上，有银汉能飞命也轻的句子，也是不住地头上出汗。除派了两个听差打着火把，沿岸去找而外，自己也提了一只灯笼，顺着大堤走去。因为他出来了，听差们也少不得在后面紧紧地跟着。还有那要见好于李老爷的划丁扦子手，都也带着灯光，在河岸上四处寻找。但是谁也想不到他要过渡，所以来寻找的人，总是把这渡口忽略了。

　　还是那长堤上的人声，有一句送到小秋的耳朵里，乃是"我们到学堂里去问了，先生说没有去"。小秋忽然醒悟过来，向堤上看着，却见三四处灯火，移来移去，便想到那说话的人，是省城声音，必是厘局子里找自己的人，便大声问了"是哪个？"只这一声，大堤下好几个人，同时地哎哟了一声，那几盏灯火蜂拥着下了大堤，有人便叫道："那是李少爷吗？把我们找苦了。"说着话，那些人拥到面前，第一个便是李秋圃，将灯笼举得高高的，直照临到小秋的头上。他看完了小秋，又在灯笼火把之下，看看四周的情形，却重重地叹了一口气道："你这个孽障！"他只说了这五个字，什么都不说了。跟来的听差就问："少爷，你是怎么站在这里了？"小秋如何敢说实话，因道："我来的时候，只管顺了河岸走，忘了是走了多少路了。天黑了，我才走回来。因为不敢走河边上，顺了堤里的路走。又走错了路，还是翻到堤外来，才走到这里，远远望到街上的灯火，我才放心了。"他说时，接过父亲手里的灯笼，低声道："倒要爹爹出来寻我。"秋圃道："你母亲是有点姑息养奸，溺爱不明，在家里胡着急，我不出来怎办？"说着，抽出袖笼子里的手绢，只管去擦头上的汗，因道，"闹得这样马仰人翻，笑话！回去吧。"

说着，他在前面走。大家到了门口，李太太也站在门边，扶了门框望着，老远地问："找着了吗？"小秋答道："妈，我回来了。"说时，提了灯跑上前去。李太太道："你父亲是很不高兴你这样，所以亲自去找你。你回来了，那也就算了。进去吧。"说时，她竟是闪开了路，让小秋过去。小秋走到堂屋里，见桌上摆好了饭菜，灯放在桌子角上，连两个兄弟都不在堂屋里，这可以知道家里忙乱着，连饭都不曾吃。想想刚才在古渡口那样坐着看河流，未免有点发呆，还惹着父母二人都不得安神，却有点难为情。因之只在堂屋里站了片刻，就溜到了书房里去了。

刚是坐下来喝了半杯茶，女仆就来说："太太叫你去吃饭呢。少爷，你害怕吗？"小秋笑笑，跟着她到堂屋里来，慢慢地走。秋圃已是坐着吃饭，用筷子头点着坐凳道："坐下吃饭吧，以后少要胡跑。"小秋在父亲当面，总是有点胆怯怯的，而且今天又惹了父母着急，所以低头走到桌子边，轻轻地移开了凳子坐下。

中国人有句成语，说天伦之乐，其实这天伦之乐，在革命以前，上层阶级里，简直是找不着。越是富贵人家，越讲到一种家规，做父兄的人，虽是一个极端的坏蛋，但是在子弟面前，总要做出一个君子的样子来，做子弟的人，自然是要加倍小心。秋圃的父亲，便是位二品大员，幼年时候，诗礼人家的那番庭训，真够熏陶的。所以他自己做了父亲，自己尽管诗酒风流，可是对于儿子，他多少要传下一点家规。不过他已是七品官了，要闹排场，家庭没有父亲手上那样伟大，也只得适可而止。譬如他当少爷的时候，只有早晚两次，向父亲屋子里去站一站，算是晨昏定省，此外父亲不叫，是不去的。于今自己的卧室，和儿子的卧室相连，开门便彼此相见，晨昏定省这一套，竟是用不着。所以这个礼字，也是与钱有很大关系的。其实因为父子是极容易相见，秋圃与他儿子之间，比他与父亲之间，感情要浓厚许多。

这时，他见小秋垂头苦脸坐到桌边，便道："既然你是走错了回头路，其情难怪，这没有什么，你吃饭吧。但是顺了河岸一条大路，也有点昏昏的月光，可以走回来的，这么大人，胆子还是这样小。"小秋道："倒不是胆小。记得有一次由跳板上到座船上去，略微不稳一点，后来吴老伯就对我说，这不对，孝子不登高，不临深。"秋圃将头摇上两摇，放下筷子，向他微笑道："非也，哪可一概而论哩？孔门一个孝字，其义甚广，是对什么人说什么话，到什么地方说什么话。群弟子问孝，夫子有答以无违两个字的，有答以色难两个字的，有答事君以忠的，那就多了。《孝经》一部书，有人说是汉儒伪造的，可是它那里面孝字的说法，就不是死板板的，便是见得古人已把这孝字的意义放开来讲。古人讲到临阵不进、事君不忠，都不能算孝，这和身体肤发，受之父母，不敢毁伤，显然是矛盾的。那么，知道谈孝，不能听那些腐儒的话。可是我不是说你吴老伯是腐儒，因为……"李太太不容他再向下说了，便笑道："搬了一个孔夫子来不够，再要拉上吴师爷，因为下面，还不知道忠经节经有几本子书，饭可凉了。不能再炒第三回，这已经热过一回的了。"秋圃笑道："谈到孔夫子，妇人们就头痛。太太，你是没领略到那滋味，比饭好得多。"说笑着，也就拿起筷子来吃饭了。

小秋见父亲是很高兴，自己这番冒失之罪，总算靠《孝经》来解了围。吃过饭以后，秋圃亲自到书房里来，打算把那孝字的意义解释个透彻。可是那吴师爷一路笑了进来，在门外就叫道："我们三缺一呢，快去吧。"他走进书房来，不容分说地，就把秋圃拉起走了。这里灯光之下，剩下小秋一个人，他想着今天所幸是父亲很高兴，讲了一番孝道，把这事就遮掩过去了。要不然，父亲要仔细地追问起来，知道我是撒了谎，那更要生气。在父亲这样见谅的情形之下，以后还是死了这条心，不必想春华了。假如她有我这样一双父母，心里安慰一点，也许不至于郁郁成病。可是这话又说回来了，无论她父母怎样疼爱她，她是个有了人家的姑娘，绝不能让她和另一个男子通情。我在这里为她难受，想她在家里，更要为我难受，因为局子里有人到学堂里去找我，她或者是知道了这个消息的，必然疑心我寻了短见。

小秋这样猜着，这倒是相差不远。这个时候，春华也是坐在一盏灯下，两手抱住了自己的膝盖，微昂了头，在那里出神。她想着父亲回来说，小秋现在不用功了，常是回家去，又请了三天病假。他这个病，父亲哪里会知道？正恨着自己没有翅膀，可以飞出这窗户去。却听到父亲的咳嗽声，在堂屋里面。父亲每晚回来，总得向祖母报告一点学堂新闻的，也许今天有关于小秋的消息的，因之慢慢地扶着墙壁，就藏在房门后听。只听到母亲宋氏道："他请三天假，家里不知道吗？为什么找到学堂里来？"廷栋道："他的信是毛三哥送来的，也许他父亲不知道。据来寻的人说，下午他就出门了，沿着河岸走的，晚了好久，没有回去。"宋氏道："十七八岁的小伙子，出来一会子，要什么紧，还会落下河去不成？三湖街，就不是个好地方，那孩子是个少年轻薄相，说不定钻到什么不好的所在去了。"廷栋道："那或者不至于吧？"说着话时，带了淡笑的声音。宋氏鼻子里哼了一声道："你哪里晓得？据说，他和毛三嫂子有些不干净。毛三嫂子回娘家去，就为的是他，他还追到冯家去了。我说呢，他为什么给毛三哥荐事，有人说了这个消息，我心里就大大地明白了。"

春华听到说小秋不见了，心里已是万分难受，如今又听到母亲这样血口喷人，只气得全身筛糠似的抖颤。她半藏了身子在门后，可微微地靠了门。原先来偷听，身子站得住，不必让门来支持身体。现在两脚抖颤，身子向前着实地靠，重点都到了门上，门是活的，怎不让重点压了走，早是扑通一声，人随门向前栽了去。身子虚了，索性滚倒在地下。那一片响声，早是把堂屋里的人都惊动了。廷栋忙问是谁栽倒了，手上已举了煤油灯走将过来。春华两个膝盖，和两只手腕，都跌得麻木了，伏在地上，许久说不出话来。姚老太太扶着拐杖，战战兢兢地走过来道："这必是我们春华吧？这孩子越大越温柔，摔倒了也是不作声。你走路怎不小心点呢？"春华不好意思哭，却两手撑了地，低着头咯咯地笑。廷栋道："摔倒了，你还不起来，坐在地上，笑些什么呢？"春华手扶了墙，慢慢地站起来，还是半弯了腰，没有移动。姚老太太道："想必是闪了腰，廷栋你过去，让她在这里歇一会子吧。"廷栋也想着，她不过是平常跌一跤，母亲说了，也就拿了灯走过去。

姚老太太道："我来扶着你一点，你进房去躺下吧。"春华笑道："那是笑话，我一个小孩子，还要扶拐棍的人来牵着吗？你若是心疼我，你就跟我到房里来，陪我说一会子话。"姚老太太笑道："谁叫你一天到晚，都闷坐在屋子里呢？你不会到堂屋里来坐着，和大家谈谈吗？"春华一面扶着壁向屋子里走，问道："婆婆，我问你句话，刚才爹爹说，有人到学堂里寻人来了，是寻谁呢？"姚老太太道："就是寻李家那孩子呀。他们局子里来两个人，说是那孩子害着病呢，脸上像蜡纸一样。他老子怕是把他闷坏了，让他出来散散步，不想他一出门之后，就没有回去。"春华道："他害的是什么病呢？"说着话，她已经摸到了屋子里，手扶了床沿，半弯曲了身体，还不曾坐下，宋氏却由姚老太本身后抢了过来，站在床面前，轻轻地向她喝道："你管他害的什么病？你自己跌得这样人事不知，倒有那闲心去问别人的病。你一个黄花闺女，只管打听一个小伙子的事情做什么？你不害臊吗？我对你说，以后你少谈到姓李的那个孩子，你若是再要留心他的事，我就不能装麻糊了。"宋氏虽是用很轻的声音骂着，可是她说的时候，不住地用手指着春华的脸，口里还不断地咬紧牙齿，表示那怀恨的样子。

姚老太太笑道："你也太多心，这孩子就是那样的直心肠子，她听说有人走失了，她可怜人家就打听打听。"宋氏叹了一口气道："娘，你老人家不知道。"她叹这口气的时候，脖子伸得长长的，仿佛这里面，有那无穷的委屈。说毕，她坐到对床的椅子上去，架了腿，两手抱着，瞪了眼望着春华。春华真料不到母亲当了婆婆的面，会说出这样严重的话来。自己既是生气，又是害臊，便伏在床上哭了起来。姚老太太也想不到宋氏突然地发脾气，而且说的话，是那样子重。这就向宋氏看看，正色道："这孩子倒没有什么不好的事，你是多心了。"宋氏默然了很久，才想出两句话来，因道："事到如今，我才明白女大不中留这句话，我和他父亲商量商量，家里不要她了，青管家择个日子，把她接了去。"春华听到这话，犹如刀挖了心一般。本来她睡在床上，就是呜呜咽咽地哭，心里一难过，更是哇的一声哭了起来。

姚老太太道："傻丫头哭什么？说要你走，并不是马上就要你走。姑娘大了，总是到人家去的，你还能赖在娘家过一辈子不成吗？我和你娘，都不是人家姑娘出身吗？"姚老太太说了这一大串话，可是丝毫也没有搔着春华的痒处，怎能禁止得住春华的哭声？姚老太太就向宋氏道："你就不必坐在这里了，为了芝麻大的一点小事，你值得生气？"宋氏也没答话，默默地坐着，看了许久，又微微地叹了一口气，方才离开。姚老太太便侧身坐在床沿上，左手夹了拐杖，右手抚摸了春华的头发，就微微地笑道："你也真是淘气，大家在堂屋里说话，正正经经的你不去听，偏要躲到门角里去偷听，大概你娘就是不喜欢这件事。摔了一跤不要紧，还要挨上一顿骂，这是何苦呢?"说着，她也是咯咯地笑了，春华听了母亲要把她出嫁，这是母亲最恶的一着毒棋，在那万分难受的时候，自己只计划着，要怎样逃出这个难关，至于祖母坐在身边说些什么，可以说简直没有听到。姚老太太见她不作声，以为是她睡着了，替她掩上了房门，自行走去。

这只剩春华一个人在屋子里，更要想心事，她想到母亲今天所说的话，绝不是偶然的。大概自己一切的行为，母亲都留意着的。所以自己只问问什么人走失了，母亲都要来追问。我是无心的，她是有心的，迟早她必会把小秋的事，知道得清清楚楚。她完全知道了，也许会告诉我的父亲，把我活活弄死。便是不弄死，至少是刚才她那句话，把我赶早送到管家去，由别人来闷死我。我若是上了母亲的算盘，到管家去死，那还不如留住这干净的身子，就在家里死了。只看母亲今晚上这样的骂法，不给人留一点地步，简直一点骨肉之情都没有了。她只管我不该惦记小秋，她就不想到她糊里糊涂把我配个癞痢头，害我一辈子。看这情形，不用说是有什么犯家规的事，就是口里多说一句男人的字样，母亲都要指着脸上来骂。这日子简直没有开眼的一天，不如死了吧。一个死字上了春华的心头，她就感到只有这么着，才是一条平坦的大路。这就用不着哭，也用不着埋怨谁，人死了，什么过不去的事，都可以过去了。

她想开了，一个翻身坐了起来，手理着鬓发，对了桌上一盏煤油灯，呆呆地望着。心想，同是一盏灯，有照着人成双成对、逍遥快乐的;也有照着人孤孤单单、十分可怜的。人要做什么坏事，大概不容易瞒了这盏灯，我所做的事，这灯知道。照女孩儿身份说，父亲教我什么来着，我是有点对不住父母。想到这里，回头看看帐子里的影子，今天仿佛是特别瘦小。心里又一想，这样一个好姑娘，让她去和那癞痢瘦病鬼成双配对不成? 虽然有些对不住父母，我一死自了，总算是保全了清白的身子，那还是对得住父母的。到了这里，那个死的念头，又向她心里加紧了一步。她想着，要死立刻就死，错过了这个念头，自己又舍不得死了。因之走下床来，将面盆里的凉水，擦了一把脸，对了镜子，拢拢头发。她在镜子里，看着眼睛皮，微微地有些浮肿起来，便向镜子里微笑道:"哭什么? 快完事了。"说着，放下了镜子梳子，忽又笑道:"以后永别了，我得多看你两眼。"于是又把镜子举了起来，或左或右地，遍头照了几照，还向镜子里亲了一个嘴，然后长叹了一声，放下镜子来。

她消磨了很久的时间，家里人也就慢慢都睡觉了。春华打开桌上的粉

198

缸子将一瓷缸子水粉，都倒在茶碗里，在梳妆台抽屉里，找着两根骨头针，先把茶碗里的水粉，都搅得匀了。再回头一看，房门还不曾插上闩，于是把闩插上了，又端了一张凳子，将房门抵住。这才将茶壶里的茶，向茶杯子里冲去。水满平了杯口，再将骨头针向杯子里搅着。她斜靠了桌子，左手半撑着身体，右手在那里搅送命的水粉。心里同时想着，明天这个时候，我是安安稳稳睡在那木头盒子里的了。唉，不用向明天想了，现在只说目前的，目前我就是喝水粉睡觉，还谈别的做什么。于是把撑住身体的那只左手，腾出来端杯子。心里还想着，喝下去，大概就不容我有力量来自主了。趁着没喝下去以前，这一会儿，我得仔细想想，还有什么事情没办没有。

她把那冲了茶的水粉，一直送到嘴唇边上来，待要喝的样子。她忽然心里一动，我想得了，这一生没有什么放不下来的事，就是不能够和小秋再见一面，说几句知心的话，这是一件恨事。他今天晚上虽是走失了，也不见得就死了，我何不等一个实在的消息再死呢？假使他死了，我死了，倒是一件乐事，可以在黄泉地下去追着他。假使他没有死，我得一个实在的信，死了也闭眼睛。反正我是寻死的人，什么也不必害怕，我要干什么，就得干什么。明天我起个早，邀着五嫂子一路上街去，就说是到庙里去烧香，见不着小秋，也可以见着毛三叔。我若是见着小秋的话，我就当了他的面，向河里一跳，那才可以表表我的心迹。死要死得清楚明白，死要死得有声有色，今天不能死。

她这样很大的一个转弯，把筹划了半晚的计划，都一律取消。而且将那杯水粉放到坐柜子里去，用锁锁了，自己就安然去睡觉。因为这整晚的劳碌，她倒上枕头，就把下半夜的光阴消磨过去了。直待村子里的鸡啼，才把她惊醒。依着她的性子，这时就要起床去找五嫂子。不过把别人惊动了，恐怕反于事无济，所以一直睁着眼睛，看到窗子上发白。料着村子上人都起来了，自己索性从从容容地下床，照常地梳洗换衣，然后开了大门向外走。她以为母亲或祖母听见了，必得查问的。然而自己拿定了主意了，倘若她们要问时，就说自己要去烧香，反正是拼了一死，就是棍子打在身上，也要走出来的。可是说也奇怪，她越是这样大大方方地向外走，反是没有人哼一声来拦住她。她这也就明白了一个人要是拼了这条命不要，什么事情都可以做到，可惜自己早没有下这番决心。假使老早地下了这番决心，也许不会受这久的气了。

她脸上带了自得的颜色，直向五嫂子家走来。这五嫂子也是起床不多久，端了个梳头盒子，放在阶沿石头上，斜披了头发在肩上，正坐在阶沿石上梳头呢。看到春华来了，却不由她不大吃一惊，立刻站起来道："哟，我的天，大姑娘，你怎么在这个时候跑来了？"春华推开她家的篱笆门，笑嘻嘻地进来了。五嫂子一手扭着两绺头发，一手拉住春华的衣袖，这就向屋子里头走，因低声道："你怎么这个时候来了？有什么要紧的事和我说吗？"春华微笑，没有作声。五嫂子手拉住了她的手，只管向她脸上看着，许久，才笑道："大姑娘，你的胆太大了，糊里糊涂跑了来，惹下了祸事，我可受不了。这两天我没有得到什么消息，有了消息，我还不会告诉你吗？昨天下午，毛三哥回来了，我听到说李少爷写了信来，告几天假，虽是有点子病，照样在家里看书，我想这件事你也知道的，所以我没有同你说。"春华微笑道："我的胆太大了。不错，今天我的胆是大一点。但是胆大一点，要什么紧，至多也不过是犯了罪，要把我活埋吧。可是我就拼了活埋的。我今天来没有别的事，请你陪我到街上去走走。"五嫂子张了大嘴，哎了一声，笑道："我的天，你疯了吗？我吃了豹子心、老虎胆，可不敢担这样重的担子呀。"春华偏着头想了一想，因道："你这话有道理。我是拼了命要去闯一闯的。你又不打算拼命，为什么也要去闯一闯呢？你不用去了，我一个人去了。"

　　五嫂子见她说出这种话来，样子又是一点也不慌张，这可以想到她是决定要走的。她若是就这样由她自己家里走出去的，那与自己无干。现在她可是由这里走的，她父母不知道底细，反会说是别人怂恿走的，这担子也是不轻。于是向春华正色道："大姑娘，你这个法子要不得。你不像我们，是个有身份的姑娘。"春华道："什么有身份的姑娘？我是个不戴手铐脚镣的牢囚罢了。"五嫂子道："你不用忙，等我梳完了这把头，反正我也不能披了头发和你走。"说着话，她端了梳头盒子进屋来，从从容容地梳头，可是她那双灵活的眼睛眨着眨着，已是不住地在那里想主意。梳完了头，她将梳头盒子整理好了，笑道："大姑娘，我烧壶水泡碗茶你喝吧。"春华皱了眉道："你说，你到底是去不去？"五嫂子笑道："我梳了头，也该洗把手。你看我这两只手都是油腻。"说着，伸了两只油腻的巴掌，让春华看。春华知道五嫂子的脾气，平常也总是把身上收拾得干干净净的才出去，这只好由她了。

　　五嫂子到屋后厨房里，去了好一会子，等水热了，端进房来，洗过了手脸，又换了一件衣服，抬头向窗子外张望，那太阳已是晒了半边屋脊，心里这就有数了，因笑道："大姑娘，早起你还没有喝茶吧？要不要泡碗茶喝呢？"春华跳了脚皱着眉道："你到底是不是同我去？若不同我去，我就走了。"说着，翻身就向外边走。五嫂子笑道："一百步你等了九十九步了，急些什么呢？也要等着我锁门啦。"于是笑着找出一把锁来，将房门锁了，向对房门里的二奶奶说："陪大姑娘上街烧观音香去。"五嫂子又向春华笑道："并不是我拦住你，你站一站，和师母讲好了，我们再走也不迟呀。"说着话时，宋氏已是追赶过来的了。她在大路上，虽然不好意思就打春华两个耳光，但是她心里恨极了，若是走过来并不动手，好像这一腔怒火就熄不下去。因之她走得逼近了春华，扯着她的衣领，咬了牙道："你太……你太……你太要我下不去了。"春华看到母亲态度这样恶劣，却也不敢多说，红着脸，含着两包眼泪水，被母亲扯着衣服，身子颠动了几下。

　　五嫂子对于今天这件事，心里很有点惭愧。假使春华真让母亲打上两个耳光，那更是心里过不去。于是两手握住宋氏的手，让她松了劲，又放着笑脸向宋氏道："师母，你也不用生气，大姑娘敬佛烧香，总是好事。虽然没有在事先给你说明，觉得理短一点，好在现实还没有去，你不让去，不去就是了。总也难得到我家去坐坐的，怎么样？肯让我泡壶茶敬敬你吗？"宋氏的意思，只要把春华拦住了，却也不一定马上就要怎样地严厉责罚她，既是五嫂子请到她家里去坐坐，也就落得借了这个机会下场。于是向五嫂子笑道："大清早的，倒要搅乱你。"春华站在这里出神，她眼光是不住地向四周射着，在很忱的一转眼中，她已经看到橘子林外有一片白色，那便是这村庄上的大塘。她正出着神呢，母亲说的是些什么，她都没有听见。直待五嫂子走过来，扯了她的衣服，笑道："去吧，先到我们家里去坐一会儿吧。"春华道："没有了我这个心愿，我是不能回去的。街上不让我去，我就算了。我们村子庙里也有观音菩萨的，让我到这庙里去磕个头，总是可以的吧？"说着，依然向前走。五嫂子道："师母，这就让她去吧。"宋氏道："好，大家去。"春华见母亲已不拦住了，心里暗笑，不慌不忙地向橘林子外走着。脚步微微响着，谁也不作声，只有那露水下草里的虫唧唧地叫着。出了这橘林便是大塘的岸上，春华站住了脚，四周看看，又牵牵衣襟，对身后走来的母亲微笑着点了两点头，突然地起个势子，向塘边直奔了去。到了塘边上，索性将身子向塘里一跳，扑通一声，水花四溅。

第二十二回

醒后投缳无人明死意
辱深弄斧全族做声援

人生在世，受尽了痛苦，费尽了心力，都是为了图生存，非万不得已，是不会寻死。像春华这种人，坐在家里，饿了有饭到口，渴了有茶到口，不担一点家庭责任，哪里会寻死？所以春华这时走到大塘边，突然地向水里一跳，这是宋氏出于意料以外的事，五嫂子更想不到。眼睁睁地看春华跳到水里去，水花四溅，宋氏和五嫂子哎哟了一声，跑到水边站住，不免呆了。究竟宋氏有了骨肉生死的关系，眼见春华在水里翻了两翻，自己也是忘了一切，跟着向水里一跳。她根本就不知道什么叫作游泳，自己原打算下水去救人的，不想落水以后，两脚不能踏实，早是向下沉着，水面盖过顶去。心里想着不好，就向上冲出头来，头向上冲，脚在水里踏着，那更会沉了下去。五嫂子见水里两人挣命，只得跳了脚，狂喊着救命。只在这时，水里多发现了一个人，这人一手揪住春华的头发，一手揪住宋氏的头发，向岸边拖了来。五嫂子心惊肉跳之余，直待这三人都到了岸上，才看得清楚，那另外一个人，是本村子里泅水最有名的姚万青。真是合该有救，不知道他是怎么会在这个时候出现了。姚万青道："我提了一篮菜，在塘角落里洗，原没有留心到岸上有人，后来听到扑通一声水响，接着又是一下水响，这才看到水里有人，我也来不及作声，先跳下去救人了。"他说着话时，宋氏和春华都坐在水边上，连连地吐了几口水，宋氏到底是后下水的，水喝得少一点，就先醒过来，水淋淋地站在春华面前，就向她道："你这孩子，是怎么了？无论你是怎样不顺心，也不至于到寻死的这一步吧？"春华满腔幽怨，无可发泄，只得一死了之，不想事有凑巧，偏是让人救起来了。母亲所说的这些话，自己哪有什么法子答复，一个字也说不出来，哇的一声，双泪交流就哭了起来。

这时，村子里人被五嫂子的救命声惊动，早是整大群地向塘边赶了来。五嫂子抢着指手画脚地道："你们说这话是哪里说起？大姑娘在塘岸上走着，失脚落水，师母急糊涂了，就跳下水去救她。你说，师母这样的人下了水去，那不是落下秤锤了吗？我急得没有法子，只好乱叫救命。也是福星高照，也不知道万青哥就在那里出来，把她娘儿两个救了。"宋氏总是要顾全体面的人，围了这些个人来看热闹，心里正自发愁，要怎样才可以答复这些观众呢？现在五嫂子这样一说，就遮掩得一点漏洞没有，不能不说五嫂子说话，是聪明绝顶的。回头看到春华还坐在地面上哭，便道："这也没有什么害怕，躲过了这灾星，就脱了坏运了。这一身透湿，还不赶快回去换了。"五嫂子道："大姑娘快回去吧，仔细受了凉啊。"她说着这话，便弯了腰，伸着两手来搀扶春华。春华突然地站了起来，将身子一扭道："我清醒白醒的，又没有鬼来抱着我的腿，我要你搀什么？我自己会回去。"说着，她走上岸来。五嫂子如何不省得，立刻向站在她身边的姚万青挤了两挤眼睛。万青会意，跑了上前，就搀住春华的手。春华扭着身体，不让他搀。

这时，廷栋在学堂里也得了消息，飞步奔来。见万青正在围绕着春华，春华只管躲躲闪闪，不让万青搀着。廷栋道："咳，这是怎么了？"他先向着宋氏问道："没有喝到水吗？"宋氏拖泥带水地在路上走着，手扭着头上散下来的一绺水浸头发，喘着气道："没事，不要紧。"他眼见宋氏落了一只鞋，带子拖在地上，本来早就该说了。不过圣人是"伤人乎？不问马"的，而且是落了一只鞋，便道："师娘，叫万青来搀着你一点吧？"宋氏道："笑话！"说着，走快了几步，抢到春华面前走去。廷栋慢慢地叹了一口气道："那要什么紧？男女授受不亲，礼也；嫂溺则援之以手，权也。"这姚万青正是廷栋的族弟，他引用的这一句话，非常恰当。二十年前，只要认识字的人，都念过《四书》的。他说的这句典故，不少人知道，大家就哄然一笑。

在这样哄然的笑声中，宋氏母女是跑得更快，春华第一人，跑到屋里去，立刻将两扇房门紧闭了。宋氏虽在许多人当中，慌里慌张跑回来，然而她的神志是清楚的，回头向五嫂子望着，连连地努了几下嘴。五嫂子会意，也就跟到春华后面来，捶了门道："哟，为什么关门啦？"春华道："我换衣服呢，能够不关门吗？"五嫂子道："你全身湿淋淋的，自己怎么样找衣服换呢？"春华道："我要寻死，也不能现在就寻死。眼睁睁地许多人围在这里，我要寻死，那不是闹玩吗？"她究竟是个黄花闺女，当她在闭着门换衣服的当儿，五嫂子怎好破门而入，也就只好是隔了门同她不断地说话。

先前听到她一面开衣橱，一面答话，后来只听到床栏杆吱咯作响，她就不答话了。五嫂子连叫了几声大姑娘，也没有听到她哼上一声。五嫂子抬头看看，在这边木橱上面的板壁上，恰有两个窟窿，她搬着椅子歇了脚，爬上橱头去，就在那窟窿里向里张望。只见春华将一根花的长板带，向床栏杆上挂着，下面拴了个疙瘩，向脖子上套，情不自禁地哎哟了一声，人在橱子上向地板上滚了下来。这一片咕咚咚的响声，早是惊动了堂屋里许多人。五嫂子虽是跌在地上四足朝天，但是也顾不得自己的苦痛，口里喝叫着道："不好了，你们快快打门进去吧，大姑娘快要不好了。快快打，打破门。"大家听了她这话，以为春华被水浸着受了凉，有两个庄稼人，仗着力气大，抢向前三拳两脚就把门捶了开来。人向里一挤，却见春华将板带拴着脖颈，悬在床栏杆上，人斜躺着向地上倒，眼睛都转白色了。其中有知事的，早上前一把，将她抱起，第二个人，再去解带子，将她放到床上去。所幸时候不多，她并没有受什么大伤，放到床上之后，她就转过了一口气。

廷栋夫妇在大家手忙脚乱之中，也挤进了屋子来，廷栋见她如此，跳着脚道："这为了什么呢？这不是笑话吗？"宋氏虽是恨极了这姑娘，可是看到她接连着两回寻死，这是她下了十二分的决心了，不是万般无奈，大概也不至于这样要死，因之站在屋子中间，望着春华，也是呆了。姚老太太不知由何人口中得了报告，扶着拐杖，跌跌撞撞地走将进来，垂着老泪望了床上道："你这孩子，不是有了傻气吗？失脚落水，这也没有什么见不得人的地方，为什么让人救起来了，倒要寻短见呢？若有个好歹，那不是要了人的命吗？"她口说着，手上就掀着罩的围襟，去揉擦眼泪。春华虽是已经受着极大的痛苦，神志还是很清爽的，看到白发皤皤的祖母在这里哭，自己心想假如真是死了的话，又不知要连累到这老人家哭成什么样子了，心里一酸，也呜呜地哭了起来。那些来看热闹的人，哪里知道究竟，都以为她是失脚落水，湿淋淋地走回家来，害臊不过，又来寻短见。都说这要什么紧？年轻力壮的小伙子也有落下水去的，既是救起来了，这就是本命星坐得高，脱了灾就走好运，为什么倒要做出这样的事来呢？姚廷栋始终还没有晓得她是因何落水的，听了人家这样议论，也只是连连地摇摆着头说："其愚不可及也！"

这里只有五嫂子，对于春华寻死的原因，是完全明白的，就向大家道："你们都和相公出去了吧。师母换了衣服，还没有换得鞋脚，师母也可以走开，这里让我尽陪着大姑娘，好好地劝她。"宋氏也就明白五嫂子命意所在，向廷栋道："好吧。我们走开。你也该去教书了，家里不会再有什么事的。"廷栋向床上的人看看，又摇了两摇头叹气道："你这不是闹着笑话吗？念了这多年的书，把死生两个字的意义，还是看不透。死有轻于鸿毛，死有重于泰山，一个人要了结这一生，什么时候都可以了结，那有什么难？但是你要晓得这样死，可无意义，白白地糟蹋了父母的遗体，还要招骂名千载呢。"这些话，像五嫂子这种人，就不爱听，碍了他是本族的相公，又不能推他走，只好皱着眉毛，做出苦脸子来。姚老太太在一边，却是看出这情形来了，便向廷栋道："好了，你去教书吧，这个时候，也不是教训她的时候。"廷栋对床上伸了两伸脖子，本来还有许多话说，只是母亲明明白白地拦住了，也就不便再说，只好叹了一口无声的气，又摇了两摇头，出门而去。

在这屋里，只剩下五嫂子和姚老太太了。五嫂子这就坐到床边上，握了春华的手，低声笑道："你是个绝顶聪明的人，怎么做出这样的傻事？你读书明理，将来好处就多着啦，何必这样地亏了自己？这花花世界，你这不是白来了吗？"春华在床上躺了这样久，已经缓过那口气来了，她听着这些人说些什么，自己不过是闭了眼睛在那里听着。这时五嫂子摸着她的手说了这番话，她听了却有些不服，因道："你以为我若活着在这里，就是没有白来，享了花花世界的福吗？"姚老太太扶了拐杖，走到她面前来，问道："你这是什么话？你这样一双好爹娘，给你念了一肚子的书，长到这样大，没有叫你磨过磨子，舂过碓，全村子里姑娘，有几个比得上你的。像你这样子，还是白来，那么，要怎样子才算不是白来呢？"春华听了这话，更是不服，突然地坐了起来，因道："婆婆，你说的这些话，我认了。但是修了一双好爹娘，可管不了我这一生。念一肚子书，有什么用？不念这一肚子书，什么我也不明白，糊涂死了，就糊涂死了吧。现在偏是不懂得的，又懂得一些，看了那些书，更要心里难过。"五嫂子插嘴笑道："这句话，我就糊涂死了，怎么倒会难过呢？"春华道："怎么不会难过呢？古书上说的知书识字的女子，都是怎样的好，怎样的有结果，你想我怎样好得起来？怎么会有结果？看了书，不是心里更要难过吗？"

姚老太太先是见她坐起来说话，已经有些奇怪，于今听她所说的话，是谈到好爹娘不能管一生，谈到将来没有什么结果，那么，就是变着话说，嫁不到一个好丈夫了。这个样子看来，她今天落下塘里去，不是失脚落水的，分明是自己投水的。要不然，何以老早的什么事不干，跑到塘边上去。所以虽是让人家救了，她不肯输这口气，还要第二次寻死了。老太太经过世故的人，那就越想越对，因向春华道："孩子，你这话，可不能这样说呀。什么事都是命里注定了的……"春华可不等这位老人家把"命里注定了的"这句话解释出来，这就抢着道："你这句话，我不能相信。譬如说哪人命里算了他该做强盗，他一定就要去做强盗，不许他做好人吗？又譬如说，命里注定了这人要发财，他就坐在家里动也不要动，有大元宝会落到怀里来吗？"姚老太太道："哟，这话不是那样说。命是注定了的，人总是要向好的路上走。"春华道："哦，你老人家也知道命注定了，还是要向好路上走的。那么，你老人家为我想想吧，我是怎样向好路上走呢？"姚老太太被她顶撞得无话可说，苦笑着道："这孩子，了不得，谁说话，就顶撞着谁，连我也顶撞起来了。"五嫂子道："她的精神还没有恢复过来呢，你老人家去歇息一会子，让我来陪着她坐一会子就是了。"姚老太太手扶了拐杖，对床上呆看了一会子，也就走了。但是她虽默然地受了春华这一顿顶撞，不曾加以答复，然而她发现了这孙女许多天以来闷闷不乐、哭笑不得，那究竟为了什么事了。

在这天傍晚，她摸索到媳妇宋氏屋子里，悄悄地问了这事的根底，吓得瞪了两只老眼，连说了不得。因为是廷栋相公的女儿，假如做了那不端之事的话，不但是廷栋在这村子里当一族之长的相公，无脸见人，便是这一家人，都也会觉得家教不严，要受人家的谈论。所以老太太一发急，无辞可措，只是在儿媳妇面前，连连地说了几回"怎么好？""怎么好？"宋氏也就瞪了眼，咬了牙道："我总算管得严的了，不想管得这样的严，还是出了乱子。看这贱丫头，一回死不成，还要死两回，绝不会就那样回心转意的。我想她死了也好，死了也落得个干净身子，免得为了父母丢丑。"老太太道："这事情闹到了这步田地，你光是咬牙切齿地恨她，那也是没用，依着我的意思，第一步还是先哄着她，省得寻死寻活，哭哭闹闹，等这个风浪过去了，再做道理。我们这是哑子吃黄连的事情，你还是不能做出生气的样子，让别人知道呢。"宋氏有什么可说，也就只好点着头，叹了两口气。她心里也就想着，这件事不宜瞒着丈夫，等他晚上教书回来，一定得把这详细的情形告诉他，还是把女孩子管得紧紧的呢，还是把她送到婆家去呢？只要丈夫拿出三分主意来，自己也就轻了担子了。

不想等到吃晚饭的时候，姚狗子跑回来道："师母，相公不回来吃饭了，我们姚家出了大事了。"宋氏在心惊肉跳之余，有人大声音说话，也不免吃惊，何况姚狗子如此大声，嚷着出了大事了。那情形是十分的紧张，不由她不觉得心房乱跳，由房里跌撞出来，手扶廊柱道："什么？我们姚家出了大事了？"姚狗子道："可不是？毛三叔砍了人了。"宋氏望了他道："你说毛三哥砍了人了，砍了谁？这也不会闹的是一族的事呀？"姚狗子摇着头道："那是漂亮的老婆害了他。我狗子这一生不发财，也不想好老婆，也绝不会拿了斧头去砍人。"宋氏沉了脸道："你这是信口诌些什么？到底他为什么砍了人？你怎么知道？"狗子道："全村子里的人都知道了，就是我一个人知道吗？"说着话时，高抬着两手，跳了起来。宋氏道："你发了狂了吗？说了半天，比了半天，你还是没有说出一点缘由来。"狗子这才站定了道："这是昨天晚上的事，毛三叔在腰里插了一把斧头，到冯家村找他老婆去了。事先他已经查出来了，他老婆上街卖布，同人做出不好的事来了。"宋氏喝道："你胡说，她不是这样的人。"

狗子两手比着，正说得高兴，被宋氏一喝，他又呆了，将头垂在肩膀上，撅了嘴道："你不信，等相公回来就明白了。若是她没有错处，她为什么跟了跑了呢？"宋氏将桌上的水烟袋拿起来，在堂屋靠墙的椅子上坐下，取了根纸煤儿，用手抢着。狗子接过来，在正中佛龛上的长明灯上点着了，然后双手捧了纸煤儿，送给宋氏，自己退了两步，站在堂屋门边，低声笑道："师母还要不要我讲呢？这事可闹大了，迟早你也是会知道的。什么迟早，今天晚上，相公回来，你就会知道的。"宋氏吸了两袋烟，才道："毛三哥不是在厘卡上有事吗？怎么分得开身来？"

狗子道："你看，天下的事，就是这样说不定啊。谁也猜想不出来的事，那个男人，就是厘卡上的划丁。毛三叔在卡子上同事了几天，访得清楚，前三天半夜里，没有看见他那同事，他料定了是到那歇脚的人家去了。不想他赶了去，扑了个空，打草惊蛇，把他那个划丁吓得没有回座船。一连三天，他见这人不回座船，更是疑心，半夜里就跑到丈母娘家里去捉奸。这倒遇得正好，离着他丈母娘家门口不远，他老婆带了两个包袱，跟了那划丁逃走。他虽是没有想到对面来的人就是他老婆，但是他是来捉奸的，也不愿人家碰到他。所以听到了前面有脚步声，就赶快缩到橘子树下躲着。等那两人走近了，唧唧哝哝说话，好像有女人说话，他有些疑心了，就喝问一声'什么人？'毛三婶到底是个有胆量的女人，她答应

207

了说：'我们赶早到河那边永泰镇去的，是强盗吗？'"宋氏道："难道她丈夫的声音，她都听不出来吗？"狗子道："怎么听不出来？可是事到其间，也是无可奈何。她不先答应一句，安住了自己的脚，丈夫撞出来了，不更难说话吗？她一面答应，一面就叫那划丁快跑。毛三叔也听出是老婆说话了，拔出腰上插的斧子，追着那男人砍了去。不想心慌意乱，自己跌了两跤，到底让那男人跑了。毛三婶也是往她家里跑，不管那男人，毛三叔在后面跟着，大叫捉奸。他老婆在前面跑着，大喊救命。这一下子，狗也叫，人也喊，把他们村子里人吵醒。毛三叔追到他老婆面前，用斧子就砍。"

狗子口里说了不算，两手捏了拳头，做个举斧头砍人的样子。宋氏见他瞪了两只大眼，两手高举，身子一跳，仿佛就是毛三叔在那里当面砍人，吓得两手捧了水烟袋站了起来，向狗子望着，口里还不禁哦啊了一声。狗子笑着伸直了腰，向宋氏摇摇头道："没有砍着，毛三婶等他靠近了，向地上瘫了下去，毛三叔斧子砍下去，砍在石头上。那一下子，大概是不轻，他自己对人说，手震麻了。等他来要砍第二下，毛三婶早是捉住了他两只手，两个揪着，滚作一团。自然冯家村子里人也都跑来了，把他两个人分开。大家拿灯一照，见是两口子，这倒奇怪了，为什么在半夜里打架呢？大家拥到毛三婶娘家去，毛三婶说丈夫来杀她的。为什么丈夫要到娘家来杀她呢？说是要和她同出门去，把她卖了。"宋氏道："这个谎扯得不像呀！"狗子道："自然是不像。但是这是在他们冯家，除了毛三叔，还有哪个是姓姚的？他们不由分说，还把毛三叔打了一顿，打得遍身是伤。还是他的丈母娘怕把他打死了，也是一场官司，拦住了大家，放他走了。毛三叔哪里走得动？是带走带爬，到街上去的。他原来想着，不好意思回来，只在街上水酒店里，买了一包打伤药末子，用水酒泡着喝了。就在水酒店里睡了大半天。还是水酒店里伙计不服气，把我们村子里上街去的人，找了去和毛三叔见面，才把他找了回来。大家听了这话，都不服气，在祠堂里开了议，派了族下两个人到冯家去，要他们依我们三件事：第一，要他们族里人，到我们祠堂里来赔礼。第二，要给毛三叔养伤费。第三，要毛三婶今天就回来。一件不依我们，就要和他冯家人打大阵（就是械斗）。"

宋氏听了说打大阵，立刻两手抖颤着，连那管水烟袋，都有些捧不住，颤着声音道："哎呀，这不是好玩的事呀，十年前打过一回大阵……"

狗子不等她说完，就拦住了道："那回我们姚家大胜，师母，说好话！"宋氏战战兢兢地道："那……那……你务必请相公回来一转。族里有这样大的事，为什么你还像没有事一样呢？你快去打听打听，看看我们族里到冯家去的人回来没有？天菩萨，毛三哥怎么闯下这样大的祸呢？狗子，快去快去！"狗子也不知道她是说叫到哪里去，既然叫着快去快去，这里是容留不得的，也就只好走了。

宋氏马上依然捧住了水烟袋，可就向屋子里叫道："妈妈，你快来，快来！"她口里叫着快来，可又怕老人家走不动，反是出了什么事情。自己倒是走到老太太的屋子里去。姚老太太果然扶了拐杖，还没有出门呢。她听了儿媳妇这一番话，口里便念了几十声佛，颤声道："春华娘，到菩萨面前去烧一炷香吧，大慈悲，救苦救难观世音菩萨。"她说着这话，一手扶了宋氏，一手扶了拐杖，向堂屋里走来，望着堂屋中间的神龛，抱了拐杖，合了两掌，口里微微念着阿弥陀佛。宋氏早是点了一把香，交给婆婆，接过她的手杖，以便她向佛爷大礼参拜。姚老太太两手捧了香，就向神龛跪着，两手举香，高高于顶，随着磕下头去。头是连连地磕，口里是连连地念，起来之后，将香交给媳妇，让她插进香炉里去。然后再抱住拐杖，向神龛里注视着，口里念道："菩萨保佑着，冯家人答应了我们三件事也罢。你老人家总是大慈大悲的呀。"她说着话，宋氏已是把香插在香炉里了。只看那香焰上冒的青烟，转着圈儿，直向上卷。姚老太太这就点着头道："你们看，这就是佛爷有灵，答应我们了。你看那烟一上一下，好像人点头的样子。"宋氏道："不打大阵也罢，那总是伤和气的事。"姚老太太向香烟点着头，好像佛爷就坐在香烟里面，和她说着话呢。她道："是的，菩萨总不愿世上人伤和气的，她老人家可以保佑我们了。"宋氏虽不曾听到佛爷当面允许，可以免除打大阵，但是看到婆婆说得这样肯定，大概这件事情是有七八成可信的，心里也就安慰了一半。那管水烟袋，百忙中是忘记放在什么地方了。再说这个时候，也实在没有心去吸烟。现在心思定了，应该吸两袋烟，再安安神。

就在这个当儿，震天震地的一阵铜锣响，嘡嘡嘡，由远而近直响到大门口，挨门而过。敲锣的时候，有人喊道："十六岁以上的男丁，都到祠堂里去祭祖呀，明天出阵呀。"那声音高大之中，带些哑音，在宋氏听了，仿佛有不少的凄惨意味在内。宋氏正要进房去呢，这就一只脚在门槛里，一只脚在门槛外，人都有些呆了。于是向姚老太太道："妈，你听听，事

209

情闹起来了。"姚老太太颤着声音道:"可不是嘛,怎么好?"在屋子里陪着春华的五嫂子也就跑了出来了,连问着"怎么了?"姚老太太道:"都是毛三哥夫妻两个惹的祸,要向冯家村的人打大阵。"五嫂子道:"是吗?至于闹得这样厉害吗?"正说着,两个族里的小伙子走来,一个人扛了一柄大刀,一个人拿了个矛子尖头,脸红红的,挺了胸脯子走进来,见了宋氏,便叫道:"师母,你们家里有块大磨石,让我们抬了去吧。"宋氏口里"啧啧"了两声,问道:"二牛,你也上阵吗?"那个扛大刀的小伙子,再挺了一挺胸脯,笑道:"我已过十六岁了,不应该上阵吗?我明天在阵上一定要戳死他冯家几个人。"说时,手握了那矛子头,向前连戳了几下。五嫂子究竟是会说话的人,笑道:"好的小兄弟,恭贺你明天大大地得胜。磨刀石在后面天井里,你们去抬吧。"这两个小伙子,脸上竟是不带一点恐惧的颜色,在后面天井里抬着磨刀石走了。

这里大门一开,便看到灯笼火把络绎不断地由这里经过,向祠堂里去。不多大一会儿,又听到祠堂后面,吁吁吁的,有宰猪的声音,而且接着是轰的一声,又轰的一声,祠堂大门外,有人试连珠铳。宋氏将饭菜做好了,放在厨子里,却无心拿着吃,婆媳两个呆坐在堂屋里,怔怔地相望。五嫂子听到这消息,早是急了,说是全族的人都要发动,她不能在这里陪大姑娘,要回家去了。宋氏也无心管她,由她自去。去了不到两盏茶时,她又跑回来了,说是自己家里,没有男人一根毫毛,家里摊不到什么事做,回去倒觉得无聊了。宋氏道:"我们家饭菜现成,你就在我这里吃晚饭吧。"五嫂子两手按住胸口,微笑道:"我听到这话,好像魂不在身上,不晓得饿了。你们也应当吃饭。"宋氏摇着头道:"我们更不知道怎样好了。"

五嫂子还不曾说话,只见四五只火把,高高地举起,火把丛中,三个本族最老的老头子,一个辈分最高的中年汉子,各拿了一把苗竹杈丫在手。五嫂子正呆了望着,一个白胡子,就向大门里指着她道:"五嫂子在这里,她也顶一户,她可不出丁,派她也去当个烧火的吧。五嫂子,你到祠堂里厨房帮着烧火去。这是全族的事,女人也要出力,祖宗保佑你。"另一个老头子,将苗竹杈丫,在空中刷得呼呼作响连喝"去去!"五嫂子只得说一声是,连姚老太太也来不及辞,就向祠堂里走去。她到了祠堂里,在这种太意外的事情之外,又有一件意外的事情,便是李小秋在那里了。

210

第二十三回

沥血誓宗祠通宵备战
横矛来侠士半道邀和

　　今天所受各种不同样的刺激，要以五嫂子为最深，仿佛是有点态度失常了。现在忽然在祠堂里看到了小秋，她分外惊奇，不觉是呆了一呆，站住着动不得。小秋是依然在他的书案上坐着，隔了窗户，只看这姚氏满族的人乱哄哄地来往。他先看到人堆里发现了一个女人，随后又看清楚了是五嫂子，立刻向她招了两招手。五嫂子算是醒悟过来了，这就走到窗户外边来，因道："今天我们村子里有事，相公早散学了，李少爷还跑来做什么？"小秋笑道："正因为这村子里有事，我才来的。我父亲听到街上的绅士说，姚冯两家要打大阵，打算邀着地方上的人，同两下和解，特意要我回学堂下来看看。有什么变故，我就去给我父亲回信。"说到这里，向四周看看，低声道，"听说今天早上，先生家里还出了事。她……"五嫂子连连地低声道："不要提了，不要提了。"小秋道："是有那件事吗？她寻过短见？"五嫂子道："有的。"说着皱了几皱眉毛，因道，"你看，祠堂里这个样子的乱法，还能说那些闲话吗？我是分拨到厨房里去，帮着烧火的，这就没工夫说话了。"

　　他们这样说话时，来来往往的人都不免注意看看，二人不敢恋谈，只好散开。小秋眼里虽看到这祠堂里很乱，但是这都于自己不关痛痒，并不怎样介怀。只是想着，春华在今日早上，为什么要投塘自尽？以自己和她的关系来说，还不至于很急促地生这样的变故呀。不过她实在有了投塘的事，那就是为着自己。正碰着姚家全族，都在多事之秋，话又是不好怎样问得，真是叫人闷杀又急杀。于是身体靠了那窗户档，呆呆地想了下去。

　　正出神呢，有人在面前呔了一声，问道："你怎么来了？"小秋看时，是同学姚化。他今年才十四岁，还没有到上阵的年岁。这时，手上提了个灯笼，到祠堂里来看热闹。小秋笑道："你倒好，可以站在一边看人打架。"姚化听说，立刻将灯笼钩子挂在窗户上，两只手互相卷着袖子，瞪着眼道："我真是好恨，为什么没有过十六岁的，就不许上阵呢？若是也要我上阵的话，我一定打死他们冯家几个人。"说话时，可就咬了牙齿。小秋笑道："冯家人和你也没有什么深仇，你为什么一定要打死他几个，心里才能够舒服呢？"姚化道："怎么和我没有仇？和我一族人有仇，就比和我自己有仇还要厉害，你到这里来做什么？你也是来赶这一档子热闹的吗？"小秋笑道："我向来听到你说打大阵是怎样一桩热闹的事，我有病都顾不得，特意来看看的。"姚化道："你愿意看看，你就出来吧，缩在屋子里做什么？"小秋虽不一定要看热闹，但是颇想借一点机会打听打听春华的消息，因之就随了姚化走出来。

这时姚家祠堂，三进大屋，由大门口通到最后一层屋子，全是中门敞开。做学生讲堂的中进屋子，书案也是完全拉开，摆了两路八仙桌子，由前进天井，直通到后进的走廊，完全都是人围了桌子坐着。各桌上，明晃晃的，点了二尺高的蜡烛。后面祖宗堂上，在神龛下，安排了三牲香烛，横梁上并排垂了四盏宫灯，都点亮起来。阶下整堆的黄皮纸钱，围了七八个小孩嚷嚷吵吵地烧着。在祖宗堂下角，有两张桌子，围坐了全族辈分和长年岁大的人，大半喷着旱烟，很沉着地在那里谈话。先生姚廷栋也坐在那里。这里不比前两进那些小伙子说话嘈杂。然而在小秋眼里，觉得这里，还是比较的空气紧张。

小秋正悄悄地在阶下观望，廷栋已是看见他了，便走下石阶来，向他道："令尊大人的那封信，我已经念给族长户长们听了。他们说：'令尊都出来解和，全族人没有不遵之理。'只是我们这里要冯家办的三件大事，他是一件也没有答应，我们若是和软下来了，他们不但不说我们息事宁人，一定说我们怕死。这话一传出去了，姚家人哪还有脸见人？所以只好辜负令尊大人这番美意了。我本来打算回令尊大人一封信，无奈这个时候，我方寸已乱，无从下笔，你就把我这番话转告令尊大人好了。送你来的差人，还在门口等着吗？"小秋道："还在这里等着的。先生可不可以再劝劝同族的人呢？"廷栋道："你应当知道我不是好勇斗狠之徒。但是这件事，是我们这临江府属一种不好的风俗，多少慈善老前辈，也改变不过来的。我若一味地劝他们，他们会说我灭了他们的锐气，倒要说我不配做姚家的子孙。在这众怒难犯之下，我敢说什么？"他说这话时，连连地皱了几皱眉毛。这倒可以知道他实在是不安于心，并不是推诿。小秋是他的学生，又敢多说什么？答应了两声"是"，也就退出祠堂来了。

这时候祠堂空的里，火势熊熊的，点了许多火把，在火把光底下，摆了三四个大腰子木盆，都泡了新宰的猪在里面，地上有许多猪毛和猪血。四周高高低低，站着许多的人。空场子外有一棵大樟树，上面有不少的鹭鸶鸟，被火把照耀着，呱呱地叫了起来。此外，小伙子们，三三五五，在四围空场子里使着刀矛，准备着明日早上厮杀。小秋原来是无动于衷，现在看到这种情形，心里也就有些不安，回头看着跟随自己来的两个差人都远远地闪在一边，遥遥地看着不敢近前，局面的紧张如何却也是不难想得。这就有一个听差，轻轻悄悄地走了过来，将他的衣襟牵住，连连扯了两下道："少爷，这事情算是己经闹起来了，谁也解劝不下来的，我们回去吧。"小秋道："你们平常上街去，见了老百姓，如狼似虎的，原来也就只有这一点胆量啊。"又一听差走过来，向他笑道："我们不是胆小，好不好？总要给李老爷去回个信。他老人家很侠气，总打算把这事平下来，我们赶早地回去说一声，看他还有别的什么方法好想没有。"小秋点头道："你这倒像个话。"于是跟了两个听差走了。他们穿过这个村子时，见户户人家都明着灯亮，开着大门，人来人往，并没有睡觉的神气，真有些像大战临头的样子。无论如何，这已成了是非之地，少来为妙。

可是小秋的行动是出于他们意料以外的。在斜月疏星，天色还没有亮的时候，他带了四五个划丁，又飞奔到姚家庄上来。这时，姚家祠堂，又另换了一番情形了，全族的壮丁乱哄哄的，一齐都站在空地里。那些人，十有九个，都是拿了长竹矛子在手上的，其余的人，就分别地拿着一些旧兵器。空场子两边堆了两堆干柴，正举起火来烧着。火焰腾空，照着半边天色都是红的。在祠堂总大门口，横挂了一副红绸子。只这一点，便显出这地方，突然地变了个时代了。小秋一行五个人，打着厘局的官衔灯笼，离祠堂远远的，就有几个拿了兵器的壮丁迎接上去，问是干什么的。小秋挺身出来答道："我是街上厘局里来的，你不看这灯笼，我是你们相公的学生，村子上有认得我的。"人丛子里，果然钻出一个人来，向他笑道："果然地，这是李少爷。我们都快上阵了，李少爷，你还跑了来做什么？"小秋道："就是因为你们要上阵了，我才赶着来了的。现在街边附近几个村子，都有绅士出来，给你姚冯二家劝和。我父亲让我来和先生送一个信。"

那几个壮丁，已经证明实在了他是本馆的学生，就让他走向祠堂去。那祠堂里两廊，却堆了无数的族谱，围了一群人在那里，将谱拆成零页，在光了上身的汉子身上，层层地包扎着。这好像是当战甲用，防御对方刀枪的。两进屋子的桌凳，都空着了，桌上是堆着零碎骨头和没有收起的大锡酒壶，那酒壶都有米斗样大。虽然那不过是盛水酒的，这样的大壶盛着，喝到了什么程度，也就可想而知的。这也是合了那小说上的话，四鼓饱餐战饭，五鼓天明出兵，他们这是预备了吃饱了去拼命的，这架必定是要打起来，也就很显然的。再看看那些人，喝了酒之后，脸上红红的，而且红丝充满了眼睛球子，瞪着眼睛相看好不怕人。这就不敢多看，一直低了头向前走去。四个跟随，也是紧紧跟着。

廷栋早是看到了，这就迎下阶来，向他道："小秋，这般时候，你又来了，必有所谓。"小秋道："家父叫学生来禀告先生，这械斗千万使不得。现在朝廷预备立宪，推行新政，讲求的是四万万人都是同胞，要联合一处。这种械斗的事，绝不能打一顿就完事，跟着就要兴讼。那时候上宪办理下来，不但先生要担关系，就是新淦县知县，也要受处分。家父在公上说，觉得这样两族凑合几百人打架，很是不忍。在私上说，他和新淦县太爷，是多年朋友，要帮他一个忙，把这风潮压下去，他已经派人飞快到县里报信去了。再就第三层上说，先生是家父最佩服的一个人，不愿先生为了这事受累。就是冯家几位族长，也和家父认识。家父觉得这事能够和解下去了，有许多人可以得着好处。不然，就有许多朋友受累。他已是一夜没有睡，已经邀合了好几姓的绅士出面，替两姓解和。家父说，若是哪姓亏理，哪姓就当赔罪。就是中人说不下来，打官司也不晚，不必这样拼命。"

廷栋跌脚道："兵凶战危，圣人不得已而用之，我岂有不晓得之理？只是现在车成马就，一切都预备好了，谁也是拦阻不下来的。现在天快要亮了，我们这里，只要东方有一点白色，就排阵出去。无论如何，不能过一点钟了。多谢令尊大人盛意，我不能够做到，那很是惭愧。你赶快回去吧，这地方你是不宜多耽搁的，恐怕会出乱子。"小秋道："我想不要紧。我是事外之人，也不得罪人，人家也不会留心到我头上来的。家父说了，让我在这里等一等，若是有什么要紧的事，可以给他去送个信。"廷栋还想说什么时，早听到当当当一阵锣鸣，接着前后左右的人声喧哗起来。他忽然地说一句"排阵了！"转身走去。

小秋和同来的跟随，都觉得这是生平难遇的机会，不能错过，闪在走廊一边，静静地看着。这时，祖宗堂上，神龛下面，竖立着一把无锤的大秤。在秤的顶端，包扎着一方红包，这却看不出来，这里面包含着有什么意义。在这大锣一响之后，所有的壮丁，全数都在空场里站着，并没有什么人喊口令，他们自然地四人一列，站得很齐。在本村子里，向来负有名声，知道几下武术的，就另外成了一个大行列，站在所有排队人的前面。自然，那些人都是静悄悄的，不做一点声响。这里祖宗堂上，又有三个老人，重新拈香磕头。另有一个壮汉，左手提了一只极大的雄鸡，用翅膀把它的颈脖扭住，使它叫不出声来。右手拿了把飞快的菜刀，站在廊檐下，气势昂昂的，直待这里三个老人将头磕完了，他就割了鸡的颈脖子，红滴滴地向下流着鲜血。他猛可地将鸡举起，把鸡脖子上的血，都滴在秤头上，于是回转头来，把鸡向天井里面掷了去。在两旁看的人，同时也就啊啊一声。好像是说，这把仇人给宰了。经过了这些个时候，天上已经发白，大门外咚咚咚三声炮响，震天动地的，门外有人呐了一声喊。于是就进来两个壮汉，斜肩各披了一条红绸子，夺过那杆淋了鸡血的大秤，向外面就走。所有在祠堂里的人，除了走不动的老人，或者过小的小孩子，都跟随大秤，一齐拥到大门外来。小秋虽是不解这抬秤的作用何在，但是他们重视这杆秤，却可想而知。心里在这时，自然也有些害怕。不过为了好奇心，也就不免随着这一大群人，跟了出来。

到了大门口时，天色已经大亮，只见那两个抬秤的壮汉，尽管在前面走，这里大队的壮丁，将矛子举了几举，一齐跟了他们后面走去。一时田亩中间，刀光矛影，簇拥几百名壮丁，向前奔了去。有那些长了胡子不能械斗的老年人，他们也不肯闲着，各人都拿了竹扫子在手，紧紧随后监督。有那走得后一点的，老人就用竹扫子，赶着他们上前。所以由这种举动看起来，他们这一族人，只要是可以上阵，谁也不肯闲着。古人说是戮力同心，他们这种私斗，真可以当之而无愧。他们和那冯家村，径直地去，约莫是十里路。在一半路的所在，有片干河滩，正好是肉搏之所。因之姚家几百名壮丁，背着出土的太阳，踏了露水，向那干沙河走去。但是姚家计划，并不一定就在干河滩上接触，若是冯家的人，还没有过河，就不妨杀了过去。他们这里的规矩，若是两族人械斗，往往是甲方写信通知乙方，就是自认为有理的写信给无理的，约定了日期、时候、地点动手。到了这种程度时，乙方本来也就料着必出于一战，事实上都已预备好。只要这里战书一到，他们就鸣锣聚众起来，说是甲方如何藐视我们非打不可。那一姓也少不了有年少好事的人，听了这种的话，立刻鼓噪起来，于是乎这战事就起来了。

以姚冯二姓这次械斗而论，却是冯姓的人比姚姓的为多，他们可以上阵的，总可以到一千丁。姚姓呢，却不过五六百个。但是冯姓的人，有不少的分子，认为这次械斗，出于无味，只是为了全族的面子所限，不得不来。当姚家人冲到河岸上的时候，并没看见冯家人来到，却看到东西两岸，都放了一些草把人，倒有些愕然。引头几个人，没有知道这是什么作用，把脚步停住，后面大批队伍都停止了。这时，路边树林子里，早走出二三十位长袍马褂的人，有的戴了便帽，有的戴了红缨帽，就一路作揖走将过来，口里都央告着道："说亲了，我们都是家门口的人，不沾亲，也带故，何必这样？我们有什么话，总可以好好地说。"说完了，长袍马褂的人，手拉着手，摆了一字长蛇阵，将他们拦阻。

原来这也是地方的风俗，每到械斗的时候，前后若干姓的邻村，都得联合着，推出一班绅士来，向两方面劝和，做最后的调停。虽然这调停多半是无济于事的，但是这一套手续，总是要做的。一来附近村庄，总有亲戚的关系，谁也不愿亲戚家里发生惨案，能够劝和了，岂不是好？二来械斗之后，接着就是人命案，打起两族官司来，官府少不得传邻村为证，解劝过这最后一次，彼此也可以减轻些责任。他们这番意思，械斗的人也同样知道。尽管是解劝，可也绝不接受。所以这时出来一批长袍马褂的人，拦路劝和，姚家族人里面，也就出来一批人和调人讲理。无非是说事已至此，不能不打。

同是这干河岸上，人声喧嚷，吵成一片，远远听到哗哗的一阵脚步声，在对过树林子里，早是拥出一丛矛子来。那矛子下面的人影，密密层层的，显然是比这方面人要增多。向例，劝解的人，劝了这边以后，再去劝那边的。姚家的人总也以为这般和事佬，也是照着往例，见着冯家人来了，就去拦冯家的人。然而这批人却是没动一步，冯家人还不曾走到对过岸上，对过岸上树林子里，同样地也走出一批人，将冯家拦住。当然，冯家人也是不肯止住的。姚家这些壮丁手里拿着兵器，暗中都摇撼一阵，摇得刀枪颤动，谁都瞪了两只大眼向隔河的人望着。照规矩，调人在三言两语调解不成之下，就要退开的。那时，两个扛大秤的壮士，飞奔向前，直到和对敌的扛大秤者两下相遇，各把大秤向自己的阵脚下一抛，大家喊着"打赢了，打赢了"。到了这时，这才算是宣告无调停之余地。然后两边的壮丁，一拥而上，长则矛子，短则刀棒，肉搏起来。这虽是私斗，但无论什么人都以为能多打倒了别姓几个人，是无上的荣誉。所以在这时，两方纵然是到了严阵以待的时候，但是彼此都需要得着荣誉，一切的恐怖心理，都已抛开。只待走出来的和事佬，两边散去，他们就要开始接触了。

可是在两边和事佬还没有散开之先，不知这干河滩上，从什么地方拥出来了一群人，都是黑衣短打，各背了来福枪在身上，看看约莫有十四五个人。当头一个，是个圆脸大耳的胖子，头上扎了青布包头，身上紧紧地束着白板带，斜背绿皮套子的横柄大砍刀。手上也握了一根一丈多长的红缨竹矛。足下蹬了快靴，腿上扎了裹肚。一看之后，便不是寻常意味。于是姚冯两家有习过武艺的，先就不约而同地向他注意看了去。那人看到干河滩上，有一块石头，就耸身向上一跳，因叫道："姚府上的人，同冯府上的人，都听着！我是个行伍出身的人，以前是专喜欢打抱不平。可是到现在我明白了，强中还有强中手，究竟打不是公平的事。有力的占便宜，无力的吃亏，闹得不好，不平的事，是越打越不平。你们两姓，为了一点小事，这样打起来，其实事主不过一两个，成千成百的人，跟着里面受累。轻是受伤，断手断脚，一辈子都残废了；重就是枉送了八字，那不相干的事主，也绝不会向你多谢一声。所以我特意邀了十几名弟兄出来，给你们劝和。你们若不相信我的话，我略微显一点手艺诸位看看，然后再说。"说着，端了那长矛子在手，叫道，"你们不都用的长矛子吗？矛子使得最长的，越算本事到家。我不敢怎样夸嘴，我使一丈六尺长的矛子，诸位的矛子，比我长的，自然是有，但是恐怕不能像我这样使。"

他说着，将矛子一倒，两手横拿着，做了一个八字桩，将矛子一伸，两脚并拢，向前一跳，只这样三跳，已经到了岸上。只见矛尖到处，那排列着的草人，却狂风卷着一般，接二连三地向半空里飞去。他先挑的姚姓阵前的，转身又去挑冯姓阵前的。挑完了，他大声叫道："这不算，草人胸前，都贴了一张白纸，上面画了一颗红心，请你大家看看，我的矛子尖头，是不是都扎在红心上？"两姓阵上，有好事的，果然捡起来看看。可不是依了他的话，矛尖都扎在红心上。大家齐齐地喝了一声彩。那人又叫道："这不算什么，我还有点小玩意儿，索性献丑吧。"说着，将腰带下的衣襟一拉开，露出一只皮口袋。打开皮口袋，拔出一根一尺长上下的六轮子手枪来，叫道："我一枪打中一个草人。"说着，啪啪啪，东西两岸，各放了三响。两岸的人，虽没有看清是不是就打中了，然而有了他使长矛子的本领在先，大家都相信了。他又道："各位朋友听了，你们姚冯两家都是我的好朋友，和谁我也没有仇恨，但是我就因为都是朋友，不愿你们杀人流血。各位听我相劝，收阵回去，三湖街上，有茶馆有酒馆，许你们两家懂事的人出来说理。说不好，县有县衙门，府有府衙门，许你们打官司。现在，我要多一点事，在河里把守住，不许你两家过河。弟兄们，先放一排枪。"这句话说毕，那十来个穿短衣、手捧来福枪的人，都是早已预备好，只听了这声令下，十几只枪口，通通朝着天，轰咚咚一声，半空里起着云雾，将树林子里的乌鸦，惊得呱呱乱叫地飞了起来。

这姚冯两姓壮丁，真想不到半路里会杀出这样一支人马，是上前呢，还是退后呢？大家都面面相观，不敢作声。加之两边那些穿长袍马褂的人，依然还是在拦阻着，也不便向前冲去。准备着启衅的两个扛秤人，也有点犹豫。他们都想着，假如抬出秤去的话，那胖子绝不会放松，必然开枪，所以也是站了没动。在大家这样的僵持程度之下，那胖子放下了矛子，先后跳上两边河岸，只管抱拳作揖。等他走得近前，有人认得他的，这却看清楚了，不就是三河街厘局上的李委员老爷吗？他一改了装束，却叫人认不出来了。他虽然不管地面上的事，然而他究竟是个官，官出面调停这件事，而且是武装的，纵然不必尊重他的话，可也绝不敢冒犯他。因之大家不敢下河的心事，又增长一倍了。在两岸劝和的绅士，看了这个情形，也就料到他们必定是软化了，这就也跟了作揖打拱，要求两姓的人都各退后几十步，让和事人再来劝解，万一不成，二姓再来交手，总也不迟。大概又因为冯姓这面士气要差点，索性从这面入手，大家硬逼着冯家先退下去四五十步。姚家出来，怀着一股不平之气，势子是很勇猛的，先是经人在干河里一拦，已经减下去三分锐气。后来冯家的阵势又先退了，分明是敌方已经让步，能够不打而得着胜利，那也是好事，于是他们在和事人劝解之下，半推半就地，也就退了二三十步。两方面本来相距有几十步路。再从两边后退，这就有了一百步以上了。

在姚氏这面，姚廷栋那斯文一派的人，又是五十附近的本族相公，本不在上阵之列。但是他想到这回械斗，姚氏和冯氏，众寡悬殊，凶多吉少，他只好将性命抓在手掌心里，也上阵来观戏。眼睁睁死伤遍地，是有伤不忍之心的。及至干河里出来一批强硬的和事佬，他却出乎于意料以外，心里想着，能够不打也罢。后来站在阵势后面，看得清楚了，这个扎包头着短衣的胖汉子，正是自己的好友李秋圃，他惊奇到了万分。不是为了阵势摆在前面，早就抢过去说话了。现在两方阵势退远，和事人已正式劝和了，他是万万地忍耐不住，于是抢了上前，深深地向秋圃作了三个大揖道："不料我兄身怀绝艺，岂古剑侠之流欤?"秋圃笑道："这可不敢。不瞒廷栋兄说，我是学剑不成，改行做吏。说句放肆的话，总算是将门之子。现在也来不及说闲话，就是请兄台担一点担子，把贵族的人劝了回去吧。冯姓那边，若是亏理的话，有我姓李的出来做主，准保他们退让，总让府上人过得去。这件事的根由，我大概也知道一点，我既出面做和事人来了，我决不能做不公平的事。"廷栋道："你老哥一来，我看到了，真是喜从天降。好，那就是这种说法，我担着担子，去劝他们。只是请你老哥还要到冯姓那边去，请他们见谅。"

李秋圃见这边有了着落，心里大为高兴，立刻就跳到对岸，去将冯家人的来路拦住。冯家人本来就有几分怯，看到李秋圃军人打扮，又带了十几根枪来，这来势就不善，先不敢惹他。及至秋圃拥到了面前，他先喊道："冯府上的人，都是我的好朋友，我知道的，你们全是有志气的男子汉。要说打架，那就应当一个对一个，两个对一双，倚仗人多打人少的，我想各位好朋友，一定不愿意的。我不是来帮拳的，我是来劝和的。劝和的话，我们和事人已经不知道说了多少，各位觉得我们所说的话不错，那就和了吧。若是各位不愿和，我就不愿你们有几个人打一个的事。"他这样说着，看看冯家人的阵势，已经有些混乱，越是觉得可以用大话来压他。便反过手去，握了背着的弯刀柄，做个拔刀要试的样子。在冯家阵势里，自然也有几个绅士，他们早是将李秋圃看出来了，委员老爷亲自出来调停，不能不理会，就也迎上前来，和他理论。秋圃遇到了长袍先生，就不说强话了，也是把婉劝姚家的话，向他们说着。那几位绅士，就不能和廷栋那样能担承责任，说是要和大家商量。秋圃一面劝他们，一面向大路上望着，忽然哈哈一笑，向前面一指道："现在，你们不能不回去，一个有力的和事佬来了，他的本领比你们的本领大得多，你们不能不怕他呀。"说着又哈哈大笑起来。

第二十四回

见面恨无言避人误约
逞才原有意即席题诗

　　在这样的紧要关头，谁都不免带些恐惧的心理。李秋圃横矛发弹闹了一阵子，自然也是一副紧张的态度。这时，他忽然手指前面大路哈哈大笑起来。冯姚两家预备作战的整千壮丁也都呆了。果然在橘树林子外的大路上，有一批人簇拥着一乘四人大轿，飞奔了来。只看那轿衣是蓝呢的，抬轿的轿夫，又穿上了号衣，便是官来了可知。而且那些护从戴着红缨帽；短衣的，是对襟嵌红字；长衣的，也加上一件勇字儿的背心。在乡下人的经验上看来，一望而知是县官来到。那种帝制时代，一个县官下了乡，那是了不得的事。便是受压迫惯了的百姓们，见着了官，也不明是何缘故，都软弱下来。说时迟，那时快，那一群护从拥着到了干河岸上。大家在轿子灯笼上，和随从的号褂上，都看到了新淦县正堂的字样，不是县官是谁？老百姓罢了，姚冯两家的绅士，面面相觑，真不知如何是好。

　　随从们喊了一声住轿，新淦县知县黄佐成戴了翎顶大帽，穿着补褂，由轿帘子里钻出来，远远地看到李秋圃，就大步迎上前去，深深地一拱到地，举手平额道："秋圃翁，这样慷慨解危，不但是救了兄弟的前程，而且免除了无数的人命，我这里先叩谢。"秋圃道："县尊，现在不是我们讲客套的时候，先请你老哥把这两姓的人斥退了要紧。"黄佐成立刻掉过头来，向跟班道："带两姓的房族长问话。"在那时衙署里那些皂役们，最会装腔作势，县大老爷的宪谕传下来了，大家就齐齐地吆喝了一声。二三十个衙役，分作了三股，有的侍候着老爷，有的去传人。跟班的将带来的皮搭椅子，在沙滩上支了起来，替老爷设了座。拿着皮鞭、板子的衙役，分着两行，在椅子前面，八字排开。黄佐成因秋圃在这里，他虽不是正印官，也是候补知县的资格，彼此身份一样，不便坐下，只站在椅子边。

　　这时，那两姓的族长已千真万确地证明了是县太爷下乡来了，绝无在父母官面前械斗之理，既不能打，这就要抢着做一个原告。所以在衙役们还没有走到两姓队里去传人的时候，两姓的绅士们已经走到县官面前来了。这两姓的房族长，除了几个秀才监生躬身作了两个揖而外，其余的都跪在地下。黄佐成红着脸喝道："你们这两姓，无故聚着千百人，预备杀人流血，这还有王法吗？除了你们是有心要造反，怎会有这样大胆？"两姓的人，异口同声说不敢。黄佐成又向那些秀才监生道："各位也是顶了朝廷功名的人，清平世界，揭竿而起的，闹上这些个人动刀动枪，这成何体统？各位这还是在自己家里，就是这样子胡闹，假如有一天为朝廷出力，或治一县，或治一府，也能让百姓这样闹去吗？我限你们立刻把两姓的人一齐退下去，你们做房族长的，只派几个年老的，押队回去，其余的都随我到三湖街上去，我要把你们这两姓的事，公平办理。"

那些做房族长的人，无非是被众人所迫，不得不随声附和，明知械斗之后，还是他们见官见府。于今能消患于无形，总是幸事。所以大家就当了县官的面，推了几个年老的人，押队归族，其余的人，都站在河岸上。黄佐成道："你们两姓的人，都应该明白，今天不是李老爷这样亲自出来同你们讲和，派人送信给本县，那么，你们打起来了，不定要死伤多少人。李老爷出来，解了这危，总是你两家的福星。你们当面谢谢李老爷。"两姓的族长，回想起来，都觉秋圃做得不错。尤其是姚姓的人，算算自己的壮丁，差不多比冯姓差了一半，若不是秋圃这一拦，说不定真要吃很大的亏。县太爷叫大家谢谢他，倒并不觉得委屈姚姓这一边，首先就是廷栋领着同宗向秋圃作揖。而且还当了许多的人，说了一些余情后感的话。这时，看看河岸两边准备打架的人，秋圃觉得一场惊天动地的大事，就这样带着玩笑的意味，来给遮盖过去了，自也是喜上眉梢。于是他骑了马，将带来的人，随着县官及两姓的人，一同回三湖街了。这件事有官来判断，这就很容易地化为平庸，没有什么可再说的。

这时，只有在姚家祠堂里等消息的李小秋，见姚家出阵的人已太平无事地回来，料着是父亲劝和已经发生效力，心中大大一喜。不过他所喜的，却与别人不同，他想到姚家这番风浪过去了，大家也就有了工夫管闲事，在这时，可以探听探听春华的消息了。因之这学堂里没有同学，没有先生，他也并不回家去。那些被族长押回村子里来的人，大半是各自回家了。有若干人感到这件事的奇怪，也就纷纷到祠堂里来相聚评论这事。有的觉得架没有打起来，很是可惜。有的自知力量不够的，现在没有打起来，也暗地里叫着侥幸。不过大家对于李秋圃总是表同情的，以为他是个文官，肯出来和两家劝和，而且还有那样好的本领，真是出乎人意料之外。

这一番消息，早是传到廷栋家去了。姚老太太自从族人排阵出去以后，她就没有进房去，两手抱了拐杖，坐在椅子上，两眼望了天上，仿佛那里有什么神仙站着，和她在说话一般，而同时她嘴里，就念了几百遍阿弥陀佛。及至族人回来了，又说有李老爷劝和，并不曾打，姚老太太心里一动，就把李秋圃这笔功劳，记在观世音菩萨身上，立刻丢下了拐杖，走到堂屋正中对了上面的神龛跪将下去，正正当当，两手叉住了地，头像啄米小鸡的尖嘴，不能分出次数地，只管向地面上碰着。而且她口里还喃喃地说着话。她儿媳宋氏，这时也得了停战言和的消息，急忙中要问个究竟，已带了小儿子到隔壁人家探问去了。所以这老太太在堂屋中拜佛通诚，却没有人理会。她诚心诚意磕了这顿头，自己觉得可以对得住观世音菩萨，以及各位大慈大悲菩萨。不想待到自己昂起头来时，竟有些昏晕，一时站立不起来，就坐在地面上。

还是在屋子里面心灰意懒的春华，仿佛听着一片哄哄之声，由祠堂那边风送了过来。但是听听自己家里，却是一点声音也没有，这却不能无疑，就走出来看看。及至到了堂屋里，见婆婆坐在地上，抬起一只手撑了头，而且还微闭了眼睛，不由大吃一惊，抢上前问道："哎哟，婆婆……"姚老太太微微地睁开了眼，向她笑着摇了两摇手。春华道："地面上很潮湿的，怎么可以坐得呢？我来搀你起来吧。"也不再等她同意，就扶着她到椅子上去。姚老太太笑道："大惊小怪做什么？不打大阵了，还是我求菩萨求好了的，我叩个头谢谢菩萨。你来了很好，扶着我到祠堂里去，谢谢祖宗。总算我们的祖宗坐得高啊！若是打起来，不定是哪些人遭殃呢。"说着，她伸手摸着了拐杖，站起来就向门外走。春华笑道："你老人家，真是奶奶经，刚才磕了头，爬不起来呢，又要走。"姚老太太走着路道："小姑娘说些什么话？这样的大事，还不磕头，什么事才磕头？下次菩萨还能保佑我们吗？"说时，她已经踱过了天井。春华看到拐杖移一尺，脚走一步，苍白的头微微地摇撼几下。心里念着，若是让她自己走到祠堂里去，保不定真会出什么毛病，还是搀扶了她去吧。于是抢上前笑道："唉，我的老人家。"因是挤挨着她，手扶了她一只手臂，同向祠堂里走着。

春华在昨天早上闹了一次投塘又吊颈的风波，本来是不好意思见人。无如看到祖母这样战战兢兢地走着，良心上又不忍不管，只得是低了头，看了祖母的拐杖尖子向前走路。再说自己也是九死一生的人，村子里昨天晚上那样大热闹，要和冯家打大阵，就没有放在心里。今天的大阵不打了，算是一天云雾全消，那觉更用不着放在心上。所以她在屋子里的时候，尽管是听到堂屋里有人说这件事，可是她并不伸头出来看看。

这时陪了祖母到祠堂里去，本也无所用心，加之族人一多，她越增加了难为情，只是低头走着。及至快到祖先堂上了，却听到有人喊道："李少爷，今天这件事，自然是要多谢令尊大人，十分热心，硬是在中间拦住了。后来为打大阵出面来劝和的也有，可是硬凭一个人把两下里拦住，这可是少有。就是李少爷，你这样年轻轻的，也是难得，昨晚上就为这事，来了两趟。"这李少爷三个字送到春华耳朵里来，那是特别受听，这才抬头向前看去，果然地，在廊檐一张桌子上，围坐了六七个同族的人，围了李小秋在说话。他坐在正面，在淡蓝竹布长衫上，罩了一件铁线纱的琵琶襟坎肩，略微见得身体单瘦了些。然而他说话的时候，脸上不断地带着笑容，不是理想中的人是谁呢？春华是听到病了，又听到说他已走失了。虽是自己性命都舍得可以丢了，就是这件事没有打听得个确实消息，总引为憾事。而自己此生此世，也绝不想和小秋会见一面的，这时候突然地遇到了，倒疑惑这是做梦，天下哪有这般容易的事？可是抬头看那屋檐上放下来的太阳光，晴光灿烂，屋顶上有树，树上有鹭鸶鸟。和小秋围在一处说话的人，十有八九认得，全是本族的人，有的抽着旱烟，有的捧了碗喝茶，各人的姿态，都各自不同。若说是做梦，做梦能够有这样清楚？因之她突然站定，瞪了两只眼睛，向他望着。

小秋也是想不到会在这里见着她的，早是情不自禁地呀了一声。然而他一惊之后，立刻就回想过来，面前还围着许多姚家人呢，心里一转变立刻笑道："老师母来了。"于是起身趋上前去，躬身站在一边，笑着叫了一声老师母。春华早是拉住了祖母的衣袖，让她站定的了。这时，她却伸手握住了祖母拐杖的中间，虽是把头低着，却是抬了眼睛皮去看小秋。姚老太太伸了弯着的食指，点着小秋道："你不是李少爷吗？"小秋道："老师母，你老人家，可别这样称呼。"说着，可是向了春华微笑。春华突觉得周身的筋骨，都耸动了一下，脸上也被心里一种春情突破了愁容。但是很快地醒悟着，除了身边已站着一位祖母而外，还有许多族人呢，不便向小秋绷着脸子，只把头来低了。姚老太太道："呀，听见好多的人说，今天的事，幸亏是有你父子两个，从中来劝解呀。"小秋笑道："我小小年纪，

223

懂得什么，都是家父叫我这样做，我就这样地做了。"姚老太太点着头道："好，很好，人生在世，哪里不好积德，积德有好处，将来你爹，还要抓印把子，升官发财呢。"

姚家族人，听她说话，也就围上来了许多人，你嘴我舌，都说李老爷本领了不得，一丈八尺的矛子，他能够两手捧着矛子兜上耍起来。不说是我们姚家通户，就是找遍了新淦县，也未必有他这样一个对手。又有人说，李老爷胖胖厚厚的，是一员福将。又有人说，李老爷是文官，这样文武全才，不定将来要升到什么大官为止呢。这种乡下人的俗话，春华向来是听着不入耳的，若是有人当面这样说了三句，那就早早地溜开了。可是今天的情形，大不相同，这些乡下人所说着不堪入耳的言语，每句都觉得有味，而且也认为他们是识得大体的人。不住地向着谈话的人，报之以微笑。姚老太太也道："是啊，像李老爷这种人是难得啊！我们姚家人，不要忘了人家的好处。春华你扶着我上这个台阶吧，我要到祖先面前去磕上几个头，真是我们祖先有灵，保佑子孙脱了这场飞难。"说着，由人群里挤了向前。

自然，春华扶了她一只手臂，紧紧在身边跟随。然而她的胆子壮大得多了，就不住地向小秋看着。只是那黑眼珠，在长长的睫毛里转着，这可以知道她是有无数的心事，在那里向人告诉着。而且她脸腮上，两个小酒窝儿不住地扇动，那将要笑而不敢笑的意思，也就充分地表示着出来。小秋虽然不敢报之以正眼，但是心里头也是有千言万语想要向她去说，不过是当了许多人的面，又怕给人看出一点破绽。眼见春华扶了祖母到祖先神龛下去磕头，他却背了两手，好像很悠闲的样子，只是远远地望着。春华总想得着机会和他说一两句话。现在他是站得这样远，自己还要搀扶祖母，这话也无从说起。心里一急呢，那两道乌眉，可又皱起来了。小秋自然也是知道她的心事，但是自己在这大庭广众之下，绝没有那胆量，敢到她身边去，也是睁大了两眼，老远地向她看着。

在春华一方面，心里也就想着，便是不能和他说话，多多看他一两眼，也是好的。然而她身边这位婆婆，却是东一句西一句说话，她眼睛不在婆婆身边，耳朵也就随着不在这里了。姚老太太恭恭敬敬地，向祖先磕过了头，扶了拐杖，向春华道："孩子，你也向祖先磕两头，祖先保佑你。"春华眼望着远处，哼了一声，姚老太太只好将拐杖头向她脸上点了两点。春华笑道："我丢了一样东西，在这里想着丢在哪里呢，你倒是只管打岔。"姚老太太点着头道:"你也是得着祖宗保佑,不出险事,你也向祖宗磕上两个头吧。"春华道:"我磕什么……"她说着话时,可微昂着头正在想着,这就笑道,"好的,请你坐一会子,我到爹爹屋里去洗把手。"姚老太太道:"有道是洗手拈香,这倒是可以,你就去吧。"

姚姓族中的人,对于相公的母亲,没有不尊重的,这就有人来代替春华搀扶祖母。春华算是把这项责任,暂时歇肩一下,她就绕了廊子,特意地由小秋面前经过,却向一个年老的族人笑道:"我好久没有到学堂里来了,我也要到前面去看看。"这自然是给了小秋一个信,让他设法子离开大众,以便找个机会来说两句话。小秋虽不便一口就答应下来,然而他关于这些事的聪明,绝不在春华以下,他口里虽不曾说得什么,眼睛早是向她注视了一下,那意思就是答复她说:我已经知道了。春华心里暗笑,想着:念过书的人,究竟是肚子里拿得出主意来。不怕当面有许多人,我玩一点手法,就什么人也骗过去了。她很高兴地,由祖先堂上,走到前面做学堂的那进屋子去,她料着不久的时候,小秋也会来的。自然不望有多久的时候,能够彼此说个四五句知心话,也就于愿足矣。

她低着头想着,正待向父亲屋子里走去,忽听得迎面有人叫道:"春华,怎么你一人在这里?婆婆呢?"春华抬头看时,正是母亲来到了。她做梦也想不到她会来的,立刻飞红了脸,答道:"婆婆……婆婆……"口里说着话,身子只管向后退。宋氏以为又出了什么意外,也是瞪了眼道:"婆婆怎么了?"春华手扶了墙,定了定神,强笑道:"婆婆在祖先堂上,好多人陪着她呢,我到爹屋子里去洗把手。"宋氏道:"好好的事,你怎么这样张口结舌地说起来?家里没有人,你快回去,我去搀婆婆吧。"春华没有答复,也没有作声。宋氏道:"快回去吧,你弟弟请隔壁二嫂子看着呢。"春华本待不走,遥遥望见后面屋子檐下,小秋的身子一闪,她想着,还是避开为妙,万一母亲当了自己的面,给小秋一种不好看的颜色,那反为不美,于是低了头,匆匆向门外走去。然而她这份难过,比昨日由水里被人救起来,还更觉委屈,早是一路地擦了眼泪向家里跑。

小秋在后进屋子里,他绝对想不到事变顷刻,所以还按了春华的话,照计行事。故意由祠堂后门出去绕了祠堂的墙,再经大门进来。当他走到学堂里来的时候,春华已是去远了。他如何会知道这些,总以为春华必定在先生屋子里,或者别的所在,因之除了把脚步走得重重的而外,而且还咳嗽了两声。但是只管打暗号,却无人答应,心里好个奇怪,就抱了手臂，站在屋檐下，向天上看天色。忽听得身后道："李少爷，你还没有回去呢？"小秋回头看时，是师母搀着老师母。他已知师母对于自己多少有些不满意的了，加之这种举动，颇不光明，心是虚的，脸上也就红了起来，立刻躬身答道："是的，我还没有回去。"宋氏正着脸色道："我们这村子里，今天还是很乱的，令尊在家里，自然是很挂心的，不要耽误了，走吧。"小秋笑道："不要紧，我家里会派人接我的。"宋氏道："何必等人接呢？叫狗子送你回去好了。"说到这里，宋氏竟不等候小秋的同意，把姚狗子叫来，就派他送小秋回家。又叮嘱着说："你送了李少爷到家见了李老爷或者李太太你才回来。"又向小秋笑道，"我们族里的事，倒让你费神，我替全族的人，都谢谢你了。"小秋见师母是十分客气，说了两句不敢当，也就只好跟着狗子一路回家来，狗子真的见了李太太，说是师母派着我送少爷回来的。李太太也感到宋氏这举，不能无意味，心里暗忖着，也就不愿小秋再向姚家村去了。

然而宋氏这样对小秋大加戒备的当儿，姚氏全族的人，却对李氏父子，发生了极好的感情。在械斗的事过去了五天以后，姚家人在祠堂里办酒，敬谢和事人。在说客的人内，李秋圃自然是第一名，而第二名就是李小秋，这番诚意是可想而知。到了这天，李氏父子高高兴兴地到姚氏宗祠来赴约。廷栋因为是本族相公，出面来会宾，代表全族来做主人。可是小秋是他的学生，又不便坐在先生上面，所以将他分在另一张桌子上坐。在一个大厅上，共设了三个席面，摆着品字形，将李秋圃让在正中的一张桌子首席上坐了，除了请着本镇的刘保甲局委员、厘卡上吴师爷赵师爷作陪而外，还有一个举人、一个副榜、一个廪生，而这个廪生，还是个秀才的案首，论起来，这是够得上《淮南子》上那句书"其数八，其位酸"的了。

姚廷栋斟过了两巡酒，他首先开言了，因笑道："现在市面上出现的那些小说书，和说书摊子上讲的那些鼓儿词，有什么黄天霸白玉堂之流，我们总觉得那是有些荒唐不经。再说到司马迁的《游侠列传》，也疑惑那是文人狡猾之笔。可是现在我亲眼看到李老爷这生龙活虎一般的精神，在姚冯两家阵头上解和，岂止朱家郭解尚侠而已，就是鲁仲连的排难解纷，墨子的摩顶放踵，以利天下，不过如是。吾闻其语矣，吾见其人也。"说时，连身体和头，一同摇撼了两个圈子。秋圃笑道："先生太抬举我了。不瞒各位说，兄弟原是习武的，二十岁以前，就在行伍里混，大小打过四次土匪，已经是保过五品军功的了。只是先父在太平天国之役，打了十几年的仗，眼见同营的，封爵的封爵，得缺的得缺，自己不过是做个城门统领而已。直到他的把兄弟黄爵师到江西来，看到先父还穿的是旧补服，很是伤感，才替先父在抚台面前，打了个抱不平，这才坐了一任协镇。先父就常对我说，可惜他不是湖南人，若是湖南人，早就飞黄腾达了。因此对我习武的这条路，极力打断，送上了做文官的这条路。于今我是文不文、武不武，成了个双料半瓶醋。"大家听了这话，少不得向李秋圃又恭维了一阵。

那个做案首的秀才，是个卖弄才华的人，便笑道："像李秋翁这样的人，而且有了这样的事，真可以歌咏以出之。在我们这席上的人，总能懂两句平仄的，我们何不就席咏诗一首奉送呢？"他说着，手端了酒杯子，就摆着头转圈子，表示着得趣的神气。那举人究竟是多念了几本书的人，有点经验，更摸着胡子，淡淡地笑道："那可是班门弄斧了。李翁的诗我是领教过的，可以说是义山学杜。"谈到说作诗，秋圃是比谈舞棍弄棒还有趣，笑道："作诗我可不行，我不过是半路出家的人啦。但是姚老夫子的诗品，我是见过的，在我小儿的窗课上，真有点铁成金之妙。"说时，抱了拳头，向廷栋连连拱了几下手。廷栋笑道："兄弟自幼弄了这手八股，作出来的诗，怎么也离不开那五言八韵的试贴气味。秋翁此言，殆反言以明之乎？"说着，也是连连地摇着身体，哈哈大笑。那秀才道："廷翁的诗，倒不是李秋翁阿私所好，实在有斤两，自然是强将手下无弱兵，这位李世兄一定也很好的。今夕此会，不可无诗，尤不可无李家贤乔梓之诗。"秋圃笑道："这就不对了，刚才是大家要题诗见宠，怎么一转瞬之下，倒要考起愚父子来了呢？"那秀才连忙摇手笑道："这就不敢，也不过景仰之意而已。"

那位厘局上的吴师爷，他父亲就是北京距公门下的一位清客，谈风花雪月的事，他也有他的家传。他看到在场的人，都有些酸气冲天，秋圃是未必和他们斗诗的，应当来和他解这个围，便笑道："谈到文人韵事，借了主人翁这杯酒，盖了脸上三分羞，我益发地要胡说了。听说廷栋老夫子，有一位小姐，今年才十五岁，作得一首好清隽的小诗，又写得一笔卫夫人体的好小字，吾闻其语矣，未见其人也，现在可不可以请了这女神童出来，大家瞻仰瞻仰？"廷栋这就站起来，拱手笑道："一个乡下村姑而已。"吴师爷连连向他招着手笑道："居，吾语汝。"廷栋只好坐下来。吴师爷笑道："于今风气大开，国家设了许多女学堂，名门闺秀负笈远游的就很多了。老夫子谅是个识时务的人，所以让令媛读书。令媛既足可以和许多在门桃李一齐攻读，今天我们叨在做世叔世伯的人，要见一面，当无不可。"还有那赵师爷，是个年纪最轻的人，他也略闻小秋在学堂里读书，有一段韵事，正想看看这女孩子怎样，也就极力地在一边怂恿。秋圃本人心里是有些芥蒂，不便说什么的，此外的人，谁也想不到这里面有什么缘故，一致请求，要这位女神童出来见见。尤其是那刘委员，他是地方官，请求有力量。

在清朝末年，男女之防，已不是那般严厉了，廷栋就相当看得破，加之大家都夸赞春华的学问，他觉得也是自己很荣耀的事，果然，就派人回家去，把春华传了前来。春华在家里，正自闷闷不乐，忽然听说父亲传去见客，这可猜不到是什么用意。但是心里很明白，今日所请的，也有小秋在内，不怕母亲怎样监视，总可以大大方方去和他相见的了。于是忙着拢了一拢头发，又换了一件花布褂子，然后到堂屋里来，向那绷着脸子的母亲道："妈，我可以去吗？"宋氏望了她许久，才道："有你父亲的话，你只管去。但是，你回到屋子里去坐坐，等我送你去。"春华心里头暗笑，母亲真是知二五不知一十，祠堂里有那些客，纵然有小秋在座，我还能和他说什么不成？乐得依从，就平心静气地，回到自己屋里去，更在脸上微微地扑了一层香粉，将衣襟扯扯。五嫂子提了灯笼进来，笑道："大姑娘，师母让我来同你一路去呢。"春华道："怪呀，她老人家，不是要看守我的吗？怎么不去了呢？"五嫂子微微一笑道："大概其中另有缘故。"春华道："有什么缘故，她知道那里人多，用不着防备我就是了。"于是很自然地，随着五嫂子到祠堂里来。

五嫂子到头进屋子，就不向前了，由着春华一人到摆宴的二进屋子去。春华站在滴水檐下，叫了一声爹。廷栋这就走向前将她引着到三席面前，各道了一个总万福，依然引到自己这席来在手边设了座，让她坐下。当她在滴水檐下，心里还存着个疑问，小秋在这里，他看到了我，是种什么情形呢？及至三个席面都走遍了，却不见小秋在座，这倒奇怪着，难道他今天竟是不会来吗？怪不得父亲叫我来了，原来是这位冤家不在座呢。于是带了愁容，坐在那里没有作声。廷栋这就道："各位老伯说你会作诗，要当面考你一考，这就应该你出丑了。"春华这才明白，叫自己出来，为的是这件事。但是看看上座坐的那位李秋圃，正是自己心里所盼望的公公，而事实上所做不到者。今日当了他老先生，应当用尽自己的能力，来卖弄一下才好，便站起来低声道："那就请各位老伯出题吧。"

当她出来的时候，李秋圃早是把他那双饱经世故的眼睛，仔细地端详了一下，见她那圆圆的面孔上，透着那鲜红的血晕，一双细长的乌眉和那很长的睫毛，配着那黑白分明的眼珠，在那忠厚长者之相以内，乃带着几分聪明外露。便笑道："请坐下。说到考就不敢当，就请小姐自己选题吧。"廷栋笑道："若是由她自己选题，她可以把她自己的窗课出来搪塞的，岂不有负各位的期望？还是请哪位出一个题吧。"大家虚让了一下子，都请李秋圃出。秋圃见这女孩子微锁着眉头，低垂了眼皮，心里也就想着，她和小秋的事，那是她知我知，自己出来题目考她，有些不妥，便向侧座的吴师爷笑道："有劳吾兄代拟一个。"吴师爷见他真不肯出题，就偏头呆想了一想：出得太难了，未免要人家小姑娘为难；出得太容易了，也许小姑娘都会笑我是饭桶。正出着神呢，却看到下方烛台上的蜡烛，结了很大的灯花，笑道："大姑娘，我出一个灯花题目吧。若嫌不妥，那就另改。"春华坐着呢，又站起来，低声笑道："老伯既出了题目，怎好改得？"说毕，她微咬了下唇，低着头，便有个思索的样子。那举人便用手轻轻拍了桌子道："不忙不忙，你只管坐下，慢慢地想。"春华答应了个是字，低头坐下去。她抬头一看烛花，又向秋圃很快地看了一眼，脸上忽带着笑容，似乎她已经胸有成竹了。这就回转脸下，低声叫着爹道："我作了一首五绝，也可以吗？"廷栋道："五绝也不见得比别种诗容易作。但是不会作诗的人，这只二十个字，凑字就好凑了。你先作出看看。"

春华心里一面构思，一面走到父亲屋子里去，不一盏茶时，用一张素纸写好了，拿来两手送给父亲。廷栋看了，脸色却带了喜容。吴师爷料着有点诗样，是不怕看的，便笑道："我要先睹为快了。"于是就伸手将诗稿接了过来，一看之下，拍着桌子伸了腰道："这真是家学渊源了。我来念给诸位听。题目是《宗祠盛宴，奉各世伯召试，以灯花为题，即席呈正》。诗是……"说到这里，将声音放得沉着一点，念道，"'客情增夜坐，好事报谁家？未忍飞蛾扑，还将纨扇遮。'虽然只寥寥二十个字，用事、命意，都很不错呀。"他念的时候，大家都侧耳而听。念完了，那位不大开口的副榜，这也就将头左右连晃了七八下，微笑道："虽然用字还不无可酌之处，以十五岁姑娘，在这仓促之间，有这样的诗，吾无间然矣。"说着隔席向廷栋拱手道，"可贺可贺。"那举人接过诗稿去，将筷子头在上面画着圈圈，笑道："这诗还得我来注解一下呢：这'未忍飞蛾扑，还将纨扇遮'，不是赞美秋圃翁这次为姚冯二姓释争而发的吗？"

秋圃原来也只想到咏灯而咏到灯蛾，也是常事，现在一语道破，立刻想着果然不错，不觉连鼓两下掌道："姚小姐如此谬赞，几乎没有领悟，惭愧惭愧，这绝不是小家子气派，加以磨琢，前途未可限量，我要浮一大白了。"说着，端起面前的酒杯子，昂头一饮而尽，还向春华照了一杯。春华得了他的许可，心里这份欢喜还在秋圃之上，便扬着两眉，站了起来。吴师爷也凑趣道："这诗分开来看好，一气念之也通。就是说，夜坐深了，见着灯花，问它是报谁家的喜信呢？因为灯花之可喜，也就爱护它，不忍飞蛾来扑了。大家同饮一杯吧。"于是大家都举了杯子，向着春华。春华连说不敢当，举杯相陪，呷了一口放下。廷栋看得女儿如此受奖，也是乐着收不起笑容来。

秋圃这时很高兴，斟了一杯酒略举了一举，然后放下，笑道："姑娘，我敬你一个上联，不嫌放肆吗？"廷栋笑道："秋翁太客气，就出个对子她对吧。"秋圃诗兴已发，也不谦逊了，便笑道："借姑娘名字入题了。"于是一个字一个字，从容清楚地念道："酌酒驻春华，莫流水落花，付大江东去。"全席陪客的人都说好，善颂善祷。秋圃又端起杯子，向春华举了一举笑道："聊表微意。"于是将酒喝了。廷栋道："秋翁，她不过是个晚辈，何必这样客气？"回头向春华道，"你对上呀，这要考倒你了。"殊不料这上联，正触动了春华的心机，便低声将上联念了一遍，问廷栋道："是这十五个字吗？"廷栋说是的。春华道："我想大胆一点，也借用老伯的台甫两字，不知道……"秋圃笑道："那就好极了，必定这样，才和上联相称呀，请教请教。"春华笑着站立起来，偏向廷栋道："我还是去写出来吧，不敢叫老伯的台甫。"秋圃笑道："你只管说，不要紧。就是古人，也讳名不讳字，大概你用的是秋圃两个字。这二字是我的号，念出来何妨？"举人也道："对对子，最好是脱口而出，你就念起来吧。"春华听说要脱口而出，自己也很想卖弄一下自己的才思是怎样敏捷，就念道："吟诗访秋圃，又碧云黄叶，见北雁南飞。"她念完了，大家听到这句子的浑成，都不免齐齐地喝了一声彩。吴师爷将筷子敲了桌沿道："好一个'又碧云黄叶，见北雁南飞'，这上一下四的句子，不是对词曲有些功夫的人，是弄不妥当的。只看她下这个又字，对秋翁莫流水落花的那个莫字，恰恰是相称。至于字面工整，那尤其余事了。好极好极！"

他这样赞不绝口，可是廷栋听着，就二十分地不高兴。他在当年下省赴乡试的时候，和一般年轻秀才在一处，也曾把艳词艳曲看过不少。尤其是《西厢记》这部书，念得滚瓜烂熟。他现在是中年以上的人，而且还有点道学的虚名，就十分反对这些男女才情文字。不想自己的女儿，当了许多人的面，竟会把《西厢记》上的北雁南飞对了出来。自己教训女儿是怎样教的，教她做崔莺莺吗？廷栋越想越不成话，心里头惭愧，脸上就红了起来，人家尽管继续夸赞春华，可是他自己就连说不敢当的话，也不会说了。可是春华被人称赞着，还是满脸的喜色呢。

第二十五回

绮语何来对联成罪案
沉疴突染侍疾碎芳心

　　这其间，只有李秋圃心里很明白的。他知道春华所对的，出自"碧云天，黄花地，西风起，北雁南飞"。一个道貌岸然的父亲怎会让姑娘肚子里有了这样的句子？莫说是崔莺莺，便是李清照这种才情的女人，也不会让廷栋许可。他眼见廷栋红潮上脸，那绝不是酒醉，若是只管这样闹下去，也就是更让老夫子不堪罢了。便向大家笑道："据兄弟看来，我们都有些不怨道。大家有吃有喝，只管逼人家十几岁的小姑娘，既作诗，又对对子。现在，我喝一杯，谢谢贤侄女。"说着，他首先端起杯子来，举了一举，然后喝下去。大家看到秋圃有收场的意思，也就不便再考试春华了。春华只觉自己得意，当了许多老前辈，可卖弄了一番。因之大家虽不考试她了，她还是喜气洋洋地坐在父亲身边。廷栋陪了大家吃了几口闷酒，肚子里不断地打腹稿，终于想出两句话了，笑道："词章这种东西，不过文人的末技，便学习得好了，也不见得有什么用处，所以我对于这事，却不怎样注重。可是年轻的人，贪那些书上文句漂亮，总是自己偷着看。在功课以外，我不能一个个查他们看的是什么书，也就只好放任了。"秋圃道："诗词可以陶冶人的性情，学些也不妨。孔夫子就劝他的学生，小子何莫学乎诗？《诗经》第一章，就是'窈窕淑女，君子好逑'，圣人都不以这个有碍学业，老夫子说，放任一点，这倒是有理。"廷栋正觉得自己说了许多，依然没法解释，何以让女儿看熟了《西厢》。现在秋圃这样地说着，总算和他减轻了些担子，便哈哈笑道："若照着秋翁这样地说，青年人就要认为救命王菩萨了。"

　　他正还有理由要向下说，狗子就悄悄地走到他身边来，低声说了几句，廷栋答应了两个好字，就回头对春华道："今天总算你勉强应付了过去，只是不登大雅而已。你母亲在家里等你，你回去吧。"春华知道母亲是时刻不能放松的，听说，立刻站起来，低声道："各位老伯，我告退了。"这才垂了头走向前面来。

五嫂子早是举着灯笼相迎，笑道："我听到了，大家都夸奖你呢。"春华道："那位李老爷，人真是和气，李少爷前世里修到了，修得这样一个好老子。"五嫂子提了灯笼在前面引着路，笑道："大姑娘，你若是个少爷，你一定也会进学中举的。"春华道："想那些不相干的念头做什么？你知道不知道，今天他怎么没来？"五嫂子道："他是谁呢？"春华轻轻一顿脚道："你有什么不晓得？你是明知故问。"五嫂子顿了一顿，笑道："大姑娘，我告诉你，你可不要生气。"春华道："大概他是不肯来，那也难怪他不高兴来，我才犯不上为他不来生气，又不是我请他。"五嫂子道："他来了。"说着，隔了橘子林，见那边的大路上，有一盏灯笼火，向祠堂里去。春华道："他来了吗？怎么席上没有人呢？"五嫂子笑道："喏，那林子外面打灯笼的不是？"春华道："我和你说正经话，你倒只管瞎扯。"五嫂子道："我是瞎扯吗？事后你就明白了。"春华听她如此说，好像不是打趣，便站住了脚问道："你怎么知道那个打灯笼的是他……不，是李少爷呢？"她自己觉得那个他字又有些不妥，立刻更为李少爷。然而五嫂子不再理会她这个"他"字了，也站住道："师母听到祠堂里来请你去，她不愿意你和李少爷在那里见面。那时，立刻告诉狗子，把李少爷请了家去，叫他不要由树林子里来，故意绕着外面大路上走。等李少爷的灯笼在林子外面亮着了，师母才叫我送你到祠堂里去。现在你回来也是这一套。"春华道："这样说，家里叫我回云，并没有什么事情。"五嫂子笑道："你想吧。"春华将脚在地上顿了两下道："我娘……真……真厉害，不管那些我再到祠堂里去。"说毕，转身就要走。五嫂子一把将她扭住，发急道："我的姑娘，这不是要我好看吗？我不该多嘴告诉你这些话。"春华道："我不到里面去，只在祠堂门口赶上他，说两句话。"五嫂子拉住她哪里肯放，因道："大姑娘，你怎么了？你是个念书的人，什么事不明白？你若是到祠堂门口去拦住他，深更黑夜，那成什么话？我的大姑娘，你不能叫我为难呀。"

两个人正在橘子林里拉扯着呢，却看到林子里面，又射出一星灯火，这正是春华家门所在，五嫂子扪了她肩膀一下，低声道："师母追出来了，快回去吧。"春华没法，只好勉强地让五嫂子扯了走。当她走到家门口的时候，果然宋氏两手捧了一盏料器罩煤油灯，斜靠了门框站定，自然是一种等人的样子。春华心里想着，这若不是自己的母亲，真可以伸过头去，撞她几下。女儿和母亲有什么深仇大恨，何必苦苦地这样监督着？慢慢地走到了大门口，宋氏便问道："回来了吗？"春华没有作声，低了头站在一边。五嫂子举着灯笼，走近一步道："我们慢慢地走着，带说着话，所以久一点，你真是心疼姑娘，还到大门口来等着。"宋氏道："天不早了，十几岁小姑娘在外面走着，做父母的，怎能不担心？"说着，她举了灯在前面走。春华走到堂屋来，见正中桌上，摆着盖碗茶，又有瓜子芝麻糖片两个碟子，那分明是在堂屋里待过客了。既是待过客，所待的一定就是李小秋，五嫂子说的话并没有错。心里本来十分烦恼，看到母亲这番做作，更不知道心头这腔怒火由何而起，立刻抢进卧室去，就倒在床上睡觉。姑娘们是没有什么威风可以对付她们的敌人，不是哭，就是睡闷觉。宋氏料着今晚上这着棋大煞风景，是伤透了女儿的心。唯其是女儿不快活的样子全露了出来，这也更让她知道女儿变了心。只要女儿回来，母亲算是占着了胜利，她也就不来过问春华的事了。

春华在酒席宴前，小小地露了一点才华，本来觉得很高兴，尤其是看到李秋圃那个人，倒蔼然可亲，青年人若是有这样一个老前辈来管着，那是很可乐的事情。不料自己在那里卖弄才气的时候，却中了母亲调虎离山之计，早知道那么着，我就不作诗，不对对子，老早地冲了回来，见着不见着，交谈不交谈，也不要紧，只是猜破了母亲这条计，心里也痛快些。她想到这里，捏了小拳头，不免在床上连捶了几拳，将脚还蹬了几蹬。

就在这时，有人咦了一声道："这孩子怎么了，一个人发急？我听说你在祠堂里当众题诗，人家都夸你的才学呢。"这又是那位积世老婆婆来了，春华抬头看了看，依然躺着。姚老太太可不是说了就走，她也在对面椅子上坐下了。春华道："奶奶，你在这里坐着，看着我吗？我也不能天天寻死呀。"姚老太太道："你这孩子，是怎么样说话？你这屋里，难道还不许我坐吗？"春华道："我心里烦闷得很，我要好好地睡一觉。"姚老太太道："你睡你的，我也并不打搅你呀。"说着话，她放了拐杖，在怀里掏出小弟弟的一只鞋底，上面绕着麻线和长针。透开了针线，在老人家那个斑白的发髻上，取了一根锥子，锥着鞋底，穿针引线起来。那长针上的麻线，长到两三丈，因为打鞋底是要一线到底的，这麻线不能剪断，所以穿过一针之后，老太太左手捏着插了锥子的鞋底，右手拉着麻线，唏唆唏唆地作响。江西人说老太太打鞋底，有两句歌谣，是"一夜窸窣，打了一针多"，这一份累赘，可想而知。然而唯其是累赘，这有闲阶级的妇女们，倒可以借此消磨岁月。

平常春华看到妇女们打鞋底，是司空见惯的事，倒没什么感觉。今晚上正是想定定神，偏是老太太在这里打鞋底，分明是表示着不能走开，那麻线穿过鞋底的唏唆之声，送到了耳朵里来非常之烦腻。自己在床上辗转了几回，实在睡不着，只好坐了起来，噘了嘴道："你老人家总不能看守我一夜到天亮吧？你走了我就寻死。"姚老太太微笑道："你这孩子着实有些淘气。你睡你的觉，我打我的鞋底，与你两不相干，你为什么不让我在这里坐？"春华道："你是到这里来坐吗？你是怕我寻死，在这里看守着我呀。"姚老太太道："这是笑话，为什么老怕你寻死呢？"春华淡淡地笑道："我心里明白，大概你老人家也明白，就是你老人家不明白，我妈也会告诉你的，现在家里人把我当个贼来看待了。其实那是过余的，我何至于到这个样子？"她说着话，坐到桌子边来，打开抽屉，拿出一大叠书本，放在桌上，一本本地清理了一阵。依然放到抽屉里，再打开别的抽屉，重新拿出一叠书本来检查，似乎有这些个书，她不知道看哪一本是好。最后她择定一本书，展开来翻了几页，可是也不知道书上有什么言语，引起她不快活，她两手将书一摊，伏在桌子上睡起来了。姚老太太坐在旁边打鞋底，冷眼是看得很清楚，觉得她虽不至于要寻死，可是她心里那份难受，也就情同害病了。老人家就是碎嘴子，有话哪忍得住，便向她道："你今天喝酒喝醉了吧？我看你有些坐立不安的样子呢？"春华依然是将头枕在手臂上答道："对了，我喝醉了，但是……"

她的话没有说完，只听到堂屋里有父亲很严重的声音，问道："春华呢？"母亲在外面答道："回家来就溜进房去睡了。"又听到父亲道："不管她睡没有睡，叫她来，我要问她的话。"春华听着父亲如此严厉的声音，不由得心里连连地跳了几跳，心想，刚才到祠堂里去的时候，并没有什么失仪之处呀，为什么父亲要叫我问话呢？正犹豫着呢，宋氏可就进来了，见她坐在这里，便道："你也没有睡吗？那很好，你爹叫你去呢。"春华料着还没有什么了不得的事，就大了胆子，随着母亲向堂屋里走来。只见廷栋脸上关羽一般的颜色，不知是醉了，还是生气，直瞪了两只眼睛看人，两手按住桌子，坐在正中凳子上。春华不敢走近，远远地站定，低头道："爹叫我什么事？"廷栋冷笑了一阵，然后向她道："你不知道做女子的，应当目不视恶色，耳不听恶声吗？非礼勿视，非礼勿听，接着便是非礼勿言。凡是所言非礼的，当然也就目已视恶色，耳已听恶声了。"廷栋抖了这一大篇文言，宋氏坐在一边，只有瞪了眼睛望着，不知他用意何在。

春华是明白了，父亲是责备着说错了话。然而自己说话向来是很谨慎的，何曾在哪里说错了话呢？心里是这样估计着，自然也答不出什么话来，只有低了头站着。廷栋等了许久，见她没有答复，这才料着她还没有懂过来，便道："你刚才对的对子，有'北雁南飞'四个字，这是哪里的出典？"春华被这句话提醒过来了，心想是呀，我说的是《西厢》上的句子。当时很大意，随便地就说了出来，倒没有料到父亲把这个错捉住了。立刻心里乱跳，脸红起来，微微倒退了两步，答不出一个字来。可是关于辞章一类的书，究竟是看得不少，停一停，心里就有退步了，便答道："这用的是汉武帝《秋风辞》的典。"廷栋道："秋风辞上，有北雁南飞的话吗？"春华道："我仿佛记得头两句是'秋风起兮白云飞，草木黄落兮雁南归'。我就稍微改了一改。"廷栋冷笑道："满不是那回事。那么，'碧云黄叶'四个字，也是由草木黄落上生出来的吗？"春华道："这是范仲淹的词句，'碧云天黄叶地'。"廷栋鼻子里哼了一声道："你倒推得干净？这分明是'碧云天，黄花地，西风起，北雁南飞'变下来的，我有什么不知道？我一班朋友，为了打灯谜，常弄这《西厢》上的句子。我也从朋友口里，早领略了。你一个小姑娘，竟会看这样的淫词艳曲。而且在大庭广众之中，把书上的话，向人对起对子来。我姚某人的女儿，就是这样高谈风月，先就治家不严，还有什么才德去教育人家的子弟？我真昏聩糊涂，直到如今，我才知道你是这样的不成器。完了完了，还有什么脸见人？"说着，将头昂首，望了屋梁，连连摇摆了一阵。

宋氏先听到他大套地论文章，本来是莫名其妙，后来在廷栋口里，听到"西厢"两个字，这就有些明白了，这是年轻人看不得的一部书，过年的时候，卖年画的，有那张生跳粉墙的图，不就是说着《西厢》这一件事吗？这就插言道："我早就说了，女孩子要她念什么书？你不相信，说古来女子，认得字的很多。又说现在女孩子还有学堂可进呢，念了书还可以懂道理。你看，懂得什么道理？听说你还买了些什么时务书给学生看，都讲的是些什么男女平权，维新自由。她当然也就看到了。现在你自己也觉得是弄出笑话来了。"廷栋手将桌子一拍道："世未有不能教其子而能教人之子者，休矣！我不教书了。"宋氏淡笑道："你不教书，人家都知道了，那不但是羞一，羞二羞三还不止呢。俗语道得好，女大不中留，我早已也就告诉过你了，你不信我的话。这丫头，多留在家里一天，多让父母担一

236

天心的，不如早早地送出门去了好。"春华听了，很不服气，就正色向宋氏道："娘，你为什么说这样的话？我有什么事让父母担心？"廷栋本来气极了，只是女儿不过是文字上的罪，不便怎样大发脾气。现在见春华对母亲顶起嘴来，这显见得她是越发地不受教训。于是用手将桌子一拍，自己突然站起来，瞪着眼道："早知道你是这样不成器的东西，倒不如让你在塘里淹死了是干净。"

春华的小弟弟见父母都在骂姐姐，早是藏在门角落里，不敢出面。这时，就哇的一声哭了出来，自然，是大大地吃上一惊了。姚老太太手扶了拐杖，颠倒着抢出来，问道："又是怎么了？骂得这样大哭小叫。"原来春华也吓得半侧了身子，向着墙角揩眼泪呢。宋氏早是把儿子抱到怀里，轻轻地拍着，连说不用害怕。廷栋依然悬两手按住了桌子，向春华望着。姚老太太道："到底怎么回事，好好的会这样闹了起来？"廷栋一想，这一番缘由，要告诉母亲，恐怕是闹到天亮，她还不能清楚，就叹了一口气道："你老人家不用问，总算是我教导无方。"说毕，向春华喝道："你还哭什么？我的话冤屈了你吗？若是你还小两岁，我的板子早上了你的身。以后有两条路，你自己去选择。一条是从今日起，你要改头换面，好好地做一个人，以前的种种，譬如昨日死，我也就予你以自新之路，既往不咎。其二，就是干干净净，你死了吧！"说毕，掉过脸来向宋氏道："我把这丫头交给你了，你要好好地严加管束。"

春华真不料父亲会说出这样的话来，这比打了一顿还要难受，便将身子扭转来，向廷栋正着脸色道："爹爹教训得我极是正理。既然我是这样不成器，我不愿再让父母为我担心。我情愿照着爹爹第二个办法，死了吧！"姚老太太啊了一声。廷栋鼻子里哼了两下，只是冷笑。宋氏怀里抱了孩子，可就轻轻地向她喝道："你愿死，我还不许你死呢。我没有钱给你买那口棺材，要死你到管家去死。从今天晚上起，你就在我一块儿睡，我得看守着你。"春华低声噘了嘴道："一个人决心要死，旁人也看守不了许多。"宋氏偏是听到了，就接着嘴道："为什么看守不了许多？我要把你送上了花轿才放手呢。"春华心里一转念，父母都在气头上，我站在这里做什么，越站在这里，不是越得挨骂吗？于是不和母亲再分辩，悄悄地走进屋子里去了。不料她母亲是说得到做得到，也就跟着走进房来，这天晚上，她果然就和春华同床睡了。

当春华受着父亲那样严厉的申斥以后，本来就觉得家庭管得这样紧，自己常梦想着怎样可以出头，于今是没有指望了，确是死了干净。及至母亲同到屋里来睡，尤其是增加了她心里的厌恶不少。心里默想着，今天晚上，母亲必然是时时刻刻留心的，无论如何，也寻死不了。到了明天早上，她安心睡了，我再做计较，今天晚上，我可以放头大睡，让她摸不着头脑。她如此想着，也就侧了身子向着床里，闭上眼睛，安心睡去。不想这天晚上的两件大事，印象太深刻了，睡在枕上，少不得前前后后地想去。唯其是前后地想着，就睡不着觉。到了次日早上，宋氏安心睡去的时候，她也不能不安然睡去。及至醒来的时候，已是红日满窗，母亲端了条高凳子，放在橱子边，她爬上橱子顶去开瓦罐子拿东西。这瓦罐子里放的是陈茶叶，家里有什么人害病的时候，总要取点陈茶叶泡茶喝。另一个小的瓦罐子盛着冰姜，也是常为了病人取用的。睡在枕上，见母亲用茶碗盖托些陈茶叶下来，上面也放了两块姜。昨天祠堂里请客，剩下荤菜不少，都搬回来了。祖母上了年纪的人，总是嘴馋，大概又是昨晚上吃伤了食，今天病倒了，这倒不能不起来看看。于是穿衣下床，就向祖母屋里去。

可是走到堂屋里时，祖母刚是在神龛上炉子里上了三炷香，扶着拐杖，半伸了头，向着佛像，念念有词。她好好儿的，是谁病了？姚老太太回转头来看到了她，便点着头道："孩子，不要淘气了，你爹病了。有道是家和万事兴，家里喜欢生闲气，那总是不好的。"春华为着婚姻的事情，虽然对家里人全觉得不满，可是她是个受了旧礼教洗礼的人，一听说父亲病了，心里先软了半截。手扶着房门，要出来不出来的样子问道："好好的，怎么就有了病呢？"姚老太太还没有答言呢，却听到重重的两三下哼声，由父亲屋子里传了出来。听这种呻吟声，似乎病势还来得很猛。父亲是个勤俭书生，非万不得已，绝不会睡在家里不去教书的。定了一定神，想着，便是要惹父亲的不高兴，也管不了许多，父亲的病总是要去看的。于是手摸摸头发，也来不及洗脸，就走到父亲屋子里去。

只见他半坐半躺地睡在床上，将棉被卷得高高的一叠，放在床头，撑住了他的腰。他的脸色有些像黄蜡涂了一样。只在一夜之间，两个眼睛深陷下去不少。他两手按在胸前皱了眉毛，似乎有无限的痛苦，在里面藏着。他看到春华进来，只看了一眼，依然垂了头。床面前放有一只茶几，放着茶碗茶壶之类，小弟弟拿了个布卷的小偶像，伏在床沿上玩，那便是和父亲解闷的意思。春华走进房来，轻轻地行到了父亲面前，问道："爹，怎么不好过了?"廷栋哼了一声,却不答复。小弟弟可就答言了。他道:"半夜里起,爹爹就心口疼起来了。娘说,爹是让你气病的。"春华听了弟弟这毫不隐讳的言语,再看父亲那闷闷不乐的颜色,这话绝不会假。唯其是这话不会假,心里是愧怨交加,恨不得在这儿的板缝里,直钻了下去。自然,脸上也就红了起来。就在这时,宋氏端了一碗热汤进来,送到床面前去。小弟弟道:"娘,爹爹这病,不是让姐姐气的吗?这是你说的。"宋氏回头向春华看了一看,顿着脚道:"哼,你脸也没有洗就跑到这里来做什么?你老子不指望你伺候仳,你少引他生些闲气,也就是了。"春华在她的职分上,觉得是不能不来,来了之后,受着这些话,又不能不走开。看看床上,父亲是依然皱了眉坐在那里,当然,对自己还是不大高兴,依然是悄悄地出来了。

早上梳洗之后,想到父亲的病,虽不见得完全是为那两句《西厢》气起来的,但是也有些原因在。何况母亲当父亲的面,又只管说这话,不由你不顶上这个罪名。于是坐在堂屋里椅子上,只管发呆。姚老太太拄了拐杖,走到身边,轻轻地拍着道:"孩子,你怎么这样傻,父亲不好过,也不进房里去伺候吗?"春华道:"我本来到屋里去伺候的,不想我一进去,娘就说我,爹脸上也不高兴。那样,不是让他老人家病上加病吗?"姚老太太道:"虽是这样说,你总也应该进去。你端把椅子在堂屋里坐着,倒好像是同谁生气了。你爹病了,你就受点委屈,也算不了什么。"

春华觉得祖母这话,倒是由衷之言,只好把脸上的愁容,一齐收去。放出很和悦的样子,走进房去。廷栋已是睡了下去,将身子半侧着,有人踏着地板响,便微微地睁开眼来。可是他微微地睁眼之后,跟着便叹上一声。宋氏坐在靠墙的椅子上,手撑了头,向床上望着。半晌,叹上一口气,春华站在屋子中间,看看父亲,看看母亲,仿佛都为了自己进来,再加上一种不快似的。这真为难死了,不进来看病,是父母要生气,进来看病,父母还要生气,这便怎么办呢?一阵说不出来的委屈,几乎要哭出声来。可是真要哭出来,又怕母亲说是不吉利了,所以又赶紧地自将眼泪忍住了。她默默地站了一会儿,正不知怎样进退是好,恰好外面有人叫郎中来了。

江西人都叫医生作郎中,这两个字叫出之后,医生便可以由人引进卧室,病人家族就不回避了。宋氏站起身来,狗子将那医生引进,好在是个斑白胡须的老人,宋氏便招待着坐下,廷栋醒过来,在床上拱拱手。医生正也是廷栋的朋友，闲谈着，问起发病之由。宋氏坐在对面一张凳子上，就说是昨晚上请客，不免多吃了点酒，回家来，又为孩子们生了气。春华是闪在母亲背后站着，觉得直到如今，母亲还认为这病是我气成的，倒要听医生怎样说。那医生哦了两声，点着头，似乎有了解之意，然后就坐到床沿边来诊过了病人两只手脉，回坐到原处，向宋氏点头道："你说的话很对，廷栋是个有涵养的人，怎么倒为了孩子们气得这个样子呢？"宋氏淡笑道："也总为着孩子们太不听话了。"说毕，回转头来，向春华看了一眼。

春华心里不免跟着动一下，想着，有了医生这句话，自己的罪案，那是更实在了。若是父亲为了这病，有个好歹，自己的罪，真是万古难休。这就情不自禁地向医生问道："先生，这不过心口痛的病，不要紧的吧？"医生向她看看，见她是个聪明的姑娘的样子，便答道："那总要好好地调治。小病不会调治，可以变成大病，大病会调治，也可以变成小病，这是一定不易之理。"说着，便要了纸笔，就在屋里桌子上，开过方单，放下笔，然后向床上的病人拱拱手道："廷栋兄，你这个病，要好好地调养，一回就把病症挡了回去，不要弄成一个胃病的底子在身上，那到了老年，是很讨厌的。"说着又向宋氏道："嫂夫人，你多分一点心，好好地调养病人，药方子，那不过是急则治标，树皮草根，究不是探本寻源的治法。总而言之，家里那些小小闲事，就不必让廷栋去管了。"宋氏对他这话，虽不十分了解，可是不让廷栋再生气，这可是很明白地说了出来了，就点点头道："这个我明白。"这就回转头来向春华道，"听见了没有？你们可不能再让爹生气了。"

春华觉得母亲这种说法，还是不放心自己，换言之，就是自己还会引父亲生气呀。现在当了医生的面说起来，也无非叫自己多小心的意思。心里想着，我何曾引父母生气，父母只管把闲气向头上顶着，我有什么法子。当了医生的面，不敢作声，只有低头忍受了。医生去后，姚老太太就扶着门进来了，问道："郎中怎么说？病不要紧吗？"宋氏冷笑道："我不是郎中，也看得出来，郎中看了这情形，还有不知道的吗？"廷栋在床上哼道："嗐，不用说了，说也无益，我只怪我多么地没有涵养，简直不能含糊过去。"姚老太太也走到春华身边，将手摸了她的头发道："好孩子，以后你就不要那样小孩子脾气了。"春华一听家里人的口气，都是把这罪坐实了在自己头上，自己除了招认，一点推诿的法子都没有，这真是冤屈

240

死人。在父亲屋子里，为了避讳起见，那是不许哭的，只有低了头，压住胸里这一腔悲愤，靠了墙站定，这比前日投塘吊颈那种凄惨的味儿还要难受十倍哩。可是她受着那天下无不是的父母的教训，她是绝没有一丝什么违抗的意思呢。

第二十六回

肠断情书泪珠收拾起
心仇恶客血雨喷将来

在姚春华闹了一回当客谈《西厢》词句以后，她父亲就病了。由她家里人到医生口里，都说廷栋是心病，这是很显然的，她不能不顶着引父亲生气的这行大罪。可是她自己再三想着，《诗经》上的句子，比这风流到十倍的也不知多少，何以父亲还叫我念呢？就譬方说大家口头说的，"一日不见，如三秋兮"，无论是女人说男人，或者是男人说女人，反正比"北雁南飞"这句子，总明显得多。而况北雁南飞不过言景中之情，更不关痛痒。若说本来就不该看《西厢》，《西厢》上的事，也是"窈窕淑女，君子好逑"，也就不应当念《诗经》。我父亲这样生气，真是知二五不知一十。春华执着她的见解，在委委屈屈伺候着父亲的时候，也是不住地生气。只是她的见解不行，别人都说她是把父亲气病了的。在她父亲病过五六天之后，身体略微舒适一点。春华当着母亲在父亲面前的时候，找了几件衣服，到塘里去洗，经过五嫂子家门口的时候，放下手上提的盛衣篮子，就高声叫道："五嫂子在家吗？"五嫂子在堂屋里伸出半截身子来，向她招招手。春华道："我忘了带棒槌出来，你借一根我用用吧。"说着，提了篮子，走到五嫂子家里来。

五嫂子将她拉到房里，不等她坐下就低声道："我的姑娘，那天晚上在祠堂里对对子，你说了什么话了？"春华望了她道："怎么你都问这句话，有什么人对你说了这话吗？"五嫂子道："姑娘你真是年轻的人少经验。你那天晚上到祠堂里去，除了客不算，就是我们姚姓自己人，在座的也是不少。这里头总也有几个念书的吧？你若是说了什么不合适的话，他们有个听不出来的吗？现在我们村庄上的人，哪个不说，你看了风流书，口里不谨慎，当人说了风流的话，所以把相公气病了。"春华走进屋来之后，就听了这一套不入耳之言，要解释五嫂子的误会，也觉得千言万语，一时无从说起。而且这误会也不在五嫂子，她不过是听了别人的话，特意来转告的。这真如顶门心打了个炸雷，叫她许久说不出话来，手扶了门，就这样呆呆地向五嫂子望着。五嫂子以为她是犹疑着自己的话呢，就正着脸色道："真话是真话，玩笑是玩笑，这是多要紧的事，我能随便地说吗？我索性说一句你不爱听的话，这件事，就是在外姓，恐怕也已经有人在说着了。有道是好事不出门，恶事传千里，有这多天了，那还不传说得很远吗？你在相公面前，放孝顺一点子吧，他病好了，出来听到了这些闲话，他又是一场好气。他是个有面子的人，气狠了，那是会出乱子的。"

春华不想五嫂子是同党的人，都说出这样的话来，这件事，外面飞短流长，不知说了些什么。可是自己对的对子，并不是见不得人的话，这是冤屈死好人了。心里只管着急，话又说不出来。只把眼睛里两行眼泪，逼得泉涌般地流了出来。五嫂子道："我想着，你不是乱来的人，必定受了冤枉。可是为了这样，你是不能不忍耐一点了。有道是，日久见人心。"春华听了她躲躲闪闪的这一番话，觉得这不过是面子上的几句言语，乡下人懂不得什么文字上的风流罪过，一定疑心我做了什么坏事的。这就坐了下来，回头先向门外看看，然后问道："村子上人说我……"她自己也不好意思说下去，转着眼珠，把脸急红了。五嫂子皱眉道："我也不能听得十分清楚。是真说不假，是假说不真，你也不必搁在心上，以后遇事都谨慎一些就是了。"春华身子向上一挺，板起脸来道："五嫂子，你怎么也说这种话起来？你是知道的，我并没有做过什么要不得的事，我一家人都说我，把老子气病，难道你也说那种话吗？"

五嫂子将房门向外虚掩了一掩，然后走近她的身边来低声道："你不要急，我有话对你说。那个人来过一趟，你晓得吗？"春华呆了。问道："哪个来过一趟，我不知道。"五嫂子道："他带了几样点心，到你家去看先生的病。偏是在大门口就碰到了师母。师母真抹得下来那面子，就对他说，先生睡在内房里，不便见学生，挡驾。他怎好意思一定要进去呢？放下东西，自回去了。昨天晚上，天上下着细雨烟子呢，又刮着风，我坐在堂屋里织布，听到篱笆门有人拍了几下，我问是谁，他很低的声音答应了。我听得出他的声音的，吓得心跳到口里，只好摸着去开门。他一个人，右手撑着伞，左手打着灯笼，在灯光下看到他那件竹布长褂子湿了大半截。"春华点点头道："他可怜，为了我的事，他是什么亏都肯吃的。你没有让他进来吗？"五嫂子皱了眉道："姑娘，你那心里，怎么不活动一点，还是那样想呢？我这屋里还有邻居呢。斜风细雨的夜里，我放进一个年少书生进来，你想那成什么话？所以我当时就埋怨他胆子太大了，若不是彼此都是熟人，我真不知道说什么是好。你有什么话快说，天色晚了，我是不便请你到家里去坐。"春华噘了嘴道："你这话说得叫人家有多么难受？"五嫂子道："事到临头，我也实在没有法子顾他了。他倒好，说是进来有许多不便，也并不想进来，只是来交……"她说到这里，突然把话缩回去了。

春华将脚微微地在地面上点着道："你说呀，他有什么事交代你呢？"五嫂子微笑着，摇摇头道："你不用发急，也没有什么要紧的事，他不过来交代你两句话，叫你好好地伺候相公的病，娘老子有什么话，你都忍受了吧。"春华摇摇头道："你这全是骗我的话。他老远的路，冒风冒雨走了来，就是为了这样的两句谈话吗？你又不是不管我们的事的，以前的事，你和我们帮忙的地方，也就多着啦。"五嫂子微笑道："倒是只有这几句话，不过隔了两晚，要一个字一个字地叫我说出来，我可有些不行。据我想，恐怕他也就是来这一趟，以后不会再来了。"春华站起来，牵着她的衣袖道："不行，你得和我说实话。他总不至于叫我逃跑，总不至于叫我寻死，你有什么不能实说的呢？"五嫂子沉吟了一会子，料着也是抵赖不了，便笑道："我告诉你，也没有什么不可以，我们有话在先，你不能依了他的话胡来。要不，我就顾不得许多，要对师母说的了。"春华想了一想道："好吧，我依了你的话。"五嫂子道："他不是对我说什么，他是交给我一封信，叫我转给。我又不认得一个字，他那样冒着雨送来，我知道他在信上写些什么？不过，一定是很要紧的，不敢乱交给你。可是不交给你吧？设若那上面有什么要紧的话，我给你耽误了，也是不好，真把我为难了两三天。"春华将她的衣服轻轻地一阵乱扯，跌着脚道："你耽误我的事了，你耽误我的事了。"五嫂子瞪着眼，轻轻地向她喝道："你这是怎么了？你这样叫起来，是给我下不去呢，还是给你自己下不去呢？若是叫别人知道了，你是看信不看信？"这几句话驳得春华不能再强横，只是皱了眉道："你不想想我心里有多么难受吗？"

五嫂子端了个方凳子，放在木橱边，自己爬上去，在橱头一叠又脏又乱的东西下，抽出一封信来，然后带了笑容，向春华手里递着，当春华正要伸手来接的时候，她可又把手缩了回去。紧紧地贴住胸襟拿着，正色道："信是交给你的，你得依着我一件事，把信上的话，详详细细地念给我听。"春华也不知道信里所说的什么，怎么敢冒昧答应这一句话。不过她很快地在心里转了一个念头，我就答应她，我看了信，有不能对她说的话，我就瞎诌两句好了。便点头道："这有什么不可以？我的事从来就没有瞒过你，这封信又是由你手上转来的，我还有什么话要瞒着你？"五嫂子看她的脸色，并没有调皮的样子，这就把信交给了她。春华来拆信时，五嫂子立刻退着站到门边去，挡住了路，以免有人冲了进来。春华捧了几张信纸在手，就站着念起来道："华卿左右，日前宗祠一宴，先之参商……"五嫂子立刻向她摇了几摇手，轻轻地道："不用念了。我是怕你不肯念，故意要你念给我听，试一试你。既是你肯念了，我就看得出来你是真心待我，你先不用念，免得让别人听了去。你看完了，把这里的意思，对我说上两句，那也就行了。"春华瞟了她一眼，鼻子里哼着冷笑一声，也不再说什么，捧着信向下看去。那信说：

华卿左右：

日前宗祠一宴，失之参商，抑何可惜。初以为天定，继知实人事也。当四座誉扬，共赞面试之时，私衷窃喜。以为芳尘暗接，灵犀可通。虽隔座不复能言，而可相视于莫逆。不期令慈勿遽见召，殷勤接待，细问家常，故延时刻。本觉母不谅人，或无他意。及回席则樽酒犹盈，衣香空在，是知一去一来，监酒者已无所不至，不待宴终，已寸心如割矣。笼灯回寓，夜已三鼓，方将展衾就寝，嗔恨付之梦寐。而家严正色入室，慷慨见责，谓卿非待字之少女，小秋为立雪之门人，苟稍有逾闲之心，即陷于不礼不义。纵习欧风，遽谈自由，而亦非其时其人也。且谓卿温柔敦厚，本质似佳，而开口即出艳词，必受小秋之熏陶。师以正学教我，我以风流误卿，迹无可原，心复何忍？言之再三，必令永绝。尔时小秋面红耳赤，垂立听训，期期荷荷，不复能为一语。家严又谓：佳儿佳妇，谁所不欲？然名花有主，难系红丝，射雀无缘，徒玷白璧。于己既无所益，于人更有所损。流连忘返，甘背亲师而为名教罪人，究何所取舍！反复训解，为义虽严，而老人之心，实已深为曲谅。小秋有动于中，垂泪而已。家严终谓：近来欧风东渐，士子实非寻章摘句之时，今春从师小读，本为免废光阴于嬉戏，原已定桂子香时，今回往南昌，就学于农林学堂。今三湖不复可居，限小秋七日，即附舟东下。否则家法俱

在，绝不容恕。小秋再四思维，必卿家不悦之情、防范之意，已
为家严所看破，老人不欲令尊有所不堪，致伤友谊，故一宴之
后，断断乎必防止吾侪之相亲相近而后已。我之不能有违亲心，
亦犹卿之不得不秉承母意。事已至此，唯有撒手。佛云一切因
缘，等诸梦幻，纵是眷属有成，齐眉皓首，而一棺附身，终为散
局。迟早一梦耳，今日为梦较短，出梦较速，容何伤乎？已矣，
华卿！午夜枯坐，挑灯作书，本已心与神驰，泪随墨下。及书至
此，竟亦爽然若失。故意义既明，不再辞费，当寸笺得达之时，
或已为河干解缆之日，相逢既是偶然，此别亦勿戚戚，听我去可
耳。学堂新制，暑夏必有长假，明年今日，或当重访旧日门巷。
至迟七夕之交，不负此约。桃花人面，时复如何？则非所计。盖
亦感于见碧云黄叶，又北雁南飞之句，有以成此诗忏耳。纸短情
长，笔难尽意，华卿华卿！从此已矣！伏维珍重。

小秋再拜

春华看这信前面两页信笺，无非是说到这次不会面，两家父母不好说
话，这本都在情理之中，心里没什么感动。及至最后几行，陡然用"华
卿""已矣"四个字一转，小秋就变了心，不觉心里一阵难受，脸色慢慢
地变了起来。说到最后，他竟是走了。春华两行眼泪不知是怎样的那么汹
涌，立刻在满脸分披下来。虽然是用手绢不住地揉擦去，可是那手绢像水
洗了一样，全湿透了。另一只手捏住那信，还不曾放下来，只是全身抖
颤。因为五嫂子家里，是和别人共着一幢堂屋住家的，连说话大一点声
音，五嫂子也是担心害怕，如何肯让自己哭下来，因此把手绢倒握住了自
己的口，伏在桌上，只管哽咽着。五嫂子当她在看信的时候，本也是用着
冷眼来看她，见她的颜色越变越凄惨，料着是不会有什么好话，便道："大
姑娘，你先不要哭，说出来，他到底是写些什么话给你？"春华哽咽着道：
"他……他……他走了。"说话时，那泪珠又是泉水般地流了出来。五嫂子
道："他走了，到哪里去了？他的家不是在街上吗？"春华道："他上省进
学堂去了。"五嫂子道："信上说的，就是这样一句话吗？"春华道："要紧
的就是这一句，其余的话，都是劝我的，他说人生相逢，不过是一场梦，
叫我丢开。梦自然是个梦，只是这个梦也太短了。"说着，又涌出一阵眼
泪。五嫂子这算明白了，是小秋写信来和她告别的。于是向她道："你这

246

就不用伤心了。他既是走了，你就是哭死了，他也不会知道。现在和你打算，只当没有遇到过这样一个人，这事情就算云过天空了。这个消息，迟早是会让相公师母知道的。人去了，他们不必提防着，你也就可以自由自便了。"春华道："人去了，人是大家逼着去的。"只这一句，她又涌出眼泪来了。五嫂子道："好妹妹，你不要哭，你一露出马脚来了，我在你姚家可站不住。我要做第二个毛三婶了。"

　　这句话猛可地把春华提醒，就止住了哭问道："果然地，你说到毛三婶，她现在怎么样了？"五嫂子道："姚冯两家闹得这样天翻地覆，哪还有脸回家来？听得冯家答应赔毛三叔几个钱，把这婚姻拆散了。这样一来，毛三叔是不背卖老婆的名气，毛三婶另外嫁人，也可以由自己去挑选，但是这附近百十里路，人人都知道她的名声，哪个还要她？只有远走他方了。"春华听说，默然了许久，然后叹口气道："塞翁失马，未始非福。"五嫂子道："你说什么？她还是飞福吗？"春华摇摇头道："那也不用提了。从今天起，我把眼泪也收拾起来，不再哭了。"说着，将手上捏的一方挑花白布手巾，在脸上抹擦了一阵，然后拿着那封信折叠起来，向怀里塞了进去。五嫂子道："你这是何苦，哭得这样雨打梨花一样。洗把脸再走吧？要不然，回去让师母看出来了，又要盘问得树从脚下挖，非见根底不可。"说着，她立刻端了一盆温热水放到桌上，把手巾、粉扑、胰子，一齐陈设着。春华望了她道："还给我预备下扑粉，叫我打扮给谁看？"五嫂子道："不是叫你打扮给谁看。你照照镜子，你脸上哭得黄黄的，眼珠哭得红红的，一出我这门，人家就要疑心。你扑点粉也好遮盖遮盖。"春华道："你这话是对的。不但是今日我要遮盖，从今以后，我永远要遮盖遮盖我这张哭脸。唉，且把泪珠收拾起，谁人解得看啼痕？"五嫂子道："你又念文章发牢骚了。女人是真念不得书，念了书就会生出许多的是非来的。大姑娘，不是我说句不知进退的话，假如你不念书，也不会哭掉许多眼泪。"春华点点头微笑道："你这话是对的。"于是站起来洗脸，拢发，还扑了一点粉。将镜子照照，果然眼珠还有一些红。因向五嫂子道："我这台戏，是唱到这里为止，以前蒙你帮了许多忙，将来再报答你吧。现在我照常去做事，和村子里别个不认识字的姑娘一样，只做那些蠢事。至少，我也可以省下许多眼泪。"说着，她提了洗衣服的篮子，下塘洗衣服去了。

　　过乡村生活的人，对于时光的变换，是很容易地感觉到，春华走到塘岸下，只见对岸的柳条子，拂到水面上去，水面上漂着碗口大的荷叶，随了浪纹颤动着，不知不觉，就到了夏天了。想到当春初在这里和小秋谈话，那水边的桃花，斜伸着，照出水里一双影子来，又是多么娇媚。到如今那桃花也是长了很浓的绿叶，桃子有鸽子蛋那么大了。春华放了篮子，在塘岸边，自己坐在洗衣石上，抱了腿只管出神，她忘了是来洗衣服了。正出着神呢，五嫂子却在身后叫道："大姑娘，你不洗衣服，静坐在这里发呆干什么？"春华倒不料她会跟了来，因道："你跟来做什么？你以为我还要跳塘，来看着我吗？"五嫂子笑道："大姑娘说话，总是带了生气的样子做什么？相公师母给我多少好处，我要不分日夜看守着你？"春华道："那么，你跟了来做什么？"五嫂子道："你不用洗衣服吧，到我家里去坐坐。"春华对她周身打量了一番，问道："你这是什么意思？刚才我在你家坐，有什么话，尽管对我说。现在我到这里来了，你又叫我回去，你不嫌费事吗？"五嫂子笑道："你走了之后，我又想起几句话来，所以又来请你去。"春华将手拍着洗衣服的篮子道："你看看，这么些个衣服，我还没有动一动。到你家里去坐一会子再来洗衣服，那要迟到什么时候才洗完呢？"五嫂子笑道："你到我家去坐坐，这衣服就不用洗了。"春华道："不洗衣服，我回家去怎么交代？"五嫂子笑道："包你提了干衣服回去，师母不能说你一句话。"春华道："你不要这样三弯九转地说话了，你有什么话要说，就在这里对我说了，不是一样吗？"五嫂子笑道："姑娘，你真把我弄成了个呆子了，假使我的话可以在这里说的，我就在这里说了，岂不干净？为什么一定要你到我家里去说呢？我这样说着，这里面自然有一点缘故。"春华见她藏头露尾的样子，这里面显然是有些原因，便道："好吧，我同你去。你若是没有什么好听的话告诉我，我不依你。"说着，于是一同走到五嫂子家里来。

五嫂子有个同堂屋的三婆婆，正扶了柴门，向外看看天色，见春华来了，这就笑道："大姑娘，恭喜呀！"突然地说了这样一句恭喜，这却让春华有些莫名其妙。什么事恭喜呢？站着向人看了，呆上了一呆。五嫂子就推着她笑道："进去说话吧，三婆婆和你闹着玩呢。"春华看三婆婆的脸色，分明是很自然的笑容，不像是闹着玩。不过也不能就站在大门外追着问这所以然，于是就同着五嫂子走了进来。到她屋里的时候，见桌上摆了一碗茶，斟得满满的，好像待过客。这客是来去匆匆，连茶都没有喝一口就走了的。于是放下篮子，还不曾坐下，就正色向她道："五嫂子，我看这里头有些文章，究竟什么事？你快些对我说，我闷在心里，可受不住。"

五嫂子笑道："你急什么呢？我把你请了来，总要把话对你实说的。"春华将放在地上的篮子，又挽了在手臂上，嗷了嘴道："你说不说？你不说，我也不要听你说什么，我这就走了。"五嫂子将篮子拉住，笑道："并没有什么要紧的事，就是请你在我这里吃了晚饭再走。"春华道："你留我吃饭，那也不是对人说不得的话，你在塘边对我说了，让我洗完了衣服再来，也没有什么要紧，为什么先把我拉了回家来？而且刚才三婆婆对我说了一句恭喜，总有原因。我看，这桌上有碗茶，必定是我娘来了，叫你留住我，家里是不定瞒着在做什么害我的事呢。你对我说了实话，我就在你这里吃饭。不然衣服我也不洗了，我马上跑回家去，看他们把我怎样。"说着，身子扭了两扭，又有要走的意思。五嫂子连连摇着手笑道："不忙不忙，你听我说，你家来了客，回去是不大好。"春华道："这话我就不懂了，家里有客，我娘少不得忙起来，我正要回去做事，怎么倒留着我在你家吃饭呢？"五嫂子抿嘴笑着说："你不要生气，临江府来了人了。"

春华听到这话，便知是未婚夫管家来了人。而且不让自己回去，恐怕还来的是女客，可以穿房入户，姑娘们是躲避不了的。再加上三婆婆见面那一句恭喜，这婆婆家来的人，是为了什么来的，大可明白，必是送嫁娶日子来了。母亲常说女大不中留，要把自己送到婆家受管束去。自己还年轻呢，以为母亲或者是吓人的话，现在是不幸证实了。顷刻之间，春华的面皮，涨得红中透紫，眼珠发直，手扶了桌子站着发呆，只有微微喘气的份儿，嘴里一个字也吐露不出来。五嫂子明知这话是告诉她不得的。告诉她之后，必定会生气，可是想不到她一生气之后，竟是有晕过去了的样子。这就两手轻轻扶了她，让在椅子上坐下，而且微微地拍着她的肩膀，笑道："这也值不得这样生气。既是亲戚，彼此总有来往的，姻缘都是前生定，事到如今，你只有听凭父母做主，顺顺当当地图个下半辈子吉利。"五嫂子唠唠叨叨对她劝上这些话，没有一个字是她愿意听的。不过她也不驳上一句，将一只手臂撑住了桌子，托着自己的脸腮，好像有一种沉思的样子。五嫂子摇着她的身体，微微地笑道："你这是做什么？越劝你倒是越生气。"春华两只眼睛呆定，似乎眼泪汪汪的，又有流出来的样子。五嫂子低了身子，就在她耳朵边，低声安慰着道："好妹妹，你不要哭，你的身体受不住了。"春华突然地站了起来，板着脸道："你说我哭吗？我才不哭呢。刚才我已经说过，我的眼泪已经收起来了，世界上没有人配让我哭的了，我不哭。"五嫂子觉得她这话，很是有毛病，不过在这个时候，也不是和她抬杠的时候，只好忍住了，便笑道："你不哭，就很好，你肯答应在我这里吃了饭去吗？"

春华犹疑了一会子，点头道："那倒是可以的。不过你应当告诉我，到底是什么人来了？来了又为了什么？"五嫂子道："我也没有到你府上去，我哪里知道？"春华道："你没有去，我家里可有人到你这里来。若不是我家有人来，你怎会到塘边上把我请来吃饭？而且三婆婆见面就恭喜，分明是这话她也晓得的。事到如今，你还瞒我，算得我的什么好朋友？"五嫂子道："回头我慢慢地和你说，现在我先去烧水泡茶……"春华一把拉住她的衣襟，乱扯了几下，顿着脚道："你说不说？你若不说，我不回家，我也不在你家坐着，我跑到三湖街上，搭船到南昌去。我不是吓你，我说得到做得到。"五嫂子虽知道她是瞎说的，不过看到她脸上又急得发黄，两道眉毛几乎是挤到一块儿来了，便笑道："至于吗？至于急成这个样子吗？你坐下，我慢慢地告诉你。"春华依然扯住了她的衣襟，顿着脚道："你不管我坐也好，站也好，你只管快些把话告诉我就行。"五嫂子笑道："你向来是个斯文人，真想不到你会急成这么一个样子。我说吧，城里来的是一位男客、一位女客。男客是什么人我不知道。女客听说是师母娘家的亲戚。大姑娘，大概你是叫她表姊吧？"春华点点头道："对了，我叫她表姊。"她面子上是这样答应着，心里可就在那里想，这是我什么表姊，就是我的仇人。这个媒，就是这个王家表姊说成的。五嫂子道："她大概就是你们两家的月老吧？"春华的脸皮变着紫色，淡笑着答道："可不是？"就在这个时候，那紫色的面皮，又带了苍白，而且嘴唇皮，由紫色变成了乌色。五嫂子道："哎呀，大姑娘，你的颜色太不好，身上怎么了？"

春华还淡笑着，打算答应不怎么样。然而她忽然地咳起来，伏在桌子上抬不起头，很不在意地向地上吐了两口痰。五嫂子看她颜色不对，也很有些着急，于是抽了悬绳子上挂的湿手巾，就来替她擦嘴。五嫂子连擦了两把，抽回手巾去，又啊哟了一声道："不好，大姑娘，你失红了，年轻的人，何必这样性子急呢？这不是同自己的身体为难吗？"春华抬起头来看时，果然地，那湿手巾上，两片鲜红的血迹。再看地面上吐的痰，阴暗作紫色，自然是血，便点头笑道："果然，吐血了，这倒是我的好事。"五嫂子道："这可不是闹着玩的事，我送你回家去吧。"春华摇着头道："不，今天，我不能回去。就是要死的话，我也要借你这屋子断气。"五嫂子道："你既是不回去，我也不勉强你，坐在这里，你是怪难受的，让我扶你到我床上去躺躺吧。"春华点点头，哼着道："这个倒使得，只要你不嫌我醒齷龊你的床。"五嫂子本来和春华是表同情的，见她这份情形，心里也就想着，本来嘛，她这样一个花枝般的人，又是一肚子好学问，叫她去嫁一个癞痢头，而且害痨病的人，实在有些冤屈。由这点同情，五嫂子立刻垂下几粒孤零的眼泪。于是先将袖口把两眼揉擦了几下，然后对她道："好吧，你先躺下吧，我扶你上了床，再烧口水你喝。"说着，用手来搀扶春华，把她扶到床上去。

乡下人，总是睡着那大而且长的冬瓜式枕头，五嫂子把另一头的一个枕头也拿来叠着，那便很高，人在枕上躺着，仿佛是人在床上坐着一般，五嫂子同时将被展开，盖了春华的脚，然后轻轻地拍了她的肩膀道："好姑娘，你千万不要伤心了。"春华点了点头，也没作声。这一下子，可把五嫂子急坏了，时而出去，时而进来，忙着扫地、烧水，而且还将敬菩萨的线香，点了几根在窗格缝里。春华看看，心里很是感激。只在这时，有人道："真是叫人不能安心啰。"春华一听是母亲的声音，立刻垂下头去，在枕上枕着，而且还侧了脸向里，紧紧地闭上眼睛。宋氏走进房来，看到这样子，觉得消息不会假，便靠近了床站着，问道："你怎么了？以前没有得过这个病呀。"春华因母亲来了，又勾起她一腔怨气，心里一阵激愤，又咳嗽着，立刻翻转身来，想向地下吐痰。不想身翻得太急，呛了嗓子，一口痰喷了出来，正喷在宋氏身上。宋氏低头看时，哪里是痰，身上蓝竹布褂子上所沾染的，完全是大小血点。她虽是不喜欢春华，究竟是自己生的儿女，看到这血点乱喷的情形，她也发了呆，不能言语了。

251

第二十七回

倚枕听谰言破涕为笑
支床做复束截发伤神

　　父母疼爱儿女，也无非是一种情感。宋氏对于春华的行为感到不满，不过是想把她纠正过来，却没有把她置之死地而后快的意思。这时见她晕在床上，向人喷出血沫来，也就觉得可怜，怔怔地望了她一阵子，才向五嫂子道："唉，这是哪里说起，你看，她好好的会变成这个样子。"春华躺在高高的枕头上，蓬着两把鬓发，把两只耳朵都掩盖起来了，自己紧闭了眼睛，沉住了脸躺着。这时母亲说话，她才睁开眼来看看，立刻又把眼睛闭上了。只是她眼光这样一闪，那是更觉得她精神不振。宋氏伸手在她额头上摸了一下，果然微微地有些热，这就向她道："孩子，你不要一点水喝吗?"春华半睁了眼睛望着，立刻又闭上了，然后微微地摆了两下头。宋氏皱了眉，向她注视了一会子，这就低声向五嫂子道："这对不住，只好让她在你这里先躺会子，到了晚上，我再来把她抬回去。"说着，向五嫂子瞹了两瞹眼睛。五嫂子这很明白她的意思，便笑道："我们不是一家人吗? 就是怕大姑娘嫌我的床脏呢。"宋氏牵着被头，替春华塞住了肩膀，低低地道："孩子，你就在五嫂子床上，躺一会子吧。"春华知道家里有仇人，正也不想回去，微微地点了两点头，并不作声。

　　就在这时，只听到天井的砖石，滴嗒滴嗒，有拐杖的碰击声。宋氏道："咦，老太太来了。"只这一声，五嫂子立刻接到堂屋门外去。果然姚老太太，一手牵了小孙子，一手扶了拐杖，走将进来。一进房就颤巍巍地道："这是哪里说起，我们这丫头，好好的会失了红了。"春华看到祖母也来了，心里也就想到，家里头人，都是把我当牛马的。若说对我还存一点良心的，也就是皤然一老而已。于是睁了眼向祖母望着，还抬起一只手来，向姚老太太招了几招。她挣扎着走到了床边，首先就伸出那枯瘦的手，在春华的额角上和脸上，都摸了一个周，点点头道："总算还好，没有怎么发烧。女子失红是比男子失红好些。若是男孩子，这样一点年纪失红，那可了不得。"老太太这样颠三倒四地说上一阵子，宋氏觉得不像话，倒是说这病要紧不要紧呢？可是春华却不介意，伸手牵住了老太太的衣襟，微微扯了两下，然后低声叫了一句婆婆。只这婆婆两个字，以下并无别语，早是两行眼泪由脸面上流将下来。

姚老太太两手扶抱拐杖，俯着身子向她低声说："不要紧的，你不用着急。这是你脾气不好，心里一上火，呛出来的两口热血，好好地在床上躺半天，那就全好了。"说着，又伸手在她脸上摸了一阵。宋氏向姚老太太眨了两眨眼睛，因道："不要都在五嫂子家里吵扰，我先走了，我还要替春华爹熬药呢。"这句话却是把春华打动了，便问道："爹知道我病了吗？"姚老太太道："医生再三地叮嘱，你没有听到吗？说了不许给你爹添心事呢。我们怎能够告诉他？"春华道："那么，你们都回去吧。外面要款待客，里面又要伺候病人，那怎么来得及呢？我不要紧，躺一会子，精神就恢复过来了的。"说着，她依然闭上了眼睛。宋氏是不料婆婆也会赶了来，只得向姚老太太丢个眼色，将嘴一努，摇了两摇手。意思是请她不要说什么。她也会意，点点头道："你带了孩子回去吧。我在这里坐一会子，看着她睡一觉。"宋氏又摇摇手，才带着孩子走了。

春华对于家里来的两位客，那简直是不敢去想。可是媒人口里，究竟说些什么来，叫自己一律丢在脑后不问，也是办不到。因之勉强打起精神，睁开了眼睛，伸着手将祖母的手握住，微笑道："婆婆，你若是疼我的话，你把实话告诉我，我的病就好了。"五嫂子站在床那头，就向姚老太太连连地摆了几下手。她便笑道："你这孩子，突然问起这两句话来，很奇怪，我告诉你什么实话？"春华道："你老人家，也是明知故问吧？家里来了人，他们是做什么的？我就问的是他们。"春华说完了这话，就咬住了牙齿，微瞪着眼珠。姚老太太笑道："你这孩子糊涂，你爹病了，做亲戚的人，不应该派人来探望探望吗？"春华闭上了眼，很凄惨地淡笑了一声，将脸偏向里道："你也是这样骗我。不派张三，不派李四，怎么单单地派上这样两个人呢？"姚老太太知道她说的这样两个人，是指那媒人而言，这倒叫她无话答复，只好默然。五嫂子也是站在床头边插不下言去，屋子里三个人，全不作声，有好大一会子，春华却咯咯咯地自己突然地笑了起来，姚老太太还以为她做梦，睁了两只大眼望着。她只管是笑，笑着将两条腿弯起来，睁眼来看着人。姚老太太这才晓得她是带有讽刺意味的冷笑，便道："你这孩子真是淘气。身上有了病，应该好好地养息，你只管今天哭，明天笑，胡闹些什么？做女孩子应讲个三从四德。你念了这多年的书，应该比我们明白些。你只管闹脾气，哪里还有一点女孩子的样子？也难怪你父亲为你气得生病，你这种样子，实在也叫人看不惯。现在满村子风言风语，家里人有什么面子？天菩萨在头上，你父亲做一生的好人，是不应该出什么报应，小孩子这样地要家里人出丑，我想不到是哪里损了德。唉，要是像这样地闹下去，我这条老命，那也是活不了。"说着，她也很生气，将她的拐杖头，在地板上咚咚顿了几下。

春华心里都是一套佳人才子的故典，只觉办不到佳人才子那一套，心里就很难受。可是说女人不必要三从四德，不必顾全家风，这意思是不敢有的。姚老太太谈了一阵子她的天理人情，且不问理由是怎么样，有几句话可是事实，因之春华那一阵子凄惨的冷笑，只得收了下去。闭眼静静地想着，怎么办？守在娘家不嫁，那不成，不嫁那管家癫痫也不成，逃？往哪里逃？死，身后还要落人家一番议论，说是害相思病死的。这简直让人走投无路。想到这里心窝里一股酸气，直达到两眼，眼睛里的两行眼泪怎么也忍耐不住了。豆大的两粒泪珠，滚到鲜红的脸面上来。五嫂子微笑道："大姑娘，你是聪明人，有话还要我们来多说吗？你身上有了这样一个毛病，你应当格外保重自己。你只管伤心，这病就会加重的。万一把身子弄坏了，年纪轻轻的，多么可惜。古言道得好，留得青山在，不怕没柴烧。你无论有什么打算，第一你应当把这条身子保养好了。我是个笨人，心里想不开，嘴头子上也不会颠斤播两，可是这一个笨主意，我也晓得，第一，就是要身体好。你是聪明人，自己去想想吧，反正你想开来了，可以到书上去找出一些道理来，把我这话比比。青山绿水常常在，人生何处不相逢，往后你遇到了那更聪明的人，一说到五嫂子劝你的话，人家一定也会说是不错的。"

她这番话，好像葫芦牵到冬瓜架里，有些纠缠不清。不过春华心里是很明白，她是叫自己等着机会去候小秋呢。这谈何容易的事？若是有机会，他也不走了。春华心里在玩味着五嫂子的话，就把眼泪止住，不曾继续地流下来。姚老太太缩着手到袖子里去，掏出一方白布手绢，捏成个团团，夹了一点毛巾角，在她的脸上轻轻地揩着那泪痕。因道："孩子，你年纪也不小了，而且你又读了这多年书，你总应该明白事体。你没有听到过算命的给你算命说着吗？他说，你命好得很，还要先做夫人后做老夫人呢。就是我看你的相，也是载福的样子，算命先生的话，十个有九个这样说，那不会假。"春华等祖母说完了，呵呵咯咯，头在枕上扭着狂笑起来。不但姚老太太呆了，就是五嫂子也有些莫名其妙，她为什么这样地傻笑。她狂笑着哎哟了一声，将身子扭了两扭，才停住了笑声。姚老太太道："你这孩子是怎么了？发了狂吗？"春华笑道："我想起一个故事来了。"五嫂子暗想，她病到这种情形，还有工夫去讲故事呢，便道："大姑娘还想着故事呢，想着什么故事？"春华道："据传说，朱洪武是个癞痢头。"她说了这句话，五嫂子和姚老太太都愕然一下，不想她嘴里会毫不犹豫地说出这种话来。春华并不理会，接着道："自然，他那种样子，什么人都会讨厌的。有一天，他到他姑母家里去讨些饭吃，姑母骂他没有出息，小伙子不能把力气换饭，只是和人家讨饭吃。朱洪武就笑起来，说是将来他要大富大贵，姑母现在不救济救济，将来不要后悔。他姑母见他说这样大话，更是生气，顺手就在他身后一推。这一推不打紧，他忘了跨过门槛，跌了个四脚爬沙，头摔在石砖上，竟是整个地把那癞痢壳子落了下来，而且癞痢壳子摔下来，不是原来的脏东西，变成了一只金碗。朱洪武头上，倒出现了乌缎子一般的满头头发。他姑母立刻扶起他来，大鸡大肉款待他，后来朱洪武做了皇帝，这位姑妈，封了做姑太后。"

五嫂子笑道："这话太有趣，出在什么书上呢？"春华道："书上哪有这种事情呢？这是后人胡诌的。"五嫂子道："既是后人胡诌的那是笑话了。"春华道："谁说不是笑话呢？笑话虽是笑话，倒也可以骗骗傻子。算命的说我会做夫人，那不说我头上会落下金碗来一样的好笑吗？五嫂子，等我下了床的时候，你可以推我一把，把我头上这只金碗跌落下来了，我做了皇帝，我也封你做一个皇太妃。"说毕，又吱吱地笑了起来。她在这种笑声里面，自有那一番指桑骂槐的意味。五嫂子也是聪敏人里面挑了出来的，一听她的话音和她的态度，有什么不明白？当了姚老太太的面，可不便怎样地去劝她。姚老太太可就忍不住了，叹了一口气，笑骂着道："你这孩子，也太淘气，不是你病了，我就要重重地说你两句。你一个念书的姑娘，为什么这样轻嘴薄舌？而且人好不在貌相，包文正丑得那个样子，还是天上的文曲星呢。"春华道："你老人家说谁是文曲星呢？"只说了这一句，她不肯再说什么了，突然地一个翻身向里，就睡了。

姚老太太道："五嫂子，你看这孩子的脾气，现在是大不相同了，从前并不是这种样子。"五嫂子心里明白，现在为什么大不相同的，可是怎能够说破出来呢？便笑道："这也是你老人家多心，其实没有什么大不相

255

同。不过她不舒服，有些不耐烦就是了。"姚老太太道："我也知道她是有些不耐烦，不过这样哭哭笑笑，好像得了疯病一样，这是何苦，我究竟是隔了一辈子的人，上了岁数了，丢些想头给他们年轻的人。你想，今天的事，要是她娘在当面，那会饶了她吗？"五嫂子笑道："也就因为你老人家疼她，她就在你老面前撒娇，要不然，我们大姑娘，不这样不耐烦的。"

她两人这般一问一答地评论春华，春华当是不知道，依然是侧了脸睡着。她先是假睡，后来因为自己疲劳过了分，也就真的睡过去了。姚老太太叫了她几遍，她并没有答应，这就轻轻地向五嫂子道："没有法子，请你看着她一点吧。家里的事，我也是放心不下，我总也想回去看看。"五嫂子低声道："你随便吧。我伺候这位大姑娘，那还是准合她的脾气。家里的事也该你回去料理料理的了。"姚老太太向五嫂子招招手，将她叫到面前，然后扶住她的肩膀，对她的耳朵咕哝了一阵。五嫂子听了这话，倒是大吃一惊，低声问道："真是这样子办吗？"姚老太太向床上指指，然后扶了拐杖向外走。五嫂子送到大门外，回头看看人，才道："娘，我看这样办，不大好吧？我们这样一个聪明伶俐姑娘，那不太委屈一点子吗？"姚老太太道："这件事，外人不知道的，你千万不要透一点口风。若是让床上那位知道了，那就走不动，而且以后什么法子她都会防备的了。"五嫂子道："我哪里那样傻，这样大的事，我敢随便说。将来事情弄坏，相公见怪起来，我还不能在姚家做人呢。"姚老太太道："我也晓得你是不会乱说的，所以告诉你，多请你照应她一点吧，我走了。"

五嫂子站在门外，望了姚老太太缓缓地走去，不免出了一身冷汗。心里想着姚老太太告诉的话，觉得宋氏对于亲生的女儿这样子办，未免太狠心。本来想把消息转告春华，可是她听说媒人到了家，就气得吐血，比这更要厉害一些的事，怎样敢说？可是不说，将来事情过去了，春华怪起知情不举来，那一定是很生气的。不知道这恶消息，却也罢了，知道了这恶消息，真叫人为难。五嫂子在门口发了一阵呆，究竟也想不出一个道理来。病人睡在床上，又不便不理会，匆匆忙忙地吃过午饭，就回到屋里去，找了一点针线活，坐在床沿上做。不时地却用眼光去看看床上睡的春华，只看她的头发像一捧乌云一样，粉团子似的脸，在腮上由皮肉里透出个个红晕来。心想，这位姑娘，模样也好，才学也好，就是性情，本来也好，叫她配个癫痢头的痨病鬼，人心都是肉做的，她是怎样的不委屈？

五嫂子看看人，又想心事，这针活就做不下去了。昏昏沉沉地，不知不觉地，已经到了黄昏边，屋子里有些看不清楚的东西，心想，这位姑娘，睡的时候也够久了，就想去叫她，堂屋里却有人轻轻地道："五嫂子在家吗？"她走出来看时，光线模糊的当中，看得出来是毛三叔，正靠了堂屋门站着，因笑道："哟，稀客呀！"毛三叔拱手道："五嫂子，你饶了我，不要说这样的话了。我替全族的人，惹下一个偌大的乱子，自己也闹得家破人亡，我哪有脸见人。"五嫂子笑道："家也在呀，人也在呀。"毛三叔道："哼，那比人死了还要丢脸。"五嫂子在屋子里摸出纸煤儿水烟袋来，递给他道："堂屋里坐坐吧。大姑娘病在我这里，睡了一下午没醒，你可不要大声说话。"毛三叔道："我特意为了这件事来的，姑娘的病怎么样了？"五嫂子道："你倒有这番好心，还来看她的病。"毛三叔手捧了水烟袋，在暗中呼噜响着抽了一阵，没有答复。五嫂子低声道："姑娘是心病，说重不重，说轻不轻。喂，你可知道那一位的消息，是坐船下省去了吗？"毛三叔也低声答道："你说到那一位吗？我就为了他的事来的。"五嫂子道："我明白了，一定是他还没有走，叫你来探听消息的吧？"毛三叔顿了一顿，笑道："这倒不，实不相瞒，我在家乡丢了这样一个大人，怎么还站得住脚？我想到省里去，求求李少爷，给我找一碗饭吃，便是找不着事，哪怕给李少爷当当差，我也愿意的。"

两个人只管说话，就大意起来，声音不曾低了下来，说的话也就和平常的声音有些差不多了。这就听到春华长长地哼了一声，接着还低声叫了一句五嫂子。她立刻向毛三叔摇了两摇手，答道："大姑娘醒了吗？我来给你点灯。"春华叫道："你先进来，我有话和你说。"五嫂子在外面点了灯，送进房去，一边只管向毛三叔摇手摇头。春华抬起一只手来，连连向五嫂子招了几招。五嫂子走到床面前，春华手扯了她的衣襟，低声道："五嫂子，我对你不坏呀，你为什么瞒着我？你替我叫毛三叔进来，和我说两句话，行不行？五嫂子，我是要死的人，累你，也就是这么一回，你就和我担点干系吧。"她说话，本是有气无力的样子，加上将两只眼珠盯住了五嫂子看着，只等她那句答应的话，真是有些可怜。五嫂子实在不忍再拂逆了她的意思，便道："倒不是我怕担干系，你是这样有病的人，我不愿你再为别的事烦心。"春华道："我和他说两句话，也没有什么烦心，我自己会叫的。毛三叔，哼，毛三叔，请你进来。"她叫着就喘了两口气，毛三叔知道是躲不了，索性就走了进来了，春华虽是喘着气，看到了他，兀自发着微笑，向他也是招招手。

毛三叔走到床前，春华就笑道："毛三叔，多谢你还来看看我的病呀。"毛三叔道："大姑娘，往日你待我都很好，你不舒服，我还不应该来看看你吗？"春华道："我仿佛听到你说，要到省里去，这是真的吗？"毛三叔将手摸摸下巴，又摸摸头，微笑道："倒是有这个意思。不过我知道，到省里去找事，那是很不容易的，总要有人和我写封荐信。大姑娘，你可以和我写一封荐信吗？"春华笑道："这岂不是一桩笑话，我一个大门不出的黄花闺女，荐你到哪里去？"毛三叔笑着将肩膀抬了两抬道："天下就有这样的笑话哩。若是你可以写一封荐信，我的事就可以成功。"春华定了眼珠凝神一会儿，因笑道："你的意思，我也明白了。你打算去找他，顺便和我带一封信，见他好有话说，你说对不对？"毛三叔笑着没有作声。春华道："其实他这个人，非常之念交情的，你果然去找他，他总可以替你想想法子。至少也可以多给你几个川资，让你很风光地回来。"毛三叔叹了一口气道："事到如今，我还有脸子回来吗？假如李少爷他不给我想法子，我就到外面漂流去了，三年五载，十年八载，不回家乡，那也说不定。不瞒你说，许多日子，我都是白天藏在家里，晚上出头，走上街去喝两碗水酒。也是那话，出门一把锁，进门一盏灯，这样的日子，过得有什么味？在家里也是和出门一样。"

　　春华道："这样子说，你还是很念毛三婶了。"毛三叔站在屋子中间，默然了一会儿，许久才叹了一口气。春华道："这倒是族里人不好，一定要你把她休掉。"毛三叔将手抬起，打了自己一个嘴巴，竟是啪的一下响。他道："不怪族人不好，只怪我脸子长得不好。我就舍不得她，有什么用？要得了她的人，要不了她的心，一个不提防，她趁我喝醉了，会把我剁成八块，丢到大河里去喂大王八。所以她娘家把她重嫁出去，我是一个钱不要，就是她的衣服首饰，有放在家里的，我也让她拿了去。我毛三伢子，不想用老婆身上一个钱。我现在明白了，婚姻总是要好的配好的，丑的配丑的，若是配得不相称，头发白了，也保不定会变心的。她不愿意跟我，由她去吧。"春华道："阿弥陀佛，世上的男人都像你老这样，什么事情都没有了。"五嫂子本到厨房烧水去了，这就突然地跑了进来，向两个人乱摇着手道："你们这是怎么了？说话的声音，越来越大。"春华突然地醒悟，就低声向毛三叔道："的确，是我们太大意了。毛三叔，你明天一早，到五嫂子手上来拿信，你快走吧，碰到了我家里来的人，很是不便。"毛三叔道："我这人真也有些糊涂，我要说的话，一句也没有说。"春华道：

258

"你不用说，我全明白就是了。你走吧。"人家是位姑娘，姑娘屋子里，不许男人站着，这男人有什么法子？所以毛三叔只得也照例用那安慰病人的方法，说了一声保重，转身走了。

五嫂子道："大姑娘你要吃什么东西吗？"春华在小衣口袋里拿出一个钥匙来，给五嫂子看道："请你到我家去，把我书桌子抽屉打开，里面有本黄书皮红丝线订的本子，你给我拿来。另外一个纸盒子，里面有信纸信封，你都带着，笔和墨盒子，都是在桌上的，你拿了揣在袋里，也不会有人知道，家里人问你拿什么呢，你就说我闷得慌，要拿本书看看。你若把这事办到了，我在枕上和你磕三个头，比弄了东西给我吃，那好一千倍，好一万倍。"五嫂子知道这事要担一点关系，无如她说得可怜，只好和她答应了。

春华说完了话，又侧了身子向里安睡了一觉。等她醒了过来，已是天交二更，五嫂子靠桌子坐在那里打盹，地上放个白泥小炉子，微微的炭火，熬着一罐粥。她只哼一声，五嫂子就惊醒过来，劝她喝点粥。春华想了一想，笑着坐了起来，点头道："好的，我应当吃一点，先打起精神来。"五嫂子将一个茶几搬在床前，先和春华披上了衣服，然后拿了两个碟子到桌上，看时，是一碟咸菜炒豆干丝和一碟麻油浸的五香萝卜干，春华也有三分愿意。五嫂子放了煤油灯不点，却用泥烛台插了一支烛放在茶几上，然后盛了稀粥也似的香米粥送到茶几上。春华真想不到五嫂子这样殷勤款待，吃着又香又脆的小菜，竟是一连喝了三碗粥。还是五嫂子拦阻着，才放了碗。接着，她把桌上一堆棉衣服推开，里面竟是藏着一壶热茶。这又斟了一杯给她喝了。春华刚接了茶，她已经是将炉子上新放的一壶水，倾在桌上洗脸盆里，拧了一把热气腾腾的手巾过来。

春华大为诧异，虽然五嫂子向来待人好，也不能有这样体贴周到，这且搁在心里，便笑道："没什么说的，将来我和你多磕两个头谢谢吧。东西都给我拿来了吗？"五嫂子且不答复，将茶几擦干净了，由桌子抽屉里，取出了笔墨纸笺之类，一齐放在茶几上，向春华抿嘴微笑。春华放下茶杯，合掌向她道谢。五嫂子拿了茶杯，又把蜡烛弹了一弹烛花，笑道："这样你好写吗？"春华将披的衣服，全把纽子扣好，在床头靠着休息了一会儿，点点头道："稀饭还吃三碗呢，写一封信，有什么不成？"于是挨着身子坐到床沿边，将墨盒打开，铺好了纸，提笔蘸了两下墨，依然放下，手肘撑在茶几上，托了自己的头，闭着眼睛，只管默神。五嫂子道："怎么样？大姑娘，你不能写吗？若是不能写，就不用写吧"。春华道："不是，我总觉得有千言万语想写了出来。不过，我又想写上千言万语，又能把心里的话说完吗？所以我又想着，只写几句扼要的话，我回复人家几个字，也就完了。"说着，又提起了笔来，打算来写，可是只把笔伸到墨盒子里去蘸上了几下，依然又放下来。这就皱了眉道："我觉得心里闭塞得很，有话竟是说不出来了。"五嫂子便斟了一杯茶送到她手上笑道："忙什么呢，你先喝这茶，慢慢地想吧。"春华果然喝着茶，用嘴唇微微地抿着，心里是在出神。她突然地将茶杯放下道："想什么呢，随便地写上几句就是了。"

她说着话，反手过去，将那蓬松的发辫挽到面前来，一阵地透开了。五嫂子道："你这是做什么？"春华道："蓬得我实在难受，乱头发只管在背上扎人，请你和我梳一梳吧。"五嫂子道："这样夜深，你还梳头做什么？"春华道："我已经拆散辫子了，你难道叫我披散头发睡一晚不成？"她这话是很有道理，五嫂子无法可驳。就拿了梳篦来，掀开了蚊帐，站在床后头，替她把头发梳清。春华伸手掏过梳顺了的头发，将绒绳扎了一小绺。五嫂子站在一边，却也没有理会到她有什么用意。春华道："你拿一把剪刀给我吧，我的指甲太长了，要修修。"五嫂子道："这样没有弄好，又要弄那样，等我给你先把辫子编好再说。"春华皱了眉道："你知道我是急性子的人，为什么不依我呢？"

五嫂子在今天晚上，本来已是特别殷勤，这点小事，更不忍去违拗了她的意思，就找了把剪子给她。她接到了剪刀，一点也不考量，拿住那绺头发。吱咯一下，就剪了下来。五嫂子先是一怔，然而她是村子里一个富于经验的女人，立刻醒悟过来。点点头道："忙了半天，就为的是这个，还有别的事情要办没有？大姑娘，你的身体不大好，你也不应当太劳累了。"春华笑道："还有一点事，就是请你替我把辫子编上了。"五嫂子心里可就笑着，这年月真是变了，这么一点小年纪的黄花闺女，什么都知道，这是谁告诉她的呢？当时她含着微笑，替春华将辫子编好了，再换了一根蜡烛点着，春华似乎已经把那封信的腹稿打好，伏在茶几上，文不加点地就把信写了起来。那信是：

秋兄左右：

昨奉手书，一恸几绝，呕心滴血，突兀成病。所有痛楚，虽

260

万言莫尽，尽亦何益。兹乘某氏之便，奉上乌发一子儿、诗草一册，发者示其亲，诗则表吾意也。玩之置之，抑生怀而死共穴之，是在足下。至重来之约，一听诸天，然恐索我于枯鱼之肆矣！来使能知我近状，当可奉告一切，乞善视之。花落水流，我复何言，伏维珍重！

华再拜

　　她自己看了一遍，又写了一个信封，将信笺折叠好，塞在信封里，将笔一丢，人就伏在床上，许久许久不能动。五嫂子又吃一惊，连忙走过来问道："我的大姑娘，你这是怎么了？"春华伏着答道："这没有什么，不过我有点头晕。"五嫂子道："唉，这是何苦呢？我就知道你是太劳累了。既是头晕，你就好好地躺下去吧，还趴在这里做什么？"春华依然趴在床上，摇摇头道："不要紧的，我养养神就好了，我还有一点事要做呢。"五嫂子道："还有什么事呢？我的大姑娘，你自在一点子吧。你真有什么事，我替你做得了。"春华道："那本书，和我这绺头发，我要包起来。"五嫂子道："这个，我也会做呀。你好好地躺着，我当面照了你的意思来包，你看行不行？"春华也不曾抬起头来，随便地就答应了一声行。五嫂子略略猜了她的意思，就翻箱倒匣，找出两块干净布片来，走向床边问道："大姑娘，你看看这两块布行吗？"春华并没有答应，就深深地呼吸了一下。不想她伏在被上，竟是睡着了。五嫂子呆望了她，许久点了一点头道："可怜呀可怜！"

第二十八回

弃妇重逢尝夫妻滋味
传书久玩暴儿女私情

　　春华那种憔悴的样子，在五嫂子也不能不动心，只好悄悄地将她扶进被里去睡着。等她睡得安稳了，就把书本包上，头发卷起，在一切办得了之后，更找了一方干净的蓝布，卷作一卷。在这时，宋氏打着灯笼也来探问了一回。五嫂子怕让她看出了什么破绽，只说春华好得多，刚刚睡着。宋氏只进房来打了个转身，就走了。临走的时候，还叮嘱了五嫂子几句，让她明天晚些回去，为的好把客人送出了门去。五嫂子正是巴不得这样一句，知道毛三叔这醉鬼，明天早上几时来呢？五嫂子忙了一天，上床放头就睡，也不知到了什么时间，仿佛是听到有人喁喁说话。翻个身睁眼看看，却不见了春华，这倒不由她吃一惊。一个病人，无端地向哪里去了？口里叫了一声大姑娘，披衣就抢下床来，却听到春华轻轻地在堂屋里答道："我在这里呢。""我的天，你做些什么？"五嫂子走出房门来时，只见毛三叔已经是把自己包的那个包袱，夹在胁下，在堂屋门外站着，大概是话都已经说完，这就要走了。看看屋外的天色，还只有一点混茫的光亮，便笑道："毛三叔来得真早，怎么你叫门，我并没有听到。"毛三叔道："哪里叫了门？大姑娘早是打开了门，在院子外面等着我呢。"五嫂子立刻拉着春华的手，捏上两捏，正色道："你的手冰凉，大姑娘，这是闹着玩的吗？假如你病加重了，师母虽不说什么，我也难为情。"春华道："你这样一个聪明人，这一点事会不明白？假如我的病真加重了，你想我的爹娘会怪你吗？"

　　毛三叔听到她说话的声音，也是越来越大，想着若是惊动了邻居，自己不好说话，便低声道："大姑娘没有什么话要说了吗？我走了，多谢你的好意。"春华点点头，让他去了。可是当毛三叔走出篱笆门以后，她又追了出来，靠着门，向毛三叔乱招手。毛三叔走了回来，笑问道："姑娘还有什么话？"春华低头想了一想，微笑道："你以后可要少喝酒了。"毛三叔真想不到她很要紧地追出来，却是说这样一句不相干的话。这倒不去管，只要她说出来，自己也就愧领了，连答了两声是。五嫂子早是扶住了春华的肩膀，带向门里拉着，望了她的脸道："你一点血色都没有呢，早晨起来，就吹这样的凉风，你有什么和自己的身体过不去的吗？倒一定要这样糟蹋自己的身体。我想，你的话……"说到这里，低下声音道："信上说了就够了，多叮嘱反为不妙，进去吧。"说着，拉了春华向里走。毛三叔也是劝她进去。春华说声"有劳"，扶着五嫂子进去了。

不到一会儿工夫，五嫂子又很快地跑了出来，一直追到毛三叔身后，轻轻地哎了一声。毛三叔回转身来，瞪了眼道："还有什么事？"五嫂子回头，看了没有人在身边，才道："她说，你见了那人，不要说她病体怎样厉害，就说已经好了。"毛三叔道："可是她信上说病了呢，我不有些言语不符吗？"五嫂子翻转着眼睛想了一想，笑道："这个，我哪里知道？不过她信上写的，总比你嘴里去说的要实在些，你见了那人实说得了。"毛三叔道："既是要我实话实说，你带这个口信来做什么？"五嫂子瞅了他一眼，再哼一声，微笑道："你真是个二百五，怪不得你得不着女人的欢喜。"说毕，一扭头走了。毛三叔这倒真有些莫名其妙，心想，我怎么会是二百五，女人尽管天天在一处，女人的心，那总是猜不透的。信上说的话，和口里说的话不一样，叫我去撒谎，倒叫我作二百五。

毛三叔把这件事闷在心里，无从问人，却也不去对人说。当时回家，把收拾清楚了的东西，重新又清理了一下，完全堆积在卧室里，里外几重门，都用锁锁了。到了黄昏以后，背上一个大包袱，悄悄地出了大门，依然地锁了，站在门外，望着门垂了几点眼泪，然后叹口长气，出村而去。

当晚到了三湖街上，住在小客店里，等到明日搭船下省。心里那番难过，自是不必说，熟酒铺子，不愿意去，且到街西头不认识的酒店里去吃几碗水酒，解解愁闷。内地的街市，敲过了初更，一律上门，唯有茶馆酒店，还敞着店门，在屋梁上垂下几盏双嘴子或三嘴子的油灯，继续地做买卖。这街西头的酒店，靠近了河岸，上下水的船，靠了岸，船上的客人们都会到这里来消遣。毛三叔低了头走进店堂去，在那油焰熏人的火光下，满眼都是人，吱吱喳喳，一片酒客的谈笑声。只有最里墙角落里，有张小条桌还空着没有座客。毛三叔正觉合意，一直走上那里，将面朝里坐着。店伙来了，要了一大壶加料水酒、两包煮青皮豆，吃着豆子慢慢地喝酒。

在喝了两碗酒之后，感到肚子里有些空虚就回过头来叫店伙，要一碗油炸豆腐吃。却有一个人站在人丛中四面张望，好像是找人。那人穿着蓝宁绸夹袍，青纱瓜皮帽，手里拿着一柄白纸折扇，这尤其让人注意，不应该是这水酒店里的座客。只听到有人叫道："马先生，马先生，在这边坐。"随着有个人站起来，向他招手。那人毛三叔认得，是冯家村的人，要算毛三婶亲近一些的堂叔。毛三叔想到自己女人，就不好意思见冯家人，自己立刻回转头去。心里也就想着，冯家有人在这里吃酒，也绝不止一个，遇到他们，都是仇人，很是尴尬，喝完了这壶就走吧。他什么不看了，只是低了头喝酒。喝完了，待叫店伙会酒钱，无奈这酒伙，老是照顾座位对过的人，要大声喊叫，又怕让冯家人听到了，只好不时地回转头来望着。

不望则可，这一望却望出了事故，就在这时，毛三婶母女两个随着一个冯家老头子也走进店来。他们并不向先到的冯家人去并座位，就在自己这边，隔了两张桌子坐下了。毛三叔想不到冤家路窄，偏是在这里相逢。所幸自己是面朝里，这就不动身，背对着她们，听说些什么。先是她们低声说话，后来听到毛三婶说："我坐一会子就走，人他是偷看过了，事情也说好了，只要彼此对一对面，还要我久坐什么？"毛三叔听了，心里恍然大悟，这正是她在这里商议改嫁，那个先来的男人，就是要娶她的人。不想她有这样一个漂亮的人来娶她，这样看起来，倒是她不规矩的好。由我穷鬼这里，嫁了一个阔人了。我弄得家败人亡，她竟是顺心如意，那太便宜了她了。心里想到这种地方把喝下去的那股子酒劲，一齐涌了出来，同时脸上发烧，背上出汗，人落到热灶里去了一样。神情慌乱着，人是不知如何是好，只管用手指头蘸着碗里的剩酒，不住地在桌上画着圈圈。

过了一会儿，却听到有个外乡人的口音，在那边说话。他道："我是没有话说，这位大嫂愿意，就一事成百事成了。"毛三婶却没有作声，她母亲答言说："我们不能骗你吧，前几天看到是她，今天看到还是她。只要我们说的话你都照办了，这头亲就算成了。"就在这时，接着一阵哈哈大笑，似乎毛三婶做了一个什么羞涩姿态，惹得同来的人都笑起来了。毛三叔立刻心火上攻，头花眼晕，几乎要栽到桌子下面去。于是伏在桌子上，定了一定神，再跟着向下听去。可是一阵喧笑之声，由店堂向外走着，这其间有女人的声音，自然是毛三婶也走了。无论如何也忍耐不住，站起来向外看去，毛三婶果然是出了门，那个外乡人还是笑嘻嘻地站在那座位边，对了毛三婶的后影看去。不用提，他对于毛三婶这个人，已是十分中意了。顺着这条路下去没有别的，就是一嫁一娶。他是个外乡人，绝不会知道这女人不是好东西，会惹了娘婆两家打过大阵。这个女人，我不能让她这样地痛快嫁出门去。于是叫了店伙来，掏了一把铜币放在桌上算酒钱，立刻追出店门，走上大街。

在街的西口外，有两只灯笼高举着，想必就是她们，便放轻了脚步，紧紧地跟了上去。当自己追到她们身后，相隔二三十步路的时候，这就按了她们的脚步同样走着。有一个人道："现在出了街口了，我告诉你们一句话，你们别害怕。"毛三婶道："什么事？街上有老虎出现吗？"那人笑道："那倒不是，我看到毛三叔也在墙角落里喝酒呢，他掉过脸去，倒没有作声，怪不怪？我们说话的时候，他要叫起来……"毛三婶抢嘴道："他叫起来怎么样？你以为我怕他吗？哼，他写了休书，打了手模脚印，我和他两不相干了。他姓他的姚，我姓我的冯，我姓冯的嫁人，他姓姚的管得着吗？"那人道："虽然这样说，那彼此见了面，究竟不大合适。"她道："有什么不合适？古往今来，谋死亲夫的女人多着哩，我讨厌他，没有谋死他，让他在我手心里逃了命出去，就对得住他。我的青春都让他霸占了，落得我残花败柳，中年改嫁。他若叫起来，我就用这些去问他，他还有什么话说？"她母亲说："你可不能那样说，人心都是肉做的。他这回听凭你改嫁，一点也不为难，也就对得住你了。"毛三婶道："他是什么对得住对不住？他算是聪明过来了，要得了我的人，要不了我的心，他要我回去做什么，打算让我谋死他吗？"毛三叔在后面跟着，听了这些话，觉得自己这颗心，不啻是一阵阵地让凉水浇了，心里感触很深，脚步也就慢慢地缓了下来，始终是呆站在人家屋檐下没有向前走。那毛三婶的声音，自然也越来越细微，以至于听不到了。

毛三叔呆站了许久，醒悟过来，不由得打了两个寒噤，心里想着，幸而我是不曾找着她来论理，若是和她对面一谈，不是又要受一场恶气？女人家原来有这样狠的心，我就一辈子不再娶女人也罢。我倒不明白这位李小秋少爷，为什么爱上了我家大姑娘？你是没有尝到女人的辣味，不知道这罪是多么难受。那也罢，让酒店里那个外乡人，把她娶了去，让他也去受受罪。毛三叔一番气愤，到现在已是消失个干净，低了头有一步没一步走回客店去。当他经过那家水酒铺时，还听到那外乡人在人丛里发出哈哈大笑。毛三叔对酒铺子里看了一看，也微微一笑。他想着，这小子今晚上拾着晦气票子了。多谢多谢，你做了我的替死鬼。他心里是这样想着，两只手是不期然而然地对着酒店里拱了两拱。好在他在暗处，虽然做出这样举动，却也没有人看到。他回到小客店里去，比没有喝酒以前，心里更要感到难受。只是为了不在家里，要不然，他要放声大哭了。好容易熬过了这晚，第二天赶早就到河下去搭船。不想上省的班船，昨天都开走了，明天还不定有。毛三叔觉得三湖街上举眼都是熟人，如何可以住下？就背了包袱，走三十里旱路，准备到樟树镇去搭船。

到了樟树镇，又耽搁一宿，次日方才搭船东下。因为他上船早，早在前舱的推篷边下，展开了包袱。他这包袱，就是一床薄被，卷了几件单夹衣服，将被展开，衣服做了枕头，就睡起来。内地的班船，前后三个舱，往往要搭二十多位客人。站着是船篷碰了头，坐着腿又蜷缩得难过，只有睡觉方便。毛三叔在推篷边，还可以向外看着，吐痰倒水，要便利许多。第一日船只走了六十里，在太阳还有一丈多高，赶上一个小镇市，便弯船了。毛三叔是个散荡惯了的人，在船上整住睡了一天，全身都不受用。船既靠了岸，他无论如何也忍耐不住，在被褥底下，拿起收藏的鞋子，走出船头去穿上。当他将两只鞋子拢起，抬头向岸上望着，他几乎一个倒栽葱，落下水去。赶快将身子一蹲，扶住了绊帆索的将军柱。原来这岸上是一道长堤，在长堤上列着两行杨柳树。在柳树丛中有几幢半瓦房半茅屋的村店，在村店窗户外，斜斜地挂着一副酒幌子。毛三叔在这烦恼境况中，自然是见了酒店，就不免垂涎。可是当他向酒店里看去的时候，由那里走出一双男女。男的是那外乡人，女的就是自己休掉了的老婆。她今天穿了蓝绸滚着红丝辫的夹袄，下面穿了大红绸子裤，手上还捏着一条红绸洒花汗巾，笑嘻嘻地跟了那男人走。他想好快，她嫁了这个男人，也要下省去了。这也就不想上岸了，脱下了鞋子，依然到铺上去躺着。他又想，这女人不见得对了男人就发狠的。她和我做了六七年的夫妻，没有这样高兴过，嫁了那姓马的只两三天，就这样笑得不歇了。我想那姓马的是拾着了晦气票子，恐怕是不对，也许人家是拾着欢喜票子了。他向着这条路上想，那就不愿再想了，将头边的被褥卷得高高的，耐着性睡觉。

到了次日天亮，船夫开船，拖着锚上的铁链子当啷作响，可就把他惊醒。推开头边的活卷篷向外看看，究竟是什么时候。他这里推篷，紧邻着这边的一条船，也有人在那里推篷，篷推开了，突然地红光一见，照耀着双眼。定睛细看，又是自己休掉了的女人，她身上穿了件大红绸子的紧身夹袄，乌油的头发，雪白的脸蛋子，端了一盆水，向外面泼了出来。两下相距，不过三四尺，而今她岂有看不出来之理？然而她虽是看出来了，丝毫也不把这事放在心上，却把脸盆，盖上了船舷，咬着下唇，微偏了头向河中心看去。这时，那个姓马的也是穿了短衣服，站在她身后，她回转头来向他笑道："你看这初出土的太阳，照在河面上，霞光万道，多么好看。我也不知道什么缘故，这两天我无论见了什么东西，都是高兴的。"姓马的笑道："是啊，那是因为你心里高兴的缘故。"毛三婶道："我若不是嫁了你，我这一辈子，真算是白白地过了。"她说着，眼光还向毛三叔这边看了来。毛三叔现在也不肯去生那闲气了，便是淡淡地笑了一声。他并不拉拢卷篷，一个翻身朝里睡了。他总算长了一番见识，女人并不是生定了不爱丈夫的，只要丈夫漂亮、有钱，还会哄她，她一样喜欢。这也就怪不得我们大姑娘，对着李少爷害相思病了。他有了这样一个问题，在心里研究着，船上倒也不觉寂寞。樟树到南昌坐船是一百八十里的下水路程，在船上睡了两天的觉，也就到了南昌了。在三湖税卡上，毛三叔已打听清楚。小秋住在省城里伯父家里，先把行李安顿在小客店里，带着春华给的那个小包袱，访问到李家来。

小秋的伯父李仲圃也是个小官僚，读的旧书比秋圃多，也就比秋圃要固执许多，只是关于怎样去谋差事，却比秋圃高明些。前几天小秋拿着父亲的信，来到伯父家里住下，仲圃倒是很赞成，向小秋道："你父亲让你还上经馆读书，我就不以为然。自从科举停了，于今都是靠进学堂谋出身。学堂里毕业是有年限的，早毕业，早有了出身，不像以前科举，读了一辈子书，也许弄不到一个秀才，这真是读书的人，便宜了多多。既是如此，为什么不早早进学堂呢？这里陆军小学的总办，和张太守是换过帖的，张太守同我向有交情，我和你走走这条路子，你一定可以考取。第一班毕业的人，都有了差使了，这学堂是可进的。我知道你文字也还去得，像《古文观止》《文选》这一类的书，不必去死读了。现在新出的《维新论策》《新世文篇》之类，却不能不看，学堂出题目，总是以时务为多。有什么法子，既要谋出身，就不能不跟了时务转。据我揣摸官场里北京来人的口气，十年八年之内，科举决计是不会复兴的。"

他说了一篇处世经验之谈，小秋只好接受。而且对于这位伯父，还有些惧怕。来南昌的当晚，就在伯父的书房里开始看时务书。仲圃只有两位小姐，对这个侄儿子却也十分重视，每日都亲自来教训一顿。这天出了一个论题给小秋作文，乃是《王安石变法论》。小秋在这时，把革命党的

《民报》、保皇党的《新民业报》，早已看得津津有味，这样的论题，岂不易为之。不要两小时，连作带誊正，就写好了，放在仲圃的桌上。仲圃吃过午饭以后，自来书房里打围棋谱消磨长昼。见书桌上已放好了几张红格子的文稿，侄儿这样听话，他先是一喜，且不打棋谱，戴上大框眼镜，就捧着水烟袋，架了腿坐着，将文稿放在面前来看。只看那论文起首说："先哲有言，天不变道亦不变，法顾常乎？曰：道兴法，非一事也。千古无不变之法。尧以传舜，舜以传之于禹者，是谓道。尧禅于舜，禹传于子者，是谓法。"看到这里，他颠簸着架起来的那条腿，口里哼哼念着有声，抽出笔筒子里的笔，蘸着墨就圈了两行联圈。

正要向下看去，门房进来说三湖三老爷派人来了。这一个报告，把爷儿俩都吃了一惊。小秋在旁边一张小桌子上看书，立刻推书站了起来。仲圃道："小秋没有两天来的，有话都说了，又有什么事呢？"小秋想着，母亲的身子最弱，也许是她病了。听差答道："他说要见少爷。"小秋更觉得所猜的相差不远，心里乱跳了起来。仲圃道："叫他进来吧。"听差出去，爷儿俩都默然。一会儿听差引进毛三叔来，小秋倒出乎意料。毛三叔请了两个安，站在一边。仲圃道："李老爷叫你带信来了吗？"毛三叔向小秋看了一眼，说是没有。仲圃道："那么有什么事？"毛三叔道："不是李老爷打发我来的。我是自己下省来了，特意来看看李少爷。"他说着又望了小秋一眼。小秋这就十分明白了。这就向仲圃道："他姓姚，是座船上一个打杂的，为人倒是很忠厚。"仲圃见没有什么事，他来得不巧，打断了文兴，面色就有些难看，小秋立刻为他转弯道："必是我先生有口信给你带来了，你到外面来跟我说话。"他说着，竟是开着步子先走了。

小秋引着他到外面一个过堂子里来。这是平常会客的所在，因望了他，微微顿脚道："你怎么一直去见我二伯？"毛三叔道："我没有要见二老爷，是这里门房给回上去的。"小秋向身后看看，低声问道："你来找我，有什么事吗？"毛三叔伸手到怀里去，摸出一个蓝布包袱来，微笑道："这是我带来的，少爷，你好好收着。"说着，将那小包裹向他手里一塞。小秋捏着那包裹，乃是软绵绵的，心里这就明白多了，也立刻接来揣到怀里，微笑着点了两点头，问道："你住在哪里？到省里来了，总要玩两天，你打算就回去吗？"毛三叔顿了一顿，向小秋又请了一个安，因道："我的事，少爷是全知道的，我在家乡，已经是站不住脚了，很想借这个机会，请少爷赏一碗饭吃。现时住在章江门外小客店里。"小秋想了一想，点头道："好吧，明天上午你在滕王阁左手望江楼茶馆子里等着我。"毛三叔道谢而去。

小秋自趑到卧室里来，将那布包由怀里拿出，看到缝口，全是用线密密地缝着，心里立刻受着一番冲动，想到这些线迹，都是春华亲手缝成的，在那时，她是多么看重了这个包袱。在她缝着包袱的时候，心里多么难受，对我又是多么浓厚的意思。于是且不去拆开那线缝，将手指头缓缓地在线缝上抚摸着。他的感想，以为这是春华亲手所做，自己抚摸着线缝，也就仿佛是摸着她的手了。他这样傻做了一会子，自己可就埋怨起自己来，这岂不是笑话，不去看包袱里面的东西，尽在包袱外面，抚弄些什么。由身上掏出了小刀，将线缝挑开，不想这里面竟是裹上了许多层，而且每透开一层，便有那股子若有若无的香气，向鼻眼里冲袭了来。待到完全透开了，虽有一封信在那里，且不要去念看，心里猛可地一动，就是一条紫绸小手绢，斜斜地裹了一子儿头发。将头发抽出来，却是一丝不乱的，用旧的红头绳，扎了那头发。重大的刺激在前，却不怎样地难受。略微翻了一翻，这才拆开那封信来看。

在小秋心忖着，在信上也无非是些思慕的话，自己既是不愿再堕入情网，好像看与不看，这都没有什么关系。及至拆开了信从头一看，才知道春华害了一场大病。拿着信在手上，只管在屋子里来回地转着，情不自禁地就叹了一口气道："怪不得维新的人，都在叫着婚姻自由。这不自由的婚姻，实在与杀人无二。要婚姻自由，在这个专制时代，哪里办得到呢？除非是革命党成功了。"他万分地感到无聊，自己就是这样子在屋子里说话。耳朵边却听到有人扑哧地笑上了一声，小秋这倒不能不受一惊。抬头看时，却是家中雇用的王妈，端了一盆水，站在房门口。小秋一时慌了，就问道："我没有叫你，你跑来干什么？"王妈笑道："我端水擦抹桌椅来了。少爷，你为什么一个人说话呀？"小秋挥着手道："出去吧，我在这里念书，不许啰唆了。"小秋说的那些话，王妈都听到了，什么"婚姻自由不自由"，他嘴里很是说上了一遍，这会是书上的话吗？她也不曾多说什么，回转头来，向小秋就是微微一笑，小秋虽然知道自己的话是被她听了去了，可是她一个当女仆的人，便是听去了这话，又有什么关系，所以他也是很坦然地到床上去横躺着，手里拿了那绺头发，只管把玩。看完一阵之后，又把揣在身上的信，重新温习一遍。最后，他还是把那封信抽了出来，又详细地看上一遍。觉得那简简单单的几行文字，却是缠绵悱恻，十分的凄楚，越看越不忍放下手来，就是这样地躺在床上继续地向下看去了。直到吃晚饭的时候，女仆来请两回，方始到堂屋里去吃饭。当吃饭的时候，他伯母杨氏却是不住地向他打量着。他也想到，藏在卧室里，大半天没有出房门，也许伯母有些疑心了。就故意皱了眉道："不明白什么缘故，今天是很觉得头痛。"说着装出那很勉强的样子，吃完了一碗饭，就不再添。杨氏微笑道："人是铁，饭是钢，有了病也应当勉强吃些。"小秋见她的眼锋，似乎带了一种讥笑的样子，便越不敢坐，推碗便走了。

在这天晚上，仲圃是被朋友约着下棋去了。小秋一双姊妹也各回了卧室，杨氏却打发女仆，将小秋叫去问话。她手上捧了水烟袋，坐在围椅上，正在抽烟。小秋进房来了，却叫他在对面椅子上坐下，向女仆道："你出去，叫你再来。"小秋看了这情形，心里有几分胆怯，早就是脸上一阵通红。杨氏似乎也不怎样介意，还是吹了纸煤儿抽烟，直待抽过了三五袋烟，把纸煤儿熄了，放下烟袋，又用手绢拂了几拂怀里的纸煤儿灰。她越是这样做作着，不开口，越让小秋踌躇不安。杨氏却也不去管他，还是自斟了一杯茶喝了，才向他道："小秋，你要知道，我做伯母的，是比你亲生母亲，还要疼你些，有什么为难的事，我可以和你设法。"小秋站起来答道："伯母这话，从何说起，我并没有什么为难的事呀。"杨氏又把放下在桌上的水烟袋，再拿了起来，从从容容地吹了纸煤儿，吸上了两筒烟。见小秋还站着呢，便点点头道："你坐下。"小秋看伯母这样子真不知伯母葫芦里卖的什么药，只好坐下。杨氏将烟袋放下，复笑道："今天三湖街来了人，不是给你带封信来了吗？"小秋只好站起，低了头不能作声，可是他脸上，已经是红晕得耳朵后面去了。杨氏道："那信是什么人代笔的，可以念给我听听吗？"小秋如何能答复，只有默然。杨氏正色道："孩子，别的事，我不能管你，可是你居然寻花问柳起来，我不能不说了。"小秋也正色道："伯母你错了，不是那种事。"杨氏道："实不相瞒，你半天没有出房门，我在窗子里偷看了许久，见你看看信，又看看一子儿乌黑的头发，还不是花街柳巷得来的东西，是由哪里得来的东西呢？"

杨氏这一句话，未免太冤屈了好人，小秋心里那股子怨气，无论如何也忍耐不住，息息率率的一声，竟是流着眼泪哭起来了。身上没有带得手绢，只管去把袖头子揉擦着眼睛。杨氏道："你千万别这样，你这么大小子一说就哭起来了，那不是笑话吗？只要你把话对我实说了，以后再不荒唐，我也就不对你伯父说。"小秋心想，这件事，反正是父母都知道的，又何必瞒着伯母。于是止住了眼泪，把自己和春华的事，略微说了一个大概。至于这封信，只说是毛三叔下省，顺便带来的，信里是什么，带信的人也不知道。杨氏抽着水烟，把他的话全听完了，这才哦了一声道："原来如此，这更要不得，人家是个有婆婆家的姑娘，你怎么能够存那种心事？"小秋道："唯其如此，所以我不在那里念书了。"说着，却向杨氏请了一个安，接着苦笑道："从今以后，侄子绝不想到这件事，只求伯母不要对伯父说。"杨氏微笑道："若是我对你伯父说，还算什么疼你呢？你也到了岁数了，我自有个道理。"小秋听到杨氏说不告诉伯父，这已是很欢喜，现在她又说自有个道理，这就不能不复注意起来，便走向前一步，低声道："但不知伯母还有什么打算，遇事都求伯母包涵一点才好。"杨氏笑道："你伯母五十多岁了，岂有不愿意再看到一辈子的？对你的事，我也早在心里了。今天的事，就此说完，你到书房里去吧。"小秋听伯母的话，好像还要促成自己和春华的婚姻似的，这就叫他糊涂了。

第二十九回

红袖暗藏入门惊艳福
黄衫面约登阁动归心

李小秋厚着脸皮，把实在的情形都对他伯母说了，料着也无非受一顿申斥，所以也就静静地站在屋子里，并不离开。不想就在这个时候，听到院子外一阵杂乱的步履声和那苍老的咳嗽声，分明是伯父仲圃回家来了，立刻脸上红一阵青一阵，因为彼此见着了，是没有回旋之余地的。那杨氏好像是猜透了他的心事，带着微笑向他摇摇头，那意思表示不要紧的样子。果然，仲圃满脸笑容进来了。他摆着头道："今天在陶观察公馆里，是诗酒琴棋样样具备，陶观察真是个风雅人物。我今天算是当场出色了一次，凌子平兄授我两子，他输了六着，这是特出的事。陶观察在旁边观场，一步都没有离开，总算关心极了。他说，我的棋大有进步，约了我明天到他公馆里去对对子。这面子不小，将来去得熟了，那照应就太多了。陶观察南北两京，都有很宽的路子，抚院里是必定要提拔他的。"仲圃进得房门来，这一篇大套说话，简直不理会到屋子里有侄子在这里，至于小秋的脸色如何，自然是更不注意。杨氏听到丈夫在如此说，立刻放下水烟袋站起来，笑道："那个凌子平不是围棋国手吗？你赢了他的棋，这可是一个面子。陶道台坐在你们旁边看棋都没有离开吗？"仲圃道："是的，我也想不到的事，一个人在外面应酬，总是个缘字，有了缘，什么事都好办。哦，小秋也在屋子里。太太，你不该常找了孩子谈天，你让他多看点书，不久，他要去考陆军学堂了。"杨氏向小秋看了一眼，见他脸色红红的，便微笑道："如今考学堂，全靠走路子，你给他多写两封八行，这事也就行了。"仲圃道："虽然那样说，但是总要到考场里应个景儿。卷子好，自然说话更容易。若是交了白卷子，终不能请学堂里教习给他代作一篇。"

杨氏和仲圃说话，可是不住地向小秋身上打量着。见他垂手站在桌子角落里，有时伸出左脚，有时伸出右脚，简直是全身都不得劲。便向他

272

道："你出去吧，听你伯父的话，好好念书就是了，什么事，我都会替你安排的，比你娘还准操心些呢。"小秋向伯母脸上，也是打量着，不曾移动脚。杨氏笑道："去吧。伯父在这里你是怪拘束的。"小秋这就只好慢吞吞地走了出来。当天在书房里看了几小时的书，伯父并没有说什么。

次日上午，伯父上院见抚台去了，这倒是个机会，硬着头皮向听差留下一句话，说是到同学家里借书去，然后就跑到章江门外来会毛三叔。照着昨日的约会，在滕王阁斜对过一家茶馆里去等着。在河岸的水阁子上，挑了一副靠栏杆的座头坐着。及至伙计泡上茶来，他问就是一位吗，小秋答是等人。在这个等字说出口之后，忽然醒悟，仿佛昨天和毛三叔约好，是今天下午的事，怎么自己却是上午来了？茶也泡来了，绝不能抽身就走，只得斜靠了栏杆，看看河里行船。耽搁了半小时，出得茶馆去。看看街上店铺里挂的钟，还只有十一点钟。这就不能不踌躇着。若是回家去，再要出来，恐怕伯父不许可。不回去，还有几小时，却是怎样地消磨过去呢？背了手，只管在街上闲闲地踱着。由章江门到广润门，一条比较热闹一点的河街，都让自己走过了。这样一直地向前走，难道围了南昌城的七门，走一个圈子不成？于是掉转身由广润门向章江门再走回来，心里估计着，毛三叔无非是住在河街上客店里的，这样地走来走去，也许可以将他碰到的。一面忖度着，一面向两旁店铺查看。

靠河的一家船行里，有人说着三湖口音的话，很觉动心，站住看时，一个穿淡蓝竹布的后生，在那里谈话，正是最得意的同学屈玉坚，不由叫起来道："老屈，你怎么在这里？幸会幸会。"玉坚看到是他，也就跑出来，握住他的手，笑道："我接到家里来信，说是你不在姚家村念书了，你的事我大概知道一点。你想不到今天会见着我的吧，我在这里进了民立隆德学堂，不过暂时混混，下半年，我还是要考进友立学堂去的。我有点事，要回三湖去一趟，今天特意到船行里来打听上水船，竟是让你先看见了我。我住……我住在学堂里，到我那里去谈谈，好不好？"小秋微微地摇了两摇头，笑道："我今天下午才进城去呢。"玉坚扶了他肩膀，对他耳朵道："你不是找毛三叔吗？我已经会见他了，我们找个酒店饭馆坐坐，开个字条把他叫来就是。难道你们的事，还打算回避我吗？"他说着，就把小秋拉进一条巷子里去。小秋想着，他不久要回三湖去的，也正好托他打听春华的事，那就随了他去吧。他表示勉强的样子，跟了玉坚走，转进一间屋子，向个货栈走了进去。但是并非酒饭馆，却住着几户人家。小秋呆着站住了，不解是什么用意。

就在这时，旁边厢房门帘一拉，一个穿旧底印蓝竹叶花褂子的姑娘走了进来。只看她前面长长的刘海发倒卷了一柄小牙梳，两耳吊两片银质秋叶耳环子，这是省城里最时髦的打扮。可是那姑娘很眼熟，好像在哪里见过。她见玉坚带了人进来，并不回避，竟是微微地一笑。玉坚拍了小秋的肩膀道："怎么回事，你难道不认得她吗？"她这就开口了，笑道："李少爷，你真是贵人多忘事呀。"她开口，竟说的是一口三湖话，小秋哦了一声，笑道："你……"他突然又忍回去了，自己仅仅知道她在姚家庄上的时候，叫着大妹，那似乎是她的小名，现在怎样好叫出来。玉坚又拍拍他的肩膀，笑道："我们是老朋友，你随便叫她什么都可以。"她就闪在一边，向小秋点头道："李少爷请进来坐。"小秋回头向玉坚看看，玉坚笑道："请进吧，这是我的家。"

小秋抿嘴笑着，点了两点头，走进那屋子去，原来是前后两间，前面摆了书案书架，却也像个书房的样子。通里面的房门，垂着淡红色的门帘子，在门帘子缝里，看到最时新的宁波木架床，带着雪白的夏布帐子，上面盖了一道花帐帘子，在帐子里面隐隐约约地有一叠红影子，似乎是红被头子。小秋坐下来，玉坚对大妹道："有开水吗？快泡茶吧。"大妹笑着答应是，低头去了。玉坚笑道："到这里来，没有什么好东西敬客，只是这澄清了的河水，是比城里人来得方便。"小秋笑道："话是不用多问了，我全知道了。不过夫子有桑中之喜，又有家法之惧吧？我在三湖的时候，何以没有听到一点消息？"玉坚笑道："'桑中'两个字，我是不认可的，她自己是有父母之命的了。在前一个月，她母亲送她到外婆家去，这里就代替了她外婆家。"小秋道："那么，你自己呢？"玉坚搔搔头，嘴里又吸了一口气，笑道："你看我这事怎样向下做？我想着在家严面前罚跪两个时辰，大概木已成舟，家严也就只好收留了。其实我还不愁的是将来，就以目前而论，把家里带来的钱都已用光，今日会见你算我有了救星。"

说着，大妹已经提了一壶开水进来，泡好了茶，而且在屋子里端出四个碟子来，是瓜子、花生仁和干点心。她伸出白手来，抓了一把花生仁，放在小秋面前。小秋由花生仁看到大妹身上，更看到玉坚身上，捏着一粒花生仁，向二人微笑。大妹将茶杯斟了一杯茶，两手捧着送到小秋面前，微笑低声道："李少爷，过去的事，都请你遮盖一点。我自己都忘了吃花生仁的事，你倒记得。是啊，不是我家卖花生……"小秋红了脸，站起来向

274

大妹连作了两个揖，笑道："嫂子，你太多心了，我怎敢说这些话。嫂子……"大妹听到他连叫两声嫂子，扑哧一笑，飘然一掀门帘子躲到屋子里面去了。小秋看看桌上的碟子，问道："你家有客来吗？"玉坚笑道："有客，客现时在屋子里坐着。"小秋笑道："你们的日子过得舒服，成了那句成语，东西是咄嗟可办。"玉坚皱了眉头子道："你还说那话？怎么我说见了你，就是救星到了呢？"

正说到这里，里面屋子里可就说了话了："喂，你进来，我有话同你说。"玉坚问了一句什么事，人就走了进去。他进屋去以后，便听到大妹喁喁地说上了一阵。玉坚笑着说："那要什么紧，我的事瞒不了他，犹之乎他的事都瞒不了我。"又听到大妹轻轻地喝了一声道："自在一点，有客。"于是接着嘻嘻地笑上了一阵。小秋听着，伸手到碟子里去摸花生仁，忘记缩了回来，只管偏了头，向里面听着。但是手里有些湿黏黏的，回头看时，倒是手在绿豆糕碟子里，把两块绿豆糕捏得粉碎。自己赶快缩了回来，由袖笼子里掏出手绢来，将两手乱擦。因为玉坚没出来，便打量打量他的屋子，坐的这地方，是一张二开的赣州广漆桌子，配上两把围椅，正中墙上，挂了一幅《待月西厢图》，两边配一副小小对联：不俗即仙骨，多情乃佛心。方桌上罩了一长条琴台，上面放着胆瓶时钟瓷屏果盘。靠窗一张书桌，一方古砚一个笔洗，里面养一撮蒲草，一个笔筒。而最不伦的，有一面小镜子，上面一个绣花套子套着。书桌右横头是两个书架，堆满了书，在书堆上面发现了两本女子小学国文教科书，还有一本《绘图新体女儿经》。左头有把小围墙，上面放了一只圆的针线簸箕，便想到玉坚在那里看书的时候，大妹必是在那里做针线。在那窗户格子上有两个时装美女纸模型。在纸和颜色方面，可以看出来，这是在印刷的广告月份牌上用剪子剪下来的。两个纸模型，正对了玉坚的座位，这好像在屋子里无事，就找些小孩子的事闹着玩。

小秋只管是这样地出神，便听到了身边哧哧的笑声，回头看时，玉坚被一只白手，推出了门帘子来。小秋笑道："你们闺房之乐，甚于画眉。"玉坚笑道："她小孩子脾气，很不好对付。"小秋笑道："我得了一个诗题了，见人由红门帘内推出来有感。"玉坚偏着头向屋里叫道："喂，出来吧，我留李少爷在家吃午饭了，你也应该做午饭去。"大妹隔了门道："你不是说到饭馆子里去叫菜吗？"玉坚道："但是筷子碗你是应该预备吧？"大妹手理着鬓发低头含笑走了出来，正要出房门去。小秋站起来道："嫂子请转，我有话请教。"大妹站住脚，睃了一眼道："我不要你那样叫我。"小秋道："那我怎样叫法呢？我正要问你们，何以这样不开通，彼此还是叫喂。"玉坚道："她一个内地初出来的人，你叫她学时髦，那怎样成？将来在省城里住得久了……"小秋抢着笑道："我晓得，将来是小孩爹、小孩娘。"大妹红着脸道："李少爷总不肯说好话。"说毕，一低头就向外跑出去了。她跑出去之后，却听到她在外面又叫道："喂，你出来，我有话和你说呢。"玉坚跌脚道："嗐，人家正是在这里笑你叫'喂'，你偏偏地还要叫'喂'。"不过他口里虽是这样说着，人却是依然走了出去。

出去了好一会儿，玉坚才回来。小秋笑道："在屋子里闹着不算，你们还要闹到天井里去。"玉坚笑道："假使那一位嫁了你，你那闺阁风光，岂不更胜这十倍吗？"小秋这就收住了笑容，长长地叹了一口气，皱了眉头道："我本来把这个人已置之度外去的了。不想她又叫毛三叔带了一封信来，说她大大地病了一场。我是急于要知道个详细。"玉坚笑道："刚才她在外面低声和我说的话，就是这个，已经派人叫毛三叔去了。她是想得很周到，她说毛三叔来了，我要闪开一边。"小秋正色道："我的事，是不能瞒你的，说一句老套头，总也是发乎情止乎礼。"玉坚没有说什么，坐下来嗑瓜子。

不多一会儿听到毛三叔在外面道："不想李少爷先来了。"说着，便笑了进来。小秋笑道："毛三叔，你的量真大，屈少爷把府上姑娘拐到省里来了，你倒一点不怪他。"毛三叔搔搔头苦笑着，玉坚红了脸道："你这话太言重，其实她是她令堂送到省里来的。"小秋拖了一张方凳子在桌子横头，拉了毛三叔坐下，笑道："我是说笑话。其实你是个胸襟最宽大的人。"毛三叔道："我现在栽过大跟头，我就明白了。世上原要郎才女貌，才会没事，茄子就只好配冬瓜。像我……"玉坚抓了一把瓜子，塞到他手上，笑道："不要说那些。李少爷等着你报告情形呢，你说吧。"玉坚说着，站了起来。小秋道："你真要避开吗？"玉坚道："我也应当帮着她把饭搬出来吃，已经快一点钟了。"说毕，他还是走了。

这里毛三叔嗑着瓜子，就把春华吐血，以及睡在五嫂子家里的话，详详细细说了。但是说那原因呢，不过管家来了两个人，并没有什么大事。小秋道："她何以病在五嫂子家里呢？"毛三叔道："我们大姑娘，为人是很斯文，心可是很窄，她要看到管家来的两个人，会气死过去的。"小秋道："你这话就不对。她既是现在连管家来的人都不愿意见面，将来要把她送到管家去，那还有人吗？我想她病在五嫂子家里，一定还有别的原因，你何不对我实说？"毛三叔道："咳，李少爷，我这就是什么话都对你实说了。当我走的那一天早上，她让五嫂子追出来，叫我对你说，病已经好了，免得你着急。"小秋道："你为什么不那样说呢？"毛三叔道："可是五嫂子又对我说，还是实说吧。我也不明白，这是什么缘故。"小秋怔然地听着，许久没有答复。

一会子工夫，玉坚引着饭馆子里伙计，搬上饭菜来了，小秋也拉了毛三叔一块儿吃饭，但是大妹搬了一个矮凳子在一边坐着。捧了水烟袋在手，搭讪着学抽水烟。小秋笑道："现时男女同席吃饭，在省城里已经很平常了，为什么不同吃？而且我们也不算是外人。"玉坚笑道："你不要把她当时髦女子了，你越是这样，让她越难为情。"小秋笑道："你以为你们还是一对老古套吗？"玉坚不好答复，只是低了头吃饭。大妹也站起来，放下了水烟袋。小秋道："不必回避了，我有话请教呢。我不再说笑话就是。"因把毛三叔的话，学说了一遍，向大妹道："你和她是好姊妹，你总可以猜出来，她为什么偏病在五嫂子家里？"大妹坐在小矮凳子上，两只手抱了右腿偏了头一想，微笑道："我是知道一点，怕现在并不为的是那件事。我不说，我不说，说给你听了，你更要心急。"她说着只管摆头，将两片秋叶耳环，在脸上乱打着，真增加了许多妩媚。她本来坐在玉坚身边，玉坚回转身去，将筷子头，在她脸上轻轻地掏了一下，笑道："你说就说，不说就不说，这样说着，不是有心撩人家吗？"大妹猛然将身子一扭，鼓了嘴道："我娘家人在这里呢，你还要欺侮我吗？"小秋放下筷子碗，站起来退后一步，向玉坚深深作两个大揖笑道："你心里很明白，我看到你们这样子，又羡慕，又妒忌。你还故意地做出这些样子来，这合了《六才子》上那句话：蘸着些儿麻上来。"玉坚笑道："你坐下吃饭，我们规规矩矩谈话就是了。喂，你说吧。要不，他又说我们撩他。"

大妹叹了一口气道："其实，女子不认得字多好。他总劝我读书写字。春华姐就为了读书写字，心高气傲，瞧不起那管家。李少爷还没有到学堂里去读书之时，她就闹过好几场。虽是借了别的缘故，师母为人，是很精明的，她就看出来了。依着她的意思，不让春华念书，就把她送到管家去当童养媳。后来是相公说，两家都是体面人家，这不大好。而且十个童养媳有九个是夫妻不和的，也犯不上那样。师母也不能太违拗相公了，只好搁下。但是师母一到生气的时候，就有这种心事的。我想管家有人到了相公家，师母倒愿意春华病在五嫂子家，那准是又商量这件事。"她说着，毛三叔回过头来，连连地看了她几回。小秋这就更觉得疑心，立刻颜色不定，把碗放了下来。玉坚道："不会这样办的。就算真的这样办了，你又有什么法子？难道心里难过一阵，救苦救难观世音，就会出现不成？"小秋道："话不是那样说。你怎么知道木已成舟了，别人是没有法子的呢？果然木已成舟了，你想春华又有什么法子吗？"毛三叔道："目前，是不会有什么事的，因为大姑娘病着呢，还能把个病人向管家抬了去吗？将来可就难说。"玉坚笑道："那么，亡羊补牢，小秋就赶快地想法子吧。"小秋听过他这话，心里微微地动了一下，但是有许多话要说，可没有说出来，却沉静着把饭吃了过去。

洗过脸以后，小秋握着玉坚的手道："这里不远就是滕王阁，我们上去看看，也好让令正吃饭。"玉坚向他看看，便同他走出来。到了滕王阁，并没有什么游人，阁下过庭里，有两个提篮子的小贩，在砖块地上睡觉。转过壁门，扶着板梯上阁子，扑棱一声，几只野鸽子由开的窗子里冲了出去。楼板上倒也不少的鸽子粪。小秋道："这倒很好，连卖茶的都没有了。"说着，走到窗槛边，向外看去。

这里正当章贡二水合流之处，河岸边的船，是非常之多。只因这纯粹东方旧式的建筑，阁子的窗槛，就在下层屋瓦的上面，下层屋瓦，正把阁下的河岸挡住了，所以看不见船，只有那船上的帆樯，像树林一般，伸入半空里来。对面小洲上，一丛杨柳掩藏着几户竹篱笆人家。在小洲以外，浩浩荡荡，就是章江的水色，斜流了过去。更远，洲树半带了云雾，有点隐约。一带青绿的西山影子，在天脚下，挡住了最远的视线。玉坚拍了窗槛道："有人说，滕王阁是空有其名。我想，他一定是指这阁子上面而言，以为不过是平常一个高楼，并没有什么花木亭台之胜。其实这个地方，是叫人远望的，你看，这风景多好，真是阁外青山阁下江，阁中无主自开窗……咦，小秋，你怎么了？"玉坚伸手将小秋的肩膀挽了过来。见他的眼眶子，却是红红的。便道："你也太作儿女之态，为什么哭？"小秋揉着眼睛笑道："我哭什么，我望呆了，有些出神。本来，你这一对年少夫妻，哪个看了不爱。你说，见了我是你的救星到了。现在应当反过来，说你是我的救星了。这里无人，我问你，你答应我一句，你能不能帮我一个忙？"玉坚道："我说你是救星，无非想和你借几个钱而已。你叫我怎样地救你？"

小秋向上阁的楼口上看了一看，这才道："你能这样做，我就不能这样做吗？你不是打算回三湖去吗？我想请你由五嫂子那条路，和她暗地里通个信，问她能不能像尊夫人一样，跟我走。她如是肯的话，我就去接她。"玉坚道："你不行啊，我在省城里，可以另住，你怎样可以另住呢？而且春华是不能和我那一位比的，人不见了，她家必追究，万一败露了，不但是你不得了，先生和令尊的交情，请问又怎样处之？"小秋道："这一层，当然我是顾虑到的。你以为我还在江西住着吗？我决定带了她到开封去。回开封去，我家里还有很好的房子可住，在家乡钱也总有得用。读书，在开封进学堂，我是本省人，也许比在南昌还要方便。到了开封以后，我再详详细细写一封信给家严，千里迢迢，也不跪也不用罚，家严也只好答应了。只是对姚府上怎样处置，现在还想不到。然而哪里顾得许多，只好走到哪里是哪里。"玉坚沉吟着道："果然，这样做法，倒也是个路子，只是……我也说不出所以然，不过，我想着，天下总没有这样容易的事。"小秋道："你觉得难在哪里呢？"玉坚抬着头望了天，只管用手搔着头发，然后摇摇头道："我倒是想不出。"小秋道："自从我到了你那藏娇的金屋里，我就想到天下并没有什么大不了的事，都是为了人不肯拼命去干，我这回是拼命了。"说后把脚一顿。玉坚身靠窗槛，向他微笑。小秋道："你不要说我这是玩笑，我是决定了这样办。你不能和我做一回黄衫客吗？"玉坚笑道："她倒有些像霍小玉。只是你非薄情的李益。老老实实把我比昆仑奴好了。"小秋皱了眉道："我实在没有心谈典故。你到底干不干？"玉坚道："我回三湖去，是想在家里弄点钱出来，自己看看，这事很为难，怕家严问我，何以出来这久，钱就用光了呢？遇见了你，想问你通融几个，就不打算回去了。"小秋道："我若有钱，我自然会帮你的忙。但是你能在家里再弄几文出来，钱多一点，那不是更好的事吗？"

玉坚双手扶了窗槛，望了外面的风景，许久不作声，突然地转脸向小秋微笑道："钱呢，我是可以在家里弄一笔钱出来的。但是我怕弄到钱之后，伤了我父母的心，省城里或者也会站不住脚的。"小秋道："那要什么紧？你可以跟着我，一块儿到开封去玩玩。我家里的房屋多极了，现在全是用人在那里住着。假如你不嫌弃，就是在我家住三年五载，我家也不在乎。家伯父和家父在江西候补，都是十几年不回去一次的人，准保他们不会知道。"玉坚正色道："你这都是真话？"小秋道："我们也有半年的交情了，你看我骗过你一句话没有？"玉坚突然兴奋起来，跳脚笑道："若是有这样一个好地方藏身，我就可以放了手做事。那么，我们这事什么时候动手？"小秋道："越快越好。最好你明天就坐夜行船走。同时我在省里也预备起来，只要她答应一声走我就包一只船，在三湖对岸永泰等着她。她上了船，顺流而下，到了南昌，就停在这河街边，你把人也接上了船，我们不要耽搁，立刻走吴城也好，走九江也好，上了大小轮船，他们到哪里去寻找我们？由汉口回开封，我走过一次的，一切我都在行，还有什么难处？"

玉坚听了这样好的妙策，只觉满心搔不着痒处，乱搔着头发笑道："若是真能办到这个样子，岂不是快活死人？我明天就走。只是她，一天没有离开过我。不管了，毛三叔是她娘家人，让他照应几天就是了。我去以后，最好你每天能来我家一次，我自然随时有信来，得了确实消息，我立刻回省。大家不要错过了机会。"小秋道："那自然，机会一定有的。因为我既然走了，姚师母是不会提防她的。"两人一商议之下，觉得这条计面面俱到，对面笑着，非常之有趣。玉坚正色道："交情归交情，买卖归买卖。我先说明，一路的用费，我们两个人共摊。就是到了开封，住在你府上，我也应当出房租。"小秋拍着他肩膀道："我们是共患难的朋友，你何必计较这些。"玉坚道："你府上不是有用人吗？我想到了开封，不像在南昌，什么地方是生疏的，总还要你吩咐用人，遇事多帮一点忙。自然，我们也不能叫人家白白地做事，每月我可以给他们点钱打酒喝。"小秋道："这倒不必客气，我家的用人，都是做事多年的，他们在开封和我看守老家，也和我家里人一样，我吩咐他们招待客人，他们怎好不管？要如此分彼此，以后的事，倒不好办了。"说着说着，玉坚又伸手搔起头发来了，笑道："我是无所谓的。就不知道她，服水土不服水土，不过她们有一对姊妹在一处就好办了。我想，江西的瓷器夏布还有茶叶，都应当预备一点，好去送人。"小秋道："你在那里，没有一个熟人，带土产送人做什么？"玉坚笑道："往后你的故乡人，就会有我的朋友了，我应当预备的。想不到我居然有到中原去看看的机会，第一是长江，不用说，马上可以要饱游一番了。就是黄河之水天上来，我也要看看是怎样的来法。"小秋向他看看，见他在阁子上走来走去，满脸都是笑容，自己也就想再和他讨论一些北去的事。无如事不凑巧，竟有七八个游人，一拥上楼，有说有笑。两人对望着，觉得不好再谈心，只得相率下楼。

玉坚走得很快，三步两步，就跑回家里。不曾进得屋子，在门外就拍了手道："好了，好了，什么事情都有了着落了。"大妹用过饭后，和毛三叔在谈着家常，觉得小秋这人很多情，无如春华又太薄命，两人偏偏让他遇到，正叹着气呢，玉坚这样地叫了进来，她倒有些愕然，站了起来，向门口望着。玉坚跳了进来，又向她一拍手笑道："这太好了，我们可以到北方去看看了。"说着就扯了大妹的衣袖道，"你愿不愿出远门？对你实说，我们要出远门了。"大妹看看他，又看看他身后站的小秋，只是微笑，便道："你们怎么这样地高兴，在哪里捡着米票子回来了吗？"玉坚先跑到里面屋子里去，一手掀着门帘，一手向她乱招着，而且还笑着点点头道："你进来，我有要紧的事和你说呢。"大妹睃了他一眼道："你这是怎么了？人家正在笑我们，你还要做出这种样子来。"玉坚笑道："不，这次我们是正大光明的事，并非闹着玩。"大妹红了脸道："哪个又和你闹着玩过呢？"说着，身子一扭，将头偏了过去。小秋笑道："老屈，就因为你们笑笑闹闹，我才急出这三十六计来。你还要这样闹，我非立刻跳河不可。"玉坚笑道："我就是这样说两句私情话，你何至于跳河？人家整日成双作对的，你看了，不要立刻就气昏了吗？"小秋道："虽然是正当的事，可是你不该做出那样子来说话。"毛三叔忽然插嘴道："李少爷，我要出家去做和尚了。"小秋倒怔住了，问道："你不用忙，我们的事有了办法，你的事自然也会有办法。"毛三叔摇摇头道："不，不，不关我的事。我现在想明白了，这个世界是你们的世界，我们还在红尘混什么？自己的老婆都混到别人家里去了。我越看你们年轻人你恩我爱，我心里越明白了。"他说毕，一阵哈哈大笑。他笑得很厉害，连眼泪都笑出来了呢。

第三十回

此姊妹为谁红丝暗引
使父母谋我热泪偷垂

年轻的人视天下事如不足为，在每一个计划由脑子里发现了以后，跟着也就想到那件事成功时候的快乐。这要有个年纪大、经验多的人，说一句"少不更事"的扫兴话，必定也是遭着青年人的白眼。当天屈玉坚和李小秋那番逃上河南的计划，都觉不错。毛三叔虽然比他们能见到一些，他正要靠着李小秋给找出路呢，他倒说正是他们青年人的世界，他不行了，要做和尚去。玉坚向小秋笑道："毛三叔虽是一句笑话，我们倒也不可妄自菲薄，古来人为了年少出去打江山，后来争出一番功业来的人，也就多得很。安知屈玉坚将来不会衣锦还乡？"小秋道："虽不敢说将来一定会干出什么事业来，反正我们不是傻子，总不至于饿死，计划就是这样。我已经出来了大半天，再不回去，家伯父问起来，我倒很不好答复。明天我若不出城来，后天我一定出城，你不必再等我什么话，只要有便船，你走就是了。"玉坚昂着头想了一想道："说到一声走，我倒好像有许多事，要交代一番。可是我仔细想想，又没有什么事。"说着，两手不住地抓手挠腮。小秋道："你有什么了不得的事，无非是怕我们这位新嫂子一人太孤单。这里有她自家叔叔在这里，你还有什么不放心的？省城里是有王法的地方……"

大妹这就笑着插嘴道："你两位少爷，谈来谈去，就谈到我们这黄毛丫头身上来。"小秋笑道："小嫂子，我们这是好话。说玉坚怕你一人在省城里嫌孤单，这还不好吗？"大妹鼻子一耸，将手指了鼻子尖笑道："姓姚的姑娘不含糊。若是没有胆子，不敢到省里来了。"玉坚将右手向她面前一扬，中指和拇指弹着，打了啪的一下响，笑道："你倒说得嘴响。"大妹捏了个小拳头，高举过额角，瞅了他道："哼，你在我面前动手动脚，我要当了我娘家叔叔的面，教训你几下。"小秋深深地作了两个揖，笑道："今天到这里来，为了你两个人亲亲热热的样子，闹得我这颗心简直没有地方安顿。你再要向下闹，我要发狂了。打搅打搅，改日再见。"说着，就向外走，玉坚总还是觉得有话没说完，跟着后面步步柜送，带说着话，直送到城门口，方才回去。

这样一来，小秋走路的工夫，是越见得延长。想到回家去，伯父申斥两句，也都罢了，伯母必是要盘问出去这久是什么缘故的。走着路，也就不免暗拟了一篇谎话，预备×伯母说。走到家门外，这却不由自己一怔。在自己家门口出来两个女学生，身上穿着淡蓝竹布长衫，头上梳着长辫子，扎一截黑绒绳的辫根。尤其是在放脚不曾普遍的日子，这两个女生，穿着黑绒靴子，最好认不过。据传说穿黑绒靴子是仿北京旗人的派头，是极时髦的装束。平常的女生也不过穿漂白布袜子、青布鲇鱼头鞋而已。小秋发着怔，心里也就想，这两位女学生，莫非走错了门径？因之也不走向前，且闪在一旁，看她的动静。就是在这时，这两个女生，慢慢地走到面前来了。一个约莫有十七八岁，一个十五六岁，在她们的耳朵上，都还套着两个金圈圈，在这里表示，她们还是有钱的人家。那位十七八岁的，对路边站着一个青年，似乎有点异样的感觉，因之在低着头走过去的当儿，还很快睃了一眼。小秋也不敢说她这就有什么意思，不过她好像知道这是李家人似的了。因为她是迎面走来，而且是由家里走出来的，不知道她们是什么人物，没有敢面对面地望着。等到她们走过去之后，这才向她们身后看去，觉得那个年长的，态度很是矜持，或者知道有人在偷觑她，也未可知。自己站在原地方呆了一呆，这且向家里走来。

进门之后，首先是打听伯父在家没有，所幸伯父今日事忙，由抚院回来，不多大一会儿工夫，他又走了。这且不惊动人，悄悄地就向书房里溜了进去。隔了玻璃窗户向外张望，也没有人留意。心想，这到可以混赖一下，就说是早已回家来了的。随便拿了一本书放在桌上，展开来做着样子。刚坐下来，不曾看得半页，女仆就来说："太太请侄少爷去说话。"小秋道："我早已就回来了的，看了大半本书了。"女仆道："太太请你去。"小秋放下书本子，跟着走到伯母屋里，见小桌子上，有三盏盖碗茶、四个干果碟子，地下颇有些瓜子皮。在这些上面，知道这里是刚刚款待客人过去了的。杨氏抽着水烟，笑问道："你怎么不早一点回来？"小秋道："我回来好半天了。"杨氏微笑道："你是什么时候回来的，我都在所不问。我问你一件事，刚才我们家出去两位小姐，你碰见了没有？"小秋这倒有些摸不着头脑，踌躇着道："我们家来客了吗？我倒没有理会这件事。"杨氏笑道："自然你不会理会有客来，我只是问你，看见那两个女学生出去了没有？"

小秋见伯母把这件事这样地郑重问着，心里就有些明白了，因点头道："是的，我看见有两个女学生，由我们家出去。"杨氏捧着水烟袋连连吸了两口，喷出烟来笑道："这我可以告诉你的，这是我们同乡陈老爷的两位小姐。陈老爷做京官多年，说起来他们规矩极重，可是又很开通，所以他家两位小姐，都在女子师范读书。"小秋不解伯母何以突然谈起别人的家常，既是伯母已经说了，却又不便拦阻她不说，因笑道："哦，是这样，以前倒没听到说过。"杨氏道："陈老爷是到江西来两年了，家眷可来的日子短。这两位小姐，我真爱饱了，那样斯斯文文的。可是有一层，就是这两只脚，说大也就太大了，大得像男孩子一样。"说时，皱了眉头子。可又笑着。小秋不知道伯母究竟是什么用意，凭空谈些别人家的闲话，只好垂手笔直地站着，将话听了下去。杨氏把话说完，吸了两袋水烟，似乎有许多话藏在心里，想说出来。不过她把烟喷出来以后，脸上怔了一怔，好像又想起了别一件事，因之把烟袋放下来，向他笑道："你今天一天没有看书了，到书房里看书去吧。"小秋本想问一句，伯母还有什么事没有，只是看看杨氏的态度，不好怎说的，只得答应了一个"是"字，自向书房看书去。

过了一会儿，小秋的妹妹玉贞手掀了门帘子，伸进头来，向里面望着又来打搅了。这个妹妹十三岁，很聪明。依着河南的规矩，七岁就包了脚的。但是仲圃所跟随的几个上司，都是谈时务的，放脚、停止科举、变法、戒烟，这些问题，常常谈到。仲圃不好意思口是心非，两位小姐也都让放了脚。所幸杨氏常和几位旗族太太往还，对于这件事，没有十分留难。只是送小姐进女学堂这件事，仲圃认为不必。所以两位小姐都在家里。大小姐已经二十二岁，自幼在大家庭里过，念了一肚子的旧书。诗作得好，字也写得好。但是过去了的人物，早已不再读书。二小姐还小呢，曾请了个老学究，在家里教了两年，今年二小姐年纪更大些，仲圃怕她会染着女学生的时风，也就不念了。自从小秋来了，二小姐玉贞，也常跟哥哥念几句书。

这时她将一张雪白的小脸在门帘子缝里张望着，小秋就招手道："小妹，你来，我们下一盘隔子打炮的棋玩玩。"玉贞跳了进来，用手指点着他笑道："你都快娶媳妇了，还下这小孩子玩的棋呢。"小秋见她穿的蓝竹布褂子，齐平膝盖，露出白洋纱裤子，青缎子鲇鱼头鞋，漂白竹布袜子，长辫子，在鬓角上另挽了个小辫，扎着黑绒绳，因笑道："妹妹全身打扮，都仿的是女子小学堂的样子。哟，抹这一脸的粉，也没有抹匀。"玉贞扭着低头一笑道："哪个要抹粉？娘说，家里有客来，虽然比不上人家，也别弄得黄毛丫头似的，一定让我扑上了一点粉。其实女学生都不许擦胭脂粉的。"小秋将坐的椅子，搬着扭转过来，向她笑道："那两个女学生，怎么到我们家来了？"玉贞笑道："你这不是明知故问吗？娘请了她们来，是让你相亲的，偏偏你又不在家，急得我跑到门口看了好几回。我又怕娘骂，不敢在门口久停。"小秋笑道："小姑娘，可别胡乱说。做姑娘的人，哪里能到人家家里去相亲？"玉贞道："她们自然不是相亲来的。因为我娘托人到陈家去说，我也要进女学堂，请她们来问问学堂里的情形，自然，她们不能不来。可是人家初次来做客，也不好意思久坐，所以谈一会子就走了。你猜，娘真是为了让我进学堂，把人家请了来的吗？"她说着，手扶了桌子角，直望到小秋脸上来。小秋笑道："我怎么猜？请人家来，我不知道。送人家走，我也不知道。"玉贞两只脚乱跳着，将右手一个食指，在腮上连连地爬着道："没羞没羞，给你说老婆了，你还不知道呢。"小秋笑道："你羞得我太没道理。我不知道，有什么可以害羞的呢？"玉贞道："你知道什么，你不知道什么，你说你说！"说时，两手扶了桌子角，只管蹦跳着。

小秋站起来，笑道："你沉静一点，行不行？"玉贞道："我沉静什么？我也没闹呀。"小秋点点头笑道："你还没闹呢。你来做什么的，你说。没事你就出去玩去，我还要看书呢。"玉贞将嘴一撇道："你又假用功了。我进来干什么？我不知道，不是你招着手叫我进来的吗？"小秋这倒没有什么话可说了。起身倒了一杯茶，慢慢地呷着，靠了椅子背，向玉贞望着，问道："你还淘气呢，你看今天来的那位小姑娘，比你也许还小些吧？可比你斯文得多呢。"玉贞道："什么呀？你别看她那小个子身材，可比我还大两岁呢。"小秋道："那么，她十五了。她的姐姐可就比她大得多，总有二十开外了吧？"玉贞道："你这人眼力真是不行，一会儿看得太小，一会儿又看得太大。"小秋放了茶杯，坐下来，随便翻着桌上的书页，问道："那么，她是十八九岁。"玉贞又把一个食指点着他笑道："告诉你吧，她和你是同年的，四月八日的生日。"小秋笑道："怎么连她的生日，你都打听出来了，你真行。"玉贞道："我怎么能打听人家呢？都是娘留着她姊妹两个谈天问了出来的。你别看书，我问你话。"说时，伸了两手出来，将书本按住了。小秋道："你说你的话，我看我的书，你为什么在这里胡搅？"玉贞道："你不听就罢，我才不爱跟你说呢。"说着，一扭身子，就要向外面跑了出去。

小秋伸手将她拖住，笑道："你别跑，我问你一句话。"玉贞虽是被他拖住，依然做个要走的样子，扭转头来道："有一句什么话？你就问吧。"小秋笑道："问两句行不行？"玉贞一甩手道："别拉拉扯扯，有话就问吧。"说着，可就垂了眼皮，鼓了嘴。小秋笑道："这孩子倒拿起娇来了。你坐下，我们慢慢地说。"于是拉了她在对面椅子上坐着，自己也坐下了。玉贞挽了辫子梢到怀里来玩弄着，鼓了嘴道："这个样子看起来，又不是问两句了。"小秋翻了两页书，见玉贞还鼓着嘴呢，这就把书收起来，用手按着书面道："你刚才说的话，从何说起呢？"玉贞扭着头，问了一句"什么？"小秋顿了一顿，笑道："你说是娘把人家请了来的，那意思，是你所说的吗？"玉贞忽然笑起来，又把手指连连爬着脸道："不害羞，不害羞，自己都问出来了。"她连说了几声不害羞，就跑走了。小秋不能追着问，只好罢休，不过心里明白了八九成了。

到了吃晚饭的时候，仲圃还没有回来。大小姐玉筠坐在他对面，吃着饭时，不住地向他微笑。小秋道："大姐只管对我笑什么？"玉筠并不理他，却掉转脸去问杨氏道："弟弟是什么时候回来的，遇着了吗？"杨氏道："大概遇着了吧？"玉筠将筷子扒着碗里的饭粒，问道："娘的意思是在大的，还是在小的？"杨氏道："当然是大的，性情儿、模样儿，都不坏。"玉筠道："只是她们染着旗人的派头不少。她们又不是旗人，何必那样？"杨氏道："做京官的人，都有这样一个脾气。以为学了一点旗人的规矩，他们就有官礼了，这也无非为了皇帝是旗人的缘故。"小秋这就板着脸道："我们汉人就有这种奴隶性，有道是汉人都学胡儿语，争向城头骂汉人。"玉筠道："兄弟，不是我说你，你少买革命党康有为那些人的书看。我们家世代书香……"小秋连连摇着手笑道："姐姐，你少说这些。论到《礼记》第几章、《诗经》第几篇，这个我闹不过你，你可别和我谈时务。革命党出的书，天天骂康有为呢，你怎么说康有为是革命党？"杨氏倒是讶然，睁了眼道："康有为还不是革命党吗？革命党都是些什么人呢？少谈这个吧，你伯父听了这个会生气的。"玉筠笑道："娘，你没有懂得兄弟的意思。他这是绕了弯子说话。他不喜欢那姑娘有旗人家那富贵派头。"杨氏听了这话，就向小秋脸上望着。小秋不敢多申辩，只好低了头去吃饭。

饭后，小秋对于伯母昨天晚上的话，和今天所做的事，一齐都很明了，但不解在伯母心里，为什么要这样子去做。无论如何，现在自己心上，只能安着春华一个影子，不应当让别人来摇动这颗心的了。任他这样想着的时候，当天晚上，又把春华寄来的信，偷看了几遍。他看信的时候，不过是掩上了房门，背着灯光看。而同时在两百里路以外，那个写信给他的春华，也在偷着看信。她偷着看信的举动，是更为严密，将烛台放在床中间席子上，垂下了帐子来看。假如有人在窗子眼里张望到，她可以说，这是捉臭虫，自然也就不会引起什么人疑心的了。

原来她在五嫂子家里住了一晚，被廷栋知道了，他很怪宋氏，说一个大姑娘，没有母亲带着，无论在什么地方，也不应当住下。因此宋氏将管家请来的媒人打发走了，立刻把春华接回家来。春华探望着父亲的病，并没有多大的起色，看去怕是要拖成一个老毛病的，心里纵然有十二万分委屈，也不敢在父亲面前再露半分颜色。在回家的前两天，也不觉得有什么分外的情形。可是到了第三天头上，自己身子困极了，睡了一场午觉。醒过来，想起大半天，没有到父亲屋子里去张望，这又是不对的事。将冷手巾擦了一把脸，穿过堂屋，走向父亲屋子来。姑娘这样大了，父亲房里不好随便闯了进去。因之走到房门外，就顿了一顿，打算做出一点响声，向父亲通知过了，然后才进去的。可就在这时，听到父亲问道："春华呢？不要这时候她来了。"又听到母亲道："那丫头倒是真有病，又睡了。"廷栋道："那个有病，她又有病，怎好让她去？"宋氏道："你是天天在书上找孔夫子的人，哪里知道这些事情？把她送过去了，她心无二用，自然不生病了。要不然，她的病不会好，你的病也不会好。这总是我不会做娘，没有把女孩子管得好，把你气成这一种心口痛。现在既是有了法子了，就不会再受这丫头的磨折，以前的事，你就不必去回想了。"廷栋长叹了一声，接着道："以前你总怨我不该让女孩子读书，我说你是偏见，现在细想起来，你的话是对的。她若是不识字，就不会弄那些吟风弄月的事情，太太平平地过日子，我哪里会害这场病。"

春华站在门帘外听着，人几乎晕了过去，想不到父亲也说女孩子读书不好。立刻扭转身走回房去，坐在床沿上，对了窗子外小天井里的白粉墙，只管发呆。这就想起了一件事，记得祖母说过，有一个姑母，十九岁的时候就夭亡了。据说她在生的日子，终年地害着病。可是虽然终年害病，但是总在这间屋子里，并不出房门一步。祖母到如今，说起来还是流着眼泪。说是那个姑娘太好了。于今想起来，那个姑娘恐怕也就是和我一样，闷死在这屋子里的。我自从不读书，天天在这里坐着，抬起头来，就看的是对面那堵墙，低下头来，便是那桌面大的天井，石板上长满了青苔。人越闷，病越重。父亲倒说不该让我读书，换言之，就是让我做个愚夫愚妇，养猪一样，把我养大了，向婆家一送，他们做父母的，就算是尽心了。好在我已经念过书了，这也不去管他。就是娘说，对我已经有了法子了，但不知是什么法子。现在已经把我关起来了，像坐牢一样，再要弄新的法子出来，那除非是用毒药把我毒死。我想，总也没有犯这样大的罪。娘说，把我送过去，莫非依了娘常骂我的话，当童养媳送了出去？春华想到这里，不坐着，就倒在床上了。把站在父亲门外偷听来的话，从头至尾，再想上一遍。只一盏茶时，心中一阵悲愤向上一涌，哇的一声哭了出来，翻一个身，泪流到枕上，并不用手去摸擦。自己不知道哭了有多久，只是脸在枕头上，换了三个地方。嘴唇皮因为呜咽着不住地抖颤，竟有些麻木了。

忽听得咚咚咚，地板一阵响，转过脸来看时，却是祖母站在床面前，她将手上的拐棍，在地板上，顿着咚咚作响。颤巍巍地轻声喝道："丫头，你还要闹吗？你爹让你气死过去了。"春华猛然地止住了哭，一个翻身坐了起来，问道："我睡在床上，房门也没有出，什么事，又受了我的气了？"姚老太太道："你还不知道呢，街上有人造出谣言，说是你父亲要悔管家那头婚，把你重新择配。话是远房里的七叔公在街上酒店里听来的。他来看你爹的病，把话告诉你爹，你爹立刻心口痛得床上乱滚。你娘好容易把你爹劝得心平气和了，你又在这里哭了。"春华心里动了一动，忽然改口道："那也是我爹太爱生气了，外面的谣言有什么可听的。人家说我们家做强盗，我们就是强盗吗？"姚老太太道："你还犟嘴呢，这话就是毛三婶说出来的。"春华心里怦怦乱跳着，同时，脸上跟着出汗，问道："她说了我一些什么？我以前待她很不坏呀，她不应当说我什么。"姚老太太道："她倒没有说你本人怎么样，只说我们家嫌管家孩子不好，打算要悔婚。这不是从半天里掉下来的冤枉吗？我们家谁会有这样的意思？"春华低了头，却是没有作声。姚老太太手扶了拐棍，挨着春华坐了，向她道："人家说，读诗书，明礼义，你是该明礼义的人。你想，你爹对我多么孝顺，连重声说话，在我面前也不敢说出来。你做女儿的人，在爹娘面前的日子短，你就更应该孝顺，不该一点不明白，终日里总是这样哭哭闹闹的。我问你，假如把你爹吵出个三长两短来了，我们这一家，老的老，小的小，你看怎得了？"春华道："婆婆，你可不要把这个大题目来压我呀，我怎受得了呢？既是我在家里，会把爹爹气坏，那就把我送走得了。"姚老太太道："把你送走？把你送到哪里去？"春华道："婆婆，你是真不知道呢，还是明知故问呢？你们早已有了这样一条妙计了，你以为我不知道吗？"

她说到这里，脸上的泪痕已经是完全干了，走下床来，看着脸盆架子上，还有大半盆冷水，这就把手巾揉搓着，洗了一把冷水脸。而且在小梳妆盒子里，取出一把小木梳来，从从容容地拢着头发。似乎对于问的这一句话，并不怎样看重。姚老太太还坐在床沿上呢，手扶了拐棍，向她很注意地看着，因问道："你在哪里听到这种话？"春华将头发拢清了，斟了一杯茶，坐在姚老太太对面椅子上，慢慢地呷着，淡笑道："若要人不知，除非己莫为。大家算计着我，我又不在十万八千里路以外，天天在一处混，言前语后的，我就听不到一些消息吗？"姚老太太道："你这孩子说话，就是讲这一门子矫理。把女儿送到婆家去，这是做爹娘应当做的事，怎么说是算计你？"春华道："哦，我现在明白了。前两天让我在五嫂子家里过一夜，那就是故意躲开，是那两个鬼人送了日子来了。是什么时候呢？婆婆，你告诉我吧，迟早总是要让我知道的。"

始而姚老太太也觉着可以对她说一点，反正她已经是知道消息的了。现在见她脸上红一阵白一阵，便道："不过有这个意思，哪里就说得上日子呢？"春华放下茶杯，两手握住了老太太的拐杖，连连摇撼了几下道："一定有日子的，一定有日子的，请你积个德，把话告诉我。"老太太道："你这不是胡来吗？逼死我，我也说不出什么日子来呀。终身大事，日子哪里是可以随便说说的。管家果然送日子来，总也要配上礼物，请媒人恭恭敬敬送到我家，那怎样瞒得了你？"春华手放了拐棍，呆了一呆，淡笑道："你还是骗我的话，我娘打算把我当童养媳送出去呢，还要个什么礼物？"老太太两手同扶了拐棍头，仰着脸向她看去，因道："这是哪里来的话呢？把你当童养媳送出去，那是你娘平常生气说的话，哪里能信？有姑娘的人，生起气来，总是这样说的，这也用得着搁在心上吗？我们是什么人家？哪能够随随便便把你送了出去呢？就是你爹娘要这样做，我也不能答应。我们家就是你这样一个女孩子，并没有三个四个呀。你放心，我一定给你做主。"

春华踌躇了一会子，皱眉道："你老人家没有懂得我的意思。这件事，我并不要你做什么主，我也不在乎，我就是要知道个准日子。"老太太道："我也不知道呢，你忙些什么？"春华冷笑道："我忙？我是忙，我忙着好让人家抬棺材来装我入殓，哼，预备棺材抬人吧。"姚老太太向她脸上看看，倒是没有把话向下说。不过劝女孩子做好姑娘的话，引着奶奶经上的典故，却是说了不少。最后，春华向她道："好了，你老人家不用再教训我，我决计做个好姑娘就是了。我在家一天，我总孝顺三位老人家一天。等到大数来了，我是干干净净地带了这条身子去。"姚老太太道："你为什么老说这些话？"春华道："我决不说气话，我敢当天起誓。"姚老太太道："只要你肯听话，那就很好了，何必还起什么誓。"春华笑道："你老都相信我了，那就好了。"姚老太太对于她这样一句话，也没有在意，却以为自己劝说成功了。春华却是根据了要人相信的那句话去做。

自从这日起，当了人的面，春华也不生气，也不发愁，像读书时候一般过活。只是不时在祖母口里，探问出嫁的日子。姚老太太先还推诿，后来就告诉她。总在秋凉九十月里。春华也想到，转眼就是三伏暑天，总没有在这个日子办喜事的，也就从容下来。只是到了每日晚上，关门睡觉以后，那就把一天的态度完全改变，两条眉毛立刻皱到一处，垂了头，侧了身子坐在椅子上，向一盏菜籽油的灯呆望着。没有人来惊动，自己也并不移动。一点豆子大的火焰，一个模糊的人影子，平常的一间屋子，在春华眼里看来，便觉得分外凄凉。坐到了相当的时候，就有两行眼泪，顺着脸流将下来。眼泪由眼睛里出来，是不知不觉的，出来后，泪珠由脸上滚着，滴到衣服上去，也是不觉的，人只是静静地对了那盏孤灯。到了最后，便是找了一个烛头，插在泥烛台上，拿到帐子里去，便将藏在床角落墙洞里的一束信件，在烛光下看。其实她纵然不看，那信上是些什么言语，她也会记得的，因为看得太多，已经烂熟在胸里头了。所以当小秋在南昌城里看她的信时，虽说是其情恳切，殊不知春华的情感悲切，比他超过了无数倍。

夏日本来夜短，春华要等到人都安歇了，她才点了烛头到帐子里去看信，那时间，每每是消磨过了半夜。而乡下人又是起来得很早的，家里人都起来了，春华不好意思还睡着，因之没有睡够就起了床，两只眼睛皮高

290

高地浮肿起来。直到中午，挨着身体不好，再回房去大大地补睡一觉，方才能把精神恢复过来。她每日都是如此，倒让宋氏看在眼里有些奇怪。何以每日中午，一定倦得要睡。有一晚上，春华的眼泪，流得多得过头了，次日起来，两眼又红又肿，自己也觉得看东西不大便利。正想照照镜子，看是什么情形，不想宋氏就在这时走进房来，于是她自己又加重了自己一番罪受了。

第三十一回

获柬碎娘心饰词莫遁
论诗触舅忌危陷深藏

在宋氏这一方面，自己女儿的态度她是很清楚的，但是突然将眼睛哭肿，这必临时又发生了变故，便问道："你昨夜里又为什么大哭？你爹的病还没有好呢，你就不顾一点忌讳吗？"春华道："我并没有哭呀，不过眼睛里面有点痛，也许是害了眼了。"宋氏也不驳她的话，冷笑了一声，在屋子里拿了东西，自去了。春华这就有点疑心娘的话，仔细地对镜子照了一照。不料两只眼睛，不但是肿气，而且眼皮发了红色，犹如两颗小桃子，顶在脸上。害眼睛是没有这种现象的，却不好骗人，于是整日藏在屋里，也没有敢出去。吃饭的时候，推说眼睛怕阳光，也在屋子里藏着。休息了一天，到了晚半天，眼睛就消肿一大半。姚老太太究是疼爱着她，进房来，握住了她的手，偏头向她脸上看着。于是将拐棍抱在怀里，腾出那只手来，将两个指头，在她的眼睛泡上，颤巍巍、轻悄悄地抚摩着。因道："春华，你为什么这样糟蹋你自己的身体？把眼睛哭瞎了，那怎样办？"春华道："我没有哭，我是害眼。"姚老太太道："你就害眼，也是这一程子，哭了出来的。天气这样热，你何必在屋子里坐着，出去乘乘凉去。"春华道："我不热，我在屋子里还可以看看书。"姚老太太道："这更胡说了。你既然是阳光都怕见，怎么还能看书？我知道，你是预备把这条身子毁完就甘心的。来，婆婆说两个故事你听听。"说着，拉了春华就走。春华自己也没有了主意，就低了头跟着姚老太太走了出去。

江南人家的房屋，本来没有院落，只是各家一个天井。三湖乡下的房屋，平常人家，连天井都废除了，所以夏天乘凉的人，都得拥到大门外去。廷栋家虽有天井，但是左右邻居，都在大门外敞地里乘凉，所以姚老太太也是拉了春华到大门外敞地上来。一痕眉毛式的月亮，带了几点疏星，在天幕上斜挂着，照着那黑巍巍的橘柚树林子，在久坐在小卧室里的人眼光看来，便感到一种幽深的趣味。那些乘凉的人，有坐得远些的，看不见什么人影子，只那谈话的人声，在那几点烟火的所在继续发出。在空场里，姚老太太横着竹床，有两个邻居女孩子，带了织麻的夹棍，坐在那里，静等着姚老太太讲故事。对过菜园里豆棚子上纺织虫吟吟地叫着。一阵风来，又把远处水塘里的蛙鸣，呱呱地送到耳里。春华耳目一新，精神觉得很是爽快，这也就忘其所以地在这里坐了下来了。

可是她在这里乘凉，她母亲宋氏始终也不曾出来。春华猛可地心里一舒适，就只管把闲话说了下去，忘了进房去睡觉，直到那北斗七星，横偏在树林子上，人身上也感到凉浸浸的，原来是露水已经下来了，春华这就起身道："婆婆，我们回去睡了吧。"姚老太太道："你进去睡是可以的，不要进房再看什么书了。"春华答应了一声，悄悄地向母亲屋里偷望着，见那窗户边下，依然是灯光灿烂，好像还不曾睡。她想着，母亲未曾出来乘凉，一个人在屋子里点着灯闲坐，那到底为了什么，而且又是这样夜深，在平常也就早已安歇了。祖母在临走的时候，只管叮嘱我，不要看书，莫非这里面有什么缘故？

心里想着，可就摸索着进了房。因为是每件事自己都留心的，忽然看到桌上煤油灯的灯头，已经捻得很微细，就猛然地想起一件事。记得出去的时候祖母拖了就走，自己不曾把桌上的灯焰拧细，依然是像人在屋子里一样地照耀着。现在灯芯细了，莫非是灯里的油，已经点干。如此想着，就隔了透明的灯座子，向里面探视，可是那里面的油，依然还是满满的。于是拧大了灯头，向屋子四周看看，却也没有什么移动。手扶了桌子，站住呆了一呆，心想这完全是自己多心的缘故，屋里有什么东西犯私，怕别人搜查，于是拿了一把蒲扇到帐子里去轰赶蚊子，只把蒲扇伸进去一扇，就把帐子掀动了，立刻看到墙角落里那个墙洞露出来了。因为那个墙洞，是有一块砖头封住的，现在没有了砖封口，那洞成了一个黑窟窿，伸手进去一摸，里面全空，所放在里面的一束信件，连一张纸角都没有了。心里立刻一阵乱跳，把额头上脊梁上的汗珠子，一齐向外乱冒。一只脚站在地上，一只腿跪在床沿上，呆了半晌，一点也移动不得。许久许久，软瘫了坐在床沿上，情不自禁地说出一句话来道："这是怎么好呢？事情太坏了！"把这话说完了，心里一阵焦急，立刻哭了起来。

自己也不知哭了有多么久，就听到房门外，唏瑟唏瑟似乎有人摸着墙壁走，春华抖颤着声音，猛然地问了一声"谁？"这就听到有了脚步声，母亲走进房来了。看她的颜色，也青中带了苍白，两只眼睛都呆定着不会转动。春华战战兢兢地扶了床沿问道："娘还没有睡吗？"宋氏似乎也在抖颤着，声音闷着在嗓子问道："现在不能怪我管你了吧？"这一句话问得春华不知所云，只瞪了眼向她娘望着。宋氏走到床面前，低了声轻轻地问道："事到于今，我逼死你也是枉然，我问你几句话，你得实实在在地告诉我。"春华知道她的母亲意思何在了，低了头就没有作声。宋氏道："你那墙洞里放着那些字纸，都是些什么？我看到那字纸尾上有'李小秋'三个字，是那小东西写给你的吗？"春华低了头，将手摸着席子边沿，拔取上面的碎草，不但不答复一个字，连眼睛也不敢向母亲射上一眼。宋氏道："那自然是他写给你的了，用不着猜。不过他在这上面，究竟写的是些什么呢？"春华还是低了头，不曾答复得一个字。宋氏道："我本来要把这些字纸送给你爹看，又怕这上面的话，是他看不得的，把他气坏了，更是不妥。所以我现在要问问你，到底为的是什么他写这些东西给你？你说，你说！你不说可是不行。"宋氏说着话，可就伸手来摇撼春华的肩膀。春华猛然地将颈脖子一扭道："那也没有什么要紧，这不过是些做的文章罢了。"宋氏也将脸色一变道："你为什么还这样硬？你自己做错了事，你还给我下马威，一个做女孩子的人，一个大字不识，还知道讲个三从四德呢。你读了好几年的书，书上教给你的，就是同后生小伙子这样来书去信的吗？臭肉！你实说不实说？真是把我急死了呢！"说着，两只脚连连在地板上跺着。春华怎样地说法呢，急得两行眼泪直流，呜呜咽咽地哭起来。

宋氏逼不出话来，没有第二个主意，也是掀起一片衣襟，揉着眼睛道："我辛辛苦苦带了你这样大，想不到你这样害我一下，我一辈子也不能抬头。"说着，嗓子一哽，呼噜呼噜也哭了起来。母女两人对哭了一阵，宋氏道："你现在究竟说是不说？你说了，我也好放心。你若不说，我没有法子想，只有送给你爹去看的了。"春华道："你就是送给爹去看，也没有什么要紧。这里面实是没有什么要紧的话，不过是谈炎文章。你不要说什么放心不放心，我归结告诉你一句话，我是一条干净身子来的，将来我还是一条干净身子回去。就是这样几张字，也不至于让你一辈子抬不了头吧？"宋氏擦着眼睛道："孩子，不是做娘的故意和你为难，实在因为你爹是全姓的相公，而且在地方上也是很有名的。你自己也说过了，若要人不知，除非己莫为，万一有个长短，传到人家耳朵里去了，人嘴是毒的，你爹还怎样见人？你既是说还是一条干净身子，那就很好。我身上带着一张字呢，你念给我听听看。"说着，拿出一张字纸来，交给春华道，"就是这张字，你念给我听听。你看，这上面打了这些个密圈。"

春华瞟了一眼，若不是胸中二十四分悲苦，几乎是扑哧一声，要笑了出来，便道："这不过是他作的一首诗，没有什么缘故在内的。"宋氏道："你还要骗我吗？他自己作的诗，自己打这些圈做什么？自己这样夸奖自己的诗作得好吗？"春华道："那些圈是我打的。"宋氏道："哼，作诗？没有做什么好事，也不会有什么好话。若不是那些话打进你心坎子里去了，你怎么会打上这些个密圈。你说，这诗上又说的是些什么话？"说着，就把那字纸塞到春华手上来。春华道："你这不是要我为难吗？诗里的句子我说给你听，你怎么会懂？"宋氏瞪着眼道："唔，是我不懂，只有你懂，你说这话，不觉得害臊吗？"说毕，将一个手指头在脸上乱爬了一阵。春华捏住那纸条，垂了头没有作声。宋氏扯住她的衣襟道："你说不说？你不说，我不能闷在肚子里，只有去告诉你爹了。"

春华觉得这上面四首七绝诗，也没有什么不能说的，便道："你不用急，我念着解给你听就是了。"于是捧了纸条念道："'藕丝衫子淡如云'，这七个字，说是对面山上有一块云。"宋氏看春华是照了字念的，便点头道："哼，这就对！你就要这样老老实实地解给我听。你如果口里讲的，不是诗上的话，我全听得出来的。"春华为势所逼，只好照了第一句那样解法，解了三首七绝给宋氏听。宋氏偏着头想了一想道："这就怪了，怎么尽说的是山有云、水里有鱼？这些不相干的话。他写这些不相干的话告诉你做什么？"春华道："作诗就是这样的，无非说些风花雪月。"宋氏道："这个我也听到你爹说过，算你没有撒谎。就是说作诗，李小秋这东西也好不了。走来就说山上一朵云，下面的话，据你说，田里有羊一大群。这样胡扯一阵，什么好诗，我也作得来。还有没有？"春华道："还有四句，都是这一样的话。"宋氏道："漫说还有四句，就是还有四个字，你也该念给我听。"

春华也就大意着，将诗念了。最后两句是：若教化作双蝴蝶，也向韩凭冢上飞。就解释着道："有一只鸟冲开了笼子门，这就飞到树枝上去了。"宋氏伸手将纸条夺了过云，喝道："你胡说，诗上明明说的有一双蝴蝶，你怎么说是一只鸟？"春华道："鸟同蝴蝶，不都是一样会飞吗？"宋氏道："你说是由笼子里飞出来的，谁把笼子关着蝴蝶？这样看起来，你说了半天，全没有一句真话。"春华道："你说了，你懂诗，你听得出来。

先都说我对了，怎么现在又说没有一句真话？"宋氏道："我看你实在没有一句真话，你以为我不敢给你爹看，我就猜不透这上面的话吗？认得字的人多得很，我总有法子把你那卷字纸上的话，一齐装到肚子里来。现在，我手上有了真凭实据了，你自己说吧，是做娘的不好，还是你不好？"她捏了那卷纸，只在春华面前晃着。春华道："有什么真凭实据？我本来几次要寻一个短见，了结我的残生，既这样说了，我决计不死，先分别个清楚明白。"宋氏道："哼，你还要分个清楚明白呢，今天我为了这件事，一夜都没有睡，不能再和你颠斤簸两了。东西在我这里，慢慢地跟你算账。"说着，咬了牙，将一个手指戳了她的额角一下道，"好一个不要脸的东西哟！"说完，又是战兢兢地气走了。

春华坐在床上，对了那盏孤灯，觉得今天这件事，犹如一场大梦一般。那一束信件里，像刚才念的四首诗，倒没有什么要紧。只是里面有两封信，说了些相思字句，这是一个病症，少不得要多挨娘两句骂。但是里面也有小秋最后给的一封信，说是顾全两家体面，两下就此撒手，这也总是爹娘愿意听的话。好在自己是把生死置之度外的人，东西就是让娘抄去了，也不要紧，至多是一死。如此想着，把半夜的忧惧都丢开过去了。抬头看看窗子外，似乎已经有了一些白色，天也亮了。于是安心躺在床上，昏沉入睡。料着次日上午，是有一件很大的风潮发生的，也许是要了自己的命，姑且睡得十分充足，好有精神对付那风波。不想自己已经清醒了，在枕上静静地听着外面，是一点声音没有。始而也疑到时候还早，后来看看窗外小天井的白粉墙上，已晒有大半太阳，往日，已经是午饭过后了。悄悄地起来，还不敢就出房门去，坐在椅子上，手撑了桌沿，出了一会儿神。这时，小兄弟推着房门，伸进头来望了一望笑道："姐姐，你好了吗？午饭都吃过了吗？"春华道："谁说我病了吗？你怎么问我这话？"小兄弟道："舅舅来了，娘对舅舅说你病了。"春华想到舅舅宋炳南来看过父亲一回病的，当然还是来看病，这也不足介意，也许是他来得好，松了娘一口劲，要不然娘的脾气已经是发作起来的了，借了出来看舅父为由，便走向堂屋里来。

宋炳南也是个八股先生，虽是不曾进学，人家都说他是一个名童。名童也者，就是没考取秀才的念书人，而文章做得很好。因为科举时代考秀才叫童子试，所以来考的人，有童生一个雅号。后来沿用惯了，没有考到秀才的便是八十岁，也叫童生。名童，是有名童生的简称，在现时看来，到好像是有名的小孩。其实就在当时，名童这个称呼，也太没有标准。反正没考取秀才的都是童生，童生学问的好坏，并不分出个二三等来。念书人是好面子的，说他念了若干年书，没有捞着一个起码功名的秀才，好像有点难为情。于是念书朋友在当面谈话，对于童生，必定这样说：某人虽没有进学，可是个名童，将来总要进的。到了科举停了，大家更好说话：某人是个名童，可惜停考了，要不，他一定会进的。还有那七八十岁的童生呢，考了无数次童子试，似乎不好说将来一定会进的，或不停考一定会进的，这就向他运气上一推，说他命不好，也就把面子遮盖了。宋炳南的八股，根本就没有精通，考试一改议论策，没有了老套头，更慌了手脚。在童生里面，实在是个本事最差的。然而他很有点心计，常帮着人打官司。他又看了几部医书，在乡下做医生。因之乡下亲戚朋友之间，大小事不离他，很有点面子。大家为完成他的面子起见，就公送了他一个名童的称号。他觉得没有弄到一个秀才，真是遗憾。只得将"名童"二字居之而不疑，聊以解嘲。姚廷栋对于这个妻兄是不大投机的，不过在外面和乡里判断公事，要用他的处所很多。再说他是妻兄，为了顾全师娘的面子起见，也不能不敷衍他，所以宋炳南常到姚家来，姚家却是很客气地相待。

这时，春华面孔黄黄的走到堂屋里来，老远地站着，就叫了一声舅舅。宋炳南正捧了水烟袋架着腿和宋氏说话，并不偏转头来，却是斜转了眼珠，向春华瞪着。同时宋氏脸上冷冷的，鼻子里似乎哼了一声。春华心里倒不免冷战了一阵，只得沉生了气低头站着。宋炳南道："你过来，我有话问你。"春华看这情形，是有些不善，可是也不敢违拗舅舅的意思，只好慢慢地移着步子，走到他面前站着。炳南将吸的一袋水烟，赶快吸完，吹了烟灰，一个手指，到烟丝盒子里去不断地掏烟，这就向春华微瞪着眼道："姑娘，不是我做舅父的人，要管你的闲事。可是你父亲身体不好，你第一就要加倍地小心，让他心里更痛快些，那比树皮、草根吃下去强。你当然知道你爹的这病，是怎样得来的，你反躬自问，怎不应当盼你爹早占勿药。可是你并不体谅到这一层，反是……"他说到这里，见宋氏的脸更是沉下去了，他就把烟丝在烟筒子上按住，吹着了纸煤儿，吸上了一袋烟，然后微笑道："你自己的行为，似乎有点小德出入吧？诗有云：墙有茨，不可扫也。"

春华不等他说完，突然地红了脸道："舅舅，你怎么引这一章诗来说我？我便是依你的话，有点小德出入，也不至于到这章诗所说的地步，这话有点不通。"她说到这个，宋氏是莫名其妙，只有睁了两只眼望了他们。宋炳南将水烟袋放下，一拍大腿道："什么，你说我不通？新淦县举人、进士，哪个不说我是一个名童？便是你父亲，乡试荐卷有两次，说到做文章，他有时还请教我。到了你这里，我会说不过去！你既知诗达礼，你怎么有那钻隙相窥的事。我引的这诗，可是说中冓之言，不可道也。中冓是说家门以内，请问你的事，是可道不可道？"他说得浑身直抖，这气就大了。宋氏这算明白了，是女儿说着哥哥文章不好。心想，文章多好也换不了一升米吃，哥哥又何必气成这个样子。但是也不能不和他帮着说两句，于是向春华喝道："你这个丫头还了得！怎么敢说舅舅文章不好？"春华偏了脖子道："有理服得祖太公。舅舅说我家有中冓之言，这话我为了我父亲的一世文名，我不能不说一句。好在《诗经》也不是我一个人念过。可以再请一个人来评评这个理。"宋炳南指着她道："这还了得！这还了得！"春华本想再辩两句，但是恐怕闹得父亲知道了，会给他又添上一场病，只得默然退走。

　　宋炳南气得站了半晌，说不出话，自然还是坐下来抽水烟。心里这就想着，仿佛中冓之言，在什么书上看到，好像不是说家门以内。在这时，又不便去查书，查出来是自己错了时，更不好办。心里在这样想着，手上就只管抽水烟。宋氏看他怒气有未平的样子，便笑道："大哥也不必和小孩子生气，这东西实在不成样子了。"炳南抽了两袋水烟，沉着脸道："你这个女儿，她瞧我不起，我不能管你的闲事了。你给我看的那些信件，我大致已经说给你听了，这也并没有什么了不得之处，你可以交给廷栋看，让他自己做主吧。"宋氏道："你不是说有几张字不能告诉我，必定要等问过春华之后，才可以说吗？现在你并没有问她，怎么又可以交给她爹看呢？她爹可是气不得了。"炳南抽着水烟，沉吟着道："你虑的也是。但是这个女孩子已经反常了，我们做亲戚的人，是不便从中说什么的。我若是告诉了你，你会说我恨她，说的是谎话。"宋氏道："啊哟，大哥怎么说这样的话？你也太见外了。"宋炳南抽了两袋水烟，架了腿，很从容地道："我的意思呢，也不过把她叫了来，劝说她几句。不想我还没有谈到正题，她就给我一个钉子碰。现在我一想，话就实说了吧，不必瞒你了。"宋氏道："大哥，我们又不是外人，其实你也就不该瞒我的。你说吧，这里头到底有什么坏事？"

炳南慢慢抽着烟，又向四周看看，见并没有人，这才低声道："这孩子人小心大，她是打算私奔。"宋氏道："什么？打算死拼？"炳南道："非也，她有逃之夭夭之意。"宋氏皱了眉道："大哥，你就不必和我议论文章了，她到底要怎样？"炳南将纸煤儿的一头，在桌上画了圈，低声道："她是打算无声无息，跟那姓李的孩子遛遛的。"宋氏道："这不能吧？那姓李的孩子，已经走了很久了。"炳南道："这个我就不知道了。但是这些诗文里，很有这种意思。所以我说要叫她问问，才可以告诉你。据现在看来，就是问她，也问不出所以然来。你应当早为之计。"宋氏道："大哥，据你看，还不至于有过什么丑事吧？"炳南缓缓吸着水烟道："这个，或者不至于，不过，你是应当留心她一二的。"宋氏听了这话，又呆了作声不得。炳南道："我有事，不能在你家久坐，是不是和廷栋说，你自己斟酌，万一廷栋为了这件事再要生气，我也担不起这个担子。"

　　说着，就起身有要走的样子。宋氏道："中午天气，正热着呢，你何不多坐一会儿？我给你预备下了两碗凉菜，你喝壶酒再走，好不好？"炳南有点笑容了，因道："菜是不错，喝一壶倒无所不可，你家里常是有那种好酒预备着，我是知道的。"宋氏见他愿意留下了，这就亲自去端出菜来。炳南看时，一碟糟鱼、一碟凉拌白切肉、一碗王瓜丝拌粉皮，便站起来道："有一碟咸蛋就够了，何必许多。"宋氏又拿出一锡壶酒来，斟了一杯，放在桌上，竟是上等莲花白。炳南抱拳作了两个揖道："多谢多谢，酒是好酒，很香。"喉间说着，咕嘟吞了一口涎沫，这才坐下。宋氏坐在一边，微笑道："可没人陪你，你自己喝吧。"宋炳南笑道："自己兄妹，怎么说这样的话？"端起杯子来，就先喝了一口。

　　宋氏拿了一柄芭蕉扇，有一下没一下地摇着，闲闲地也就和炳南谈着话。看到他壶里的酒，约莫喝下半壶去了，宋氏这就道："大哥，这件事，你总得和我拿个主意才好。"炳南道："你先和我说的那个做法，那就很好，不过硬做是办不通的，这还得用点圈套。"他手上的筷子，在那拌粉皮的碗里，只管是挑动着，似乎他心里，也就在那里挑选计策。他且不挑菜送到嘴里去，却端起酒杯来，杯底朝天，干了一杯，显着他是把主意想得了，痛快地喝这一口。因道："本月二十八，不是老娘的生日吗？你叫她去拜外婆的寿。"宋氏向前后看看，低声道："差着几天日子呢。"炳南道："你就说让她早去两天，也没有什么不可。现在你就容让她一点。一来呢，免得这孩子越闹脾气越生疏；二来呢，家里过得自自在在的，病人心境也好些。我到了那日子，自然先会派人来通知。"宋氏道："若是大哥肯这样办，这事就千妥万妥了。今天五月十三……"说着掐掐指头算着，又低声道："那么，凡事托重你，就不能误了。"炳南笑道："那是自然，我没有一点算盘，也不敢答应下来。"说着提起壶来斟酒，壶底都不免朝上。

宋氏想了一想，笑道："酒还有，我可不敢再让你喝，回头让你带一小坛子回家去，慢慢地喝吧。"炳南笑道："吃了还要带走，那就很好。若是廷栋的病好一点的话，老娘的生日，你也应当回家去一转的。那时，我自然也要陪你喝上几杯。你操家是太劳累了，回家去痛快两天，不好吗?"宋氏笑着说道："大哥有这样好意，到那日再说吧。"于是起身进去，真提了一小瓦坛子酒出来。炳南看了，将眼角纹皱起，只是笑，因道："春华究是个小孩子，我也不把她顶撞我的话，放在心里。我这个名童，是全县人公认的，也决不能因她的一句话，就把我名童抹杀了。回头我走了，她要问起来，你就说我不介意。"宋氏笑着说是。炳南扶了桌子站起来，脸上是红里透黄，黄中出汗，正色道："这不是笑话，这是应当说明的一句话，你总也明白。"宋氏这就连连地点着头。

正说到这里，炳南一眼看到春华在房门里面一闪，就向宋氏丢了一个眼色，接着就高声道："二十八日，是老母亲的生日，小小地总要热闹一下。到那时，廷栋在养病，就不必去了。你抽得开身来，你就去。抽不开身来，叫外孙女去拜外婆的寿也是一样。"宋氏答道："到了那日子，不论大小，总有一个人去，也许早到两三天。"炳南笑道："那就更好呀。外婆是巴不得这边早早有人去的。我走了，改天见吧。"说着，他就提了那坛酒走了。

春华心里这就想着，他是酒醉心里明。自己知道说错了话，所以不敢发脾气，而且还要接外孙女去吃外婆寿酒，骂他一句不通，总算骂过去了。不过母亲早是十二分不高兴了，现在又得罪了母舅，母亲必是怒上加怒，今天下午，少不得又要挨一顿痛骂，因之坐在屋子里，就没有敢出门。但是一直挨到晚上，母亲也没有一个字发作出来，这透着很奇怪，难道她已经不过问了? 也许是为了避着和舅父出气的嫌疑，今天不提，再过一两日，那就难说的。因之到了第二三两日，春华依然是心里捏着一把汗。但是宋氏把那回晚上拿去信件的事，好像是忘了，而且还常说到了外婆生日的那天，大概要春华代了父亲去拜寿。春华听着，也越发不解，娘的情形，怎么更好起来了呢？正自纳闷着，却是屈玉坚回来的消息，已经送到了她耳朵里。她就觉着回外婆家里拜寿是一个天赐的机会，也许是熬得苦尽甘来了。

第三十二回

内外各通言逃生定计
娘儿双斗智清夜登程

在一天乘凉的晚上，姚家人都在门外空场子里坐着闲谈，是姚老太太说到在长毛造反的时候她逃难的情形，有声有色，大家正听得起劲。在那星光之下，却见一个人影子缓缓地走了过来。同时，那人身边，带了一种唏唆的声音。在乡下妇人耳熟能详之下，知道这是打鞋底拉麻绳发出来的响声。姚老太太便停止了话锋，问道："是哪一位来了？"宋氏道："看走路的样子，好像是五嫂子。"五嫂子答道："可不是我嘛，师娘好尖的眼睛。"说着她已走到身边，见凳子上都坐满了人，就在大门口石阶上坐着。这里，正挤挨着春华坐的竹椅子。五嫂子道："大姑娘的身体现在全好了吗？"春华道："多谢你记挂，现在总算没有什么病了。"五嫂子道："我总想来看看你，又总是因为事情把身子扯住了。"说着她唏唏唆唆地拉着鞋底上的麻绳子，好像是很自然。而同时她一只脚伸到竹椅子边，却碰了春华两下。春华道："上次我在你家里吵闹着你，还没有谢你呢。你拉的鞋底很好，等你自己的拉完了请你给我拉一双。"五嫂子道："我也是因为乘凉闲着没事，拉拉鞋底。若是大姑娘等着要穿的话，我这个放下十天半月来，也不要紧的，你明天把鞋底送到我那里去，好吗？"她说着，又碰了春华两下腿。春华道："你不知道哩，我现在懒得像死蛇一样，却有点懒得动，我叫人送给你吧。"五嫂子笑道："又不是三里五里路，为什么那样懒得动，仔细在家里闷出病了。我们穷家，也没有什么请你，明天熬一锅好好的绿豆稀饭请你吧。你若不去，我就要恨你了。"说着，她还扭了身子一笑。

姚老太太道："这孩子就是这样不识抬举，人家越是要请她，她倒越是不要去。"五嫂子笑道："不啊，大姑娘和我是说得来的，如果是我请她，她没有什么不去，这不过是和我说着玩罢了。"宋氏道："不过总让她去打搅你，我们也是心里不安。"宋氏坐在比较远些的一张睡椅上，脸是仰了向着天上的。五嫂子在这时，又伸了脚碰了春华两下腿。于是她就抬头望了天道："看啊，这样满天的星斗，针脚都扎不下去，明天又是大晴天了。树叶子都不动上一动，明天一起床就要热的。"她这样地把话头一分开，慢慢地就说到别的事情上去。约莫谈了一顿饭时，五嫂子站起身来道："我屋里还点了一根蚊香呢。人不在屋子里，仔细烧了帐子，那可不是闹着玩的，我回去了。"说着，她站起身来就回家了。

春华把话听在心里，次日一早起来，就把鞋底麻绳一齐找了出来，将一块布包卷起来，放在桌上，摆了一会子，觉着不妥。心想母亲看到了，以为我是急于要出门，说不定，她又不要我去的，因之把那个布卷放到橱子里去。到了上午，破例到堂屋里来坐着，以为祖母和母亲看到，必定会叫自己到五嫂子家里去的。不想今天上午祖母和母亲全是有事，并不在堂屋里闲坐。看看天井上射下来的太阳，已经走上堂屋中间来了，恐怕是午饭要上桌。到了吃午饭的时候，才到五嫂子家里去喝绿豆稀饭，这现在可以不必。因之自己下了个决心，自动地出门，于是由橱子里取出那个布卷，夹在胁下，悄悄地走到堂屋里来。可是刚一出里房门，就听到宋氏大着声音在堂屋里骂小兄弟道："这么大的小孩子，一点不听教训，爹不舒服，躺在床上，你还是这样高兴，大的是不听话，小的是话不听，这真叫做父母的人灰心。"春华立刻将身子一缩，把那个布卷塞到床上枕头下，倒呆坐在椅子上，一点没有主意。可是人虽在椅子上，眼睛可不住地向窗子外照墙上看去。只见那太阳光一寸寸地向下照来，那正是说太阳当了顶，五嫂子绿豆稀饭，恐怕已煨烂了。自然她并不是光叫自己去喝绿豆稀饭，这里面必然另有别情。究竟是怎么一回事，自己也是急于要知道，在家里发呆，那又怎是个了局，于是猛然抽了那个布卷，就向外走。走到堂屋里，宋氏猛然叫了一声春华，她吓得心里一哆嗦，只好站定。宋氏道："五嫂子昨晚上约你去喝绿豆稀饭，你怎么还不去呢？"春华真不料说出来是这样一句好话，因答道："我这也就打算去了。"偷偷地看着母亲的颜色，虽然还瞪着两只眼睛，脸上还没有什么凶狠的神气，这才慢慢地移动了脚步，向五嫂子家来。

五嫂子在堂屋里看到她，直迎出篱笆外来，携了她的手，走到屋子里去，放了门帘子，望了她的脸，低声道："这件事，我是想告诉你，可是我又怕告诉你。"春华倒吃了一惊，红着脸道："难道在我身上有什么变故吗？"五嫂子伸手轻轻拍了她的肩膀道："你不要害怕，是喜事，不是什么坏事。那位屈少爷，为了什么事走的，你都知道吧？"春华道："你这话越说越远了，怎么会牵扯到他身上去？"五嫂子笑道："不忙，好事从缓等我来慢慢地告诉你。"春华道："你看你这人说话，自己是多么颠三倒四。我一进门，你拉着我的手就说起来，怎么倒说是我忙？"

五嫂子也不和她理论，扶着她在椅子上坐下，将泡好了的茶，斟一杯放在她面前，这才手上挥了蒲扇，坐在一张矮椅子上，向她笑着。春华手端了杯子呷茶，眼可看了她微笑，因道："我偏不着急，你不说出来，我就不问你。"五嫂子笑道："我把你请了来，特意告诉你消息，哪有不说之理。那屈少爷，他胆大极了，和大妹两个人居然在省里住着一处。"春华皱了眉，又笑道："管他呢。"五嫂子道："他们和李少爷，在省城里常有来往。"春华放下茶杯，胸口一舒气道："你怎么知道这件事？"五嫂子道："屈少爷回三湖来了，昨日晚上，偷偷地溜到我们这里来了。"春华伸着手道："带来的信呢？"五嫂子道："信可是没有，屈少爷带的是什么实在的话吧，屈少爷说，他若是能够和你见一面，当面说上几句，那是更好。若是不能够当面说，以后就由我这里传消息，只要你约定了日子走，他就把李少爷找来，包好一只船，在对河永泰镇弯住，你什么时候上船，什么时候开走。这样一来，你就鳌鱼脱了金钩钓，摇摇摆摆不回头了。"

五嫂子说着这话，也合春华的意，将扇子在胸前不断地挥着。春华微微地笑着，将手抚摸了桌沿，许久没有作声。五嫂子道："他把话说完了，就叫我问你，你的意思怎么样。我就对屈少爷说，不用问，她一定愿意走的。"春华笑道："你倒知道我的心事。"她只说了这样一句，依然又低头微笑着。五嫂子笑道："也许是我猜错了，只要向屈少爷回断一句就是，好在他也不能把你拉了走。"春华道："你这不是故意……"话未完，她又盈盈一笑。五嫂子正色道："还是说正经的话。你看这事妥当不妥当？你有什么话，尽可以告诉我。他约在明日一早，在渡口上字纸塔旁边，等我的回信。"春华皱了眉道："你是知道的，我年纪轻轻，哪里懂这些事。不过我有个机会，倒是可以告诉你。就是过两天，我娘要我到外婆家去拜寿。外婆家里就没有人管我，做寿的时候，人多手杂，一混就混出了门的。若要走，最好就是五月二十七八这两个日子。"五嫂子道："你外婆家不是到永泰只有两里路吗？"春华道："到河边下那就更近，由屋里翻过长堤去，那就是的，假如船弯在我屋后面，那一溜就到了。"五嫂子笑道："这就越说越近了，我办的这事，总算合你的心了吧？我就是这样回屈少爷的信，就说你什么都愿意了，在二十七八这两天把船弯在你外婆屋里后面等着。"

春华听到了这里，又把头来低着，默然地没有作声。五嫂子道："你到底是说话呀，到了这要紧的时候，你又一字不提了。"春华依然不说，春华皱眉道："你怎么老说这句话，有心耍我不成？"五嫂子这才笑道："我怎敢耍你？这话说出来，他们是胆大包天。"于是将声音低上一低道，"屈少爷来说，李少爷的意思，想约着你一路逃跑。跑的地方就远着啦，是从前包老爷做五殿阎王日断阳来夜断阴的所在。"春华笑道："你不要摔故典了，一说出来，更不是那么回事。我想你说的这个地方，准是河南开封府。"五嫂子听说，就不由两手一拍掌道："还是大姑娘才学好，一猜就猜出来了。"春华笑道："这也用不着要什么才学，明摆着在那里的。只是这话怎么和你说的？有些靠不住吧？"五嫂子刚要张了嘴说，春华就向她摇着手道："你低声一点，屈玉坚他真来了吗？你不要冤我。"五嫂子道："我的大姑娘，我有什么事冤过你？你这个时候，是在难日里头，我们旁边人，就是不能帮着你，也犯不上来耍你，于我有什么好处？"

春华手撑了头，静静地想着而且还微闭了眼睛，于是点点头道："唔，我想你五嫂子也不会拿我这可怜的人开心的，你再把他的话，细细地学说一遍给我听。"五嫂子将蒲扇沿咬在嘴里，转着眼珠想了一想，因笑道："大致我已经记得了，他说，李少爷到他家里去，看他和大妹两个人过得很好，就也想同你学他们的样。"说着，看了春华一眼，她似乎感到一种惶恐似的，脸上红着，立刻把头垂了下去。五嫂子道："他家乡有很好的房子可以住，而且还有田租可以收得吃。在那个地方，还有洋学堂可以进去呢。而且屈少爷带了大妹，也同你们一路去。"春华扑哧一笑道："五嫂子又胡扯了。谁是你们，谁是我们？"五嫂子笑道："你还用得着我说吗？反正你心里也是很明白的。"春华道："你不知道我现在是坐着牢，我会飞吗？"五嫂子道："你自然是坐在屋子里的人，不知道往哪里走，可是有人来接你，你也不会走吗？"春华笑道："哪个接我？"手提了桌上的茶壶斟了一杯茶，慢慢地呷着，可是手上还有些抖颤。五嫂子笑嘻嘻地向她望着，许久才道："古来佳人才子，在后花园私订终身的就多着呢，这也算不了什么。我就是这样地去对屈少爷说吧。"

春华心中，已是乱跳，将茶杯沿放到嘴里，眼睛斜射了人，又好久没有答复。五嫂子这就笑道："本来我的嘴也太啰唆了，这话说得彼此心里明白就是了。"春华极力镇静着微微地噘了嘴道："你是明白了吗？你不要瞎说了。你知道我外婆屋后面是怎么个样子？"五嫂子道："我也没有到过你外婆家，怎么会知道？"春华道："却又来，你既不知道屋后面是怎么个样子，那你怎么告诉人家在……"说着说着，她的声音，细微得又听不出来。五嫂子忽地将蒲扇在手心里一拍，身子向上一升，笑道："还是我们大姑娘明白。你告诉我，那里是怎么样一个情形呢？"春华道："那里有三棵老柳树，比什么柳树都大。最容易认不过的，就是向下再走三五十步路，有个倒了的过路亭子，认准了那个亭子，就一点也不会错事。"五嫂子嘴里衔了蒲扇的边沿，微微地点了头向下听着，笑道："大姑娘真是什么事也留心，对这地方说得这样有头有尾，那还有什么找不着的。事成之后，你可要重重地谢我啊。"春华对于这件事，本来有点不能畅所欲言，五嫂子再一和她开玩笑，更叫她没了主意。后来颤着声音道："我……我……我害怕。"说着把手抚了胸。五嫂子道："你怕什么？"春华不答，只有一股子劲红了脸低头坐着，五嫂子也不愿多逼她，盛着绿豆稀饭陪她吃了，就叫她早早地回去。

春华当了五嫂子的面，虽然是满心欢喜，可是也不好露在面子上。及至回到家里，走进房去，仿佛这条身子轻快得可以飞起来，也不知是何缘故，自己就跳了两跳。屋子旧了，地板也不免有些活动，当她跳着的时候，连桌椅床架，都有些作响。她每日在屋里，最讨厌的就是窗子外那堵迎面而起的白粉墙，把眼睛所望到的地方，立下了一重界限，不许眼睛再看过去。可是现在看起这堵迎面而起的墙，也觉有意思了。记得以前做过一个梦，梦到一位侠客，由墙上跳进窗户来，把自己背了走。当时醒过来，也就想到哪里会有这样的一天。那侠客的头倒好像是白粉墙上画的那红蝙蝠。以前相信自己看那红蝙蝠看得多了，所以就把那红蝙蝠幻成了梦里侠客。于今看起来，这蝙蝠的两只眼睛和五嫂子的眼睛一样，或者就应在这蝙蝠的身上。真也有趣，今天才算捉摸出来，这蝙蝠的眼睛，竟会是五嫂子的眼睛一样。跟了这个念头，于是扑哧一声笑了起来。觉得精神很好，在白粉墙外面，拥出了一丛高柳树的树梢，也就听着吱喳吱喳的一片蝉声。虽然不过是一点景致，却很能引起很浓的诗意，为了这个，就联想到念诗了。于是翻出一本久已不念的唐诗。摊在桌子上念了起来。

小兄弟听她念诗，跑了进来，噘着嘴道："你到五嫂子家里去喝绿豆稀饭，为什么不带我去哩？"说着，跑过来扯她的辫子，若在往日，打断了她的诗兴，她就轻轻地敲兄弟一个爆栗的。但是这时她俯着身子，两手抱住兄弟的头，在他额角上亲了一个嘴，笑道："这是我不对，我不晓得你要喝绿豆稀饭。下次我一定带你去，还到五嫂子家里，去搬两个西瓜回来。"小兄弟道："下次是什么时候去？"春华听说，就一手托住小兄弟的手，一手轻轻拍着他的手背，笑道："你不要吵，等我想去。今天去，已经是不行，人家熬的稀饭喝完了，就是再熬稀饭，也没有了白糖。后天去呢，日子又太远了。明天下午，我一定带你去。"说着，又向小孩子头上亲了一个嘴，笑道，"好兄弟，你是一定听话的，若是我明天忘了，你就提醒我一声。娘若是不让你去，你哭着闹着，跳起脚来，也一定要去。"小兄弟道："我一定哭，好姐姐，我明天不揪你的辫子了。"春华道："若是娘不让你去，你就揪着我的辫子。"小兄弟将一个小手指头，指了她道："姐姐又骗我哩。揪了你的辫子，你好生我的气，不带我去吗？"春华笑道："小家伙，你倒也会用心。就是这样说，不用作声了。"这小兄弟，还在袋里掏出两粒没有咬动的炒蚕豆放到春华的手里，方才走去。

到了次日下午，一切都依着春华的计划。到五嫂子家里，陪着小兄弟吃了两碗绿豆稀饭，约他到门口去玩一会子。就在这一会子，春华便知道了在今天上午，五嫂子已经和玉坚见了面。玉坚说有这样一个机会，那真是天缘巧合，一定派专人连夜下省去报告这个消息。夜航船今天晚上就走，后天上午可以到省。五六个日子，小秋就可以赶到。等他到了，再来回信。春华听说，只觉得时期宽容，这件事是顺水推舟地做了去，一点不会变卦，高高兴兴地带了兄弟回去。自这时起，暗中不住地算着，到外婆生日，还有几天。又算着，派去的专人该到省了，小秋该动身了。在面子上，却是一点不动声色，就是母亲两次提到外婆过生日，要派人去拜寿的话，自己也守着沉默，免得漏了口风让母亲疑心。

这两天，玉坚和五嫂子当了街上赶集的机会，又会过一次面，说是派的人，的确走了。在那个时候邮电交通，还不曾普及到内地，内地人有什么急事，要给外乡人送信，总是派专人走动。有水道可通的地方，从上游到下游，便是夜航船，遇到顺风，一日夜可走两百里，由下游向上游，那只有走旱道，由曾左平定洪杨而后，有五十年的太平日子，扬子江南岸几乎不知道"路劫"这个名词。所以有了急事的人，哪怕是单身，也可以通宵走路。在每个城市里面，也都有这种人，专和别人家送急信，每天一二百里路，江西人对于这种人物叫作脚子。就是当地没有这种人才，也可以

307

找轿夫代理，有一吊制钱，那时候便可以让脚子跑一百里路。所以玉坚派一个脚子下省，去是夜行船，代付一吊二百钱船价。回来要他起早，另给三吊钱，算是工资旅费，完全在内。他觉得重赏之下，必有勇夫，六七天准有回信的，五嫂子把这话告诉了春华，她也是十分放心。

只是到第六天的时候，也不知道精神上受了一种什么刺激，只觉坐也不安，走也不安，看书看不下去，做女红是更透着烦闷。因之堂屋里坐一会儿，母亲房里坐一会儿。有时也明白过来：为什么这样，那不是让母亲疑心吗？因自向母亲道："这真奇怪，今年夏天，我格外地怕热。现在还没有到三伏天呢，我就这样五形烦躁。"宋氏倒安慰着她道："那不要紧，耐性子坐坐就好的。你不会找本鼓儿词躺在房里看吗？"这真是二十四分的奇怪，母亲竟会叫人看鼓词。她待女儿的已经是越来越好，莫非她已经知道女儿要逃走了不成，便笑道："我想着，这个样子，恐怕是要闹什么灾星。从今天起，我要躺在房里过七八天躲开这灾星来。"宋氏连忙道："你难道忘记了吗？过几天是外婆的生日，你该去拜寿了，怎么好在房里过七八天呢？我想着，外婆很疼你的，说不定再过三天就会派人来接你的。"春华皱了眉道："照说，外婆过生日，我是应当去拜寿的。只是我怕热闹，那怎么办？"宋氏对她脸上，很留心地看着，问道："你打算不去吗？"

说话的时候，宋氏是拿了一件小兄弟的衣服在打补丁，在堂屋的迎风口上坐着。春华坐着稍微退后一点的一把矮的小椅上，面前立着一个竹竿麻夹子，夹了一子儿麻。娘儿两个，本来也就是一面做活，一面谈话。现在春华抬起头来，向母亲的脸上看去，不想母亲两只眼睛，像一道电火似的，向自己脸上罩着。心里这就怦怦地跳，暗忖，这句话，有什么说错的地方吗？强笑道："我怕羞，一个家里人也没有在身边，我是不会拜寿的。"宋氏道："外婆家里，不像自己家里一样吗？这两天，你爹的病已经好了。若是再好一点，说不定我也陪着你去。"春华却不由浇了一身冷汗，因正色道："若是为陪了我去，那倒不必。我就算怕羞，把脸子一绷，也就挨过去了。爹的病，那是要紧的。到外婆家过一道河，来去一二十里，当天又不得回来。娘，你还是不要去吧。"宋氏的目光依然在春华身上打量，因笑道："照说呢，你也不是七八岁的小孩子，我陪不陪自然也不要紧。不过替娘拜寿，也是要紧的事。"春华道："爹的病，那更是要紧的呀。"说着，她就微皱起眉头子来，对于父亲无人照护这一层，似乎很挂

308

心。宋氏微昂着头想了一想道："我大概是不能去，那就再说吧。"

春华看母亲情形，很不自然，不时向人露出笑容来，那笑只是脸上的，并不是心里的。越是这样，倒不要说出来一定要去拜寿，免得她疑心。于是将手上披的麻丝，一齐都挂到麻夹上去，将一只小拳头微微地捶了额角道："总是这样头昏脑涨。若是身体不好，大热的天，我就不出去了。"说着，已是站了起来。宋氏道："这些麻，你不要披它了，等拜了寿回来再说吧。头晕，你是昨晚乘凉乘得大夜深了没有睡够。这时到屋子里去打个中觉吧。"春华笑道："你老人家一疼起女儿来，就是这样巴不得抱在怀里。"宋氏也笑道："你以为恨起女儿来，就是巴不得抛在崖底吗？其实你要是老早就这样听我说话，我也决不会和你生上许多气的。"这样说着，娘儿俩便是极端地谅解。春华便表示安心听娘的话，到外婆家去拜寿了。

到了次日上午，五嫂子在堂屋里就大声说着话进来道："大姑娘在屋里吗？我要请你给我翻翻《三匣记》呢。"说着，走到春华卧室里来，回头看看没有人，手扶了她的肩膀，对了她的耳朵，低声道，"脚子已经回来了。说是李少爷连日就动了身，二十七日一定赶到永泰。"说完了，立刻大声道："我也想替我老娘，做两双寿鞋，你看哪一天动针线的好呢？"春华眼望着五嫂子微微地笑着，也就大声道："唔，没有事就不来看看我，要有事差我，脚才到贱地呢。'说着话，二人又叽咕了一会儿，结果便是春华约定了，叫小秋的船停在风雨亭子边，在船桅下面挂一样红东西做记号，晚上呢，就挂红纸灯笼。不论什么时候，自己有了机会，就上船去，他们只管预备着，以便自己上了船，立刻就开了走。五嫂子含笑点头，依了她的计划而行。

这日子去五月二十八，一天比一天近，春华的心事也一天比一天慌乱，同时，也是一天比一天高兴和害怕。到了二十四这天下午，宋家派了一个小长工来，说是老太太的意思，姑爷的身体还没有复元，请大姑不必回去。只要有外孙姑娘一个人去就行了。而且要去，明天一早就走，外婆是想她去多过一两天呢。宋氏听了这话，又叫春华商量一阵，春华心里乱跳，面子上就答应了。

到了这天晚上三更天，宋氏就把春华叫醒来，点着灯，给她梳头。春华向来梳辫子的，宋氏说，既然代替父母去拜外婆的寿，就是大人，没有梳辫子的，因是和春华挽了个小圆髻，而且在圆髻缝里，压上了一朵红绒花。春华道："红花红朵的，俗得要命，戴上一朵新鲜的栀子花吧。"宋氏道："外婆那大年纪的人总图个热闹，不戴红花，她不高兴的。"春华想着也倒就依了。随着宋氏又在梳头桌上加了一盏灯，恰好镜子两边立着。春华心里想着，这样点两盏灯笼梳头，倒有些像新娘子出嫁的头一晚上上头的那一番礼节。只是做姑娘的人，可不能把这种话说了出来。宋氏接着把胭脂水粉拿出来，要春华打粉，她对于敷粉，却薄薄地抹了一层，胭脂这东西，却不曾用惯，便皱了眉头子道："脸上抹得通通红的，见人多不好意思。"正说到这里，姚老太太扶了拐棍走来，接着道："这是什么话，给你外婆拜寿，怎好一张大白脸进人家的门？抹上些胭脂吧。"春华对于祖母老世故的话，也不能不相信，于是又抹上了胭脂。随后，宋氏就拿出一件红洋布褂子来了。春华看到，立刻噘了嘴，站起来，将身子一扭道："越打扮越闹得不成样子了，一来不是火神爷，二来不是新娘子，穿得这样，我不干。若是说拜生日样样都要红，身上的肉、袖子外的手全是白的，也都用红染了起来吗？"宋氏笑道："我也知道你不会穿的，不过拿来试试你，还有一件紫色洋湖绉的褂子，给你预备着呢。"若论到绸衣服，春华向来少穿，这倒不明白娘什么意思，不声不响，就给预备下了一件绸衣。心里估量着，宋氏果然由她自己卧室里，取了一件紫绸褂子来，在灯光下看到颜色鲜艳，简直是十分新的。虽然周身镶了宽边的绿花瓣，不大雅气，可是得穿这样的好衣服，总算不容易，所以也就穿起来了。此外鞋袜、耳环、戒指，一件件都由宋氏点缀，姚老太太在一边帮腔。把她打扮得花团锦簇而后，窗子外面，还是黑洞洞的没有天亮。春华笑道："这成了那笑话，听到吃，撞破了壁。听说有客做，这样整夜不睡起来打扮。"宋氏道："我有我的意思，天气太热，太阳出来了，行路的人，少不得满身是汗，你穿了一身好衣服，打扮得齐齐整整的，回头闹出一身汗来，可是难看。因为你是去拜寿，我格外周到些，在街上找了一乘小轿来抬了你去。抬轿的人，他也愿意起早。"春华道："这条路，我走也走过多次了，何必坐轿，找乘小车子推我去，不就行了吗？"宋氏道："小轿子也多花不了多少钱，这也无非为的让你出门更体面些。"

正说着外婆家来的小长工，就在堂屋里叫道："大姑，小轿早来了，在门口等着催外甥姑娘走吧。"春华听了这句话，犹如胸口猛可地受了一拳。觉得对于家庭从此分手，不知哪年哪月可以回家。尤其是那位头发已经斑白的祖母，风中之烛，不久人世的，今天一别，恐怕是永诀了。不过自己是非常之明白，在这一发千钧的时候，要二十四分地镇定。万一让娘看出一些破绽，变起脸来，那可后悔不及。于是向姚老太太笑道："倒让你熬了大半夜，明天我由永泰带几个大西瓜给你来尝尝吧。"姚老太太笑道："这倒不用。只望你到人家去，好好记着上人的话是了。"宋氏抢着道："外婆家和自己家一样，有什么要紧？不必多说了，春华走吧。"说着，就把自己预备好了的一个衣包，提了过来，指给春华看道："这里面都是预备给你换洗的衣服，放在轿子下面带着。"春华道："我也预备下一个衣包呢，都带着，好吗？"宋氏一点不考虑，就叫春华拿出来，一齐交给小长工带出来。春华手扶了桌子，向屋四周看看，人呆了一呆，因道："我怎么有些心慌呢？"宋氏道："不要紧，那是起来早一点的缘故。"春华道："我也是这样想。那么，我就走吧。"说着，姚老太太婆媳俩，簇拥她出了房门。

春华走到堂屋里，脚步顿了一顿道："我应当去看一看爹爹吧？"宋氏道："他没有醒呢，你吵醒他来做什么？"但是春华却不受阻拦，掀开父亲房门口的帘子，伸头看了一看。见父亲果然在床上鼾睡，也就遥遥地站定，向床上望着，觉得两点泪珠，不免要挤出眼角，只好是二十四分忍住，猛然走出房来。这时，天井里依然没有一点光亮，只是屋脊上微露几颗大的星星，也许是光明不远了。春华先是感到心里慌，现在便全身都有些抖颤，心里念着，想不到就这样离别了父母，但是这抖颤的样子，断不能让母亲看到的，因之咬紧着牙齿，挺着步子向外走。大门口停了一乘小轿子，两个轿夫和外婆家的小长工正站立等着呢。这里春华一脚跨上轿去，她心想，便算鳌鱼脱了金钩钓了。

第三十三回

坠陷入夫家登堂拜祖
灰心见俗子闭户悬梁

夜色依然很深沉，天上的星星到了旷野格外见着多些。姚春华坐在小轿子里，不时地掀起一角轿帘子，向外面张望着。始而是没有什么感觉，约莫走了两三里路的工夫，在平常该踏上长堤了，然而这轿子，始终是平平地抬着，却不觉得有斜、抬上高一次的时候，于是问道："轿夫，你们走的是哪一条路，怎样还没有上堤呢？"在轿后跟着的小长工答道："我们不过官渡了，这个时候官渡还没有船呢，我们索性走到永泰对过，花几个钱，坐民渡过去。"春华道："这样说，我们也来得太早了。我想到了外婆家里，准还没有天亮呢。"小长工没有作声，似乎听到他嗤嗤地笑了。春华这倒有些奇怪，问道："你笑什么？"小长工大声答道："我没有笑呀。"春华也不能只管追问，默然地坐在轿里。本来一夜未曾安眠，又起来得太早，精神颇是感到不振，闭了眼睛，向后靠着，就养养神。可是这两名轿夫，合起步子来了，走得很快，一走一颠，颠得人更有些头脑昏昏的，因之似睡着没睡着的，就这样半躺着坐了。自己也不知道是经过了多少时间，突然惊悟过来，心想，怎么还没有到河边下呢？于是掀开轿帘，很久很久地向前面看着。这时，天上的星只剩了很明亮的三颗，天也浅浅地放着灰色。可是最前面天脚下，却是黑沉沉的。心想，这就不对了，由三湖向永泰去，正是由西朝东走，怎么天顶上已经发亮了，东方还是这种颜色？于是扭转身来，掀了轿围子的后身，由一条缝里，向后张望。在后方的天脚，正是与前方的天脚相反，连成了一片白光。尤其是最下面一层，还浮出一道浅浅的红光。

在乡村住家的人，对于天亮日出的情形，那是富有经验的，分明这和上永泰的路反了过来，乃是由东向西走了，便叫道："小伙计，我们的道走错了吧？这不是朝着西走吗？"小长工道："是这样走的，没有走错。"春华道："那为什么太阳不在轿前出来，倒转到轿后出来呢？"轿夫道：

"这姑娘好急性子，一路只管问，这就快到了。"春华闭着眼定一定神，想着，难道我有些神志不清，怎么这一时候，连东西南北都分不出来？睁开眼，掀了轿帘子，再向前面看去。轿子越向前走，天色也就越亮，这时看出一些情形来了。所走的是一条官马大路，平常一回也没有走过。西边的天脚，也变作鱼肚色，看看那些景致，也不是姚家村到永泰所有的。家门口直走到河边，不过四五里路，斜走到永泰岸对过，也不过八九里路。而现在走了这样久，竟是还没有达到河边，怎么说没走错路？心里一不相信，掀着轿帘，就不肯放下，始终是睁了两眼，对前面看了去。眼面前原是个大村子，轿子绕了村墙走。绕过那村子，远处树梢上，突然现出一带城墙和一座箭楼。心里猛然醒悟，用脚跺了轿底道："咍，轿夫，把轿子停下，把我抬到哪里去了？"轿夫依然抬着直奔，并不答话。春华道："你们再不停，我要由轿子里跳出来了。那小伙计哪里去了？叫他们快……快……快停住……轿子。"她说话时，身子已经有了一些抖颤，因之口里发出声音来，也失掉常态，也是上气不接下气。轿夫这才呼喝一声，把轿子停住，歇在大路边。春华哪里等得及，掀起轿帘子，就钻了出来。回头一看，小长工不在，轿子边站了四个粗胳膊大腿的小伙子。他们各各在头上盘了辫子，上身的短褂子，一个纽扣不扣，敞了胸襟，裤腰上，全扎了一根大板带，劲鼓鼓地瞪了眼睛看人。春华心里乱跳，全身毫毛孔里，向外涌着冷汗。自己不觉得自己脸色是怎样的，然而嘴唇皮子发凉，而且还有些麻木，倒有些觉察得出来。而且两条腿也软了，竟撑不住这条身子，只好手扶轿杠，向那些人望着。

其中有个年纪大些的脸色也和善些，抱了拳头，迎向前道："姚姑娘，实不相瞒，这已经到了临江府城外了。我们都是管家派来，接姑娘过门的。在姚府上村子外面，我们已经把轿子接住了，跟在轿后，可没有作声，姑娘是个读书明理的人，厢不着我们粗人来多说，迟早总是要过来的。这回把姑娘接过来，虽然没有作声，但是这也不是管府上一家的意思，就是你双亲大人，都说这样可以的。你也不必生气，这是父母之命，哪里熬得过？"春华听了这话，恨不得对了轿子就是一头撞去，撞死也就算了。可是一来自己一点气力没有，站也站不住，哪里还能撞跌。二来除了这身边四个人两个轿夫而外，村子上的庄稼人，此时也出来做工来了，看到大路边一早就歇了一乘轿子，五人荷着锹锄，也慢慢地走近了来看。这就转了一个念头，有了这么些个人在面前，要想寻死，万万不能够。不

313

能寻死，倒要做出那样子来，那是空惹人笑话一场，只要我准备不要这条命，哪里也可以去，怕什么？于是把两条腿直立起来，向那人瞪着眼道："只要你们说明了，就是我姚家村门口，我也不回去的。那么，我上轿了，你们抬着我走吧。"说着，扭转身子，就钻进轿子去坐上了。轿子外的几个人，不约而同地吆喝了一声抬着走。于是两个轿夫扶起轿子就抬了起来。

春华这时横了心，索性不把这事放在心上，掀开了轿帘子，两手扶了轿板，睁了两眼，静静地向前面看着。树梢上那一带城墙，越看越清楚，慢慢地就走到了城下街上。那个说话的人，这时已走到了轿子前面，见轿帘子还是开的，就抢上前把轿帘子放了，带了笑容道："姑娘，这就快到了。"春华鼓着一股子硬劲，原是什么也不在乎，可是快到了三个字，传到了耳朵里来，立刻心里像开水烫了一般，全身随着震动了一下。然而这也无话可说，同时，掀升轿帘向外看风景的那点勇气，也就没有了。瞪了两只眼，望了轿帘子。这轿帘子仿佛成了戏台上诸葛亮的鹅毛扇子，瞧着上面，就可以出主意似的。其实看了许久，连自己的身子在什么地方，也不能够知道。

只听到噼里啪啦一阵爆竹声，接着好几个人笑着说来了来了。这时轿子进了人家一个门楼子，便停下了。春华还不曾估量出来到了人家屋里什么地方。轿帘子一掀，就看到两个中年妇人，穿了新衣服，头上戴了花，站在轿门口。一个四十上下、长着马脸的妇人，两只灿亮的眼珠，像是个很能干的样子，便露了一口白牙齿笑道："新娘子你随我来吧，我是你大舅娘。"说着，回转脸对另一个妇人笑道，"顶好的一个人，我们大姑，真有福气，得着这样好的儿媳妇。"她口里说着话，便已伸了手来搀扶春华。手臂上两只金镯子，两只假玉镯子，碰得叮当作响。春华心里又想了，既是到了婆家，绝不能不下轿子。就是不下轿子他们也会把我拖了下去的。好在今天来，还是做童养媳，并不拜堂，我且跟了这妇人去，慢慢地看机会。要死是很快的事，一会儿就可以办到，忙什么，先看看他们家里是什么样子，再做道理。于是握了那妇人的手，就仰头走下轿来。

这时，本来还是天亮不多久，平常人家，也许人都没有起来呢。可是这管家，已经宾客满堂，像是老早就都来了的。当自己的眼睛，向那面瞧过去的时候，便看到堂屋里那些男女宾客，上百只眼睛，全射到自己身上，这使春华无论如何横着心，也不由得不把头低了下去。那位大舅娘伸了手，拉了春华袖子，就向堂屋里拉扯着去，低低地道："不要紧的，你只管跟着我走，他们若是和你开玩笑，都有我和你挡着呢。"春华心想，这个妇女，倒生得一副好心肠，我就暂时靠着她吧。于是索性紧握了大舅娘的手，紧紧地在后跟着到了堂屋里，便停住了。偷眼向王中看去时，那祖宗神龛下面的香案，系了红桌围，点上了一对红烛，在香案下地面上铺了一张红毡条，春华心里一愣，什么？预备马上便拜堂吗？大舅娘可就向她说："你进了管家门，得拜拜祖先，见见公婆。"她抢上前一步，将香案上放的三支佛香在烛火上点着了，递给春华道："上前进香磕头。"春华一看满堂屋的男女客人静悄悄地站在两边，假使自己不进香磕头，这些客人，就要说姚廷栋教导女儿不好，未免和娘家丢脸，只好接过佛香，走到红毡条边向上作揖进香。大舅娘接过佛香，代插在香炉里。低声道："向祖先拜拜吧。"春华这就不犹豫了，缓缓地磕下头去拜了四拜，刚是站起，便听到大舅娘道："姐丈姐姐过来做公婆了。小孩子老远地来，双受礼吧。"

这时，过来一对五十上下的夫妇站在香案的大手边，这自然是公婆了。很快地看了他们一眼，那公公穿了一件半截长衫，上面是白竹布的，下面是雪青纺绸的。前半边脑袋剃了青光的头皮，后半边脑袋虽梳着小指头粗细的一条辫，倒也溜光。长圆的脸儿，眼角上带了几条笑纹。嘴上有两撇八字须，老是上翘着，很增加了不少的慈善样子。婆婆呢，穿了一件雪青纺绸褂，青裙子拖靠了地。虽是前额的头发，秃光了大半边，那稀稀的半白头发，还一根一根，清亮亮地向后梳拢着。后面挽了个长圆髻，却是金银首饰红绒花儿，插了满头。虽是那么大年纪的人，脸上十分饱满，没有一点皱纹，两只眼光有些呆定，却是个忠厚的样子。她看到春华站在面前，早是笑着合不拢口来。便道："一早大远地来，不用拜了吧。"那老先生更是客气，已是弯了腰，抱了拳等着。在这种情形之下，不容她不拜了下去。她拜的时候，婆婆口里就不住地祷告着道："我知道，你是读书明理的人，一定知道三从四德。好好，以后治家理事、生子、发孙……"这些话，还是春华仔细辨别出来的话，其余嗡嗡一大串子，只听到声音，却不知道是些什么字。拜完了，男女客人早是哄然地笑起来道："让新郎官也出来大家见面吧。"

只有这句话，是春华听到心里最是不安的，不解何故，立刻全身发热，心房乱跳。但是也不想着要躲开这事，她急于要知道那癞痢头究竟是怎么一个样儿，能够立刻看到，也好了结胸中的疑惑。可是那老婆婆似知道这事不妥似的，便笑道："请大家原谅，不必玩笑了。今天她不过是过门，还是个姑娘身份，不能当她洞房花烛那样胡闹。等将来办喜事的时候，再请大家闹新房吧。"说着，向大舅娘丢了一个眼色。这大舅娘立刻两手向外同伸出来，挡住了四周的人近前，笑道："大家请让一点吧，请让一点吧，回头让她给你们倒茶装烟。"她口里说着，将春华让进了屋子里去。

自然，男客是不能跟着的，女宾却不分界限的，一齐拥了进来。春华当在拜祖先公婆的时候，本来暂时清楚了一会子，自宾客一说到新郎两个字复又糊涂起来了。现在到了屋子里，见到满眼都是人，于是低了头，听凭那大舅娘摆布，自己只当没有了人气的死尸，什么都不理会。因为如此，所以虽然有许多人围住身边，问长问短，也不答应，也不抬起眼皮来看人，亲戚朋友想到今天一早这番情形，又看到春华虽不是啼啼哭哭，眉峰眼角，自然也很有一番不情愿，因之也不十分笑闹，慢慢地散了。

当屋子里只剩了两三个人的时候，春华才算神志清醒了过来，自己原来是站在一张床边。在床面前有一张红漆椅子，便是那大舅娘坐着，她捧了一管水烟袋，正抽着烟呢。大舅娘身旁，又站着一位十四五岁的小姑娘，人家也是一张鹅蛋脸子，脸上的扑粉虽是不曾扑匀，这倒可以看出这姑娘有些天真。尤其是那两腮上泛出两块红晕来，和那漆黑的眼珠相衬着，显出她也是个聪敏姑娘。那漆黑的辫子上扎了一小截红绳根，身上还穿了一件新的白花布裯子，四周镶滚着红边，这很像是特为打扮着来的，倒很是让人相爱。不由得一见之后，就多看了她两眼。殊不知那姑娘，更是顺人的心，便悄悄地走过来，挨着她身子站定。而同时就暗地里伸过手来，扭了她两下衣袖，微笑道："姐姐，你不觉得受累吗？坐下吧。"春华向她点了一点头，面上还带一点微笑。

当她进门以后，始终是绷着两块脸子。这时候她微微笑起来，大舅娘觉得她红嘴唇露着整齐的白牙齿，微微地现出两个酒窝，自在浑厚之外，又带着许多妩媚的模样。便笑道："你看，这不是你两个人有缘吗？一见就投机。人家都叫你新娘子，我想这是不对的，究竟还没有到你大喜的日子呢，我想还是叫你大姑娘吧。大姑娘，你猜这人是谁，这就是二姑娘啦。她名字叫春分，正好和你的台甫同一个字，岂不是姊妹哩？怎么叫春分呢？她就是春分那一个日子生的。她也念过《女儿经》《增广贤文》，将来可以拜你为师啦。'春分笑道:"大舅娘,你说这话,不会笑掉人的牙吗?我们这位姐姐,连文章也都会做啦,我怎么和她说到书上去呢?"春华又对她微微一笑,也不曾说到谦逊的话上去。

这就听到门外有妇人说话声,正是婆婆来了。她笑着进来道:"自从戏台下见过一面,这孩子我有几年不看到了,倒长得越发的清秀,人也是极其温柔的,还有什么话说?就差我们长寿配她不过。"春华总不肯失了礼,为父母添了不是,所以婆婆进来,她把刚坐下去的身子,又站立起来。这位婆婆,娘家姓廖,父亲是个举人,也是小姐出身,春华是知道的,心里警戒着,总要处处提防。廖氏对她周身上下,又打量了一番,便道:"我听说,你昨晚是一晚都没有睡,你先歇一会子,到了上午,恐怕来看的亲戚朋友更多,因为人家都说要看这女才子呀。嫂子,我们出去谈谈吧,让春分陪她在屋子里歇一会儿。"大舅娘笑说好的,和廖氏一路出去了。可是春华心里就想着,天下哪有做新妇的人,一到婆婆家就睡觉的道理,所以就抬起头来和春分说话。这才打量了这屋子一番,只见全屋粉刷得雪亮干净,床和桌椅衣橱,全套的家具都是朱红漆的,床对过梳妆台上,一律都是新的镜台粉盒之类。就是这边方桌上,罩着长条桌,也陈设着花瓶时钟,照本地方规矩,已是上等新房陈设。可没有一样是娘家的。春分见她满屋打量,心里也就明白了,笑道:"姐姐,我爹娘真是疼你呀。听说你喜欢读书,把里面这间套房,收拾着,做了你的内书房呢,你来看看。"说着,拉了她的手,向旁边一个侧门里去。春华半推半就地,跟了她去。

看时,果然是一个书房,周围列了四个旧书架,尽堆了木板古书。临窗一张三开的赣州广漆书桌子,配上一把太师椅,两个景德镇瓷墩。桌上是读书人应用的东西都有了,而且书桌边,配了一个卍字格子,随格子设了水盂笔架、签筒盆景,很古雅。正墙下一张大琴桌,可没有琴,有十几套大字帖,两盆建兰,正开着花呢。墙上是《五柳隐居图》,配着一副七言对联,是"贫不卖书留子读,老犹种竹与人看"。窗子外一个小天井里,正有一丛野竹子,更觉得这对联是有意思。便点点头道:"这都是府上的旧东西吗?"春分笑道:"怎么这样客气,我的府上,不就是你府上吗?我们爹号茂生,那是做了生意以后用的。原来也下过三三考,考名是国才啦。我们祖父也是个举人,不是老了生病,不能进京会试,一定会点翰林的。祖父丢下的书不少,这屋子里,不到五股一股啦。爹常说,可惜做了生意，没工夫看这些书，如今有了你，他是很喜欢，望你扶起我们这书香人家来呢。"春华听了这话，脸上很有点得色，心想，人家说管家不过是土财主，现在看起来，也不尽然。因之把心里十分不高兴的事，暂时按住了一下，随着将书架子上的书，抽下一套，翻着看一看。翻的这一部书，却是一部《全唐诗话》。这书家里虽有，不得机会看，不想管家也有，于是就在书架子边展开书来，看了两页。春分是站在自己身后，却也没有去理会。因为这书搁的日子太多了，有个蠹鱼在书页里爬出，这样古色古香的书，很是替它可惜，立刻扭变身来打算对书页吹去。

就在这时，只见春分的手，向窗外比了两比，这就看到天井里野竹子中有个人半现半藏地站着。他约莫有十七八岁，黄瘦的脸，可是扁的，一对小眼睛，配着一只坍鼻梁。头上前半部光而黄的头皮绝像一个牛皮袋。后半部本看不见，因为他也是一闪身子，发现了他后身的辫子，还没有公公头上一个指头粗的那样茂盛。这都不足怪，最让人不明白的，他身上只穿了一件蓝夏布背心，光了两只柴棍子的手臂在外，这哪有点斯文气。春华在极快的时间，用极尖的眼光，已经把那人看得十分清楚。面上颜色立刻由红变了苍白，手里拿的书，骨碌一声，落到地上。她赶快弯了腰，却是慢慢地把书捡起。可是同时她已把身子扭转向里，把背对了窗户了。放好了书，她自向那边屋子里去坐着。春分跟着走到她面前来，笑道："刚才在窗户外边的那个人你看见了吗？"春华板着脸道："我没有看见。"春分道："你不能没有看见吧？他不能像你这样老实，老早地就在偷看着你了。刚才我本想走开来的，因为我听娘说了，新娘子身边，不能离开人，所以只好不走。可是你也不用忙，迟早总会有你们说话的机会。"说着向她一笑。

这玩笑，春华却是毫不在意，但听她说新娘子身边不能离开人，心里却是一动，待要问出来，却又怕惹起别人的疑虑，只好默然。在这沉默当中，心里思潮起来，什么事都想到了。这真像一场梦，昨晚未出大门前，心里想的，和现在的事真会隔十万八千里。春分见她坐在床沿上，靠了床栏杆，眼皮下垂，便道："姐姐你是要睡吧？我关起房门来让你睡一会子。"春华道："有人在我面前，我睡不着的。"春分笑道："这可是个怪脾气了。我娘说了，晚上还让我陪你一床睡哩。有人在你床上，你还睡得着吗？"春华道："平常你跟哪个睡？"春分道："我一个人睡。"春华笑道："你也知道一个人睡很舒服啊！"春分也是个小姑娘，话也只能说到这里为止，这就不便反驳她的话了。

两人唧哝了一会儿，便是廖氏那句话，看女才子的人，慢慢地来得多了，管家在中午，也预备了便席好几桌丰富的酒饭。虽然是长天日子，由一早到天晚，春华没有清静的时候。到上了灯，廖氏说："你看她一身汗，让她洗个澡。"在这时，管家的女仆将水盆香皂都安置好了，春华将前后门紧紧地关上，淡笑了一笑，心想，这总让我把眼前的人都躲开了。要了结，这就是时候。想着，向屋子周围四处看来，可有了结的法子，可是新娘房里哪会藏着凶器和毒药。打量了许久，却看到橱底下露出一截麻索的头。抽出来看时，那麻索却有一丈来长，比手指头还粗。用手扯了两下，很结实，休想扯断。于是坐在凳子上将麻索卷了圈子，出了一会儿神，不觉有几点眼泪落下来，都落到麻索上。心里暗暗叫道，爹娘，你们好狠心。正在这里出神呢，却听到外面有人道："你还没有洗澡吗？"春华道："水太热，我等一等。"说着赶快将麻索送到橱底下去。心里这就想着，我就洗个澡，死也落个干净身子。于是打开衣橱来看看，见带来的衣包正放在里面，挑了几件衣服，放在椅子上，然后解衣洗澡。

坐在澡盆里的时候，心里又慢慢地想起了前后的事。觉得在娘家坐牢，多少还顺心一点，至少还可以发脾气。现在到了婆家来做童养媳，随时都要小小心心去侍候公婆，说不定像别个童养媳一样，要挨打挨骂。与其眼望到那种日子临到自己头上来，不如早早了结，而且也唯有这样，才对得住李小秋。他这个时候，正包好了一只船，在永泰河岸边等着我呢。想到这里，真觉得是万箭钻心，也就更觉得爹娘可恶。尤其是自己亲生娘，怎么忍心把自己亲骨肉，骗着到婆家来。可是书上又说了，天下无不是的父母，有什么法子去埋怨他们，只有认着命不好，死了吧。想着想着，这个澡就洗了很久的时候，早是听到房门外，脚步响了好几遍。这又想着，这个时候，外面是不断地人来人往，如何死得了？那小姑娘说，今天晚上，由她来陪我睡。她年纪很轻，总容易敷衍，不如到了今晚深更夜静，再做打算吧。在这样的一番思想之后，她就暂时不死，洗完了澡，放进女仆来，把屋子收拾过了。

于是春分又来拉着她，一路到堂屋里去吃晚饭。她被拉着出了房门以后，忽然停住了脚，将身子向后一缩。春分笑道："这就奇了，走得好好的，为什么不去了？我明白，你一定是怕见我哥哥。你这个聪明人，怎么糊涂起来？你既是到了我家里，同是一家人，时时刻刻都可以见面。你躲得了今天还躲得了明天吗？就算明天也躲得了，后来的日子正长着呢，你都躲得了吗？"春华并不答应她的话，依然将身子向后缩。心里可就想着，只要躲得了今天，我就永远不用躲了。春分的力气小些拉不动，也就不拉了。大舅娘走来了，笑道："她今天害臊，不愿出去吃饭就不勉强吧。"春华强笑道："并非是为了别的什么，我头疼得十分厉害，简直痛得有些坐不住了。"说着，抬起一只手来，按了自己的额头。大舅娘道："既是这么着，你就先躺下吧。不过，你总也应当吃一点东西。"春华手按了额头，皱着眉道："不必了，午饭吃得很晚，肚子还饱着呢。"大舅娘一点也不见疑，带着春分竟自走了。

春华在起身上房门的时候，对于屋子外面，略微张望了一下。这里的屋子是这样，大概公婆都住在前面那进屋子里。这里到前院，隔着很大一个天井。房门外，也是个小小堂屋，对过的房门，用锁倒锁着。心里想着，这不是天赐其便吗？只要决定了寻死，一夜寻死到天亮，也不会有人知道。于是坐在椅子上，定了一定神，把今晚所要做的事，前前后后，都想了个透彻。过了一会子，大舅娘春分还有婆婆，都到了房里，闲坐了一会儿。春华只装着有病，谈一会子，她们留下春分，自走了。春分笑道："大姐，今晚上，我来冒充一回新郎吧。你身子不大好，那就该睡了。"说着，伸手来替她解纽扣。春华握住她的手，笑道："你小小年纪，倒是什么也都知道。你一个小姑娘，倒不难为情？"春分笑道："我又不是新娘子，有什么难为情呢？"春华道："好妹妹你既然知道我难为情，我身体又不大好，你就不要和我闹了。"说着，拉了春分的手，一同上床，春分本来还想和她说几句笑话。无奈她只说是有病也只好由她解衣睡去。

屋子里时钟的机摆声，一下一下的，春华是听得清清楚楚，仿佛那摆的响声，是在那里说着快了快了。当时钟打过一点以后，春华悄悄地爬了起来，虽是放了帐子的，桌上的灯点着很亮，可以看到春分侧了脸睡着，睡得很熟。春华下了床，隔了帐子，还叫了两声妹妹。然而她回答的却是微微的呼声。春华想着，在这屋子里寻死，究竟不妥，这里睡着一个人呢，假使自己半死不死的时候，她醒过来了，她一定会喊叫的。隔壁那间套房，转到后院了去，那里有声音，也没人听见。于是在衣橱底下，将那根麻索抽了出来，一手举着灯，一手捏住了麻索，轻轻地走到套房里来。喜得是这里的房门，也是由里朝外关的。于是轻轻将门合拢，又插上了门。这还不算，而且是端了一把椅子，紧紧地将门顶上。抬头向屋上看，

320

正好有根横梁。自己站到琴桌上，将麻索向上一抛，便穿了过来，搭在上面。将麻索两头，扯得平直了，这才轻轻爬下琴桌来。灯是放在琴桌上的，为了免碰琴桌起见，把灯移到了书桌。四周看看一切都预备好了，站看对梁上垂下来的长麻索，呆了一呆，心里想着，不想我姚春华到底是这样死于非命。娘家要把我送出门，婆家要把我接进门，他们都算是称心如意。只害了李小秋，他成了那话，痴汉等丫头，正等着我呢。我若不死，他必以为我骗了他，我这一番心事，怎样表白？死吧，不用想了。这就猛可地走到麻索边，将麻索拴了一个疙瘩，向脖子上套来。无奈麻索一拴疙瘩，圈子高过了头，套不上脖颈，又只好把撑门的椅子重新搬了过来。当搬椅子的时候，忽然想到，且慢，我是死了，李小秋怎么能够知道？就算可以知道，也不知在哪一日得信。我必得把这事传扬出去，才有这指望的。于是坐在椅子上静静地想了很久，总算想到了一个三意，便在瓷墩上，将桌上笔砚摊开，向桌子抽屉里，找出一张纸，就在灯下很潦草地写了几行字：

我今死矣！命当如此，夫复何言？唯此身虽死，名心未除。
恳求管老伯伯母转告家父母，须请李秋圃先生为儿作一小传，并
在三湖观音庵斋僧超度，凡儿同学，均前往作吊，儿死亦瞑目。
否则必为厉鬼作祟，不利于姚管两家也。

写完，将笔一抛，把字条压在砚台下。回头看到椅子在麻索下，第二次奔向前去，拿了麻索，又向脖子上套了来，正是：

青春自绝今三次，到底悬崖勒马无。

321

第三十四回

救死动全家甘言解怨
怀柔施小惠妙策攻心

姚春华在那万念全灰、预备寻死的时候，本来是头套着绳子将脸朝着外的。手拿了绳子，头昂着向窗子外看了去，却见一片月光照在白粉墙上，那几竿竹子映了一丛黑影子，犹如白纸上画了墨画一般，非常之有趣。这就放下了绳子，呆了一呆，心想，这样好的花花世界，我一闭眼睛，就完全丢开了。我十六岁没有过的姑娘，就这样死了，这次出世，岂不是白来？想到了白来两个字，这就放下了绳子，坐在那把太师椅子上，将手托了头，再沉沉地想下去。是呀，我现在不过是当童养媳，就算在管家关着，我的身子还是我自己的，就稍微屈住三两个月，再等机会，又有什么要紧？只要我自己干净，癫痫头也好，痨病鬼也好，与我什么相干？我母亲把我哄到管家来，也和推我下火坑差不多。我就是寻了短见，她也不见得心里难受。因为她要是心里难受，就不能骗着我到管家来了。她既是用尽了法子来坑害我，我也可以用尽了法子来争这口气。既是说到争这口气，至少要留了自己的性命才说得上，若是死了，那是我现世给他们看，还出什么气呢？是呀，我若是有志气，我得活着，我活着做一点事情出来，那才不愧人家说我是个女才子。要不然，成了那句俗话，女人家不过是一哭二闹三上吊罢了。对了，我不死，就是病来磨我死，我还要吃药治好来，我能白白把性命丢了吗？在她如此一番考量之后，算是把一天的计划全已推翻。想到桌上那张字条，不能让别人看到，便拿起来三把两把扯碎，然而还怕扯碎，留了字片纸角，落到别人手上去，那是一件老大的笑话，于是取下灯上的玻璃罩，把这些碎纸全烧了。她尽管在这张字纸上用功，忘了梁上悬的这根绳子了。

猛然之间，忽听到窗子外，一阵脚步的奔跑声由近而远，好像是有人由天井里跑了过去。在静悄悄的深夜里，猛然被这种惊慌的脚步声一冲动，心里也是扑通扑通地乱跳起来。人正站在灯边，由亮处看漆黑的窗子

322

外面，又是一点什么也看不到。匆忙地放好了灯，才看到那根长的麻索，还在梁上。赶快去抽那根麻索，无如先前把疙瘩拴得太结实了，忙着抽解一阵，偏是解不开来。好容易把疙瘩解开，将麻索抽下来，那前院天井里，人声大起。心里明白不好，必是这件事已经让公婆知道了。现在要寻死也来不及，不寻死，公婆跑了来，问起半夜起床，在书房里干什么，又叫人无话可答。忙中无计，忽突一声，伸嘴就把灯吹灭了。立刻眼前黑暗起来，更是紧张。因为这是新到的家，东西南北，一概没有印象，黑暗中却是捉摸不出。伸着手向前，让桌子碰了。伸着腿向前，又让大椅子碰了。正站着定了一定神，要辨出这套房门在哪里，前面天井里的脚步声，已是抢到了后院，接着嘭嘭嘭打起门来。公公喊着道："春分，开门开门！出了事了，快点开门！"听了这种声音，春华不但是不能开套房门抢着出去，也不知是何缘故，立刻全身抖颤起来。因之两只脚也站立不定，只是要蹲了下去。因为身子支持不住，心里也就慌了，外面屋子里闹的是些什么，自己都不知道。忙乱中，外面春分已经开了门，只听到公公婆婆喊道："快找灯，快找灯！"接着套房门也就咚的一声撞倒。灯光一闪，大舅娘手里捧着一盏灯，一齐拥进屋子里。在灯光下，进来一群人，见春华蹲在桌子角落里缩着一团，大家全是一怔。同时，也就看到椅子摆在屋子正中，地上一卷麻索。这情形是不必怎样猜想，就可以明白的了。

春华始终蹲在桌子角落里，一声不发。大舅娘放下灯，跑向前来，一把将她扯起，因道："傻孩子，有什么委屈，总有个商量，年纪轻轻的姑娘，为什么做出这样的事来？"春华被她拉起，才仿佛知觉恢复了一点，哇的一声就哭起来了。她这种哭的程度，还是很猛烈，泪珠满脸地涌着。虽然极力地抑止着，不张开口来，而两张嘴唇皮竟是合不拢。于是掉过脸去，将一只手臂横撑了墙，自己又把头伏在手臂上。只听到公公叹着气道："这是哪里说起？这是哪里说起？"婆婆就不同了，先抢进套房来的时候，连向前也不敢，这时可就开口说话了，她道："凭良心说话，我们是没有敢错待你呀，至于这样把你接了过门，原不是我们的意思。无奈你娘再三派人来说，说怕你两口子有什么不顺心，将来更是不好一处，不如趁年纪还轻接了过来，两口子好像兄妹一样，再过两年就好了。你府上是这样说的，且不问真情是不是这样，不过你府上要把你送来，我们管家是绝不能推辞的。这件事你就是要见怪，你只能怪你姚府上，不干我们事。幸而祖宗牌位坐得高，没有把这事弄出来。如其不然，临江府域里，管家大小有个字号，若说到儿媳妇一进门，当晚就出了情形，千错万错，死得不错，什么大罪，都一笔账记在我们身上，那不是冤枉死人吗？到那个时候，我们不但不能和你爹娘说话，不该把你送来。恐怕你家还要颠斤簸两呢。"

她说上了这样一大串子，多半是实情。春华听了，觉得实是自己娘不好。现在寻死不成，反让婆婆数上这样一番大道理，心里委屈上加着委屈，就更是哭得厉害。却听到公公说："嘻，你何必啰里啰唆。有道是蝼蚁尚且贪生，为人岂不惜命？假使姚姑娘没有什么委屈，年纪轻轻的，何至于此！不过她究竟年轻，阅历少，她心里所想的那番委屈，不见得真委屈，总要慢慢给她解说才是。我们是她的上人，说到和她解说这一层，恐怕她不能十分相信。这样吧，我们走开，让大舅娘来劝劝她。"春华想着公婆知道这件事，必定有一番大骂。不想他们进得门来，一个是讲理，一个更是谅情，本来对公婆并无深仇大恨，听了这两篇话之后，不由得心里软了大半截下去。大舅娘这时就插嘴道："姐丈和大姐说的都有理。今天你夫妻们忙了一天，太累了，去休歇吧，姚大姑娘就交给我了。"管家夫妇，又重托了一遍，方才走去。

大舅娘就叫着女仆道："四嫂子，去打一盆水来，让姚姑娘擦把脸。春分，你姐姐和你有缘，姐姐闹着这个样子你也不知道劝劝，傻孩子，端了灯，我来牵大姑娘过去。"说着就走上前来扯住了春华的衣袖。她在伤心痛哭的时候，却是无心伏在墙上的。后来慢慢地止住了哭声，倒不好意思掉转身来望着人，所以还是伏在墙上。这时大舅娘来牵扯她，也就跟着转过身来。见春分手上捧着灯，站在套房门口等着，大舅娘又紧紧握住了自己的手，退后不得，只好低了头跟着走去。到了那边屋子里，女仆已经端了一盆水，放在盆架上，大舅娘拉了她过去，很温和地道："大姑娘，有什么委屈，只管慢慢地和我说。我做大舅娘的，大小总和你拿一个主意。"她口里说着，人可站在旁边等候。春华真不能过拂她的盛意，只得洗了一把脸。脸刚洗完，大舅娘不知道如何那样快立刻找了一把拢梳过来，笑道："大热的天，披着头发很难过的，拢拢头吧。"春华接过梳子，胡乱梳了两下头发。大舅娘笑道："四嫂子，寻寻看，还有茶吗？送一壶茶。"于是牵着春华在椅子上坐着，自己捧了水烟袋坐在春华对面的凳上。

她点了纸煤儿，夹在捧烟袋的左手上，右手就由纸煤儿下端，慢慢抢着，抢着到纸煤儿梢上去。她那眼睛虽是看在她的火头上，那可以知道她并不在想火头是大是小，一定是在想有一大篇话，要怎样说起哩？她抢完了纸煤儿，笑道："春分，傻孩子，手上拿了一把扇子，看姐姐热得这个样子，也不和姐姐扇上两下。"春分听说，果然拿了扇子，站到春华身边来，替她扇着。春华连忙接过扇子去，还欠了一欠身子道："这如何敢当呢？"大舅娘笑道："这是你客气，无论怎么说，你也是敢当的。就不用说你和她是什么位分吧，你肚子里装了这么些个书，不是我说句过分的话，她再读十年书，你当她的先乢也有余。就怕她没有那么大的造化，得不着你这样一个先生去教她啊！"春华道："你老人家这话，也太客气了。"大舅娘抽了一袋水烟，将身子靠近坐了一点，因道："这岂但是我和你客气，管家两位老人家，哪个不对你客气呀。我做亲戚的，一碗水向平处端。论到管府上同姚府上，那确是门户相对。就是说到我外甥官保呢，孩子是本分的，读书自然比不上你，若是照做生意的子弟说起来，也有个来得去得，人品呢，自小就五官端正，要不姚先生怎么会中意呢？不想八九岁的时候，头上长了几个疮，也不知道怎么大意了，没有治好，就弄上这么一点子破相。可是据算命的说，这是他的好处，破相把冲尅点破，全是好运，准可以发几万银子财，活到八九十岁。再说，现在省旦和九江有洋人开的医院，他那头上的病，也可以治好的。揭开天窗说亮话，姑娘，我想你不大愿意，也无非为了他这一点破相。这一件事，我打保，让我姐丈破费几个钱，送到省里去诊治。"春华见她索性直说了，自己原在婆婆家，怎好说什么，只有低了头，专听别人说的。

大舅娘说了一大套话，见春华并没有作声，于是架着腿抽了两袋水烟，笑道："我是个粗人，可不会用字眼说话，说得对不对，姑娘你就包涵一点。你没有作声，也许不讨厌我的话，我就斗胆还要向下说了。春分把桌上那杯茶递给姐姐喝，你看，我是说话说糊涂了，陈嫂子送进茶来了，我也不晓得。"她口里说着话，早是向春分递了一个眼色。春分也是相当聪敏的一个女孩子，已是会意，立刻将那杯茶，两手捧着，送到春华面前，还低声道："姐姐请喝茶。"春华真感到人家太客气，只得站起来，将茶杯转送到大舅娘面前，笑道："你老喝。"大舅娘笑道："我又要端长辈牌子了，顺则为孝，大舅娘让你喝，你就喝吧。我还有许多话要和你说呢，喝茶的功夫，我也没有下。"春华见她捧了烟袋不放下，也只好端了自己喝。其实真渴了，也等着要喝呢。大舅娘道："春分你看姐姐真渴了，一杯茶，一口喝完，再给姐姐倒上一杯，大姑娘，你不必和小姑娘客气，你听我说话吧。"春华听她说话，一来就是一大串，简直不容人插嘴，只好让春分将茶杯子接了过去。

大舅娘又说了，她道："我的话只说了一半啦，我要猜你的心事，就一直要猜到你心眼里去。那一半，我也就说了吧。你的心事，必定说是官保读书不行，配不上你这一肚子锦绣文章。这还用你说吗？谁都明白。就是春分这小丫头，她也一定知道。春分你实说，你晓得不晓得？"春分笑道："我晓得什么呀？"大舅娘道："你装什么傻？你爱听鼓儿词着啦。你就不爱风流才子、美貌郎君吗？"春分噘了嘴道："你看，大舅娘胡拉胡扯，扯到我头上来了。"她本坐在春华身边的，这就一扭身子，坐到床边去了。大舅娘笑道："姑娘你不用装腔作势，谁不是做姑娘来的呀。我小的时候，听听《祝英台》这些故事，一样地也想嫁个风流才子、状元郎君。可是到后来，嫁了你大舅那么一个连鬓胡子。唉，什么都是一个命，婚姻这件事，前生就注定了的，人哪里拗得过。再说，个个人都要嫁状元，哪有那么些个状元呢？要想嫁状元，也不难，这一世好好地做人，多修德，来生就有指望了。再又说到我们官保，风流才子，他哪里配？但是风流才子，也做不了什么事，古来出将入相的人，几个是风流才子出身？那种人不过弄些琴棋书画吹弹歌唱混日子，一天没了钱，挣钱本事，一点没有，只有讨饭。几个像郑元和讨了饭又中状元呢？所以官保不配做风流才子，也许是他一样好处。大姑娘既是愿意他念书，那很好。本来他也没有歇书，不过这两个月，因为身体不大好，耽误了些时。我这就去和姐夫说，让他即日上学，或者请位先生到家里来坐馆，也没有什么。他们只有这个儿子，又有的是钱，那也不在乎。他读书倒向来不躲懒，本来他老子也不放松他，再有你来一比，他是有三分志气的人，也不能不好好地念起书来。这样下去，我想三年两年的，他就有指望了。自然事情是命里注定的，不过在命圈子以内的事，总还可以想法。姜太公还是八十二岁遇文王呢。为人发达，有迟有早。若是我们官保，为了你来，就这样用功下去，说不定有个三年五载的，真把书逼出来了。不过有一层，听说现在不用三考了，论到做官，先要进洋学堂。我们大朝人，为什么要学洋鬼子？我想着，这件事不大好，还得从长商量。不过我姐夫的意思，只要先在家里把书读好了，为了做官，将来再进洋学堂也不迟。总而言之，管家的人，心里都是雪亮的，绝不能委屈了你这一肚子文才。我话说到这里，真是一丝一毫也没有隐瞒，信不信就只好由着你。"说完，她才放下了水烟袋，去取一杯茶来喝了。

春华始终是低了头坐着不曾哼出一个字。虽然大舅娘的话，有中听的，也有不中听的，可是自己总闷在肚子里，并不去驳她。大舅娘把那杯茶喝了，依然正对了春华，坐在那凳上，微笑道："大姑娘，我这些话，难道没有一句中听的吗？你怎么不回答一个字。这里只你我二人，春分小呢，她懂得了什么，好歹你也该哼上一声。"春华才道："你老人家叫我说什么？唉！"大舅娘道："我这些话，据我想，总也是你愿意听的。不过你为你初次进门，初次和我相处，总也许有点不好意思，我也就不向下说了。等你慢慢地想开了，再回答我吧。"说着，站起身来，将手掌遮了灯光，向窗子外看了去，笑道，"天都快亮了，我们还坐着谈，打算过年三十夜守岁吗？春分，你还是同姐姐在床上睡，我就在这凳上打一会儿瞌睡便行了，有话明天说吧。"春华道："你老人家那样办，岂不是折杀我。我也知道，你老人家，今天是不离开这房的，我们三个人，挤着一床睡吧。"大舅娘笑道："我那女才子，我肚里的事，哪里会瞒得过你去。你说破了让我一床睡我就一床睡了。"她说着，和春分挤在一头，让春华一人睡在另头。

春华两整夜未睡早应该是精神不支，只是刺激得太厉害，人也就兴奋过了格，眼见窗户纸一律变成白色，另头两个人鼾声大作。心里想着，这两晚上的事，真有点神出鬼没，虽是自己的事，自己也不知道是怎么回事。眼见天色大亮，公婆起床，接着全家人都要来探听个虚实。到那时刻，自己若是难为情点，那就显不出是个敢作敢为的姑娘。可是什么都显着不在乎呢，话是由人去说的，他们看了我的样子，必定说我胆大脸厚，女大王也可以做。我没有什么了不得，反正是随时可以送命的人。只是我父亲这胃病不能再受气。若是让他听到了别人说我太不好，有了个三长两短，我的罪就更大了。心里如此想着，眼睛望着窗户纸是越发地变了白色，而且也就听到前面天井里，有了人的咳嗽声了。在这声咳嗽里，这倒想起了一个法子，往日在家中，每遇到了什么为难的事，不是装肚痛，就装咳嗽，今天就依然用这个法子好了。心里有了主意，就闭着眼睛来养养神，立刻脑筋里一阵纷乱，眼面前彼起此落地涌出了好些个影子，慢慢地到所有的影子一齐消灭，人好像是沉到了千丈深的大海里去，什么全不知道了。

等到自己耳朵边有了人声，睁眼一看，大舅娘同着婆婆都在屋子里坐着。同时也就看到了窗子外阳光很大，这不用说，已经到了中午了。于是将一只手按住了额角，一只手撑了床，慢慢地坐了起来。大舅娘道："你若是没有睡够，你就再睡一会子吧。家里今天没有客。先是有几位客来了，我都代你辞走了，说你在昨日受了暑，身上不大舒服，都很相信，已经走了。"春华早编成了一个哑谜，自己还不曾找这机会说出来，人家一开口就把谜底给揭了，这还有什么可以说的。因之慢慢地伸脚下床，手扶了床柱子站了起来。大舅娘向她婆婆廖氏道："大妹，你这儿媳是真不舒服，并不是说着玩的。漫说是她这样一副斯文娇嫩的身体，就是我们这样棒槌精样的人，闹个两日两夜，有个不睡倒的哇。"春华这就偷眼去看廖氏的脸色，也是十分的和平，并没有一点生气的样子。她也点点头道："这也难怪她，年纪轻的人，性情都也差不多的。"说到这里，立刻掉转头来向春华道，"你既然是身体不大好，你就躺下去睡吧，好在也没有什么事。"春华皱了眉道："倒是身上有些不舒服，不过我想整日地睡着，也不大合适。"大舅娘道："那有什么不合适。我告诉你吧，你上面两位老人家，那就慈善着啦。你公公到底是个读书人的底子，他得着你这样一位媳妇，睡在梦里也是快活的。早上起来，他就到店里去了，家里的事，他哪里会过问。再说到你婆婆，她是我丈夫的妹子，你知道的，她虽是没有认识多少字，可是我的公公，也是个举人呢，她什么礼节不知道？她当年做媳妇，就十分孝顺的。她是做媳妇的出身，能够不体谅媳妇吗？"

春华看婆婆的态度，果然不带俗气，这时廖氏就笑道："我们嫂子，自夸会说话，今天也就说了一句不通的话。请问，哪个当婆婆的，不是做媳妇出身？这有什么可以夸口？"大舅娘笑道："我的话没有什么不通。没当过媳妇就做婆的，那也很多。再说到你当媳妇的时候，凭着你们老太爷是本城一个大绅士，那一份家规，可也就亏你磨折出来。"廖氏这就叹了一口气道："到如今我也是这样想，当年是怎样磨过来了。既是这种辣味，自己都尝过来了，若是照样地叫别人去尝，心里头也惭愧。"大舅娘向春华道："你听听，这可不是我做舅娘的当面撒谎，你放心，绝不会有让你过不下去的事。"春华只是低了头站着，没有作声。廖氏道："你坐着吧，有道是家无常礼。现在我们家多年做买卖了，也就不玩书香人家那一套。"春华心想，不玩那些规矩很好，凭我这个身份，我也不能随便糟蹋，于是扶了床坐下。在这时，女仆打了洗脸水来，又泡了一瓷碗菊茶，放在桌上。廖氏道："你洗脸吧，回头也要做点饭吃。整日不吃东西下去，那可不行。千生气，万生气，不同饭生气。人到世上，不就为了吃饭来的吗？"大舅娘更是殷勤，就起身扯着春华的袖子，把她牵扯到洗脸架子边上去。

春华一面洗脸，一面想着，照她们现在这种情形，看起来，那是很不错。不过世上不会有这样好的婆婆，把童养媳看得比女儿还重，这无非是她们一种怀柔之策，先把我哄好了，免得我寻死。我管他，落得舒服，到了逼我的时候，我自有我的算盘。洗完脸，春分这孩子，也不知由哪里钻出来了，早就把粉缸子连粉扑子都递到她手上。春华将粉缸放到梳妆台上去，笑道："我不用。"大舅娘笑道："虽然脸子白，用不着这东西，到底扑上一点，可以遮盖一点病容。"春华道："不瞒你老人家说，我这病容是很深了，在家里，老是三天两天害病，差不多害有半年的病了，扑粉哪里盖得了病容？"她说着话，远远地扶了梳妆台站着。廖氏点着头道："你过来喝点菊花水定定心。总而言之，你不用三心二意了。大舅娘和你说了半夜的话，自然你都记得，实说吧，她的意思就和我是一样的。我走了，你和大舅娘谈谈。"她说完，果然起身而去。春分也站在她身边呢，低声道："我娘怕她在这里，你样样受拘板，所以她就走开了。姐姐，你不喝一点菊花茶，那是特意给你泡的。"春华道："照你这样说，那我就太不敢当了。"大舅娘道："只要你婆婆给你的，你就收下，那就比你把东西给她吃了，她还要痛快，说什么敢当不敢当？来，这里坐。"她说着，将面前一把椅子，连连地拍了几下。

春华见大家相待都这样好，明明知道这是个圈套，也不能不向圈里走。于是走过来，将一盖碗菊花茶，分了两个半碗，先捧着半碗递给大舅娘。她立刻接着笑道："春分，你看看，我们娘儿两个，也就过得亲热起来了。聪明人一劝就会醒过来的，那要什么紧？将来我们两个人一定会投机的。"春华听她的话，虽知道她是一味地拢纳，但是人家既在客气一边，究竟也不好意思点破了，因之只当是不知道，回头看到春分站在身边，又将那不曾分的一杯菊花茶，送到她面前。春分笑着退了两步道："我是你妹子，你还跟我客气啦。"大舅娘笑道："这是你婆婆待你一点意思，你就不必东送西送了，要不然，倒显着你有些见外，连婆婆给的东西都不吃呢。"春华想着，她这话倒说的是。于是向春分微微一笑之后，就端着茶杯子自己喝起来了。

刚是喝了两口，便见那女仆提了一只食盒子进来了。揭开盖子将里面东西一样样放在桌上，乃是一碟红椒炒五香豆干丁、一碟香油浸拌五香萝卜干、一碟盐水鸭蛋，另是一只蓝花细瓷碗，盛着白米稀饭，碗边放了一双象牙筷子。春华一见，便知道是婆婆为她预备下的，但是依然装着不知道，只呆坐在一边。大舅姑笑道："你婆婆早就和你预备下吃的了，因为你没有醒过来，她也没有惊动你，你吃一点吧。"

春华昨天就不曾饱着肚子。这时，一阵菜饭香气，送到她鼻子里来，不由她那空虚久了的肠子，不住在体腔里面转动着。因之大舅娘一劝之后，虽不便立刻就走过去吃，可是她的眼睛也不免射到桌上连转了两下。大舅娘便过来，将她的衣服牵牵，笑道："你还拘谨什么呢？你那婆婆恨不得把心肝都掏给你吃了，你还说什么呢。"春华虽是觉着寻了一番死，到底还不免吃管家的东西，未免可耻，可是不吃又怎么办呢？饿一餐，饿两三餐，永远地饿下去，那是不行的。那白米稀饭的白色、红辣椒的红色，非常吸引人的目光。于是糊里糊涂，也就走到桌子边下来，挨身在板凳上坐着。手慢慢地扶起了筷子，然后向大舅娘看了一眼笑道："怎好我一个人吃？"大舅娘道："因为你一个人饿着肚子，所以让你一人吃，这有什么奇怪。"她说着，将春华的手捏起，把筷子插到稀饭里面去。春华微笑了一下，将手扶着碗，伸嘴呷了一口。在这一口呷过之后，肚子里饿虫就控制住了她，不容她不继续大口地喝下去，一碗稀饭，在态度十分从容中喝了一个精光。当新娘子的人，本来就不便多吃，加之自己又闹了一场脾气，总算还生着气呢，怎好大吃而特吃。不过叫自己吃在最香的时候，把筷子放了下来，也于心不忍。因之在犹豫不决之间，将筷子挑了一点鸭蛋白，慢慢地咀嚼着。那时，大舅娘正抽着水烟，不曾理会到她已经把稀饭喝完了，并不叫她添饭。她势出无奈，正待将筷子放下来了，不料竟是不先不后地，那女仆却捧了一碗煮挂面送到桌上来。看那挂面汤，黄油澄澄的，一个大鸡腿子盖在面底下。那女仆笑道："师母说了，请大姑娘把鸡也吃了。"说着，取过她面前的稀饭碗，把面汤碗补上。这一阵香味，却远在稀饭香味之上。依然照了前面的旧套，先是将筷子挑着面尝尝，一尝之后，就不可收拾了。

在这一顿饱食之后，又加着大舅娘那张嘴，天上地下，无不会说，春华满肚皮的牢骚，就慢慢地受着洗刷，渐渐地灭去。到了晚上，大舅娘依然不走，陪着谈话。她也并不是像乡村女人，说起话来啰啰唆唆，不知道理。她看到春华听倦了的时候，就笑着说："那边一间书房，是你公公给你预备下来的呢，你也到那里面去看看书。"在白天，春华怕心里所不愿

330

见的人，又在那里出现。到了晚上，听到女仆早早地把外面那个小院子门关上，是不能有人进来的了。所以大舅娘这么一让，自己也就闪到那书房里去。在书架上找着自己想看不曾看到的书，心里头也小小地痛快一阵。看到了夜深，那大舅娘真有耐心，春分已经睡了，她拿了一点针活，自在隔壁屋子里做，不出去乘凉，也不睡，很有熬着相陪伴的意味。春华将书一放，想明白了这件事，心里倒是老大不忍，只好捧灯进房去睡，这又是一天过了。

到了次日早上，春华心又闷起来了。便是昨日推着有病，不曾出房门一步，免得见了那冤家。今天似乎不好再推有病。因为除昨天下午，吃过了那些东西而外，而且还看了大半夜的书，精神那么样子好，到了今日出去吃饭，又不行吗？自己肚子里这样地计算着，两道眉峰也就随着缓缓地皱起。大舅娘坐在一边似乎知道了她的心事，却不住地带了微笑。不久，春分由外面进来，报告了一个消息。这消息却让春华大受感动。兵法攻心为上，她是让人攻了心了。

第三十五回

寂寞柳边舟传言绝客
徘徊门外月闻药投亲

春华究竟太年轻了，意志是不能十分坚定。加之她很带点中国人所谓妇人之仁，远不是初进管家门的那番情形。这时春分跑进来，向大舅娘报告道："爹把哥哥带到店里去了。"大舅娘看看春华，又向春分丢了一个眼色。春分道："你才不知道呢，把哥的换洗衣服都带去了。爸说，让他在店里住些时候，等叫他回来，才许他回来呢。因为怕留着他在家里，姐姐老不能够舒服。"大舅娘这就向春华笑道："你听听吧，这可不是我说假话，你什么意思，就是不说出来，你上面两位老人家，也是肯顾全得到的。所以这样，也没有别的缘故，无非是爱你这一份才情。你不愿意的那件事，我心里是很明白的，但是不能说出来，可是我不说出来，你公爹也就做出来了，再也就没有什么为难的事情了吧?"春华心里一摇动，不由得垂下头去。大舅娘看看，微微地笑了一笑，又点了两点头道："春分，你去对你娘说，我就同你姐姐出来吃饭了。"春华觉得这样做法，未免太着了一点痕迹。可是要不走出去，永守在屋子里，也不成话，只有低了头不作声了。这样最大的一个难关，春华含糊着也闹过来了，此外也就没有什么更难堪的事。廖氏见了她，更像没有昨晚那件事一样，一个字也不提，饭后索性对她道："你乍到我家来，什么也是生疏的，房门以外的事，你就不必管了。书房里什么书都有，你就去看书吧。"春华唯唯地答应着，自回房去。

这已是到了盛夏的时候，太阳当午晒着大地像火灶上一样。在春华套房外边那一丛瘦竹子，偶然地瑟瑟作响，引了一阵东南风由窗子里进来，在极烦躁的空气里面，人就觉得凉爽一阵。她伏在当窗的书桌上，右手撑了头，左手拿了一柄嫩芭蕉叶，有一下没一下地扇着，人是很疲倦的。有了这两阵东南风，那是更增加着她的倦意，微闭着眼睛，慢慢地长了睡意。于是推了书本，将头枕在手臂上，休息一会子。人虽然不动，可是那天空里的蝉声，吱吱的，只管向耳朵里送了来。这却让她忽地抬起头来，原是在七八岁的时候，曾和外婆家里的表哥们，在河边下，粘知了虫子玩。那河边下长了许多的柳树，树荫下，河岸上，长着绿毡子似的细草。大家在草毡上翻筋斗，竖大顶，坐着滚着，一点不热。因为风由河面上吹来，非常凉快。终日里在那里玩着，听到树上知了叫，就在长竹竿上涂了鱼膏，把它粘了下来。上次曾想到了这么一个地方，所以和小秋约定，叫他就把船弯在那里迎接。而且自己还想着，见了小秋，把这段事告诉他呢，于今这成了个幻想了，不由得伤心一阵，叹了一口气。

然而她所断定的幻想，并不是幻想。在这个时候，那河岸的柳树下，已经弯定了一条船，船上藏着两个少年，原是不敢露形迹，但是到了太阳正当午，船上实在的热，所以两个人也就舍舟登陆，在柳荫下草地上坐着乘凉。这地方，平常是不大有客船停泊在这里的，这可以知道是屈玉坚、李小秋两个人了。小秋靠了柳树兜子，伸长了两脚，背着河，向长堤里的屋脊望着。玉坚却是手攀了一枝长柳条，用手揪住了树叶子，望了河里来往的船只发呆。小秋笑道："老屈，你可不要把话骗我。这个玩笑，不仅是让我劳民伤财，那是让我有性命之忧的。"玉坚道："你这顾虑得太过分了。假如我是和你闹着玩，那也就是和我自己闹着玩，我不也是陪着你在这里等人的吗？"小秋道："唯其是这样，我才对你很相信。可是何以直到现在，那人还没有一点消息呢？"玉坚笑道："有了消息，我们就开船走了，还有什么话说？"小秋道："我并不是说要看到了人才算是消息，你不说的是她会先挂起一样红东西来吗？"玉坚道："她叫我们在船上挂一样红东西，并不是她挂一样红东西，而且我们早照办了。"小秋道："唯其是这样，我想到她也应当在她外婆家的墙上，或是屋后的竹子上树上，多少做一点记号，互相呼应一下，让我们好放心。"玉坚笑道："你这个人是有点糊涂了吧？请问，她若有那工夫出来看到我们船上的记号，再自做一个记号来互相呼应一下，她何不老老实实，就跳上我们的船？"

小秋靠了树干，闭着眼睛想了一想，点头道："你这话自然也是有理，不过我是性子很急的人，等得实在是不耐烦了。"玉坚走过来，也就坐在草地上，低声道："今天晚上是上寿的日子，她若有机会出来，必定是今天无疑。"小秋笑道："那么，你报一个时辰，让我掐掐数。"玉坚道："这是乡下老婆婆干的事，你这样维新的人物，也肯相信？"小秋闭了双眼，将头仰着，紧紧地靠了树干，叹了一口气道："我没有法子安顿得住我这颗心了。它只管要烦躁起来，由不得我不急。"玉坚坐在草地上，也是感到无聊，不住地将那长的草茎，一根一根地只管拔了起来。小秋道："今天晚上，我决不睡，我坐在这里一晚上。"说着将脚一顿，表示他的决心。玉坚将一棵草，连根都拔了起来，用着劲道："你不睡，我也不睡。"小秋睁眼看他一下，又复闭上，因道："那为什么?"玉坚笑道："假如你等到半夜里，人没有到，你发急起来，向河里一跳，我岂不担着人命干系?"小秋道："哼，那没有准呀。"说着，他紧皱了眉头，将手按了心口。玉坚看他这样子，也知道他急得无可奈何，便叹了口气道："多情自古空余恨，好梦由来最易醒。"小秋道："果然地，我倒想起了一件事，自从你到过省城以后，你怎么常把《花月痕》上的诗句，挂到口里念。"玉坚笑道："这是一个风气。犹之乎学《新民丛报》的笔调一样，我们在学堂里作文，不写上几个目的、宗旨、自由、野蛮，那文章就是腐败东西。同时，各人书桌上，也就必摆着《花月痕》《红楼梦》几部言情小说。还有那更时髦的，将那东洋装的翻译小说，在书桌上陈设几部。这是我百试百验的，凡是剪了假辫子的朋友，他书桌上必定有这种翻译小说。你是个维新人物了，你没有这个脾气吗?"小秋道："你倒不要看轻了这小说，有我们许多不知道的事，都可以在这上面知道，长见识不少呢。"玉坚笑道："恐怕你不是要在上面想长见识。"

只这一句话，他不等第二句话说完，便在草地里直跳起来，拍着手道："来了，来了，她来了。"小秋得了这个消息，也是向上一跳。因为他是靠了树兜坐下。树兜下，老根纵横四出，拱出了地面，小秋跳起来，正站在老树根上，站立不稳，由旁边倒栽下去，直滚进深草丛里。玉坚倒吓了一跳，口里问着怎么样了，于是走向前去搀扶他。小秋早是又笑着跳了起来，两手拍着身上的草屑，摇头道："没事没事。"他两只眼睛，同时向前面看去。却又发生了一种意外的事，所说的她来了那个她并不是姚春华，乃是姚家五嫂子。她从从容容地向面前走来，脸上兀自带着许多笑容。小秋低声道："你快点走过来吧。"说着将身子藏到拖下来的柳条里去，只管向她乱招着手。五嫂子走上前笑道："不要紧的，为什么怕得这样?"玉坚也道："上船去说话吧。"五嫂子向他两人看看，先是抿嘴一笑，然后才道："你两人不要发急，我告诉你一点消息。"她口里说着，脸上已是慢慢地收敛了笑容。小秋先觉得不妙，由柳条子里钻出，睁了眼问道："怎么样? 她出不来了吗?"五嫂子叹了口气道："李少爷，你听我说，姻缘都是前生定，人是勉强不来的。"玉坚也走到了面前说道："这到底不是闹着玩的，五嫂子你说实话。"五嫂子道："我到永泰这地方来做什么？不为说实话，我还不来呢。嗐，事情变到这种样子，我也是想不到的。"小秋道："事情变成怎么样了？你说你说！"五嫂子手扶柳树站定，把春华黑夜被骗，抬上临江府管家去的事说了一遍，又道："至于到管家以后怎么样，可是不知道。不过管家有人到相公家去过的，一定是说姑娘去了以后怎样。我看他们家情形，很是相安，想必没有什么事了。"

小秋听了这段消息，头昏脑晕，比刚才摔倒草地上还要难过十倍，一声不言语，身子向下一蹲，坐在草地上。五嫂子道："是我在家里想着，已经把你们引在这里等候她。三天五天你们见不着她，恐怕还不肯到我那里去打听消息的，这样把你们等到什么时候为止呢？是我过意不去，所以特意地溜了出来，到这里来给你们一个信。你看我这人做事，切实不切实？"玉坚拱拱拳头道："这实在难为了你。那么，请上船，把船开到对过三湖去，好让你回家去。"小秋坐在那草地上，始终是不作声。玉坚道："事情到了这步田地，终算干干净净，把你的心思齐根打断，这也很好。以后，你可以把儿女之情丢开，好好地去念书，干你的正经事。本来她是个有人家的人，你想她就出错了主意。"他一面说着，一面看小秋的颜色，见他低了头，只是用手在地上去拔草，也不答话，因道："你不要发呆了，人早走了，你急死也是白费。记得《左传》上有这么一句话：天下多美妇人，何必是？"小秋突然仰着脸向他道："这是你用情专一的人所应该说的话吗？"玉坚一句话被顶住了，倒没法跟着向下说了，顿了一顿，才问道："那么，你又打算怎样办呢？"小秋跳起来道："百闻不如一见，我打算到临江城里去看看。"

五嫂子闪在柳树荫里，听他二人说话，始终是没有作声的，这时就连连摇着手道："这可不是胡来的了。人家到了婆家，那里又是一重天，就是娘家哥弟叔伯去见她，她也不敢随便出来相见。你这样年轻轻的少爷们，一不沾亲，二不带故，你去访人家年少妇女，那算一回什么事？临江府里，大概你也没有一个熟人。你到了那里，请问你又在哪里落脚？总不能管家也有这么两个毛三婶、五嫂子替你们传书带信吧？"小秋很兴奋地跳了起来，被她两句话点破，便也觉得没有理由来和她辩正，也是手扯一根柳条，呆呆地站着。五嫂子道："据我说，李少爷既是偷着来的，当然也是瞒着李老爷的，可就不要到三湖去见李老爷了，若是言前语后，把消息露出来了，说不定又是一场祸事。我不要紧，怎么到永泰来的，我自然会怎么回姚家村去。你二位就不必在这里耽搁了，立刻开船回省城去。今天起的是西南风，你们顺风顺水地走上一天，明天老早地到省。有道是'青山不改，绿水长流'，将来或者还有见面的机会，我可是不敢再多管你们的事了，再见吧。"她说毕，勾了两勾头，自向堤上走去。小秋在后面追着喊道："五嫂子，你来也来了，和我再多谈两句话，又有什么要紧？"五嫂子站在堤上，回转头来笑笑道："再见了，快回去吧。"说完，她已经走下堤那边，向村子里去。

屈李二人随后赶到堤上，向着五嫂子的后影子，呆望了一阵。小秋道："你看她的话是靠得住的吗？"玉坚道："她一个小脚女人过河过渡，到这里来也不是易事，果然没事，她何必跑了来，报你这样一个信？所以我看她的话，那总是全盘可信的，你若是再想往前去也是白费力，那倒是顺了五嫂子的话，趁早顺风顺水，赶快地走回南昌才好。"两个人说着话，无精打采地走下堤，又在柳荫下站着。小秋隔河看那三湖街上厘局外的长旗，临风飘荡，隐隐地还看到河边下父母所住的屋子，因道："到了这地方，总要回家去一趟，我才心里过得去。"玉坚笑道："你这真是明足以察秋毫之末，而不见舆薪。老实说，我们所行所为，哪一点子是合了父母心意？假使这个人今天上了船，你还要远远地逃到开封去呢，那就更远了。我们说到这个情字就不用得再谈什么仁义道德。我想，你离开老伯伯母，并没有几天，不见得十分惦念堂上双亲。你所不能放心的，恐怕还是这件事的实在情形，到底怎么样。人情就做到底，我们现在可以把船开到对岸渡口上去，到了晚上，我再悄悄地到姚家去一趟，切实地给你打听一点消息。果然不错，我们明天天亮才开船。若她的话并不句句是真，那就再想法子，你看好不好？"小秋又是微微地一笑。

于是二人和船家说明，照计而行。在当晚，半轮月亮斜挂在橘子林外、字纸塔头的时候，小秋坐的那只小船，已经泊在渡口有两小时。玉坚早是到姚家村去了，这里只剩小秋一个人，推开了船篷，斜靠了舵板，望着河里的水浪，层层推动，摇撼着沉下去的月亮影子。四周是什么声音都没有，只是那风吹水浪，扑到岸边，啪啪作响。有那岸草里的虫声唧唧相应，点缀了河上夏夜的沉寂。抬头看着岸上，那座字纸炉的小塔，配上一带长堤里的树林，半轮月亮，还有那行人稀少的一条人行路，真觉得这地方是一幅画图。这就联想到第一次在这里遇到春华的情形，以及第二次退学回家，在这里追想春华的往事。不料已离开三湖这地方了，而还有第三次在这里过夜的机会。以后恐怕不一定来了，这应当上岸去看看。想到这里，再也忍耐不住，于是顺了跳板，走上岸去。岸上的事事物物，还是和从前一样，只是路边的草，长得更深了些。更走上堤去，向堤里看看，那一片橘子树林，黑巍巍的，却也看不到什么。只有掉头向西看去，见那三湖街上的灯火，零落地在月光中透露出来，就略微地现出了那街市的黑影子。其中有几点灯光，相距得很近，这就揣想着，那必是家里，父亲当是在灯下看书了吧，母亲却也该同着弟妹在灯下说笑。他们绝想不到我是在这屋边大堤上站着。父亲是怕我在三湖惹下了是非，将我送到南昌去，不想，我偏偏偷了回来给他惹是非。在堤上对着家门呆呆地看了许久，自己吸了口气，接着叹了两声，摇了几摇头，现出踌躇的样子来，然后顺着长堤，依然走到小塔边下去。

在那时，船家也都早安歇了，在紧邻着渡船的右边，有了一只其大如床的小船，黑黑的两个影子，被水里的月光反射着，更觉着这境界是有一种说不出的幽深意味。于是小秋在塔基下一块石板上坐着，赏玩着这点趣味。这就听到堤岸上的沙子，被人践踏作响，料着是玉坚由姚家村打听消息回来了，立刻走向前去相迎。玉坚在堤上就笑道："这样月色昏黄，你又一肚子心事，我在路上，就料着你不肯在船上睡觉。"他走到身边，拉了小秋的手道："上船睡觉去吧。"小秋道："咦，我托你打听的消息呢？你怎么一字不提？这河岸上风景很好，我们就在这里谈谈，岂不是好？也免得船家听到。"玉坚随了他的意思，不经意地走着，一面和他谈话。因道："五嫂子说的话，那是一点也不错的。春华在上轿的时候，她还以为是到外婆家来，丝毫也不作难。到了管家以后，那是虎入了牢笼，自然她一毫不能自由。至于她的消息怎么样，管家可不肯外露，所有亲戚朋友，都说管家待她很好。她在那里过着也很适意，一点重事不做，除了睡觉吃饭，就是看书。"小秋道："她还有心看书吗？这是谣言。"玉坚道："那也不见得是谣言。譬如一个人坐在牢里吧，不能整天整夜或哭或叹，总要想个法子来排解。我想，她到管家以后，只有两条路：一条路是死，一条路是投降。管家怎样苛刻待她，那是不会。她两家本来是爱亲结亲。而且这样好一个姑娘，配他那样一个癫痫头瘰病鬼的儿子，还有什么说不过去的吗？"

小秋一句也不答应，只是低了头走。玉坚道："那么，我们决计明天

337

一早开船了，我丢下一个人在省城里，我是十分不放心。"小秋道："当然我不能老是这样耽误你，但是我这颗心碎了，我眼睁睁地望到人家跳进火坑去，不能救她。老实说，假如不是为着想了这一条笨计，也许她不至于就到火坑里去，我真后悔。"说着，将脚连连地在地上顿了几下，抬起手来，将头乱搔着。玉坚道："你何必这样发急？我们抚心自问，是很对得住她的了。这是她家庭专制，推她下了火坑，与你什么相干？"小秋也不作声，走向河岸边，身靠了一棵小柳树，抬头向天上的月亮看着。玉坚倒吓了一跳，怕他要跳河，赶快跑向前来，紧紧地靠定了他站定，暗暗地还扯住了他的衣服。小秋这倒是不曾理会，又抬起手来，乱搔着头发，将脚顿着，长叹了一口气道："月亮呀，你当然要照着她的，你给我转一个信给她，我的心碎了。"玉坚摇着他的肩膀道："小秋，你疯了吗？我们可以回船去了。你听听卡船上的更鼓，已转三更了。"

这一句话把小秋提醒，果然身边咚咚地响着。回头看到家里那座竹篱笆，在月亮下已是清清楚楚，便回转身来凝望了一阵。玉坚低声道："走吧，若是让老伯知道了，这件事不是闹着玩的。"小秋道："我自己也不解什么缘故，只觉我这一颗心，今天是二十四分的乱，我望到了我的家，很想去看看我的父母。"玉坚一把将他紧紧地抓住，因道："你这不叫胡来吗？你这样偷回来的事，避之还恐不及，怎好进去看老伯、伯母？二位老人家追问起来，那更使我难为情。有道是奸不闻于父母，你为了儿女私情回三湖来的，怎好去对两位老人家说？你若是撒谎，这谎颇不好撒。"小秋呆望了一会子，叹口气道："没法子，我也只好欺骗我的两位老人家了。"于是垂着头，慢慢地向渡口走去。可是只走了七八步路，突然地把身子站住，摇摇头道："不成。我就是不进去，我也得到门外去听听，且听我父母现在说些什么。"玉坚道："这个时候，老伯、伯母大概都要安歇了，你去听也听不到什么。"但是小秋说着话的时候，已经转身向自己家门口走去，而且是走得很快。玉坚想着，一个人到家门口，就想着家里人，这也是人情，让他在门外听听这也并无不可。因之慢慢地随着，老远地站定。

小秋紧贴在门边，侧耳向里边听去。听到当当地敲下了十点钟，凭着自己耳朵的经验，知道这是母亲房里的钟声，想着今天晚上，相当的炎热，也许母亲还在乘凉。这种十下敲过，空气里是更现着沉寂，没有一点声音。小秋在听不到什么的时候，觉得走开也好，想着正待移步，却是这半空间，荡漾着一阵清风竟有一股子药味，送到了鼻子里。小秋突然吃了

338

一惊，这是谁吃药？这样夜深，还在煎药，不要是两位老人家里面的一位吧？于是猛可地立住，又在门边站着。玉坚这就悄悄地跟了过来，低声叫道："哎，小秋，你怎么还不走？"小秋将鼻子耸了两耸，因道："你闻闻，我家里有人熬药吃了。"玉坚道："我也闻到药味的，这夜深气味就让风传播很远，也许不是府上有人熬药。"小秋道："我自然愿意不是这样，可是我决不能断定说，不是我家熬药，我得等一个人出来问问。"玉坚道："那一问，事情不就糟了吗？"小秋道："我宁可让我父母责罚一顿，我不能不进去看看了。"说着，他举起手来，就呼呼地打门。玉坚要拦阻，也来不及。而且人家要回家见父母，自己也没有去拦阻的道理。不但不上前，只得退后两步，且看动静，随着那两扇篱笆门也就开了。这就见到门里灯光一闪，有人咦了一声道："少爷回来了。"玉坚怔了一怔，不知怎么好，只是远远地看了去。小秋随着那灯光，一脚跨进了门，便问道："我们家里有什么人身上不舒服吗？"那人答道："太太受暑了。"小秋听说，更不能稍停住脚，向里面直奔了去。

到了后进堂屋里，并没有点灯，天井圈外的月光，照到堂屋地上，昏黄的一大块。里面屋里却是点着灯，有些微的光，反映了出来。在月光里面，放了一张竹子睡椅，上面仿佛睡着一个人，在睡椅边的地上，有两三点蚊香火。在椅沿边一个泥炉子上，炭火很旺地，正熬着药罐子。小秋情不自禁地，老远地就叫了一声妈。那睡椅上的李太太，来不及穿鞋子，便随着袜子站在地上，很惊异地道："孩子，你怎么回来了？"小秋赶快地三步两步跑向前去，问道："妈，你怎么中了暑？"李太太道："我昨天才病的，你怎么回来得这样快呢？"这时，李太太坐下，女仆捧了灯放在桌上，小秋看到母亲脸腮尖削着，颧骨上有两块红晕，像炭炽一般，似乎还是烧热未退，因道："妈的病不轻吧？"李太太道："今天下午，轻松得多了。再吃一剂药就全好了，这算不了什么，倒是要问你，怎么回到三湖来了？"小秋踌躇着道："爹不在家吗？"李太太道："今天钱帮上有人约会，你爹不到十二点也不会回来的，你有什么急事，等着和他说吗？"小秋本来已经坐在母亲身边，一张竹椅子上坐着，这时突然地站立着，垂了两手，做个谨候教训的样子。

李家是个官僚世家，家庭中那种封建制度的家规，虽到了李秋圃那样脱俗，不期然而然地，总还有许多存在。李太太一看到他这种样子，就料着他要请罪，便皱了眉道："今年上半年，你就闹得可以了，若是在祖父手上，不死也要你半条命。好容易把你送到省城去了，你伯父来信，也说你很好，怎么你又闹出了什么乱子？跑了回来。"小秋道："倒并没有闹什么乱子，只是这次回来，事情很冒昧，我不敢实说。"李太太道："你总得说呀。回头你爹回来了，你不说也成吗？你不如先告诉了我，我还可以给你遮盖一二。"小秋看看女仆不在身边，就把这次到三湖来的行为，含糊其词地说了个大概，又说本来要明早就溜回省去。因为在门外闻到药味，不放心，只好爹着胆子进来看一看爹妈。

李太太早是坐了起来，手拍了椅子扶手道："你太胆大妄为了，我若不是身上有病，我就要找根棍子，先教训你一顿。你太胆大妄为了。"她那发烧的颧骨上似乎更显着发热，将手只管在椅子靠手上拍着，小秋很不容易看见母亲生这样大的气，料着是不容易用言语来平下去的，便呆呆地站着，没有作声。李太太将气生过了，也是向他望着。便道："哼，看你这样子，好像是胆子小得很，可是你为什么做出这种事来呢？你是稍微有点惧怕心的，早就该连滚带爬瞒着偷回南昌去，不想把你一双爹娘看得像纸糊的人，居然敢回来把话直说。唉，你真气死我。"小秋听听母亲的话音，由急变缓，似乎还不至于动手打，便低声道："妈要原谅我，并不是我做了这样的事，还敢回来夸嘴，实在是走到了门口，想起二位老人家，不由自己做主，舍不得走开。况且明明闻到了药味，不知是谁病了，怎好不进来看看？"李太太在椅子下面，摸起了水烟袋和火柴，点着纸煤儿，静静地抽了两袋水烟，喷出烟来，又哼了一声道："你叫我说你什么是好，你真打算在这里硬挺，等你爹回来和你算账吗？你包的船既是还停在渡口上，你还不滚了回船去，趁着还没有什么人知道，你溜回南昌，也省得你爹和你二伯又为你生气。我有什么法子，只好心里记着吧。"小秋也不敢作声，只是呆站着。李太太放下水烟袋，将手又连连拍着椅子道："你还不明白吗？你父亲脾气上来了，谁也劝解不下来的，你做了这样的事，难道你爹听了，会放过你不成？你这么大人了，打得皮破血出，似乎也不大好看，你为什么还不走？"小秋道："明明回来了，不见爹一面……"李太太抢着道："糊涂虫，还能让你爹知道这事吗？我只好为你做回小人，同听着老妈子约着，瞒了你爹，你先走吧。说不定你爹马上回来了，到那时候叫我替你讲情不成？你走吧，别让我着急了。"

小秋看到母亲这样惶急的样子，再想到父亲的性格，果然是不宜在家里久站，便道："那么，我就走了吧。只是妈身体不大舒服。"李太太道：

"你不用假惺惺了，我这病明天就好了。若是你爹知道了，又骂又打，也许要气成他一场大病。那时，我也只有病上加病。"说着，就喊道，"黄得禄呢？"随着喊，听差黄得禄由外面进来了。李太太道："你少爷瞒着老爷由省里来了，老爷知道了，那了不得。刚才是你开的门放他进来，你依然送他上船去。月亮很好，也不用打灯笼，你就这样送他走。"小秋道："那么，我走了。到省我就写信来，请你老放心。"李太太道："哼，放心。叫我怎么放心呢？"小秋本待要走，听了母亲这话，又站住了脚。李太太道："你还不走？我心里还直跳呢。黄得禄，赶快送他走。"小秋不能再说什么了，给母亲深深地鞠了一个躬，随着听差低头走出门来。

走了十几步，听得大门响，回头看时，月亮地里女仆追上来，低声道："少爷，太太说，你要什么东西对黄得禄说，半夜给你送上船去，快走吧，后面有一个灯笼，是老爷回来了。"小秋不敢多话，赶快回渡口来，到了塔边下，只见玉坚还在月亮地里徘徊。他迎上前道："天，回来了？我替你出了一身臭汗。老伯见你说了些什么？"小秋道："家父不在家，家母还怕我挨打，叫我赶快回省去呢。"说着，吩咐黄得禄回去，说是不需要什么了。玉坚道：'这就很好，我就很怕为了你的事，把我也拖下了海。我的乱子是已成之局，让家里知道了，那会更不得了。"小秋道："由我在省里遇到你起，直到现在为止，我觉得我做的事，简直是一场梦。今天的事，时刻变幻，更像是一场梦。我对这些，已经支持不住，我要下船睡觉去了。"那船家从睡梦中惊醒，也奇怪他们半夜不睡，催他们上船去。两个人上得船来，都觉着十分疲倦，在舱板上展开被褥，各自睡觉。

也不知道是睡过了有多少时候，却听得有人在岸上大声叫着少爷。初时还以为是梦，那声音继续地叫着，把人直叫醒过来。睁眼看时，果然在船头边岸上，有一只灯笼，只管晃荡着，便坐起来问道："是黄得禄吗？我并不要什么，夜深了，你还来做什么呢？"黄得禄道："老爷回来了，请你回家去。"小秋听了，不由心向下一落，赶快爬到船头上来，问道："不是让你们瞒着的吗？"黄得禄道："恐怕是太太告诉的吧？"小秋道："这糟了，可是我不能不回云。"玉坚醒过来，也爬出舱来商量着道："要说拦阻你回去，我不敢说这话。不过你自己总得斟酌斟酌。"黄得禄道："少爷，你回去吧，你不回去，我们也不敢回去的。"小秋看他后面还站着两个人，若是不去，也许他们会来绑着去。这情形倒是很厉害，站在船头上作声不得，因为不去不行，去又不敢呢。

341

第三十六回

善作严亲传诗能束子
归成少妇闻雁尚思人

当李小秋听到说父亲见召的时候，早已觉得情形重大。现在更看到几个听差在这里等候，越是觉得捉拿犯人的样子，见了父亲的面恐怕非挨一顿皮鞭子不可，就踌蹰着向玉坚道："这个样子，我是躲不了的。可是你只管放心，好汉做事好汉当，我决不能连累你。假如明天早上七八点钟不能回船来，我就不能回船来了，你尽管开船走。好在船钱，我已经付过一大半了。但是我虽不能回船，只要我能够支使得人动，我一定会打发人给你送一个信。死是不至于死，重打一顿，那是万万不能逃，就是有人找着玉皇大帝的圣旨下来，也救不了我的。"玉坚听他说得这样可怜，心里倒软了半截，抓住他的手道："能不能够先求求伯母给你讲情呢？"小秋道："这一进门，就得先去见家严，绝没有空闲去求家母。而且家母对这件事，也认为是糊涂透顶、绝难宽恕的。"黄得禄站在船头上，只管把手上的灯笼，举了向他脸上照着，央告着道："少爷，你走吧。时候太久了，连我们回去，也要挨骂。"这时那船夫也明白过来，这是厘卡上老爷的儿子。厘卡上老爷，管的是谁？这真是太岁头上动了土。爬到船头上来，竟是对小秋跪了下去，哀告着道："少爷，你可不要害我，若是把我的船扣留起来，我还有一家人呢。"小秋挽起他来道："船老板，你放心，我已经说过了好汉做事好汉当，我不能连累朋友，岂能连累着你？好，我走了。"说着，他就将脚一顿，由船头跳上岸去。那来的当差们，见他已经上了岸，先干了一身汗，簇拥着他就向公馆里走来。

小秋在路上走着的时候，心里自然是怦怦乱跳一阵。及至到了家门口，上身的小褂，都已经被汗浸透，简直自己的心失了主宰，随着引的人，向父亲书房里来。事有出于意外的，书桌上点了一盏很大的罩子灯，李秋圃却在灯下看书，分明是在这里静候着，倒还没有生气的意味。引路的黄得禄，先抢进去报告一声少爷来了，然后退出。小秋悄悄地走进门，

342

再也不敢前进，就挨了门站定。心里默念着，假使父亲喝一声跪下，千万不可固执，立刻就跪了下去。因之站定了，拼命地由嗓子眼里，哼出蚊子大的声音来，叫了一声爹。秋圃将书一推，抬头向他先看了一看，淡笑了一声，点点头道："你的胆子越来越大了，再跟着这样做下去，你准能造反。"小秋不敢作声，只是低了头。秋圃道："若照着我李家的家法说，今天就应当打你一个半死。无奈你母亲病了，不能再受气。二来这事惊动全厘卡的人，我教导的好儿子，也没有脸见人。三来呢，我听到你娘说，你在门口徘徊了很久，闻到里面有熬药的气味，不知道是上人哪个病了，明知道回家有一顿重打，也顾不得，情愿进来看看。这虽是一点小事，却是王阳明先生说的良知良能。做上人的，虽然是有过必罚，也要有善必劝。我觉得你这利害趋避之间，还能见其大，所以我饶了你这一顿打。"

小秋做梦想不到父亲这样说着，不但是不见怪，似乎是很嘉许了。因此微微地答应了几声是。秋圃道："本来呢，我想装麻糊，让你走就算了。既而一想，不对。你既然还有一点诚意对我，不怕打，进门来探病。做老子的人，又岂可不对你以诚？所以我把你叫回来，对你说明我的意思。我为什么看得重你这一举，你大概还不懂。我生平恨人作伪，所以倒不嫌真小人，却是嫌伪君子。第二，我是最爱'见义勇为，见危授命'八个字。这八个字，是二而一、一而二的事。一个人平常不见义勇为，到了没奈何，来个见危授命，一死了之，究也算不得一个角色。明朝亡国，死了不少书呆子，倒也都是见危授命。那究竟于事何补？就因为了书呆子平常不能有为。所以我对后生子弟，总望他自小就练出见义勇为的性情来。你今天所做，大大地合了我的心，所以你虽犯了很大的罪，我也饶恕你了。只是你做的这事，我早已对你娘说过，不但对不起你爹娘，也对不起对你另眼相看的姚先生。说到这里，要用一个新名词，今晚这事，是你大大一个纪念，指你以自新之路，好好地去做人。设若你再要这样胆大妄为，我就不以你为子。言尽于此，趁着还是知道的人不多，你赶快回船去，明天一早开船下省。并非我姑息着你。为姚老夫子着想，这件事实在张扬不得。你若是明白我做父的人今天不责罚你这一番苦心，你稍有一点人性，以后也就该改过自新了。"这些话说得小秋哑口无言，不能答应。秋圃也是默然，正了脸色望着他。

李太太可就在这个时候，摸着墙壁走了进来，有气无力地向小秋道："我虽不懂诗云子曰，但是你父亲刚才说的这些话，却是至情至理，你若是有点良心，实在不能再为非作歹。我身体不大好我也不说你了。你想想，还要什么东西不要？好拣一点，带到省里去用。"小秋道："一时倒想不起来要什么。"李太太道："里面有我吃的香米稀饭，有好金华火腿、四川大头菜，要不，你吃碗稀饭再走。"小秋道："我倒是不饿。"李太太道："家里倒有好几只大西瓜，我怕你吃了坏事，不给你了。我已经叫人给你切了一方火腿心，还有十几个咸鸭蛋，带在船上去吃吧。喏，这里另给你十吊钱票子，带去花，买点正经书看，不要买那些鼓词儿、伤风败俗的书，早把你引坏得够了。"说着，将一卷江西官钱票，塞到小秋手上。秋圃皱了眉道："太太，不是我说你，你实在嘴硬心软。这孩子也就放纵得可以了，你还只管姑息着他。"李太太道："你也不罚他了，我又说他干什么？给他一点钱，免得到省里，他和二老爷去要。"秋圃站起来，拖着椅子道："太太，你那身体，坐下吧。"这又掉过脸，向小秋正色道，"你看看你娘，这一番仁慈之心，怎么体贴你，你做的这事，怎么对得起你父母？"李太太强笑道："好了，好了，你也不要更引你父亲生气了，叫黄得禄点着灯笼引你走。好在我们到秋凉了，总也要回省的。你不用假惺惺，去吧。"

　　小秋由七岁到现在，都浸在线装书里。无论他思想如何超脱，也免不了这旧伦理观念。因之他一阵心酸，不觉流下两行泪来。李太太道："这又奇了，父亲都不怪你了，你还哭个什么？这么大人，还能像小孩子一样吗？"小秋呆呆地站了一会儿，向父母各请了一个安，这就转身出去。黄得禄手上提着一包东西，早是提了灯笼在门口守候。这时，屈玉坚和船家，都没有睡着，隔了舱板，只管说闲话。心里也就在那里想着，这件事，不定还要惹出什么风潮来。后来听到岸上有人说话，接着那声音直奔到船头上来。隔了舱篷，看到有厘卡上的灯笼，更觉这事不妙。等到小秋进了舱把话说明，连船家都说，这样好的父母，实在难得。小秋受了这样一番大感动，自己也就想着，春华已经是名花有主了，空想她有什么用。父母对自己一再地宽恕，已是仁至义尽，也不能再让他们生气了。这样一转念头，虽然是乘兴而来，败兴而返，但是除扫兴，也没有别的幻想，心里反是比来时安定得多。

　　次日天明，一早开船，离开三湖顺风顺水，二百一十里的水道，到第二日下午，老早就到了南昌。玉坚是急于回去，要看他的娇妻。小秋也是怕伯父追问，早早地去销假。到了伯父家门口，见大门外的花格子门紧紧

344

关闭。然而花格子门上，两块推板，却已推得很高，这是大小姐二小姐在门里面望街。小秋不曾敲门，门已开了，遥遥望到大小姐玉筠，进了上房。二小姐玉贞闪到左边房檐下，一个女仆含笑在门边。小秋笑道："既是怕人，就不该出来望街，要望街就不必怕人。"玉贞笑道："我若进了女学堂，我就不怕人。"小秋道："这话可有些奇，进了女学堂，为什么就不怕人？女学堂里有什么护身符送人吗？"玉贞笑道："你少高兴，你下乡去看朋友，看了这些日子，爹很不放心，问过好几回了。"小秋道："二伯在家没有？"玉贞道："正为你的事，写信到三湖去呢。"

小秋听了这话，心里倒怦怦跳上两下，不想刚进大门，就遇着这样不妥的消息。这就不敢径直地去见伯父，先溜回自己的卧室里，定了一定神，自己想着，难道伯父会知道我到了三湖去了？按着情形说，这绝不能够。因为自己和父亲分手以后，不过几小时就动身，信不能比人快。大概伯父以为我出门多日，不知去向，把这事去告诉父亲的。正这样出神着，却见床头边的被褥，翻乱着不曾理好，牵着看时，自己下省来照的两张相片，放在枕头底下的，却是不见了。看这样子，而且是拿去未久，奇怪着，便向屋子里四处找寻。找了两三个地方，玉贞掀了门帘子，伸进头来问道："大哥，你找什么呀？"小秋道："我想这东西一定是你拿去了，并没有第二人知道。"玉贞回过手去挽着辫子梢，将牙咬了下嘴唇，向小秋微笑。小秋道："一定是你拿了，不会错的。"玉贞道："你不分青红皂白，指出一样东西来，怎么就知道是我拿了？说的是相片吗？也不是我要拿，是爹要我拿了去的。"小秋道："你看我猜错了没有？二伯要我的相片做什么？"玉贞笑道："你猜吧。"小秋道："这是我预备考学堂去报名的相片。你把我的相片弄丢了，我还得重照。"玉贞道："你去向我爹要吧。我爹正叫你去有话说呢。"

小秋想穿了，伯父不会知道他到三湖去了的，这就爹着胆子来见仲圃。看到他戴的那老光眼镜，还搁在书桌上，一封敞着口的信，也还有铜尺压在面前，人却是捧了水烟袋，架腿沉吟着。看他那情形，分明还在玩味那书信中的措辞。小秋进门来，请了个安站定。仲圃皱了眉道："虽然游山玩水，并不是什么坏事，但是你正在读书的时候，不应当这样放荡不羁，下乡去看一回朋友，竟有这么些个天。"小秋道："走的时候，我也同伯父说明了，怕有六七天才能回来的。"仲圃道："我正在写信给你父亲，提到你进学堂的事。还有呢，便是你的亲事。我们同乡陈子端老爷，他是京官外放江西，他一向跟着办洋务的人在一处混，对于时务，那是熟透了。在中丞面前，是极红极红的人物。省里无论办什么新政，他也可以说两句话。虽然彼此同乡，遭遇不同，我本无心交这样一个朋友，倒是他偏有那闲情逸致，琴棋书画，样样都谈，在下棋作诗的场合，和我说得十分相投。我无意之间，曾把你父子两个人的诗抄了几首给他看。他居然很赏识，愿和你见一见。他有两位小姐到我们家也来过两次，你伯母偏又疼爱她们。她向我说，很愿和陈家结成亲，说合那位大小姐。我们家虽然讲的旧家风，但是到了这百度维新的时候，也就难说了。好在这两位小姐，虽都是女学生，倒十分的端重，我想着，亲倒是可结。陈子翁曾薄南昌首县而不为，听说要过道班。你若打算由学堂里去找路子，舍此何求？"小秋听了伯父和他提亲，究也不好意思说什么。最后仲圃一段话，意思就差不多完全透露出来，这就笑道："婚姻是一件事，读书又是一件事。若是靠了婚姻的攀缘去找出身，那可怕人笑话。"仲圃正色道："你真是少不更事，我不过告诉你一声，并非和你议论什么是非，我自和你父亲信上商量这件事。"小秋听说是和父亲去商量，这就想着，用不着辩论了。父亲那种脾气，他绝不会为了攀权贵去联亲，因之在仲圃面前，站了一站，自走出来。

刚走出书房门，就看到玉贞由窗台边闪了过来，笑着将手指点了两点。小秋道："为什么这样鬼鬼祟祟的？"玉贞笑道："你还跟我要相片吗？听见没有？你那岳父老子，还要见一见你本人呢。"小秋本想说玉贞两句，抬头见伯母杨氏和大姐玉筠，都站在房檐下，向自己微笑。看这种情形，离开伯父家里这几天，这件事一定是传说到很厉害。好在有父亲这一块挡箭牌，一切全不管，等着父亲来信得了。他持着这样的态度，约莫有十天之久，秋圃的回信来了。但是给他的信，并没有提到亲事，只说是听凭伯父的指教，去投考学堂。同时有信给仲圃，却不知道信上说些什么，看仲圃的颜色，和平常一样，似乎父亲的回信，又不曾违拗他的意思了。

私下也曾去和玉坚商量这件事，据他说，春华是娶不到的了，有这样一个女学生小姐送上门来，为什么不要？这个为什么，小秋也是说不出来。在他心里这样延宕着，光阴可不能延宕，不久就是秋风送爽，考学堂的日子。依了仲圃的意思，去考测绘学校。除了求人写八行之外，仲圃还要带他一同去拜访陈子端。小秋明知伯父的用意，便推说不懂官场规矩，不肯去。仲圃将他叫到书房里，正色道："你为什么不去？古来雀屏射目，登门求亲，只怕不中。再说陈家这位小姐，无论你向新处说，向旧处说，都无可非议。再说，你父亲也就知道你必定执拗。在我信里曾附了一首诗，说是你再三执拗的时候，就给你看。诗在这里，你拿了看去。"他说着，打开书橱子，在抽屉里找出了一张诗笺，递给小秋看。那诗是：

药香差许能思我，北雁何堪再误人？儿欲求仁仁已得，不该更失这头亲。

小秋看了这诗，便想到那晚上父亲不曾责罚的一回事，捧了诗笺简直说不出一个字来。自然，他是软化了，而且他也说不出不软化的一个理由来，便默然地把那诗藏在身上。这一首诗，经了一些日子，传到屈玉坚手上去。又过了一个很长很长的日子，居然传到了春华手上去。

那是一个深秋天气，三溪附近的树林，大的橘子黄澄澄的，在绿叶丛里垂着。小的橘子简直是万点红星，簇拥着满树。春华做了少妇的装束，挽了个圆髻，身上穿的花绸夹袄，滚着红辫，两只手上，也都戴上了很粗的金镯子，完全不是当年那种风度了。她大概也是久别家门，对于这些田园风景，不无留恋，因只是在树林子下面，来回徘徊着。这个时候，是本地人的柑橘收获期，摘橘取柚的事，都交给少年妇女去办。在天高日晶的情况之下，妇女们还是穿着白色单衣、各种颜色的裤子，胸前紧紧地挂着一块蓝布围襟，把两只袖子高高卷起，卷得过了肘拐，她们的手虽然有白的，也有黄的，然而却没有一个不是粗肥结实的。她们将那粗肥的手臂，搬了一个四脚梯子放在枝下，然后爬上去。梯子顶上，有一块木板，可以当了椅子坐。她们的发髻，在这些日子，总是梳得溜光，不让一根乱头发，披到脸上来。于是她们坐在梯子顶上，左手握住了枝上的橘子，右手拿了剪刀，平了橘子长蒂的所在，轻轻剪断。剪过之后，接着把橘子在脸上，轻轻地一擦。当她们剪橘子极快的时候，在脸上也擦得极快，擦过了，才向梯子上所挂的一只簸篓子里放下去。乍见的人，看了她们那样一剪一擦，总是莫名其妙，为什么要把橘子在粉脸上这样摩擦一下？其实她们这很有用意，怕的是橘子蒂剪得不平正，突出一点来，那么，放到橘子里去，装运出口，就可以划破另一个橘子的皮，只要稍微流出一些汁水来，过得日子稍久，不难把这一篓橘子都给烂光。所以剪了橘蒂之后，立刻就在脸上试一试，是不是划肉，当然总是不划肉的。要不，一个巧手的女人，一天可以剪三千到五千橘子，假使有百分之一的橘蒂，会划着脸皮的话，一天工作下来，她的脸皮成了画家的乱柴皴了。

　　春华在读书的日子，也喜欢跟着同村子里的女人们，到枯子林里摘橘子。也和别家不大出门来玩的姑娘一样，总得借这个机会出来玩一两天，虽然在橘子林里，有时不免碰着白面书生，那倒也无须回避，向来的规矩，就是这个样子的。所以姑娘们都把出来摘橘子当作神秘而又有趣味的事。春华多年困守在临江城里，现在到家里来，回想着以前的事，样样都有味。到家的次日，就同着五嫂子到橘子林里来。五嫂子坐在梯子上，看到附近无人，低声道："大姑娘，你真要打听李少爷的事，现在倒是时候，那个屈少爷由省城毕了业回来了，我昨天悄悄地和他通知了一个信，说是你回家来了。他正要打听你的消息，一会儿工夫，就要到这里来的，你两个人一见面，彼此就都知道了。"春华昂头叹了一口气道："我哪有脸见他？我现在不像以前了，我既是个青春少妇，我就应当守妇道，我当了屈少爷，只管打听一个青春少年的下落那成什么话？你不该约了屈少爷来。"五嫂子道："哟，并不是我胡乱勾引你做坏人啦，原因是你只管问我，我一个不出门的妇女，又知道李少爷是到北地去贩马，是到南地去做官？所以把他约了来，再向他打听。你若是觉得不便，趁着他没来，先避开去。他来了我随便说几句言语，把他打发走了，也就完了。"春华红了脸道："五嫂子，你不用见怪，我做的事，哪里瞒得了你？虽然我心里还是放不下这件事，但是我这一辈子，只好把这件事放在心里了，我万万不能出面来打听了。"

　　五嫂子看她正着脸色，恳恳切切，一个一个字吐了出来，便随着也叹了一口气道："你说的也是，我们做女人的有什么法子可以拗过命去啊？那么，你请回吧。要不，他就来了。"春华没有答应她的话，也没有移动一步脚，两手反背在身后，靠了一棵橘子树站着，只是低了头看着地下。五嫂子道："相公知道你出来吗？"春华依然望着地上，却微微地摆了两摆头。五嫂子道："那么，师母总是知道你出来的了。"春华道："我一个出嫁的女儿，她还管我做什么？"五嫂子对她倒看了一阵，觉得她并没有怕见屈玉坚的意思，一味地催她走，也觉得有些不合适，便笑道："大姑娘，你在梯档子上坐一会儿，我要上树摘橘子去了。"春华微微地答应了一声请便，依然还是靠了树干站定。五嫂子心里也就想着，这人准是又发了她那痴病，理她也找不出一句切实的话来的。如此想着，自己就爬上梯子去，开始去剪橘子。

春华默默地站在树下，心里头也就说不出来是惭愧，是恐惧，或者是安慰。忽然想着，我是可以尽管地问玉坚的，不怕他不把话告诉我。倘若他问起我来，我能把经过的事，老老实实告诉人家吗？等到那个时候，没有脸见人，不如自己先避开了，不去见他。心思一变，开步就向林外走。走出树林来，抬头看那天空，忽然布满了白云，平地不见了日光，同时，半空里阴风习习，也就很有凉意，不像先前那亮晶晶的太阳照人，现在阴暗暗的，很有些凄惨的意味。正好嘎嘎几声怪叫，由天空掠过去。抬头看时，可不就是一个雁阵，在羿云惨淡之下，由北向南飞吗？最令人动心的，便是离开了那群雁，单独地剩下一只雁，随在后面，扇动着两只翅膀，仿佛飞不动似的跟着。半晌，就嘎的一声叫出。这几年以来，秋天的雁，最是她听不得看不得的东西，现在看到之后，顺便地就想到了北雁南飞这句词曲。关于这句词曲的人，不定是在河南，是在直隶，然而他一定是离得很远了。我看到的这群雁，由北飞来的时候，也许他曾经看到。难道他就不因这雁而想到我？看了的确的消息可以打听，我为什么不问问？于是望了这群去雁，直到一点黑影不见，还呆着不愿移动一下。

忽然有人叫道："师妹，多年不见，益发地发福了。"春华垂下头看时，却叫心里一跳，正是屈玉坚。他不是先前在家乡读书那种样子了，身穿一件窄小的蓝呢夹袍子，先就不见了当年的宽袍大袖。头戴一顶圆盖帽子，前面伸出一个舌头样的东西来，鼻子上架着金丝眼镜，内地也是稀少之物。他见着人，大大地和古礼相反，立刻伸手把头上的帽子抓了下来。春华虽是一面在打量着他，一面也就感到了自己是不长进，还是这样一个乡下姑娘的样子，这就红着脸向后退了两步。玉坚见她的情形，有点受窘，只得多说两句话，便道："先生在家吗？前几天我已经来看过先生一次，师妹还不曾回府来，现在我们是很不容易会面的了。"春华道："嗐，师兄，你既遇着了我，我是无法可躲。说起来惭愧死人，我哪里有脸和同学见面？"玉坚道："笑话，多年同窗，怎么说出这种话来呢？"春华道："我说这话的意思，师兄当然也很明白。"这句话倒说得玉坚呆了一呆，无话可答。春华道："五嫂子在树林子呢，我引着你去见她吧。"说着，她便先行引路。

五嫂子听了他们说话，早就由树上下来，笑着相迎，向玉坚道："屈少爷，你迟来一步，大姑娘就走了，她不愿等。"玉坚早是把春华身上估量一个够，看到她这一身穿戴，腹部还是隐隐地向外隆起，事情是很可明白。再说她的脸皮，还是那般嫩而且白，羞晕最容易上脸，人像是喝醉的样子。玉坚就想定了，绝不问一句话，免得她难为情。春华定了一定神，笑道："师兄毕业回来了，这就很好，应该升官发财了。"玉坚微笑。春华道："听说师兄进的是测绘学堂，说是画地图的。"玉坚道："我进的是普通学堂，小秋他进的是测绘学堂。"春华不由得低了头，脸依旧是红着。静默了一会儿，才垂了眼皮问道："他也该毕业了吧。"玉坚道："他在暑假前，已经到保定去，进军官学校了。"春华这才抬起头来道："保定，那是到北京不远的所在了。"玉坚道："是的，有火车可通，半天就到了。"春华低头叹了口气道："那么，他算是飞黄腾达了。他还记得我们这一班同学吗？"说到这里，微露着白牙，可就带了一些笑容。玉坚道："怎么不记得？我们在省城常常见面，见面就谈到师妹。"春华垂了眼皮道："那么我的情形，他一本清知。"玉坚道："他很原谅你，你自然也应当原谅他。"春华道："我是名教罪人，我又是情场罪人，只有求人家原谅我，我哪里配原谅人？"玉坚道："真的，小秋离开南昌北上的时候，他对我说，我回三湖来，万一见着的时候，叫我请你原谅他，他有两三样东西，托我带来给你。他已经把东西都交给我了，不知什么缘故，又把东西要了回去。只剩一首他父亲作的诗，交我带给你看。"春华道："诗呢？"玉坚在身上摸索了一阵，摸出一个小小的绣花荷包。由荷包里掏出秋圃劝小秋定亲的那首诗，交给了春华。她接着诗稿看过，果然是秋圃写的字，点了两点头道："想必他是求仁得仁了。还有他拿回去了的两样东西，你知道是什么吗？"玉坚道："一样是他的相片，一样是他的头发，因为他剪了辫子了。"春华道："他的意思是不愿再种因了，你想是吗？"玉坚笑道："师妹聪明人，还有什么不明白的。"春华道："但是我这份不得已，可在他那情形万万之上，我自己不说，没有人能够知道我……我……这苦处。"说着两行眼泪，同流出来。玉坚也没法子可以安慰她，只有站着呆望了她。春华在身上掏出手绢来，揉擦了一番眼睛，便道："师兄，既是大家见面了，我乐得把我的苦水，在你面前，吐一吐。师兄你请在梯子档上坐下，我可以和你慢慢地谈下去，好在到了现在，我家爹娘，对我放心了，多耽搁一会子回去，那也不要紧的。"说着又叹了一口气。她这一声叹，不仅是代表她的不平，并且，代表了当时许多女子之不平，而她的一页痛苦的生活，就开始叙述出来了。

第三十七回

痛哭斯人隔墙闻怨语
忽惊恶客敛迹中阴谋

当春华落在管家怀柔的圈套里以后，自己心里也就想着，好在管家也不择日子完婚，这条身子依然是我自己的。只要留住了这条身子，什么时候有了机会，什么时候就能逃出这个火坑。万一逃走不了，就是最后那一着棋，落个干净身子进棺材，也不为晚。主意拿定了，因之每日除了和婆婆在一处吃两餐饭而外，终日都是缩在套房里看书。管家在临江城里，本是一个富户，绝没有要春华做家常琐事的道理。这样相处到三个月之久，已经是旧历十月中的天气，窗子外面那丛瘦竹子，经过了清霜，便有几片焦黄的叶子。在这矮粉墙外，隔壁人家，恰好有一棵高大的枫树，通红的叶子，让太阳照着，只觉是光彩照人。春华终日地坐在屋子里看书，自也感着很是闷人，于是绕出了屋子，到这竹子下一块青石板上坐着。抬头看那蔚蓝色的天空，浮着几片稀薄的白云，西北风微微地从天空吹过，就让久在屋子里不出来的人，精神先舒服一阵。她就手扶了一棵竹子站着，望了天空，正觉得心里头很有一种感触。忽然听得这小院子通外面的墙门，呀的一声响，她就料着，这必是小姑子春分来了，便笑道："你总是跟着我的。我一百天不到这里来，你也就没有来过。我今天消遣消遣，你也就跟着来了。将来我若是死了……"

这句话她是不曾说完，那个人已走进来了。他并不是春分，却是春分的哥哥。春华自来他家，几个月之内彼此却也见过几次，但是老远地看到就已闪开，或者知道他已经由吉里回家来了，这就藏躲在屋子里死也不出来。所以做了三个月的一家人，彼此还没有单独地相对过五分钟。这时他忽然来了，分明是居心追了来的。要逃跑只有一扇门，正是他进来的路，他已经断住了。后面倒是自己套房里的窗子，假如自己要爬进去的话，在这个人面前，未免又有点失了体统。立时那张粉脸，全是紫血灌了，而且两只眼睛的眼皮，也和头一般，只管下垂，扶住了那根竹子，犹如捉住盗贼一般，死也不放松。

　　而幸的他自己很是自量，相距还有三四尺路之遥，他就站住了，他先作了一个揖，然后低声道："你到我家来，也有三个月了，你看我家人，上上下下，有一个人说过你一句重话没有？"春华哪里还去答复他的话，将头只管扭了转去。他又道："姻缘都是前生定，人是勉强不过来的。至于你说我肚子里没有文墨，我现在已经在念书了。痨病呢，已经好了。你嫌我头上没有头发，我爹已经托人到省里去买外国药水，专治这个病。"春华虽不能回转头来，却是由鼻子里轻轻哼出一声来。他又道："你自己去慢慢地想吧，我家里人对你事事将就，也无非图你一个回心转意。你真是不肯回心转意，那有什么法子呢？不过你已经进了管家的门，我一天不死，你一天也不能到别家去吧！就算我死了，我想你也未必走得了。你想，府上是什么人家，哪能够让相公的姑娘，去嫁两家人家。这就是今年上年的事吧？你们村子里一位老太婆，守了六十年的寡，竖立贞节牌坊，轰动了几县，连新淦县老爷，都到你们府上去贺喜，好不风光。人家都说，你姚府上的门风最好，专出三从四德的女人。你既是族长的姑娘，又读书达礼，更不用说，你不顾令尊大人的面子，还要顾全姚家人的面子呢。我虽少读两句书，有了这样大的岁数，天理人情，我总是知道的，你看我说得怎么样？"春华真想不到他会说出这么一篇大道理来。虽然不愿意看他的脸，也不愿听他说的话，可是他所说的，个个字都是实情。只有将身子再向后退着两步，退到竹丛后面去。她的他，也就看出她虽不驳回这一篇话，可也不肯把这篇话当一回事。他就叹了一口气道："两家人家的面子，我也没有法子，若不是这样，我也不勉强了，这勉强的有什么意思呢？"说毕，又昂着头叹了一口气，他就走了。

　　春华隔了竹子，眼望他走去，这倒不要走开这里了，索性坐在窗子外面，滴水檐前的阶石上，两手撑着大腿，向上托了自己的下巴，只管向个个相叠的竹叶出神。忽然一阵心酸，两行眼泪，便牵线一般地流了出来。这个地方因为在她的套房后面，平常是没有人到的，只要她不哭出声来，还哪里有人知道。春华哭了一阵子，便默然地想一阵子，想到除了逃走，再望在娘婆二家找个出头之日，那是不行的。而且这逃走的事，第一次没有逃走得了，倒落在火坑里。第二次再要逃走，恐怕是不行了。就算逃走得了，这人海茫茫，又向哪里去呢？这倒真只有合了那讨厌人的话，认命在管家守着。这样想时，心里立刻难受，又垂下泪来。这样子凄凉了很久。还是听到套房里面有了响动，才赶着站起，向里面看来，正是春分东张西望，有些找人的样子。她忽然哟了一声道："姐姐，你怎么眼睛肿了呢？又哭起来了吧？"春华倒不否认，淡淡地叹了一口气。春分就由窗子里爬着跳了过来，扯住她的衣服，只管问，为了什么事？春华只是摇了摇头道："也没有什么了不得的事，眼睛吹进灰了。"她说完了这么一个简单的理由，低头走进房去，便倒在床上睡了。春分看着不解，就偷着去告诉了父母。管氏夫妇明知道儿子回了家，这是一个最大的原因，夫妻对望着，叹了一口闷气。这虽是一口闷气，却和春华加重了一场压力。

在这日晚上，春华不曾出来吃晚饭，却听到前面屋子里公公的声音很大，似乎在和人争吵。于是悄悄地摸出房来，闪在堂屋后壁，且听前面说些什么。先听到桌子扑通拍了一下响，接着公公叫道："你不用拦阻了我，就是这样办。我把新淦县的大绅士请几位，把临江城里的大绅士也请几位。到了那个时候，我就原原本本地把这段婚姻说了出来。只要各位绅士说得出我管某人一个不字，我披红挂彩，鸣锣放炮，把姚廷栋的大小姐送了回去。如其不然，我叫他姚廷栋不要在新淦县做人！"春华听了这话不由得心中乱跳，冷汗由毫毛孔里齐涌出来，两只脚随着也有些抖颤。于是手扶了壁子，由壁缝里悄悄地向里面张望。只见公公素日盘账的横桌上，摆了许多红纸请帖，公公手捧水烟袋架了腿向那红纸帖只管出神。婆婆坐在一边，态度默然，似乎也在为这事为难。过了一会儿，她就劝着公公道："那样一来，我们也没有什么面子，我看这女孩子，现在也驯服得多了，再过两三个月，我想她或者也就好了。"公公又道："我决不能为了一个儿媳妇，不让我的儿子回家。姚廷栋也是拿尺去量别人大门的，能叫他的姑娘做出这事来吗？"婆婆又道："听说姚廷栋，为了这姑娘的事，弄了一个心口痛的毛病，一生气就发。你若是和他这样大干，他若有个三长二短，岂不是你害了人家？女孩子脾气虽然不好，我们两家亲戚，总还算相处得来。能忍耐着，我们总应当忍耐下去，千万不应当抓破了面子。"婆婆这样说着，公公却只管抽烟，并没有答复，接着又叹了一口气，似乎已经为她的言语所动。春华觉得这难关很不容易冲破。两只腿抖颤着，只管沉了下去。过了一会儿，这就听到公公又叹了一口气道："好吧，我再忍耐一两个月吧。过了年以后，我就不能再这样地含糊了。"

春华暗中叫了两声佛，连走带爬，回到了自己屋子里，躺在床上静静地想着，幸是婆婆说几句良心话，把这帖子按捺下了。如其不然，这一场大是非，一定会把父亲气死，到了那个时候，自己还是在婆家呢，还是回娘家呢？在婆家一定瞧我不起，回娘家呢，说我的坏名声，闹得无人不知，也不见得收容我。我自己算不了什么，觉得父亲同祖母，都是十分仁慈的。假如娘婆二家真为了自己的事来请客讲理，父亲不气死也要去半条命。祖母这大年纪，恐怕也活不成。这事牵涉得太大了，只有忍耐着吧，她心里又加进了一层忍耐的念头，在枕上想了大半夜没睡。次早醒来，留心着自己的眼睛，赶快就在镜子里照了一照，这又让她加上了一层为难。两只眼睛，外面全肿得像胡桃一般，眼珠呢，却是通红的。当着公婆全在生气，若再让他们知道自己是哭成这个样子的，那是让他们气上加气了。因之手上拿了一条手绢，将两只眼睛捂着，只坐在屋角里暗处。等春分来了，便道："妹妹，你不要动我的手巾了。我害了眼病，你昨天说我哭了，我没作声，现在可以相信，我并不是哭，我是眼睛痛。"说着拉了春分到亮处站着，放下捂住眼睛的手道，"你看。"春分呀了一声，就扶着春华的肩膀，伸头要仔细地看。春华连忙将她推开道："可不是闹着玩的，害眼是可以过人的。"春分道："我去对娘说……"下面的话不曾说出来，人已走远了。

春华见她这样，心里倒是比较安慰一些，依然缩到屋角里去。果然，过了一会儿，婆婆自己也来看她的病了。见她两只眼睛通红，这也就相信她是害了眼。当天泡了一些菊花茶给她喝，并不强她出来。可是这反而给了春华一种便利，知道管家人都相信自己害眼了，落得一哭。在当晚上，枕上想着，不跳出这火坑，这一辈子真委屈死了。要跳出这火坑吧，不但父亲面子难看，姚家一族人，面子都难看。自己决不能再回家的了。想到了半夜，却听到远处庙里，打着半夜钟，当的一声，又当的一声。忽然心里一动，想着，便是无可奈何，到庙里去当尼姑去，也比这受委屈强得多吧。有了，我第一步就去谋出家，先把这条身子弄得我自己能做主再说。记得鼓儿词上，有陈妙常赶船的这一个故事。假是我做了陈妙常，我就可以自由自主去追李小秋。她想了几个月的计划，最后就让这钟声，告诉了她一条出路，却是去当了尼姑，再来嫁人。她觉得这个办法，是独得之秘，倒安心睡了。

到了次日早上，婆婆又来看她的眼睛，见她眼睛依然红着，便道："这不行了，非得找医生开一个方子不可，我派人送你到东街上汪大夫那里去看看吧。"春华道："医生罢了。往常我也害眼的，到尼姑庵里观音菩萨面前去求点净水洗洗眼睛就好了。"管太太笑道："那也很好，我就派人

354

送你去吧。东大街一转弯，就是观音阁，路很近的。"春华心里很喜欢，倒不想无意中找得了一条出路。倒做出那烧香礼佛的样子，自己先换了一身干净衣服，让女仆提着一篮子香烛，同向观音阁敬香。女仆一进门，那老尼姑智香就认得是本城管家来的，立刻满脸笑容，迎下了大殿的阶。合掌道："这是少奶奶，我们接个缘吧。"说着，那尖削的脸上，重重叠叠的，凹出许多皱纹起来。女仆向她丢了一个眼色道："你叫大姑娘吧。"智香笑着点点头道："哦哦，是是是，大姑娘好一个清秀人物，是带着福的像。哦，眼睛上火了。不要紧，求一点净水回去洗洗就好了。"她口里说着，接过女仆手上的香烛篮子，先引上殿去。两个三十来岁的中年尼姑，抢着出来，又在智香手上接过篮子去，燃烛插香。春华刚是在佛面前站定，智香就站过来敲磬。春华磕下头去，一个字不曾祷告。她口里念念有词，早是说了一大串的话。春华心里也自纳闷儿，我要向菩萨祷告什么，她怎么会知道？不过她这样热心，究竟是好意，自然也就不去过问了。春华磕过了头，智香吩咐两个尼姑徒弟和春华灌一壶净水，自带了春华到客堂里去待茶。

这客堂里挂着字画，设着大炕小桌，已经很不坏。智香更掀着帘子，引她到里面一间雅室里去。正中一个雕花圆格子门，里面设有矮禅床，竹叶白花布的垫褥，上铺紫色寿字蒲团。拦门挂了一个丝络，络着一袋香橼。横墙一张琴桌，有两函黄绫裱边的经书。一个黄瓷大盘子，盛有几个尺来长的大佛手。另外有珊瑚树一个、白石观音一座。窗户边两个大瓷盆，两棵芙蓉瓣子的茶花，娇艳欲滴。屋子里并无桌椅，就是两个厚布套蒲团，夹住一个矮茶几，已是放好两碗香茶和干果碟子。墙上并无许多字画，只有一张《维摩面壁图》，一副竹刻五字对联。春华笑道："好一所雅洁的屋子，出家人这样舒服，我也要出家了。"智香道："阿弥陀佛，这屋子不过预备奶奶小姐们烧香以后，歇歇腿、喝口水的。我们自己，哪能怎样舒服享受？"春华坐着，向屋子周围看了几看，笑道："虽然你说不能怎样享受，到底你们这屋子收拾得清清楚楚，就是不吃好的、不穿好的，倒也落得六根清净。"智香合掌道："阿弥陀佛，大姑娘，出家人不就为的是这个吗？"春华装作很不意的样子，带着笑道："譬如说吧，我现在要出家，只要老师父肯收留我，这就行了吗？"智香笑道："阿弥陀佛，大姑娘青春年少，怎么说出这种话来？"春华顿了一顿，笑道："我自然是这样譬如说。倘若有我这样一个年轻的难民，逃到你们手下来，非出家救不了她的命，你们是怎样办呢？"智香道："只要她下决心抛开红尘，自然是可以收留下来的。不过出家人不愿惹是非，总也要查明她的来历。"春华点点头道："这就是了。不瞒你说，我就最好看佛书，只是不大懂得。我们好在相隔不远，将来我要常来向老师父求教。"智香道："我们也不认得字，出家以后，跟着师父念经拜忏，也多是口传的，和我谈经书是不成啊。果然地，人家都传说大姑娘是个女才子，写得一笔好字，作得一笔好诗。我这禅堂里，求得知府大人衙门里的刘师爷画了四幅吊屏，大姑娘可不可以写一个小中堂给我？我们结个缘。"

春华心里一想，这尼姑和气得很，也没有什么俗气，将来求她的时候还有呢，便笑道："我的字是不好意思送人的，不过师父说是个结缘，我倒不好意思推诿，过几天我给你送来吧。"智香听了，十分欢喜，又留着春华坐谈了一会儿，煮了一碗素面给她吃，方才放她回去。春华的眼睛本是哭肿的，歇了许久不哭，眼睛就也慢慢地退了红。由尼姑庵回到家里的时候，管太太看到，先吃了一惊，只说好灵的观音大士。春华便道："我已经许了愿，眼睛好了，逢初一十五都到庵里去烧香。"管太太道："啊哟，你这个愿许得太重，往后日子长呢，你能够逢初一十五都能去吗？不过许了愿是悔不得的，你记着吧。"春华道："好在路近，记起来就去，总来得及，那老师父还要我和她写几个字呢。"她这样交代过了，婆婆也并没有作声，这也是件很平常的事，用不着怎样再三地说。

到了次日，春华的眼睛就完全退了红。智香在上午的时候，亲自到管家来取昨日灌净水的壶。先是在前面管太太屋子里谈了很久的话，随后就拿了一张宣纸送到春华屋子里来，在房门外就叫着道："大姑娘，眼睛好了吗？"春华听得是老尼姑的声音，就迎了出来。智香打着问讯道："菩萨保佑，眼睛全好了！大姑娘，我们庵里的事，无论如何，你也是要帮忙了。纸，我带来了，你哪一天给我，我是不敢说，不过我求求你越快越好。"说着，又不住地合掌。春华接过纸来，笑道："你请到我房里坐坐。虽没有你庵里那样雅致，倒也干净。"智香道："大姑娘不讨厌我的话，将来有工夫到庵里去再谈吧。我出来得久了，应该回去了。"说着她满脸堆下笑来，连说告辞告辞，立刻就走了。春华想着，一个出家的人，也许是不愿在俗家久坐的，就随她去了。倒是她交来的这张纸是一张真正的玉版笺，不要看轻了出家人，她也很懂这些风雅事情的。自己一高兴之下，慢慢地磨了一砚池墨，把那张玉版笺裁作三小张，都写了，却挑选了一条写得最好的，等到十五那天，亲自送到尼姑庵里去。智香接着，高兴得了不得，说是明天就要拿去裱褙，过几天，就要挂起来了。春华从来不曾和人写过屏联，现在老尼这样地快活，心里也是十分高兴。在家里闷住了几天，便想和智香谈谈，不到初一，又带了春分到庙里来一趟。临别的时候，智香和她说："初一烧香的人很多，大姑娘要来还愿的话，到下半天三四点钟来吧。因那个时候，庵里没有什么人，我可以好好地陪你谈谈，烧一壶好茶给你喝。'春华也很是愿意和她谈谈的，这就毫不疑惑地答应了她的约会。

到了初一那日，春华也是一时高兴，换了一件青洋缎的薄棉袄穿着，这就把她那张雪白丰秀的脸子，映得格外像鲜苹果一样。今天也不梳辫子，由左边梳一个小辫，由脑后横拦到右旁头角上来，在那里挽了个圆髻，在圆髻下，还坠下了一帛红丝线缠子。这样的装束，自己年来到今天只有三次：第一次是小秋来读书几天以后，第二次是到三湖去烧香，也是会小秋去，第三次就是今天。有人说，自己这样打扮分外好看。现在打扮给谁看？不打扮又可惜了自己这一份人才。只有进庙烧香，打扮给菩萨看吧。假如菩萨看中了，收去做一个养女，倒是自己所愿意的。她有了这样一份痴心，所以欢欢喜喜，在初一下午，到庵里去烧香。当她到庵前的时候，庵门已经是紧闭着，敲了很久，门才打开，智香迎了出来。春华道："今天怎么这样早就关了庵门呢？"智香道："就为的是大姑娘要来，老早地关了庵门，免得别的香客来。"说着话，进了庵门，立刻人心一静。那院子门边一棵撑入半空的冬青树，抹了半边斜阳，映着佛殿的红墙，幽艳得很。院子里鹅卵石面的人行路，两面青苔很厚，这可知道走路的人很少，微微的一阵沉檀香味，在空中盘旋，这佛庵静的表现，让人深深地领略着。春华道："唉，佛门真好，我来一回，便爱一回。"智香笑道："这就叫有缘。大姑娘，你记着，一个人有了缘，是不可以错过的。"说着话，引她上观音殿上敬过了香，依然把她引到禅房里来。

第一样事情，让春华看了高兴，便是给智香写的那轴小中堂，已经挂在壁上了。智香先就合掌道："大姑娘，我先谢谢你，人家说，你的字写得好，诗也作得好。这样的女才子，不想出在管府上。"春华道："这是哪个说的？"智香笑道："是我到府衙门里去求刘师爷那张画，把你写的字也带去了，刘师爷看到，只管说好。这还罢了，还有二少爷看到，当了一种活宝，他非留下不可。我说：'二少爷虽然是位贵人，但是这是大姑娘给

357

庵里的，佛爷面前的东西，哪里可以随便给人。不过我替二少爷求她再写一张，这没有什么不可以的。'"春华道："这是哪里话，我一个姑娘家，怎好写字送官送府？"说着这话，脸色可就沉下来了。智香笑道："阿弥陀佛，出家人不愿撒谎的。为了大姑娘这一张字的缘故，我就对府里二少爷撒了一次谎。你想呀，假如我不撒谎，你这一幅墨宝，他能让我拿了回来吗？"春华听她是如此说着，也就不再追问。智香笑道："你先请坐一会子，我招呼他们去给你泡一壶好茶来喝。"说着也就转身走了。

春华在蒲墩上坐了一会子，心里也就想着，老尼姑对我总算很好，将来可以慢慢地和她谈心，把自己这一腔心事给她说出来。假如她真能帮我一个忙，叫她引荐一下，我逃到外县一个尼姑庵里出家，我是有了出路，对她也没有什么妨碍的。她这般地想着，以为自己的算法，那是很准的。正出着神呢，却听到外面客堂里有脚步声，便笑道："师父，你全不用客气，将来我还请你收我做徒弟啦。"说着话，伸头向外看了去，这不由她不大吃一惊。原来并不是智香，是个三十来岁的男人。那人穿一件枣红宁绸袍子，腰上扎着青湖绉腰带，拖了一截在外，腰带上是罩着宝蓝绸琵琶襟的小背心，头戴一顶尖瓜皮，有个小小的红顶子。那人的脸本是枣核式的，加上了这尖瓜小帽，脸子更长，鹰鼻子，小眼睛，在鼻子边，还有不少的大白麻子。老远地看到，这就可以料定，他不是一个好人。可是他并不因为有女眷在这里而退了回去，却满脸是笑地站定了脚，向她深深地作了两个揖。吓得春华脸上苍白，只管倒着向后退。那人却开口了，他道："大姑娘，我是府里的二少爷，因为这里的老师父，拿了你写的一轴小中堂带到衙门里去，我看到之后，实在是佩服得了不得。知道姑娘今天下午要来烧香还愿，因此特意前来拜访。"

春华见他那样子，恐怕躲不了，虽是心房只管乱跳，可是面子上还要鼓着一股子气，就绷了脸道："呔，你这人好生无礼。男女有别，怎么只管找我说话，哪个认得你？"那人笑道："不认得要什么紧，第一次见面认得了，第二次见面就是熟人了。"说着话时，他已是慢慢地走了过来。春华瞪了眼道："这是佛地，你打算怎么样？你走不走？你若不走，我就要喊叫了。"那人笑道："你喊叫就只管喊叫吧。你是烧香的，我也是烧香的，在尼姑庵里碰着了，这有什么要紧？你告到临江府衙门里去，那是我的家。"说着，哈哈笑了一阵。春华一看身后有一个矮窗户，正好通到天井，更转到佛殿前面去。百忙之中，也不知道是哪来的那一股气力，两手抓着窗槛，就爬着跳了过去，跳到天井里之后，头也不回，一直就向庵门口奔了来。所幸庵门却是半掩的，不用费那开门的工夫，就奔上街来。

到了街上，看见来去的行人，心里才向下一落，喘过两口气，定着神，就向家门口走去。然而脸既红了，头发也乱了，周身的小衣也全让冷汗浸透。到了大门口，又站着定一定神，将手理理鬓发，这才走了进去。家里明知她是烧香回来，可也就没什么人注意她的行动。春华到了自己屋子里，坐下来定了一定神，想到刚才过去的事，心房还不住地跳。怪不得人家说三姑六婆全不是好东西，原来这尼姑庵里，还有这样一个秘密。幸而自己跑得很快，假如中了那贼子的毒手，这个时候，就不知道是一种什么情景。这件事，也幸得是没有人知道，这种丑事若是被人知道了，那是跳到黄河里去也洗不清。人家必以为是我自己不好，不然，为什么突然和尼姑来往得这样亲密呢？天呀，总望那个男人，不要到处瞎说就好。要不然，传扬出来了，那是活也活不得，死也死不得。事情是糊里糊涂闯过来了，仔细想着，倒反是比以前害怕。人藏在屋子里，坐也不是，站也不是，睡更不是，只是在屋子里急得打旋转。

到了晚上，不觉头昏脑晕，竟是大烧大热起来。家里人有的说是犯了感冒，有的说是吃坏了东西，也有人说是受了惊。倒是公婆都不怎样地介意，只是请了一位年纪老的医生来看过了，开了一个定神退热的方子。春华睡在床上，也暗里想着，这事还是不瞒着公婆为是。天下绝没有瞒得了人的事。我说出来了，我可以表明我居心无愧。我不表明，吃了人的亏，还不肯说出，那显见得是心里不干净了。有了这个心，也打算到次日向公婆说着。不料到了次日早上，却听到公公在堂屋里大叫"岂有此理"，过了一会子，婆婆进房来问病，也是挂着一脸不高兴的样子。因之自己心里的事，一个字也不敢提，怕是得不着公婆原谅，反要受一顿申斥。糊里糊涂地睡过了一晚，病是好了，只是四肢柔软如绵，说不出来的一种疲倦，所以始终还是在床上睡着。又这样过了三四天，房门口都不敢出来，房门以外，有什么事，自己全不知道。

到了第五天下午，却有一桩十分出于意外的事情，是娘家母亲来了。管太太先陪着宋氏进房来坐了一会子，然后她避了开去，显是有意让她母女们说话。春华靠了枕头躺着。没有开口，嘴角一撇，先就有两行眼泪流将下来。宋氏坐在床面前一张椅子上，捧了水烟袋，只管抽烟，眼睛可是向春华脸上看着的。等流了一会子眼泪，喷出烟来，叹了一口长气道：

"冤家，你叫我说什么好呢？你父亲为你的事，闹了那么一个心口痛，到如今受不得凉，受不得累，到明年恐怕是不教馆了。说句天理良心的话，管家待你，要算不错，你怎么样子闹脾气，人家都容忍了。可是前天你惹的这个祸事，真是不小。"春华听了这话，立刻脸上变了色，宋氏也不管她，接着道："你以为这件事，除了尼姑就没有人知道吗？你愿瞒着，人家还不愿意瞒着呢。那知府的二少爷，他说你是管家的姑娘，已经派人在你公公面前提亲，说是在尼姑庵里都交过言了。你公公也是气得死去活来。"说到这里，低了一低声音道，"你若是夫妻和气呢，管家人也不会怎样疑，偏是你那颗心，怎也说不转来的。你在尼姑庵里遇得这么一个花花公子，还敢叫人来提亲，这话一说出去了，请问，你娘婆两家，怎样地把脸见人？你公公对这件事，绝不肯轻轻放过去，昨天跑到我们家去了，要和你爹拼命。幸而好，你爹不在家。我把他拦了回来，一口答应，总有个了结。"春华哭道："他为什么和我爹拼命呢？我并没有做什么错事呀。"宋氏道："我原知道你没有什么错事我才来的，若不然，我上门找嘴巴挨来了吗？你公公他是受了你的气不少，无非借了这个题目，来和我姚家为难。你现在若是愿意大家没事，你就可怜你老子，圆了房吧。"春华哽咽着道："我不能拖累娘老子受气，我自己找个了结好了。"

宋氏放下水烟袋，两手按着膝盖，也不由垂下泪来，默然了许久，才道："你只有一条命呀，怎么动不动就说死呢？我现在替你想，你也是屈，不过，只要你保重你的身子，总有个出头之年的。你若是想不开，以为是一了百了，那就错了。丢下你的父母，让人家去说吗？说女儿没脸见人，借着死，遮了丑了。到那时候，假事弄成真事，你父亲非死不可。你奶奶非死不可。我呀，怎么办呢？我的肉，你实在苦了做娘的了。"宋氏带哭带诉苦，一阵伤心，呜呜咽咽地就哭出了声音来。春华本来是满腔的委屈，经过母亲这番委屈话说了出来，实在不错，也就哭起来了。宋氏索性坐到床沿上，一手扶了她，一手拈起衣角，和她擦眼泪，用着那柔和的声音道："我的儿，你若是可怜我娘的话，你就再委屈一点，圆了房吧。你公公就等着我一句话，你若是不答应，他要摆酒和你爹讲礼了。你读书明理的人，你能让你父母和一族人丢面子吗？我的儿，你可怜为娘吧。"说着话，宋氏的眼泪只管滴到春华的手上。春华觉得母亲这次说的全是实话。那颗强硬的心实在软了，于是点了两点头，而她的终身也就在这两点头做了最后的决定了。

第三十八回

归去异当年人亡家破
相逢如此日木落江空

春华在橘子林里会到屈玉坚的时候，曾隐隐约约地把上面一段事情告诉了他。在这一段事情以后的话，不用得说出来，玉坚也十分明白。所以在春华说到母亲到临江去相劝之后，脸上是忽红忽白，很透着为难的意味。便是那额角上，也不住地向外冒着汗珠子。手扶了一棵树，只管低了头站着。玉坚明知道过去的事是无法可以补救的，又何必说呢，便向她笑道："论到管府上，本也是体面人家，他们这样子，总也有他们不得已的苦处。我们既是读书的人，自然四面八方，要顾一个周全，有些事，是不能依着我们心里那种奥妙的想法去做的。"春华忽然地咯咯一笑道："奥妙的想头，说起来，可也不就是奥妙的想头吗？师兄，你也有过什么奥妙的想头没有？"这一句问话，却抵制得玉坚无有话说，只好淡笑了一笑。春华叹口气道："到了现在，当然什么话也是多余的了。不过我不相信有缘无缘这句话，我只相信有力无力这句话。我若是有这个胆子，也不怕人家说闲话，也不怕连累父母受气，那我就做什么也不怕，做什么也称心。只是不能这样忍心，只好把我自己葬送了。"玉坚听她说的话有点过激，只管说下去，恐怕惹是非，就拱了两拱手道："师妹的事情，我总算是大概地知道了，师妹还有什么话问我的没有？"春华道："自然是有，不过我想着，不问我也可以猜出来的，我还问什么？问明了，倒叫我更加伤心。"玉坚望着她呆了一呆，便笑道："师妹既是这样说了，我就不便再说什么。我若多说什么，岂不是让你更加伤心？我既到这里，我应当去看先生了。"春华向他点了两点头，不再说话，那眼眶子里两行眼泪，可就由眼角里向外拥挤着，差不多是要流了下来。玉坚怕她真个哭了出来，要和自己添下闲话，拱拱手就走了。

春华靠了树干，两手向后反扶着，低了头。五嫂子在一旁望了她，见她那漆黑的发髻下，露出那雪白的脖颈子。而脖子上保持处女美的那一圈

361

毫毛，现在已经没有了。这也就想着，这样好的一个姑娘，就是这样完了，实在可惜，怪不得她自己心里难过了。就在这时，树上落下一片黄叶子，正打在春华脖颈子上，倒让她吃了一惊。抬起头来时，五嫂子就看到她的脸上全是眼泪。立刻跑近身来，掀着她围襟的衣角，要向她脸上去乱揩。春华推着她道："五嫂子，你不要劝，我是两年了，没有痛痛快快地哭上一场，今天你让我痛痛快快哭一会子吧。要不然，你叫我在哪里哭？在婆家哭吧，婆家说我为什么无缘无故地哭。在娘家哭吧，娘家说我出了门的女人，倒回到娘家来哭，好不丧气，你叫我怎么办？"五嫂子这倒不说什么，自己的两行眼泪，也不解是何缘故，纷纷地落了下来。红着两只眼睛圈子，只管摔清水鼻涕。许久，她倒是逼出一句话来了。她道："哭什么？做女人的人，总是受委屈的。"这一种不合理的论调，现在无论什么人听了，也觉得不能解释春华的苦闷。可是当时春华听了，倒非常地合适，只叹了一口气，默默地把五嫂子的劝告接受了。她既然认定了女人是该受委屈的，觉得和玉坚徒打听小秋的消息，那也是无用，自此以后，也就不再存着什么幻想。到了次日一早，她就带着一份凄惨的颜色，坐轿子回临江府婆家去了。当她上轿子的时候，对着大门外新栽下手臂粗细的两棵柳树，注目看了一会儿。她心里可就在那里想着，我下次回来，这树木不知道有多大了。她这个想头，不是偶然的。她感到父母对于自己，是没有什么补助，越是听父母的话，越是不得了。心里在那里暗定着，非有个十年八载，不回家了。

这一个志愿，并不是怎样难成就的。果然地，当她下次回来的时候，那手臂粗细的柳树已有了瓦钵那样粗大，只是树身那么大了，左边一棵树，枝丫全无，光秃秃的，就剩那截树身。右边一棵树枝丫去了半边。她里家那个八字门楼，不是先前那样白壁红门，配着好看。于今是一堆乱砖和残瓦，斜支了半边破门。墙的缺口地方，有一只瘦着撑出骨头来的黄毛狗，蜷了身体在那里睡着。半壁墙上，还留着一大片白粉，上面可就有很大的一排黑字，写着五省联军第几师几旅几团几营营本部。门口那一片菜园子，本是竹篱笆围着的，现在篱笆就倒了十之八九。本来这菜地上没有篱笆，也不见得有什么不妥，唯其是有两三丈残缺不全的篱笆，在空地里歪斜着，分外觉得不整齐，加上那菜地里乱撑着黄瓜豇豆架子。野藤在斜阳里面，被风吹得飘荡，有几只秋虫在里面唧咛唧咛地叫着。那些栽菜的所在，全是尺来长的野草，偶然在草里面露出两棵菜蔬，但也只有枯老的叶子，配上桃子大的茄子，或是酒杯粗的老苋菜干。这个园子，显然是很久很久没有人治理过。

就在这个时候，春华手挽了一个破篮子，由墙缺出来，直走到菜园子里面去。另外有两个小同伴，全是小孩子，一个约莫有四岁，一个约莫有三岁，大的前面跑着，小的后面拉了衣襟，脚步跟不上，走出来，就摔了两跤。春华叹了一口气，依然向菜园子里走。这里有一件事让她最伤心的，便是自己最心爱的那一棵梨树，也不知道什么缘故，连枝带干，全倒在地上。梨树边那口井，没有了井围子，倒围了许多蓬蒿。春华忽然生了一种感触，一直走到对面墙边一个双开的窗户边去。这窗户里面，就是当年小秋的卧房，这一道窗户，彼此是留下了不少的往事可以回想的。在她心里如此想着，仿佛就看到一位年轻书生，在窗子口上站着，向自己点头微笑。自己也就小了好几岁，仿佛恢复了以前小女孩时候的模样，开步跑了起来，直奔到窗子边下去。可是当自己到了那里的时候，这就让自己大失所望，不但是没有了人，而且也没有了屋子，遍地都是砖瓦，剩下秃立着梁柱的一个屋架子，只有后边大天井里那棵大樟树都还存在，在樟树下撒了许多马粪。正面祖宗堂下的走廊上，一排四根柱子，都拴有两匹马，柱子边，满地是草，马就低了头，只管咀嚼着，叽咕作响。再看着前面大厅，屏门也倒了，窗户也拆了，满地铺着稻草茎，有好些个大兵，全躺在草上。

春华一想这事不妥，全是大兵，被他们看到了，有什么举动时，自己倒脱身不得。于是立刻扭转身子，向后一缩。两个孩子正在乱草里捉蚂蚱儿，跑到了篱笆的一边去。春华丢下了蔬菜不去寻，口里喊着元仔二仔，便追出篱笆来。那两个孩子只管跑，指手舞脚地笑着，由那破墙一角转。两个孩子不见了，春华只好提着脚步，赶了上去。不想迎面来了一个军官，蹬了高腰子马靴，手提皮鞭子，大开了步子走来。那两个孩子跑了上前，抱住那人的腿。那军人倒是很和气，弯下腰，一手一个，把小孩子搂抱了起来，笑着向春华道："大嫂，这是你的小宝贝吗？长得多么伶俐。"春华不敢向前，远远地站着，手理了鬓发，微低了头道："请你把他们放下。"那军人听说，就把小孩子放下，因道："这位大嫂，是新近回村子里来的吗？以前我没有见过。"春华道："今天我才回来，一村子人全不知道到哪里去了。我家的祠堂也糟蹋得到了这种样子，我都不认得我自己的门了。"那军人笑道："大嫂，你不要错怪了人，这不是我们革命军干的，以前北军在这里驻扎，就闹成了这样子的，与我们无干啊，我们也只来了十天。"春华虽然饱经忧患，但是见了军人，究竟有些胆怯，见两个孩子已经跑了过来，低着头一手牵了一个，立刻转身就走了。可是她口里却轻轻地道："我那祖宗堂上还拴着几匹马呢，那也是北军拴的吗？"

说着话时，已到了自己家门口，那军人是否听到了这句话没有，自己就没有理会了。她母亲宋氏由门里迎了出来，立刻牵着孩子道："我怎样叮嘱你，叫你不要随便地出去，你怎样又出去呢？这是党军啊，若是先前的北军，你这回出去早就吃了亏了。"春华道："我真不想我们这村子，会糟到这样子，所以我一进门来，就要四周去看看。"宋氏道："你就是要到外面去看看，也该让你兄弟带着你一路去。他到底是个十几岁的男孩子，可以照顾你一点。"说着话时，一个十四五岁的孩子，提了一篮子香烛纸帛走了进来，叫了一声娘。宋氏道："春豪，你怎么去了这样久？我记挂着你啦。"春豪将篮子放下，两手一拍，笑道："我真快活，我在街上，听到国民党的党员在大街上讲演三民主义，从此以后，我们就可以得着自由了。"春华道："今天是爹爹的阴寿，你不想着心里难过，还快活呢。"春豪道："爹爹死了两年了，我还不能开笑容吗？那个演说的人说：'从今以后，我们得着自由，男女平等，谁也不能压迫。'"春华道："就是得着自由，与我们有什么关系？迟了，自由是别人的了。"宋氏听了这话，就皱了眉头道："春华你也不是洋学堂里女学生出身，为什么开口自由闭口自由？纸买回来了，趁着太阳还没有落山，就烧了起来吧。我想着，若是你爹还在世，纵然是我们村子里遭了兵燹，我们家也不会落到这步田地。"说着，眼圈儿一红，两条泪痕，直挂下来。春华也是凄然，默坐着不作声。春豪这就不敢多作声，把香烛点了，插在正中祖宗神位前。

宋氏也带着眼泪，由厨房里搬了三牲祭礼出来，用一只长木头托盆盛着，放在香案上。回过头来，对小孩子们道："元仔二仔，过来拜拜你外公。"两个小孩子听了这话，离着香案前的拜垫，还有两三尺路，就朝上拜了下去。宋氏远远地站着，向神案上的祖宗牌位，注视了许久，那两颗屡次要落下来的眼泪，又挂到了眼睛角上。默然了一会儿，又道："假使婆婆在世，看到这两个重外孙子，也不知道要喜欢到什么样子呢。可惜她老人家，也是过去两年多了。"春华提到了祖母，觉得这一生真正疼爱着自己的，只有这位老人家，如今回家头，这位老人家也是不见了，不说话，也就垂下泪来。春豪看到娘同姐姐都在哭，自己很没有意思，自捧了纸钱，到大门口烧去。也是他少年人的另一种想头，既说到今天是父亲的阴寿，不能够太冷淡了，所以买了一挂千头的爆竹，在大门口点了放着。在沉沉的夜色里，噼里啪啦地响着，火花乱飞。宋氏立刻见着道："这孩子真是胡闹，这样兵荒马乱的时候，你怎么的黑夜里放爆竹呢？"春豪道："我们家祭祖，放一挂爆竹，也不是应当的吗？"说着话，宋氏自点了三根香，也到香案面前来下拜。

就在这时，听到人声乱嚷道："在这里！在这里！"随着这声音，招来几个背了步枪的兵。春华看到他们是冲了进来的，也吓了一跳。当前一个，便是刚才遇着的那位军官。他走到堂屋来，向四周看看，虽然这里的墙壁，还不免东倒西歪，然而屋子的架子，是在这里的，分明是一位有体面的人家。再看春华在灯火一边，呆呆地站着，正是刚才在外面遇到了说话的妇人。她对于军人，似乎根本上就瞧不起的，便瞪了眼道："你们是有心跟我们捣乱呢，还是不懂事？这里驻扎了我们的军队，你怎好随便放爆竹？"春豪每日在村子里走来走去，和先前的驻军，倒混得很熟，看到大兵，也不害怕，便走近前来道："今天是我父亲的阴寿，我们在家烧上一炷香，也犯法吗？革命军在这里前后也驻过有八九个月，我们都相处得很好，你老总是前几天开来的。过久了，你也就会同我们很好的。你可不用势力压人，革命军是不欺侮人的。"那人道："你这么一点年纪，说话倒是这样厉害。但是无论如何，你们在这个时候，放了爆竹，那就犯了法。你们家里哪个是家长？跟我到三湖团部里去回话。"

宋氏原就缩在一边，不敢作声，到了这时，看这军官有带人走的样子，就挺身走了出来道："我是家长，你要带人，就带我去吧。"军官向她看看，因道："你是个妇人，我不能带你去，这个小伙子，是你的儿子吗？我带他到团部里去问两句话。团长若是不见怪他，我依然把他带了回来。"春豪听说要带他到团部里去，这也就有些慌了手脚，将两只手只管去搓那身上短夹袄的底襟，一步一步地向门角落里退。宋氏道："你看我们这孩子吓得这个样子，再要把他带到军营里去，那么，他哪里还有魂在身上？你做做好事，把他饶恕了吧。"那军官生气道："我可饶恕他，谁肯饶恕我呢？我不报上去，我是要受罚的。你不放心，你就跟你的儿子一路去。只要我们长官不说话，我们还同你为难做什么？走吧！"说着，将手对着带来的几个大兵一挥，那意思是告诉他们带人。大兵看到，更不答话，两个夹一个，各挟了春豪一只手臂，就向前面走去。宋氏哇的一声，又像哭，

365

又像叫，也跟了后面走去。

春华也要跟着了去，无奈身边又有两个小孩子，天色已经晚了，把他们丢下，让谁来携带呢？于是怀里抱了一个，手上夹了一个，一直送到大门口来。眼见母亲让大兵包围着去了，春华呆了半晌，不知怎样是好。后来她一想，兄弟小呢，母亲又是个不会说话的人，这二人拉到团部里去了，这一份糟，简直是不能说。自己究竟念了两句书，总可以和他们打个圆场。如此一想，立刻把两个孩子抱了，送到五嫂子家里去。只说了一声"请你暂看一下，我要到三湖街上去一趟"。更不说第三句话，掉转身就走出村子，向街上走了去。可是五嫂子如何放心？直追到村口上，把话问得清楚明白，才让她走。因此春华一路追着，并没有将这一行人追上，直赶到三湖街上时，天色已经黑了。现在又不像从前，街上没有了买卖，并没有什么灯火，走起来，更是漆黑漆黑的。春华一口气跑到街上，这倒没有了主意，前顾后望，家家关着门户的，向哪里去找革命军的团部。只有在街上这一头跑到那一头，四处地张望，口里情不自禁地，也就说出来说："这叫我到哪里去找呢？"

正说着，却有个人提了一只玻璃罩子吊灯，匆匆忙忙地跑了过来，站定了脚，就把灯提了起来，向春华脸上照了一照。春华看到有人提灯照她，吓到将脚连忙向后一缩。那人道："这位大嫂，现在的地面上不十分平静，你为什么一个人在暗地里走着？"那一线淡黄的灯光，在暗空里晃着，也映照出来，看他是个有长胡子的人，便定了神答道："老先生，我有要紧的事，想到团部里去一趟，你知道团部在什么地方吗？"那老人道："呀，大嫂，这军营里不是随便的地方，你去做什么？"春华道："请你告诉我吧，我有要紧的事，我迟去不得，请你救我一救。"那人听她如此说着，声音又是很紧急的，也就软下心来，因道："既是这样说着，我送你大嫂走上一趟吧。不过你要告诉我，到底为了什么事，我才好引你去。如其不然，出了什么祸事，我还不知祸从何起呢。"春华觉得他的话也是实情，便道："我家也并没有什么犯法的事。只因今天是我亡父的阴寿，在家门口放了一挂爆竹，我那村子里驻扎的兵，就把我一个十八岁的小兄弟带了去了，我的娘是个不大会说话的人，她不放心，也跟了去。我怕她言语差错，更会惹下是非来，所以我拼了吃官司，也跑来看看。"那人笑道："大嫂，你来巧了，不如说你来好了。那个团长就住在我家隔壁，在我家前面厢房里，开了一个窗子，正对着那边的堂屋。大嫂，你先在我家厢房里坐一坐，可以在窗户眼里，对那面看看。若是有事呢，再做道理。若是无事呢，你这样年轻的大嫂，那就不出去也罢。他们是军营里，又是这样夜深。"他口说着，提了灯只管在前面走着。

春华看他走路是那样跟跄不定，说话的声音又是苍老，是一个到了岁数的老人，他的话应是相当靠得住，便跟在他身后走着，默不作声。到了他家门口时，果然看到那隔壁的大门口，点了一盏很大的汽油灯，在灯光下，看了两个兵士抱了两支短枪，那枪上露出来钢条螺旋，都和别样的枪不同，自言自语地便道："那是什么呀？"老人引着她到了家里，低声告诉她道："这是手提机关枪，很厉害的。军营里哪像别处，可以随便去的吗？"春华听说，心里更加着一层惶恐，只有不作声。那老人却比她更加小心，一进门之后，更把他的老婆子叫了出来，低声告诉她把春华引进来的原因。于是这位老婆子牵了春华的衣袖，把她向那间厢房里拉了进去。拉着她到了厢房里，出手轻轻地打着窗户格子低声道："这窗户外面，就是那边堂屋，你在窗子眼里向外面看去吧。"

春华伏到窗户格子眼里，轻悄悄地向那边张望时，这事真正出乎意料之外。只见那堂屋正中，也悬了一只小小的汽油灯，屋子里很亮，母亲和兄弟却坐在堂屋左边的一排椅子上。在他们对过，却坐了一位穿军衣的青年。啊，那人好面熟，在哪里见过，望着时，他开口了。他道："我到三湖镇上，已经有了十天了。本打算抽空去看看师母的，因为这里是经过好几回战事的，料着先生家里一定也是受了影响的，一到这里就先派人到姚家庄去打听。他们回来说，那庄子上的房屋，已烧去十之八九，先生家里的房子，也倒败了，屋子里并没有人。我就想着，假如到庄子上去看看，不但人见不到，恐怕还格外心里难受。因此挨一天又挨一天，公事离不开来，我也就不勉强地去。"

春华把话听到这里，不但心里难受，而且两条腿也哆嗦个不定，手扶了窗格子，哆嗦得呼呼作响。心里这就想着，料不到在这里会遇到李小秋，也料不着李小秋那样斯斯文文的人，当了军官了。且听下去，他还说些什么。宋氏答道："唉，不用提，这几年我们过的不是人日子。先是几个月之内，你老师婆和先生先后去世，后着就是打仗，闹得鸡犬不宁。我带了你这师弟东奔西跑，直到这半年以来，地面太平了，我才带了他回家去。大门是让大炮打倒的，我又没有钱修理，我只是由后门进出，所以你派人去，看不出我在家。"小秋道："若不是今天为了这一点小事，我还不能和师母见面呢。因为明天上午，我又要开拔回省城去了。"宋氏道："唉，若是你先生还在，看到你这种风光，多么欢喜。你明天就要走吗？要不然，我应当请你到我家去，做两样乡下菜你吃吃。"小秋道："当军人的人，行踪是没有一定的，也许两三个月内，我又会调到三湖来。师母哪里知道，我随军北伐，由广东湖南到这里，前后已经三次了。当军人的人，身体不是自己的，总是抽不开身来。但师母那边的消息，我是常常托人打听的。人生是难说，不料先生竟是过去两年了。"宋氏道："我们的家境，恰好是和你这样步步高升来一个反面。我听说你已经娶了少奶奶了，添了孩子了吗？"小秋道："还没有孩子。师妹出阁多年，师母有了外孙了吗？"

他说这话时，脸上极力地放出自然的样子来，不但是不红，而且还带了一份浅浅的笑容。可是在窗子缝里偷看的人，心里十二分地难过，一阵头晕眼花，几乎要栽倒在地上。可是她两只手紧紧地握住了窗子棍，将眼睛凑在窗缝里动也不动一动。宋氏也带了笑容道："也就是这一点子事，可以让我称心一点。他们两口子，十二分地和气，已经添了两个孩子了。"春华心里头一阵焦急和愤怒，恨不得直喊出来，哪有这么一回事。可是她自己警戒着自己，为了顾全母亲的面子，一切都还是忍耐着，好在他们的话，还要继续地谈下去，且看自己的娘是怎样交代着。小秋笑着哦了一声道："那很好。师妹也回姚家庄来过吗？"宋氏道："没有啊，这样兵荒马乱的年月，要她回来做什么，不是更加上我一桩心事吗？"她口里说着，眼睛还是不住地向春豪看着，似乎怕他冲口说出什么来似的。

看小秋的面色时，似乎在心里头含着无限的失望，默然着没有说出话来。恰好有一个兵士进来，向小秋回话，好像还有要紧的公事立刻就办似的。宋氏这就站起来道："小秋，没有什么事了吗？我们回去了，不要耽误了你的公事。"小秋道："今天的事都要请师母原谅，在营里的规矩是要这样的，我派两名弟兄送师母回去。"宋氏摇着手道："不用不用，我明天再来看你吧。"小秋道："我是应当去看师母的，无奈明天上午就要开拔，恐怕来不及到师母那里去了。"宋氏道："自然是公事要紧，你和我还客气什么？我明天上午，可以再来看你一趟。"小秋道："那就实在不敢当了。"说着话，三个人已经慢慢地向外走了出去。

这时，那老者举了一盏灯，就走了进来了，低声呀了一声道："姑娘，你还扶着窗户看什么？他们都已经走了。"春华这才放下了手，一阵手软脚酸，人就向后倒退了几步，几乎是摔倒在地。幸是自己手抢着扶了桌子，才把身子站立定了。老者道："你娘已经到街上了，大嫂，你还不追着和他们一路回家去。"春华凝着神，说了一声是，突然地向外奔走，就跑上大街来，这家两位老夫妇，当然也是追她不上。春华到了大街上，见前面一人打着火把，照着一个妇人走路。那正是兄弟母亲，口里叫着，就跑到面前去。宋氏一把抓住她的手道："你从哪里来？"春华道："哼，我从哪里来？我由家里赶了来呀。我怕你们惹起了祸事，对付不了，所以拼了命来寻你们。你们既是没事回来了，那就很好。"春豪突然插言道："姐姐，我告诉你一件新闻。"宋氏喝道："什么新闻，你少胡说！"春华淡笑道："不说我也明白了，不就是那个团长就是李小秋吗？"宋氏顿了一顿，才道："我想，这件事，用不着告诉你，所以没对你说。"春华道："好，大家已经平安回家了，那就很好了，还说什么。"于是娘儿三个，悄然地走回家去。可是春华两个孩子失去了娘，又是寄在生疏地方，早已哭得死去活来。

春华在五嫂子家里把两个孩子接回来，费了很久的时间，将他们逗引着睡了，自然也是到了深夜，不能再和母亲去说话。次日早上起来，看看母亲一切如常，并没有出门的样子，便道："娘，你今天不是要到街上去吗？"宋氏正蹲在天井里洗衣服，听了这话，就望了她很久，问道："你怎么知道我要上街？是的，我说了去给小秋送行的。可是他一个当学生的，不来看师母，我做师母的人还去看他学生不成？"春华见母亲是没有到三湖街去看小秋的意思，昨日听小秋说今天就要开拔的话，心想此时不能和他见面，恐一生再也不会有机会了。遂自回到屋子里，见两个孩子仍睡得很熟，就转身出来，一直向后门走来。宋氏正在洗衣服，对春华的出门也不曾理会。春华走出门外，向三湖街奔去。到了街上，因昨日是来过的，不费时间就找到了团部，走到团部门口毫不迟疑地要向里走，被兵士拦阻住道："大嫂，就是你要收房子，也得等着一会子。我们的东西还没有搬走呢。"春华道："我不是房东，我会你们团长来了。你们团长是我父亲的学生。"大兵很恭敬地答道："大嫂，你来晚了，我们团长已经上了船了。"春华道："船在哪里呢？"大兵道："就在渡口上那个塔边下。"春华也不再问第二句话，立刻就跑到渡口上去。

果然地，在那停渡船的所在，一排停了好几只船。在高岸下河滩上，站着有几百名士兵，做一个 U 字形排着阵势。在阵势中间，站着几位军官。其中有一位，大着声音向大家训话的，那正是李小秋。他穿了一套黄色呢军服，身上紧紧地束着武装带。他站在一块大石头上，不时地三面望着，将他的话告诉那些士兵。以前的话虽不知道他说些什么，但是现在所说的，还是很正大的。他说："我们革命军战争是为中国全民族来求解放的，军阀，固然是我们要来打倒的，便是封建社会所留下来的一切恶势力，也要打倒。为什么呢？因为这种恶势力，它和军阀的力量一样，可以剥夺人民的自由。我举两个例：譬如兄弟叔侄是一个血统下的人，亲爱自然是要的，但衣食住行，大家无一致之必要。封建社会里，就鼓吹人家组织大家庭，因之这一个家庭里，谁是有能力挣钱的，谁就肩起这家庭的经济责任来。其余的人，都可以做寄生虫。又如男女都是人，但在封建社会里，只许男子续弦，不许寡妇再嫁。女人，向来和男子是不许平等的。男子发出来的命令，女子只有接受，不许违抗。现在我们革命军势力达到的地方，不分阶级，不分男女，一律要让他们站在平等地位上，那些被压迫的同胞，哪一个不是早举着手在那里等人来救他？这些人，或者不知道我们革命军人就是来救他的。但是我们不能不喊出来，我们就是来解放他们的。因为要他们挣扎着，快快地伸出手来。若是我们的势力已经达到，他两只手已是举不起来，那就晚了。"这几句话，由春华听来，几乎每句都刺在她的心尖上，心里一阵酸痛，人是几乎要晕了过去。还是一阵军号声，把她惊醒了过来。看那河滩上的兵士，他们已是纷纷地上了船，船头上的船夫已经在扯锚，立刻要开船了。

　　春华四处观望着，却不知道小秋在哪一只船上。本来打算高声叫出小秋的名字来，可是这河岸上看热闹的人不少，一个青春少妇，对军人这样大喊，那是一件笑话。因此四面观望着，嘴是闪动着多少次，那心里要说的两句话，却始终没有叫了出来。可是那一排船中，已有几只离开了河滩，撑到河心去了。春华不能顾虑了，一直由河岸上跑到沙滩上来而且还是直穿过河滩，站立到水边上来。便向正开的船上，招着手道："喂，慢一点开船，和你们团长有话说呢。喂，慢点开船呀。"她口里说着，人在水边的河滩上走来又走去。自己不知道李小秋在哪只船上，只有对了每只船上，都去招招手。眼睛只管是去看水上的船，却没有理会到脚底下的路，竟是接二连三地踏着浮沙，两只脚由袜子连鞋，一直踏到泥里面去，脚一拔起来，拖泥带水，咕叽作响。大概是她这种动作引起了岸上的人哈哈大笑，把船上的人惊动了。在第四只开行的船上，离着沙滩，约莫有两三丈路，一个人推着船篷，伸出头来，啊哟了一声道："这不是春华……"春华道："小秋，小秋，小……小秋！"小秋站到船头上来答道："你怎么早不来？现在，我不能再上岸的了，你好吗？"春华道："我好什么？是你说的话，我已经迟了，来不及了，你好哇！"说了这两句话时，那船又离开去了一丈。河里的浪向岸上扑着，把春华长衣的底襟，也打湿了大半截。然而她不知道，依然睁了两只眼向那船上望着。小秋抬起一只手来，向岸上挥着道："你站上去一点呀，浪打湿你的衣服了。"春华道："我昨天晚上，已经看到你啊！"那船上的船夫却是一点也不留情，随着别的船之后，扯起了布帆来。李小秋虽是大声喊着，也不十分听得清楚。远远地看到他，抬起一只手来，连连地向天上望着。春华看时，有一群雁，由北方向南方飞了过去。那雁排着是两个人字。小秋指着这雁字，不知他是说过去北雁南飞的那一句曲的旧事呢，也不知道他所说，是所嗟人异雁，不作一行归呢。也不知他是说他和北雁一样，还可以南飞呢。春华对于他手指的姿势，存了三个疑问，可是李小秋乘的那只船，顺风顺水，开去好远了。这只可以看到那船，哪里还有人呢？春华这才走上岸去，在塔边两棵柳树下站着。

　　江西南部的天气，更是和广东接近了，虽是到了这十月下旬的时候，杨柳还只有一小部凋黄，赣江头上的西南风不断地扑来，柳叶子零零碎碎地落下，被风吹着到水里去。那开走了的几只船，越远是越看不见，只剩有白鸟毛似的布帆，插在水平线上。岸上看热闹的人，早已走光了，渡船也由河这边开到了对岸去。这里虽还有过路的人，然而他们并不注意到柳树下面，还有一个伤心的女子。太阳由长堤后面的橘子林上晒了过来，已没有了什么热气，金黄的光色直射到对面的江心里。水里的阳光影子，由下面最宽，到上面顶小，仿佛像是个弹簧式的黄金塔。因为太阳光的影子，虽是落在固定的地方，但是江水流动着，把那太阳影子也就摇摆起来了。太阳没有了威力，风吹到人身上，格外地凉爽。便是那柳条子被风吹着，唆唆作响，添了无限的凄凉意味。春华再向江里看时，便是插在江里的白鸟毛，也看不到了，一片空江，白水浩荡地流着。心想，这样地顺风顺水，小秋的船不知走下去多少路了。只管望着，不知道人在什么地方了。

　　忽然听到耳边有人叫道："埃，船都开走了，来晚了。"春华被那几句话惊着回过脸来看时，却是久违了的屈玉坚，左手提着一个食盒子，右手提着两瓶酒，站在那里还只是喘气，一眼看到春华，向后一缩，叫道："咦，师妹怎么也来了？"春华道："我早就来了，来了又怎么样？也是没有赶着送行啦。"玉坚道："那么，你没有看到小秋吗？"春华道："看到的，看到又怎么样？也不能说一句话呀。"玉坚道："人生的遇合，那是难说的，你想不到今天遇到他，也许还有个第二次想不到的事，他简直就驻扎在这三湖街上，也说不定的。"春华道："我还能再等一个想不到的机会吗？老实告诉你，我像这落下去的太阳一样，照着这落木空江，也就为时不多吧。他说了，晚了，他要来解放，也来不及了，来不及了。这不是我不要人来救我，实在我自己无用呀。"

玉坚听她说的话，有些言语颠倒，便道："师妹，你的鞋袜打湿了，回去换衣服吧。"春华不作声，只是向赣江下流头望着。玉坚道："太阳落下去了，我送师妹回去吧。"春华道："屈师兄，我问你一句话……"玉坚道："师妹有什么指教？"春华道："假使……假使……我要解放，还不迟吗？"玉坚道："解放是不限时候的。譬如今天太阳下山了，江里的船误了行程，到了明日天亮，还可以走的呀。"说到这里，春华回味着他的话，没有作声。

对河永泰镇庙的晚钟，隔了江面，一声声地传了过来。太阳带了朱红色，落下树林子里去。江面上轻轻地罩了一层烟雾，不见一条船只。除了那柳树叶子，还不断地向水里落下去而外，一切都要停止了。钟声在那里告诉人：今天是黑暗了。向前的人，镇静着吧，明天还天亮的啊！

图书在版编目 (CIP) 数据

北雁南飞 / 张恨水著. — 北京：中国文史出版
社，2018.5

（民国通俗小说典藏文库·张恨水卷）

ISBN 978-7-5034-9951-7

Ⅰ.①北… Ⅱ.①张… Ⅲ.①长篇小说-中国-现代

Ⅳ.①I246.5

中国版本图书馆 CIP 数据核字 (2018) 第 008325 号

责任编辑：卢祥秋

整　理：澎　湃

出版发行：**中国文史出版社**

网　　址：http://www.chinawenshi.net

社　　址：北京市西城区太平桥大街 23 号　邮编：100811

电　　话：010-66173572　66168268　66192736（发行部）

传　　真：010-66192703

印　　装：廊坊市海涛印刷有限公司

经　　销：全国新华书店

开　　本：720×1020　1/16

印　　张：24.5　　　字数：427 千字

版　　次：2018 年 5 月第 1 版

印　　次：2018 年 5 月第 1 次印刷

定　　价：69.80 元